绣像私藏版

中国禁书文库

马松源◎主编

线装书局

图书在版编目（CIP）数据

中国禁书文库. 12/马松源主编.—北京:线装
书局,2010.3
　ISBN 978-7-5120-0092-6

　Ⅰ.①中…　Ⅱ.①马…　Ⅲ.①古典文学-作品综合集
-中国　Ⅳ.①I212.01

　中国版本图书馆 CIP 数据核字（2010）第 027211 号

中国禁书文库

主　　编：马松源
责任编辑：崔建伟　赵　鹰
封面设计：博雅圣轩工作室
出版发行：线装书局
地　　址：北京市鼓楼西大街 41 号（100009）
　　　　　电话：010-64045283
　　　　　网址：www.xzhbc.com
印　　刷：北京彩虹伟业印刷有限公司
字　　数：3600 千字
开　　本：787×1092 毫米　1/16
印　　张：336
彩　　插：8
版　　次：2010 年 3 月第 1 版 2010 年 3 月第 1 次印刷
印　　数：1-1000 套
书　　号：ISBN 978-7-5120-0092-6

定　　价：4680.00 元（全十二卷）

ISBN 978-7-5120-0092-6
9 787512 000926 >

目　　录

第三篇　流失海外的绝世残卷

《山水情》

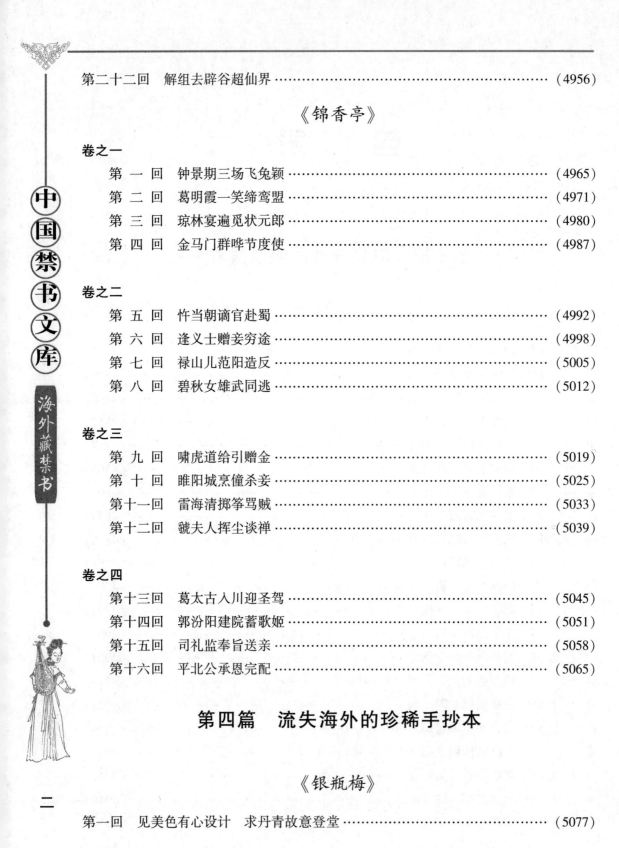

第四篇　流失海外的珍稀手抄本

《银瓶梅》

《梦中缘》

中国禁书文库

目录

三

四

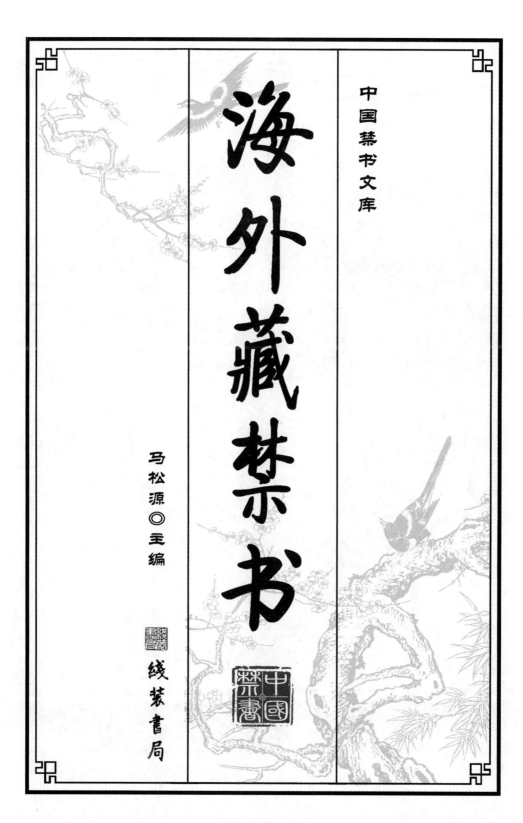

中国禁书文库

海外藏禁书

马松源◎主编

线装书局

流失海外的绝世残卷

第三篇

山水情

［明］佚名 撰

第一回　俏书生春游逢丽质

上巳踏青佳节，红芳着处争妍。行春游子厌喧填，觅静寒山逢艳。

借意千金淑媛，赚成云雨连连。蜂狂蝶闹乐无边，惹得芳心转焰。

——右（上）调《西江月》

话说人生夫妇一伦，乃是五伦中第一件。假如没有夫妇，哪里有父子？没有父子，哪里有兄弟？没有父子兄弟，哪里有君臣朋友？所以古人说得好，道是：天地，大夫妇也；夫妇，小天地也。以天地比夫妇，夫妇岂不是人生第一件？后面许多姻亲眷属，都在这里起头的。所以人生在世，无论极大的事，即如小小遇合，哪一件不是姻缘？而独是夫妇叫做姻缘；姻缘者，有所缘而方始成姻也。姻缘一事，平平常常，稀稀奇奇，古古怪怪，哪里说得尽也！有以所见为缘的，也有以所闻为缘的，也有以所想为缘的，也有以所梦为缘的，也有以有缘为缘的，也有以无缘为缘的。缘之所在，使人可以合，使人可以离；使人可以生而死，死而生。总之，不出小子所说"平平常常、稀稀奇奇、古古怪怪"十二个字中。

我如今说一桩姻缘故事：郎才女貌，两下相当，娶的愿娶，嫁的愿嫁，中间又有人作合，又无不知情的父母从中阻隔，又无奸谋强图兴波作浪，乃不知为甚么缘故，天公偏不许你容易凑就，曲曲折折，颠颠倒倒，直到山穷水尽时节，方始相合，这也是稗史中一桩好听的事。

那件故事，却在宋熙宁间。姑苏具区洞庭东山，有一个姓卫名彩字旭霞的年少秀才。其父卫辂，字匡国，是个贡士出身，做过孝丰县知县。夫人是苏州蔚溪杜家之女，止生得这旭霞一子。旭霞在十七岁上，不幸父母相继而亡。既无叔伯，又鲜兄弟，茕茕孤守，唯一主一仆居于长圻十里梅旁之村舍。为人潇洒脱俗，胸储二酉，学富五车，面庞俊俏，人材飘逸。每每出去游玩，男人见了则称羡不已，女子见了则向慕靡穷。

一日，渡湖到郡去探望母舅，住下几日，恰遇三月上巳，踏青佳节，同了表兄杜卿云，步出阊门去游支硎。一路上喜得风和日暖，桃柳芳菲；来往游人，舟舆络绎，士女骈阗。

两人也不乘轿，走到观音街上，摩肩擦背的挤至殿中，玩了一会。见这起人挨挤得狠，旭霞对卿云道："我们何必也在人丛中挤轧？寻一个僻静所在去坐一回，倒也适合。"卿云道："使得。待我领表弟到寒山去，有个尼姑静室在那边。这所在幽闲僻静，妙不可言。更于这庵主凡是相认的，此去自然有茶吃。"旭霞道："既如此，乃极妙之事。表兄何不早说？但可有标致尼姑在里边么？"卿云道："不瞒表弟说，这了凡师兄弟两个，真正俊俏得紧，只怕表弟见了要动火，空咽涎唾哩！"旭霞道："休得取笑，我们快去！"

说罢，两人出了山门，携手援步走到近庵的所在。见一石上摹勒"寒山"二字。旭霞看过，乃惊讶道："原来唐时杜牧有'远上寒山石径斜'之作，就是此处。果然幽雅，名不虚传。"

两人互相赞叹了一回，遂同走到尼庵门首。但见禅扉洞启，轻轻的步入回廊。恰好尼姑听得犬吠走出来，劈面撞着了两个俊俏书生，乃道："杜相公许久不见，今日何缘得到草茅？请到佛堂里去随喜。"杜、卫二人见了这尼姑丰姿秀美，体态幽闲，暗里顿觉动情，喜不自胜，一径随了尼姑步入佛堂去，假惺惺的参拜了大士，起身来向了凡作过揖坐下。

卿云启口道："师父一向好么？"了凡乃叹口气道："蒙相公问及，但小尼因前世不修，得陷入空门，日夜受清苦，有甚好处？"卿云道："既如此，今世着实修修，行些方便，结些善缘，来世自然不复入空门受孤单了。"了凡道："休得取笑。敢问这位相公尊姓？"卿云道："是我的表弟，姓卫，字叫旭霞。"了凡又道："尊居住哪里？"卿云道："住在洞庭东山，年方弱冠，尚未曾有室。师父替他做个媒人。"了凡道："相公们俱是名门旧族，怕做媒的少，要小尼做？休得又来取笑。"卿云道："今年我表弟进京去乡试，倘得中了，荐他来做护法可好么？"了凡道："相公此去自然名登金榜的，但是怎肯到荒山来做护法？"说罢，了凡只管注目相盼旭霞。旭霞亦不免着眼了凡。两边眉来眼去一回。

了凡去拿茶吃过，正欲引进斗室中去，再用果茶，却见外面气蠹的跑一个老苍头进来。仔细一看，竟是杜家使者。那老苍头见了家主乃道："我那一处不寻到？早是我记着相公年年游山，要到这里来吃茶的。不然，这样人山人海的所在，就是仙人也难寻着。"卿云道："家中有恁急事，特着你来？"苍头道："不要说起。大相公才出得门，不知大娘娘因甚忽然放死起来，叫唤多时，方得苏醒。老相公吩咐请相公速速回去。"卿云听了，遂吃一惊，乃对旭霞道："游兴正浓，闻此急信，只得回去了，怎处？"旭霞道："游玩本非正事，表嫂之恙要紧，还该作速回去。"卿云道："但因弟之事，而扫表弟之兴，奈何？"旭霞道："这个何妨？目下喜得天色尚早，不若表兄同尊驾先归，让弟独自畅游一回，抵暮步回。此实为两便者。"卿云道："如此倒好。但是失陪莫罪。"说罢，竟自别过，慌慌忙忙的去了，止剩得旭霞在庵。

不道是了凡乍会间竟看上了旭霞，见得卿云去了，也竟不在心上，仍旧留卫旭霞进去，说道："如今请到里面去坐，待小尼打饼来吃。"旭霞道："初会怎好相扰？"了凡道："不瞒相公说，那杜相公时常来吃的，只是荒山淡薄，有慢莫怪。"说罢，遂领了旭霞曲曲折折走到斗室中去，教他坐下，自己拽上了门，往厨下去了。

旭霞独在室中，思想这尼姑古怪，在那里走来走去的忖度。瞥见壁后另有一室，在门缝里悄悄偷瞧，庭中红芳烂漫。轻轻推开了门，挨身进去。这室中精雅莫比。走下庭阶，见一树海棠开得娇媚，实为可爱。玩过一回，复入室来，又见一榻铺设得华丽非常，罗帐金钩，锦衾绣枕，此时惊骇无已，遂暗想道："不信这尼姑如此受用！"又想一想道："出家人不该用这样艳丽之物。"正迟疑间，走进桌边细玩，真个窗明几净，笔砚精良。见这桌上押着一片笺儿，上面写着："赋得露滴花梢鸟梦惊"之句，又暗想道："此更奇怪了！这样雅致诗题，难道那尼姑也晓推敲的？只恐不是。如今我也不管，也恰好有笔砚在此，又值我诗兴方浓，不免趁此题做两首在上，少不得有着落的。"想罢即研墨润笔，吟成二首，写于笺上，诗曰：

其一

露滴花梢鸟梦惊，纸窗斜月正微明。

凄凄恒忆巫山女，独卧萧萧听竹声。

其二

月落窗虚竹影横，龙涎缭绕看云生。

短檠明灭闲相照，露滴花梢鸟梦惊。

写毕又念过一遍，仍旧押于桌上，悄悄的拽上了门，回到斗室中坐下，踌蹰费想。

只见那了凡同着一个婆子，掇了茶果饼食，自己捧了一壶茶，出来同旭霞对面坐下。吃过几杯，旭霞道："贵庵有几位师父？"了凡道："还有一个师弟云仙，便是两个住下。"旭霞又问道："两位的青春几何了？"了凡笑一笑道："小尼今年二十四岁了，师弟止得二十岁来。"旭霞道："可惜这样年少，都出了家。方才说令师弟，可肯请出来一会么？"了凡道："今日出去了。"旭霞道："小生缘浅，恰好不相值。"了凡道是就来的。旭霞道："到哪里去了？"了凡道："近日昆山有个邬老爷的夫人同了素琼小姐在小庵作寓，镇日出去游玩的。今早师弟同他们到花山去了。"旭霞道："昆山那个姓邬的乡宦？"了凡道："小尼一时记不起他表号。就是广州韶州府乐昌县做知县，因水土不服，去得三个月，就死于任所的。"旭霞道："原来就是邬吉甫老先生。"了凡道："还是相公读书人相知广，倒晓得他的号儿。如今他的奶奶又没儿子，只有这素琼小姐作伴，年年春里要到小庵来的。"旭霞道："敢问他的小姐几岁了？容貌何如？曾适人否？"了凡道："若问那小姐的年纪，正得十七岁，尚未曾适人。若要说她的容貌，教小尼怎个形容得尽？待我慢慢的说与相公知道。那小姐真正生得眼含秋水，眉分翠羽，杏脸桃腮，柳腰藕臂。更于那柔荑十指，出袖纤纤；娇软金莲两瓣，落地稳稳无声；且又词赋都佳，琴棋书画，靡一不精者，就是古时的王嫱、西子，小尼虽不曾见，谅来也不过如斯。不要说男子们见了魄散魂消，就是小尼辈见了，也觉可爱。"旭霞道："依师父说来，是个倾国倾城之色了。"了凡又道："相公，这个小姐是贵人之女，聪明娇好，也是当然的，不必去羡她。谁知她有一个侍女春桃，与小姐不相上下，兼且从幼同小姐读书写字，今虽不能够一般吟诗作赋，启口惯要谈今说古。相公，你道好不诧异，好不动人情也！"旭霞道："世间不信有此二妙！倘他归庵时，可能赐小生一面否？"了凡道："这个容易，在小尼身上，包你相见。"旭霞道："小生若得她的芳容一睹，来日就死，也不教做虚生人世了。"了凡道："相公小小年纪，说出色中饿鬼的话来。"旭霞道："师父，小生还有一言熟商。他们归来，见我是个男子，就要生疑了。"了凡定睛一想，道："有了，不如我与你权认了姊妹，便于相见那时好从中帮衬。尽教你眉来眼去，使那老夫人不生疑虑之心。"旭霞道："若得如此，不要说认姊妹，就是拜师父做娘，小生也情愿，"说罢，即将双膝跪于地下。那了凡见他如此光景，满身都麻了。竟自一把抱住旭霞，亲上几个嘴。旭霞此时意思也觉着魔的，但是心里存着要求功名的念头，道是替尼姑做了事，终身蹭蹬的，只得硬妆乔的推开了。了凡乃道："好个嫩猫儿，有荤在口边不要吃。"遂暗想道："待我停一回弄个妙计，今晚留他住

下，不怕他不上我的钩。难道与他缠了半日，白白的放他去了，倒教我害相思不成？"想罢，正欲复谈，只听得外面叫了一声："师兄奶奶小姐回来了。"了凡答应一声，忙教婆子收了茶果，打扫干净了，抽身走到殿上，见了老夫人，乃道："奶奶、小姐回来了，今日花山之游可畅么？"老夫人道："幸喜游人稍稀，亏这云仙师父引道，都遍游到了。"说罢，遂问道："师父在里边有恁政事？"了凡道："今早小尼的弟子来探望，陪他在里边，故尔失迎了。"老夫人道："原来如此。令弟几岁了？"了凡道："今年甫弱冠，是个有名的少年秀才。但境处孤贫，尚未受室。"夫人道："我一向不曾晓得师父有这样一个好令弟在那边。"云仙听得了，暗里也觉好笑，乃接口道："连小尼同住的也是。"了凡对着云仙把眼色一丢，云仙便缩了口。了凡道："待我去唤他出来见奶奶的礼。"老夫人道："不消惊动他了。"了凡道："岂有在这里不出来相见的？"说罢，竟自进去。夫人道："既如此，小姐退后些儿。"素琼听了母亲之言，叫了春桃，同躲在遮堂后边。谁知了凡领了旭霞倒开了正门，竟从遮堂后走出来，劈面撞着了素琼小姐，急得她没处躲避。了凡道："小姐不要局促，待舍弟去见了奶奶，少不得也要作揖的。"遂引上殿去。旭霞见了老夫人，深深的作过揖，思想要亲近她小姐，启口就奉承她几句道："晚侄的家姐蒙奶奶护法，使彼衣食有赖，得固守清规，皆奶奶覆庇之恩。不要说家姐感激，就是晚侄亦当效衔结。"老夫人谦逊了几句。了凡即对旭霞道："随我来，一发见了小姐的礼。"老夫人一把扯住道："这个不消了。"了凡道："奶奶，不妨，必然要相见的。"老夫人被强不过，只得放手。那卫旭霞犹如得了赦书似的，喜孜孜走到遮堂后去，见了素琼，仔细一看，恭恭敬敬的作了揖，大家偷瞧一回。旭霞撤身转来，入与云仙相见过。老夫人见得在佛堂里男女混杂，殊觉不雅，遂叫了两尼，一同竟到里面去了。止剩得旭霞在外，于壁缝里东张西望，虚空摹拟，好不寂寞。正个是：

> 蓦地里撞着了五百年风流孽宠，
> 忽然间别去了瑶池上袅娜天仙。

却说夫人、小姐进去，就坐在旭霞先前吃茶的所在吃点心。不道那小姐出去游玩了半日，一到里边，急忙走入卧室去，走近桌边，开了镜台，整整头面，瞥眼转来，只见这片笺儿写满楷书在上。素琼此时吓呆了，想道："这诗题昨晚是我拟的，正欲推敲，因神思困倦，搁笔而睡。今早又值母亲催促起身，所以不曾收拾得。不知何人敢

尔大胆，闯入此室？待我细看笺上，便知端的。"乃念过一遍，知是两道绝句，后面款落"洞庭卫彩"，更觉惊疑不已。暗想道："这诗字字清新自然，是个风流人品做的。但那人何由得窃进此室来？难道这了凡晓得我的卧榻在此，轻意放人进来不拦阻他？真正使人莫解。且俟明日，悄悄地细细盘问她，必有分晓。"正费想之际，只听外面有请，把这笺儿藏好了，出去坐下不提。却说那旭霞见神仙归洞天去了，真是进退无门的难过，在殿上自忖道："目下天色已暮，欲待归去又舍不得那婵娟；住下又恐这尼姑是诳言。如今不免在蒲团上打盹片时，死着心儿牢等那了凡出来，探其动静，再作区处。"正是：

欲求生快活，须下死工夫。

却说那了凡同老夫人、小姐吃了点心，安置云仙陪着，一径走到外厢来，暗想道："不知这书呆子可在殿上了？我算起来，这样一个标致男子，特地到此，是我有福。我已算就一个糊元宝的计儿在此，不怕他不中我意。目下出去时和盘托出了，他倒要生疑起来，也未可知。不若先说个谎，作难他一番，看渠怎生模样。"想着走到殿上去，只见旭霞在蒲团上打瞌睡，悄悄的走近身去，把他当头一拍，吓得他直跳起来。旭霞只道有人跟在了凡后边，原叫一声："姐姐来了么？好人哩，丢我在此，等得一个不耐烦。"了凡道："如今天色已暮，我道你去了，不想还在这里，谁让你等？"旭霞听了这句话，犹如青天里一个霹雳，几乎吓死，只得上前求告道："方才许我成其美事，怎的又变了卦了？"了凡道："我许你眉来眼去，这就叫做'成其美事'了。莫非你得陇望蜀，思想别样勾当？若欲如此，我出家人做了这样迷天大事，要堕阿鼻地狱的。况若被老夫人知觉了，我这条性命可是不要活的。你既要我帮衬，方才我有意于你，怎么全然不睬，妆乔推阻？目今纵有好机会，也不干我事了。"旭霞此时，急得满身冷汗，四顾无人，连忙跪下去道："适间是得罪了，幸宽恕了我这遭，日后凭你要怎么，当一一领命。"了凡道："不要着忙，你既许了我，待我尽力设计。目下也不该在这里坐了，倘有人看见，诸多不便。"旭霞道："这便怎处？不若待我藏在这佛堂廊下罢。"了凡乃笑一笑道："这像什么话？我有一间暗房在里边，领你进去，反锁在内，待计成之后，放你出去行事，可不妙哉？"旭霞道："极妙！极妙！"说罢，遂引了旭霞，转转曲曲走进暗室，真个反锁他在内，自己转身进去，暗想道："如今是我几上肉，釜中鱼了。"正是：

不施芳饵下深潭，怎得金鳞上我签？

云雨今宵准有分，安排牙爪试良缘。

那了凡反锁了门，自进去了。旭霞在暗室中眼望捷旌旗，耳听好消息，在里边走来走去，摸着了一张榻床，想道："左右此时尚早，恰好困倦得紧，不免就此榻上少睡片时。倘她美计得就，清醒白醒的去摩弄她一番。"想罢，便于榻上蠢蠢的一憩。

正欲觉来，只听得门上锁响，且跳下榻，揩揩眼睛，摸到门口。那了凡已自走进门来，低声哑气的说道："事已成了，但还要略等一等。"旭霞道："怎的还要等？"了凡道："岂不晓得'要吃无钱酒，全靠功夫守'？"旭霞道："敢问师父的妙计怎样行的？"了凡道："也是你的天缘。这小姐夜夜同老夫人睡的，今夜不知为何，老夫人叫云仙去伴她了，命小姐到我房里来睡。喜得她会饮酒的，被我烫一壶酒，灌得她酩酊已入醉乡，昏昏沉沉的卸了衣妆，已没头没脑的睡在被窝里。你若去的时节，不要掀她的头面出来，竟掀开了下半截，轻轻行事，不可惊醒了她，切须牢记。"旭霞道："蒙师父指教，自当一一小心。"

说罢，了凡引旭霞到房门口去，将自己的卧榻指点与他记了。又吩咐道："完事之后，一径原到暗室中等我，还有计较：切不可久留在房中。"旭霞记了，原到暗室中等着。那了凡进房去脱了衣服藏过了这双小小僧鞋，吹灭了灯，没头没脑的把被包好了这光头，假睡在那边。

却说旭霞心惊胆战的扶墙摸壁，走近床前，轻轻揭开帐子，细听一回，但闻得被窝中鼾鼾之声，遂信了尼姑之言，认为是醉睡在那边。悄悄的将手去掀开了下半截被儿，把这牝户摸一摸，滑滑润润的好一件宝贝，遂脱裤解衣，魂不附体的扒上床去，轻轻松松开了两肢。此时还自认真道是小姐，恐怕不曾经风浪的，弄痛了她觉了转来，着实把些津唾抹了龟头，在户口溜了三四次。谁知引了尼姑的淫水出来，把卫旭霞这件利物一滑滑了进去，直抵花心。一个明里通畅，一个暗地酥麻。谁知那旭霞欲火动了这一日，上玉坡去不多时，竟自雨收云散了。恐怕惊醒了她，轻轻的抽身下床，穿了裤子，仍旧替她盖好了，难割难舍的摸到暗室中去。横卧榻上，思量这件东西的好处，更自懊恨心慌意乱，不曾捻弄她的金莲一番。

正在那边放心不下，谁知那尼姑打过这遭脱卯，不但不能畅其欲心，反搔动了她的痒筋，只等旭霞出来了，把这牝户揩拭得干净了，连忙拿着被儿出来，铺于榻上，

叫旭霞一声道："作成得你可好么？该感激我哩！你日里说的来领教了。"旭霞道："这样恩德，是生死难忘的了。如今凭你要怎的，小生敢开口道个'不'字？"了凡道："这还是有信行的人。你后来的大事都在我身上。"两人脱了衣服，睡在榻上，你摸我弄了一回，各自动兴起来，遂上阵交锋，放胆大战，更余，不分胜负的睡了。

到得天晓，各自起身着衣。了凡对旭霞道："趁早该去了。倘你表兄家来寻觅，露出马脚来，不但我的体面不好，你后来的大事就难图了。"旭霞道："去便去，只是教我怎割舍这一宵恩爱？"了凡道："停两日可以再来得的。小姐之事，你去后待我悄悄说向她知道，观其动静。倘复有好机会，立时报你知道。"说罢去轻轻的开了后门，送他出去。两人各自恋恋不舍而别。正是：

一朵残花两地飘，奇谋撮赚假妆乔。

终宵云雨阳台上，惹得淫心越发骚。

那卫旭霞被这了凡计赚，一宵连战，魂飘胆消的去了。但不知这素琼小姐得了卫旭霞两首绝句，毕竟不知做出什么事来，且听下回分解。

第二回　痴情种梦里悟天缘

金屋娇娃，惟吟味卫郎珠玉。随记取、萍逢识面，霎时分目。无恨忧思，向谁宣读？忽睡魔障眼逼人来，流苏帐，鸳鸯枕，梦酣熟。伽蓝至，从头嘱。遣风流到此，恩情得续。花下订成鸾凤友，起来倚翠偎红肉。正浓交鸳颈，无情棒，紧相逐。

右（上）调《青玉案》

却说那素琼小姐，因得了笺上的两首诗，道是来得古怪，踌躇费想，更兼日里见了尼姑的弟子风流可爱，虚空思慕，足足里一夜不曾合眼。到得天明，起来唤春桃服侍。梳洗过，遂启匣子，取出这诗儿着实玩味，觉得诗中意思精雅，捻在手里，不忍释去。真个是：

　　有情来下种，想杀俏多娇。

那素琼只管把这诗儿翻来覆去的念个不住，听得了凡说话进来，遂藏过了，不情不绪的坐于榻上。了凡走近身边道："小姐何不再睡睡？因甚事起身恁早？头也梳得光滑滑了。"素琼道："正是。我亦欲再睡片时，只缘：

　　日移花影横窗上，风送禽声入耳来。

被她惊醒了，觉得复睡不着，所以起来了。"乃问道："师父，昨日我们花山去了，可有人来游玩么？"了凡道："没有。"素琼道："不信没有。你想一想看，只怕忘却了。"

了凡道："有是有一个来的，也是我们表兄。因小尼舍弟无人作伴，是他同了来，家中有人来找寻，才吃一杯清茶，先回去了。以外更无别人到此。"素琼道："只因昨日出去得促，这头门儿忘却锁好，恐有闲杂人闯进来，故尔动问。"了凡道："小姐但放心，小庵再没有闲人进来的，况且昨日又是舍弟坐在此间半日。"素琼道："原来令弟坐于那门口的，自然无人进来，也不必说了。敢问令弟如今在哪里去了？他叫什么表号？"了凡道："叫做卫旭霞。昨日因奶奶、小姐在这里住，小尼恐不稳便，遂打发他去了。"素琼道："尊居在何处？"了凡道："住在洞庭东山。"素琼道："闻得洞庭山离此有几十里之遥，只怕归去不及了。"了凡道："他是在城里表兄家住下。"素琼道："这便还好。但是他特来探望，本欲要叙阔情，为我们在此，使彼一面而退，不能罄其衷曲，他心上自然要怨及我们了。"了凡道："小姐说那里话？舍弟怎敢怨及，他是个风流张绪，美少潘安，为人潇洒脱俗的，岂是这样小见之人？"素琼道："正是。我昨日略睹其庞儿态度，便晓得人品必佳的了。闻得他年甫弱冠，不曾受室，是否？"了凡道："舍弟因负了自己有才有貌，执下性儿，必要亲眼相中一个美貌佳人，方可缔姻，故尔高低难就，蹉跎至今。"素琼道："这便是风流才子的气概。但是人家的女子各自深藏闺阁，哪有得与他看见？若必要亲自拣择，也觉难些。"了凡道："我想起来，原论不得的，各自有一个缘分在内。即如小姐住在昆山，舍弟居于洞庭，两山相去百里。昨日在小庵萍聚，大家竟得识荆，岂不是天作之合？这个就是缘了。今蒙小姐赞美舍弟，焉知舍弟不也在那边想慕小姐？"素琼听了尼姑这一番话，想道："她说得是。"但难启齿答应，竟默默不交一言。正是：

欲知惜玉怜香思，尽在含羞不语时。

那尼姑说了这些打动人情的话儿，见得素琼含着芳唇，绝口不谈一言，道是她害羞了，遂转口道："闻得奶奶、小姐明日要回府去了。小姐来了数日，尽日在外游玩，倒不曾到小园去赏鉴。此时趁奶奶熟睡在那里，待小尼陪小姐进去，尽意游一回儿，也当春风一度。等明日归去了，又要到来春相会矣！"素琼道："这个也好。但是相会也不消来春，待今年小春上旬奶奶五十，还要来做预修。"了凡道："正是，小尼倒忘记了！"说罢素琼唤了春桃，随着到后园去。

原来那园背后就靠着万物笏天平峻岭，素琼出了园门，凝眸一望，真个雅致非凡。

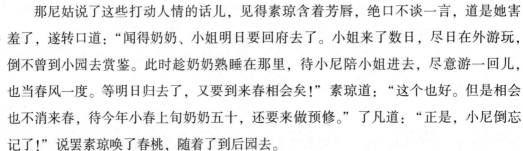

只见：

嵼岩岠嶭，腾腾碧气冲霄；虬干螺砢，郁郁青阴覆地。鸟啼林里，嘤嘤唤友；莺啭枝头，交交寻匹。风吹飘锦绣，水动乱文章。游蜂对对携香去，舞蝶双双扑鬓来。若去摘花摇日影，偶然移日动云根。

真个好一个圜山带涧的园，不亚石家金谷也！

那了凡携了小姐的手，走到红芳盛处去，瞥见一对鹁鸠儿在树上打雄，忙指向素琼道："小姐，你看这对鸠儿在花丛中倒也作乐，真个人而不如鸟。"素琼看了一看，觉得不雅，遂红了脸，别转头儿，不去答应。那个春桃倒来凑这尼姑的趣，说道："如此春光明媚的天气，这些飞鸟也觉动春心的。我道师父们遇了春里也难过的呢！"了凡道："春桃姐，你如今也说不得嘴，休得取笑我！"素琼听见了，乃道："小贱人，你没些规矩，说什么！"倒是了凡见小姐发嗔起来，乃道："她不曾说恁的，是小尼与她取笑呢！不干春桃姐事。小姐，我们到池边去看看金鲫鱼来。"

素琼遂轻移莲步，走到池边，坐于石凳上。见池中金鲫鱼着实你赶我赶，送来送去。素琼不解其意，问了凡道："那鱼儿怎的是这样赶来赶去？"了凡道："小姐你不晓得，这是雌鱼赶骚。这雌鱼撒不出子，要这雄鱼打雄了，就好撒子出来。"素琼觉不雅，也不答应。又是春桃对了凡道："若依师父说起来，你们没有雄的打雄，肚里的子倘撒不出，可不要胀死了么？"素琼听见了，又把春桃骂了一句。□□□□□□坐了片时，对了凡道："此时奶奶想起来也，我们该进去了。"了凡遂引了小姐，慢慢的移步进去。

素琼走到园门口，见阶缝里一堆萱草，新发嫩芽，绿得可爱，乃问了凡道："这是什么草？"了凡道："是忘忧草。"又抬头起来，见墙角一树花开得有趣，又问道："这是什么花？"了凡道："是消恨花。"素琼道："那两种花草的名头，正宜出家人种的。"了凡道："正是。小尼倘遇忧恨之际，看看此两种花草，便可忘忧消恨了。"素琼道："只怕师父说谎。点点花草，怎消得出家人万千忧恨来？"了凡道："小姐好嘲！"素琼道："言出无心，莫要认真。"了凡道："小尼怎敢？"说罢一径到里面去。

正好老夫人才起身梳洗过，坐在那边，见了素琼、了凡走到面前，问道："你们在那里游玩多时？"了凡道："偶同小姐在园里看看花儿。"老夫人道："园里我倒也不曾

去。"了凡道："吃了早饭，待小尼同奶奶进去看看，那些花木不比往年了呢。"夫人道："原来如此。"正话间，里面掇出朝饭来吃过。老夫人同了两尼到园里赏玩去了，不提。

却说那素琼小姐，经早上盘问了尼姑一番，知道两首诗就是昨日这风流情种做的，心上顿起相思念头；更被那了凡引入园中，见了这些红芳烂熳，物类感人；又听了了凡这一番挑动春心的话儿，遂进房去取出笺来细加玩味，觉得心火升起来，口渴难过，叫春桃拿一壶茶来吃了几杯。见春桃出去了，又对着这两首诗轻轻的道："卫旭霞，不知你何由得窃进此室，遗这珠玉于笺上，以至费我寻思；更自不明不白的去了。嗳！今日若得你在这里，就此海棠花下订了姻盟，解我心中想慕之切，也不枉生人世一番。如今人去空留惹眼诗，教我怎生丢这念头？真个是害相思不浅的冤孽也！苍天苍天，我邬氏素琼若不得卫旭霞为夫，誓不别缔姻盟！拚一死永辞人世，到阴司去也罢。"当时愁情如缕，幽恨如山，只得把园中即景咏一首诗，解解闷怀。遂研浓了墨，蘸饱了笔，取出纸来铺于桌上，援笔构思，咏就七言一律。诗曰：

> 羡杀池鱼戏水涯，悉将幽怨度韶华。
> 阶前空睹忘忧草，树上徒观消恨花。
> 京兆未盟眉懒画，寿阳应睡鬓偏斜。
> 依依柳线侵窗绿，系我愁肠闷转加。

写毕，念过一遍，藏于匣中，长吁短叹了一回，觉得神思困倦起来。

恰好春桃走到面前，对她说道："你自去看看奶奶，待我略睡片时。"春桃答应而去。素琼掩转了门，走到卧榻前，揭起流苏，掀开锦帐，蒙蒙胧胧的睡入温柔乡去了。

看官们，你道好不古怪！那素琼小姐因私想欲与卫旭霞为夫妻，怨天尤人了一番，岂知惊动了普门大士，命伽蓝土地来托梦于素琼。那伽蓝走近床去道："素琼、素琼，我乃本庵伽蓝神圣是也。领大士法旨，特到小姐跟前嘱咐，当细细听我道来。昨日相会的洞庭才子卫彩，原与你曾订三生石上，姻缘有分。故掌婚司遣他到来，题诗挑动，应与汝私媾订姻。岂知中途遇着了一个色中饿鬼的尼姑，冒去云情雨意，少不得还要奏闻玉帝。今大士见汝在此怨天尤人，特差我去摄那卫彩的神来，同汝会晤一遭，以安杂想。"

说罢，只见卫旭霞飘飘拽拽的立在素琼面前，道："昨日略睹芳容，便觉神魂飞越，但别后不知更何以为情耳！"素琼道："我亦如此。得会英才，亦欲略悉片言，叵耐家慈在侧，不便启齿，使我柔肠似绞。今复获把臂，以舒积衷，喜出望外。"旭霞道："小姐不消愁烦得的，我与你必有一段天缘前定，故得萍水相逢，或者异日更有相会之期亦未可知。今所喜者，难得小姐独自在此，两人的心曲当趁早馨尽。倘有人来，小生就要去了。"素琼道："闻郎君年甫弱冠，尚未缔姻亲者。"旭霞道："正是。"素琼道："我想起来，今日与你相亲相近，大家有心向慕，不是有夫妻之缘的，谅难如此。欲与郎君就此海棠花下，以缔百年之好，未审尊意若何？"旭霞道："小生亦有此意，实不敢启齿。今承蒙小姐有怜香之意，小生难道反无惜玉之情？"说罢，两人走下阶去，在花前深深对拜，各自立誓过，走进室来。素琼道："目下虽订姻盟，更不知何日欢会！"旭霞道："小姐若肯预赐交颈，小生亦何乐而不为？"两人遂于绣榻上去欢合起来。

素琼梦中正处得意之际，恰好春桃推开了门，走近榻来，看见小姐梦中喜笑，口里咿咿咽咽，似有魇的意思。春桃忙叫一声，掀开被儿去推醒她。只见素琼口中连连叫道"旭霞"。春桃见得如此光景，不解其故，乃道："小姐，碧霞这丫头在家里，叫他做什么？我是春桃，不要认差了。"素琼心神恍惚的把眼拭开，下床来着了凤鞋，见是春桃立在面前，乃道："嗳！好一场大梦也！"遂走到桌边，推开了窗儿一看，但见碧天如洗，落红满径，暗里感叹道："好梦难成！正处欢情浃洽之际，却被春桃这厌品来唤醒了！"正是：

　　　　无端耳畔声声唤，一枕鸳鸯梦不完。

想罢，乃转身问春桃道："你方才推醒我的时节，怎生模样？"春桃道："说起来连小姐自己也要好笑的。不知与家里碧霞这丫头在梦里有恁好处，觉转来连连叫她。"素琼道："这桩事情，你不要说与奶奶得知，我归去时重重赏你。"春桃道："说也不好说，赏也不要赏。但是春桃下次也犯出过失来，求小姐不要打骂就够了。"说罢，春桃自出去了。素琼独坐室中，想着梦中情事，不题。

却说老夫人到园中去，尽意游玩了一回，进来看见素琼懒垂垂的坐在那边，问了几句。吃过点心，又同到佛堂里去，坐谈片晌。俟焉日没咸池，星辉河汉，大家进去

吃了夜膳，各自去睡了。

到得次早起来，卷了铺盖，发下船去。老夫人叫了凡陪归，四五个人一齐登舟，望昆山去了。只是那小姐心上有些怏怏不快。正是：

游春归去恨无边，何日重来续梦缘。
果是三生曾有订，伽蓝嘱语应非怨。

不知那素琼小姐这样思想卫旭霞，到家时作何状貌；更不知那卫旭霞何日到尼庵来问信，且听下回分解。

第三回　卫旭霞访旧得新欢

独坐悄灯前，摹拟婵娟。匣中简得薛涛笺，写取沉鱼落雁貌，如并香肩。

剥啄询优禅，十月意传。前缘不遇识新欢。一夜凤鸾颠倒乐，分袂情牵。

右（上）调《西江月》

却说那卫旭霞清早被了凡促出门来，到了卿云家里。卿云出来盘问宿于何处，夜里情由。旭霞亦自左支右吾了几句。是日因卿云妻病未痊，在家赛神服药，勉强住下帮衬了一日。到得夜来，独坐空斋，想着庵中这两度风流，更信了尼姑诳骗，认真初次偷情实是素琼小姐，乃思想道："这两番云雨，真个喜自天降，虽尚未入蔗境，被他空腹促回，苦不可言。如今值此更静无人之际，对着这盏孤灯，要去睡，只恐又难入梦；待坐在此，又当不得这样凄凉景况，不免虚空摹拟他一番，以消长夜寂寞。"想罢，乃叹口气道："素琼小姐，我卫旭霞不知有何缘分，到此得睹芳容，近香肌。这段光景教我怎生割舍？若是我会丹青的，就想你的仪容出来，描于扇上，时刻亲近呼叫一番，也可疗饥充渴。为今之计，描画既是不能，难道不记她芳姿一二，以存后日物色追想玩味？"想毕乃道："有理!"遂在卿云案头翻了一回，拣出一卷纸来，仔细看时，恰好都是薛涛笺儿，取一张来摊于桌上，挑明了灯，援笔沉吟，写一个题头于笺首云：

三月上巳，洞庭卫彩，游支硎山，驻足尼庵，萍逢昆山美姝邬氏素琼。因别后思慕之切，渴欲再见，故摹写芳容，以留后日物色。

态若行云，姿同玉立。纤腰袅娜，弱体轻盈。朱唇缓启，堪同解语娇花；美目漫扬，浑似寒思秋水。双眉翠分柳叶，不经张敞描来；两颊红晕桃花，宛似杨妃睡醒。

香肩斜倚栏干外，影上云中惊雁落；玉臂轻舒池沼里，光摇波面骇鱼沉。绰约嫦娥，避出广寒；娉婷仙子，谪下瑶池。舌尖未启，香气远飘，馥郁几同喷兰麝；凌波初动，苔痕印迹，依稀恰似贴金莲。赠人以心而不赠人以物，将行无杂佩之遗；示我以意而又示我以形，临去有秋波之转。实女中之倾国而闺内之淑媛也。

写毕朗诵一遍，不觉神魂飘荡，痴态迷离，遂手舞足蹈的道："那素琼小姐被我写她的花容月貌出来，真个是仙姿国色也。玩味时，宛如立在月前，怎不教人暗地相思而神往妆台左右也。"如此者想了一回，把笺折好，系于汗巾头上。此时想到痴境，几乎掉下泪来，乃又叹道："我卫旭霞若不得素琼小姐为妻，纵生于人世也是枉然的了，必要千方百计存心去图，或者是我的姻缘，故尔尼姑赚得成此计，被我破瓜。不然，这个事体就有通天手段，怎做得这样事来？况前日那尼许我：倘复有好音来时，报你知道。或者她贪着自己也有甜头，为我说向她知道，更有可会之期，亦未可知。不免作一妄想，明日再到他庵里探问一番，好歹也释了心上的忧愁。"正想间，忽听得谯楼鼓已三敲，只得脱衣睡了。

挨到天明，起身梳洗，吃过朝饭，谢别了母舅、表兄，竟出了阊门，三脚两步的走至支硎山下，也竟无心去探望景处，慌慌忙忙的轧出人丛，走到尼庵门道。只见：

双扉紧闭松阴里，孤犬横眠竹荫边。

旭霞见得庵门深扃，阒寂无人，此时心里顿起惊疑，乃道："前日来的时节，门儿洞开的，今日为何牢扃在此？莫非他们通陪着夫人小姐出去游玩了？"又想一想道："今日若会她不着，消息从哪里去询问？如今也不要迟疑，且扣他一下，就晓得在也不在。"想罢，四顾一望，恰好无人行走，轻轻的扣了几下，侧耳细听，绝无人声答应；乃坐于石上一回，立起身来，又扣了三下。

原来，这些尼姑院里扣门，若乱敲时，纵你敲得臂疼，只是不答应的。岂料那旭霞第二次竟敲着他们的暗号，里面听见了剥啄声，遂叫香火婆子起来启了门。见得是旭霞，乃道："原来就是前日来的小相公，请里面去。"旭霞见了这婆子，启口遂问道："大师父可在么？"婆子道："出去了。有二师父在庵。相公请坐，待我去叫她出来。"那婆进去不多时，云仙走出来道：

"圆关寂静深深扃，何处游人扣入来？"

云仙见了旭霞，打个问讯道："原来是师兄认下的弟子。卫相公，今日什么风儿又吹得你转来？"旭霞道："仙姑休得取笑。小生特拗路进来，谢别两位一声，要渡湖归去了。"云仙道："除非师兄有好处加于相公身上，小尼并不曾敬顺些儿，何烦并言谢乎？"旭霞道："在贵庵叨扰，总是一般的了。"云仙道："惶愧！惶愧！"旭霞乃问道："令师兄何处去了？"云仙想一想道："小尼去拿茶来吃了对相公讲说罢。"转身进去，暗地思忖道："我想前日他来的时节，恰好我在花山去了。他与师兄坐在里边不知做了什么勾当，遂认他为胞弟，以诳那老夫人，骗这小姐与他相见。谅必是上了手，故尔如此肝胆相照。不然，素无相识的，为何叫他弟子起来？那一日，我几乎破了他的网，又是师兄眼色丢得快，才解其意，缩了口。不想他今日又来，恰好我在庵中，师兄她出。或者是天公不偏，遣他来与我们两个互相作乐，亦未可知。再说师兄远出不归，他与我又不甚浃洽，倘或竟自去了，真个是'天与不取'！况且世间的男子虽多，谅难得似他这样风流俊雅，岂可当面错过？如今出去，只说她在近侧，就回来的，淹他住下牢等，到夜来促他上挤，亦一美策也。但是可惜我年二十，虽然出家，身尚未破，何可以一时欲念之萌而丧终身之行？论起来只是不可。"又想一想道："呸！我的出家，原为父母将身错许蠢子，怨命立志，投入空门。真个什么'身具佛骨，心种佛心'，必要修彻上西天的？对着这样俊俏郎君，白白里放他过去？我如今暂学那陈妙常的故事一遭再处。"主意定了，遂拿了茶，走到外面，递与旭霞。

旭霞接了道："仙姑缘何进去多时？"云仙道："小尼进去，不道茶炉上火已息了，小尼自去动起火来，故尔迟了些。失陪莫罪。"旭霞道："原来为小生在此，仙姑特地动起火来，是小生累仙姑了。"说罢，吃了茶，乃问道："令师兄真个哪里去了？"云仙道："在近侧，就回来的。相公要会她，请到里面去坐，略等一等，待我原去闭了门进来奉陪。"

旭霞听了，一径走到斗室中去坐了，定睛细看，只见海棠花这间房里洞开在此。移步进去，仔细一看，乃惊讶道："前日这些艳丽铺设怎的都不见了？止剩得张空榻，一树开残的海棠。我想起来，与题诗的时节止隔得三日，缘何凋落至此？这也古怪。只待云仙进来，细细问她，必有分晓。更不知我在此题这两首诗落在何人之手？亦必要询出根由，才释我心中犹豫。"看了一回，又暗想道："这个云仙我前日仓卒相会，未曾细看其丰姿，目下看起来，倒比了凡俏丽几倍。双眉固结，玉峰未耸，像个不曾破体的优尼。待她来时调戏她一番，观其动静。若引得她动心，趁这了凡不在，左右

山水情

我前日已破过戒的了，也收她在部下。卫旭霞的风流案中，又增一名绝色也！"

正在那里自言自语，云仙换了素服淡妆，妖妖娆娆的走来道："卫相公在此凝睛思想些什么？"旭霞道："不想怎的。见这间壁海棠花谢得零零落落，暗地感伤他。"云仙道："相公真个是痴男子！有了这棵树，自然要开花的；开了花，难道教他不要谢的？可晓得'花无百日红'，感伤他则甚？"旭霞道："仙姑，你有所不知。岂不闻'人身小天地，盛衰与花木同'的？古人道得两句极切：

> 红颜始丽，早随桃李嫁东风；
> 白面未衰，莫堕桑榆嗟暮景。

我想世上人之形骸姿质，皆天所赋，与树木一体的。设使男子生就一个潘安的美貌，自然该寻一个佳人作配；女子生就一副西施的态度，亦须要拣一个才子成双，大家荣艳一番。犹这棵海棠花，品贵色娇，遇了春里，开出这样锦绣来，摇摇摆摆几日，也当春光一度。即系人生年少时，貌也娇好，性也风流；到得老来，性子也颓了，容貌也枯了，何异花之凋谢？这时节要荣华，非其时矣！怎不教人触景伤情？不是小生冒渎仙姑，说可惜你这样青年美貌，就转几百世人身，也难得生就这样十全的形体。将来削落了这一头青丝细发，放大这两瓣金莲，颈里挂了一串缚性子的念珠，手中捻着一个冷肚肠的木鱼，对着这些泥塑木雕、有影无形的佛像，终日念这几卷骗施主的经文。一年三百六十日，夜夜木鱼敲夜月，朝朝铁马响晨风，好不凄楚，好不伤情！谅要荣华的时节，今生莫要去想他，竟与这不开花的朽木一般了。"

云仙被这旭霞一说，心里恻然凄惨起来，不觉也长叹一声。旭霞道："仙姑这一声叹息，也道是小生讲得明白，不无所惑耶？"云仙道："小尼心里一向便是这样懵懂过了。今日听相公讲得透彻，一来为自己陷入空门，无超生处；二来记着前日那个素琼小姐住于此房中，终日对着这海棠花儿长吁短叹，想必也是那个缘故。小尼蠢然一物，不会其意，故发此叹。"旭霞听得说"素琼"二字，心里想道："我正要问及，并这两首诗的下落，不想倒自她说起。我如今不免乘机问去，倒也觉得不着相。"乃道："今日这小姐在何处去游玩了？"云仙道："昨朝已回去了。"旭霞听得"回去"二字，忽然呆了半晌的道："原来这小姐已归去矣！方才仙姑说她下榻在此间的么？"云仙道："正是。"旭霞道："这棵海棠花被她赏得毁了。"云仙道："相公，你前日虽则相见，尚未识其内才，是聪明得紧的呢！出去游玩了归来，静坐在此，手不释卷的看书，倘

看到有兴之际，遂寻笺润笔，做首诗儿，画幅画儿，悦性陶情。即如小尼前日见她拟一个诗题写于笺上，直个十分雅致。"旭霞道："怎见得呢？仙姑如今可记得否？"云仙道："此小事情，不记得还好？"乃念道是"露滴花梢鸟梦惊"。旭霞遂吃一惊，乃道："实是清雅莫比。"又问道："仙姑见了诗题之后，曾赏鉴她这首诗么？"云仙道："这倒不在意，未曾请教她。"旭霞乃暗想道："我说这些艳丽铺设，自然不是尼姑用的，却原来是这个缘故。但我那两首诗是匆忙立就的，或有不妥处，怎能入得有才有貌的慧眼？只恐她见时被她嘲弄怎处？"正定睛凝神之际，云仙会其意思，有慕小姐之情，故意问他道："相公又想什么来？"旭霞道："在这里想那诗题，恨不能睹其佳作，识其才情！"云仙道："相公要识她的才情，倒也不难。前日她咏一首玉兰诗送与小尼，见今贴在房里，相公不妨进去细看一回，便可知了。"旭霞道："仙姑的绿房紫舍，小生焉敢轻造？"云仙道："只恐室陋，不堪佳士所临。倘肯一顾，必然蓬荜生辉。"说罢，旭霞遂跟了云仙，喜孜孜的步进房去。

云仙乃随手掩上了门，走到壁边，指着笺儿道："这就是了。"旭霞仔细着眼，竟是一手绝细钟王妙楷。前面写着题目，后面落款是"昆山邬氏素琼题并书"，曰：

坐选奇葩细细看，高枝十尺玉为攒。
压檐花密遥先见，小径香多色未残。
试饼何郎欺白粉，淡妆虢国怯风寒。
只愁霡雨来相妒，故惜冰姿常依阑。

念毕，乃赞叹不已道："这样风藻天葩，真锦心绣口也。"赞过记熟了，乃道："小生若得与你做了一处，明窗净几之下，诗词唱和，你我二人不亚于蓬莱阆苑之仙也！如今想便在此想，只怕今生连这会晤也不能彀了。"云仙道："相公要会她，真个是水中捞月、火里求泉的难！若肯请我，包你再撮合来相会。"旭霞道："敢问仙姑，有何妙计撮合得来？"云仙道："你不要管，请了我对你说。"旭霞道："此时要请，身边又不曾带得杖头钱。不若待小生先作一揖，转一转限，说明白了，容日盛些请你罢。"

旭霞就向云仙作揖下去。云仙用力一把抱住了，将自己的面孔贴于旭霞面上。谁知那旭霞此时手段已滑，竟自捧了云仙的嘴亲了几个。此时云仙欲火勃然，不知不觉的将个舌头送入旭霞口中，旭霞遂呒哑了一回。云仙伸手去摸旭霞的玉茎，意是翘然坚举。旭霞亦插手去摸那云仙牝户，亦是翕然频动。两人俱脱了衣服上床去，将要交

云仙道："不妨。方才是耍你，实是同了老夫人到昆山去了，还要住数日哩，你且放心。"旭霞依了云仙，遂不惊不怕的扒上去，入温柔乡里。有阕《西江月》词为证，但见他：

两乳嫩如软玉，双眸黑漆撩人。丁香檀口绛桃唇，肤滑犹同酥润。

白璧无瑕牝户，内含杏蕊花心。坚枪利戟整行军，上下欲心皆盛。

旭霞见了云仙粉白身躯，犹似饿虎扑羊，恨不得连皮带骨做一口儿吞下肚。又认错是做尼姑的自然破过体的，把她两脚耸起，望里面一攻进去。不上寸余，云仙直跳起来道："好好哩呢！斯文人何可如此粗卤！你不要认差了，我还似黄花闺女的器具，怎受得你恁般冲突！"旭霞听了乃道："小生凡夫肉眼，一时不识，唐突了仙姑，不要着恼，以后待小生缓缓行事，奉承你一番，以盖前愆罢了。"云仙道："哪个恼你？但今番斯文些儿，渐入佳境，大家有趣。"旭霞听了吩咐，遂萌惜玉之心，慢慢的、轻轻的进退抽提。约有半个时辰，见这云仙两颊微红，双眸渐闭，口鼻气粗，牝户渐渐促凑合上来，道是她已入妙境，似有要丢之意，放大了胆，以手拍开双股，紧紧的抵住了花心，用尽平生之力的抵了百来抵。云仙口里咿咿哑哑的道："怎的要死起来？"旭霞此时，被这云仙的骚态也括动了自己的狂兴，索性顶住了，一个抽，一个送，准准又是百来上下。丢的丢、泄的泄了，两人搅做一团，滚了一回，渐觉苏醒转来。

旭霞伏于云仙身上，把自己的面孔挨他玉峰膛中喘息了一回，大家起来，穿上了衣服。旭霞道："如今把这样好东西与你开了荤，也当得请了。小姐的会期赐教了罢。"云仙道："左右师兄不在，今夜要你住在这里，做个通宵之乐，方对你说。"旭霞道："只怕你哄我。"云仙道："哪个哄你！"旭霞乃暗想道："今我此来，要会了凡，不过是为探素琼的消息。了凡又不在此，云仙又肯与我传消递息，我亦何可执拗？况且归去又是晚了，乐得宿于此间，享一夜之欢娱，有何乐而不为哉！"乃对云仙道："蒙仙姑留宿，谨依命了。"

云仙道："你既肯住，我对你说了罢。不是什么设计撮合。那老夫人今年十月十五五十寿诞，前者叮嘱师兄，此时准同小姐到庵来拜忏还寿主，你到这时，无意闯来，就可会了。"旭霞道："承仙姑传此好音，小生三生之幸了！但屈指到小春尚有五六个月，怎好教人归去饿眼望将穿也！"云仙道："你不要轻觑了。大凡人家的千金小姐，深藏闺阁，任你有想慕之思，那得影儿与你看见？如今这小姐，亏杀那老夫人是疏散的人，又是师兄与你乍会，不知有什么前世不了之缘，认做胞弟，她不提防，得与你觌面，近身作揖，眉来眼去。若是别家的，师兄倘又不认，只好做个梦儿想想。"旭霞道："小生实是晓得这个缘故的，所以时刻感激两位仙姑。"说罢，云仙同了旭霞，走到庭中一看，你道好不诧异，两人扭捏了这一回，竟是月上桑榆的时候了。

云仙出去，检点些夜膳来吃过，径来打发那婆子睡了。闭好了门，走进房去，倒替旭霞脱了衣服，自己也脱得赤条条的，勾住了旭霞的颈，立于银蜡灯下，你看我，我看你，恰像似一块粉做成的，十分有趣。此时两个亲嘴摸奶了一回，不觉淫兴大发起来，遂上床去。这番云雨，真个你贪我爱，颠鸾倒凤，比日里大不相同了。弄到体倦，各自睡睡再动，实实里做了个通宵之乐。

睡不多时，只听得鹊噪枝头，日穿窗隙。云仙吃一惊道："不好，书生快起来。"旭霞在梦里听得声"不好了"，只道有人来捉破绽，吓得牙齿捉对，连忙去摸衣服来穿，颠颠倒倒，手忙脚乱的，衣穿不上身。云仙见他如此光景，乃安慰他道："不要慌张，这里是没人来的。"旭霞此时才得凝神定志。云仙道："今日要归去的，起身得迟了怎处？"旭霞道："不妨，只求快些朝饭吃了，赶到木渎乘船，谅也正妙。"

云仙即忙到厨下去，安排停当，搬到房中，闭上了门儿。待旭霞吃过，然后约定再会之期，一径送他出门。此时两人恰似长亭送别，难割难舍的分袂去了。

一宵云雨两情投，分袂凄凄□□□。

（此下有缺页）

第四回　美佳人描真并才子

　　春寂寞，芳园绿暗红零落。红零落，佳人成对，□□憎恶。　　　倚阑想起情离索，菱花照写双真乐。双真乐，不禁挥洒，俏庞成却。

右（上）调《忆秦娥》

　　却说那老夫人与女儿素琼在支硎挈了了凡归来，住下又将旬余。这一日了凡要归，老夫人检点些盘费，兼之要念受生经的劳金、香烛之资，一并送与她，了凡欣然收了，谢别而归。正是：

　　若无慈悲，饿杀此辈。得了经钱，也当忏悔。

不题。

　　却说素琼小姐自那日见了卫旭霞，得了这两首诗，更兼这场痴梦，归将半月，镇日闷闷昏昏，茶饭都无心绪去吃。至于那些琴棋书画、刺绣挑花的事，都搁过一边。

　　偶一日，同了春桃到后园去消遣，又逢初夏天气了，见得红芳零落，锸绿阴阴；池面鸳鸯交颈，枝头杜宇空啼，愈觉心思撩乱，没情没绪的坐于太湖石边，睹着游蜂作对，舞蝶成双，来去蔷薇架上，连连的叹口气道：“我如今正是：

　　愁心只恐花相笑，不敢花前拭泪痕。”

　　春桃见了素琼叹气，乃道：“小姐，今日到园中来，本是要赏玩取乐，为着恁的连连叹气，道此两句，生出许多愁容忧思来？”素琼道：“你这丫头，怎晓得我的心上事情？一来为老爷没得早了，又无子嗣；奶奶今年又是五十岁了，渐入桑榆暮景；单靠着我闺中柔质，形孤影只，家道日以消索，事体渐渐促迫拢来，又没个亲房长进的侄儿主张。便是一个外祖吉家，又住于苏州，路途遥远，不便照管朝夕。当此境界，你道怎的不要着恼？"春桃道："我的小姐，为恁般心事愁烦若是？为着家中之事，少不得还有奶奶撑持，未必要轮着小姐担忧，也还略可缓些。至于老爷乏嗣，事已如此，今日愁他也无益了。后日奶奶少不得择一个才子入赘为婿，也可作半子之分。那时家事有人撑持，小姐有人作伴，何必今日预为忧虑？倘愁出些什么病来，不惟不能替奶奶分忧，反增她一场烦恼。我道小姐还该保重自己的身躯、慰悦奶奶的心情为上。"素琼道："这丫头倒也说得伶俐。但你说奶奶少不得择一才子入赘为婿，我想世间所易者金银币帛，所难者才子佳人，便使均有于世，倘一在天之涯，一在海之角，此时才子要求佳人作配，佳人要择才子成双，岂不难哉？"春桃道："说便如此说我道要邂逅相遇，原是容易的。即如前日我们在支硎山尼庵里会着那个了凡的弟子卫生，我看他起来，倒像一个风流才子。生得眉分八采，唇若涂脂，面如敷粉何郎，态似瘦腰沈约。天既赋他恁样一个俊俏身材，难道不成就他聪明伶俐之姿？我想起来，前日那尼姑曾与奶奶说，他年纪尚在弱冠，又未曾娶妻的，已是进过学的了。这样人材，后日必然要发达的。如今我家奶奶莫若央了凡为媒，赘他归来，与小姐作配，倒是一对郎才女貌的好夫妻也。小姐，你道春桃的话儿差也不差？"素琼听了春桃这一番开心花的话儿，竟与自己的意思相合，又想她倒是一双识英雄的慧眼。但是不好就回答得她，乃故作嗔道："小贱人，没头没绪的说些什么来？早是奶奶不在，若是她听见了，你讨一顿好打！"春桃见小姐假作嗔怒，也会意了，遂转口道："小姐到园中玩要长久了，恐奶奶在里边冷静，进去了罢。"

素琼立起身来，轻移莲步，走进厅堂，转入老夫人房里，恰好熟睡榻上，竟不去惊动她，遂到自己绣房中去坐下。侍女碧霞见得小姐进来，即捧一壶香茗摆在桌上，道一声："小姐，园中赏玩多时了，若口渴，茶在此，吃一杯儿。"说罢，自进去了。素琼乃吃了几杯，走到窗前，倚着栏杆，在那里细想旭霞这两首诗与春桃口中形容他的面貌风流、身材俊雅。正凝神定思之际，春桃乃道："小姐，待我取骓子绒线过来，做洒线消闲，可好么？"素琼道："洒线今日不耐烦做。你晓得我的丹青久已不曾动笔，恐生疏。与我在匣中拣一把上号泥金扇来，再与我净好砚子，配匀了颜色，待我温温笔路，消遣消遣。"春桃听了吩咐，即寻钥匙启匣，取了金扇，把颜色配匀了，砚子净好了，摆于桌上；更去拨醒了兽炉中宿火，添上些龙涎速香，乃道："小姐吩咐都已停当了，请坐了思想动笔。"

素琼遂走到桌边，坐于椅上，踌躇暗想道："我今日想那卫旭霞，真个是虚空的单相思也。倘若我在这里玩味他的诗章，想慕他的仪容；他在那边道萍水相逢，又道我是宦家闺女，虽然一面，难于希冀，或竟付之东流。可不是：

落花有意随流水，流水无心恋落花。

我如今不免将他的容貌细细摹拟出来，画于扇上，再把菱花镜照写自己的芳容，这般朝夕亲近，还胜似无根蒂的胡思乱想。"想罢欲要动笔，又恐春桃这丫头窥看出来，乃对春桃道："奶奶此时不识可曾睡醒？你自出去看看来。"春桃答应而去。

素琼见春桃出去了，遂沉思润笔，闭着双眸，暗想了一回，正欲下笔，只听得檐头群鸟乱叫。素琼乃道："端的这鸦儿古怪得紧！难道画了他有什么口舌是非在里边？"又想一想道："古语有云：'鹊噪未为喜，鸦鸣岂是凶。'如今不要信这些阴阳，且待画去，再作区处。"想毕，遂下笔画出一个卫旭霞，点这双俊俏含情之眼，勾出他的八采双眉，腔就何郎粉面，写成沈约腰肢，头上画一顶软翅纱帽巾，身上染一件紫色袍，脚下加一双粉底靴，描成一个飘飘拽拽的紫衣年少模样。素琼搁笔细看一番，立起身来，喜不自胜的赞道："我想那卫旭霞不过是尼庵半面，却怎生描得这样十分形肖，宛如昔日佛殿上相逢的态度？这也奇怪。就是古时的顾虎头传神写照，对面坐下落笔，也不能勾如此妙绝！"乃启菱花宝镜，又勾好了颜色，对镜坐下，细看真了自己的芳容，下笔点睛。正欲勾出桃腮杏脸，只听得外厢老夫人与春桃说话进来。

素琼慌忙藏过了扇儿，掩了镜台，把一张云母笺摊于桌上。那老夫人走进房来道："我儿在这里做什么女工？"素琼尚未答言，老夫人见得桌上摆设的都是丹青器具，略觉有些不悦，且又是娇养女儿，不好去责罚她，乃道："我儿，你年纪长成了，还该攻些刺绣挑花，这便是女子分内的事。那些丹青词赋，是文人韵士之学，也不必去精他。"素琼道："母亲之言，岂敢有违？因女儿近日觉得身子有些不快，懒于挑绣。偶见这幅纸白得可爱，欲在此画一幅大士像供养。"夫人道："画大士像也是你的发心，是该画的。至于那些狂蜂浪蝶，野草闲花，切记不可去画他。"说罢，遂道："既如此，你自画去，我到外厢去也。"

素琼送了老夫人出房，转身进来，要复将金扇描完自己的真貌，叵耐这春桃在侧，难于动手，左思右想的要打发她出去。谁知那春桃也在那里暗想道："怎的方才明明教我拿一把扇放于桌上，见奶奶来，把这扇子藏过，将那纸来掩饰，不知为着怎的？"又

想道："我家小姐是伶俐的，自己独坐在此，痴心妄想，动了春心，难于摆布，毕竟是画些春宫架子作乐消闲，故尔见老夫人进来藏过了。我今且悄悄问她一声，看她的言语，自然晓得其中之意了。"乃道："小姐，方才这柄扇子，可是画完了？今又要画大士像么？"素琼道："扇子还未曾落墨，大士像也只好改日画了。"春桃道："却原来如此。方才我出去这一回，莫非小姐在房中打盹？"素琼道是春桃讥诮他，乃又发怒道："小贱人，谁个由你管！如今你还不出去？好好的烹一壶茶来与我吃！"春桃道是小姐嗔怒，就出去烹茶了。

素琼见春桃出去后，乃道："这丫头倒也古怪，只管来查问我的扇子。我若与她看了，她又是认得卫生的，被她看在眼里，这伙丫头们的口儿，是没遮拦的。倘或奶奶跟前侍女伴中偶然说出来，播扬到外面去，那时我的声名是一块有瑕之玉了。方才我瞒过他，实是有理得紧。"正是：

逢人且说三分话，未可全抛一片心。

想罢，仍旧拿这扇儿摊于桌上，复去启了宝镜，对着细看一回，遂研脂勾粉，勾出自己的新月蛾眉，染成桃腮杏脸，点就绛唇，理清乌云宝髻，画一个窈窕身躯，增上两只凤头弓鞋。画完，复细看一番，不住的叹道："我谓世间的佳人才子，欲要亲近，如隔霄壤之难。依此时看起来，顷刻之间，相聚扇头。虽云镜花水月，也是旷古奇逢之事，岂不快哉！但如今补什么景在上边？"又想了一回道："有了！一年四季，惟春景觉得红芳撩乱，绿柳飘扬，蜂狂蝶闹，语燕歌莺，比这三委的景色更富丽几倍。"想罢，正欲下笔，忽然阁住，乃又想道："虽云春景佳致，然必着落一处所在，方无破绽。我思今日描那卫生的俊雅仪容，原系在支硎尼庵，会面之后想慕他，故有此举。若画了别处的景，又不相合了。不若就把这尼庵前后一派青山碧涧、曲径圆关补上，倒也觉得雅致清幽。我与卫生立于丘壑之中，飘然欲仙，岂不美哉！"捻管挥毫，竟画成一扇天正春晚图。山麓就画一带花木，<u>丛丛深处</u>，藏一所尼庵，里面点缀了曲栏石坡，围住两人在内，原添上一枝娇娇媚媚的海棠花，透出花墙，宛如相会卫生时的景界。完了，将来捻于手中，走来走去的暗想摹拟。忽然想入化境，将卫旭霞的脸儿近了自己的鼻尖，嗅了两嗅，乃道："卫生，卫生，怎得你活动一活动，走下扇来，和你并香肩偎红倚翠，消遣一番，胜似登仙界也！我今日费了多少心思，画就你的风流态度并自己的粗容，免不得借景题一首来落款。"想罢，遂吟成七言一绝：

佳人才子乍相逢，恰遇芳菲景色中。

若得有情来种玉，蓝桥有路自能通。

吟毕，写于扇上，后面款落"昆山邬氏素琼画并题"，又打上两个印章，更自出神细玩，呼叫一番，藏过匣中。复取出卫生"露滴花梢鸟梦惊"之作。正在那里玩味，忽见春桃进来，又把诗笺藏过。

看官们，你道春桃出去烹茶，为何去得恁般长久？这丫头也是乖巧的，见那素琼打发她出去的时节，似有欲速之状，就解其意，道是毕竟要画些看不得的画儿，省得进来又惊她停笔取厌，索性在外面淹搭了半日；更兼又是老夫人唤去，吩咐了一番说话，所以竟慢慢的烹了一壶茶，走进房来。

那时素琼藏过了诗笺，见春桃立在面前，对她道："春桃，你缘何出去了半日？"春桃道："小姐叫我去烹茶，不道是水又混，炭又湿；等得水清火活，奶奶又叫去吩咐说话，故尔来迟了。"说罢春桃遂筛一杯递与小姐。素琼接来吃了，乃问道："春桃，方才奶奶唤你吩咐什么话？"春桃道："奶奶说，十月十五日五十寿诞拜忏还受生，要画几幅吊挂去送了凡，教小姐趁闲，预先画就了。"素琼道："原来为此。待我改日持斋薰沐了就画。"说罢，素琼知道要她同去还受生的法事，不由想道："若是去的时节，再能见那卫生一面，今日画这把扇子，竟是一件有用之物了。"乃对春桃道："天色晚了，我同你到老夫人那边去闲话片时，吃了夜膳进来。"那春桃跟了素琼，步出了绣房，到外厢去。但不知这厢旭霞在洞庭作何行止，且听下回分解。

第五回　太白星指点遇仙丹

中国禁书文库

山水情

特邀长庚下九天，悉将帝命嘱床前。人间万恶淫为首，柱史星何染罪愆？

轻爵禄，播姻缘，雨花台畔去寻仙。紫阳隐语传丹药，偏恨藏机不显言。

右（上）调《鹧鸪天》

却说那卫旭霞自与云仙会这一番，见过素琼这首玉兰诗，又得了小春月会佳人之期，渡湖归家之后，只有个家僮山鹚儿形影相随，镇日废寝忘餐的思想，几乎害起病来，丧了这条风流俊俏的命儿。

忽一日，于香雪亭中叫山鹚儿烹茶闲坐，想起了自己形单影只之况，乃长叹道："我思天赋人以七尺之躯，一般生在世界，也有享荣华富贵的，也有处贫穷孤苦的，胡不平若此！即如我卫彩这样一个人材，竟使我家徒壁立，一主一仆，箪餐瓢饮，虚度年华，好不伤感人也，更有两件吃紧的事情牵挂在心：一者所云不孝有三，无后为大，未审何时得遂求凰之愿，兆梦熊罴以嗣宗桃；二者又不知命中可能勾造中青钱，腰金衣紫，上得封报父母，下得荣荫妻子。"想罢，复又自解道："我如今这两件事，虽人生必不可无的，但亦非人力所能致者。假如我这样一个孤苦寒儒，要求佳偶，要显达成名，真个是磨杵作针之难。那有识英雄的眼睛，肯把千金淑媛配我？那有恁孤寒的主司，肯把一生富贵付我？"乃又想道："若依我今日之论，难道终身无佳人作配了？又难道老于这腐儒了？我且不免学那董仲舒，窥园奋志一番。今科入试，倘得侥幸一捷，不怕没有玉人作四。那时或者去图这素琼小姐，有成就之机，亦未可料也。"正是：

欲求生富贵，须下死功夫。

乃对山鹇儿道："有茶取过来吃。"鹇儿道："茶已烹熟多时了，见相公在那里自言自语的思想，不敢来惊动，只怕冷了，且先吃杯儿，待我再去烹来吃罢。"

旭霞将来吃了，乃道："鹇儿，你道我在此思想些什么来？"鹇儿道："小奴也度得出相公的心事一二。如此闭着眼睛的思想，必非是别样事情，自然是前日到苏州去游玩，看上了人家烧香女子，眉来眼去了一番，害相公相思。"旭霞道："呸！难道我为着这样没正经也值得去费神思？是为着功名之事。目下要用功一番，倘后日去应试，得一举成名，不枉老爷昔日望我之意。"鹇儿道："原来如此。相公若得肯用功，不似平日这样喜欢闲游，读几年书，做了个官儿，不但耀祖荣宗，连这小奴也兴头兴头。"旭霞道："我今晚就要看书了。你去拂拭好了书案，安排些夜膳来吃。"鹇儿答应而去。

旭霞又取出那芳姿遗照来玩味过，又口诵他的玉兰诗一遍，赞叹不住道："素琼小姐，我这里时刻想慕你的闭月羞花之貌，剪冰裁雪之才，只怕你拿我这两首诗去看不上眼，倒不以我为念。我如今砺志书诗，磨穿铁砚，倘能功成名就了，图得你为妻，卫彩生平之愿足矣！"正想间，山鹇儿进来道："相公吩咐，书房已经打扫干净了，请吃过夜饭去看书。"

旭霞进去吃了，便走到书房中去，点青灯，埋头芸案，悬梁刺股的念诵书史，直坐到山鸡初唱，觉得身子困倦，和衣而卧在床。才鼾鼾的睡去，竟做出一个梦来。

看官们，你道卫旭霞做的是什么梦儿？竟是玉帝遣太白金星下降，要指点戒谕他而来。那金星的妆束，道他怎生打扮？有一阕《西江月》词为证。但见他：

　　头戴东坡巾样，身穿白色镶袍。黄丝绦系狂风飘，粉底儿踹着。　　雪鬓花须银面，素鬈指尘频摇。鸠筇连击嘱哓哓，点破迷途勉学。

那太白金星摇摇摆摆的走到旭霞床前，嘱付道："卫彩，细细听我道来，我乃上界太白金星是也。天帝遣我来戒谕你一番，更要指点你前途休咎。你本是玉皇殿上的柱史星儿，因与人间记功过书差了，谪贬为凡。原付你有封侯之分的，但不该去淫那两个尼姑，扰乱清规。伽蓝奏疏，上帝见之发指。颠播你姻缘，降你爵禄，后来只好发个科甲，做个平常官儿了。你的姻缘当在百里之内，三九之年，自然圆聚，但还有一番周折。明日可到山南雨花台去，求一游仙，他自然发付你来。切须牢记！我自去也。"嘱罢，竟自去了。

却说那旭霞梦中被这太白金星嘱付了这一番，朦朦胧胧的醒转来，见得灯又灭了，鹦儿又熟睡在那边，只得立起身来，走到窗前仔细看时，且喜月尚未落檐头，还有微光，遂临窗坐下，暗想道："这个梦儿来得古怪。怎的上苍遣这太白长庚来托梦，说我原是天上谪星，又是有封侯之分的，为着淫了尼姑，颠播姻缘，降减爵禄。我想起来，淫了尼姑尚然罪透天门，难道破了素琼小姐的身，是一个黄花闺女，玉帝反不责罚，金星倒不说起？我道那夜毕竟是那了凡有些蹊跷在内，莫非算个金蝉脱壳之计来哄我？如今总之不要去细推详了。古语有云：'万恶淫为首'。这样事体，原不是要巴出身的人做的。"乃叹口气道："也是命该如此。那日同了杜卿云一齐回去了，是一桩好事。不知为什么独留在庵，被她勾入迷魂阵里，失于操持，害了终身。目今喜得还有一半好处在后边，原许有科甲之分，又指点我姻缘在百里之内；但是有什么'一番周折'，教我去寻游仙指示。我想起来，宁可信其有，不可信其无。待天明了须索悄悄的走一遭，或者果然有遇，也不可知。"

正想间，只听得鸡声三唱，宿鸟喧林，月落檐头，东方开曙，渐渐的天明了，乃叫鹦儿一声"起来"。鹦儿在梦里，听得呼唤，慌忙的扒起来，穿了衣服，走到跟前道："相公平昔夜里不读书，要睡到日上三竿。昨夜用了功，今日为何倒起来得恁早？"旭霞道："我要出去会一朋友，趁早打点朝饭来吃。"鹦儿道："莫非相公才读得半夜书，又没心想了，要出去游山玩景？"旭霞道："不要你管！你自去收拾。"鹦儿答应而去，不一时将面水来与家主净了脸，即摆茶饭来吃过。整好衣冠，吩咐鹦儿一声，遂步出门儿，跋林寻径。

过了虾撒岭，来到山南雨花台前。寻踪觅迹，竟不见有什么仙人的影儿。旭霞气蠢蠢的盘山度岭，约莫走了数里路，觉得腿酸脚软，见一株大松树下，遂坐于石上，在那里思想。只见一个樵夫远远唱歌而来，旭霞侧着双耳细细听他。你道唱的是什么歌儿？竟是几句警世之言，歌曰：

> 朝樵苏，暮樵苏，布衣粗粝乐妻孥。奸淫犯罪无我分，富贵荣华也任他。
> 一日十二时中，多少风波险，偏是樵夫稳稳过。

那樵夫一头走一头唱，见了旭霞坐于石上，乃道："前面山坡上一个戴巾穿道袍的，坐在那边，这里又是一个。"

旭霞听得了，乃疑想道："莫非就是仙人？"欲要问一声儿，可怪他飞奔的去了，只得立起身来，依这樵夫的来路，走上前去。只听得松林深处冬冬的响，有似唱道情的声音。一步步走近松林里去，只见一块大石坡上坐着个人儿。你道他怎生打扮？但见：

　　头戴纶巾，恰似孔明模样；身穿道褶，浑如回道形儿。腰间系一条丝绦，挂一个斑点葫芦在上。脚下着一双棕色芒鞋。左手执一筒渔鼓，右手捻两片竹片。打坐于石坡之上，在那里高高低低的唱。

旭霞见了，心里想道："这样打扮，自然是仙人无疑了。"听他唱毕，遂走近身去，深深下拜道："凡子卫彩，今日特来寻访大仙，幸得相遇，乞求指点。"那人道："我乃一云游散人，怎敢叨个'仙'字？文士请起。敢问家居何处？怎的晓得贫道在此，重蒙赐顾？"旭霞道："凡子家居本山长圻，梅林茅舍。只缘童年早失怙恃，齑盐守困，埋迹芸窗。昨夜五更时分，朦胧睡去，梦中忽见太白金星，立于面前，指点前途，戒谕以往，道卫彩后来婚姻有一番颠沛周折，教我来求大仙指示。"那人道："原来是上苍遣星指点来的，不如与你直说了罢。我乃天台山石榴洞张紫阳是也。今日偶尔云游到此，不道又被天公漏泄，使你来问。你婚姻之事，果然天公罚你一番，颠沛迟延。中间更有一段风波起于平地，也少不得我于中效劳一番。我今先付你丹药一丸，牢佩在身，后来自有应验。"说罢，即于葫芦中倾出一粒金衣丹药授于旭霞，乃道："那丸丹药是完聚你婚姻之事的。"旭霞受了丹药，作揖下去，及至抬头起来，那张紫阳的影儿也不见了。旭霞此时，心上惊疑不已，乃道："昨宵得梦，今日准准的遇着仙人，这也真个古怪！想我后日也还略有些好处。"原由来路，欢天喜地的过岭而归。

　　到了门首，恰好鹓儿在外，山扉洞启在那边，一径走到书房中去坐下。鹓儿见了家主，忙去收拾茶饭来吃了，乃问家主道："相公今日出去了大半日，要会朋友，可会得着否？"旭霞道："是会着的。"鹓儿道："还是男朋，女友相知？曾留相公吃些点心么？"旭霞道："痴奴才，胡说！"鹓儿见家主骂了一句，遂转身出去，走到门道，劈面撞着了杜卿云到来。鹓儿道："杜相公，今日恁风吹得到我家？"卿云道："特来望望你们相公，可在家里么？"鹓儿道："相公绝早出去了，才回来得，在书房中看书。"

　　卿云一径直到书房里面，见了旭霞，乃道："表弟在此用功么？"旭霞忽见卿云立在面前，喜不自胜，连忙走来作了揖，启口道："外日连扰而别，倏焉两月余矣。日日想慕，恨一水之隔，犹如海角天涯。迩来母舅两大人并阖宅起居得意么？"卿云道："也没有什么好，没有什么不好，只是照旧平平。但表弟孤单独处，家严、家母常在舍

思想着了，觉得寝食不安，着实在家怜惜表弟。"旭霞听了卿云这两句话，忽然间想着了父母，遂潸潸然的流下泪来，拭干了，乃道："为外甥的处此孤苦之境，连累尊长牵挂，害他寝食不安，都是我之罪也。"卿云道："这是至亲骨肉，出于肺腑之情，一毫勉强不得的。"旭霞道："正是休戚相关，自□彼此同然，岂是寻常人所可比者？"说罢，乃道："今日正处寂寥，蒙表兄降重，以叙亲情，慰我渴想，真快事也！但敝处荒僻，更兼家窘，一味山蔬野菜，简慢怎处？"卿云道："表弟何得讲这样话儿！弟此来非为贪于宴饮，一者举家牵挂，道是表弟久不入城，来探望一面；二者为秋闱在即，家严道是表弟在家看书无伴，特命我寻下一所僻静僧房，要表弟同去用功，彼此有兴。后日进场，倘图得个侥幸，也是好的。故尔特造高斋。"旭霞道："蒙母舅大人垂念，又承表兄见爱，实弟之幸也。但弟阮囊如洗，去的时节，亦必略带几金，少贴薪水方好。"卿云道："表弟差矣！若是家严与弟两人平日有悭吝之意的，今日也不来拉表弟了。"旭霞道："既蒙如此厚爱，功名又是己事，焉敢有违？自当同去便了。"说罢，吃过了茶，备些蔬肴夜膳来吃了。两人在灯火之下又叙谈了一回，便抵足而睡了。正是：

客来随分家常饭，惟薄酒三杯两盏。

到得天明，二人起来梳洗过，吃了朝饭，同卿云游山玩水一回，归来宿了。明日遂收拾了琴剑书箱，分付鹧儿看好家里，乃一齐登舟，出了长圻。

恰好风恬浪静，湖光山色，潋滟空蕴。两人在舟，对景谈心，你道好不豪兴！正是：

一叶扁舟泛水滨，两人促膝话衷情。
浮鸥沉没湖光里，荡漾轻帆破浪行。

那旭霞、卿云二人一齐渡湖到郡去了。不知到什么庵观里去用功，且听下回分解。

第六回　摄尼魂显示阿鼻狱

中国禁书文库

山水情

削发为除烦恼，空门自有清规。胡行邪念触天威，诏仰阴司深罪。

鬼刹勾魂白日，冥途哀苦徘徊。阎罗殿鞫法无亏，指示阿鼻显畏。

右（上）调《西江月》

却说那了凡在昆山邬老夫人家，载了这些斋粮经钱香烛之资，自这日归庵之后，心里也道是难消受，不免遇了雨天，闲暇无事，原与他诵几卷受生经儿。

一日，与云仙商量道："我这里施主少，斋粮淡薄。昨夜困在床上思想，不若印些佛图出去，沿村一派，做个西资会儿，收些钱线米麦之类，混帐混帐，可好么？"云仙道："好是好的。只怕这样事不雅。"了凡道："管什么不雅？却不晓得世上这起尼姑、和尚看经说法，总不过是骗施主的钱钞，能有得几个顾着体面，认真与人忏悔消灾的？"主意定了，停过一日，买了纸张，印就无数佛图，出去沿村派过。还扎下一只小小莲船。

到了五月朔日，请着几个道友，原供了几张鲜明纸马，菜品蔬食，摆设得齐齐整整。拉到这起干瘪婆子，挨肩擦背的坐了一堂，做起西资会来。你道好不热闹！但见得：

香烟袅袅，蒸的是沉檀速降；钟磬锽锽，敲的是紧慢十八。俊俏优尼，诵声菩萨，宛如莺啭深林；干瘪老妪，念句弥陀，浑似牛号空谷。更有一班蓬松黄发，歪嘴田螺眼的丫头，要修来世。抱着两只木红布的鞋皮，妆做金莲缓步；穿上一件浆便补的布袄，假学杨柳腰肢。伸出只只粗手，黑漆灰扒无二；蠢起对对酥肩，连蒂扁蒲一样。吃多了茶忙寻坑厕，包满了饭撒屁连声。

真个是:

> 山魈水怪出现,夜叉罗刹呈形。

看这起婆子、丫头们,听得一声钟磬齐敲,连忙立起身来,随着尼姑摆一个长蛇阵势,到外面山坡上串莲船去了。不题。

却说了凡、云仙在里边执事,云仙值香积厨,了凡管库房。恰好云仙要配齐了茶点心,等这起串莲船的进来吃,走到库房里去与了凡讨茶果。岂知了凡一时头眩起来,速速叫了声"不好过",竟自面如土色,瞑目而逝了。正是:

> 天有不测风云,人有旦夕祸福。

此时吓得云仙魂不附体,手忙脚乱,呼叫起来。遂惊动了外边这起念佛的、奔走的都来看,人人惊骇。也有说撞了急神的,也有去摸她身上说:"还是热的,想是什么恶星辰过度,少不得还要醒转来。"如此挨挨挤挤,乱嚷嚷了一回,都觉扫兴,各自零零落落的归去了。单剩得一个云仙,两个相好的道友,看这死了凡在那边。正是:

> 虔心来佛会,扫兴一齐归。

不题。

却说那了凡死的时节,你道她怎生受苦?岂料牛头马面在庵里赶来赶去了半日,只等这起人出去了,提个空儿,把这黑索来下手,套上了凡头里,扯到黑暗黄泉路上,着实乱打。了凡哀求道:"饶了小尼罢!"鬼卒道:"你这乱清规的淫尼,哪个饶你!你道这个所在是受苦了?要当去游遍地狱,只怕叫不得这许多苦恼讨饶哩!"说罢,遂牵着了凡,行了一程,走到第一殿阎罗天子殿前。但见夜叉罗刹,分班布列;枷械刑具,森森摆出。乃暗想道:"怎的我今日受这样苦楚?"正暗想间,被那鬼卒一把拖了,望殿上一丢道:"禀上大王,阳间犯规的尼姑勾拿到了。"阎王道:"今日我这里上界发下一起夫妻忤逆的人犯,要凌迟碎剐,不得功夫审这尼姑了,已发到转轮龙图包大王了。你可速速带去。"

鬼卒领了钧旨,拖下了凡,上了脚镣手拧,绑缚定当,遂解到转轮王殿前。但听得击鼓吠堂，一班鬼卒拥着龙图王出来坐了殿。鬼卒们参见毕，遂分班立定。牛头马面带这了凡上殿，禀过，销了钩拿票儿。龙图王启口道："你就是不规不法的了凡么？"了凡道："大王爷详察。小尼从幼出了家，今年二十三岁了。在庵中朝诵经文，夜念弥陀，苦守清规，并不曾做什么私情勾当的呢。"龙图道："你不做的时节，那伽蓝、土地怎的无因就上奏天庭？玉帝何由发到地府勾拿？还要嘴强！叫皂隶与我掌嘴二十！"掌过，了凡含着苦痛辩道："那个伽蓝神圣，或者是小尼于初一月半忘敬了，他怪着小尼，捏奏天庭，今日害小尼受苦。"龙图道："胡说！难道你与那洞庭卫彩淫媾，也是伽蓝捏出来的？你自去想来！"了凡道："这个事情，实不敢瞒大王爷，但也是那卫彩来勾引小尼，原不是小尼乐从的呢。求大王爷原情饶恕。"龙图道："你认他做弟子，是乐从的了。又把那素琼小姐设计，做了妆头，骗那卫彩上手，难道也是他来勾引你么？"了凡听那阎王这一番说话，心中畏怖，真个是舌头抵了牙齿，竟强辩不出了，低着头儿，伏于地下。龙图又道："好好里一个卫状元，要封侯的，被你诱入迷魂阵里，使他恋恋于心；后来复入庵中，淫污云仙，犯了逆天大罪。上帝降了他的爵禄，颠沛他的姻缘，又有一件最恶的事，好好里一个黄花闺女，把他假妆说骗，暗地坏他的声名。这样罪恶，本该堕入阿鼻，永不超生；还亏你阳寿未绝，玉帝批下来，只要罚你游遍地狱，戒谕将来之事，放你回生。"了凡听见龙图王这番说话，道是原许释放回生，此时虽放他游遍地狱，也是甘心的了。乃磕头如捣蒜的拜谢。龙图道："如今罚你去游遍了地狱，放你回生去做尼姑，须要虔守清规，不可复萌故态。你可晓得，人间私语，天闻若雷；暗室亏心，神目如电。那日月之光是瞒他不得的呢。若再犯出来，必要陷入阿鼻狱中，受千般苦恼，万般刑罚，切须牢记。"遂吩咐牛头马面道："你可押那尼姑去，先把那阿鼻狱教他细看一番，然后引到别地狱去游遍了，好好还他生魂，领归庵去，不可有误。"

鬼卒听了钩旨，仍旧牵了尼姑，走出殿来，果然引到阿鼻地狱边去。了凡见着，吓得魂飞魄荡。但见此狱周匝有七重铁城，七重铁网，罗覆于其上。更有铁刀团团为林。无量猛火，纵广八万四千由旬，罪人之身，遍满其中，如活鱼在熬油锅里，无处躲身之苦。复有无数铁嘴飞鸟，往往来来，啄啄罪人之肉。了凡此时，乃暗想道："原来阿鼻地狱这样惨伤苦楚的。今番回生去的时节，纵算遇了最难熬之事，也只得硬着心肠，忍一忍了，再不去胡思乱想，瞒天瞒地的作出孽来，堕入此狱受苦了。"鬼卒见那了凡看过这地狱苦状，似有畏惧之形象，遂替她放了刑具，引到诸地狱去，层层游过，乃对她道："我们两个送你回去，若肯大大把我们些使用，不引你到旧路上过了。"了

山水情

凡道："若得如此，我回庵去的时节，多拉几个道友，拜几部忏，化些金银锭帛，报你恩德。"鬼卒听见了凡出口许过，遂引她出了地府之门，教把门将军销了号簿，到一条花花世界的路上行走。

了凡此时，觉得心中快活，行过一程，远远望见许多长幡宝盖，拥着一个披袈裟的而来。了凡定睛一看，你道好不古怪！那来的非别，竟是了凡的师父。见了乃道："师父，你成了善果，在这样好处，救救徒弟！"那师道："要我救你，倒也不难。但你不学长进，做出这样事来，败坏我的山门，丧自己的终身，受这样羞辱苦楚。你如今回生去时，及早悔过迁善，立下苦志，或者后来略有一线出头日子。"了凡此时只管哀求。那师道："你此时求我也没用。但目不忍见你赤身露体，待我把一件衣服与你穿了回去。待寿终之时，我自有个道理来护你。"说罢，遂教了凡闭了目，念过一声咒语，倏然化成一件旧袈裟来，与了凡穿了，又吩咐了几句。了凡拜谢而别。

那鬼卒见他师徒别后，遂引着了凡又走一程，顷刻之间，到了尼庵门首。了凡的魂儿见得庵门洞开在那边，如飞的一奔，竟走入库房去了。

此时云仙与几个道友，正在那里商量，道是这样夏天，已死过一日一夜，心头虽则是热的，该备衣衾棺椁了。云仙道："待我再去探看一回，整顿未迟。"说罢，云仙同了一个道友，走进库房里去，伸手到了凡胸膛中去一摸，只见这死尸直跳起来，吓得这两人魂不附体，道是走尸了，都跑到外边，立做一堆，错愕惊骇。又停过刻余，不见动静，复走进去。你道好不诧异！那了凡竟扒起来坐在那边。此时众人越觉希奇。云仙欲要进去，心上又畏缩害怕，立于门外，叫一声："师兄。"了凡竟尔轻轻的答应道："你们不要惊怕。我还魂了。那牛头马面在山门外要使用，替我快快多化些纸钱在门首，打发他去。"说罢，众人见她将身运动，面色渐渐红活起来。那时云仙与这几个道友也不惊疑了，都欢天喜地，走入库房里去看。谁知那了凡此时虽则还魂醒来，还是被这起夜叉鬼吓浑在那边的，故尔见了人去问她，心神恍惚，不言不语。云仙见得如此光景，乃想道："莫非真个有什么牛头马面在外要使用，不能勾清爽？"急忙走到厨下，安排两碗素菜饭食，拿些金银锭帛，送至山门外去烧化了。转身进来，只见了凡与道友在那里说话了。云仙喜不自胜，也走过来问长问短。

一时惊动了满村男男女女，道是新闻，顷刻挤挤了一庵，都来穷究她死去到地府的事。了凡倒说遇了好处放回的言语，哄骗得众人沸沸扬扬，千声弥陀，万声喝采，道是吃素修行这样好的。你说我说了一回，各人都自散去了。正是：

隐恶假言善，哄众弥陀念。

若吐出真情，难见江东面。

却说了凡原是不曾生病死的，回生转来，竟行动如常，一径走到佛堂里去，稽首了一回，起来就拜谢了这几个道友，乃对云仙道："我有一心愿要商量。一来当报天恩，做一个水陆道场，拜些经忏，超度众生；二来这西资会因我这场不测，遂中止了，明日不免原去请这起女菩萨来，念完了佛。"云仙接口道："正是，原该完成胜果，不可有头无尾。但这莲船已化了，怎处？"了凡道："这是总之要化的。"说罢，云仙自到厨下去，安排点心来与众道友吃过，留她住下。

到得明日，真个先做完了佛会。又隔一日，遂从新备办做水陆道场，酬荼再生之恩。正是：

不受一番死复生，怎得优尼发志诚。

启口就云开水陆，自新改过并酬恩。

有分这番水陆道场做了，教这了凡如禁锢终身的一般，再不敢哄人来取乐了。不知她后来果然作何状貌，更不知卿云到郡的行止，且听下回分解。

第七回　东禅寺遇友结金兰

　　傲寓梵王宫，埋迹钻研铁砚中。更尽灯残犹刺股，心雄，互对咿唔彻晓钟。　　天遣俊才逢，谊结金兰志道同。窃得梦中题记取，加工，独自挥毫作稿浓。

右（上）调《南乡子》

　　却说这杜卿云自那日到洞庭长圻去拉了旭霞，泛湖而归。旭霞到了卿云家里，见过母舅、舅母，住下几日。

　　一日，杜老促迫儿子卿云，唤一个家僮平头儿，先到东禅寺里去打扫了赁下僧房，铺下床帐，然后检点日用盘费，发到寺里，遂教平头儿住下炊煮。卿云、旭霞二人收拾了书箱，唤老苍头挑了，一齐步到寺中，参拜了佛像。

　　那住持和尚已晓得了，走出来迎接，作揖过，坐定吃了一道茶，互相叙谈片刻。别了和尚，随即到那书室中去。你道这所房子，怎样精致僻静？但见得：

　　禅房深处，花发天然文锦；曲径幽闲，鸟鸣自在笙簧。满架茶蘼白雪，沿阶苔藓青衣。葵榴照眼，灼灼摇窗风弄影；蒲艾盈庭，青青拂槛户生光。蝶入粉墙来，翻飞难出；燕穿画栋去，刷掠偏宜。真个好一所人迹罕到的幽闲避喧处！

旭霞进去见了，对卿云道：“表兄何以觅得这样好所在，挈带做表弟的受用？”卿云道：“我在家中看书，最厌人来缠扰。这寺住持向与我相知。偶一日闲步到此，倒是他说起，遂慨然诺许。恰好又合了家严命我寻坐地之意，故特来屈表兄作伴耳。”旭霞道：“原来如此，也是表兄与他有缘。”说罢，遂各自去铺好了书案，相对坐下，咿唔一番。

恰值那平头儿烹茶进来，两人桌上各摆了一壶，又焚起一炉好香来，那时，愈觉清幽得紧。正是：

　　　　茶熟香清可喜，风声竹韵幽然。

各自倾出佳茗，悠悠自在的吃过几杯，又去埋头芸案一回。觉得天色将暮，昏钟声起，宿鸟争枝的时候了，乃唤平头儿收拾夜膳吃过，点起青灯，吟哦用功，直到更漏将尽始睡。到得天明起来，依旧是这样矢志下帷，悬梁刺股的研究。

　　光阴迅速，倏焉又是半个多月。一日，卿云归家去了。旭霞独自在此，想起那素琼小姐与张紫阳丹药这两桩事，细细的摹拟了一回，觉得心中焦躁，闷坐无聊，走到外面殿上，正值寂寂无人，在那里踱来踱去，口诵她的芳姿遗照。忽见左厢门内走出一个飘飘拽拽的年少来，旭霞遂停了口，仔细一看，欲要去启齿亲近，又恐怕是个狂妄的人，被他不睬，殊为不雅，但在那里冷眼看他的行动。谁知旭霞不敢轻易去亲近他，倒是这少年一步步的走上殿来，见了旭霞，遂作一揖，乃道："兄长何处？"旭霞见他先来施礼，就道是个文人韵士，可亲近的了，答应道："小弟洞庭长圻人氏，贱姓卫，小字旭霞。"那少年道："洞庭长圻是个有山有水去处，弟素所慕者，但从未有到，深以为恨。"说罢又问道："兄长今日有何贵冗，到这寺来？"旭霞道："蒙舍亲相挈，在此作伴看书。"年少道："莫非就是西房用功的两位么？"旭霞道："正是。"亦问道："尊姓贵表，家居何处？亦有何事在此？"少年道："小弟姓吉，字彦霄，舍下就在双塔寺左。缘试期渐近，亦在此寺东房效鼙避喧。"旭霞道："弟处初到，不晓得珠玉在左，有失请教。"吉彦霄道："小弟亦尚欠拜，容日当竭诚谒寓领诲。"说罢，各自作别。

　　说那卫旭霞在里边想着了素琼之事，心中焦躁，故尔出来散步遣怀。岂料遇着那洛阳年少，叙谈了这一回，心事都忘却了，急忙忙走到里面，吃过几杯茶，就去攻读书史了。正是：

　　　　与君一席话，解却万般愁。

　　却说杜卿云归去，理了些政事，过宿一夜，即到寺来。旭霞见了，把这殿上遇着吉彦霄之事，在那里述与卿云听。恰好这吉彦霄写了两个社弟的名帖，教平头儿传将进来。两人见了，即忙倒屐迎进，作揖逊坐，唤平头儿点茶吃了。

卿云启口道："小弟这里尚未进谒，反蒙先施。"彦霄道："小弟坐在此月余矣。前者住持兰若，谈及两兄在这里下榻用功，日欲识荆请教，又恐进来惊动两兄窗课，故尔延挨至今。偶然昨日在殿廊闲步，得遇令亲卫兄，不弃卑鄙，乃赐叙谈，所以今日敢于轻造。"说罢，又点茶吃过，遂起身别去。到得明日，卿云与旭霞也写了帖子去答拜了。以后你来我往，会文讲究，竟成莫逆。

那吉彦霄独处一室，始初不曾相遇杜、卫二人的时节，倒也不觉冷静；已后来来往往了这几遭，竟自不瞅不睬的难过。一日，走过来与杜、卫二人商量好了，索性把自己的书籍铺盖、日用盘费都搬至卿云寓中来了。三人一同住下，后来竟学刘、关、张桃园故事，同拜鸡坛，结为义社兄弟，胶漆相投的又过了旬余。

岂知杜老在家牵挂儿子、外甥用功辛苦，竟备了些酒食，使老苍头到寺来道："老相公请两位相公归去一次。"旭霞对卿云道："母舅唤我们回去怎的呢？"卿云道："家严自然有什么老诚见识，要教导你我，必非无事。"旭霞道："自然同兄去走一遭，但是这彦霄兄独自在此，怎处？"彦霄道："卫兄差矣！令母舅相请，为着小弟，违尊长之命，还该就去才是。"旭霞、卿云道："这便得罪了。"说罢，二人竟同了老苍头，一径出门去了。

却说那吉彦霄送他出门，转身进来坐于室中，不免去搜今博古一番。到得夜来，平头儿支值停当去睡了。彦霄直坐到更阑人静的时候，偶然翻出旭霞的草课来看，只见一片薛涛笺儿夹在草稿中心。揭开看时，念过一遍，那时心中惊骇不已，更加玩味，知是写着素琼的轻盈态度，切骨切髓的肉麻，乃道："昆山邬氏素琼是我姑家表妹，难道是同姓同名的？恰好又是个小姐，只恐没有此事。"细想了一回，乃叹一声道："决然是我表妹无疑了。我想起来，这都是我们姑娘不是。岂不闻古语有云：兹母之护真女，内言不出于阃，外言不入于阃。居必重闺，衣必祈结。不使行路之情得以入之也。而今乃引她出去游玩，被人如此轻薄，真个是'冶容诲淫'了。更可笑那卫旭霞是个名教中人，岂不闻《诗》之所云'有女如云，匪我思存'之句？也不该见了人家的闺女，费这样瞎心机，虚空思慕，望风怀想。倘然害出无着落的相思病来，从何处去说苦？真个是轻薄狂妄，可笑之极。我如今欲待袖起了以灭其迹，恐他来时寻觅，必然疑虑着我，致生忿恨。不若原替他藏于故处，只做个不知便了。若是他有心向慕的，不晓得我与他家是亲，少不得还要自露圭角出来。那时我便乘机消他几句；若不说起，也不必去搜求他的过失，致伤友谊。"想毕，原把这笺夹好，仍旧替他押了。乃剔起孤灯，又看了一回书儿，觉得身子困倦，更有几个蚊虫来缠扰，只得解却轻衫，自去

睡了。

明日起来梳洗时，到得饭后，但见那杜、卫二人，一齐步至，彦霄接见了道："两兄回府，尊大人说些什么来？"卿云、旭霞道："竟没有什么话说，道是我们两个在这里看书辛苦，把些酒食慰劳一番，有偏彦霄兄了。"说罢，各自坐定清谈。旭霞乃道："如今已是六月中了，到七月初，各要归去收拾进京了，那得还有工夫作文？目下虽处炎夏，喜得此室，幽深高敞，绝无暑气相逼。不得悠悠忽忽，蹉跎过了日子，该拟几个题目，大家苦做一番，后日入场去，文思熟溜，也是自己得便宜处。"卿云道："有理。"三人一同拟了几个题目，各自写出，贴于案头壁上，定了一日三篇的课规去做。做完了誊出，互相讲究批点。如此者又将旬余。

忽一日，彦霄同卿云出去闲步。旭霞无意中走到彦霄案头，去翻他的文籍，只见这薄函里夹着一个红单帖儿，仔细一看，见前面写着"三月十五夜，梦魁星指示乡场题目"，旭霞此时惊喜无狂，又看到后边，竟是完完全全的三场试题写于这帖上。旭霞遂牢牢记熟了，乃想道："他毕竟道是'天机不可泄漏'，故尔藏好在此。平日再不见他说起。岂知今日天使我见了，被我记熟在心，或者也有些际遇，亦未可知。我如今也不可说向人知，待早晚乘空把来做就了，细细改好，记着进场去。倘或他的梦儿果然有应，出着了，不费心思的录于卷上，那时步蟾宫，攀桂枝，十有八九之分矣！"想罢，恰好那两个进来。旭霞悄悄的替他藏好了，即忙走到自己案边坐下，假做埋头看书的模样。彦霄见了乃道："卫兄这样用功，后日应试，自然是个榜首无疑了。"旭霞道："小弟如此庸姿，就是夜以继日的用功，怎比得吾兄天才敏捷？独步蟾宫，定是吾兄了。"三人仍旧坐了，看书做文，孜孜勤勉。

一日，旭霞想着了这几个题目，欲要做就文字，又道他两个碍眼，难于举笔，踌躇了半日，恰好是夜卿云与彦霄有兴，猜拳掷色，多吃了几杯酒，先去睡了。那时正中旭霞之意，遂唤平头儿烹一壶茶来，使他去睡了，独自坐于灯火之下。这时候，觉得四无人声，精神清爽得紧。正是：

更深万籁沉，窗静灯花翠。

旭霞先将几个《四书》题来，摹拟一番，研墨润笔，手写口吟，准准直做到鸡唱五更，谯楼鼓绝，几篇稿儿竟做完了。将来念过一遍，又改了几句，觉得妥贴了，此时心中暗喜道："这几篇今夜幸尔凑巧，被我做完。容日再捉个空儿，一发把那经题后场都做

完全,将来念熟,岂不快哉?"想罢,把这草稿藏好于护书匣中,也去脱衣睡了。正是:

> 胸储二酉珠玑足,倚马成文不待思。

到得明日起来,又各自去辛勤肆业。

不道是光阴易掷,倏焉是七月初了。旭霞这几篇经文后场,又捉空做就。那时三人一同择定白门长行吉日,都约在卿云斋头,会集起程。大家收拾了书籍,封些房金,谢了两房住持,你东我西的归去了。正是:

> 乍结陈雷谊,心同如断金。
> 互相资丽泽,胶漆订山盟。

但不知那三个宾兴客何日起程到建业去乡试,且听下回分解。

第八回　闹花园蠢奴得佳扇

婢窃扇头佳画，独潜金谷偷瞧。惊疑男子并多娇，生出千般讥诮。

正尔踌蹰嗟叹，耳边频唱歌谣。蠢奴忽至恶言调，失却丹青二妙。

右（上）调《西江月》

却说这素琼小姐，自那日画完了这把扇儿，不时去取出来细玩一番，想慕卫旭霞丰姿，如饥思食，如渴思浆，几乎害出病来。一日，想着了老夫人吩咐，要送尼庵这几幅吊挂，乃道："向者母亲叫我画，我缘愁情如海，恹恹体倦，所以延至今日，尚未曾落墨。前日母亲偶然问及，已自支吾过了。如今还受生的日期渐渐近来，若再蹉跎日子，临去时没有得应付怎处？今日不免薰沐了，打就稿子画去。"正是：

愁心不耐拈针线，勉强研脂写画图。

想罢对春桃道："你去取一盆热水来，我要净手。"

春桃答应而去。少顷，遂捧二盆进来，说道："小姐，水在此。"素琼取了一丸肥皂，去净了手，又对春桃道："替我再焚一炉好香，把这些颜色盆儿摆在桌上。"春桃道："莫非小姐又要画扇子哩？"素琼道："贱人，胡说！"春桃遂去收拾停当，道："小姐要画什么画儿？不若画这几幅吊挂罢。后日奶奶要起来，没有得与他，烦恼几句，那时就不美了。"素琼道："我原是为此。"又对春桃道："替我在护书里拣四幅上号云母单条过来。"春桃听了，忙向匣中翻了一回，准准的择了四幅。见得一把金扇在内，取来揭开看时，竟然画得红红绿绿的。春桃暗想道："莫非就是前日画的那把？待我悄悄的袖她出去看看，不知她画些什么在上。"春桃回头一顾，只见素琼背地坐着，竟将这扇子藏于袖中，拿了单条，闭着护书，将来付与素琼道："小姐，纸在此。"素

琼接来，铺于桌上，乃对春桃道："你住在那边与我磨墨研脂。"春桃此时正欲出去细看扇上的画，听见说要他住下服事，心上有些不愿，乃作奸计道："前日小姐画扇，要打发春桃出去，今日缘何要春桃住下研脂和粉？况且奶奶吩咐，不知要春桃去做什么事来。"素琼道："你要去就去，谁个毕竟要你？在那里胡言乱语！"说罢，春桃竟自出去了。素琼自去调匀脂粉，润笔构思的画了。正是：

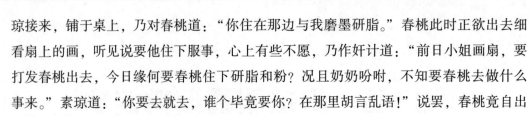

　　　　欲图二十诸天像，费尽千金淑媛思。

　　却说那春桃袖了这把扇子，走到外厢来，一径开了角门到花园里去，坐在太湖石边，便向袖中取出，揭开时仔细着眼，竟是一对风流俊俏在上。此时春桃见了，乃惊骇暗想道："这个男子明明像那了凡的弟子，那女人又像小姐的容貌，怎的这样像得十分？这也有些古怪。"春桃乃对着这把扇儿摩拟，又想过一回，乃道："原来如此。我前日再想不起为什么见了老夫人来，藏过了扇子，只说要画大士像。如今又不见画什么大士像，连我那时也错认了，道是毕竟画些春画消遣，岂知乃是这个缘故。咳！小姐，小姐，你是个千金闺秀，怎的这样胡思乱想？那卫生是一个萍水相逢的他乡游子，怎的见了一面，又不曾眉来眼去，言语相亲，这样思慕他，就值得把自己的花容月貌、贵重身躯，画来与他相并？我想小姐痴也不是这样痴。如此看起来，我前日在这里对她说，不若央了凡为媒、赘他归来这番说话，岂知小姐此时嗔怒竟是假意，倒也合他心意的。"想毕，又道："今日这柄扇子喜得是我见了，自然与你包蒙。倘然落在老夫人手里，她看见一男一女相并扇头，男人像卫生，女人像小姐，自然道尼庵会过了一次。那时教老夫人好不气死？"想罢正欲细细再看一番，只听得角门口悠悠扬扬唱歌出来。

　　春桃袖了扇子，侧耳听着，乃是这瘌痢柳儿。你道他唱的什么山歌？竟是一只旧《挂枝儿》，歌道：

　　　　东南风起打斜来，好朵鲜花叶上开。　　　后生娘子弗要嘻嘻笑，多少私情笑里来。

那柳儿唱罢，走进园中一看道："半个月日不曾进来，一个花园，弄得这样七零八落的光景了。思量我老爷在日，未曾出去做官的时节，日日请了几个朋友坐在亭子上，猜拳行令，吃酒作乐，收拾得园里花锦团生。岂知去做了一任官，不得还乡。而今奶奶日日同这起尼姑、道婆，出去烧香念佛，不管家里。不要说老爷平昔相交朋友见了这个园里要嗟叹，就是我这样一个癞痢家奴，蠢然一物，思量着了肚里也觉有些难过。"乃道："待我走到池边去看，可有荷花了。"遂走到假山边去，只见春桃坐于太湖石上，劈面撞着，吓得柳儿乱嚷乱跳起来。道："不好了，青天白日荷花池里狐狸精妖怪出现了。"春桃道："啐！癞奴才，眼花了？是我！"柳儿仔细一看，认是春桃，遂走近身去道："我只认是什么妖怪，把我一吓，却原来是春桃姐姐。为何独自在此？倘然撞着了鬼，被他迷死了怎处？"春桃道："不要胡说。你方才唱这样山歌，再唱只给我听听。"柳儿道："这样山歌道是好听，又教我唱，但这山歌虽然非是钱买个，也要工夫去学来。你要我唱，可拿些东西请我。还有极好的在这里，唱与你听。"春桃道："今日不曾带得什么东西。你唱了，待我别日拿些糕饼之类来赏你。"柳儿道："糕饼我不要吃的，要你下半截这件好东西来尝一尝。"春桃发怒道："狗奴才，我去对老夫人、小姐说了，打死你这狗头！"柳儿道："春桃姐不要气，让我唱好些的与你听罢。"春桃道："只要唱得好，饶你这次。"

柳儿乃把手一拍，遂唱道：

　　　　二十去了念一来，弗做得人情也是呆。
　　　　三十去了花易谢，双手招郎郎弗来。

唱罢，对春桃道："唱得好么？"春桃心里道是他油嘴，故意唱这样歌儿来调戏她，乃假惺惺的道："唱得不好。"柳儿道："我请问你，那里这一句不好？待我解说与你听。即如春桃姐姐，目下这样青春年少，妖妖娆娆，花朴朴的一个好面孔，壮馒馒的一个好身体，不肯做些人情，替别人活搭活搭，到得老来，面孔又皱，牙齿又落，身体又只管干瘪起来，那个时节，总铺满银子贴了别人，双手去扯人上身，不要说别人不肯，就是我这样一个癞痢男儿，一世里不见这件好东西的，也不动火了。"春桃听了这一番说话，不觉怒从心起，骂不绝口的望外就走。

柳儿见他要走出去了，乃赶上去一把抓住道："姐姐好人，今日园里幸喜无人在此，我与你做一做好事，也是大家有趣的呢。"说罢，扭住再不肯放。将去亲嘴，被春桃两个大巴掌摆脱了，飞奔的进角门而去。谁知春桃身子便摆脱了，袖中那把金扇，被柳儿歪缠得慌了，竟落在巷堂里地上。

那柳儿见他去了，又赶不着，口里连连骂了他几声，一径也望外边而走。只见地下横着一把扇子，柳儿拾起来看了一看，乃道："自然是这个臭花娘的，被我赶得急了，袖子里突了出来，也不晓得。我两日因老夫人道是观音山尼姑在那边替他念受生经，家里吃了素，终日是这些白榻豆腐，缠得我口中淡杀来。且拿去换些芝麻糖来甜甜再作区处。"遂慌忙奔出巷堂，一径到街上去。恰一个糖担歇在巷口，柳儿四顾一望，见得无人走来，袖中取出，望糖担一丢。那卖糖的人拿来看了一看，见得柳儿慌张失志，毕竟道是偷出来的，也是手忙脚乱的，又二三十根芝麻糖付与柳儿。

柳儿接来袖了，也不争论，心满意足的回去，坐在大门槛上，在那里细细的吃。只见春桃面如土色的走来道："柳儿，你方才在园中可见一把扇子么？"柳儿见得春桃来问他，把这吃剩的糖藏好袖中，做不知，睬也不去睬他。春桃又问道："柳儿哥，你若曾拾得我的扇子，情原出赏钱，还了我。"柳儿立起身来道："扇子是长的短的？可曾交付与我？只管唠唠叨叨。可惜我也不曾拾，就拾了，你方才这样可恶，也没得还你了。"春桃道："奴才，园中并无别人，不是你拾是哪个拾了去？"柳儿道："臭花娘！你自己不小心，倒来寻我？我如今索性同你到奶奶面前去讲明白了，大家放落了念头。"说罢，柳儿一把拖了春桃，要到老夫人那边去。那时春桃虽是失落了扇子，连小姐也不知的，见柳儿要扯去见老夫人，恐怕露出马脚来，连累小姐，倒吓得魂不附体。乃道："柳哥，你不见就罢了。什么大事，值得到奶奶面前去说？"柳儿道："你方才狠头狠脑，道是值百拾两银子的，冤我拾了，思量起来，怎的不毒？我柳儿一向老爷在日，道我不偷东摸西，比别人欢喜加倍。今日你这丫头，倒来冤我做贼！若不到奶奶处去说明，后日不见了些东西，尽道是我偷了！"春桃一发着了忙，竟自飞奔进去。柳儿道："这个臭花娘去了，我且到外边吃完了几根糖再处。"柳儿一头吃，一头走，竟自到街上去了。不题。

却说这春桃不见了扇子，心惊胆战的去问柳儿，倒被他歪缠了多时，受了许多烦恼。又到花园中细细寻觅了一回，影儿也没有，此时真正急得进退无门。只听得碧霞叫一声："春桃姐，小姐道你半日不在面前，在那里发怒，要打哩！"春桃听得了，连忙走进房去，不言不语，来于素琼面前，心中犹如小鹿撞的一般。素琼道："你在外边做恁的？去了半日？"春桃此时只得说个谎道："老夫人唤去煎茶服事一回。"素琼道："既如此，不计你了。吊挂已画完了，替我拿去与老夫人看。若不中意，待我再画。"春桃将来卷好，一径到外厢去了。

却说素琼独坐无聊，忽然想着了卫生，乃道："我久不见那风流才子之面，趁这春

桃不在，不免去取笺、扇出来，玩味一番，以消寂寞。"想罢，向匣中去取。翻了一转，谁知单单剩得这笺在内，扇子的影儿也不见了。此时素琼道是古怪，心中暗想道："这柄扇儿明明是我前日看了放在这匣里的，为何不见了？况且我房中之物，并无闲杂人进来，难道是那个偷了去？"又向别个箱笼中寻了一回，觉得没处寻了，连这诗笺索性也不看了，闷闷昏昏，凭于栏杆上思想。

恰好春桃拿这画去与老夫人看了，走进来回覆道："小姐，画在此。老夫人中意的了。要小姐放在洁净所在，去日来取。"素琼此时正处忧闷之际，答应道："你且放在桌上。"春桃将来，放于桌上。见得小姐如此光景，暗想道："莫非晓得这扇不见了，在那里闷闷不乐。倘然问将起来怎处？"春桃正暗想间，素琼起口道："春桃，你方才取纸的时节，匣中可见我一柄扇子么？"春桃道是不好了，急得两颊通红，硬着嘴儿对道："小姐方才教我匣中拣纸，并不见什么扇儿。"素琼道："明明是我经手放在里边的，房中又无别人进来，怎的就不见了？毕竟是你拿起在那边。快些拿出来，不要没些正经，将来遗失了。"春桃见小姐说得明明白白，要着在她身上，暗想道："决没寻处的了。"急得浑头浑脑，假意去翻箱倒笼一回。遂含着泪眼道："小姐不要冤枉春桃，真个不曾拿呢！"素琼道："你不曾拿，难道这把扇子飞了出去？还要嘴强！"春桃此时越发急得进退无门，不觉放声大哭起来。素琼见得春桃这样光景，暗想道："凡事不可造次。或者失记在别的箱笼里，亦未可知。况且这丫头平日并无偷窃之行，此时何苦苦去枉逼她？"乃道："春桃，不见了扇子，难道不要寻的？如今又无人打骂你，为何倒哭起来？但你若真个不曾拿，也要细细的替我寻着了，自然赏你。如今且把这吊挂来藏过了，再收拾好了这些颜色盆儿，那扇子明日寻罢。"春桃听了这几句话，犹如得了恩赦的一般，拭干了泪眼，自去小心收拾了。但素琼说便如此说，只是心中忧闷，竟向床上去睡了。正是：

无端窃去意中真，恼杀深闺二八人。

顷刻一腔愁似海，难将心事对人论。

但不知这把扇子那卖糖的换去，究竟作何着落？且听下回分解。

第九回　三同袍入试两登科

发棹菩溪开锦缆，同人逸兴翩翩。美谈雅笑赛神仙。片帆乘浪去，偕愿中青钱。　　共跃龙门防点额，场题梦应无愆。两生切着祖生鞭。蟾宫折桂后，并慰向隅怜。

右（上）调《临江山》

却说卫旭霞自那日在东禅寺里别了彦霄，遂同卿云到家住过一宿，于明日起身，渡湖而归。住下几日，设处了些盘缠，到卿云家来。见过了母舅、舅母，遂与卿云作过揖。卿云道："表弟回宅，家中事体，想都吩咐尊使了。"旭霞道："表兄深知做表弟的一贫如洗，身外并无余物，甚是容易支持的。但些须进京盘费，倒设处了两三日。"卿云道："这样小事，难道做表兄的不出，值得自去费心？"旭霞道："功名己事，何敢累兄？"只见门外吉彦霄亦自徐徐步至。三人揖过，卿云即拱彦霄、旭霞到书室中去坐下叙谈，自己进去吩咐，收拾了些酒肴摆列出来，与二人作祖饯。卿云陪了行令、猜拳，极其畅饮。直至抵暮，彦霄起身谢别了。

到得明日，彦霄亦作东，邀杜、卫二人，宴饯一番。至起程吉日，同雇了一只画舫，止带杜家一个平头儿，装下行李盘费，扬扬得意，下船而去。正是：

今朝发轫白门去，各欲青钱中选回。

却说三人聚首在舟，觉道意气相投，志同道合，有时饮酒笑谈一回，有时论文讲学一回。惟卫旭霞常常想着了素琼小姐，与这仙授丹药不能穷究其理，心上带着几分不快，笑谈之际，只得勉强和之。

一路你说我话，候焉到了丹阳地面。泊了船，宿过一夜。明日清早吃过饭，打发

来船，检点行李，各自雇了牲口，行了一日，抵暮到句容，上饭店宿了。到得明日起身，骑了牲口，直抵建业，择了一所寓处，赁来住下。

卿云唤平头儿收拾酒饭，三人一齐吃了，觉得天色尚早，卿云乃道："我们今日不免在城中略步一步，看看土风，明日用功罢。"旭霞、彦霄道："这也使得。"说罢，一齐出寓。先到贡院前去走过一次，以后着处领略。恰值抵暮，忙忙归寓。吃过夜饭睡了。

明日起来，俱铺设了书史，各自用功。旭霞有时偷闲，把这几篇做就的草稿，又加润色、熟诵一番。在寓有兴，三人同到街上去闲游散步，到寓来原是这样钻研文课。

过了几日，乃是八月上旬头场试期了，一起进了场，都入号房坐下，等候题目。你道好不诧异，主考出的题竟是那彦霄梦中者。那时彦霄见了，心中暗喜无任，乃道："世间有这样奇事！想是神灵护佑，故先使那魁星来托梦。幸喜得不泄漏天机，先依题做就，记熟在此。"乃道："待我写出来，细细再加改削一番，从从容容誊于卷上。这个月中丹桂不怕不让我先攀了。"彦霄自言自想，乃磨墨动笔，在那里写了。再说卫旭霞道是应着吉彦霄之梦，遂了自己的愿，也在号房里欣喜。暗想道："世间奇奇怪怪的事尽有，这吉彦霄与我素无相识的，忽然使他来结社结盟，写出梦里三场题目，暗中凑巧，使我知之，预先做就，今日遂应其梦，莫非是祖宗有幸？今番这遭该步蟾宫，故得天使其然耳？但是心上有件过意不去：卿云表兄这样厚情，当时不曾相闻得他，是我薄幸了。"乃道："苍天苍天，若是三场的题俱应验了，倘得标名榜上，回去时那个有才有貌的素琼小姐是我的掌中物了。"旭霞暗地思想，遂徐徐动笔，把这几篇文点出，又加改削一番，誊在卷上。此时场中，惟有这吉、卫二人欢天喜地，力也不费的安逸，岂知那卿云在号房中苦思力索，直做到合场，都撤过卷，慌慌忙忙的写完了，乃得一齐出来。

到了下处，备了些酒肴，三人畅饮。明日起来，各去写出试作，互相批看，你赞我赞一回。停过一日，走到贡院前去看时，贴出者甚多，喜得这三人不在其内。

复进第二场去。吉、卫二人又出着了梦中之题，仍似前场不费心机的誊在卷上。卿云这日也觉文思熟络了，亦是一挥而就，候撤卷过，同出场来。原是前日般的吃了些酒食。为这两番辛苦，三人觉得体倦，都去睡了。明日又把试作写出来看过。

喜得二场原不贴出，俱进第三场去。出的竟是梦中之题，一字不差，卫、吉二人俱扬扬得意的誊满卷子，与众一齐出了贡院，归寓住下。只等揭晓时名登金榜了。正是：

平居学得穿杨技，指望朱衣一点头。

那三人考试已毕，镇日在寓饮酒作乐。

过了数日，一日，正遇天气晴朗，卿云对旭霞、彦霄道："我们三人都是今科初次观场，到达帝都地面，岂可兀坐窄寓，不出去游玩一番，以广闻见？"旭霞、彦霄道："这也是极妙的。正为这些古迹来，但闻其名，未睹其实，即如这麾扇渡，昔时陈敏据建业，军临大航岸，顾荣以白扇挥之，其军遂溃，这去处不可不去一观。雨花台在长干里南，梁武帝时云光法师讲经于此，感天雨花，亦一大古迹处，亦不可不去领略一番。"卿云道："拼却几日工夫，是古迹处都去畅游，亦一大快事也。"说罢，三人吃了朝饭，带了杖头，吩咐平头儿看了下处，出了门儿，随处游玩。到了佳胜所在，各自随意领略，准准游了三四日。城内城外这些名胜之地，都被这三人游遍了。

一日，又到这院子里去识荆过几个妓者，卿云出脱了些钱钞，徐步归寓。谈今说古一回，饮些酒儿，都去睡了。偏是旭霞心上，又想着了姻缘之事不知落在何处，更想着了张紫阳的丹药隐语，再揣摸不出，未知何日应验，在那里劳心焦思，卧不贴席。挨到谯楼鼓绝、鸡鸣报晓的时候，朦朦胧胧正欲睡去，只听得街坊上人声喧沸。旭霞侧耳听着，停过刻余，忽然敲门打户起来。这时节，沉睡之人都惊醒了。那平头儿径自去开了门儿，竟自拥一起人进来，乱嚷道："这里可乃是苏州相公的尊寓么？"那时三人慌慌忙忙的穿了衣服，都是战战兢兢的立做一堆，不敢答言。倒是这起报录的人道："相公们不要着忙。我们是报房里，借问这里可是苏州卫相公的尊寓么？"那三人听见称一声"卫相公"，道是旭霞中了。卿云即上前去问道："列位要寻这卫相公，莫非他中了？"报录的道："正是。"卿云道："有是有一个在这里。"报录的道："既是在这里，三位中是哪一位尊讳是彩，中了解元。"那时听得了"解元"两字，三人倒觉惊呆了。停过一回，旭霞走近前来道："卫彩是我，莫非是同名同姓的？列位不要认差了。"报录的道："那有认差之理？请相公先拿些喜钱出来香香手，同去吃了宴，再领大赏罢。"此时卿云自己中与不中尚在未定，先见得表弟中了解元，心上也有八九分欢喜，见这起人在那里争论要报喜钱，想着了旭霞身边纵有些须，哪能赏得他彀？即忙自去开了护书，取出拾两纹银，付与他们。那报录的接过袖着，随拥他到贡院赴宴去了。正是：

桂折一枝先付我，杨穿三叶始惊人。

话说那杜卿云与吉彦霄赞叹了一回，独是彦霄暗想道："怎的这魁星托梦，示以三场题目，及到场中，俱应验了。难道我这几篇文字做得不好？我想起来，虽不指望拔解，一个举人谅也粗粗中得，如何此时不见动静？"

彦霄正在那里躁急心热，只见又拥一起穿青的人进来。杜卿云见得是报录的打扮，心里只道是自己中了，慌慌张张的走近前来询问。那报录的道："这里有一位姓吉名潢的苏州相公中了第二名经魁，是哪一个？"吉彦霄听得了，也喜欢得魂不附体，走出来道："吉潢是我。"这起报录的遂拥住了讨些钱钞，竟自一把拖着彦霄，如蜂拥的去了。单单剩得一个杜卿云独坐寓中，还在那里痴心妄想，等候报录的来。

谁知等了一回，竟尔绝无影响。卿云乃思想道："怎么他两个通报都中，独空了我不中。"心中愧恨，遂走到贡院前去一看。只见贴的榜儿扯得零零落落在那边了。只听得这起人在那里说："今年某州中几个，某府中几个，惟有苏州府七县一州便中得这一解一魁。"卿云站着，听见了这一番说话，明明道是自己没有分了，觉道意兴萧然，垂头丧气的回寓去，睡在榻上。那个平头儿见他们两个中了，自己家主不中，心上也有些没兴，乃走近榻来对卿云道："此时不见来报，只怕相公今科不能彀中了。"卿云道："这个大事，岂是勉强得的？幸喜卫相公中了解元，是我一家至戚，还算不得扫兴。"

主仆两个正说话间，只见外面一双新贵，宴罢鹿鸣，得意扬扬的进门而来。卿云见了，即忙立起身来，道个恭喜。旭霞遂作一揖下去，谢卿云道："表弟若没有母舅、表兄二亲提拔教诲，焉得有今日？但是表兄这样高才厚德，不知主司何埋没了。"卿云道："弟之愚卤庸才，本该在孙山外的。"说罢，彦霄亦谦逊几句。卿云叫平头儿买办酒肴，与二人贺喜。卿云倒也脱放的，竟不以功名为念，一样欢喜畅饮，直吃到三更倒睡。

独有这卫旭霞，此时中便中了，有那素琼在心里，只觉有些心绪如麻。杜、吉二人都藟藟的睡了，偏是他翻来覆去的再睡不着，心中暗想道："我如今回去，拜谢了母舅、舅母，毕竟要到尼庵里报知了凡，请他去说向素琼小姐得知，然后央媒去通言于老夫人。或者道我是一个新解元，竟自一诺无辞，也未可知。"想罢，又踌躇道："倘然我回去的时节，那个小姐被他人聘去了，教我怎生设处？这条穷性命就要付还阎罗天子了。"想了丈余，觉得神思困倦起来，不知不觉的沉入了黑甜乡了。到得明日起来，同彦霄去拜谢了座师、房师。

山水情

归寓来又停一日后，三人各自买了些金陵土仪，收拾行李，一同出城。唤平头儿雇了牲口，原行到句容宿了，明日直抵丹阳，唤船而归，愈加扬扬得意。那杜卿云虽是下第之客，也不当十分忧虑，原是一样的在舟吃酒笑谈，共相作乐。如此在路行了两日，入关到郡了。正是：

> 三人共济诣蟾宫，丹桂香偏付二公。
> 点额成龙真有异，□□□得岂云同。

那三人已自到家，但不知那吉彦霄作何兴头状态，解元卫旭霞可真到尼庵去报信，且听下回分解。

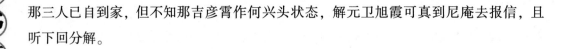

第十回　出金阊画铺得双真

为想佳人梦寐长，偏于相隔怨参商。金阊买得双真面，摹拟明珠暗里藏。

随落日，到尼堂。信音无诉思彷徨。题诗斗室聊传意，黑夜寻歧泣路旁。

右（上）调《鹧鸪天》

却说柳儿那日在花园中拾了那把金扇，将来换在糖担上去了，害着素琼小姐翻箱倒笼，搜寻不出，几乎闷死；更连累春桃逼得泣涕涟涟，都是那不做美的蠢奴干这样短寿命的事情。岂知那卖糖的人一总摸了些名人书画，单条古轴，连这把画扇，竟尔拿到苏州专诸巷内收古董的店上，卖了许多银子，回家去了。

那店主人叫做史老实，将这些书画一一看过，摆列在摊头上。那个史老实幼时原读过几行书，粗粗识几个字儿，见了这扇上诗句，款儿，就道是闺阁娇娃有意之笔，在那里暗喜道："这柄画扇，倘遇着了豪华公子，爱这样情种的，不怕不卖他几两银子。但是原要妆饰得他贵重，使人起眼。"遂把了一个五色绫镶匣子，放在里边，外面贴个红票头，写着"昆山邬氏素琼画扇"，竖于橱内。正是：

价重连城赵璧，须逢识者怀归。

却说那杜、卫、吉三人，是日金陵归家后，各自去料理诸务。吉家拜客设宴，兴头得紧。唯卫旭霞在母舅家住过几日，忽然思量着那尼庵报信之事，只说要归。杜老乃赠他几两回家盘费。旭霞拜谢而别，出门来，一径由金阊而走。正是：

一心忙似箭，两脚走如飞。

岂知在专诸巷内经过，见得这些店家书画古轴摆设得齐整非常，旭霞见了，逐片店上细细看玩，赞叹不已。又走到史老实古董店前，见摊头上铺设更加精美，也都件件看过。直看到店里去，见挂一个轩辕镜在内，去照照头面，见得镜中照着一口橱，里匣上标着"昆山邬氏素琼画扇"八字，暗里惊骇。瞥眼转来，橱里实是有个扇匣，明写着几个字在上，乃细想道："前者那云仙说他是会丹青的，难道是一个宦家闺女，轻意就肯画扇出来售与别人？只恐不是。"乃道："目下也不必狐疑得，替他讨来一看，便知端的了。"遂对店中史老实道："橱里这把画扇，借来一观。"史老实道："这把画扇，不是轻意借人看的。兄若要买，拿来看；不要买，单是赏鉴，非是小人得罪，不敢从命。"旭霞道："老人家差了。这把扇子，就欺我买不起，看也不容先看一看？"史老实道："小人有罪了，但是小店规矩，若是贵重古董，一定要先见了银子，看货还价。"旭霞遂于袖中取出母舅所赠之银，交付与他。那史老实收了，遂去启匣取扇，付与旭霞。

旭霞接过扇来，轻轻揭开，先看落的款识，见是"昆山邬氏素琼画并题"几字在上，顿觉呆了一回；又看前面画题是"支硎春晓"四字，更将这诗念过一遍，越发惊骇无已，乃暗想道："那把扇子自然是他今春游了支硎写景的笔无疑了。但是这首诗，意味似有炫玉求售的口气。难道她先有下了意中人儿，在那里想慕了？我想起来，既是有情之作，也不该在这店铺里了。真个使人莫解！"仔细一看，竟是娇娇滴滴活见的一个素琼小姐立于红芳丛里，此时吓得魂不附体，痴态迷离，不觉失声大笑道："今日怎的有缘，得复睹娇娃之面！我想昔日尼庵乍会的时节，岂容尽意顾盼；目下虽云镜花水月，究是曩时光景，被我执于手中，亲近不已，实是梦想所不到者，倒也使人魂消魄散。我想要写自己的容貌，原是一桩难事，不知他何以描得这样妙绝！更未喻他何以写就轻盈娇貌，傍着才人，其中必有跷蹊缘故。待我再细细看那男子的庞儿。"正想间，那史老实道："先生这样津津有味，想必中尊意的了。快些称足了银子，拿回府上，慢慢的赏玩。"旭霞道："待我再看一回，就称银便了。"又定睛细看，心中暗想，恰像自己的眉目，道是诧异，抬头起来向轩辕镜一照，你道好不古怪：自己的面貌却与扇上的紫衣年少一般。旭霞此时，真个入了化境，遂手舞足蹈的道："还好！还好！我始初见了这几句诗，疑他另有想慕，不免吃醋拈酸。如今喜得相并的竟是我，补的景又是尼庵前后一派，苍峦碧涧，红芳绿树，是春间会时即景。这段疑心，此时终得释去。但不知他一面之顾，怎样看得真切，背后就摹想出来？真个是绝世无双的聪明伶俐人也！"想罢，乃叹一声道："我卫彩有何福分，重蒙千金淑媛垂爱不忘。这样造

四八八四

化，教我怎消受得起！"那史老实见他只管自言自语，如醉如痴的看个不了，乃又道："相公也看得骇了，不该得罪取笑说小店一日这样主顾遇了两三个，不要说不做得生意，就是小人陪着，也没工夫去吃饭。"说罢竟向旭霞手中夺来收好了，藏过匣中，取这银子放在柜上道："相公，要买就买，不要买请收了银子。"旭霞被那史老实劈手夺去，倒吓了一吓，乃低声下气的道："老人家，你是老做生意了，为何恁般性急？敢问要许多价钱？"史老实见他像了要买的光景，放下脸来，道："不是小人唐突，原看得久了。这把扇子在相公面前怎敢讨虚价？只要得五两银子。"旭霞道："可让得些么？"史老实道："小老浑名教做史老实，再不肯说谎价的。"旭霞此时，惟恐史老实再说出"不卖"两字来，乃讨戥子来称这包银子，准准恰好五两，双手付与史老实。史老实接在手里一看，块块细丝，略称一称道："是不少。"心里暗喜无任，遂去连匣取来，揭落了票头，授与旭霞道："相公，就是这个绢匣也是名手做的，原值五六钱银子，不要轻觑了他。"旭霞接在手中，心里喜不自胜，忙把扇儿藏好匣中，袖了，飞奔的出了阊门。

由枫汶而走，迤逦而行。到了支硎山下，喜得日尚未落，一径上山，步至庵前。但见那禅门半开半掩在那边，悄悄的挨至佛堂上，觉得阒寂无人，心里踌躇了半晌，乃作咳嗽一声。香火婆子听得了，走出来，见了旭霞，乃道："原来就是卫相公。怎么今日来得这样晚？"旭霞答应过，问道："你们两位师父可在庵里么？"婆子道："今日俱在昆山去了。"旭霞听得了这句话，蓦地里吓得进退无门，心中惶惑了一回，又问道："有什么正经去的？"婆子道："不要说起！近日，我们了凡师父生出一场急病来，死去还魂，如今要坐关受戒，去化那邹老夫人，做一斋筵进关。又要去约他还受生这一项，故此今早去的。相公若要到那里去的，不是我催出门，目下晚了，快快该去。"旭霞想一想道："我要到洞庭山去，拗路进来望你们两位师父，不道无缘，恰不相遇。如今教我到那里去？"婆子道："相公不要怪我，是他们两个出去时吩咐道：'不论男女，认得的不认得的，一概不许作主招留过宿。'"旭霞听了这番说话，更见得红日西沉，乃想道："我今本为要尼姑传信而来，原欲急于归去的，岂知为着这把扇子，淹搭了这大半日，急急忙忙走到这里，不道又是这个局面。那婆子执性得紧，我哪里不去借宿了，何苦与他歪缠？"对婆子道："我自去也，你关好了门。"说罢，遂欲动足。忽又想道："我若一径去了，要他传示我中解元的信儿，可不意成虚话？如今不免持素琼扇上所题之诗和他一首，写于斗室壁间；更于款上明写出折桂意思，待他们来还受生时，少不得那素琼小姐原要到这室中下榻的，使她见了，一则暗暗传知折桂消息，二

则这把扇儿晓得着落于我，不以我为无情浪子，安慰她芳心一番，也是一桩美事。"乃对婆子道："你可晓得有笔砚在那里？"婆子道："笔砚想是里面斗室中有，相公是认得的，要写什么请进去写。"旭霞答应一声，径自曲曲折折的走到斗室中去，真个端端正正摆于桌上。喜得砚池中有水，随研起墨来，蘸饱了笔，捻管细想，步成一绝，书于壁上：

> 一晤天潢难再逢，相思海样积于中。
> 蓝田应去求双璧，莫许牛郎窃驾通。

写毕，念过一遍，遂落了"洞庭解元卫彩和答前韵并书"的款，阁了笔。走到外面，见得天色昏黑起来，对婆子道过一声，走出山来。

此时正是九月下旬，金乌已是西坠，仰见星河灿烂，静听落叶凄其，四顾无人，路径难辨，旭霞不觉心中凄怆起来。正想间，远远望见天平坳里，一盏路灯徐徐下岭，乃三脚两步的趋迎上去，劈面撞着一个和尚。旭霞道："我是读书人，因天暮途穷，失路无投，正在此凄惶无措。"那和尚举灯一照，见是一个怯怯书生，启口道："居士，你要到哪里去？"旭霞道："小弟要到木渎去的，因有事盘桓，路径又生，走了许多屈路，行至此间。"和尚道："既如此，居士你不要忙，我就在咫尺白云庵中，不嫌卑鄙，可同到小庵去宿了，明日早行何如？"旭霞接应道："若得师父不弃，提救穷途之苦，当图衔结以报。"说罢，随了和尚，步至庵中，互相作揖，通名道姓一回。旭霞不免说出是新科解元。这起和尚们是最势利的，忙去收拾了些佳肴美酒，将来奉承。旭霞此时，正处枵腹之际，见和尚又是殷殷相劝，直吃到酩酊而睡。到得天明起来，又留过朝饭，旭霞作揖谢别，出了山门，一径到木渎市西，上了航船，渡湖而返。正是：

> 穷途客况足徘徊，进出无门天涯者，
> 绝处常逢接引去，叹为观止得安排。

不知那粉壁上的诗儿，后日素琼看时怎生举止，且听下回分解。

第十一回　同榜客暗传折桂信

巫女相思远，萧郎企慕遥。丹青难觅恨□□，□谷课非迢。　　暗示登科信，明言拜告娇。□□□愧询春桃，反被话相嘲。

右（上）调《巫山一段云》

却说那了凡与云仙两个，要到昆山县邬老夫人家去，化他设斋进关，做预修这两项事，备下四盒素品，雇下一只小船，双双登舟，解维而行。正遇着了顺风，不一日到了，泊船上岸，叫一个舟人挑了盘盒，一径走进门去。

恰好老夫人、小姐、春桃三人在厅上闲玩，见了云仙、了凡两个进去，老夫人不胜之喜。道："两位师父，今日何缘到此？"了凡、云仙俱问讯过，了凡启口道："一向牵挂奶奶，小姐，日欲到来亲近，因有事碌碌，疏失至此，更兼五月初生出一场急病来，死了一日一夜，还魂转来，几乎不能见夫人小姐之面。今日小尼是余生了。"老夫人道："敢问师父患什么病症，急骤若此？"了凡道："说起来甚是话长，待小尼细细的述与老夫人听。小尼欲做一西资会，一日，与云仙替老夫人诵了几卷受生经，闲坐佛堂，商量定了，停过两日，支值停当，到五月朔日请了道友，拉了念佛的来到堂中诵经拜忏。至日中之时，小尼忽然头眩起来，竟自死了。老夫人，你道死去的时节怎生害怕？竟到十八层地狱重重游遍，受尽千般惊骇。幸遇龙图大王查我阳寿未绝，更考功过格簿，并无作孽之事，竟是释放回生，乃得重立人世。"

老夫人道："原来师父受此一番疾苦。我这里因弯远了，影儿也不晓得，有失问候，正处不安，今日为何倒要备礼送来，使我受之不当。"了凡道："些须小菜粗果，送来与老夫人，小姐吃茶。"老夫人道："如此只得权收了，容日补答罢。"说罢遂叫春桃收过一边。又问道："所烦的受生经儿，不知诵过许多了？"了凡道："小尼同师弟朝夕课诵，一总□□□矣。"老夫人道："重劳之极。但是生日已近，还是几时到庵来好。"了凡道:"小尼今日到来,原非为别事,一来要问老夫人主意,二来尚有一事干渎,不识老夫人肯发心否?"老夫人道:"什么事体?莫非要装塑佛像么?"了凡道:"不是。""莫非要改造庵宇么?"了凡道:"又不是。是小尼一件分内之务,恐老夫人不允,所以不敢轻易出口。"老夫人道:"一向是相知的,有事尽说,何必如此?"云仙在座,乃替了凡对老夫人道:"师兄说的也不是装塑,也不是改造,是思这场疾病,死而复生,感激天恩,目下要苦志受戒,欲做一个斋筵进关。苦无护法资助,意欲要老夫人喜舍。恐言之取厌,故将言不言耳。"老夫人道:"既如此,也是了凡师父一片诚心,修行善果。不要说我曾与两位往来的,就是素无相识者,去募化他,自然也要乐助。这个小事,你但放心,我来做预修的时节,替你备斋便了。"了凡听见慨然而诺,遂立起身来,问讯谢了。

老夫人正欲再商量还受生事,只见外面走两个穿青的进来,立在阶下道:"我家相公来拜奶奶。"老夫人知是苏州侄儿中了举人来拜望,乃对素琼道:"你表兄来了,可同两位师父到汝房中去坐,春桃住在这里服事一回,就叫他进来。"素琼听了吩咐,领着两尼一径到绣房中去了。

却说吉彦霄恭恭敬敬的穿了公服,走到厅上,深深的拜了四拜,立起身来,卸去公服侍坐了,乃启口道:"一向疏失姑娘,望乞恕罪。"老夫人道:"侄儿恭喜!尚尔欠贺,今日又要劳你。"彦霄道:"岂敢。"老夫人道:"前日这报喜的来时,晓得侄儿中了,快活了一回。想你这样青年,就能耀祖荣宗,你父母两个也是有造化之人了。"彦霄道:"偶然侥幸。论起做侄儿的才学来,那得有个中日?"老夫人道:"这个也不要谦逊,比着解元差得一名了。"彦霄道:"若看起那解元来,是同寓的,他的文字也与侄儿不相上下,不知为什么被他占了头名。"老夫人道:"今年解元是何处人,得与侄儿同寓?"彦霄道:"就是苏州府人,住在洞庭山长圻,姓卫名彩,号旭霞,是一个青年,向与侄儿曾在东禅寺看书,结过盟的。"老夫人道:"原来也是苏州人。"说罢乃对彦霄道:"我同你到里面去坐,待我吩咐厨下收拾点心。"彦霄立起身来,叫家僮住在外厢,自己随着姑娘,一径到内室中去坐下。

老夫人到厨下去了,彦霄在内,想起那卫旭霞芳姿遗照一事,乃暗里思索道:"怎的方才说他,姑娘略不谈起?想是原不认得的。既如此,我想那卫旭霞是虚空想思,不过是走马看花,又何由晓得姓字?何由看得如此切骨切髓?又知是昆山人?这段狐疑,真个使人莫解。我道其中必有一个缘故。"正思想间,老夫人忽然走进来,引了彦霄到书房中去坐下,自己陪了,掇进酒肴,极其丰美。姑侄两个在那里说说话话的饮

酒。不题。

却说那春桃站在老夫人旁边，听见彦霄说了卫旭霞中解元的消息，因老夫人在坐，只做不晓，不敢搭言，暗中自忖道："他说是洞庭山人，姓名又是了凡弟子一般的，莫非就是他？若真有此事，那了凡这尼姑时运到了。待我进去报与他们知道。"遂飞奔的走到小姐房里，对了凡道："师父，我得一喜信在此，可要说与你听？"素琼见得春桃气蠢蠢的说，乃道："小贱人，又来没些规矩！你有什么喜信？"春桃道："小姐，不是诳言，实实是个喜信。只恐说了，不但是师父们要快活，就是小姐也要快活的呢！"素琼道："小贱人，你莫非见了鬼了！"了凡道："小姐不要骂他，待春桃姐说来。"春桃道："师父方才在外边看见的客人，是我家老夫人的侄儿，住在苏州，因中了举人来拜望。他与老夫人在厅上闲话，说起今年解元，是洞庭山长圻人。"素琼听得春桃说，乃接口道："姓甚名谁，那吉相公可曾说明白么？"春桃道："怎的不说明白？小姐你道好不诧异，竟是春间相会了凡的弟子。"素琼、了凡、云仙三人听了春桃之言，一时惊喜无任。了凡道："不信有这般奇事？我们的弟子中了解元，只怕是同名同姓的。"春桃道："那吉相公见在外边，若不信，去问他就是。他还说向者与他结盟弟兄，近日又与他同一处考的。"了凡道："此信若是真的，他少不得要到庵里来报我知道，目下省得又要去惊动那吉相公。他是簌簌新的一个举人，我们做尼姑的，也不便去问他。"素琼道："这个何妨？但是此时也不必性急得的。"了凡道："小姐之言，甚是有理。"素琼道："师父，倘令弟中了，你虽是出家人，下半世受用不尽矣！"云仙道："小姐，说便如此说，但目今世态炎凉之极，他或者道是我们师兄是个尼姑了，恐玷辱他们，竟不肯复来认为姊妹，亦未可料。"了凡听了云仙之言，道是讥诮他，乃对着云仙翻个白眼。素琼乃接口道："我看起了凡师父令弟来，不是这样薄幸人品，不必疑虑到这个地位。"了凡道："难道他是这样薄情？况且他有怀佳丽，尚欲藉我帮衬。"素琼道："什么佳丽，要你帮衬？"了凡道："这句话与小姐说不得的。"素琼道："怎的说不得的？倒要求教。"了凡想了一想，欲要启口直言，因云仙、春桃二人在侧，恐素琼害羞，遂挽了她的手，走到栏干外去，俯耳低言道："我家舍弟，春间与小姐相会，即存心向慕。小尼送他出门的时节，他询我来，我对他道：小姐尚未许嫁。舍弟此时嘱付小尼道：若有寸进之日，要我与小姐做媒。"素琼听了这几句话，心里实实暗喜，却不好明言回答，只红着脸儿，默默然而已。正是：

耳边忽送投机话，欲答含羞不敢言。

却说老夫人进去陪彦霄吃过点心，也点检几簋素肴与两尼吃了，随到绣房中来安放他们一番，俱留宿了。到得明日，先发付侄儿回家，又与了凡商量，做预修设斋之事，约定小春，中旬到庵，一起料理。先把这四幅吊挂送与他，也打发归庵去了。惟有素琼小姐闻了卫旭霞中解元的消息，又因了凡这一番附耳之言，心中顿起相思，镇日寝食不思，几乎害起病来。

一日恰好老夫人烧香出去了，素琼独坐绣房，把他的诗笺玩味一番，忽然想着了画扇，乃叹口气道："世间的事情，吉凶必有一个先兆的。我想这日画扇的时节，才要动笔落墨，只听得檐外鸦鸣几声，此时道有恁般口舌是非，疑虑了一回，岂知今日遗失了，兆应若此。"正思想间，春桃走进来，见得小姐长吁短叹，眉头不展，面带忧容，自然道是又在那里愁这把扇儿，心上也觉着呆，乃不言不语的立于跟前。素琼见了，启口道："教尔寻扇，缘何再不肯与我寻着？真个可恨之极！"春桃心上又吃一惊，只得硬着口道："扇子在房中之物，我不曾偷得，教我哪里去变出来还小姐呢？"素琼暗里也道春桃说得是，竟不疑虑他，遂道："依你哪些说来，真个没寻处了？我如今无可奈何，想着一计在此。目下喜得老夫人不在家里，替我到门首去看一个卖卜先生，唤他进来问一课儿，有无就好放下念头了。"

春桃答应而去，走到门首，立过一回，等得脚酸腿软，并不见有什么起课的来。正欲转身进去回覆，忽听得一声报君知响，乃走出门去，东西两头一望，见一个带巾的瞎子走来。春桃叫一声："算命先生，可会占卦的么？"瞎子道："算命少不得占卦，占卦少不得算命。这两样通会的。"春桃道："既如此，我家小姐要起一课，请进来。"瞎子一步步的走上阶头，春桃拽了他的拄杖，引上厅堂，教他坐下，慌忙进去报与素琼知道。

素琼遂于盆中净了手，包了钱方银子，轻移莲步的走到厅上。见得是个双瞽的，也不去回避他，遂叫春桃点了炷香儿，讨出金钱，接来暗中祷告过，付春桃授与他。那瞎子接来放在课筒里，摇了一回，排成一卦天风姤。瞎子问道："是何用的？"春桃道是失物。瞎子道："失的可是竹木之器么？"春桃道："是一把扇子。"瞎子道："我晓得了。问卦先须看用神，失物以才为用爻。今不上卦，第六道路爻发动，是远方人得去了，似乎难寻着的。喜得日辰合着动爻，卦体又是以阴遇阳之象，不知为什么道路爻动，又临文曲青龙。依我看起来，是一个贵人得在那边。目下秋归冬旺，子孙卦身临第二爻，亥宫又是伏才属木，失物又是竹器，到十月间，水能生木，扶出才爻，

当有着落之兆也。"素琼道："若得先生之卦灵应就好了。"瞎子道："不瞒小姐说，小子是苏州人，混名叫做活鬼谷，人人道好、个个喝采的呢！小姐若不信，后日应验起来，自然道我不是夸口了。如今闲话少说，课金只要一钱纹银，求小姐快送了，不要耽搁小子的工夫。"素琼遂将这纸包叫春桃授与他。那瞎子接在手里捻过一捻，觉得不少，即忙袖了，原教春桃送出大门去了。

春桃转身进来，收拾了香案，随了素琼到绣房中去，道："小姐，那瞎子的课不知可着否？"素琼道："他说在十月间当有着落之兆。我想起来，何由得到外厢去？他说是远方人得去了，又是什么贵人，那几句话都是浪言了。我道目下不见，竟没有了，连这十月间之言也是虚话耳。"春桃乃假意劝道："如今小姐也不必愁烦了。我道这把扇子值得几何？今日倒出脱了钱方银子。且到十月里看应验不应验，再作区处。"素琼道："正是。我如今索性也不指望了。不知老夫人可曾回家？你可到外厢去看看来。"春桃答应一声，竟自出去了。

且说素琼在闺中，闲思杂想，想着了自己年方及笄，尚无婚配的消息，不免有睨梅之恨，自言自语的道："古礼有云：'男大须婚，女大须配。'可笑我家母亲竟然日日与这起尼姑、道婆他来我往，烧香念佛，全不以择婿配婚为念，使我忧心如醉。未审何日得遂桃夭之愿也。依我想来，前日那了凡说她的弟子在那里想慕我，我看他原是一个俊雅人才，但不知吉家表兄说他中了解元的消息可确否？若非讹传，他果然有意于我，竟央了凡来做媒，或者我母亲势利他是一个解元，指望后边发达，遂自允了，倒也是男女相称的。只怕我命薄，没福分招受，他竟不曾中，原是一个落落书生。那时节纵使有心向慕，央媒说合，母亲毕竟鄙薄他不相称，决不肯俯就的。这便怎生是好？"想罢，乃道："苍天！苍天！求你撮合他来，成就了百年姻眷。"素琼一面呼天而告，不知不觉的屈下双膝，深深礼拜。

恰好春桃进来，被她见了，乃道："小姐为何在此拜天？"素琼忽然惊起，觉得惭愧无地，问道："春桃，你几时来的？可听得我祝告些什么来？"春桃见得小姐局促不安，假意只做不知，道："我才到得，但见小姐礼拜，并没有听见祝告。"素琼亦假意说道："我也没有什么祝告来。因老夫人今年五十寿诞，在此祷告苍天，愿她身躬康健，寿命延长。"春桃道："小姐缘何到忘却了自己？依我起来，也当祝告一番。"素琼道："当祝告怎般？"春桃道："愿早配一个美貌才人，朝夕偎红倚翠，得遂芳心。这也是小姐身上毕竟要祝告的。"素琼道："小贱人，教你去看老夫人可曾归来，不回覆我，倒讲这派乱言！"春桃见得小姐发怒了，乃慌忙接应道："老夫人已回，请小姐出去，

商量择日起程到支硎山去。"素琼听得，急急到老夫人那边去了。正是：

　　一闻卫子登科信，若得佳人肠九回。

那素琼小姐已到老夫人跟前去，商量择日到支硎山去。不知何日起程，且看下回分解。

第十二回　归故里逃婚遇仙渡

中国禁书文库

海外藏禁书

闲坐山亭心事绕。想起佳人，对扇频呼叫。痴情正浓奴至扰，朋侪入幕情偏恼。　计赚成婚□□闹，花烛相辉，照耀鸳鸯好。午夜坐怀□□□，倚帆渡去湖滨渺。

右（上）调《蝶恋花》

却说卫旭霞自那日尼庵不遇，逢僧留宿后归家，未免到这些平日相知的山人文士那边通去投刺拜过，我往他来，准准也闹了三四日。一日在家独坐，想着了窃题作稿，自己中了，背着卿云，如坐针毡的不安，心里着实懊恨，道："为人在世，负义忘恩之事切不可做的，不意我竟蹈其辙！那母舅、表兄就如儿子、兄弟一般待我，况且若无他牵引去看书，哪里有凑巧处？我这日自然该通知他，使渠也在窗下做就，或者亦得折桂同回，岂不是全美之事？今日看他下第，于心何忍！"想罢又道："目下因这些应酬碌碌，自己心上之事倒忘却了，不免去取那素琼小姐的画扇、并这芳姿遗照出来，亲近一番，以解寂寞。"遂向匣中去取遗照，念过一遍，乃道："如今有了他的笔真容，这几句摹效想像之言，用他不着矣。"随即袖了，将那画扇轻轻揭开，仔细一看，不知不觉的乱呼乱叫起来道："小姐，小姐，这样千娇百媚的芳容，与小生并着香肩，立于红芍曲径之中，好一幅'刘阮入天台'也。"正想入痴境，忽见山鹧儿进来报道："花遇春相公在外。"

旭霞慌忙袖了扇子，欲要出去迎接。那花遇春立在面前，遂拱入室中，作揖坐定。茶过，遇春启口道："前承新贵光顾，因有事往云间，致失倒屣，兼拜贺迟了，今特告请。"旭霞道："尊驾枉过，茅舍生辉。"寒温过，乃道："遇春兄，几时不曾到凤老先生处去了？"遇春听见旭霞启口就问及凤来仪，便暗想道："莫非他先晓得凤老要与他联姻，有所慕而问之？若果是此意，待我乘机说去，这头媒人自然有八九分光景了。"

想罢答言道："小弟今早正在他家来。敢问旭霞兄，问凤来仪怎么？"旭霞道："小弟前日去拜望，见他园中橘有千头之富，不亚巴邛乐境。"遇春道："吾兄还不曾到他内园去，真个竹林药圃，有灵仙之乐。中有四宜堂，春则杏花疏雨，杨柳轻风；夏则竹阴漏日，桐影抉云；秋则霜红雾紫，点缀成林；冬则积雪初晴，疏林开爽。如此雅地，此老日坐其间赏玩，亦可称陆地神仙矣！"旭霞道："这也是他修来之福。"遇春道："但是天地间之事，尽有许多不平处。我道此老是受用之人矣！但天公再与他一个儿子，遂足渠之意了。"旭霞道："我向与他往来，倒不晓得他无子嗣的。"遇春道："有是曾有过的，奈生而不育，目下有一个瑞珠小姐，年将及笄，意欲招赘，正在那里拣择。"旭霞道："也是他正经处，原不可造次的。"遇春道："他的拣择，非一日了。向来原有许多巨富豪华，央媒造求，此老立意要择一风流才子，这起膏粱子弟，纵衣文绣之美，不过是羊质虎皮，怎入得他的眼睛？故此他再不轻诺。如今不知那里想着了吾兄尚未求凰，竟尔属意，特命小弟到宅而效执柯，不识尊意可否？"旭霞道："这也是蒙他垂爱。但小弟孤贫，枯朽茑萝，安敢仰附乔木！"遇春道："旭霞兄簇簇新的一个折桂客，看遍长安花在即日矣，何谦言若是！兄的意思，或者欲与当道轩冕联姻，不愿与退归林下者缔秦晋耳！"旭霞道："遇春兄说那里话来！弟虽侥幸，亦何足道？岂不闻'饥来一字不堪煮，寒到何书堪作絮'？倘然允了，可不是误了他令爱的终身了？"遇春道："依愚意来，若俯就了，后日真个享用不尽的呢！不是得罪说，莫要当面错过了。"旭霞道："承兄雅爱，极该从命的。奈目下即欲北上会试，纵允也不及了。来春场后归家，再作区处可也。"遇春道："吾兄北上之期，尚可稍缓几旬。倘尊意允的，不若目下允了，做过洞房花烛的小登科，到京去赶这金榜题名的大登科，岂不是人生至乐之境？"旭霞道："本非我之坚执，其实还有个隐情，故尔不敢轻诺。"遇春道："什么隐情？莫非吾兄已先有了意中人，待年而娶么？"旭霞道："小弟也粗知书理的，这样桑间濮上、私期密约之事，再不做的。兄何以轻薄待弟？"遇春见他似有怒意，乃道："小弟不才，谑浪之言，冒渎了。看起尊意来，真是不肯俯就的了。在弟原不敢强，只怕凤老先怎肯息念？"旭霞道："幸为决辞，勿再劳神。"遇春只得起身道："如此，告别了。"旭霞遂送他出门。遇春闷闷不乐而去。正是：

酒逢知己千杯少，话不投机半句多。

旭霞转身进来，暗中思想道："我本无心求富贵，谁知富贵逼人来。想这凤来仪倒

也好笑，蓦地叫这花遇春来做媒。看他的言语，似欲急于成就的意思。我想起来，他原是一个富宦，虽则是赋归去来的，拼取赔家私招女婿，那一处没有？为何见爱我一个穷举人？更可笑那花遇春只管赞美他，暗中打动从臾成事，殊不知我卫旭霞可是贪得之徒？若说他的女儿是绝世无双的美貌，犹可动我痴情一二；更且大不然者，我之姻缘，有邬氏素琼为念，这些言语，可是套得我心中所慕之秘？"正是：

　　饶君搬尽澜翻舌，难夺心中向慕私。

　　却说那花遇春思量做成了这头媒人，满意发一次大财，岂知卫旭霞铁铮铮的辞了，心中懊恨。出了他门，在路上自言自语，数说那旭霞道："我想这个穷鬼，天大的一碗香花米饭作成他，倒是大模大样。如今幸得中了解元，凤来仪势利你，要送家私美女与你，若照旧是个穷秀才，只怕你要去求他，也只好做个梦儿想想。"一头说，一头走，顷刻间到了凤家门首进去。

　　恰好凤来仪也在外边探望回音，见了遇春到来，欣欣然的接他到堂中去坐下，遂问道："所烦执柯，可有几分允意么？"遇春道："领尊命去，不想那个小子竟尔一派设辞，执意不诺。"来仪道："他设辞怎的来？"遇春道："他说自己贫乏，不敢仰攀，恐误了令爱的终身。目下又要上京，待来春场后，归家再商。更有无数虚浮之言，难于尽述，总之是不允的意思。就是来春再商之言，明明里是推辞了。"来仪道："他虽则是个解元，我原是一个甲科，谅起家声来，也不为玷辱了他，何竟却我，实为可恶！"遇春道："老先生不消烦恼，若决欲招他为婿，晚生倒有一计在此。"来仪道："学生也不是什么必属意他，因小女的性度幽闲，配不得那些豪华公子。谅他是个孤寒拔解，无骄傲之气者，也是相称的，故发此念。敢问遇春兄有何妙策？"遇春道："依愚见起来，莫若老先生与尊夫人、令爱商量过了，择一吉日，排下筵席，唤齐乐人掌礼的在外俟候，写一个名帖，唤尊使送去，只说请他钱行。待晚生促他到来，至了席，到黄昏时，鼓乐的鼓乐，掌礼的掌礼，使他措手不及，扯他结了亲，送入洞房，做过花烛，这时节难道还怕他推辞么？"来仪道："妙是极妙的，但恐不雅，被人谈论。"遇春道："老先生得了佳婿，我道有人歆羡，哪个敢谈论呢？"

　　来仪道："待我进去与拙荆商量。"遂到里面去了。不一时走出来，对遇春道："学生进去，说兄妙计与老荆听了，着实称赞算计得好，遂与小女说明了。既取历日看时，你道好不凑巧！明日竟是黄道吉日，周堂大利的。不知可就行得否？"遇春道："凡欲

做机密事，以速为贵。若停留长久，就难成了。"来仪道："既如此，明早一面备酒，一面烦兄去拉。"说罢，来仪即抽身进去，支值了半日。

到得明朝，遂写一个午刻求叙的帖子，唤家僮随了遇春，到旭霞家去。那遇春在路上，扬扬得意的道："今日此事成功，得中了我计，花遇春下半世不愁无吃着了。"正是：

计就月中擒玉兔，谋成日里捉金乌。

不一时，到了旭霞门首，只见双扉深扃，落叶封楹，阒寂无人。遇春心里顿然吃惊，想道："我昨日来时，门儿大开，今日为何牢闭在此？莫非他远出了？若是不在家里，哄这凤老备酒热闹，真个是'画虎不成反类狗了'。这便要被人家谈齿了。"想了一回，乃道："待我且扣他一下，或者在家里，亦未可知。"想罢，遂扣了几声。那山鹧儿在里面听得剥啄频频，走出来启门，见了花遇春道："花相公，今日为什么事又来？"遇春道："要会你家相公。可在家么？"鹧儿道："在里边。"遇春听得山鹧儿回言在家，心上这个惊块顿然脱去，喜孜孜的一径走到书房中去。

正值旭霞隐几而卧，遇春把手一拍。旭霞醒来，仔细看时，竟是花遇春立在面前，心上又着惊，暗想道："必然又是昨日之事，来歪缠了。"遇春启口取笑道："新解元也要梦见周公么？"旭霞道："小弟怎能学夫子之事？是效宰予之行耳！"说罢，拱遇春坐了，乃道："昨日所言姻事，想为弟辞脱了？"遇春暗想一想，遂假意答言道："昨者领命而返，细细述与凤老先生听了。他始初似有不悦之色，被弟委曲一说，然后乃得释然，而今招赘之意绝口不谈起了。闻兄即日荣行，今特遣使者致简，奉屈祖饯，恐兄鄙弃，不屑枉驾，又命小弟随至相拉。"即去接这请帖，递与旭霞。旭霞接了，暗想道："辞了他的婚，自然要怪着我，何特然来招饮？其中必有缘故，也不是轻举妄动的。我道还是辞了他为上策。"想罢对遇春道："小弟无知，违了他的美意，正罪重如山，今日复有何颜赴召？此断然难去相见的。亦必要烦吾兄为弟辞了，容日当请谢凤老先生堂阶，何如？"遇春道："旭霞差了！昨日请婚，百年大事，就是不允也怪你不得了。今日屈驾饯行，是他的厚意，若又辞了，道是吾兄新贵，鄙薄他退归林下之人了。心里连这辞婚的懊恼，又要提起来，就要存芥蒂了。还该速速命驾，去领情才是。"旭霞被花遇春这一番奸巧之言说得心里犹豫不决，又想道："我若去的时节，又恐怕辞婚之事未必渠心释然，被他当面诮讥几句怎处？我若不去，真个恼了此老，使

中国禁书文库

山水情

四八九七

他藏怒蓄怨，就不美了。"正在踌躇之际，遇春乃道："小弟与兄素称莫逆，难道有什么哄骗，只管如此狐疑？"旭霞道："不是小弟疑惑，其实汗颜难去。一定要求鼎言代辞。"遇春道："那凤老先生因恐吾兄拒却，故嘱小弟来拉。若反是我去代言辞酒，可不是托人托了鬼了？吾兄是高明的，请想一想：还是代辞得，代辞不得？"说罢，竟一把扯住，立刻就要起身。旭霞此时倒没主张，谅难推脱了，乃道："承兄雅爱，待小弟进去换了衣服，同去便了。"

遇春见他是肯去的意思了，即放着手，让旭霞走到里面换了新巾华服，袖好了这把不离身的画扇，走出来吩咐了鹂儿一声，遂同遇春步出门庭。说说话话，顷刻间到了凤家门首。遇春先着使者进去通报过，然后拱旭霞进了头门。

那凤来仪恭恭敬敬出来迎接进厅，各施礼毕坐下，堂后即点茶来吃罢，旭霞乃启口道："蒙老年伯垂爱，年侄转展思之，实颜厚难于赴召的。缘遇春兄道及老年伯盛意，恐却之不恭，故敢斗胆轻造。"来仪道："前承光降，即欲留足下小酌的，怕轻亵了，所以不果。今闻尊驾荣行在即，特备蔬肴，聊作祖筵，幸勿鄙罪。"说罢，随引旭霞到四宜堂去赏玩，又于园中游遍。

因天寒日短，不觉阳乌西坠的时候了。恰好他家僮进来，请去坐席。来仪、遇春两个陪了旭霞，原到正厅上去。只见列酒三桌，摆设甚是华丽。旭霞暗地踌躇，乃对凤来仪道："何必这样过费？敢问老年伯，还有什么尊客么？"来仪道："学生粗性，凡是注意那位客人，再不肯去牵枝带叶，请来混帐的。"遇春接口道："旭霞兄，这便见凤老先生尊重兄了。"旭霞道："如此一发不安了。"说罢，来仪把盏定过席，大家坐了，觥筹交错。

饮过几巡，来仪送过令，又自畅饮一回，竟值昏黄时候了。旭霞止欲起身告别，忽听得后堂鼓乐齐奏，人声喧沸起来，道是古怪，乃问遇春："这酒席已阑，是告止的时候了，怎的反作乐起来？"遇春道："不瞒兄说，昨日尊性坚执，今日谅难再辞了。"旭霞听了遇春之言，吓得面如土色，乃立起身来道："怎么今日难辞？莫非是吾兄哄小弟？"遇春道："小弟怎敢哄兄？凤老先生道是昨日却了他的尊意，恋恋于心，恐怕吾兄别缔姻盟，失却英俊，举世难觅了，故画此策，请弟拉兄到来成亲，并不干小弟事。"旭霞道："遇春兄差了。婚姻百年大事，岂可造次逼得的？况且小弟另有立志，昨日不曾对兄说得。先人灵柩尚未卜牛眠之地，倘有际遇，先行了葬亲大事，然后自己觅婚，岂可目下灭理违天，草草而就？"正与遇春在那边讲论，凤老捉空进去，与颜老夫人俱换了公服，乐人、掌礼的一齐拥了新人出来，拖单厅上，喝起礼来。

旭霞仔细一看，但见一个娉婷小姐，立于猩红单上，此时急得上天无路，入地无门，欲要逃走，怎奈拦阻者多，真个计无可出了，乃暗想道："我目下若露出了不愿的圭角，使他们知觉了，就要防闲看守起来。不若倒做一个大模大样，且行权宜之术，顺从他结了亲。入了房的时节，暂学那柳下惠坐怀不乱，一宵挨到天明，捉个空儿，神不知、鬼不觉的逃出他门，随到苏州母舅处住下。等那素琼小姐到尼庵来面会一番，竟至京都去了，有何不美？好计！好计！"乃对遇春道："六礼未成，这便怎好行得？"遇春道："凤老先生之意，要从权了。今事如此，大家混帐些罢。"说毕，那花遇春唤那傧相唱起礼。

旭霞此时谅难推阻了，只得勉强应承。结了亲，送入洞房，做过花烛。心上只想着意中人儿。这时纵使那凤小姐有千娇百媚之容，也不去亲近，竟自端端正正的坐在那边。凤小姐又是深闺淑媛，年轻面重的，见新郎亦自害羞，不敢启口。

两人默默对坐，挨到东方将曙之际，旭霞竟自撇了小姐，悄悄的步出洞房，走到日里闲玩的园亭静处。四顾一望，寂无人声，见得墙角边有两扇竹扉，轻轻的开了，走出园门。喜得天色渐明，路径有辨，三脚两步的出了深林僻径，认真了路，一径到家里来。分付了鹂儿一声，启了护书，取出张紫阳的丹药来，佩在汗巾头里，带了几钱银子，恐他们追至，连早膳也不吃，心忙似箭的走到航船渡口。仔细一看，岂知日日装载的船，因天色尚早，影儿也不见有。但见扁舟一叶，坐个白头老翁在上。旭霞启口道："老官儿，你的船可是摇载的么？"老翁答应道："正是。"旭霞道："我要苏州去的。"老翁道："即如此，请上船来。"旭霞走到舱里坐下，那翁又道："相公，今日风又大，船又小，替你冒好了，请安置里边，待我摇去。"说罢，把芦席冒了前后。旭霞睡在舱里，随波逐浪的去了。正是：

　　　鳌鱼脱却金钩去，摆尾摇头再不来。

不题。

却说那凤家到了天明，只道新女婿在洞房中如鱼似水的欢娱，谁知蓦地里起出这样风波来。那凤来仪夫妻两个晓得了，都气得似泥塑木雕的形像，你我埋怨反目，又去怨那花遇春。遇春道是自己画的策，也觉呆了，恐怕缠出是非来，累及己身，潜地先往旭霞家去探望，得了实言，知是去了，谅无复来之意，必要到掣肘的地位，也径不去报知来仪，亦自抱头鼠窜的去了。凤家不见了花遇春，道是他怕埋怨，躲避了，

只得差了几个家人，到卫家追问，询得苏州去的实情，来回复过。

却说那凤小姐知道了，暗地里埋怨父母，恨着自己命薄，竟自把这一头青丝细发都剪掉了。这时节凤来仪夫妇闻之，也只好暗里气闷。正是：

> 为惜英才开雀屏，岂知坦腹似展禽。
> 鸡晨潜遁逢仙渡，笑杀周郎计不灵。

那卫旭霞不知着落何处，且听下回分解。

第十三回　斗室中诗意传消息

禅关重到，诗中传意，犹豫双真闷坐。灯前共语小春桃，便惹起相思无数。　　仙尼又启，风流曾订，未识有何沉误。两情若个是良姻，何累想朝朝暮暮。

右（上）调《鹊桥仙》

却说那了凡师兄弟两个，是日在昆山归庵，见了壁上的诗，晓得旭霞真个中了解元，各自暗生欢喜。知是他来的时节已抵暮了，被这香火婆子促他出门，使彼受凄其之苦，不免互相埋怨那婆子几句。朝夕在庵望他到来，替他商量计较，以图素琼姻事。

一日，想着邬府老夫人所约做预修的日期，恐怕不刻到来，一时整顿不及，在那里打扫佛堂，摆器具。两个正忙得热闹，只见山门外肩舆齐至。走近看时，竟是老夫人、小姐和春桃三人到来。了凡、云仙就似见了嫡亲娘一般，叫出千声奶奶，万声小姐，迎接进来。等他母女两个参拜了佛，然后双双问讯了，原拱到里面斗室中去坐下，留云仙陪着，了凡忙向厨下收拾去了。

老夫人启口对云仙道："前日简慢归庵，几时到的？只怕晚了。"云仙道："蒙奶奶垂念，这日且喜遇了顺风，到庵的时节，尚未夜深。"老夫人道："这便还好。"云仙道："今日奶奶几时起身的？到得恁早。"老夫人道："恐天寒日短，半夜起程的。"云仙道："原来如此。"正叙谈间，了凡领上了香火婆子，掇了一盘茶果、两壶香茗进来，摆在桌上，说说话话的吃了。老夫人立起身来，同了了凡到外厢去检点带来这些物件，止留云仙与素琼坐在室中。

素琼抬头起来，只见壁上几行草字。仔细看时，竟是洞庭卫彩所题，后面明写出"解元"两字。素琼此时愕然，暗想道："前日春桃说吉家表兄之言，竟尔不谬，如今果然中了解元。但不知几时来题的诗。那了凡在我家时，尚未知之。且待我看他是什么诗儿？"遂念一遍，不觉蓦地惊呆了。又暗想道："这个韵脚是我题于画扇上的，他们何以知之？况他诗中又是和答我诗之意，后两句明明是有意于我，教我等他来求，莫许他人窃聘。我想起来，若然不是，又难道我题的诗倒是暗合他人陈句的？这段狐疑，就是仙人也难测度。"

素琼正尔出神入化的思想，云仙亦正欲启口说明卫旭霞到庵来的缘由，恰好那了凡与老夫人在外收拾了行李物件，进来坐下。不一时掇点心来吃了。老夫人启口对了凡道："你们的令弟，这几时可曾来望你么？"了凡道："不要说起，前日小尼到老夫人府上来了，他在南京乡试中了解元，回来想是来报我知道，到庵时已是抵暮了。那婆子不晓世事，坚意回了他出门。不知此夜栖宿何处，至今小尼心上牵挂他。"夫人道："原来令弟中了解元，正是前日我们吉家侄儿曾在我面前说过一次，道与他极相知的，乡试时一同在京作寓的，但这时忘却了他的姓字，竟不想着师父的令弟来。如此恭喜庵中有个护法了。但是那老妪怎的不留他过宿，使他出去受穷途之苦？"了凡道："因为如此。"老夫人道："了凡师父，明日要打点做佛事了，请问你进关日期可曾择定么？"了凡道："小尼因为奶奶要做预修，不得不在外支值。又承奶奶许替小尼做斋筵，所以择的吉日，是预修完满后一日。"老夫人道："这也倒觉便些。"

两人叙谈了这一回，不觉红日西沉。了凡去收拾铺盖，原安置在海棠花这间房里。铺叠好了，一同吃了夜膳，服事老夫人先睡了，与小姐闲话片时，随即进去。止剩得素琼、春桃两个未睡，坐在银𫗴之下。春桃觉得老夫人睡着了，乃对小姐道："那了凡方才说他的弟子真个中了解元。"素琼假意道："他中与不中，不干我事。但目下有一种可怪的事情，教人难测，怎处？"春桃道："敢问小姐，才到得庵，又有什么事情缠扰芳心？"素琼道："我们一向所画这把扇子，曾题诗一首于上，今日见那壁上题咏，是了凡的弟子之作，不知他酬和那个人儿的，合我诗中之意，韵脚又是毫厘不差，似乎见过扇子步韵者，岂不使人难解？"春桃道："依小姐说起来，不信这把扇子在我家房里失的，这时节卫生正在金陵乡试，何由得到他手中？"素琼道："我也为此费想。"春桃又假意思想一回，遂作戏言道："我想起来，小姐也不必细想的，世间的事情奇奇怪怪者尽有，即系小姐讲这南朝张僧繇画龙点睛则飞去的故事，想是有的。莫非小姐把这把扇儿画得出神入化，也自飞出深闺，落于识者之手，故得晓诗中意味，和韵题壁也？"素琼道："痴丫头！讲这样莽话。但更有一希奇想头：前日那卜者曾说在十月

中国禁书文库

海外藏禁书

间当有着落之兆，又说是远方一个贵人得去了。如今那卫生新贵，倒也是合着这课的。正是这扇儿何由得到远方去，虽则他诗韵、意思雷同，我原不信。"春桃见小姐说他题的诗与扇上合意，疑惑这扇只是他得去，心上暗地惊疑道："明明是我袖到园中看过，被柳儿歪缠急了，一霎时失落的，怎得又到外面去？我道小姐在这里闲思杂想，谅来绝无此事的。"主婢两个正在那里你思我想，恰好老夫人睡觉转来，见他两人坐于灯前，尚尔唧唧哝哝的闲话，不免说了几句，催他们去睡了。正是：

　　　　有心题壁传消息，害却娇娃费远思。

　　到得明早，大家起来梳洗了，吃过朝膳，老夫人把些银子付与了凡，去置足了货，遂请下几个优尼，俱到庵来住下。

　　明晨起身薰沐过，摆设齐整道场，做起朝功课来。擂鼓作乐，开经起忏，热闹之极。那了凡先同老夫人出来参拜了。随后春桃服事素琼小姐，轻移莲步，到佛堂里来，折下柳腰，轻轻顶礼。参拜过，起来坐在堂中闲玩。但见外面挤一班游人进来，老夫人、小姐都走到里面去回避了。

　　看官们，你道这游人是谁？竟是杜卿云与吉彦霄带了许多仆从，入山来看枫叶，又是卿云领他们到庵来探望，故尔特地到此。那卿云见得庵中热闹，对彦霄道："今日来得巧了，竟有无数标致尼姑在里边拜忏，又有一个美貌佳人在此。喜得那庵主了凡是认得我的，同兄速去，尽意随喜一回，以畅今日之游。"说毕，卿云引了彦霄，直走进去。了凡见得是杜卿云到来，即忙下阶迎接道："杜相公，今日何缘到此？请到方丈坐了吃茶。"卿云道："你自去治政，不消费心。但问你：这做道场的是哪一家？"了凡道："是昆山县邬乡宦家老夫人，今年是五十岁，同素琼小姐在敝庵做预修。"彦霄听得了，遂问道："如今这老夫人在哪里去了？"了凡道："见两位相公进来，回避在里边。"卿云乃对彦霄道："既如此，我们在这里搅扰不便，出去了罢。"彦霄道："卿云兄不妨。这斋主就是家姑娘。"卿云道："不信有这样偶凑，又遇着了令亲。"

　　了凡听得彦霄这句话，心里暗想一想，道："莫非就是吉相公？"彦霄道："师父怎的认得我来？"了凡道："在老夫人处说起，一向是晓得的，但从未有亲近相公。既如此，两位相公请坐，待小尼进去报与老夫人知道。"说罢，一径进去了。一回，走出来道："老夫人说，吉相公有外客相陪，不便出来相见，倒要请相公到里面去。"彦霄道：

"如此说，卿云兄请坐一坐，待小弟进去拜见了，就出来的。"说罢，随着了凡一径到斗室中去揖了姑娘，然后与素琼表妹相见过，坐下，启口道："今日又是到此地会着了，不然，明日父亲要同侄儿的到姑娘家来捧觞了。"老夫人道："这个不消了。"彦霄道："请问姑娘来过几日了？"老夫人道："才到三日。"彦霄道："怎的不到我家来？"老夫人道："因约了师父今日起忏，家里有事盘桓，来得迟了，恐到你家来，又要耽搁，所以索性到了庵里。俟忏满后归家，顺路来探望。"

正说话间，彦霄瞥眼转去，见得粉壁间有两行草字在上，仔细着眼，竟是卫旭霞的款在后边。心中疑惑，乃念过一遍。味他的诗意，知是一首和答私情之作，遂想起："夏间见他草稿中的芳姿遗照，题头上边写着：'支硎尼庵萍逢素琼。'恰好今日他有题咏在庵，表妹又在这里，事上相符，我想这段情由是千真万真，不必狐疑的了。他如今明写出'解元'两字，毕竟是这起尼姑与他相好，走漏了来做预修的消息，道我表妹必至，故题此诗，作蜂媒蝶使，暗中打动他。"正踌躇暗想之际，不道了凡出去支值素斋，搬到室中。彦霄见了辞道："蒙师父盛意，有敝友在外，不便偏他，请收了去。"了凡道："相公远来，粗点心虽不中用，略请些须，见了小尼之意。"彦霄再三推辞，望外就走，连老夫人也来留彦霄。彦霄一头走，一头说道："容日望姑娘到来，侄儿访得极好的一头亲事在那边，要替表妹做媒。左右姑娘在月下要到我家来，今日不及说了。"说罢，一径走出来，同了卿云，别过尼姑，出了山门，走下寒山僻径。

卿云在路上问彦霄道："吾兄方才进去见令姑娘，缘何如此长久？"彦霄道："与家姑娘相见了，叙过一番寒温，即欲出来奉陪。不道又见了一出奇事，费想了一回。"卿云道："什么奇事，可肯相闻否？"彦霄道："不知为何，令表弟竟有题咏在尼庵内室壁上。看起来又是私情酬和之作，后边落款又写出'解元'两字，是他中后去题的。莫非与那起尼姑有些来历？"卿云道："题的诗可记得么？"彦霄道："怎不记得？"说罢，遂念出来。卿云听了，不觉呆了半晌，乃道："便是今春三月三日，我同他踏青游玩，去得一次。从来不相认的，何由得与他相知来往，潜地去题诗？这也古怪。"说罢，暗想道："一定是这个缘故了。"彦霄道："是什么缘故呢？"卿云道："小弟疑想他也是'莫须有'之说，或者未必实然。方才说弟同他去的时节，因贱内在家忽患急症起来，差人来寻，他说待我畅游一回，抵暮步归，使弟先返舍了。及至到抵暮时，弟在舍候他，竟尔不归，直至明午来家。彼时已曾查问何处借宿的情由，他便左支右吾了一番。弟因此日正在家赛神服药，也无心去细细盘问，便是这样丢开了。或者此日被这尼姑

勾搭上了，住在此间，做些歹事，亦未可知。"彦霄听见卿云说了这一番合符之言，不觉颜面失色，默默不语。

卿云见得彦霄听言之后，似有惊愕之态，乃问道："为何说了家表弟，吾兄忽生不乐之容？"彦霄道："也没有什么不乐，只为其中有一桩不明白的事情，教人难解，故尔心中犹豫。"卿云道："什么事体？"彦霄道："是说不得的。总之令表弟少年轻薄，作事可笑。"卿云道："他作何轻薄之事？弟尚且不知，吾兄何以知其详细？一定求明言，使弟亦得闻其过。后日见他的时节，教家严戒谕他一番也好。"彦霄只得把他遇了表妹，写下了芳姿遗照，寺里盟后窃见这段情由，细细说与卿云听了。卿云此时心中也道他不是，不免在彦霄面前说他几句，乃道："今既已如此，他的诗云'蓝田自去求双璧，莫许牛郎窃驾通'，明明里是两边向慕说出。令表妹未曾许字的，吾兄何不就与两边做一古押衙，撮合了他，亦千古美事也！"彦霄道："我原有此意，省得他们隔地相思。方才临别家姑娘时，已道过一言，俟他望后到舍来，当启齿也。"卿云道："若得吾兄海涵，反肯不弃，岂特家表弟感德，就是愚父子亦知厚恩者。"彦霄道："你我三人，实为异性骨肉，何以说此客话？"两人在路细谈，缓步到了泊船的所在。一齐下船，解维而归。到家时，明月已在东了。正是：

> 游山不觉归来晚，深夜重门带月敲。

却说那老夫人与这彦霄闲话了片时，待他去后，原领了素琼到禅堂中来，拜佛闲玩。直至夜来，看这起尼姑做了功课，一同吃了散堂斋儿，各自去睡了。

又是素琼，春桃两个未睡，坐在灯下，你说我话一回。春桃想起日里吉彦霄之言，对素琼道："一向再没有人说起替小姐做媒，今日那吉相公缘何特发此念？适才对奶奶说，但不知可是那卫生？"素琼听了春桃之言，心里也是这样思想，又想着了吉彦霄闻得与卫生相知，莫非就是他？十分希冀踌躇，暗忖了更余，叫春桃服事上床去睡。

到得明朝起身梳洗，原同了老夫人到佛堂中礼拜了一回，走到里面去，独坐斗室中。恰好此时云仙执事稍闲，走进来叙谈过。云仙忽然想着了卫旭霞与他欢合时，再三询问小姐到来之信，约定方去。目今佛会已做过两日，竟尔不至，此何意也？又想一想道："莫非是前日来的时节，被那婆子拒却出去，怨恨我们，连这小姐会期也丢了念头，断绝往来了？只看今日若然不到，必是这个缘故了。"素琼见得云仙与他闲话正

浓，顿停了口，凝睛细想，心里疑惑，乃问道："师父，你想什么来？"云仙道："不想什么。便是春间来的师兄这弟子，小姐归去后，他复来探望。是日师兄在府上，小尼留他吃茶，说及小姐，乃念小姐这首玉兰诗与他听了。口里唧唧赞个不住，顿起想慕之心，说道：今生若得再见小姐一面，就死也甘心。小尼斗胆与彼约定目下这两日到来。不知何故，竟尔不至。"素琼道："你适间说，曾念我的诗与他听过。我想他是有才之人，这样俚鄙之言，可是入得他眼的？出我之丑，真个不做好事的。"云仙道："小姐又来太谦了。"

两人正说话间，外面有事呼唤云仙，自出去了，止剩素琼坐在那边，自言自语道："原来那卫生，方才云仙说，曾约定他的，缘何不来？此时莫非上京去了？又莫非是我命薄，是他缘浅，旦夕之间，生出病来，为此羁留失约？"想罢，乃道："卫生，卫生，你若不来，今番这个机会失了，再要凑巧晤面，只好相逢于冥途间了。"素琼想到此境，几乎掉下泪来。乃对着壁上的款儿，低低呼叫几声道："若得你即刻飞鸟到庵，面会一番，决绝了两下虚空相思，就死也无怨了。"

正思想间，了凡忽走进来道："小姐独坐在此，不怕冷静么？我们舍弟即日到来，就要替小姐做媒了。昨日吉相公之言，千万叫奶奶不要听他。"素琼听了了凡之言，心里是喜悦的，但娇羞不好答应。了凡又道："老夫人等小姐吃斋，请出去罢。"素琼乃勉强放下愁心，同着了凡到方丈一同坐下，吃过了斋，立起身来，又到佛堂中闲玩。少顷，这些优尼俱净了手，出来诵经拜忏。素琼陪坐，直至更深而散。

到得明日，拜过了忏。至十五日，做一个水陆焰口完满。十六日，替了凡设了受戒斋筵，送他进过关。又住下一日，斋值了这些忏会，随即别了两尼，一径到吉家去了。正是：

> 欲知前世因，今生受者是。
> 要知后世因，今生作者是。

却说那吉彦霄同杜卿云游山归来，把这尼庵遇着姑娘、表妹，并要到他家来探望之说，述与父母听了，在家俟候。至十八下午，真个一齐到来。吉家迎接进去，相见毕，坐下，大家叙了亲亲之情。款待过，到晚宿了。

明日起来，彦霄与姑娘说了，要替卫旭霞请庚作伐。老夫人应承了，约定吉期。

又住下一日，然后起身，一齐归家。此时素琼暗地闻信，欢喜不胜。正是：

> 一番愁闷一番欢，只为酬诗藏谜难。
>
> 果得雀屏开射鼪，何忧鸾凤不团圆。

不知这吉彦霄何日去请庚作伐，又不知可去寻卫旭霞否，且听下回分解。

第十四回　闯仙阙赐宴命题诗

误入云林宫阙，意悬故土焦劳。揭开画扇慰心苗，忽听棋声杳杳。

踪步玉阶寻访，两仙对下琼瑶。报知召宴奏云璈，命赋园花草草。

右（上）调《西江月》

却说那卫旭霞那早在凤来仪家逃婚而出，至湖滨摆渡，见一白头老翁泊舟水涯，旭霞招而渡之。

看官们，你道那白头翁是谁？竟是旭霞昔日雨花台遇的张紫阳。因春间见旭霞颇有道骨仙风，知旭霞目下有难，故尔化作舟人模样，驾此轻筏来渡他去，回到一石室中。旭霞此时，心中惊愕，询其来历，张紫阳只是不肯说明，唯安慰几声。

一日，紫阳对旭霞道："汝本凡子，余乃仙流。今渡汝到此，一来为余这起仙女，闻汝品格才学不凡，有所向慕。二来你在这目下有难，故我特来引汝到山，游玩一回，避脱灾厄，送你回去，成就功名姻眷后来再作道理耳。"说罢，一同走出石室。紫阳引道，旭霞随后，曲曲折折，走到一巍峨峻岭之下。但见古柏森森，乱松郁郁，石势空砻，涧形屈曲。举头仰视山顶，宫阙凌霄，足有万仞之高。此时心上惊骇，乃问紫阳道："此是何处？"紫阳道："是王母第十三女媚兰云林夫人，居在此间。你闭了眼，待我引你去游玩一番。"旭霞道："既蒙大仙引凡子去游玩，何故反要合眼？"紫阳道："看此虽近，上去有二三百里之高，又要在一虎狼穴过，恐汝害怕故尔。"

旭霞遂合着双眼，耳畔若闻波涛汹涌之声，刻余，听得紫阳一声"开眼"，遂张目而视，见得自己身躯立于万仞山椒之上，回顾一望，那张紫阳竟不见了。心中惊惧，凄惶无措，乃叹口气道："我之所以远道，一来为着素琼小姐，要到尼庵去践云仙之约，会她一面，询其画扇来历；二者要收拾上京会试，故急忙夜奔渡湖。不道目下倒弄得东不着东，西不着西。这样高山峻岭、人迹罕到之所，不知是何处？被他引至，丢我而去，怎能彀有归家的日期？倘然遇着了些虎豹豺狼，只好葬于它腹中了。方才他说渡我脱难，如今倒是引我来投难了。"想到此境，不觉放声大哭起来。

哭了一回，拭干了眼，乃道："待我取出素琼的画扇来亲近亲近，以消凄惶之苦。"遂于袖中取出，揭开细细玩味。只听得茂林之内，隐隐人声相近，即忙袖了扇子，一步步的走上前去探望，并不见有什么人儿，但见魏魏宫阙冲霄，冉冉彤云护殿。前有牌坊一座，浑似水晶玉石装成，嵌上扁额一方，竟是火云宝珠穿就，中间篆着"隔尘"二字。旭霞见了，惊骇无已，乃暗想道："怎的我这样一个皮囊凡俗，得到这仙境来游？莫非是卢生一梦耶？且从容走上前去观看。"遂移步进了牌坊，直至甬道仙阶，见得两傍绮树银花，紫芝碧草，生光耀目，斑鹿素鹤，身处其间，道是蓬莱阆苑无疑了。又走进几步，到一转湾所在，见块巧石旁边，两个美人对坐，子声丁丁，竟在那里敲棋。

旭霞观见，心中暗骇，欲要近身去看，又恐怕去不得的。正欲前不前之际，那二仙回转头来，见了卫生，乃叱声道："汝何等凡子，敢尔大胆来闯云林娘娘宫阙！谁人引你来的？"旭霞闻得两仙女叱声，吓得魂不附体，即忙跪下双膝，启口告道："小生卫彩，是苏州洞庭解元。因登舟渡湖，被那操舟老翁诱至此地，他自去了，小生正忧进退无门，怎敢故意轻薄，闯进探望？乞原谅之。"二仙道："原来如此。不是你故犯，容君无过，请起来。你说是个解元，且试你胸中才艺一试，若果然好，传与娘娘知了，宣你进去游赏。"旭霞听了二仙女之言，徐徐的立起身来道："小生虽识几个字，怎敢在仙姬面前胡乱弄斧？"二仙道："不必太谦。"乃道："汝即将我对弈为题，快作一首诗来。"旭霞想一想，念道：

"诗曰：

花姨月姊斗痴娇，对下揪棋赌翠翘。

纤手漫谈争广狭，秋波同审计亏饶。

声惊青鸟来王母，影乱彤云下子乔。

机巧自娴藏石室，周天一局列琼瑶。"

两仙听旭霞念毕，徐声赞道："解元作诗如此敏捷，于意又无不妥贴处，看来原是一个聪明年少。我们收拾了棋局，一同到里面去，念与娘娘听。"说罢，遂收拾过棋子，飘

中国禁书文库

山水情

飘然的进去了。

旭霞立在石坡之上，细细想道："那两个女仙怎的生得这样标致？自然比凡女不同的。我想起来，那个素琼小姐足有仙丹之异，谅她容貌自可仿佛也。"复忖道："他们两个记了我这首诗进去，念与什么云林娘娘听了，倘然中意，又要我去做些恁般难题目？此时正处惶惶无措，那有心去苦思力索？况且这起不食烟火的神仙，聪明天纵，那里与他歪缠得来？"蹰躇间正要仍旧走出故道，忽听宫殿之中鼓乐齐奏，声音彻天，背后倏有人言："解元往哪里走？我们娘娘知你诗做得好，宣你入宫相见。"旭霞听得了，回头看时，见是对弈二仙。乃道："适蒙二仙命题，不敢过却，斗胆口占几句，词不达意，何足为你娘娘道哉？承召决不敢轻造仙阙，冒犯娘娘者，幸为我辞之。"二仙女道："怎的辞得？即刻启阙垂帘，张乐迎君了。"说罢，只听得启宫门响，二仙即从旭霞走到九级之下。见得宫门大开，仰上看时，是"蕊珠宫"三字，真个穹窿高敞，碧瓦雕甍，丹楹绣阁，凤吻龙吞，飞鸟莫及其上，彤云垂护于下。旭霞见了，正尔暗生惊骇，岂知走出一班仙童仙女来，异样妆束，各执乐器，随行逐队的吹弹到外来迎接旭霞。

旭霞只得战战兢兢，步随作乐，到第二进流霞阁下，驻足阶前，俟候宣召。不一刻，珠帘里闪出一个凤冠霞帔的女仙来，启口宣召：命作乐者先走进去，鹭序载班的，立定徐徐鼓吹。旭霞垂头缓步，上阶至阁，俯伏帘外。那云林夫人命撤起珠帘，教生抬头。旭霞抬头起来一看，只见那云林夫人身穿紫金绣丝百凤镶袍，裙拖五色潇湘画景，头顶百宝盘龙花髻，足踹珠缀凤头乌靴，手执一柄水晶如意，高高坐起，觉得心中诚惶诚恐，不免似朝君的稽首顿首一回。夫人道："解元是儒者，请抬身。"旭霞听命，即起身侍立帘下。夫人道："这里渡海面有一万八千里，不是飞仙，难得到此。我辈居于此山，若论人世的年月，准准的二千余年了，再没有凡间子弟来游。不识解元有何仙缘，仗谁渡来？"旭霞听了云林夫人之言，想及家乡路遥，不但失了试期，兼爽云仙之约，道是今生难返故园，去图素琼姻事了，顿觉心中凄怆，乃含泪而告道："仙母娘娘听启：凡子卫彩，因本山凤来仪家有女瑞珠，逼去成婚。凡子恐非姻眷，于心不愿，入洞房后坚坐一宵，黎明遁出，欲渡湖到苏。岂料遇一老翁泊舟水涯，凡子招而渡之，不日想，被他引过广大海面，而到此间，使凡子进退无门，来犯仙阙。"云林夫人道："我晓得了。你说那凤家的小姐，原是我的书记。因她做了一首思凡的诗，我遂谪她堕凡几年，与解元亦有姻缘之分的。但非目下在凡间成就者，到后来还有应验。方才解元听我讲了路途遥远，潜思故乡生处，掉泪起来，这个也不消凄惶得的。再停

几天，少不得那人原来渡你回去的。目下这里设宴苑中，十二楼下，且放心进去游赏游赏，亦不枉到仙家一度也。"旭霞道："小子凡鄙，怎敢叨仙母娘娘赐宴？"

说罢，云林夫人命众童女作乐于后，自己下座，引了旭霞进到苑中。真个琼楼十二，雕栏玉砌。满园奇花异卉，灿烂夺目。又见得梅、杏、桃、莲、葵、兰、蓉、菊四时的花一同都开在苑，心里疑惑想道："莫非剪彩缀成的？"仔细看时，竟是天然开就者。旭霞不懂仙家化巧，道是古怪，呆了一回，启口道："敢问仙母娘娘，怎的这一个苑中，开就四时名花呢？"云林夫人道："这里原叫'四时苑'，有四个花仙执掌，一时都要开花结果，各斗鲜妍，以供我赏玩的。少不得停一回儿，宣他们出来奉陪解元。"旭霞乃赞叹道："若非仙家，怎的有这样神巧？"正细想暗羡，众仙拱入楼下去坐席，其果品肴馔，自然是冰桃火枣，麟脯鹿羹，胡麻仙饭，琼浆玉液，也不必尽述了。

且说云林夫人真个宣出四花仙来，定了旭霞之席，各自分班随尊坐定，众童女作乐进酒。旭霞饮过几杯，觉得酒味香美，大异人间。正尔在那边惊奇，但见云林夫人命桃仙出席，奉爵敬酒上来。旭霞恭恭敬敬的接了，桃仙即于席前起舞。舞罢，云林夫人道："这敬酒的叫做桃姑，乞解元以桃花为题，请教赋诗。"旭霞道："凡子才庸，不敢献丑。"云林夫人道："适才对弈之作，句意甚佳，幸勿吝教。"旭霞想了一想，只得咏七言一律。乃朗朗的念道：

> 灼灼芳姿阆苑开，人间能得早春来？
>
> 光摇仙子霓裳袖，色映琼筵红杏腮。
>
> 灿烂肯容蜂蝶采，婀娜不被雨风灾。
>
> 千年结就长生果，进献瑶池王母台。

旭霞念毕，云林夫人听了，乃赞道："解元这样捷才，真个难得！"赞罢，各自饮过一巡。旭霞出席回敬了，坐下。

云林夫人又命莲仙出席，去敬旭霞。旭霞接杯在手，莲仙亦于席前起舞。舞罢，云林夫人又道："这进酒的叫做莲姑，解元亦即以莲花为题请教。"旭霞亦想了一回，咏就了，念道：

> 曲沼清清入夏凉，嘉莲开遍炫仙妆。
>
> 乘风绰约涵娇影，映日轻盈露嫩房。

色射琼宫随凤辇，香飘玉殿和霞觞。

淤泥不染心偏洁，一遇濂溪品愈芳。

念毕，云林夫人听了，又赞叹过，命众作乐。旭霞照旧回敬了去坐下。

云林夫人又命桂仙出席，去敬旭霞。旭霞接杯饮尽，桂仙亦于席前起舞。舞罢，云林夫人又道："这敬酒的叫做桂姑，解元亦即以桂花为题请教。"旭霞乃暗想道："花名甚多，仙子甚众，若是每一色一杯酒，倒也还吃得下；但是这诗一时教我怎的做得出许多？"想罢遂道："量来是推不脱的，如今也不要管什么好歹，胡乱再做一首去看。"只得咏就念道：

诗曰：

桂枝本自广寒栽，独步蟾宫折得来。

金粟乍舒含玉露，芳心未启隐仙阶。

飘香云外盈青琐，覆影庭除掩翠苔。

姮娥不靳遗丹种，付与燕山五子才。

念毕，云林夫人听了，乃道："这首诗隐隐说着自己折桂伎俩，可称妙绝。"旭霞谦了几句，复出席答敬了。

云林夫人又命梅仙出席，去敬旭霞。旭霞此时推逊了一回，接了。梅仙于席前也不起舞，竟于袖中取出玉笛一枝，吹起一套落梅调来，真个声音清亮。旭霞赞道："梅仙这一部宫商，岂李暮独孤之吹可得而媲美哉？"吹罢，拂笛而坐。云林夫人道："这弄笛者叫做梅姑，解元当以梅花为题请教。"旭霞乃道："闻了如此佳音妙律不赋一首赠之，辜负仙才矣。"说罢遂敲就一律念道：

诗曰：

玉笛横吹玳瑁筵，冰魂引到凤楼前。

清香和入宫商细，疏影横移舞就翩。

调就麟羹佳味美，传来驲使故情虔。

广平昔日心如铁，一睹飘零也自怜。

念毕，云林夫人乃道："解元作诗，到后来不怯，可称长才矣。"旭霞又谦了几句，原答敬了。众仙童女一齐起舞作乐，传花而饮。坐至酒阑乐撤，罢席。

云林夫人又引旭霞各处仙境都游遍了。恰好那张紫阳驾鹤腾空而下，同旭霞原归石室去了。正是：

一到仙家十二楼，果然锦绣耀凡眸。
筵开玳瑁霓裳舞，奏罢云璈幻境游。

那旭霞宴罢，不识他何年何月归凡；又不知那凤家找寻新女婿不着，怎的住头；吉彦霄几时到姑娘处做媒；这两处不知作出何状貌来，且听下回分解。

第十五回　递芳庚闻信泪潜然

　　亲亲情谊浓，远递芳庚去。渺渺湖滨一望悠，漫渡长圻处。　　剥啄山扉暮，奴启将情诉。请出潜踪始未由，人不见，心惊怖。

右（上）调《西江月》

　　却说吉彦霄是日约了姑娘去请庚作伐。停过两日，备些冀酒之类。这日因严君有事，无暇出门，只有彦霄一人，同了几个仆从，到姑娘处捧觞过，即请了素琼的八字回来。

　　一日，恰好是吉日，唤家僮掇了庚盒，一同到卿云斋头。正遇卿云在家，进去报知，出来迎接到厅坐了。彦霄启口道："别后不觉又盈旬矣。前日所云家姑娘处表妹，欲与令表弟作伐。不道家姑娘到舍来，弟即乘空言之，竟尔慨然，约定吉日。昨特到他家请得年庚在此。弟本该与兄同造旭霞兄处才是，目下有一小事，必要弟在家支值的，只得要烦兄转送去了。"卿云道："这是家表弟之事，有烦大驾往返，向未少尽，弟处亦方抱不安，何得反加一'烦'字于弟？真个使人汗颜了。"说罢，点茶吃过。

　　卿云道："这头姻事，蒙令亲不弃家表弟贫陋，更承吾兄赞褒，俯赐芳庚，乃至美之事。但目下两人俱要进京去，怎处？"彦霄道："这也不妨。若令表弟情愿与舍亲缔结彩萝，只消弟去说定了就是。来春场后归家送聘，谅无出入者。"卿云道："前日兄说他有诗词唱和，自然是有心向慕的了。今闻是吾兄令亲，又欲与他撮合，喜出望外，难道反有不愿之理？"彦霄道："正是。但令表弟怎的再不见他到郡来呢？"卿云道："因为如此，家父家母日逐在此牵挂，正欲差小弟去探望，不道又有此喜事去相闻他，实为两便之举。"说罢，即留彦霄到里面去，治肴款待，欢饮而别。

　　卿云在家，又停过一日，即驾船而去。喜得风恬浪静，不一日到了长圻嘴，收港，

泊船上岸。平头儿捧了庚盒，随着家主，穿林度径的到了旭霞门首。但见：

斜桥寂寂闻流水，曲径潇潇望远山。

竹户不开尘满径，疏林有鸟去来闲。

卿云见了如此冷落，乃暗想道："怎的中了一个解元，景况越觉凄凉了？如何日里把门儿牢闭在此？不知他在家里否？"叫平头儿敲了几下。

那山鹚儿在里面打盹，惊醒听得了，乃想道："自从相公出去多时，这门日日闭在那里，并没有人来扣打。今日不知是谁，莫非是相公回来了？待我出去开着门儿看。"遂走到外面，启了双扉，见得不是家主，是杜卿云主仆两个，遂问道："杜相公在那里起身的？不同了我家主一起回来呢？"卿云听了鹚儿之言，亦惊问道："你家主在何处去了？教我同他归来？"鹚儿道："家主到杜相公家来将及一月了。"卿云道："这那里说起？自从他中后归家了，从未见他到城里来，因此老相公、亲娘牵挂，今日又要来替他做媒，故尔特教我来。这也可怪！"鹚儿道："若依相公说起来，城里又没有别家亲眷，出去了这许多日子，杳无音信，必然是这日起身得早，被人路上谋害了。"鹚儿说到此境，遂放声大哭起来。

卿云见得鹚儿如此光景，心上也觉惨伤，几乎也掉下泪来，乃劝鹚儿道："目下也尚未可知。你且住了哭，说他出门时的来历与我听。"鹚儿拭干了泪眼道："相公这日，在城归时，到这些相知朋友处，都去望过。一日独坐亭子里闲玩，有一个花遇春来答拜，闲话了半日别去。到得明日，又是他同了凤老爷家家僮，拿了请帖来请饯行。相公原是不肯去的，却被那花遇春抵死相逼，扯了去。去的时节，竟做出一桩新闻事来。"卿云道："什么新闻呢？"鹚儿道："说起了真个好笑！岂知那凤家有一个小姐在家，要招女婿。想必道是我家相公人材生得出众，又是个新解元，做下圈套，立刻逼去吃酒。挨至黄昏时分，鼓乐喧天起来，竟扯这小姐来做亲，送入洞房。两个动也不动的坐了一夜，到得早起，相公竟自不别而行，逃出后园，急忙忙的到了家里，在书房中去了一次。他说有吃紧的事情，要到相公家来，连饭也等不及，收拾去的。怎生不见了？"说罢又道："方才这些说话，相公出去时从没有对小奴说的呢。"卿云道："既是不曾说，你从那里晓得来？"鹚儿道："小奴到山坡上去砟柴，见这起樵夫们在那里你说我说，讲量我家相公呆，道白白里把一个如花似玉的千金小姐、万金家私送与他不要，坐了一夜，原封不动的弃还他家，黑早逃走去了。故尔小奴得知。"卿云道："原来是这个缘故。以后那凤家可曾来找寻么？"鹚儿道："若说凤家，倒是一场笑话。相公逃出门后，先是那花遇春气矗矗的到我家来寻。小奴对他说道到苏州去了。不一时，又赶一起家人来寻过一次，以后再不见有人来了。凤家道是那陪堂花遇春说计商量的，竟是着实去埋怨他，岂知他是上无父母、下无妻子的，也是一溜烟的逃走了。如今那个小姐气不过，把一头青丝细发剪掉了。凤老爹几乎气出病来，门也不出的在家服药。"

卿云听了鹚儿这一番说话，不觉呆了一回，乃椎胸跌脚的道："那凤老原不该做这样造次苟且的事。你的家主亦何可如此执性？不但害了人家女子，连自己的身躯不知着落何处，弄出这样话巴来。如今怎处？"说罢乃想一想，对鹚儿道："你可认得那凤家的么？"鹚儿道："怎不认得？"卿云道："你既认得的，待我写一个名帖，你同我去望他，看此老说些什么来。"说罢，随到旭霞书斋去，简出帖来写了，唤了平头、鹚儿两个随后，一齐步到凤家。

门上人接帖进去，通报过，那凤老龙龙钟钟的走出来，迎接进厅，揖过坐定。来仪启口道："足下贵表，尊居何处，有甚事见教？"卿云道："晚生贱字卿云，寒斋筑于莳溪。这新科解元就是家表弟。晚生特到他家来探望，因他不在，寂寞难遣。久仰老先生年高德劭，特来请教。"凤来仪听了卿云之言，蓦的吃惊，想道："此人从未面一回的，恰好又是那薄幸的亲戚，今特然而来，必有古怪。我如今且悄悄问他一声，若知此事的，观其出口，便知那小子之踪迹了。"想罢，乃道："令表弟到郡久了，怎的不见他回府呢？"卿云道："闻得那早在老先生府上出了门，说道要到郡中来的。若他来时，并没有别家亲戚，必然要到晚生家的。岂知这日竟不曾至，他的家僮只道在舍下，不出去寻访。今日晚生到来，然后晓得目下不知何处去了，竟杳无踪影，甚为可骇可疑。"来仪又听了这一番话，心中惊骇，暗想道："依那杜卿云说来，若是真情，事必有蹊跷了。莫非是日出去得早，渡湖遇了风水，溺死于波浪之中了？我想这事情，后日倘寻不着，还有许多周折在内。况且这事是我情愿把家私、女儿送与他，也不为什么不正之事，若瞒了他，只道我这里有恁般缘故，逐出去的，反要被他疑猜，倒不美了。莫若竟与彼直言，好歹恁天所行罢了。"乃道："卿云兄可晓得令表弟在舍出门的话么？若说起来，真个教人要气死，又要被人笑死。学生为着他，前日害起病来，几乎就木，亏一个名医调活了，得苟全性命在此。目下难见亲友之面，故杜门不出。"

卿云道："家表弟怎样得罪，有累老先生动气？"

来仪道："愚夫妇因年迈了，膝前乏嗣。有一小女，自幼娇养，爱若掌珠。老拙不舍得出嫁，兼有薄业无人承受，欲赘入一婿，可作半子，以娱桑榆。岂知高低难就。前日蒙令表弟中后降重，学生见他青年拔解，人材俊伟，恰尚未娶，不觉生羡慕之心。恐失了英才，难于他得，随与老拙商量定了，就烦门宾花遇春到令表弟处去说。始初他原不肯就的，后来都是那花遇春不是，学生一时惑了，弄出这样遗笑万年的事来。"

卿云道："那花遇春便怎么？老先生是高明的，倒被他惑了去？"来仪道："学生见令表弟不允，就罢了。却被他撺掇一番，随择吉日，请他到舍宴饮，就是此夜成了花烛。这时节看令表弟，已是心愿的了。谁知到得天明，愚夫妇起身来，正要排宴请客，竟不见了他。合家倒吓得惊惶无措，即差人到他家去问，知是到苏州去了。这时学生不免椎胸跌脚，埋怨着花遇春，岂料他没担当，竟也不知逃遁何处去了。小女又道是愚夫妇害她的终身，默默忿恨，把一头发儿尽情剪掉。这桩事情做得似羊触藩篱，进退两难，怎处？"卿云道："原来是这个缘故。晚生在家一些儿也不晓得。论起来，原是老先生失算，有了令爱，拼取赔着家私、妆奁，那一处没有伶俐子弟？何苦苦去寻着这样执性穷儒？况且这起做门客的是胁肩谄笑之徒，他不过是于中从臾成了事，赚此花红钱钞，那里管别人名节的？这是老先生自去堕其术中。如今这令爱倒要安慰停当她，这里近侧也须差人寻访。晚生返舍，亦少不得要着处寻觅。若寻着了，待晚生即送至府上，相叙几日，收拾他进京会试。倘能一举成名，令爱的荣华在后，具不必烦恼的。"说罢正欲起身告别，被这鹡儿上前抢口道："凤老爹，我们相公好好里中了一个解元，住在家中用功，指望到京去会试，中个进士回来，出我家老爹、奶奶的殡，要耀祖荣宗一番。是凤老爹今日也教那花相公来求，明日又教那花相公来请。如今赶走了他杳无踪影，教小奴独自一个在家受苦。若然不见了，小奴是蒙我相公抚养大的，必然要替他出口气，讨偿命的呢！"

卿云听了鹡儿这番说话，见凤老局促无地，觉没体面，乃喝住了，遂起身告别。来仪道："既蒙不弃，到寒舍来，况令表弟又不在家，到那处去歇宿？但学生处轻亵不当，一定要屈留尊驾的了。"说罢也不容卿云推逊，竟一把扯了，到后堂去排宴款待。两人心中虽则俱处忧虑之际，原是传杯弄盏的饮至黄昏而罢。卿云有旭霞在心，卧不贴席的勉强睡了。正是：

一闻至戚潜踪信，终夜凄其梦不成。

到得明早，起身梳洗过，那凤来仪出来陪了，又留卿云吃过朝膳。才要出门，只见小鹇儿来接。卿云谢别了凤老，闷闷不乐的走至旭霞家中，见了他案头这些书籍，卒然心惨起来，潸焉出涕，吩咐鹇儿道："你在这里，不拘远近，该出去访问访问。我回家去自当差人四下找寻。寻着了，不消说起；倘没寻处，我来领你回去。等他归来，原是主仆相叙的呢，不要怆凄恸哭。"鹇儿道："承杜相公吩咐，焉敢不听？但家主在家时，是再不拿我打骂，一般同欢同乐过日子的。向来只道在相公家里，小奴还不着急，如今不知他在那里去了，身边又不曾带得钱钞，教小奴怎不牵挂？"说罢，不觉又哭起来。

卿云见了，心上也觉难过，只得硬着心肠出了门儿，心中怏怏的，原叫平头儿掇了庚盒，一齐下船而归。正是：

来时满眼风光好，归去凄凄肠九回。

至抵暮到了家里，把旭霞这段情由从头至尾述与父母听了。真个至戚关情，一时都吓得满身冷汗，连连叫苦。

到得明日，慌忙差人四下去寻觅了。卿云即至吉彦霄处去回覆，恰好在外归家，见了一同进门去作揖坐下。彦霄启口道："兄到令亲去处，乃山水胜地，怎不多住几日，领略领略，何急速速的就回府了？"卿云道："不要说起。小弟领了令表妹的贵庚去，岂知到了他家，竟成画饼。"彦霄乃惊问道："兄说画饼，莫非令表弟不愿俯就么？"卿云道："非也。竟是一桩极奇怪的事。"彦霄道："怎的奇怪呢？"卿云遂细细述与彦霄听过，彦霄不免也错愕一问，乃道："小弟正在这里指望他来，商定了姻事，去回复过家姑娘，订定来春送聘之约，同他一齐到京去。如今怎处？必要各处去访问。"卿云道："弟已着人在外去了。目下还要差一小价，到支硎尼庵去寻，或者他倒住在那里，亦未可知。"彦霄定睛一想，乃道："吾兄这个想头，倒也差不远的。可快快去寻着了，引他归来计议。"

说罢，卿云即便起身，别了彦霄出门。走到家里来，差平头儿到尼庵去。才起得身，恰好这起先差出去的归来，回覆了没处寻的消息。停过了半日，平头儿也来回话

了。此时卿云家里，靡不惊骇苦怜者。

停过一日，彦霄也念朋友之谊，到卿云家来询问，亦得了没处寻的实信回家。遂到姑娘处去，把这桩新闻事细细述与听过。回覆了归来，收拾北京去的盘缠、行李停当，这起亲眷朋友人家，各各陪酒饯行，不免每家去领过。择了吉日起程，拜别双亲，教家僮挑了琴剑书箱出门。正是：

昔日金兰共一舟，今朝独泛恨悠悠。

凄然远上公车去，先勒芳名雁塔头。

　　吉彦霄已上京去了，但不知那邬氏老夫人几时把这卫旭霞遁迹潜踪的信儿说向素琼知道，作何状貌出来，且听下回分解。

第十六回　对挑绣停针闻恶信

绮牖双双刺绣忙，配匀绒彩洒鸳鸯。春心顿动停交颈，巧解报言作嫁裳。
亲启信，正彷徨，女媒忽至告娘行。花言鼓动斓斑舌，偏惹佳人回九肠。

右（上）调《鹧鸪天》

却说吉彦霄是日到昆山去回覆姻事，恰好素琼主婢两个不在，竟不知其细。彦霄
又急于返棹，对着姑娘述过一番，就起了身。老夫人因恨事不偶凑，心上不悦，女儿
面前再不提起这段情由。因此，素琼小姐日日还在那边指望表兄处来回话，如此废寝
忘餐，朝思暮想。

喜得光阴易过，时序流迁，不觉冬尽春来，又是桃红柳绿之时。一日，素琼与春
桃对坐绣窗，配匀五彩，桃花绣蕊，布叶分枝，正做得热闹。春桃绣着并头莲，素琼
绣着睡鸳鸯，刺到交头这几针，不觉春心暗动，顿停了针，乃自言自语的叹道：

懒绣鸳鸯交颈睡，乱人心绪恼人肠。

春桃听见素琼道了这两句，乃亦停了针道："我与小姐在这里用尽心机，拈针弄线，真
个是：

枉费心机忙刺绣，为他人作嫁衣裳。"

素琼答应春桃道："岂不闻'维鹊有巢，维鸠居之'？自古以来巧者拙之奴也。"春桃
道："说便如此说。我道小姐如今这幅洒线做完了，还过别人，该做自己的正经了。倘
然那卫生会试得了一官半职回来，就要成亲到任。那时事体繁多，来不及，难道反去

教别人做这丑生活来自己用?"素琼道:"痴丫头,这样镜花水月之事,也要把来放在心上。"春桃道:"怎的镜花水月?去年那吉相公特地来请小姐八字去,目下不来回覆,自然是他两个在京会试,故尔延挨。归家时,包小姐就来说也。"素琼乃假意道:"这样事也不要去管他。但是此番吉家相公只愿苍天保佑,原得中了回来,连我亲眷们都是有光的。"春桃听见小姐讲了这句话,暗里想道:"小姐倒也会假惺惺,意中明明爱那卫生,在我面前不说出来,借意在吉相公身上去了。如今且待我冷地丢他一句,看他怎么。"遂道:"小姐倒忘却了卫生,他若中了,更觉有光也!"素琼听罢微叹不语。

　　两人正话浓之际,恰好那老夫人在外独坐无卿,走进房里来看看。素琼、春桃见了,即忙立起身来。老夫人道:"你们两个在这里挑花么?这便还是女儿家的正经。"说罢仔细一看,乃道:"这幅生活,是那里的?"素琼道:"就是间壁做亲要用的。因他家好日近了,故尔女儿与春桃在此赶完还他。"老夫人听了素琼之言,想着了吉彦霄做媒之事,不觉忽然长叹一声。素琼遂问道:"母亲是老人家,何可如此叹息?纵有什么心上不快,当随时排遣寻快活,不要愁坏了身躯。"老夫人道:"我也不为什么愁闷,睹此光阴易过,你的年纪今年不知不觉又增一岁了,再没有人家来求亲。若你父亲尚存,门庭热闹,自然有人来求的。目今世态炎凉之时,好是我家的,他不肯来攀我;低是我家的,我又不值得去就他。只管延挨岁月,所以日夜心焦。"春桃接口道:"去年那吉相公请了帖去,少不得他场后归家来回覆的。我道奶奶不消性急烦恼者。"老夫人道:"因为这头亲事不成,心上越觉愁闷。"素琼一时听得了"不成"两字,顿然呆了,暗想道:"我道这桩事体,他们是求之而不可得的,为何反有不成之理?莫非自负是个解元,看我家不上眼?"想罢,含羞不敢接谈。倒是春桃吃惊问道:"怎的不成?难道吉相公是自己至亲,虚言诳骗奶奶么?"老夫人道:"也不是他诳骗,是我家小姐的婚姻迟。"春桃道:"怎的呢?"老夫人道:"那个了凡的弟子,人物原是俊雅的,又是个新解元。那吉相公与他相契同年,他做媒必然有八九成可成之机。岂知请小姐的八字去时,他已被本山一个乡宦凤家逼勒,诱去与女成婚。那卫生心中不愿,空坐一宵,挨到天明之际,竟自逾垣逃出,至今踪迹难觅,存亡未卜。那家的小姐怨命,头发也剪掉了,媒人也逃走了。这个凤家有巨万家赀,也是没儿子的,指望讨了女婿靠他终身,弄了这场笑话,气得半死在家。你道这事好不奇怪!可不是小姐命中婚姻迟么?"春桃又吃惊问道:"奶奶,这些说话是那个传来的呢?"老夫人道:"你还不晓得,就是吉相公在去冬来回覆的。"春桃道:"原来如此。奶奶又不说,连我们还道是他在京会试,故尔不来,岂知是这个缘故。"

海外藏禁书

此时素琼听得了这番说话，只为害羞，不好接谈，暗地如火烧心的难过。正在那里魂飞魄散，思想怨命，只见外面碧霞领了赵花嘴媒婆，摇摇摆摆的走到房里来，见了老夫人道："奶奶，我在外厢等了一时，原来在小姐房里闲话。"说罢，相见过，道："奶奶一向好么？这样春光明媚的天气，怎不同了小姐出去游玩？"老夫人道："正是。年年春里要到观音山去烧香的，今年是没兴了。"赵婆道："奶奶说差了。我们这样薄福下贱，到了春里也要去借两件衣服来打扮了，合了起同行女伴，出去洒浪一番。奶奶、小姐真正是造化福人，怎说出没兴的话来？"说罢，去看看绷子上边，道："小姐这样聪明，做的洒线花朵好像口里吭出来的。敢问奶奶，小姐今年几岁了？"老夫人道："是十八岁了。"赵婆道："多时不见，越发长成得娉娉婷婷，浑似月里嫦娥了。可曾吃茶的来？"老夫人道："因高来不成，低来不就，还没有哩。"赵婆遂定睛一想道："奶奶可肯作成小妇人做媒么？这里近边有一姓富的乡宦家，第三公子倒止得十七岁，真个生得眉清目秀，聪明伶俐。外人传说他一日要做三两篇文字，后来必要大发的。待小妇人请小姐的年庚去，与他家占一占。若是成了，小姐自然是金花紫诰，凤冠霞帔，享用不尽的呢！"老夫人道："承赵娘娘美意，是极妙的事体。但目下有帖出在苏州洞庭山，等他们回覆了，若是不成，烦你便了。"赵婆道："奶奶说有帖子在洞庭山？他家纵占好了，我道奶奶十分不该攀的。这里富乡宦家，人家又富，做官又高，公子又清秀，路又近。若是小姐去后，奶奶可以朝夕相见的。嫁了远处去，人家又不知好歹，小官人又不知丑美，奶奶又不得时常去亲近，凭这起做媒的鞔在鼓当中骗了去，可不是害了小姐的终身？这时节奶奶去懊悔就迟了，万万不可轻易的呢！"老夫人道："正是。但我家是要赘婿傍老的，他家怎肯？"赵婆道："若说要赘婿的，一发容易了，俱在小妇人身上，包奶奶我去一说就成。方才小妇人在路上来，见得别人家送礼的、娶亲的，多得紧，自然是吉日良辰了。奶奶若看出小姐的芳庚，就是今日倒好。"老夫人道："婚姻大事，造次不得的，且停几时再商量。"赵婆见得老夫人执意，暗想道："目下大体不肯的，且停两日再来促她的八字上了手，这头媒不怕不是我赵花嘴做。"乃道："既如此，告别了。他们若然来回覆，倘不成，千万作成了小妇人。实在里这家好得紧的呢，虽则外边人教我是赵花嘴，谅在奶奶面前，再不敢说花的。"说罢，也对小姐安慰了几句，一径同老夫人到外厢出门去了。不题。

却说那素琼小姐，先前听了母亲这一番说话，正处愁闷之际，又遇赵花嘴进来，一派胡言乱语，心里愈觉焦躁，恨不得把她来痛骂一场，逐她出去。只因这老夫人在傍，不好意思，勉强耐过。一等她出去了，乃对春桃道："我目下不耐烦做针线了，且

暂收拾过再处。"春桃答应收拾了，随道："方才老夫人这些话儿，不知确否？若是真的，倘然被那赵花嘴来请了年庚去，又未知他家郎君好歹，这便怎处？"素琼道："我纵之拼着一死，随他们去做甚事，也与我没相干。"春桃道："目下也还未可知，小姐何值得死？况且奶奶所靠者，唯小姐一人耳，切不可起这个念头。我今细细想那卫生来，不愿承领凤家家私、美女，潜踪遁迹，必竟是心中先有得意人儿注着他，故尔如此。不然，难道世间有这样不爱黄金、美色的人？"说罢，乃叹口气道："真个好事多磨。那个卫生千日万日再没有人家要他，一等他中了解元，我家出了小姐的帖子去，就有人先下手了。如今，不知害他漂流何地，音信杳然，倒羁迟得我家小姐不好。"素琼道："百年姻眷，是至大的事，成否皆系乎天，岂是人力可强得的？也值得去说他？我只怨自己命薄，早年丧父，无兄无弟，母女二人形孤影只，相依过日，指望苦尽甘来，岂知越发如荼蓼了。我想后日少不得也要做出一场话巴来，是断断逃不脱的了。"

两人正说话间，只见碧霞这丫头气蠹蠹的奔进房来道："吉相公中了进士，报喜的在外边，没人支值，教春桃姐出去相帮哩。"素琼听说彦霄中了，暗地想那卫生，不但不喜，反吃一惊。春桃心里也觉希奇，乃向素琼道："小姐正在这里保佑他，不道是不着己的则天随人愿了。"素琼道："不要闲话了。奶奶唤你，快快出去罢。"春桃答应一声，遂出去了。正是：

愁中忽报登科信，幽杀芳心怎得安。

却说那素琼只等春桃出去，叹口气道："我这样狗命、活于世上怎的？不如死了，觉得冥冥无闻，倒也便宜。不信那卫生就不见了。想起方才春桃说他毕竟注意着一个人，故尔辞婚逃遁，这个想头倒也不差。或者他在那一处偶然凑巧，得了我这画扇，慕想诗情画意，知我有心思慕他，他也生慕我之意，存心不愿，欲图我为婚，亦未可知。若是他真个执此念头，倒是我累着他了。究竟我这里又难成就，他那边又推却了。如今不知逃于何处，生死难闻。只愿安稳无事，隐匿他方，后来还有一分侥幸在内；不然我亦不负义去适他人了，徒守一死，以报才人耳。"恰好春桃进来，勉强放下愁容问道："这起报喜的去了，老夫人可快活么？"春桃道："是去了。奶奶得意得紧在那边，小姐也出去看看来呢。"素琼道："有恁般好看？我不出去。"今日身子里觉□□□□□不□夜饭都要□了。但吃杯茶儿，收拾睡罢。□□□□□□□春桃去扇了一壶香茗进来，□□□□□□□□银灯，素琼坐于桌边，倾杯□□□□□□的想□□

回，乃解下轻裳，向绣帷中去睡了。正是：

话到关情泪欲流，凄凄切切暗添愁。

衾被独抱难成寐，五夜如年转展忧。

那素琼主婢两个，都是不情不绪的睡了，不识闻了此信后来怎生模样，更不知那赵花嘴真个可来做媒，且听下回分解。

中国禁书文库

山水情

第十七回　义仆明冤淑媛病

仆念主人漂泊，存亡难审焦芳。神前诉告那奸豪，天遣奸豪来到。

两妪争媒殴詈，遗簪坠髻堪嘲。忽然喑哑病多娇，此日天公弄巧。

右（上）调《西江月》

却说那杜卿云父子，为卫旭霞不见了，镇日在家想念，差人四下找寻，竟无音讯。待要与凤家讨人，一来怕涉讼，二来又恐他竟遁去京中会试，暂为中止。但是怜那山鹬儿孤形吊影，看守那所房子，于岁底时，杜老教儿子卿云到山去检点房屋器皿，封锁好了，交付地邻防守，遂领鹬儿来家住下。

不道是光阴易过，倏焉又是春尽夏初的时候了。日日在家观望吉彦霄可有信来，岂知那彦霄已自中了进士，入过词林，住下京都，那里有什么卫旭霞来到？这时，杜家父子不免寝食不□，感伤嗟咨，□□□那山鹬儿本是一个义仆，也自戚戚于心，时刻恨着那花遇春。

一日，山鹬儿在家纳闷，独自到街上去闲闯，直闯至城隍庙里。走上阶去，见那城隍威灵显赫，坐在上边，鹬儿乃道："我想家主被花遇春这千刀万剐、狗娘养的哄去，害了性命。如今杜相公家终日畏缩，不肯与我家主申冤，我又无门恳告。今日恰好到这里来，不免在神案下叩告一番。倘得神道有灵，去捉死了他，先出出气也是好的。"遂撞钟击鼓一回，跪下朗言祷告，岂知那花遇春是日遁走到云间去，又投着旧相知柳乡宦家做陪堂，哄诱他家公子到苏州游玩，恰好也到城隍庙里来耍子。听见鹬儿跪于神前叫他姓名诉说，遇春细细听了一回，知是卫旭霞的家僮了，不觉怒从心起，同了柳家的仆从，走去揪住了山鹬儿，不由分说，拳头脚尖，乱踢乱打。

正在那里喧嚷，适值新到任的巡按刘铁面在庙前经过。那山鹬儿听见有官府在街吆喝，抵死拖了花遇春出来叫喊。这时遇春急得魂不附体，着实要用力摆脱。岂当那个鹞儿要与家主鸣冤，反受他毒打，怎肯放他？且喜得按院是上司官，清道甚严，那柳公子同跟随的一班人都回避了，止有山鹞儿、花遇春绞做一团。按院见了，问道："是什么人？"山鹞儿乱喊："青天爷爷救命！小人是与家主申冤的呢。"

按院喝叫锁了，遂带回衙门，坐起堂来。先唤山鹞儿上去问道："你有何极冤，拦街叫喊？"鹞儿道："小人山鹞儿，要与家主报仇的。"按院道："你家主姓什么，叫甚名字，有何冤仇，细细说来。"鹞儿道："小人家主叫卫旭霞，是吴县洞庭东山人，新科解元。于去年十月间，被那下面的花遇春哄骗去，与本乡凤乡宦家小姐强逼成婚。家主不愿，一去杳无踪迹，不知是谋害与不谋害。那花遇春当日自知情亏，即逃遁他方去了。独小人一个，苦我家主含冤莫伸，今日只得向城隍案前诉告。天网恢恢，遣他到来。小人扭住了，要还我家主生死明白，反被他毒打，几乎死了。天幸遇着青天爷爷，求爷爷明断。"

按院乃唤花遇春上来，问道："怎的好好里一个卫解元，被你哄骗去谋害了？从直说上来，免受刑法。"遇春道："青天爷爷，这桩事情虽是小人做媒，那卫解元不见了，实不干小人事。"按院道："是你做媒，怎说不干你事？该死的奴才！叫皂隶夹起来！"遇春听得要夹，遂哀告道："青天爷爷，小人从不曾受刑的，待小人细说便了。那个卫解元原与小人是莫逆之交，并无半点仇隙的。这个凤乡宦是退归林下的，因年迈无儿，有一女儿教做瑞珠小姐，年将及笄。凤宦晓得卫解元生得人材俊雅，又是不曾娶的，欲赘他为婿，唤小人去做媒。他自应允，凤家择吉成婚，不知卫解元何故遁迹潜踪，小人实是不知其细。"鹞儿道："青天爷爷，小奴的家主不曾到他家时，心中就不愿的。是他连连而来，当日哄骗去了。"按院道："山鹞儿，你家主这桩事体，可有什么亲族见证的么？"鹞儿道："我家主族里是瘅零久了，竟没有人证。有一个杜卿云相公，是家主的表兄。去年不见了，曾到山上凤家去说了一日。这是可证的。"按院道："如今杜卿云在哪里？"鹞儿道："就在老爷马足下，去不多路。"按院就差个皂快、押了鹞儿到杜家去。

鹞儿到了家里，先将城隍庙祷告遇了花遇春，按院拘去审问的情由，细细说明了。卿云遂易了服色，随着皂快，到察院里来，慌忙跪下道："宪公祖老大人，为何呼唤生员？"按院道："那新科解元是你的亲戚么？"卿云道："是生员的中表兄弟。"按院道："既处至亲，是休戚相关的，怎么被人谋害了，不替他申冤，束手坐视？"卿云道："生员诚恐表弟潜遁他方，故不敢轻易兴讼。况且那个凤来仪又是一个忠厚老宦，这桩事不过是他没见识，听信那门宾花遇春说计哄骗，以致如此。且遇春一向潜遁，故生员

未及告理。"按院道:"他怎样哄骗的呢?"卿云道:"依那凤来仪说,他本意要招赘一婿,乃花遇春说得卫旭霞生得俊雅无比,兼得青年拔解,所以心上十分合机,叫花遇春去与卫旭霞说合。旭霞心中不愿,当下辞绝了他,凤来仪也罢了。那花遇春便从臾设计,教凤家备酒请旭霞,只说本山大老仰慕新解元,要款宴你,极口哄骗去。进了他门,一时促迫成了婚,送入洞房。谁知家表弟竟坐怀不乱一宵,到黎明不别而行,至今杳无踪迹。今日得遇宪公祖老大人明鞫,与家表弟申雪此事,是披云见日了。"按院乃对遇春道:"你这奴侪,人家婚姻乃百年大事,何可要你从中奸谋哄骗,勉强逼勒,以致卫子逃亡?明日去拘那凤家到来,对簿明了,定你的罪!花遇春暂且收禁,杜卿云、山鹩儿亦且宁家。"遂一面仰县拘提凤宦家属去了。正是:

> 为人若作亏心事,自有天罗地网刑。

却说那凤来仪处,自从做了这桩话巴,羞惭难向人言,气得那瑞珠小姐镇日纳闷,怏怏瘦损,竟成个郁症,卧床不起,着实祷神服药,怎能脱体?一日正在病笃之际,不料按院的公差到来,被那些不知世事的侍女们把这事情对瑞珠小姐说了,真是火上添油的一气,不知不觉命归九泉去了。吓得满家哭哭啼啼。几个公差目击了此段光景,只得宽缓到明日致意凤宦。

凤宦乃差个晓事的家人,同到郡中,等候按院坐堂审问。那凤家家人道:"家老爷禀上老爷,那卫解元的事,通是那花遇春两边哄骗,逼促成婚,以致卫解元不愿而逃。我家小姐又羞惭含忿,成疾而死。如今卫解元生死未明,其仆山鹩儿为主鸣冤,其罪实有所旧,与家老爷无干,望老爷详察。"

按院即吊花遇春与山鹩儿一干人犯来对鞫。那花遇春道:"这事都是凤乡宦势利卫解元,叫小的去说合他成婚。前因卫解元不肯,小的亦欲罢了。因凤乡宦叫小的再四诱他上门,勉强他洞房花烛了。岂料卫解元心坚不愿,竟危坐一宵,至次早黎明即遁去的。小的不过从中为媒约,有什么歹心恶意?愿老爷明镜冤鞫,自能洞烛情理。"凤家人道:"既是与你没相干,何必逃走?这就是你心虚了。"按院见他两个对口,乃喝花遇春道:"你明是只顾赚钱,纯驾虚词,两边哄骗,计赚成婚,以致男逃女亡。本该问你个重辟,以正奸媒之罪,且以抵偿凤小姐之死。只因凤乡宦原担一种强逼成亲,自误其女之命,且卫解元或未至死,难以定招。且扯下去杖责二十,日后定罪!"乃写判语云:

审得花遇春，媒蠹之最狡者。驾虚撮合，误两姓之配偶；是非颠倒，乖生死之姻缘。兹为凤宦画策，哄骗卫解元，强尔成婚于仓卒，致解元不从，效学柳下惠，飘然遁迹于黎明，踪影无稽，死生莫决。花遇春哄骗之罪何辞？重责二十，姑先问杖，以惩奸媒；俟查卫解元死生的确，再定供案。至如凤小姐之死，虽明珠沉渊，事属可矜，亦由父误，难以罪人。山鹞儿挺身鸣主冤，实为义仆可旌。花遇春召保发落。所审是实。

写完了，把一干人犯俱已放回。出衙门，恰好那柳公子原牵挂花遇春，走来探望，劈面撞着了，与遇春说过一回，赠他几两银子，为日用使费，已自别去。这起公差押着遇春去了。正是：

义仆阴申遇绣衣，乌台明鞫两无亏。

偏怜淑女含冤死，老宦悲伤恨已悲。

却说素琼小姐，自从那日老夫人述了卫旭霞遁迹潜踪之信，更兼赵花嘴来要请庚做媒，日日在家千思万想，苦怜才子漂流，嗟叹自己命薄，恹恹瘦损，茶饭少思，只恐赵花嘴复来歪缠，老夫人真个听信了他，在那里担惊受怕。

一日，正与春桃相对计议此事，只见碧霞走进房来道："奶奶要与小姐讨个红帖儿，叫春桃姐拿了笔砚出来一次。"素琼道："要红帖写恁的？"碧霞道："那个包说天方才到来，替小姐做媒，要写八字。"素琼听见此言，乃暗想道："好笑我家母亲！这样大事，没些正经，听这起下贱！前日又是什么'花嘴'，今日又是一个'说天'。如今也不要论别的，只这两个浑名就叫得不正路了，可知不是正经人，怎的轻易就把庚帖与她？倘然被这起女无籍将去，传入土豪之门，要强逼起来，我家正处三不如人之际，这便怎处？岂不教人气死！又不被人笑话？我且只说没有红帖，回了再处。"乃对春桃道："你去回了奶奶，红帖一张也没有了。"

春桃听了吩咐，同碧霞走到外厢去，说道："小姐说红帖没有了。"老夫人道："这便怎处？待我教人去买来。"包婆道："此时去买起来，只恐不便。老夫人只消说小姐的口生，与小妇人记去，教他家自写去占卜。卜好了，再来写八字去罢。"老夫人道："这也使得。"遂念道："十八岁，是七月初七子时建生。"包媒婆记熟了。春桃在傍听

山水情

见念过口生，遂道："奶奶，小姐的性格，近日越觉清奇古怪得紧，不知是什么人家，扳得扳不得，出了口生去，是他家做主了，不可轻易的。只怕原与小姐商量一声便好。"包婆道："春桃姐，我做媒人非是今日初出来的，随你什么乡宦人家的小姐，偏是我去一说就成。况且再不去瞒天瞒地，哄成了，害别人家儿女的！你但放心。烦春桃姐替我说与小姐知道：就是昆山城里第一个大乡宦，做官的，教做詹万年。他的头一个公子，也是进过学的秀才。若是成了，包小姐荣华不尽，一些也不要疑惑得的。"

正说话间，只听得外面叫一声"奶奶"，你道是谁？一看竟是那花嘴，摇摇摆摆的走进房来，与老夫人见过礼，正要启口说话，回抬头来见了包说天，心里吃一惊道："阿呀，说天婶婶，你有何贵干在此？"说天道："花嘴娘娘，你亦有恁事到来？"花嘴道："不瞒你说，前日奶奶教我替小姐做媒，今日特要请八字来。"说天道："是哪一家呢？"花嘴道："自然是有子人家来请八字，你查问他怎的？"说天道："赵娘娘，这样大事，瞒骗不得的呢！"花嘴道："你见我做了半世媒人，哄骗了那一家？要你在奶奶面前虚奉承？大家做这行生意的，好不扯淡！"老夫人见得赵婆不说，乃道："前日赵娘娘说什么富乡宦家第三公子。"包婆乃道："阿呀！奶奶不要听他。我方才说的詹家是霄壤之隔。若说那富家，公婆又凶，公子又丑，是成不得的呢！"赵婆听了，不觉怒从心起，乃道："我始初只认你奉承奶奶，说几句话儿，原来是为着自己要抢做媒人，故意说谎，打我破句！"包婆道："怎么我抢你媒做？你晚来，我先至，倒反说得好！如今我不怕你跳上塔去，只落得小姐的年庚，奶奶先传与我了。"

赵婆听说了这番说话，就骂起来。包婆心里也恼起来，竟自一把揪住了花嘴乱打。老夫人、春桃两个见了这样光景，用力解劝，那里拆得他开？骂的骂，打的打，真个热闹之极，有一曲《黄莺儿》为证：

　　　　包赵两相逢，做媒心，个个雄。忽生嫌隙奸心动，浑名儿自攻，丑声儿自同。喧哗攘臂相争勇，气冲冲。头蓬鬓乱，沫血尽颜红。

此时老夫人与春桃，见他们两个势甚枭勇，也不去解劝了，任他打得气歇，各自歇了，寻簪拾髻一回。包、赵两婆遂告诉过老夫人，一头骂一头走的出门去了。

却说那春桃道是这两番相打，来得希奇，忙奔进房去，欲说向素琼知道。只见她闷昏昏的睡于床上，春桃乃暗暗想道："我说小姐心中只有个卫生，别家是不愿的，所以方才奶奶要红帖就回了。如今这个局面，少不得非是生病，还要弄出些别样事情来。"想罢，遂走近身去，叫一声"小姐"。素琼在梦里直跳起来，道："不好了，身子热，头眩得紧。快快拿茶来与我吃!"春桃见得小姐忽然生起病来，急得魂不附体，连忙走到外面对老夫人说了。拿了壶茶，一齐进房来，酾一杯，递与小姐吃了下去，随即尽情一吐。此时吓得老夫人心惊胆颤，慌忙问道："我儿，你生什么病儿?"素琼懒垂垂的睡在床上，竟不答应一声。老夫人见她如此光景，道是古怪，将手去摸她身上，觉得热如火烧。心里急了，乃吩咐春桃道："你住在房里相伴，不要出来了。待我出去延医占卜。"竟到外厢去了。

却说这春桃身也不转，立于床边服侍，见她昏昏沉沉，时常叫几声儿，只是不肯答应。春桃想道："怎的方才老夫人叫你不做声，如今原是这样，为何半日上边生起病来，恁般凶得紧! 不知老夫人出去，可请医人到来?"

不多时，只见老夫人陪了一个女医进来。春桃去收拾好了床前，那女医走近身去诊了脉，又仔细看看面色，见她双瞳不转，两颊通红，问她言语并不回答。女医对老夫人道："令爱的贵恙，方才奶奶说是初起的，怎么六脉俱沉，动而不移，身热面红，虚阳泛上。是里实表虚，胸中气促，又无胃气，看来皆因郁结所致。不是得罪说，要成噤口痼疾了。"老夫人听了这几句话，不觉扑簌簌的堕泪。问道："若得肯定妙方医好了，自然重重相谢的呢。"女医道："老夫人纵铺满了银子，无方治症，难赚老夫人的。目下只好略用一剂，退了她的热，是使得的。其余实没本事。"说罢，撮了两剂，吩咐过服法。老夫人送过几星药资，遂起身作谢去了。

老夫人即到房里，来唤碧霞、春桃两个小心煎好，付与素琼吃过。又停了一回，只是不言不语。老夫人心中忧闷，含着泪眼，走到外边，叫柳儿出去请一个起课的来。起了课，断过些神佛。你道好不诧异，课断大象，竟与那女医口中相似。此时老夫人也觉没奈何，只得依着他断，献过了些神祇。以后又请几个名医来看过，纵使药便吃了无数，你道怎个肯好? 竟依了女医之口，一个如花似玉、能言能语的小姐，遂成了一个暗哑之症。以后身体不热了，喜得饮食原是如常，无害于命。只可怜那侍女春桃，日日与她你说我话惯了，觉得她默然不言，不但寂寞难过，更要揣度其意思，要长要短，只得耐着心儿服事。

至于这老夫人，见了女儿如此，镇日愁眉不展，长吁短叹的忧闷，乃思想道："我也是肯布施修行的，怎的天使我儿子没有一个，夫君又早弃了，只守着这个女儿靠老，又罚她生这样恶疾起来，如今弄得如弃物一般了。"正想间，忽见碧霞领了包说天，一步步的走到面前相见了，说道："奶奶一向好么?"老夫人道："不要说起! 自你在这里相打这一日，我家小姐不知为什么生起病来，势头甚凶，连忙烧纸服药，有名的郎中请了几个看过，你道怎肯脱体？不知不觉的竟成了哑疾，如今已有两个月了。我为了她日夜怨命，倒要愁死。"包婆听了这番说话，呆了一回，才开口道："小妇人在外，但闻得小姐有恙，近日不见说起，只道好了，岂知这样事不凑巧。前日传小姐的口生去，他家一占就占好了，就要送聘，故尔特到府上来。"老夫人道："纵使占好了，小女这样光景，在那边也骗不得他家，只好再处。"包婆心里还道老夫人不愿，故意推辞，乃道："待小妇人进去看看小姐如何？"老夫人道："这也使得。"领了包婆走进房去，见得素琼头也不梳，若泥塑木雕的坐于床边。包婆道是真情，心里料想：这头媒人做不成了。走出来叹口气道："枉却前日与花嘴这番相打，今日倒要被她叫笑了。"乃对老夫人道："既如此，小妇人告别了。奶奶耐心些儿，小姐好了，原要作成做媒的呢。千万不要听这赵花嘴哄骗，却了小妇人。"老夫人道："只要病好了，原是你做。"包婆道："如此，待小妇人回去，日夜祝告小姐病患早痊。"

两人说说话话，走到厅上。老夫人送她出了门，正欲转身进来，只见门外走一个戴孝的人，气瘰瘰进来，竟是吉彦霄的家人。老夫人吃惊问道："你为何头上戴孝？"家人道："我家太老父昨夜死了，特差小奴来接奶奶。"老夫人听了，又是一苦一急，不觉流泪盈腮的道："兄妹之情，自然该去送殓的。你不晓得我家小姐，前月生出一场急病来，要亲自调理，顷刻不离，怎出得门？只得要你去回覆一声，待小姐病体稍可，当来祭太老爷也。"说罢，进去叫厨下收拾点心与他吃了，连夜打发他下船归去。

是夜，老夫人细细思想女儿病体不能痊愈，止有得一个胞兄，今日死了，不觉自己愁闷一番，嗟叹几声，睡了。不知那个素琼小姐的病症何日痊愈，且听下回分解。

第十八回　金昆联榜锦衣旋

中国禁书文库

山水情

石室思归上，仙携出洞天。万重沧海渡如烟，顷刻燕京，相遇至亲缘。

鏖战争先捷，锦衣两两旋。门庭裘马自翩翩。知己倾怀，丹药救婵娟。

右（上）调《南柯子》

却说那卫旭霞在云林夫人宫中宴罢，紫阳引归石室，一连住了五六昼夜。一日，心中焦躁起来，乃对张紫阳道："蒙大仙渡凡子到来避灾脱厄，今已五六日，不识灾星曾过也未？欲往京都会试，去迟有误功名。请问大仙归期定在何日？"紫阳道："目下你的灾星已退，荣华渐至。今试期将迫，若到了家里起身，一时去不及了。莫若一径送你至京，会试了归家，倒觉便捷。"旭霞道："承大仙美爱，是极妙的。但乏盘费怎处？"紫阳道："我渡你去，自有安放之法，不消忧虑盘费的。我且问你：昔日在雨花台授你丹药，如今回去要用着他了呢。"旭霞听了这句话，惊讶呆想一回，乃道："凡子在仙界这几日，竟不晓得就是紫阳大仙。"连忙跪下拜求道："向日蒙赐金丹，岂敢有违教命？至今牢佩在身。只这四句仙机难于解悟。未审大仙肯明示否？"紫阳道："那个玄机，你的姻缘该成就时，自当显然应验，不必先晓得的。我今原备小舟在山麓水涯，渡你到京。"旭霞心中惶惑，暗想道："倘然到京时，并无亲戚故旧，弄得进退两难，何以为计？"紫阳见他迟疑，乃道："我仙家之法，是随机变化的，目下难以明言。我引你到的时节，自有奇遇，不必细究。"旭霞听罢，遂拜谢了。

紫阳仍化作舟人模样，引了旭霞，纡回曲折的走出山坡，将近水之际，真有一叶泊于岸边。紫阳说请登舟，旭霞心里想道："怎的又不是前日来时泊船的所在了？"更远远一望，但见茫洋大海，波浪滔天，忽然害怕起来，乃问张紫阳道："莫非要从此海面渡去？"紫阳道："正是。"旭霞战战兢兢的道："若如此，必得大舟方好。"紫阳道："我这里朦朣巨舰是用不着的，只有那小小轻舟，倒觉便捷。你不消害怕，下船去，原是前日渡来时一般的睡在舱里，包你稳便到京。"旭霞听了，只得颤巍巍心惊胆战的下了船，遵着紫阳之言，睡于舱内。那紫阳如前替他冒好了，扯起云帆，如飞的去了。正是：

仙帆破浪乘风去，弱水蓬莱顷刻过。

看官们，你道张紫阳渡卫旭霞至仙界去，好不诧异，才住下五六日，凡间已是三足年，到京时谁知已是下科，那个吉彦霄已发甲去了，杜卿云也乡荐了，带了鹭儿，来京等会试，作寓于莲子胡同。其时二月中旬，卿云在寓无聊，偶然假寐榻上，叫鹭儿在外看门。

那张紫阳竟将卫旭霞从空负至门首，对旭霞道："这便是你安身会试处了。"旭霞此时，正惊疑未定，回头一看，那紫阳忽不见了，心里暗想道："怎的几千里之遥，如此迅速，真个是飞仙、变幻莫测。但是他许我有安顿之处，如何并不指示一言，竟自去了？"踌躇四顾，惶惶失色，不意定睛一看，只见一家门前，坐一个人在那里打盹。近前细看，竟像自己家僮鹭儿的模样。旭霞想道："这里既是京师，去苏州有三千里路，缘何我家鹭儿得到此间？但面貌何故十分厮像？"欲待要叫一声"鹭儿"，又恐不是，便觉不好，只得走近门首，观其动静。

谁知那鹭儿一个瞌睡撞在门上，撞痛了头皮，这才醒来，张眼一看，只见那门首立个人儿，俨然家主模样，蓦地吃惊，如拾绝世异宝，不觉乱跳乱嚷，急奔进去，叫："杜相公，我家大相公在外边！"卿云道："青天白日，又来见鬼！"鹭儿道："真个是大相公！杜相公可出去看便是。"卿云见鹭儿如此，遂急忙走出，看时，实是旭霞站在那里，将要上前开口，岂料旭霞始初见了鹭儿，还着些狐疑，至此见了卿云，遂想着紫阳所嘱"到时自有奇遇"之言，更不疑惑，便信口叫："卿云表兄，你如何在这里？"卿云亦问道："表弟，你一向在何处？"旭霞道："做表弟的几乎死于他乡，不想今日在这里得见亲人之面！"卿云道："这也奇怪得紧。人人道你不知漂流何处，今日缘何知我在此，得以寻来？"遂同旭霞进去相见过。那个鹭儿也不免来家主前殷勤一番，旭霞亦不免抚怜他几句。

卿云道："表弟，这三足年亏你在那里过日？"旭霞听他说了"三足年"，呆了。卿云见他如此光景，问道："表弟，你一向起居如何？难道年、月、日、时也不省的？"旭霞道："说起来甚是可骇。我为本山凤来仪家诱去，强逼成婚。余心不愿，坐了一

夜，黎明遁出他家。本欲渡湖到表兄家躲避，岂知是早航船尚未出来，见一白头老翁，泊舟岸侧，弟招而登之。他把船舱冒好，教我睡在里边。弟因隔夜通宵不曾合眼，觉得神思疲倦，竟尔睡去。不知不觉，被他渡至一僻幻之处，泊舟上岸，到那深谷石洞中住下。后复引至一万仞山椒上边，什么云林夫人宫中去，有无数婷婷仙女在此，遂召弟进去，赐宴赋诗。后复引归石室。据他道：我这时有难，渡去避脱。目今灾星已退，试期已迫，故渡我到京。然在山中盘桓止得六日耳，缘何表兄方才说三足年？"卿云道："你若不信，待我细细述与你听。目今这会试，不是老弟发解后之春闱，乃已隔了三年，是下科了。且我今为何在京？因去秋乡试侥幸了，故在此俟候入场，岂料得遇表弟作伴。"旭霞道："有这等事？还道是我那科的会试耳！如此说起来，表兄亦是个春元了，恭喜恭喜，但愿我和表兄两人，邀天之幸，同登金榜便好。"卿云道："便是。"

旭霞又问道："那个吉彦霄如今如何？"卿云道："他已是上科发甲，入过词林。迩来丁了父艰，回在家里。他三年前更有一段美意，为着表弟。不料你不见了，遂尔中止。"旭霞道："什么事情？"卿云道："是年小春中旬，我同他支硎去看枫叶，偶有兴同到那尼庵里去，望望了凡。谁料适有昆山乡宦人家的老夫人领了小姐，在庵做预修，那个老夫人是彦霄的嫡亲姑娘，叫他进去相见过。出来返棹时，在路上谈及他们这些衷曲。他的表妹闺字教做素琼。"旭霞慌忙问道："这素琼便怎么呢？"卿云道："彦霄知表弟尚在未娶，欲为执柯。我实欢喜无任，着实从臾他几句。他便特至昆山与姑娘说了，竟是一诺无辞，遂写年庚付与彦霄持归，即到舍来，转教我送到贵山，恰恰是表弟做新闻的时候。询之鹧儿，晓得了这些情由，遂去拜见凤老。他把始末根由细细述与我听，道这节事体，都是那花遇春画的计。这日不免埋怨着他，他也似表弟一般逃走了。以后我归来回复了彦霄，即差人四下找寻表弟，没有寻处。这时真正急得家父家母日日寝食不安。又怜着鹧儿在家孤形吊影，命我到山去，将宅子封锁好了，烦地邻看守过，随领尊使来家住下的。"旭霞听了那番说话，道："是这样好机会，当面错过了。今已过三载，琼必作他人配合了。"不觉放命的捶胸跌脚，一急一气，竟自目瞑口歪的死了去。倒吓得卿云、鹧儿面如土色，乱嚷乱叫一番，才得气息恢恢的醒转来。

卿云道："表弟岂不闻'书中有女颜如玉'。若是命里该娶佳人，不用心去求，无意中竟是得了如花似玉的；倘命中该配丑妇，随你着意拣选，那里有美貌的到你？我道还该看淡些儿，何必如此着相？"旭霞道："这也不是为她。只恨着这花遇春狗才，管这样事来，弄得七颠八倒，不惟负了彦霄兄之美意，更兼害了那凤小姐的终身，于心何忍？"卿云道："那个花遇春，当时亦不过撺掇成了，要赚些花红钱钞。谁料表弟如此执性，弄出这大风波来。去冬被尊使在刘御史案下叫喊了，责过二十板，拟杖在狱，等候表弟着落定罪。"旭霞又听了这一席话，愈觉希奇，不免细细查问卿云。卿云遂把鹧儿阴告遇官，并瑞珠死信，细细述与旭霞听了。旭霞乃赞叹道："不料这鹧儿蠢然一物，倒有一片义心！那个花遇春邪谋诡计，害了凤家，也该受罪一番。但是那个瑞珠小姐，为了我含愧而死，归去时必要拜祭她一番，以盖前愆。"

卿云道："这也是表弟的好心，是理上必该行的。"说罢，叫鹧儿出去买办、收拾酒肴，与旭霞压惊遣闷。不一时，掇来摆于桌上。

两人饮过一回。卿云乃道："表弟在仙家饮了琼浆玉液，只怕凡间之味，怕上口了。"旭霞道："表兄说那里话来！若是今日相遇不着，就是一饮一酌，望那一家去设处？"卿云道："正是！这个机缘来得奇怪异常，连我也还道在梦中哩！"又饮过几杯，天色已晚，吃过些饭食，收拾毕，都去睡了。正是：

　　　　三秋离别重相见，万种风波一刻顷。

到得明早，旭霞只等卿云熟睡，那边儿先穿了衣服起来，坐在窗边，袖中取出画扇摊开，对了素琼之面，哭一回，叹一回。想到伤心之际，几乎又死了去。

正在痴思呆想，恰好卿云起身下床来，只得袖过，拭干泪眼，乃对卿云道："表兄也起身了么？"卿云："正是。心中欣幸，不觉十分睡着了些。"旭霞道："表兄欣喜怎的？"卿云道："我与表弟别离三载，顷刻之间，原得同堂相叙，联床夜话，纵使铁石人儿，也不免快活！"旭霞乃叹口气道："弟之承母舅、表兄见爱，真正视为己子、胞弟，并无异情。不知何日报答此恩！"卿云道："试期甚迩，表弟之才艺，虽非不常者比，然三日不掸，手生荆棘，当着实研穷一番，进常时博得个纱帽笼头，回去尽有许多得意事儿，所以轻觑不得的呢！"旭霞道："承表兄金玉之言。"说罢，两人各自的钻研文史，日去夜来，无少间断。

直至三月初三，已是开南选之期，旭霞同了卿云连进三场，幸得文章俱中试官，并登黄榜。候殿试过，卿云授了户部主事，旭霞授了嘉兴司李，荣归故里。正是：

　　　　他乡重遇别离亲，共跃龙门拜紫宸。

脱却白袍更衣锦，荣归骇感又惊神。

却说那杜老夫妇二人，为着卿云到京会试，因是独养爱子，日日思念不忘。后来见得报过了，是一天之喜；更是卫旭霞外甥忽然间也来报中，无不错愕喜欣。吉彦霄晓得了，更加快活，亲到门来询问贺过。

杜老夫妇在家商量："他们两个回来，要备酒邀宾，做兴头事。"正说得热闹之际，只见门外那山鹨儿得意扬扬的进来，启口道："太老爷，小奴快活得紧！梦里也不想我家主也到京中来会试，中了进士，今同大老爷一齐归来。"杜老道："如今在哪里？"鹨儿道："船歇在道门外灵官庙前。两个家主叫小奴先归，说向太老爷道：快些收拾家里，唤齐乐人、伞夫、旗手、轿马迎接。"杜老听了，不觉鼓掌踊跃，连忙进去，差人去唤齐役从，支值停当，唤鹨儿领出城去，迎上岸来。不一时，到了门首，真个热闹之极。有一曲《黄莺儿》为证：

双贵锦衣旋，闹街坊，鼓乐阗。三檐盖伞随风转。绣鞍儿，色鲜；蓝旗儿，粲然。摩肩擦背人争羡，赛登仙。亲年未老，及第乐无边。

且说杜老夫妇两个，打发了人从出门去，遂欢天喜地，各自换了鲜明色服，走到厅上观望。只听得外面人声喧沸，那表兄弟两个，纱帽笼头，腰银耀目的走进门来。卿云先在门前拜家堂祖先，立起身来，同旭霞步至厅中，一同拜见了杜老夫妇，各自卸了公服，走到里面去。一家至戚，团团坐了，饮酒叙谈。

卿云将京中遇着旭霞的情由，述过一番。杜老亦备言不见了外甥之后寝食不忘的思想。旭霞亦将到仙家之事，从头至尾说与母舅、舅母听过。那杜老夫妇二人闻之，也道奇异。乃叹息道："贤甥遇仙而去，虽绝世美谈，但漂流三载，弄得家里零零落落。今喜得仙人复渡你到京，得以成就功名回来，万分之幸。目下当归故里去，耀祖荣宗一番；然后寻一头亲事成了到任，乃至紧之事，切不可再有执滞，误人家女子了。"旭霞道："母舅这番教训，愚甥焉敢有违？但婚姻之事，虽云'不孝有三，无后为大'，就目下论之，稍可迟缓。甥回去时，先要择吉行了葬亲大事，然后为此。"杜老道："这也是。"当时传杯换盏，畅饮几巡。恰好抵暮了，打点旭霞到书房中去睡过。卿云也进房去了，他夫妻二人阔别了几时，又且荣贵双全，毕竟各自畅怀，与平日之情兴，自然加倍不同的。正是：

名成博得家庭乐，不比苏秦下第时。

却说这吉彦霄是夜晓得他两个荣归了，渴欲会晤，竟自清早起来，打了轿，一径到卿云家来。恰好那表兄弟二人，正在那里打点，要到彦霄处谒拜。使者进来通报了，两个连忙出门，迎接进去。各自揖过坐定，叙过寒温一番。彦霄向旭霞道："谁想年兄三载萍漂，原得与令表兄同登金榜，锦还故里。亲戚朋友，复尔相叙，话旧谈新，岂非吉人天相！"旭霞道："弟于三年前，不料随犯颠沛，几乎死于他方，不得相见故人。"彦霄道："敢问年兄，羁迹何处？请道其详。"旭霞乃将前事，曲曲折折，述与彦霄听了，又道："前者家表兄道及年兄曾欲为弟执柯，岂期吝缘，有负雅爱，至今心实不安。"彦霄道："这是家表妹没福做夫人也！"旭霞听了，道是素琼已经适人，不觉呆坐椅上，绝口无言。卿云见他如此光景，乃替他问道："如今令表妹曾出阁否？"彦霄道："不要说起，也是一桩极古怪的事。"旭霞惊问道："什么古怪呢？"彦霄道："小弟自从那日闻兄遁迹之信，回复了家姑娘，即北上了。直至丁艰返舍，乃知前年有个詹乡宦家卜吉了，将及送礼。家表妹忽然生一急症，暗哑不能言，延医献神，无所不至，究不能愈。"旭霞又惊问道："莫非令表妹兰摧玉折了？"彦霄道："这也倒不曾，竟成一个痼疾，因此詹家就中止了。"旭霞听得中止之言，心里想道："虽则生病，幸而还未曾适人，犹可稍慰万一。"不觉失声道："这也还好！"

彦霄又道："我听见家姑娘说，病虽淹留日久，喜得饮食如旧，容颜不减。若得医她开口一言，依然是个好人了。近日又有一新奇之说，家姑娘因女儿生了此疾，镇日切切愁烦，恍恍惚惚。偶一夜间睡去，梦见一个道人来对他说：'你家女儿生病，可要医好么？'家姑娘道：'怎的不要医好？'那道人道：'就要医好，也不难。我四句诗词在这里，可以医好。念与你记了，写来贴于门首，自然有人来医。'家姑娘梦中听熟了，觉来遂写贴外边，后面又增上一行：若有人来医好小姐者，即送酬金一百两。"卿云旭霞两个齐声问道："这诗，年兄可记得么？"彦霄道："怎不记得。"乃念道：

九日秘藏丹药，云头一段良缘。

舍外无人幻合，携来素口安痊。

旭霞听彦霄念毕，倒吓得魂飞魄散。一头裂开衣带，取这丹药出来；一头向彦霄道："世间不信有这样奇事，难道令姑娘的梦正合着了小弟仙人所授的金丹秘语？"彦霄吃惊问道："年兄有甚仙授金丹秘言？"旭霞道："若但说，盟兄怎的肯信？待小弟与兄看。"便启金丹纸包，付与彦霄。彦霄仔细着眼，错愕一回，授与卿云看道："这也真正奇怪。若是旭霞兄转了身，就道是写来哄小弟了。这是家表妹病体当愈，旭霞兄这头姻事原有可成之机！"卿云乃道："怎的表弟在京，再不见说起，今日忽然拿出来，又是暗合他人之梦的？莫非在仙家住了三载，亦有了仙术，一时造来哄我们？"旭霞道："表兄休得取笑！"彦霄道："敢问旭霞兄，这丹是何等仙人授你的？"旭霞遂将三年前太白托梦，寻仙授药之说，述与彦霄、卿云听过，两人各自惊骇。彦霄道："既如此，是天付的姻缘了。我明日就将这丹去，即与兄述这一番奇话，与家姑娘，表妹两个听，必要撮合这头亲事的了。"旭霞道："若得如此，弟一生志愿足矣！"

彦霄欲起身告别，旭霞道："今日承兄先施，一定要屈留尊驾，以叙阔别之衷，兼为家表弟作贺。"彦霄道："既蒙吾兄雅爱，谅不得却，只是有费兵厨，怎处？"卿云乃拱彦霄到园亭中去坐下，教旭霞陪着，自己进去吩咐支值。

不一时，治就佳肴美酒，将来罗列亭中。三人笑谈说畅饮，觥筹交错一回。彦霄忽凝神定睛的思想道："卿云兄，弟在这里细想，那四句仙机预藏得巧！"旭霞、卿云接口道："怎见得呢？"彦霄道："依鄙意解起来，奇异得紧，第一句，'九日'是个'旭'字。第二句'云头一段'是个'霞'字。这显然是卫兄的尊甫了。那第三句'舍外无人'，岂非是个'吉'字？恰好合着小弟贱姓；又是我今日来谈起这事。那第四句'素口安痊'。家表妹闺字叫做素琼，又是个口病，明明里说小弟将此丹去与家表妹吃了，就安痊了。这岂不是仙机预藏得幻妙么？"旭霞听了不觉手舞足蹈，说道："小弟得此三年，不在心上。今事机凑合，且有彦霄兄一番剖诀，真神仙能发神仙秘矣！若得仗年兄在令姑娘面前亦如此解说一番，撮合了小弟百年姻眷，此恩此德，至死不忘！"那表兄弟两个，又轮流敬过彦霄几杯，共谈些世事。彦霄起身作别而去了。

却说那杜卿云、旭霞到得来日，就去答拜了彦霄，回家于合郡中乡绅、任官都去拜谒了。旭霞遂收拾荣归故里。此时就有许多俊仆来投靠，随意收用几挡，唤了极大的船只，由胥口出湖，回山去了。以后不知姻缘可就？且听下回分解。

第十九回　樱桃口吞丹除哑症

绛唇已作三缄口，默默无言久，鬓云不理罢妆红，惟拥衾裯听暮鼓晨钟。

金丹吞却字如蚁，询出情人意。萱亲喜气上双眉，嘱语冰人，毋误鹊桥时。

右（上）调《虞美人》

却说老夫人为着素琼爱女生了这个哑疾，将及三载，延医服药，不能痊可。自从得了这梦，将来写于门首，又托彦霄侄儿往苏州去察访，将及几个月，并无应验。正在那里暗苦怨命，穷思极想，忽听得檐头鹊噪几声，乃叹道："自古来灯花生焰鹊声喧，必是佳兆，难道偏是我家不准的？如今不免到门首去探望探望看。"乃唤了碧霞同到外面，倚着门儿立在那边，呆望半日。

将欲转身进去，忽见吉彦霄走进门来，劈面撞着，乃道："姑娘，为何在此倚门而望？"老夫人道："我正在家想念你来，因鹊噪檐前，故特走出来观望，不料果应其兆，得贤侄到来。"同了一齐走到厅上，彦霄作过揖，坐了。老夫人叫碧霞进去点茶来。彦霄道："姑娘迩来身子康健么？"老夫人道："目下为着你表妹，镇日忧愁，饭食也减常了。只怕死在目前目后矣！"彦霄道："姑娘怎说这样话来？表妹可能说一言半语否？"老夫人道："因为再不肯开口，故此心焦。"彦霄道："姑娘不必愁烦，好在即日了。"老夫人道："何以见得？"彦霄道："侄儿记这姑娘梦中的诗句回去，岂料一故友在京会试，荣归，去拜望他，无意中说起，将这四句诗念与他听。彼一时惊骇无已，忙向衣带中取出一丸丹药来，付与侄儿启看。好不古怪！里面竟是一样的四句诗写在纸上。此时侄儿欣喜无任，乃细细查问，道三年前太白金星化一白头老人托梦，教他寻仙，指示姻缘，遂于本山雨花台得遇一个仙人，授他丹药一丸，秘语四句。他恐遗忘了，将其语于写药包上，时常带在身边。今适侄儿说着了，即以此药付我，拿来医表妹的

病。"老夫人顿开喜颜道："不信我梦得此奇验！若医好了，当以百金谢他。"彦霄道："这个人不要银子的。"老夫人道："他是何等人物，不要银子？"彦霄道："就是向年侄儿与他做媒的人儿，如今已中过进士了。他说若医好了，要求表妹为配。"老夫人听了这话，乃惊骇道："你说这个卫生不见了，如何忽然又得中进士？"彦霄遂将他遇仙渡去之说，述了一遍，又道："更有一桩奇怪情由在内。我道今日吃了这丹，必然就能开口。"老夫人道："又是恁般奇怪情由？"彦霄遂将所解诗中暗谜，述与老夫人听了；即于袖中取出这丹付与姑娘。

老夫人欢天喜地的接了，乃道："依侄儿如此说来，这样凑巧，暗合仙机，必竟是天缘了。若得痊愈了，当依允便罢。"说毕，同彦霄到内室中教他坐下，一面吩咐收拾点心，一面慌慌忙忙的将那丸药进房去，叫春桃化与素琼吃。老夫人立在床边看了一回，不见动静，对春桃道："你替小姐盖好了，伴在那边，待她睡一觉儿看。我到外边去支值吉老爷吃了点心，就来看也。"径自走出房去了。正是：

金丹投却娇儿口，指望能言快霍然。

却说那春桃听了吩咐，替小姐盖好了，立在床边，作伴呆看。但见素琼真个矗矗的睡去了。此时春桃在那里暗想道："我自从小姐得了此疾，三年不言，倒害得我寂寞难过。今日那吉家老爷，与卫生传递仙丹到来，若他们两个三生有幸，真个灵验，使小姐好了，完就姻缘之事，或者连我也挈带挈带，可不是一桩极快畅的美事？但恐怕好事多艰，苍天怎肯把一个现成夫人，唾手付与我家小姐？"正想间，只见床上翻个身儿醒来，忽然作声长叹。春桃觉得诧异，乃悄悄走近床去，叫一声："小姐。"那素琼竟是慢慢的发言道："春桃，我口渴得紧，快快取茶来吃。"春桃听见她开口说话，一时倒欢喜得遍身麻木了，不及答应，拍手拍脚的笑到外边去。

那老夫人陪彦霄在书房里饮酒，听见了，忙唤春桃进去，问她为何如此欢笑。春桃道："小姐竟开口说话了。"老夫人与吉彦霄听了，齐声道："有这样奇事？如此灵验，真个是仙丹了！"彦霄乃对老夫人道："姑娘，你进去看来。"老夫人遂唤春桃，拿了一壶好茶，口里连连念佛，走进房去，乃道："我儿，你好了么？"素琼懒垂垂的道："母亲，不知因甚缘故，方才睡去，梦见一白须老翁向女儿说道：'若不是我取你司言之官去，几乎凤入鸡群了。如今是你成就之时，原还了你罢。'说完，竟将一个舌头推入我口中，把头来一拍，飘然而去。醒转来，觉得身体轻松，舌根气软，渐渐能言。

但有些口渴，故叫春桃出来取茶吃。"

老夫人此时见她痊愈如故，欣欣然的接春桃的茶来，筛一杯儿，与素琼饮毕。乃道："你患了此症三年，倒害得做娘的几乎愁死。如今喜得苍天眷佑，暗遣吉家表兄为你觅得一丸仙丹到来，方才我化与你服过，得以如此。不然，怎能彀脱体？"素琼乃惊讶道："吉家表兄何处觅来的？灵验若此？"老夫人道："你的病才好得，说起来甚是话长，恐伤了你神思，又弄出事来，停二日儿对你讲罢。"素琼道："母亲不妨，须说向女儿知道了，也晓得表兄救我之恩。"老夫人道："若是你耐烦得，待我述与你听。"乃道："我自从你得了病后，不知费了许多烦恼！日夜焦心劳思，寝食不安。今年正月间夜里睡去，梦一道人，念诗四句，教我写来贴于门首，自有人来医验。我依了他贴在外边，又是念与吉家表兄听了，他便牢记在心；回去时恰好那了凡的弟子漂流在外，中了进士荣归，相会时无意中谈起，你道好不古怪！这卫子于三年前曾有太白星托梦，教他寻仙，指示姻缘，果得遇仙，授与金丹一粒，隐谜四句，写在包内，时刻佩带在身边的。见你表兄念我梦中之句，他听了，道是与他仙人这四句不差一字的，乃欣然出诸衣带中，慨付与他。今日亲自持来的，现今还在外边。"素琼道："原来这个缘故。但方才母亲说梦中这四句诗，可记得了？"老夫人道："适间这纸包内有得写在上边，春桃可拿来与小姐看。"春桃连忙在桌上去取来，付与素琼。

素琼接来一看，袖过了。又问道："那个了凡的弟子，记得前年说他漂流在外，生死难期了，今日何由又得中进士回来？"老夫人道："说起又是一桩奇怪的事。"素琼乃暗暗惊问道："什么奇怪？莫非是他撇了凤家，隐遁他方，学那蔡邕负义，赘入豪门，如今登第荣归么？"老夫人道："非也。吉家表兄说他还不曾娶。不见了这三年，你道在哪里？竟是被一个仙人渡去，镇日与仙童仙女吟诗作赋，取乐了三秋。今因会试期近了，原引他到京。恰好他的一个表兄也在京中会试，乃得一同登榜回来。更听你表兄说，那仙人授的丹诗，原暗藏姻缘之机在内。如今只等好了，要来求亲，原是你表兄作媒。若做得成时，也完却我心上之事。"素琼听了这番说话，觉得心花顿开，但是不好答言。倒是春桃接口道："依奶奶如此说来，那个卫生久羁仙界，必有仙风道骨。目今又得发甲荣归，自然是天下第一福人了。更得这仙丹恰恰将来医好我家小姐。若非是天缘，怎能如此凑巧，如此灵验？若是吉爷肯做媒，奶奶可速速烦他去说，快成了罢。省得那包、赵两媒婆晓得小姐好了，又来溷帐。"老夫人道："我出去时，随即吩咐吉爷，教他归时，作速去说便了。"又对素琼道："我出去一回再来看你。春桃你好好相伴小姐在此，要茶吃，我自出去叫碧霞送进来也。"

那老夫人欢天喜地的出了房门，走到书房里去，将素琼言语如故之事，述与彦霄听了。姑侄二人互相称快一回。老夫人乃使碧霞烹茶进去，复唤柳儿暖一壶酒过来，连连筛与彦霄，说说话话的饮。正是：

一腔烦恼如云散，顷刻愁容变喜容。

却说那素琼听了母亲这番入耳之言，又是春桃这一派从臾，更快畅自己病痊，暗暗欢喜，想了一回，乃对春桃道："世间有这样希奇事情！那个卫生，人人揣度他死了，岂料竟在仙家作乐。但不知此说可真否？"春桃道："只这一丸仙丹，就来得古怪了，也不必疑得。"素琼道："我也如此摹拟。想卫生非谪仙即降星也。"春桃道："或者小姐与他该是夫妻，时仙人授丹时，婚姻之数明明指示，定在那边的了。卫生命中，应迟滞婚姻，恐小姐被他家聘去，故天使生病的生病，漂流的漂流，幻出这些奇境来，敷演过了。目下当成就之时，事事皆凑合拢来了。"素琼听得不觉失声一笑，乃道："这个丫头，又是一个当代的女朱文公了。"

正说话间，老夫人牵挂素琼，复进来探看一番。恰值天色黑了，叫春桃服事小姐吃了夜膳，支值睡了，到外厢去打点彦霄安置了。

到得天明起来，收拾朝饭吃过，叮嘱做媒之事一番，不免谢过几声，将些礼物送他。彦霄拜别姑娘出门而走。正是：

三年哑疾默无言，一遇仙丹遂霍然。
缓启朱唇忙运舌，徐徐询出意中缘。

却说那吉彦霄将这卫旭霞的仙丹，来医好了素琼，老夫人情愿将这小姐配与旭霞。不知他回去对旭霞说了，几时来求亲，且听下回分解。

第二十回　莫逆友撮合缔朱陈

中国禁书文库

海外藏禁书

隐迹三年远境，一朝衣锦荣旋。故人叙出凤家言，躬祭倾觞消恚。

葬枢往探姻事，相嘲惊泪如泉。和盘托出扇头颜，得订崔屏开选。

右（上）调《西江月》

却说那卫旭霞荣归故园，真个惊动长圻一带老少山民，个个喝采。更且平昔的相知故旧，都自拜望。旭霞停过两日，亦不免各家去登门答谒了。如此你来我往，热闹门庭，也可为荣耀之极。但是到山时，闻得了凤来仪夫妇二人相继而亡，心上未免有些惨伤，过意不去，只得备了祭礼，去布奠他夫妻、亡女三人一番。然后请了堪舆，择日起造坟茔，葬了双亲。诸事理毕，遂思想吉彦霄得仙丹去，不知有效无效，心急如箭，巴不能够插翅起到苏。

一日，留两挡亲靠的家人看住了宅子，叫鸥儿随了，一径到卿云家来。少叙片时，即打轿到吉家去，岂知吉彦霄有事到浙中去了。旭霞怏怏回来，坐于卿云斋头，千思万想的难过。卿云见他眉攒戚戚，就晓得他去寻彦霄不遇，为着这桩事心急纳闷，正未知已有那好消息了。

卿云此时，要故意作耍他，说道："表弟可是会不着彦霄兄，在此不快么？"旭霞道："正是。"卿云道："前者他到昆山一日，归时即到我家回覆了，到杭州去的。我方才恐表弟着恼，故不敢说。"旭霞听得"着恼"二字，不觉失色的惊问道："他来回覆表兄什么话儿？"卿云道："大凡事体，再不可蹉跎的。若一失之于先，必要悔之于后。"旭霞道："怎的呢？"卿云道："彦霄兄将这丹去，与他表妹吃了，顷刻之间，如狂风卷雾，得见青天，痊愈如故了。以后彦霄兄遂启口说及姻事，岂知那老夫人因前番出庚来哄了他，目下道是丹药神效，感激是感激的，求婚之说，执意不肯金诺。其中更有什么不可言之事，他略露过一句，就缩了口。弟再四查问，他竟不肯说。但酬金百两喜不食言，余外并无别话了。"旭霞道："不信有这样奇事！小弟与他家有什么不可言之事？且待彦霄兄回来，与他讲。就是一万银子，我那个看他在眼里！若果然不肯与我联姻，只要他原去寻那张紫阳，讨丸金丹赔了我，万事全休！"卿云道："表弟又来说痴话了。仙人岂是容易相值的？昔汉武帝欲寻不死之药，差无数童男女往三神山去，不知费了许多心思，究竟不知其所终。今表弟也若要他寻仙，觅丹来偿你，真个是使渠去大海摸针了。倘彦霄来时，还得委曲些儿，或者还有一线可通之路，亦未可知。"旭霞道："表兄之言，焉敢不听？但目前凭限止得两个月了，那有慢工夫去与他歪缠！这便怎处？"

卿云正在那里暗笑他，恰好门上人进来报道："吉老爷到了。"卿云同了旭霞出去迎接进来，作过揖，坐定，吃了一道茶，彦霄即欲启口说及做媒事，忽然想着旭霞前番这些痴情，乃道："待我且说一个谎，哄他一哄，取笑一番，然后说出真情未迟。"正在那里凝睛细想，旭霞心中躁急，熬不过，开口乃道："彦霄兄平昔相叙，高谈阔论，极有兴的，今日为何口将言而嗫嚅也？"彦霄道："也没什么，只为叨担了盟兄的仙丹去，不能遂小弟先日之言以报尊命，故尔不敢轻易启口。"旭霞吓得满头冷汗，战战兢兢的道："方才家表兄说此丹已是奏效的了，更有何事难于显言？"彦霄道："凡药是灵验甚速的，但是其中更有一段难与兄言之事。"卿云此时见得彦霄如此光景，乃暗想道："前日他来对我说时，是允的了。我方才不过是造诳耍他，何故彦霄也是欲言不言，莫非彼家真变卦了？"正在那里冷觑。此时旭霞真个急得没主意了，遂立起身来道："好歹求盟兄赐教了罢，何可只管含糊？"彦霄道："家表妹服了仙丹，停过半日，渐渐能言如故。小弟遂不胜之喜，道是盟兄姻缘之事，竟有十分成就之机。岂知他母女两个，各执一性，弟再三言之，竟不肯出口说一'允'字。"卿云此时也为表弟着急，慌忙问道："他两位执恁般性儿？"彦霄道："不要说起！家姑娘呢，道是从不曾出庚的，前番哄了他，因而不利，生起病来，几乎害了性命；情愿酬金从厚，议婚之说万无此理。这时我道家姑娘不允，倘或家表妹感激仙丹再造，或者倒是情愿的，还可于中苦劝玉成，悄地请春桃进去，做个蜂媒蝶使。谁料她的执性更甚于为母者，不知有什么不惬意于兄，怨气忿忿，坚拒不从。又似不可向人明言者。如此小弟遂怫然返舍，即到卿云兄处来回复了，到杭州去了。闻兄今早到舍来，尊驾才出得门，小弟即于此时返舍的，未曾驻足，即来报命。"旭霞听了彦霄这一席话，乃心虚了，竟不答言，但觉五脏如裂，汗流发指，魂飞魄荡的，暗想道："那个寡妇不肯，犹可说也，可笑那素琼小姐，向日我虽题和了那首诗，又不曾明写某人题扇索和之情，出来献你的

丑，我道不为什么大过，何竟顿起铁石心肠，把往日这段爱小生的芳情，一旦付之东流？"想到此境，竟尔不避羞耻的大哭起来。

此时彦霄、卿云两个，始初暗里好笑，见他情痴光景，失声大笑，哄堂一回。彦霄乃对旭霞道："年兄何可如此认真！把情怀放淡些儿。"旭霞道："岂不闻情之所钟，在我辈耶？"卿云道："表弟差了。你与他又不相识，有何钟情处？也值得如此伤心。"旭霞道："岂无？"彦霄道："难道家表妹先与兄彼此识荆的了？"旭霞道："不瞒兄说，也曾略略见过一面。既是她执性了，我如今也不肯与她藏羞掩耻了。她道我触突了她，见弃往日向慕之情，现有她执证在我处，我非泛泛而为之者。即如那个凤家家资美女，一旦不受，原是为着她做此负义之事，不然到手的洞房花烛，何可弃之而逃耶？"彦霄、卿云见旭霞说了这些剧话，又听见说出"执证"二字来，倒惊呆了半晌。彦霄遂问道："什么执证呢？"旭霞此时，正在盛怒之际，就要在袖中取出这把画扇来与他们看；又恐怕不雅，乃向袖中摸了一回，又停住手。此时彦霄见他踌躇，暗想："必然道是表妹有什么情诗了。"竟走近身去，一把揪住了旭霞的衣袖，着实一搜，摸着了这扇，拿在手中，与卿云细细的看。旭霞欲要去夺来藏过，又怕扯坏了，遂停了手，索性让他们两个看个真切，自己在厅上踱来踱去的满腹懊恨。

两人看罢，各自惊骇。卿云道："这个男子，明明是家表弟的庞儿，这个娉婷，想必是令表妹的尊容了。看起这首诗来，自己倡韵，先存炫玉求售的意思在内，也怪不得家表弟奉和自媒。"彦霄是至戚关情的，此时见了不免有些不乐；又不好见之于词色，乃略略答言道："正是。"卿云又道："令表妹有此才技，真可称女中学士了。"彦霄道："这样不由其道，无媒自前的事，那里算得才技？但若小弟今日不见这柄扇子，他母女执性，也不便去强她了。既承旭霞兄不避瓜李之嫌，和盘托出，弟倒丢不得手了。徒弟将这把扇去在表妹前暴白一番，再与家姑娘说了，促她快快成了姻罢。"旭霞见说要替他促成姻事，顿生欢喜；但听见要拿这扇去对证，心中又舍不得，乃道："彦霄兄，扇子是拿去不得的。"彦霄道："若无他原韵去，何以为兄暴白？"遂袖了扇子，起身作别。

两人送出门时，彦霄又复转身来对旭霞道："小弟明日就发棹去了。盟兄可住在令亲处，俟候好消息罢。"旭霞喜不自胜。彦霄又扯了卿云到街心去，附耳低言道："我始初道是令表弟是个情痴，说个谎来哄他。不道说到后边，倒露不得真情了。前日所言已允之说，吾兄曾说向令表弟知否？"卿云道："不必忧虑。小弟方才亦为哄他，先说令亲处不允，已吓过他一番了。但不十分与兄之言合符，略略大同小异的。"彦霄

道：“这个还好，省得令表弟见气，索性大家不要露出圭角来，到事成之后说明，就无关系了。”说罢，遂拱手而别，上轿去了。正是：

金兰至戚相嘲戏，惹得情痴泪满腮。

却说那表兄弟二人送了吉彦霄去，转身进来。卿云有事到里面去了，旭霞独坐空斋，思想尼庵之事，乃嗟叹道：“最可恨者，那花遇春一人耳！我若不是他说计哄骗到凤来仪家去，做这事体，是年小春中旬，他到庵还受生时节，自然去践云仙之约，会晤素琼小姐。那时便请云仙做个蜂媒蝶使，两下私订了姻盟，中解归时，吉彦霄作伐，成过了亲亦未可知。何由延挨至今，惹出这许多恶风波来？论这情理上来，真个该千刀万剐的！”乃椎胸跌足一回，默默无言，卧于榻上。恰好平头儿请吃点心，遂立起身来，整整衣冠，到里头去了。不题。

却说那吉彦霄回去，把这扇子将来仔细一看，乃恨的道：“世间那起三姑六婆，真是宦家闺阃之蠹，再不差的！好好里一个千金贞女，被她哄骗到庵去，做出这样勾当来。更可笑我家姑娘，只得一个女儿，不能防闲她，任她与人诗词往来，竟自置之不问。如今幸尔天遣这柄扇来与我见了，自然与他隐讳的。若落到别人眼里，被他播扬出去怎处？如今且待我暂藏在此，到姑娘处得成了亲事，慢慢还她。倘不允时，倒不便还他，竟自毁碎，以灭其迹，却不甚好！”遂将扇包好，锁在匣中。

到得明日，下了船，望昆山进发，不终日间到了。走进门去，与老夫人相见了，乃道：“近日表妹安稳的么？”老夫人道：“感激不尽，一好如旧。”彦霄道：“如此极妙。今侄儿特来与他作伐，不识姑娘尊意何如？”老夫人道：“贤侄做媒，难道有什么差处，不听你呢？况你表妹原是那卫生的仙丹医好的，又是一个新进士，只怕他不肯俯就，我这里再无不允之理。但有一件：贤侄谅来是晓得的，我因年老无依，要入赘倚靠终身的，不识他可愿否？”彦霄道：“他也是椿萱都去世的了。若去说时，自然乐从的。但是他赴任之期在即，倘送过聘，就要成亲的呢。姑娘也要计议定了，为侄儿的好去回覆。”老夫人听了这句话，思想一回，乃道：“待我且去吩咐收拾点心与你吃了，再商量。”说罢进去吩咐过厨下，再到素琼房里去通知了一声，出来恰好有点心了，唤碧霞拨到书房里与彦霄吃过，乃道：“贤侄方才云就要成亲之说，算来也使得的。我方才已曾进去，在你表妹面前通知过一声，她不答应，想是愿的了。你明日回去时，说我们要招赘他，该是女家下聘的。因没人支值，倒教他从俭送些聘礼过来，然后与他择吉成亲便了。"彦霄道:"姑娘高见,甚是妙极。待侄儿明日归时,就去促他择行聘吉期送来。"说罢,又吃过两壶茶,至夜睡了。次早起来,梳洗饭后,原请了庚帖,下船归去。正是:

百年姻眷今朝定,两下相思一笔勾。

却说那卫旭霞听了彦霄吩咐,准准守在卿云家里,望眼将穿,等候回音。正在那里焦躁,只见鹂儿进来报道:"外边吉老爷到了。"旭霞欣欣出去,迎接进厅,作揖坐定,唤鹂儿点茶来吃过。彦霄道:"令表兄可在?"旭霞道:"有事他出去了。"遂启口道:"烦兄大驾,往返长途,弟深抱不安。未审到令姑娘处怎样委曲鼎言,令表妹处恁般为弟指辞暴白了?"彦霄道:"小弟此去,先说得家姑娘允了,然后乘间唤侍女春桃,教她传语,细细与兄代言请罪过,那时将这柄画扇授与她拿进去。那侍女依了小弟之言,去说向家表妹知道了,出来回覆道:'女子之嫁也,母命之。既是母亲允了,为女儿的焉有拣择之理?'遂留下这柄扇儿,又嘱咐一声,道前日之言,不要说起了。如今年兄也须记着,后日闺房中言谈之际,也只做个不知便了。"旭霞道:"自当领教。"说罢,暗想:"这扇子,若是成了亲,自有活现的娇娃亲近了,要这样镜花水月何用?纵使她留在那边,少不得仍归我的。"乃道:"扇子原是令表妹故物,既留下,也不必说了。请问令姑娘尊意,要怎样行礼呢?"彦霄将姑娘所嘱之言,述与旭霞听了。旭霞心上十分欢喜道:"既蒙令姑娘见爱,又承年兄玉成,待弟与家母舅商量定了,即日择吉行聘。"彦霄道:"既如此,且暂别,另日恭候回音。"说罢唤家人在扶手里取这庚帖出来,付与旭霞收过,遂起身出门,上轿而去。

旭霞急忙忙的奔进去,说向母舅、舅母知了,正在那里商议,恰好卿云回来,述与听过。那时三人计较定了,即差人去选了个行聘吉期,通知过彦霄,教他差个家人一同送到昆山。然后整顿备礼,件件停当。

到这一日,请了冰人,画船鼓吹,伞夫皂隶,闹轰轰的送礼。在昆山宿过一夜,明日回吉转来,比之去时更觉热闹一倍。这时,杜老夫妇二人,真个欢喜无任。至于这卫旭霞,虚空思慕了三载,今已行聘,道是美貌佳人,不一月间就有得到手了,竟自乐极无量。乃与卿云迎接彦霄,谢了一回,拱入园亭,开筵款待。外厅宴劳家人各役,准准闹了一日而散。正是:

漂流三载得重回，复遇心交撮合媒。

缔却好姻消怨旷，一朝喜气解愁眉。

那吉彦霄已谢宴归家，这起回盘家人各役，也都领了犒赏，叩头而去。不知这老夫人择于何月何日，来迎旭霞去成亲，且听下回分解。

第二十一回　求凰遂奉命荣登任

中国禁书文库

海外藏禁书

华堂开选，冰人传语，才子佳人进步。琼筵绮席喜相逢，更胜却登科无

数。　　红颜似画，欢情如酒，凤管鸾笙相助。两情正洽赴瓜期，去永享皇

家禄祚。

右（上）调《鹊桥仙》

却说那素琼小姐，亏这旭霞的仙丹来医好，这段快畅念头，已是不消说得；更遇吉彦霄于中撮合，得与才子缔了秦晋，三年向慕之私，一旦遂其志愿，竟丢开了愁绪，不去胡思乱想。正在那里心中暗忖，要打点绣个凤枕鸳衾，恰好春桃在外，欣欣然的进来道："小姐，老夫人方才教人去择了成亲吉日，明日要差人送去。闻说止隔得数日矣。小姐该做些要紧针线了呢。"素琼道："我也如此思想。你替我绣了两副枕头，待我自绣被心罢。"春桃听了吩咐，去取出㠖来，上了绷子，复将绒线配匀了颜色，与素琼对坐窗前，双双刺绣。

正绣得热闹之际，素琼乃对春桃道："我自从三年前同你绣了邻家这幅做亲生活，因这日那花嘴来，心上有些不快，丢了手，直至今日，觉得手中生荆棘来。"春桃道："这幅生活，小姐患病之后，他家来催得慌，是我做完拿去的。"素琼道："原来如此。"春桃道："我细想，小姐倒亏这一场病，今日原得与风流才子作配，力也不吃，做个现成夫人。不然，竟被那包说天哄去，做了膏粱俗子之妇。如今这卫老爷回来访着了，难道不要气死？我这里闻得他荣贵还乡，尚属未娶，不要说小姐难存济，就是小婢也要悔恨一番。"素琼道："倘我不生病，有人家说成了，我自然立志坚牢，原拼却一死的，怎肯胡乱去错配山鸡！"

两人正尔挑绣忙迫，言谈亲切之际，只见碧霞走将进来道："老夫人叫春桃姐出去，问些什么置货物件，明日绝早要往苏州买的。"春桃收拾了针线，忙忙的走到外

厢。老夫人唤进书房去，一个说，一个写，足足里写了半日，才得完了。

春桃进房去，恰值抵暮了。素琼问春桃一番，见得房中渐渐暗起来了，唤春桃出去点火进来，挑起银烠，坐于椅上，思想那仙丹包上这四句诗儿，遂一句句如彦霄解说，都会意出来，乃赞叹道："原来我与那卫生的姻缘，是早已定在他掌握中的了。"春桃听了素琼之言，问道："小姐何以知之？"素琼乃将这四句诗来，细细解说与春桃听了。春桃遂恍然大悟道："如此说起来，他的漂流三载，小姐的患病千日，俱是天意羁迟这样一个大数在里边！"坐至更余，春桃服事上床去睡了。正是：

芳心暗数佳期近，怎得庄周蝶梦成。

到得明日起来，那老夫人将这吉期，置货帐，都交付与两个能事的老仆收了，下船而去。到了苏州，那老仆先将吉日送至吉彦霄家去了，即到阊门置了杂货，买就绫绢，归来交付与老夫人检点明白，随唤家人叫齐五色匠作来家，分派停当，闹轰轰的造作器皿、衣饰了。不题。

却说那吉彦霄领了姑娘之命，将这送来的吉期唤个家人拿了，一径到卿云家来。恰好旭霞回山去了，递与卿云。卿云接来一看，乃道："吉日这样近了，也要支值些事体，家表弟又不在此，怎处呢？"彦霄道："吾兄可作速差一尊价，去请他到来才好。"卿云道："来朝当发舟，去接他至舍。"吃过茶，彦霄别去。

到得明早，唤家人引舟而去，宿过一夜，傍晚之间，旭霞喜色满容的到来。那时，一家至戚相叙，商量整顿了几日。凡一应做新郎所用之具，俱是为母舅者主张，十色完备了。

至迎亲之日，彦霄袖了这把画扇到来，卿云设宴款待。正觥筹交错之际，彦霄于袖中取出这扇，敬与旭霞道："前日题和执照奉还了，年兄自去负荆面请了罢。"旭霞接在手里，乃道："年兄前云令表妹已留下了，何得今日又在兄处呢？"彦霄道："前者小弟这番说话，只因向日见了年兄芳姿遗照，道是情痴之极，故敢相谑耳。家姑娘处，仙丹灵验之日，就允的了。今日是乘龙之期，恐兄到家表妹前对语起来，所以完璧归赵耳。"旭霞道："这段姻亲，承年兄曲为玉成，岂不感激厚恩？但何可相烦契兄如此恶耍？这几日，几何急死了小弟！"彦霄道："闻得令表兄亦先为构辞吓过一番的了。"旭霞道："原来你们两个是一党的。"说罢，遂袖了扇子，乃道："专怪两位暗地取乐小弟，各要罚金谷酒数，奉答雅情。"卿云道："我便领命。竟饮三杯罢。彦霄兄替你玉

成了姻事，也可将功盖愆了。"旭霞道："既是表兄说人情，吃了两杯罢。"说毕出席，将巨觥筛来敬上。彦霄饮了，乃道："小弟也要奉旭霞兄两杯。"旭霞道："有甚差处受罚？"彦霄道："也专怪兄会做芳姿遗照，一定要饮的。"旭霞只得默受而饮了，又共呼卢掷色一回。

恰好迎亲的到了，在外大吹大擂过三通，开了正门，随行逐队，拥上厅来，分班立定，请杜老封君出去，叩头毕，然后排筵款芳，也自传杯换盏一番。歇了，掌礼传事。旭霞换了乌纱帽，虹员领，簪上两朵金花，拜谢了杜家一门至戚。卿云、彦霄也更了公服。那时，三个一齐上轿，出门而去。你道好不荣耀，正是：

中国禁书文库

海外藏禁书

> 人生世上谁云乐，大登科后小登科。

不题。

却说那老夫人自发迎到苏州去了，在家支值得齐整非常，真个是玳筵前，秀楚宝鼎；绣帘外，彩结雕檐。屏开金孔雀，褥隐绣芙蓉。那老夫人看了，也觉喜不自胜。

不一时鼓乐喧天的到来。先是彦霄出轿进去，商量过，到外边来。于轿中迎出卿云，作了揖，拱入后堂吃茶去了。厅上打点结亲，乐人吹擂起来。掌礼的请齐两位新人，赴单交拜过天地，复去请老夫人出来受拜过，又去请卿云、彦霄来见了礼，遂送入洞房，去做花烛。掌礼的执壶敬酒上筵，唱一调《满庭芳》词云：

> 红粉佳人，青钱才子，仙丹撮参商。屏开射选，中目遂成双。合卺芳闺
> 绮宴，兽炉将兰麝为香。分明是，蓬莱阆苑，仙子降华堂。 人生此际，
> 鸳衾凤枕，得遂鸾凤。愿螽斯蛰蛰，熊梦呈祥。官至封侯拜将，寿比沧海长
> 江。从今始，夫荣妻贵，瓜瓞永绵长。

掌礼唱毕，又敬上双杯美酒，伶人作起乐来，热闹一番撒宴。旭霞到厅上去谢了冰人，复揖过卿云，然后坐席。宴饮更余，陪卿云、彦霄两个到花园里去宿了，转身进来。

侍女春桃引入香闺中去，服事卸了公服，换却紫衣飘巾，与素琼双双如宾如友，坐于花烛之下。白面红颜，辉煌映耀。两人你看我，我看你，各自心中暗喜。春桃开口道："卫老爷，可记得三年前在支硎山，与我家小姐作揖了么？"旭霞道："这是日日铭心的，怎肯忘却？那日蒙老夫人见爱，得亲近小姐尊颜。"春桃道："老夫人倒不许

的，亏这了凡师父，使我家小姐识荆老爷。我道人家男男女女祈场佛会，那里不邂逅的？偏是我家小姐与老爷会了一次，今日竟成姻眷，岂不是绝世无双的佳事么？"旭霞道："想来原是天缘制定的，不然何以一见之后，心上就日日想念，再不肯忘情？又得太白星托梦寻仙，授此丹药，目今将来救好病体。"春桃道："正是呢。"

正说话间，只听得谯楼上鼓已三通。春桃乃对旭霞道："不该是小婢催迫老爷、小姐，更鼓三敲，是夜分时候了，请去睡罢，不要错过了吉日良时。"旭霞此时心中正欲如此，听了春桃这句话，倒像是他发放一般的，满面笑容对春桃道："我不晓得，你原来是一个妙人，说出这样方便话来。"素琼听了旭霞称赞春桃之言，不知不觉的失声一笑。旭霞此时，见得素琼解颐巧笑，喜色盈腮，连忙跪下去，抱住了她下半截道："求小姐上床去睡罢。有甚积衷，另日各自倾倒可也。"素琼害羞，乃将衣袖掩了杏脸，只是不做声。又怕春桃见得如此，乃道："卫老爷要小姐去睡，放尊重些。若是这样屈体，不但是失了老爷的威仪，更恐今晚做出了样子，后来那里跪得这许多？"旭霞道："春桃姐，闻得你是知书识字的，这个意儿也不晓得？"春桃道："小婢那里识字？不晓得老爷是什么意思。"旭霞道："这叫做男下于女的大礼。"春桃道："老爷既是晓得这礼的，何不起来向我家小姐深深作个揖儿，包你就依。"旭霞听了春桃，果然立起身来，叫一声："小姐，谨依尊侍女之命，真个奉揖了。"说罢，整整衣冠，恭恭敬敬的作个揖下去。素琼此时忍不住樱桃绛口，又失声一笑，也还了一个礼，又且弯了柳腰，去扶旭霞。旭霞见纤纤玉手扶他，那时喜得魂不附体，将衣袖去勾了素琼的粉颈，双双步上牙床，挂起销金绣帐儿。卸下衣裳忙入鸳衾里去。此时两人贴肌贴肉，交颈欢娱，何得还有闲功夫去说长话短？正是：

　　　　欢娱一刻千金价，只恐司晨鸡乱啼。

到得明日起来，旭霞先自梳洗过，出去支值。卿云、彦霄两个下船回去了。复进房去，换了几件簇簇新的佳丽衣服，打扮得飘飘拽拽，坐于妆台之侧，一面将这把画扇故意捻在手中揩磨，一面细看素琼梳妆。春桃走来拭头服事，立于素琼背后见了，乃道："老爷，什么扇子，如此珍玩它？"旭霞道："不瞒春桃姐说，觑它外材便是平常，若揭开看时，竟是一件至宝。我已得之三年矣，再使人摩弄不厌的。"春桃道："莫非老爷在仙家得来的活宝？"旭霞道："也不是仙家活宝，是人世间第一活宝也。"此时素琼听了，心中惊骇，暗想一回，忍不住开口交谈了，低低的道："可与我一看？"旭霞双手敬与素琼，素琼接在手中，揭开看时，忽然惊讶对春桃道："这也奇怪得紧，那把画扇是我家三年前所失之物，曾与你在尼庵里疑想了许多，岂知竟在他处！若依目下论来，这起课者，原有八九分应验的。"春桃也来仔细一看，只做不曾见的模样，道："小姐，向日是画什么在上的？莫非不是？"素琼道："自己的笔迹难道不认得？"春桃又来假意看看，乃道："小姐这日画了瞒我，我道为着恁般缘故，欲要吹毛求疵，恐犯小姐之怒，遂不敢问及。却原来是预先画就老爷小姐的一幅行乐图，故尔此时失了，小姐废寝忘餐的思想。"旭霞乃接口道："我有何德，往蒙见爱若此，费这样芳心！"说罢，素琼不免细细查问旭霞在何处得的来历。旭霞亦自推求其画扇、失扇情由。只见外面进来，请出去见礼祭祖。恰好此时素琼的云鬟已梳就了，遂各自换了公服，出去行过大礼。

进房来，复易了褻服。旭霞把这自始至终事迹，述与素琼听过，不免惊异一番。素琼亦将爱慕才子这些暗里愁肠，也自细细倾倒与旭霞听了，亦自赞叹感激一番。素琼乃去取出这诗笺来付与，旭霞接在手里，对着他道："小姐不要轻觑了这句俚言来，竟是一片御沟红叶。更于那个了凡家姐亦不要得鱼忘筌了！他与小姐乍会，此夜若没有了凡灌醉小姐，在他卧榻上边，我与小姐两个，何由得预上阳台，云雨这一番？"素琼道："这是那里说起？是夜老夫人问及你，了凡说道：'恐怕男女混杂，一来不便，二来惧奶奶见责，回他去了。'母亲此时就怜惜过你一番的。况且我天性又是不饮酒的，那里被她灌醉？家母道是在外，食则同食，寝则同寝，时刻不离，防闲拘管的，那里被她灌醉，哪里卧在他榻上？且如此我是何等样人了？这也真个可笑得紧。出家人这等造孽，所以度他死去游地狱耳！"旭霞听了素琼这番正言厉色，觉得惊骇了半晌。想着了三年前托梦后的想头，会意了，即左支右吾了素琼几句。恰好老夫人进房来，大家坐定，也自叙过了些始末，出去了。以后那夫妻二人琴调瑟协，如漆如胶的度日。

不道光阴易过，倏忽是旭霞凭限到任之期。接官的衙役到来，发了打扫牌告示去，遂留下两个门子皂快随身，择了长行吉日，与老夫人计议定了，将家私细软什物发杠下船，金了宅子门首张接的告示封条，遂把房屋家伙交付与两个老仆看管，遂同了老夫人，一家眷属登舟发棹。

到了苏州地面，泊船葑门外灵官庙前，打轿上岸，到母舅家去拜谢大恩。杜家不免开筵会亲。过了宿，明日旭霞与素琼商量道："我与你两人得谐伉俪，虽是由令表兄之力，论起那个了凡家姐，就是有这番得罪于小姐处，原其情，此夜不过为云仙作撮

合耳，谅亦本无大罪。我们发始之初，亏他师兄弟两个引进的。为人在世，岂可因好事成了，遂忘情于起头之人？今日到令表兄处去了，我道毕竟还该到庵去一遭，心上才得安稳。"素琼道："我也不记她过了。但你姊妹间论起理来，也该酬谢她一番。"旭霞道："小姐之言，不但是宽洪度量，抑且出言明达。既如此，到彦霄家去了，另唤一只小船去罢。"

说毕，别了杜家一门至戚，遂到吉家去，亦宿过一夜。明日起来，叫鹂儿唤下一只游山华舫，带着伞夫皂隶，一齐下船。不上半日，到了支硎山下，打轿上岸，迂回曲折的过岭而去。至山门前，有人进去报告。云仙晓得了，出来迎接进去，欢欢喜喜的相见过。了凡在关内，也自问讯了。大家叙过阔情。旭霞与了凡仍旧姊妹相称。了凡不免问起成亲之事，称畅一番，遂教云仙收拾点心留了。临别时，旭霞感两尼昔日之恩，唤门子拿扶手来，取出纹银二十两，付与了凡，助她修行薪水之资。然后别过，出山下船。因晚了，在店桥过了一宿。

明日行至荇门，过到坐船里去，大吹大擂的解维发棹而行，望嘉兴府到任去了。正是：

人间莫大是姻缘，共枕同衾岂偶然。
纵使两情河海隔，一朝撮合永团圆。

不知他为司李之职作何状貌出来，且听下回分解。

第二十二回　解组去辟谷超仙界

姻就名成，凌云志展。仙家戒谕言非浅。异花琼浆色鲜鲜，杯倾换骨分枝瘦。　　解组归山，世情须远。双双辟谷辞尘绊。一朝会旧续仙缘，鸾骖鹤驾起蓬苑。

右（上）调《踏莎行》

却说那张紫阳在仙境，晓得卫旭霞完婚到任去了，恐他耽于酒色财气，误陷尘网，难超仙界，与凤瑞珠续叙仙缘。一日去拉了瑞珠女仙，于石室中取一瓶换骨琼浆，三枝洗尘不死花，置在花蓝之中。紫阳驾了白鹤，瑞珠乘了彩鸾，一齐腾空，渡海飞行。

不止半日，到了嘉兴府城中，乃留鸾、鹤于云端，冉冉从空而降，来至府前，变就两个道人，提着篮儿，立于街坊张望。适旭霞公出回厅来，在路上见了，紫阳、瑞珠走上去，一把拖住了轿儿，口里连连告道："求老爷布施。"这起各役把他乱踢乱打。旭霞道是奇异。连忙喝住手下，带他回厅去，坐堂问他道："道者，你为何不向市廛中去抄化，反来拦截我轿子呢？"紫阳道："贫道不瞒老爷说，我们两个虽是化缘，原有一番气概，非沿街抄化者流，故誓有'五不化'：市井贪夫不化，悭吝守财虏不化，贪官污吏不化，无宿根善念者不化，不知进退、迷恋声色者不化。今闻老爷为官清正廉洁，处心积虑，自是不凡，贫道所以特来募化。愿老爷大破悭囊，化与我纹银一万两。贫道把去替老爷做些闲云野鹤、世外非凡之事。后来老爷回头登岸，可以安享不尽。"旭霞听他一番议论，随想他不是等闲化缘的，心里另自待他，口里乃诡言试之。且见那个女道不言不语，不知何故，乃问道："你两个是夫妇、是兄妹呢？有许多年纪了？"道者道："非夫妻，非兄妹，不过同伴抄化遨游的。若说年纪，寒寒暑暑，不知过了许多，记不起了。"旭霞道："倒也可笑。为人在世，虽是游方旷荡，不要终老，难道连自己的年纪也忘却了？明是奸诈之徒。我也不计较了。但你两个一男一女，既非夫妻、兄妹，如此同行同宿，涸帐过日，怎得洁然不污，如柳下惠、鲁男子乎？"紫阳道："老爷差了。可晓得'淫污'两字么？乃凡夫俗子，迷恋女色，沉沦欲海，终身莫悟，乃不得超世者。若养真修炼之挚，爱惜精神，念念保固，不肯丝毫渗泄，所以内滤外凝，虽艳冶当前，如过眼空花，漠然无所动于中。所以贫道男女同行同宿，尔为尔，我为我，绝不起妄想，以丧天真。"旭霞听了，不觉毛骨皆竦，恍然大悟，拍案赞道："道人，善哉！汝言俱是透彻妙道之论。我今捐奉与你百两，去作修炼之资，何如？"紫阳道："既蒙慨许，贫道们今日去了，明日来领。"旭霞道："你们两个来得久了，到我私衙里去斋你一斋。"

紫阳、瑞珠携了花篮，随着旭霞退堂进去，两人站于廊下。旭霞到里面去，与素琼、老夫人两个述此奇异。说犹未了，承值的进来报道："老爷，方才要斋那道人，如今那两个影儿也没了，只存得一只花篮在外边。"旭霞吃一惊，连忙出去看时，真个俱不在了。启他的篮来细看，只见一个磁瓶儿，紧紧封好的，又有鲜灼灼的三枝异花在内。随即拿到里面去，与老夫人、素琼三人细玩。捻在手中，觉得芳香袭人，光彩耀目，各各称奇。旭霞乃差衙役去满城追寻，杳然无从踪迹，来回覆了。旭霞对夫人说道："我始焉原道他两个奇异，故带回盘诘他。他谈吐津津，颇多仙气。如今且把这花与瓶原替他放在篮里藏好了，看他如何。"以后眼巴巴看他来，哪里有个影响？

旭霞见他不来，一日把那篮中的花出来看看，并不见枯槁，鲜妍如旧在那边。大家惊赞一番，仍藏好了。不知不觉将过半载了。

偶值中秋，月色溶溶，旭霞同老夫人、素琼在衙署赏月。清光照席，佳人才子，觞酌罗前，畅叙幽情。旭霞乃忽想看篮中花朵与瓶，叫春桃进去取来。把金瓶插了三支花在内，供于桌上，称美一回。又将瓶开了，觉得芳馨扑鼻，乃对夫人道："异品不可轻亵。"叫春桃取一对玉杯来，漫漫倾了一满杯。仔细一看，色似桃花，光如宝璨，想道："莫非仙液琼浆？不知怎般滋味。"将来呷了一口，觉满嘴甘香，沁入肺腑，乃赞叹道："我在云林夫人宫中吃的美酒，此味便觉相像。"索性一饮而尽。复倾一杯，递与素琼。素琼接在手里道："我酒是不饮的，但是老爷如此赞美，想必异味。"乃慢

慢上口，也一饮而尽，觉得遍口生津，满腔滋润，乃惊讶一回。旭霞把瓶尽情倾在怀中，恰好还有不浅不满一杯，将来敬与老夫人道："岳母在上，不是为婿的无礼，不先敬大人。此正汤药子先尝之礼也。"老夫人道："既是琼浆玉液，我是年迈之人，用不着了。原是你们两个饮了罢。"

春桃听见老夫人不欲饮，乃道："太奶奶倘小心，待春桃饮了罢。"老夫人随即授与春桃。春桃双手接来，倾入樱桃小口咽下，清俊香喉，乃道："抄化道人身边有这样嘉美之物，真非人间可得者。"素琼道："痴丫头，那一个说他是抄化的？自然是神仙耳。"春桃道："若是神仙，少不得还要来应验。"素琼道："想必是老爷做官清廉，天遣他来赐这两件异物，或这就是应验，亦未可知。"旭霞道："下官没有人褒奖。夫人之言，倒讲得妙。"说罢，复饮酒几杯，清谈一回，觉得露寒月转，更鼓连催，是将夜分时候。老夫人道："如此皓月良宵，本该深赏，但贤婿官政繁冗，明早要理事的，不宜久坐劳费精神。你们夫妇再饮几杯，收拾进去歇息了罢。"旭霞道："岳母真老成之言。"遂立起身来，将这三枝花与素琼、春桃各自捻了一枝，老夫人在前，引了旭霞夫妻、侍婢三人，月下轻移环佩，携手同行，恰似神仙归洞天的进去了。正是：

赏心乐事良宵宴，饮却琼浆骨自更。

旭霞睡了一夜，明日起来理了些政事，以后遂悠悠忽忽过去。

光阴迅速，倏焉是满任之期了。旭霞夫妻三人因饮了琼浆之后，觉得日渐一日，身体轻松，欲情俱淡，饮食少进，似有辟谷之状。心里各欲恬养求安，不喜膏粱纨绮。

恰好瓜期已足，闻得抚台上疏荐过廉能，旭霞恐复任报来，忙赴抚台处去，将冠带印绶交割辞官。抚台着实留他，旭霞抵死辞脱了。归所即忙吩咐，一面发扛下船，一面自去拜别了堂尊厅僚，清清静静的起身。岂知惊动了合府子民，携老挈幼，执香而来，脱靴拜送。直至旭霞下了船，留连远望，目送而散。正是：

若遇官清正，万姓俱安乐。
一朝辞任去，口碑载城郭。

那起人民都是泣涕回去了。不题。

却说那卫旭霞回到苏州，泊船上岸，至母舅家去，留下两日。吉家也去过一次。乃发舟到昆山岳母家去住下，终日与素琼、春桃三人在深闺中焚香烹茗，吟诗作赋。

倏焉又过了几年，岂料这三人因吃过寒冷琼浆，竟尔都不能生育，旭霞夫妇已似有了仙气，这些荣华富贵、子女玉帛，竟置之度外。惟那老夫人时年六十有七，见得婿女两个成婚长久，不生男育女；更兼见他终日脱然驹荡，绝不以乏嗣为忧，老夫人心上未免终日郁郁不乐。岂知一日积闷成病，陡然发起来，延药服药，竟不肯痊，遂淹淹滞滞三四个月，竟自死了。旭霞乃好好成殓了，治丧茔葬之后，因自己妻妾三人，心怀僻静，思慕山居，忽起迁归长圻之念。但若岳母一抔之土未干，不忍竟自抛撇而去，更兼岳父没有本支侄辈承受家业、香烟，与素琼商量，竟自备起酒来，请了许多亲族，择一远房贤能侄儿，接了岳父母香火，把他家产一一开明，交付与他了，然后挈其妻妾以归苏郡，于母舅处住下，同了素琼出去游山玩景。

正值小春中旬，是老夫人的生忌，素琼要到支硎尼庵去追荐他。旭霞听了，遂欣然备了斋供之仪，一径到尼庵里去。你道好不凑巧！恰遇着了凡坐化升天之日。旭霞这一起走进门去，见得热闹非常，乃问道："作何道场，如此齐整？"众道友道："了凡师父今日升天，我们在这里奉送。"旭霞夫妇三人听了此言，倒着一惊，遂又问道："云仙师父在哪里？"众道友道："他已先亡，化过四年矣。"旭霞复想起昔年之情，不觉扑簌簌的泪如雨下，哭了一场，遂教道友引至了凡坐化之所去看。只见她身披袈裟，手执如意，露顶盘膝，趺坐在毡单上。旭霞夫妇三人见了，各自流泪，拜了两拜起来，赞叹一回。索性不说起追荐之事，竟将这些带来的斋供摆设于了凡、云仙两处，又加祭拜恸哭一番，送他入龛茶毗过。然后归到母舅处拜别了，起身归山去住下，镇日山蔬野菜的度日。

不觉又是三、四年之后，竟自辟谷了。杜、吉两家闻知，道是奇怪，俱来看过几次。

一日旭霞绝早起来，吩咐鹓儿到苏州接杜、吉两家亲戚，教他作速到来。鹓儿连忙到郡去说了。杜、吉两家以为骇异，男男女女，俱至山来。旭霞夫妇相见过，遂把家私什物，付与鹓儿夫妻两个收管过，乃对众亲道："我们至戚相叙世间，原为美事，

岂料今日一旦要抛撇公等，在明午牌时候，当升虚而别了。"众亲戚听了，不觉伤心一回，依依相叙的过了宿。

明日起来，旭霞原教山鹧儿收拾早膳与众亲吃了，遂唤他烧起香汤来。妻妾三人俱浴净了身上，来拜别众亲。众亲同了鹧儿，一齐恸哭起来。旭霞道："这非死别割爱，不消悲恸得。夫凡人生红尘中，情欲相牵。到生老病死了，原是一场虚气。我今日到这个地位，只乐得无挂无碍，飘然而去。到了仙境，自有一种清虚快乐之福，何劳尊长辈伤心？"说罢遂同素琼、春桃一齐下拜众亲毕，又望空拜别了亡化先灵。只见一鹤一鸾，飞舞庭中，绕屋祥云拥护。

旭霞谅道午牌时候了，遂将三枝花各自执过一枝；又把这瓶儿盛于篮中，命春桃提了，在庭中俟候。只见张紫阳同了凤瑞珠，又有无数仙童仙女，在云端作乐。旭霞妻妾三人见了，跪于庭中，罗拜为接。先是紫阳、瑞珠两个冉冉而下，旭霞起身，拱入厅里去。那张紫阳道："我今日特奉云林娘娘之命，引四时苑主凤瑞珠仙姑到来，与文士续配了仙缘，召驾临宫，去司万卉之文章，掌一宫之仙眷。更宣天孙素琼、记室春桃，一齐发驾。鹤驭鸾骖，俱已整备在庭，毋得久延凡界，动人窥看，以泄仙机。"说罢，紫阳呼唤仙童仙女下云端来，至厅前，并奏云璈，声音彻天。那时张紫阳请凤瑞珠来与旭霞交拜。待过了夫妇之礼，然后与素琼亦行了仙班姊妹仪文毕，各自乘鸾驾鹤，腾入祥云，飘然而去了。

却说那些亲戚，见他们白日升天，不免望空遥拜而送，直至不见了起来。男男女女倒吓得如痴如梦一般。更惊动了长圻一村老少，挨挨挤挤的来看，再没一个不赞美称异。到得明早，杜、吉两家亲戚觉得至戚生离，不免自心中怏怏，俱是依依不忍，下船而归。抵家时，旭霞平日这起相知朋友、两家因亲及亲的眷属闻知，都来询问赞叹一番而去。

以后，杜卿云虽不及做表弟的白日成仙，他的双亲叨受皇恩，诰封寿终。茔葬之时，空中飞下双白鹤来吊，似有悲切之状。揣度起来，自然是旭霞夫妇变化到来，谢昔日之恩。那卿云官职，做到兵部侍郎而止。所生二子，亦是发科发甲，书香不绝，也可称人世仙境了。

那个吉彦霄，出身就是年少词林，圣上嘉其才藻，特赐大学士以终其身。封妻荫

子，极其华丽。后嗣绵绵，爵禄靡穷。

　　至于那个山鹇儿，虽云奴仆下贱，家主漂流之后，曾为阴告阳申一番，满腔义气，故尔旭霞升仙之日，感念其情，遂将家产交付与他。以后乃自成一家，生男育女，勤俭经营，做了一个山村富室。竟接受了旭霞祖宗的香火，逢时遇节，替他祭祀，以故里中之人俱钦敬他，咸称为忠厚长者，寿至八十而终。岂非千古流传之佳话哉！

锦香亭

[清]古吴素庵主人　撰

卷之一

第一回　钟景期三场飞免颖

词曰：

　　上苑花繁，皇都春早，纷纷觅翠寻芳。画桥烟柳，莺与燕争忙。一望桃
红李白，东风暖满目韶光。秋千架，佳人笑语，隐隐出雕墙。　　王孙行乐
处，金鞍银勒，玉盏瑶觞。渐酒酣歌竟，重过横塘。更有赏花品鸟，骚人辈
仔细端详。魂消处，楼头月上，归去马蹄香。

右调《满庭芳》

　　这首词单道那长安富贵的光景。长安是历来帝王建都之地，秦曰咸阳，汉曰京兆。
到三国六朝时节，东征西战，把个天下四分五裂，长安宫阙俱成灰烬瓦砾。直至隋，
炀帝无道，四海分崩，万民嗟怨。

　　生出一个真命天子，姓李名渊。他见炀帝这等荒淫，就起了个拨乱救民的念头，
在晋阳地方招兵买马。一时豪杰俱来归附。那时有刘武周、萧铣、薛举、杜伏威、刘
黑闼、王世充、李密、宋老生、宇文化及各自分据地方，被李渊次子李世民一一剿平，
遂成一统。建都长安，国号大唐。后来世民登极，就是太宗皇帝，建号贞观。文有房
玄龄、杜如晦、魏征、长孙无忌等；武有秦琼、李靖、薛仁贵、尉迟、敬德等，一班
儿文臣武将济济跄跄。真正四海升平，八方宁静。后来太宗晏驾，高宗登基，立了个
宫人武曌为后。那武后才貌双全，高宗极其宠爱。谁想她阴谋不轨，把那顶冠束带撑

天立地男子汉的勾当，竟要兜揽到身上担任起来。她虽然久蓄异心，终因老公在前，碍着眼，不敢就把若大一个家计包揽在身。及至高宗亡后，太子传位，年幼懦弱，武后便肆无忌惮，将太子贬在房州安置，自己临朝听政，改国号曰周，自称则天皇帝。彼时文武臣僚无可奈何，只得向个迸裂的雌货叩头称臣；那武氏俨然一个不戴平天冠的天子了。却又有怪，历朝皇帝是男人做的，在宫中临幸嫔妃。那则天皇帝是女人做的，竟要临幸起臣子来。始初还顾些廉耻，稍稍收敛。到后来习以为常，把临幸臣子只当做临幸嫔妃，彰明较著、不瞒天地地做将去。内中有张昌宗、薛敖曹、怀义、张易之四人最为受宠。每逢则天退朝寂寞，就宣他们进去玩耍，或是轮流取乐，或是同榻寻欢。说不尽宫闱的秽德、朝野的丑声。亏得个中流砥柱的君子，狄仁杰与张柬之尽心唐室、反周为唐，迎太子复位，是为中宗。却又可笑，中宗的正后韦氏，才干不及则天，那一种风流情性，甚是相同，竟与武三思在宫任意作乐。只好笑那中宗，不惟不去觉察她，甚至韦后与武三思对坐打双陆，中宗还要在旁与他们点筹。你道好笑也不好笑。到得中宗死了，三思便与韦氏密议，希图篡位。朝臣没一个不怕他，谁敢与他争竞？幸而唐祚不应灭绝，惹出一个英雄来。那英雄是谁？就是唐朝宗室，名唤隆基。他见三思与韦后宣淫谋逆，就奋然而起，举兵入宫，杀了三思、韦后并一班助恶之徒，迎立睿宗。睿宗因隆基功大，遂立为太子。后来睿宗崩了，隆基即位，就是唐明皇了。始初建号开元，用着韩休、张九龄等为相，天下大治。不意到改元天宝年间，用了奸相李林甫。那些正人君子，贬的贬，死的死，朝廷正事尽归李林甫掌管。他便将声色货利迷惑明皇，把一个聪明仁智的圣天子，不消几年，变做极无道的昏君。见了第三子寿王的正妃杨玉环标致异常，竟夺入宫中，赐号太真，册为贵妃。看官，你道那爬灰的勾当，就是至穷至贱的小人做了，也无有不被人唾骂耻辱的，岂有治世天子做出这等事来，天下如何不坏？还亏得全盛之后，元气未丧，所以世界还太平。

是年开科取士，各路贡士纷纷来到长安应举。中间有一士子，姓钟名景期，字琴仙。本贯武陵人氏。父亲钟秀，睿宗朝官拜功曹。其妻袁氏，移住长安城内。只生景期一子，自幼聪明，读书过目不忘，七岁就能做诗。到得长成，无书不览，五经诸子百家，尽皆通透，闲时还要把些"六韬"、"三略"来不时玩味。十六岁就补贡士，且又生得人物俊雅，好像粉团成玉琢就一般。父亲要与他选择亲事，他再三阻挡，自己时常想到："天下有个才子，必要有一个佳人作对。父亲择亲，不是惑于媒妁，定是拘了门楣，那家女子的媸妍好歹哪能知道？倘然造次成了亲事，娶来却是平常女子，退又退不得，这终身大事如何了得？"执了这个念头，决意不要父母替他择婚，心里只想要自己去东寻西觅，靠着天缘，遇着个举世无双的佳人，方遂得平生之愿。因此蹉跎数载，父母也不去强他。到了十八岁上，父母选择了吉日，替他带着儒巾，穿着圆领，拜了家堂祖宗，次拜父母，然后出来相见贺客。那日宾朋满堂，见了钟景期这等一个美貌人品，无不极口称赞，怎见他好处，但见：

> 丰神绰约，态度风流。粉面不须傅粉，朱唇何必涂朱。气欲凌云，疑是潘安复见；美如冠玉，宛同卫玠重生。双眸炯炯似寒晶，十指纤纤若春笋。下笔成文，会晓胸藏锦绣；出言惊座，方知满腹经纶。

钟景期与众宾客一一叙礼已毕，摆了酒肴，大吹大擂，尽欢而别。钟秀送了众人出门，与景期进内，叫家人再摆出茶果来，与夫人袁氏饮酒。袁氏道："我今日辛苦了，身子困倦，先要睡了。"景期道："既是母亲身子不安，我们也不须再吃酒，父亲与母亲先睡了罢。"钟秀道："说得是。"叫丫鬟掌了灯，进去睡了。景期到书房中，坐了一会，觉得神思困倦，只得解衣就寝。一夜梦境不宁，到了五更，翻来复去，再睡不着。一等天明，就起来穿戴衣巾，到母亲房里去问安。走到房门首，只见丫鬟已开着房门。钟秀坐在床沿上，见了景期说道："我儿为何起得恁般早？"景期道："昨夜梦寐不宁，一夜睡不着。因此来问爹娘，身子可好些么？"钟秀道："你母亲昨夜发了一夜寒热，今早痰塞起来。我故此叫丫鬟出去，吩咐烧些汤水进来。正要来叫你，你却来了。"景期道："既如此，快些叫家人去请医家来诊视。待我梳洗了，快去卜问。"说罢，各去料理。

那日，钟景期延医问卜，准准忙了一日，着实用心调护。不想犯了真病，到了第五日上，就呜呼了。景期哭倒在地，半响方醒。钟秀再三劝慰，在家治丧殡殓。方到七终，钟秀也染成一病，与袁氏一般儿症候，景期也一般儿着急。却也犯了真病，一般儿呜呼哀哉了。景期免不得也要治丧殡殓。那钟秀遗命，因原籍路远，不必扶柩归家，就在长安城外择地安葬。景期遵命而行。

却原来钟秀在日，居官甚是清廉，家事原不甚丰厚。景期连丧二亲，衣衾棺椁，买地筑坟，治丧使费，将家财用去了十之七八。便算计起来，把家人尽行打发出去。有极得意自小在书房中服侍的冯元，不得已也打发去了。将城内房子也卖了，另筑小房五六间，就在父母坟旁。只留一个苍头、一个老妪，在身边度日。自己足不出户，在家守制读书，常到坟上呼号痛哭，把那功名婚姻两项事体，都置之度外了。光阴荏苒，不觉三年服满。正值天宝十三年，开科取士，有司将他名字已经申送。只得唤苍头随着收拾进城，寻个寓所歇下。到了场期，带了文房四宝，进场应试。

原来唐朝取士，不用文章，不用策论，也不用表判。第一场只有五言、七言的排律，第二场是古风，第三场是乐府。那钟景期，平日博通今古，到了场中，果然不假思索，揭开卷子，信笔而挥，真个是：字中蝌蚪落文河，笔下蛟龙投学海。眼见得三场已毕，寓中无事，那些候揭晓的员士，闻得钟景期在寓，也有向不识面，慕他才名远播来请教的；也有旧日相知，因他久住乡间来叙契阔的，纷纷都到他寓所，拉他出去。终日在古董铺中、妓女人家，或书坊里、酒楼上及古刹、道院里边，随行逐队地玩耍。钟景期向住乡村，潜心静养，并无杂念。如今见了这些繁华气概，略觉有些心动，那功名还看得容易，倒是婚姻一事甚是热中。思量："如今应试，倘然中了，就要与朝廷出力做事，哪里还有功夫再去选择佳人。不如趁这两日，痴心妄想去撞一撞，或者天缘凑巧，也未可知。"那日起了这个念头，明日就撇了众人，连苍头也不带，独自一个去城内城外，大街小巷，痴痴地想，呆呆地走，一连走了五六日，并没个佳人的影儿。苍头见他回来，茶也不吃，饭也不吃，只是自言自语，不知说些什么，便道："相公一向老实的，如今想是众位相公牵去结识了什么婊子，故此这等模样么。我在下处寂寞不过，相公带我去走走，总成吃些酒肉儿也好，相公又没有娘娘，料想没处搬是非，何须瞒着我？"景期道："我自有心事，你哪里知道。"苍头道："莫非为着功名么？我前日在门首，见有个著的走过，我叫他跌了一著。他说今年一定高中的，相公不须忧虑。"景期道："你自去，不要胡言乱语惹我的厌。"苍头没头没脑，猜他不着，背地里暗笑不题。

到次日，景期绝早吃了饭出来，走了一会，到一条小胡同里，只有几户人家，一带通是白石墙。沿墙走去，只见一个人家，竹门里边冠冠冕冕，潇潇洒洒的可爱。景期想道："看这个门径，一定是人家园亭，不免进去看一看，就是有人撞见，也只说是偶然闲步玩耍，难道我这个模样，认做白日撞不成。"心里想着，那双脚儿早已步入第一重门了。回头只见靠凳上有个老儿，酒气直冲，躺躺地睡着。景期也不睬他，一直闯将进去，又是一带绝高的粉墙。转入二重门内，只见绿荫参差，苍苔密布，一条路是白石子砌成的。前面就是一个鱼池，方圆约有二三亩大。隔岸种着杨柳桃花，枝枝可爱，那杨柳不黄不绿，撩着风儿摇摆；桃花半放半合，临着水儿掩映。还有那一双双的紫燕，在帘内穿来掠去地去舞。池边一个小门儿，进去是一带长廊，通是朱红漆的万字栏杆。外边通是松竹，长短大小不齐，时时有千余枝，映得檐前里翠。走尽了廊，转进去是一座亭子。亭中一匾，上有"锦香亭"三字，落着李白的款。中间挂着名人诗画、古鼎商彝，说不尽摆设的精致。那亭四面开窗，南面有牡丹数墩与那海棠、玉兰之类，后面通是杏花，东边通是玉兰树，西边通是桂树。此时是二月天时，众花都是芯儿，惟有杏花开得烂漫。那梅树上结满豆大的梅子。有那些白头公、黄莺儿，飞得好看，叫得好听。景期观之不足，再到后边，有绝大的假山，通是玲珑怪石攒凑迭成。石缝里有兰花芝草，山上有古柏长松，宛然是山林丘壑的景象。转下山坡，有一个古洞。景期捱身走过洞去，见有高楼一座，绣幕珠帘，飞甍画栋，极其华丽。正要定睛看时，忽然一阵香风在耳边吹过，那楼旁一个小角门，呀的一声开了，里面嘻嘻笑笑，只听得说："小姐这里来玩耍。"景期听了，慌忙闪在太湖石畔芭蕉树后，蹲着身子，偷眼细看。见有十数个丫鬟，拥着一位美人，走将出来。那美人怎生模样，但见：

眼横秋水，眉扫春山。宝髻儿高绾绿云，绣裙儿低飘翠带。可怜杨柳腰，堪爱桃花面。仪容明艳，果然金屋婵娟；举止端庄，询是香闺处女。身无彩凤双飞翼，心有灵犀一点通。

这美人轻移莲步，走到画栏边的一个青瓷古墩儿上坐下，那些丫鬟们，都四散走在庭中。有的去采花朵儿插戴；有的去扑蝴蝶儿耍子；有的在荼蘼架边撞乱了鬓丝，吃惊吃唬地将双手来按；有的被蔷薇刺儿挂住了裙袖，痴头痴脑地把身子来扯；有的因领扣松了，仰着头扭了又扭；有的因膝裤带散了，蹲着腰结了又结；有的要斗百草；有的去看金鱼；一时也观看不尽。只有一个青衣侍女，比那美人颜色略次一二分，在众婢中昂昂如鸡群之鹤，也不与她们玩耍，独自一个在阶前，摘了一朵兰花，走到那美人身边，与她插在头上，便端端正正地站在那美人旁边。那美人无言无语，倚着栏杆看了好一会，才吐出似莺啼如燕语的一声娇语来，说道："梅香们，随我进去罢。"众丫鬟听得，都来随着美人。这美人将袖儿一拂，立起身来冉冉而行，众婢拥着早进了一小角门儿，呀的一声，就闭上了。

钟景期看了好一会，又惊又喜，惊的是恐怕梅香们看见，喜的是遇着绝世的佳人，还疑是梦魂儿错走到月府天宫去了。不然，人世间哪能有此女子？呆了半晌，如醉如痴，恍恍惚惚，把眼睛摸了又摸，擦了又擦，停了一会，方才转出太湖石来。东张西望，见已没个人影儿，就大着胆走到方才美人坐的去处，就嗅嗅她的余香，偎偎她的遗影。正在憧憬思量，忽见地上掉着一件东西，连忙拾起看时，却是异香扑鼻，光彩耀目。毕竟拾的是什么东西？那美人是谁家女子，且看下回分解。

第二回　葛明霞一笑缔鸾盟

诗曰：

> 晴日园林放好春，馆娃宫里拾香尘。
>
> 痴心未了鸳鸯债，宿疾多渐鹦鹉身。
>
> 柳爱风流因病睡，鹊贪欢喜也嗔人。
>
> 桃花开遍萧郎至，地上相逢一面亲。

话说钟景期闯入人家园里，忽然撞出一个美人来，偷看了一会，不亦乐乎。等美人进去了，方才走上庭阶，拾得一件东西，仔细看时，原来是一幅白绫帕儿。兰麝香飘，洁白可爱，上有数行蝇头小楷，恰是一首"感春"绝句。只见那诗道：

> 帘幕低垂掩洞房，绿窗寂寞锁流光。
>
> 近来情绪浑萧索，春色依依上海棠。

明霞漫题

钟景期看了诗，慌忙将绫帕藏在袖里，一径寻着旧路走将出来。到头门上，见那靠凳上睡的那老儿，尚未曾醒。钟景期轻轻走过，出了门，一直往巷口竟走。不上三五步，只听得后面一人叫道："钟相公在哪里来？"景期回头一看，却见一个人，戴着尖顶毡帽，穿着青布直身，年纪二十内外。看了景期，两泪交流，纳头便拜。景期伸手去扶他起来细认，原来是位旧日的书僮，名唤冯元，还是钟秀在日，讨来服侍景期的。后来钟秀亡了，景期因家道萧条，把家人僮婢尽行打发，因此冯元也打发在外。是日路上撞着，那冯元不忘旧恩，扯住了，拜了两拜。景期看见，也自恻然。问道：

"你是冯元，一向在哪里？"冯元道："小人自蒙相公打发出来，吃苦万千，如今将就度日，就在这里赁间房子暂住。"景期正要打听园中美人的来历，听见冯元说住在这里，知道他一定晓得，便满心欢喜道："你家就在这里么？"冯元指着前面道："走完了带白石墙，第三间就是。"景期道："既是这等，我有话问你，可就到你家坐一坐去。"冯元道："难得相公到小人家来，极好的了。"说完，向前先跑，站在自己门首，一手招着道："相公这里来！"一手在腰间乱摸。景期走到，见他摸出个铁钥匙来把门上锁开了。推开门，让景期进去。

　　景期进得门看时，只是一间房子。前半间沿着街，两扇吊窗吊起，摆着两条凳子，一张桌子。照壁上挂一幅大红大绿的关公，两边贴一对春联是："生意滔滔长，财源滚滚来。"景期看了，笑了一笑，回头却不见冯元。景期思道："他往哪里去了？"只道他走进后半间房子去，往后一看，却见一张四脚床，床上摊一条青布被儿，床前一只竹箱、两口行灶，搁板上放着碗盏儿，那锅盖上倒抹得光光净净。又见墙边摆着一口割马草的刀，柱上挂着鞭子、马刷儿、马刨儿。景期心下暗想道："他住一间房子，为何有这些养马的家伙？"却也绝不见冯元的影儿。正在疑惑，只见冯元满头汗地走进来，手拿着一大壶酒，后面跟着一个人，拿两个盘子，一盘熟鸡，一盘热肉，摆在桌上，那人自去了。冯元忙掇一条凳子放下，叫声"相公坐了"。景期道："你买东西做什么？"冯元道："一向不见相公，没什孝敬。西巷口太仆寺前，新开酒店里东西甚好，小人买两样来，请相公吃一杯酒。"景期道："怎要你破钞起来。"冯元道："惶恐！"便叫景期坐下，自己执壶，站在一旁斟酒。原来那酒也是店上现成烫热的了。景期一面吃酒，一面问他道："你一向可好么？"冯元道："自从在相公家里出来，没处安身，投在个和尚身边，做香火道人。住了年余，那和尚偷婆娘败露了，吃了官司，把个静室折得精光，和尚也不知哪里去了。小人出来，弄了几两银子做本钱，谁想吃惯了现成茶饭，做不来生意，不上半年，又折完了。旧年遇着一个老人，是太仆寺里马夫，小人拜他做了干爷，相帮他养马。不想他被劣马踢死了，小人就顶他的名缺。可怜马瘦了要打，马病又要打。料草银子、月粮工食通被那些官儿，一层一层地克扣下来，名为一两，到手不上五钱。还要放青剑铇，喂料饮水，日日辛苦得紧，相公千万提拔小人，仍收在身边，感激不尽了。"景期道："当初原是我打发你的，又不是你要出去。你既不忘旧恩，我若发达了自然收你。"说完，那冯元又斟上酒来。景期道："我且问

你，这里的巷叫什么巷名？"冯元道："这里叫做莲英儿巷，通是大人家的。后门一带是拉脚房子，不多几份小人家住着，极冷静的。西头是太仆寺前大街，就热闹了。前巷是锦里坊，都是大大的朝官第宅，直透到这里莲英儿巷哩！"景期道："那边有一个人家，竹门里是什么人家？"冯元问道："可是方才撞着相公那边门首么？"景期道："正是。"冯元道："这家是葛御史的后园门，他前门也在锦里坊，小人的房子就是赁他的。"景期道："那葛御史叫什么名字？"冯元想了一想道："名字小人却记不得，只记到他号叫做葛天民。"景期道："原来是御史葛天民，我倒晓得他名字，叫葛太古。"冯元点头道："正是叫做葛太古，小人一时忘记了。相公可是认得他的？"景期道："我曾看过他诗稿，故此知道，认是没有认得。你既住他的房子，一定晓得他可有几位公子？"冯元道："葛老爷是没有公子的，他夫人也死的了。只有一个女儿，听见说叫明霞小姐。"景期听见明霞二字，暗暗点头。问道："可知道那明霞小姐生得如何？"冯元道："那小姐的容貌，说来竟是天上有世间无的。就是当今皇帝宠的杨贵妃娘娘，若是走来比并，只怕也不相上下。且又女工针黹、琴棋书画、吟诗作赋，般般都会。"景期道："那小姐可曾招女婿么？"冯元道："若说女婿，却也难做。他家的那葛老爷因爱小姐，一定要寻个与小姐一般样才貌双全的人儿来作对。就是前日当朝宰相李林甫，要来替儿子求亲，他也执意不允，不是说年幼，就是说有病，推三阻四，人也不能相强。所以小姐如今一十八岁了还没对头。"景期道："你虽然住他房子，为何晓得他家事恁般详细？"冯元道："有个缘故：他家的园里，一个杂人也不得进去的，只用一个老儿看守园门。这老儿姓毛，平日最是贪酒，小人也是喜欢吃酒的，故此与小人极相好。不是他今日请我，说是我明日请他，或者是两人凑来扛扛儿。这些话，通是那毛老儿吃酒中间向小人说的。"景期道："你可曾到他园里玩耍么？"冯元道："别人是不许进去的，小人因与毛头儿相知，时常进去玩耍儿。"景期道："你到他园里，可有时看见小姐？"冯元道："小姐如何能得看见。小人一日在他园里看见一个贴身服侍的丫鬟出来采花，只见这个丫鬟，也就标致得够了。"景期道："你如何就晓得那丫鬟是小姐贴身服侍的？"冯元道："也是问毛老儿，他说这丫鬟名唤红于，是小姐第一个喜欢的。"景期听得，心就开了，把酒只管吃。冯元一头说，一头斟酒，那一大壶酒已吃完了。景期立起身来，暗想：这段姻缘倒在此人身上。便道："冯元，我有一事托你，我因久慕葛家园里景致，要进去游玩，只恐守园人不肯放进。既是毛老与你相厚，我拿些银

子予你，明日买些东西，你便去叫毛老到你家吃酒。我好乘着空进园去游一游。"冯元道："这个使得。若是别的，那毛老儿死也不肯走开。说了吃酒，随你上天下地，也就跟着走了。明日相公坐在小人家，待小人竟拉他同到巷口酒店，上去吃酒。相公看我们过去了，竟往他园里去。若要得意，待我灌得他烂醉，扶他睡在我家里，凭相公玩耍一日。"景期道："此计甚妙。"袖中摸出五钱银子付与冯元道："你拿去做明日的酒资。"冯元再三不要，景期一定要予他，冯元方才收了。景期说声："生受你。"出了门竟回寓所，闭上房门，取出那幅绫帕来细细吟玩。想道："适才冯元这些话与我听见甚合，我看见的自然是小姐了。那绫帕自然是小姐的了，那首诗想必是小姐题的了。她既失了绫帕，一定要差丫鬟出来寻觅，我方才计较已定，明日进她园中，自然有些好处。"又想道："她若寻觅绫帕，我须将绫帕还她，才好挑逗几句话儿。既将绫帕还她，何不将前诗和她一首。"

想得有理，就将帕儿展放桌上，磨得墨浓，蘸得笔饱，向绫帕上一挥，步着前韵，和将出来：

不许游蜂窥绣房，朱栏屈曲锁春光。

黄鹂久住不飞去，为爱娇红恋海棠。　　　　　　　钟景期奉和

景期写完了诗，吟哦了一遍，自觉得意，睡了一夜。至次日，早膳过了，除下旧巾帻，换套新衣裳，袖了绫帕儿，径到莲英儿巷冯元家里。冯元接着道："相公坐了，待我去那厢行事。相公只看我与毛老儿走出了门，你竟到园里去便了。只是小人的门儿，须要锁好。钥匙我已带在身边，锁在桌上，相公拿来锁上便是。"景期道："我晓得了，你快些去。"冯元应了，就出门去。景期在门首望了一会，见冯元挽着毛老儿的手，一径去了。景期望他们出了巷。才把冯元的门锁了，步入园来。此番是熟路，也不看景致，一直径到锦香亭上。还未立定，只听得亭子后边，唧唧哝哝似有女人说话。他便退出亭外，将身子躲过，听她们说话。却又凑巧，恰好是明霞小姐同红于两个，出来寻取绫帕。只听得红于说道："小姐，和你到锦香亭上寻一寻看。"明霞道："红于又来痴了，昨日又不曾到锦香亭上来，如何去寻？"红于道："天下事体尽有不可知，或者无意之中倒寻着了。"小姐说："正是。"两个同到亭子上来。明霞道："这里没

有，多应不见了。"红于道："园中又无闲杂人往来，如何便不见了。"明霞道："众丫鬟俱已寻过，通说不见。我恐她们不用心寻，故此亲身同你出来，却也无寻处，眼见得不可复得了。"红于道："若是真正寻不着，必是毛老儿拾去换酒吃了。"明霞笑道："那老儿虽然贪酒，决不敢如此。况且这幅绫帕儿，也不值甚的。我所以必要寻着者，皆因我题诗在上，又落了款。惟恐传到外厢，那深闺字迹，女子名儿，倘落在轻佻浪子之手，必生出一段有影无形的话来。我故此着急。"红于道："我的意思，也是如此。"说罢，明霞自坐在亭中，红于就下到阶前，低着头东寻西觅。走到侧边，抬头看见了钟景期，吓了一跳，便道："你是什么人？辄敢潜入园中窥探。我家小姐在前，快些回避。"景期迎着笑脸儿道："小姐在前，理应回避。只是有句话要动问，小娘子可就是红于姐么？"红于道："这话好不奇怪，我自幼跟随小姐，半步儿不离。虽是一个婢子，也从来未出户庭，你这人为何知道我的名字？就是知道了，又何劳动问，快些出去。再迟片刻，我去叫府中家人们出来拿住了，不肯甘休。"景期道："小娘子不须发恼，小生就去便了。只是我好意来奉还宅上一件东西，倒惹一场奚落，我来差矣！"说罢，向外竟走。红于听见了说"奉还什么东西"这句话，便打着她心事，就叫道："相公休走，我且问你，你方才说要还我家什么东西？"景期道："刚才你们寻的是哪件，我就还你哪件。"红于就知道那绫帕必定被他拾了。便道："相公留步，与你说话。"景期道："若是走迟了，恐怕你叫府中家人们出来捉住，如何了得。"红于道："方才是我不是，冲撞了相公，万望海涵。"景期满脸堆下笑来，唱个绝大的肥喏道："小生怎敢怪小娘子。"红于回了万福，道："请问相公，你说还我家东西，可是一幅白绫帕儿？"景期道："然也。"红于道："你在何处拾的？"景期道："昨日打从宅上后园门首经过，忽然一阵旋风，那帕儿从墙内飘将出来，被小生拾得。看见有明霞小姐题诗在上，知道是宅上的，因此特来奉还。"红于道："难得相公好意。如今绫帕在哪里？拿来还我就是了。"景期道："绫帕就在这里。只是小生此来，欲将此绫帕亲手奉还小姐，也表小生一番殷勤至意。望小娘子转达。"红于道："相公差矣。我家小姐，受胎教于母腹，聆女范于严闱，举动端庄，持身谨慎。虽三尺之童，非呼唤不许擅入。相公如何说这等轻薄话儿。"景期道："小姐名门毓秀，淑德之闻，小生怎敢唐突。待我与小娘子细细说明，方知我的心事。小生姓钟，名景期，字琴仙，就住在长安城外。先父曾作功曹，小生不揣菲材，痴心要觅个倾国倾城之貌，方遂宜家宜室之愿。因此

虚度二十一岁，尚未娶妻。闻得你家小姐，待字迟归，未谐佳配。我想如今纨绔丛中，不是读死书的腐儒，定是卖油花的浪子。非是小生夸口，若要觅良偶，舍我谁归？昨日天赐奇缘，将小姐贴身的绫帕被风摄来送到我处，岂不奇怪？帕上我已奉和拙作一首，必求小姐相见，方好呈教。适才听得小娘子说，或者无意之中寻着了东西，小生倒是无意之中寻着姻缘了。因此斗胆前来，实为造次。"一席话说得红于心服，便道："拼我不着，把你话儿传达与小姐，见与不见任她裁处。"便转身到亭子上来说道："小姐绫帕倒有着落了，只是有一段好笑话了。"明霞问她，她把钟景期与自己一来一往问答的话儿尽行说出，一句也不遗漏。明霞听罢，脸儿红了一红，眉头蹙了一蹙，长吁一声说道："听这些话，倒也说得那个。只是他怎生一个人儿？你这丫鬟就呆呆地与他讲起这等话来。"红于道："若说人品，真正儒雅温存，风流俊俏。红于说来，只怕小姐也未必深信。如今现在这里，拼得与他一见，那人的好歹，自然逃不过小姐的冰鉴。况有帕上和的诗儿，看了又知他才思了。"明霞道："不可草率，你去与他说，先将绫帕还我，待我看那和韵的诗，果然佳妙，方请相见。"红于领了小姐言语，出来对景期道："小姐先要看了赐和的诗，如果佳妙，方肯相见。相公可将绫帕交我。"景期道："既是小姐先要垂青拙作，绫帕在此，小娘子取去，若是小姐见过，望小娘子即便请她出来。"就袖中摸出帕来，双手递于红于。红于接了，走上亭来，将帕递与明霞。明霞也不将帕儿展开看诗，竟藏在袖中，立起身为就往内走，说道："红于你去谢那还帕的一声，叫他快出去罢。"说完，竟进去了。红于又不好拦住她，呆呆地看她走了进去，转身来见景期道："小姐叫我谢相公一声，她自进去了。叫你快出去罢。"景期道："怎么哄了绫帕儿去，又不与我相见，是怎么说？也罢。既是如此，我硬着头皮，竟闯进去，一定要见小姐一面，死也甘心。"红于忙拦住道："这个如何使得？相公也不须着急，好歹在红于身上与你计较一计较，倘得良缘成就，不可相忘。"景期听了，不觉屈膝着地，轻轻说道："倘得小娘子如此，事成之后，当登坛拜将。"红于笑着连忙扶起道："相公何必这等，你且消停一会，待我悄地进去，潜窥小姐看了你的诗作何光景，便来回复你。"景期道："小生专候好音便了。"不说景期在园中等候。却说红于进去，不进房中，悄悄站在纱窗外边。只见明霞展开绫帕，把景期和的诗来再三玩味，赞道："好诗好诗！果然清新俊逸。我想俱此才情，必非俗子，红于之言，信不诬矣。"想了一会，把帕儿卷起藏好。立起身来，在筒囊内又取出一幅绫帕来，摊在桌上。磨着墨，蘸着笔，又挥了一首诗在上面。写完，等墨迹干了，就叫道："红于哪里？"红于看得分明，听得她叫，故意不应，反退了几步。待明霞连叫了几声方应道："来了。"明霞道："方才那还帕的人，可曾去么？"红于道："想还未去。"明霞道："他还我那帕儿，不是原帕，是一幅假的，你拿出去还了他，叫他快将原帕还我。"红于已是看见她另题的一幅帕儿，假意不知，应声"晓得"，接着帕儿出来，向景期道："相公你的好事，十有一二了。"景期忙问。红于将潜窥小姐的光景，并吩咐她的说话，一一说了。将帕儿递与景期收过。景期欢喜欲狂，便道："如今计将安出？"红于道："小姐还要假意讨原帕，我又只做不知，你便将计就计，回去再和一首诗在上面。那时送来，一定要亲递与小姐，待我撺掇小姐与你相见，便了。只是我家小姐，素性贞洁，你须庄重，不可轻佻。就是小姐适才的光景，也不过是怜才，并非慕色。你相见时，只面订百年之好，速速遣媒说合，以成一番佳话。若是错认了别的念头，惹小姐发起怒来，那我也做不得主，将好事反成害了。牢记，牢记！"景期道："多蒙指教，小生意中也是如此。但是小生进来，倘然小娘子不在园中，叫又不敢叫，传又没人传，如何是好？"红于道："这个不妨，锦香亭上有一口石磬，乃是千年古物，你来可击一声，我在里边听见就出来便了。"景期道一声"领教"。别了红于，出得园门，来见冯元。冯元已在家里，那毛老儿呼呼地睡在他家凳上。景期与冯元打了一个照会，竟自回寓。取出帕来看时，那帕与前时一样，只是另换了一首诗儿，上面写道：

> 琼姿瑶质岂凡葩，不比天桃傍水斜。
>
> 若是渔郎来问渡，休教轻折一枝花。

钟景期看了觉得寓意深长，比前诗更加妩媚，也就提笔来，依她原韵又和一首道：

> 碧云缥缈护仙葩，误入天台小径斜。
>
> 觅得琼浆岂无意，蓝田欲溅合欢花。

和完了诗，捱到夜来睡了。次早披衣起身，方开房门，只听得外面乒乒乓乓打将进来，一共有三四十人，问道："哪一位是钟相公？"早有主人家慌忙进来，指着景期道:"此位就是。"那些人都道:"如今要叫钟爷了。"不等景期开言,纷纷地都跪将下去磕头,取出报条子来说道:"小的们是报录的,报钟爷高中了第五名会魁。"景期吩咐主人家忙备酒食款待报人,写了花红赏赐。那些人一个个谢了,将双红报单贴在寓所,一面又着人到乡间坟堂屋里,贴报单去了。景期去参拜了座师、房师,回寓接见了些贺客,忙了一日。

次早就入朝廷试,对了一道策,作了四首应制律诗,交卷出朝回寓。时方晌午,吃了些点心。思量明霞小姐之事,昨日就该去的,却因报中了,耽搁了一日。明日只恐又被人缠住,趁今天色未晚,不免走一遭。叫苍头吩咐道:"你在房看守,我要往一个所在,去了就来。"苍头道:"大爷如今中了进士,也该寻个马儿骑了,待苍头跟了出去,才像礼面。"景期道:"我去访个故人,不用随着人去,你休管我。"苍头道:"别人家新中了进士,作成家人跟了轿马,穿了好衣帽,满待摇摆点头,哪有自家不要冠冕的?"景期也不去睬他,袖了绫帕,又到莲英儿巷中。只见冯元提着酒壶儿,走到面前道:"相公今日可要到园中去了?那毛老儿,我已叫在家中,如今打酒回去与他吃哩。"景期道:"今日你须多与他吃一回,我好尽情玩耍。"冯元应着去了。景期走进园门,直到锦香亭上,四顾无人。见那厢一个朱红架子上,高高挂着石磬。景期将槌儿轻轻敲了一下。果然声音清亮,不比凡乐。

话休絮繁,却说那日红于看景期去了,回到房中与小姐议论道:"那钟秀才一定要与小姐相见,不过要面订鸾凤之约,并无别意,照红于看来,那生恰好与小姐作一对佳偶,不要错过良缘,料想红于眼里看得过的,决不误小姐的事。明日他送原帕来时,小姐休吝一见。"小姐微笑不答。次日红于静静听那石磬不见动静。又过一日,直到傍晚,忽听得磬声响。知是景期来了,连忙抽身出去。见了景期道:"为何昨日不来?"景期道:"不瞒小娘子说,小生因侥幸中了,昨日被报人缠了一日。今早入朝殿试过了,才得偷闲到此。"红于听见说他中了,喜出望外,叫声"恭喜"。转身进内,奔到明霞房里道:"小姐,前日进来还帕的钟秀才,已中进士。红于特来向小姐报喜。"明霞啐一声道:"痴丫头,他中了与我什么相干?却来报喜。"红于笑道:"小姐休说这话,今早我见锦香亭上玉兰盛开,小姐同去看一看。"明霞道:"使得。"便起身与红于走将出来,步入锦香亭上。只见一个俊雅书生站在那边,急急躲避不迭,便道:"红于,那边有人,我们快些进去。"红于道:"小姐休惊,那生就是送还绫帕的人。"小姐未及开言，那钟景期此时魂飞魄荡，大着胆走上前来，作了一揖道："小姐在上，小生钟景期拜揖。"明霞进退不得，红了脸只得还了万福，娇羞满面，背着身儿立定。景期道："小生久慕小姐芳姿，无缘得见。前日所拾绫帕，因见佳作，小生不耻效颦，续貂一首，并呈在此。"说罢，将绫帕递去。红于接来，送与小姐。小姐展开看了和诗，暗暗称赞，将绫帕袖了。景期又道："小生幸遇小姐，有句不知进退的话儿要说。我想小姐迟归，小生正在觅配。恰好小姐的绫帕又是小生拾得。此乃天缘，洵非人力。倘蒙不弃，愿托丝萝，伏祈小姐面允。"明霞听了，半晌不答。景期道："小姐无言见答，莫非嫌小生寒酸侧陋，不堪附乔么？"明霞低低道："说哪里话，盛蒙雅意，岂敢吝诺。君当速遣冰人便了。"景期又作一揖道："多谢小姐。"只这一个揖还未作完，忽听得外面廊下，一声吆喝，许多人杂踏踏走将进来。吓得小姐翠裙乱抖，莲步忙移，急奔进去。红于道："不好了，想是我家老爷进园来了。你可到假山背后躲一会儿，看光景溜出去罢。"说完也乱奔进去。丢下钟景期一个，急得冷汗直淋，心头小鹿儿不住乱撞，慌忙躲在假山背后。那一班人，已俱到亭子上坐定。毕竟进来的是什么人？钟景期如何出来，且听下回分解。

第三回　琼林宴遍觅状元郎

诗曰：

> 红杏萧墙翠柳遮，重门深锁属谁家。
>
> 日长亭馆人初散，风细秋千影半斜。
>
> 满地绿荫飞燕子，一帘晴雪卷杨花。
>
> 玉楼有客房中酒，笑拨沉烟索煮茶。

话说钟景期与明霞小姐，正在说得情浓。忽听得外面许多人走进来，吓得明霞、红于二人，往内飞奔不迭。原来那进来的人，却正是葛御史同了李供奉、杜拾遗二人，往郊外游春回来，打从莲英儿巷口走过，葛御史就邀他们到自己园中玩耍饮酒。因此不由前门，竟从后园门里进来，一直到锦香亭上，吩咐安排酒肴，不在话下。只可怜那钟景期，急得就似热石头上蚂蚁一般，东走又不是，西走又不是，在假山背后捱了半日。思量那些从人们都在园门上，如何出去得。屁也不敢放一声，心里不住突突地跳，看看到红日西沉，东方月上。那亭子上，正吃得高兴，不想起身。景期越发急了，想了一会，抬头一看，见那边粉墙一座，墙外有一枝柳树，墙内也有一枝柳树。心下想道："此墙内外俱靠着大树，尽可扳住柳条，跳将过去。想墙外必有出路了。"慌忙撩起衣袂，爬上柳树，跳在墙上，又从墙外树上溜将下来。喘息定了，正待寻条走路。举目四顾，谁想又是一所园亭，比葛家园更加深邃华丽。但见：

> 巍巍画栋，曲曲雕栏。堆砌参差，尽是瑶葩琪草；绕廊来往，无非异兽珍禽。珠帘卷处，只闻得一阵氤氤氲氲扑鼻的兰麝香；翠幌掀时，只见有一圆明明晃晃耀眼的菱花镜。楼台倒影入池塘，花柳依人窥琐闼。恍如误入桃源，疑是潜投月府。

景期正在惊疑，背后忽转出四个青衣侍婢来，一把扭住道："在这里了，你是什么人，敢入园中？夫人在弄月楼上亲自看见，着我们来拿你。"景期听了，只叫得一声苦，想道："这回弄决撒了。"只得向个婢子问道："你家是何等人家？"内中一个道："你眼珠子也不带的，我这里是皇姨虢国夫人府中。你敢乱闯么？"景期呆了，只得跟着她们走去。看官，你道那虢国夫人是何等人？原来是杨贵妃的亲姊。她姊妹共有四人，因明皇宠了贵妃，连那三位姨娘也不时召入宫中临幸。封大姨为秦国夫人，二姨为韩国夫人，三姨为虢国夫人。也不要嫁人，竟治第京师，一时宠冠百僚，权倾朝野。三姨之中，惟有虢国夫人更加秀媚，有唐人绝句为证：

> 虢国夫人承主恩，平明骑马入宫门。
>
> 却嫌脂粉污颜色，淡扫蛾眉朝至尊。

原来那虢国夫人平日不耐冷静，不肯单守着一个妹夫，时常要寻几个俊俏后生，藏在府中作乐。这日，却好在弄月楼上望见个书生，在园中东张西望。这是上门来的生意，如何放得他过，因此叫侍女去拿他进来。景期被四个侍女挟着上楼。那楼中已点上灯火。见那金炉内焚着龙涎宝香，玉瓶中供着丈许珊瑚；绣茵锦褥，象管鸾笺；水晶帘、琉璃障，映得满楼明莹。中间一把沉香椅上，端坐着夫人。景期见了，只得跪下。夫人道："你是什么人，敢入我园中窥伺，快说姓什名谁，作何勾当？"景期想来，不知是祸是福，不敢说出真名字来。只将姓儿拆开含糊应道："小生姓金名重，忝列泮宫。因寻春沉醉，误入潭府，望夫人恕罪。"虢国夫人见他举止风流，已是十分怜爱。又听他言谈不俗，眼中如何不放出火来。便朱唇微绽，星眼双钩，伸出一双雪白的手儿，扶他起来道："既是书生，请起作揖。"景期此时，一天惊吓变成欢喜。站起来，深深作了一揖，夫人便叫看坐。景期道："小生得蒙夫人海涵，已出万幸，理宜侍立，何敢僭越。"夫人道："君家气宇不凡，今日有缘相遇，何必过谦。"景期又告了坐。方才坐下，侍儿点上茶来。银碗金匙，香茗异果。一面吃茶，一面夫人吩咐摆宴。侍女应了一声，一霎时就摆列上来。帘外咿咿哑哑地奏起一番细乐。夫人立起身来，请景期就席。景期要让夫人上坐，自己旁坐。夫人笑着，再三不肯。景期又推让了一回，方才对面坐了。侍女们轮流把盏。那吃的肴馔，通是些猩唇熊掌，象白驼峰；用的器皿，通是些玉斝金瓯，晶盏象箸。奏一通乐，饮一通酒。夫人在席间，用些勾引

的话儿撩拨景期，景期也用些知趣的话儿酬答夫人。一递一杯，各行一个小令，直饮到更余撤宴，虢国夫人酒兴勃发，春心荡漾，立起身来，向景期微微笑道："今夜与卿此会，洵非偶然，如此良宵，岂堪虚度乎？"景期道："盛蒙雅爱，只恐蒲姿柳质，难陪玉叶金枝。"夫人又笑道："何必如此过谦。"景期此时，也是心痒魂飞，见夫人如此俯就，岂有不仰攀之理，便走近身来，搂住夫人亲嘴。夫人也不避侍儿的眼，也不推辞，两个互相递过尖尖嫩嫩的舌头，大家吮咂了一回，才携手双双拥入罗帏。解衣宽带，凤倒鸾颠。我做小说的，写到此际，也不觉魂飞魄荡，不要怪看官们垂涎咽唾。待在下再作一支《黄莺儿》来摹拟他一番，等看官们一发替他欢喜一欢喜：

> 锦帐暖溶溶。髻斜欹，云鬓松，枕边溜下金钗凤。阳台梦中襄王兴浓。
> 正欢娱，生怕晨钟动。眼朦胧，吁吁微喘，香汗透酥胸。

两人云雨已罢，交颈而睡。次早起来，虢国夫人竟不肯放他出去，留在府中饮酒取乐。同行同坐，同卧同起，一连住了十余日。正值三月十五日，虢国夫人清早梳妆，进宫朝贺，是日去了一日，直到傍晚方回。景期接着道："夫人为何去了一日？"夫人道："今日圣上因我连日不进朝，故此留宴宫中，耽搁了一日，冷落了爱卿了。"景期道："不敢。"夫人道："今日有一桩绝奇的新事，我说与你听，也笑一笑。"景期道："请问夫人有什奇闻？"夫人道："今日午门开榜，赐宴琼林，诸进士俱齐，单单不见一个状元，圣上着有司四散寻觅并无踪迹。我方才出宫时，见圣上又差了司礼监公公高力士，亲自出来寻了。你道奇也不奇？"景期道："今科状元还是谁人？"夫人道："状元是钟景期，系武陵人入籍长安的。"这句话，景期不听便罢，听了便觉遍体酥酥，手足俱软。喝了一杯热茶之后，才渐渐有一般热气，从丹田下一步步透将起来，直绕过泥丸宫，方始苏醒，连忙跪下说道："夫人救我则个。"夫人扶起道："爱卿为何如此？"景期道："不瞒夫人说，前日闯入夫人园内，恐夫人见罪，因此不敢说出真名字。只将钟字拆开，假说姓金名重。其实卑人就是钟景期。"夫人道："若如此说，就是殿元公了。可喜可贺。"景期道："如今圣上差了高公公出来寻访，这桩事弄大了。倘然圣上根究起来，如何是好？"夫人心内想一想道："不妨，我与你安排便了。如今圣上颇信神仙道术，你可托言偶逢异人，携至终南山访道，所以来迟。你今出去后，就步到琼林去赴宴。我一面差人打关节与高力士，并吾兄杨国忠、吾妹杨贵妃处，得此三人在圣上面前周旋，就可无虞了，你放心出去。"景期扑地拜将下去道："夫人如此恩

山义海，叫卑人粉骨难报矣。"夫人也回了一礼道："与卿正在欢娱，忽然分袂，本宜排宴叙别，只是琼林诸公，盼望已久，不敢相留了。侍女们，取酒过来，待我立奉一杯罢。"侍女们忙将金杯斟上一杯酒来。夫人取酒在手，那泪珠儿扑簌簌掉将下来道："爱卿满饮此杯。你虽是看花得意，不可忘却奴家恩爱也。"景期也不胜哽咽，拭着泪儿道："蒙夫人圣恩，怎敢相忘，卑人面圣过了，即当踵门叩谒，再图佳会便了。"说罢，接过酒来吃了，也回敬了夫人一杯。两双泪眼儿互相觑定，两人又偎抱了一回。只得勉强分开，各道珍重而别。

夫人差两个伶俐侍女，领景期从一个小门里出去。那小门儿是虢国夫人私创，惯与相知后生们出入的所在。景期出得这门，踉踉跄跄走上街来。行不多几步，只见待坊上的人，三三两两，东一堆西一簇的在那边传说新闻。有的说："怎么一个状元竟没处寻，莫非走在哪里了？"有人说："寻了一日，这时多应寻着了。"又有人道："哪里有寻着？方才朝廷又差了司礼监高公公出来查了。"又有人道："还好笑哩，那主试的杨太师着了急，移文在羽林大将军陈元礼处，叫他亲自带了军士捕快人等，领了钟家看下处的老苍头，在城内城外那些庵院寺观、妓女人家、酒肆茶坊里各处稽查，好像搜捕强盗一般。"有的取笑道："偌大个状元，难道被骗孩子的骗了去不成？"有的问道："他的家在何处，如何不到他家里去寻？"又有人说："他家就在乡间，离城只有三十里。整日的流星马儿边报一般地在他家来往打探哩。"有人说："莫非被人谋害了？"又有老人家说："那钟状元的父亲我曾认得，做官极好。就是钟状元，也闻得说在家闭户读书，如何有谁家谋害。"那些人你猜我猜，纷纷议论不一。景期听了，一头走，只管暗笑。又走过一条街，见有三四个做公的手拿朱票，满头大汗地乱跑。一个口里说道："你说有这等遭瘟的事，往年的琼林宴是白日里吃的，今年不见了状元，直捱到夜黑，治宴老爷立刻要通宵厚蜡的火烛七百斤，差了朱票立等要用，叫铺家明日到大盈库领价。你道这个差难也不难，急也不急。"那一个说道："你的还好，我的差更加疙瘩哩。往年状元游街，是日里游的。如今状元不知何处去了，天色已晚，仪仗官差了朱票，要着各灯铺借用绛纱灯三百对，待状元游街应用哩。"又见几个官妓家的龟子，买了些糕饼儿在手里，互相说道："琼林宴上，官妓值酒，不消半日工夫。如今俟了一日，状元还不到。我家的几个姐姐，饿得死去活来，买这些粉面食物与她们充充饥，好再伺候。"景期一一听见，心里暗暗惭愧："因我一人，累却许多人，如何是好！"低着头又走。只见一对朱红御棍，四五对军牢摆导，引着一匹高头骏马，马上骑着个内官，后边随着许多小太监，喝道而来。景期此时身子如在云雾中，哪里晓得什么回避，竟向

摆导里直闯。一个军牢就当胸扭住道："好大胆的狗头，敢闯俺爷的导子么。"又一个军牢，提起红棍儿劈头就打，景期慌忙叫道："啊呀，不要打。"只听得那壁厢巷里，也叫道："啊呀，不要打。"好像深山里叫人，空谷应声一般。这是什么缘故？原来是陈元礼带着军士们，领了钟家的苍头，四处访寻不见，正从小巷里穿将出来。苍头在前望见那闯导的是自己主人，正要喊出来。却见那军牢要打，便忙嚷道："啊呀，不要打！"所以与景期那一声不约而同地相应。苍头见了景期，便乱喊道："我家主人相公，新中状元老爷在此了。"那些人听见，一齐来团团围住，吓得那扭胸的连忙放手，执棍的跪下磕头，那内官也跳下马来。这边陈元礼也下马趋来，齐向景期施礼说道："不知是殿元公台驾，多多有罪了。"景期欠身道："不敢，请问二位尊姓？"陈元礼道："此位就是司礼监高公公，是奉圣旨寻状元的。"高力士道："此位就是羽林陈将军，也是寻取状元的，且喜如今寻着了。但不知殿元公，今日却在何处，遍访不见，乞道其故。"景期就依着虢国夫人教的鬼话儿答道："前日遇着一个方外异人，邀到终南山访道。行至中途，他又道我尘缘未断，洪福方殷，令我转来，方才进城，忽闻圣恩擢取，慌忙匍匐而来，不期公公与将军如此劳神，学生负罪深重矣，还祈公公在圣上面前方便。"高力士道："这个何须说得，快牵马来与状元骑了，咱们两个送至琼林宴上，然后复旨便了。"说罢，左右就牵过马来。原来高力士与陈之礼，俱备有空马随着，原是防寻了状元就要骑的。故此说得一声，马就牵到了。三人齐上了马，众军牢吆喝而行，来到琼林宴上。只见点起满堂灯烛，照耀如同白日。众人听见状元到了，一声吹打，两边官妓名役，一字儿跪着，陪宴官与诸进士都降阶迎接上堂。早有伺候官捧着纱帽红袍，皂靴银带与景期穿戴。望阙谢恩过了，然后与各官相见。高力士和陈元礼自别了景期与诸进士，回去复旨。这里宴上奏乐定席，景期巍然上坐。见官妓二人，拿着两朵金花，走到面前叩了一头，起来将花与景期戴了。以下一齐簪花已毕，众官托盏。说不尽琼林宴上的豪华气概，但见：

　　香烟袅翠，烛影摇红。香烟袅翠，笼罩着锦帐重重；烛影摇红，照耀的宫花簇簇。紫檀几上，列着海错山珍；白玉杯中，泛着醍醐醽醁。戏傀儡，跳魁星，舞狮蛮，耍鲍老，来来往往，几番上下趋跑；拨琵琶，吹笙管，挝花鼓，击金铙，细细粗粗，一派声音嘹亮。掌礼是鸿胪鸣赞，监厨有光禄专司。堂上回放，无非是蛾眉蠕首，妙舞清歌，妖妖娆娆的教坊妓女；阶前伺候，尽是些虎体猿腰，扬威耀武，凶凶浪浪的禁卫官军。

正是：锦衣叨着君恩重，琼宴新开御馔鲜。

少顷散席，各官上马归去。惟有状元、榜眼、探花三个，钦赐游街。景期坐在紫金鞍上，三檐伞下，马前一对金瓜，前面通是彩旗与那绛纱灯，一队一队地接着走。粗乐在前，细乐在后，闹嚷嚷打从御街游过。那看的人山人海，都道好个新奇状元。我们京中人，出娘肚皮从没有吃过夜饭方才看迎状元的。那景期游过几条花街柳巷，就吩咐回寓，众役各散。

次日五更，景阳钟动，起身入朝。在朝廷中，与李林甫、杨国忠、贺知章等一班儿相见了。待殿上静鞭三下，明皇升殿，景期随着众官摆班行礼，山呼谢恩。殿上传下圣旨，宣新状元钟景期上殿。鸿胪引钟景期出班升阶，昭仪卷帘，让景期入殿，伏俯在地战兢兢地奏道：“微臣钟景期见驾，愿吾皇万岁。”明皇开言道：“昨日高力士奉旨，言卿访道终南，以致久虚琼筵，幸卿无恙，深慰朕心。”景期叩头道：“臣该万死。”明皇道：“卿有何罪，昨宵朕幸花萼楼饮宴，望见御街灯火辉煌。问时，乃是卿等游街。我想若非卿一日盘桓，安能有此胜景。朕今除卿为翰林承旨，卿其供职无怠。”景期叩头谢恩下殿，明皇退朝不题。

看官听说，想你我百姓人家，摆了酒席，邀着客人不来，心里也要焦躁。哪里有个皇恩赐宴的大典，等闲一个新进小臣，敢丢着一日，累众官寻来寻去，直至晚间方才来赴宴，岂不是犯着大不敬了。此时面君，没一个不替他担忧。谁想皇上，不惟不加罪谴，反赐褒奖，这是什么缘故？原来是虢国夫人怕根究隐匿状元情弊，未免波及自己。故连夜差人，叮嘱了杨贵妃、高力士、杨国忠等内外维持。哄得明皇置之不问，因此景期面君这般太平。有两句俗语道得好：

囊中有钞方沽酒，朝里无人莫做官。

景期出了朝门，便吩咐长班，备下该用的禀揭名帖，去各处拜客。先拜了杨、李二太师，并几个显要的大臣。然后到锦里坊来拜虢国夫人与葛御史。到得虢国夫人门首下马，门上人接了帖回道：“夫人不在府中，今早奉圣旨宣召入宫未回，留下帖儿罢。”景期道：“相烦多多拜上，说另日还要面谒。”门上人道声：“晓得。”景期上马，就吩咐到葛御史家去。从人们应了，摆队前行。景期暗想道：“论起葛御史来，我也不须今日去拜他，只为明霞小姐的缘故，所以要早致殷勤，后日可央媒说合。我今日相见时，须先把些话儿倾动他一番。"心里想着，那从人们早到马前禀道："已到葛御史门首了。"景期下得马来，抬头一看，但见狮石尘封，兽环掩门；只闻鸟雀啁啾，惟有蜘蛛成网。静悄悄绝无一人，一把大锁锁在门上。两张封条，一横一竖地贴着。那从人们去寻个接帖的也没有。景期看这光景，一时委决不下。毕竟葛御史门首为何这般冷落？且看下回分解。

第四回　金马门群哗节度使

诗曰：

> 劈破虚空消恨魂，吸干沧海洗嚚尘。
>
> 近来宇宙惟容物，何处能留傲俗人。

话说钟景期去拜葛御史，见重门封锁，绝无一人，不知何故。看官们看到此处，不要因摸不着头脑心焦起来。只为做小说的没有第二支笔，所以一时说写不及。如今待在下暂将钟景期放过一边，把那葛御史的话，细细说与看官们听。

却说那葛御史，名太古，字天民，本贯长安人氏。科甲出身，官至御史大夫。年过半百，并无子嗣。夫人已亡，只有一女，名唤明霞。葛太古素性孤介，落落寡合。那富贵利达，不在心头，惟有诗酒二字摆脱不下。平日与学士贺知章、供奉李太白、拾遗杜子美等，一班儿酒仙诗伯，结社饮酒。自那日游春回来，拉李、杜二人到园中，太古将景期、明霞二人冲散之后，明日又在贺知章家赏花，通是当时的文人墨士。葛太古与李、杜二人，到得贺家，已是名贤毕集了。一时弹琴的弹琴，下棋的下棋，看画的看画，投壶的投壶，临帖的临帖，做诗的做诗。正是：

> 宾主尽一时名胜，笑谈极千古风流。

众人玩耍了一回，就入席饮酒。时对庭中花开，说的说，笑的笑，欢呼痛饮，都吃得大醉，傍晚而散。别了贺知章，上马各回，只有葛太古与李太白是同路，那李太白向葛太古道："小弟今日吃得高兴，又大醉了。与你又是同路，和你不须骑马，携手步回去吧！"太古道："如此甚妙。"就吩咐从人牵着马，跟在后边，两人在街上大踱。

看看走到金马门来，只见一骑马，上坐着一个紫袍乌帽玉带金钩的胖大官儿，前面两个军官引导，从金马门内出来。李太白朦胧着一双醉眼，问着从人道："那骑马来的是什么人，这般大模大样？"从人看了禀道："是节度使安老爷。"李太白听了，乱嚷起来道："是安禄山这厮么？罢了！罢了！天翻地覆了。这金马门是俺们翰苑名流出入的所在，岂容那武夫在这坦克驰骋。"葛太古掩他的口不住，那安禄山早已听见，他更眼快，认得是李太白与葛太古二人，就跳下马来，向前道："请了，学士公今日又醉矣。"葛太古勉强欠身道："李兄果然又醉，酒话不必记怀。"太白就直了喉，又嚷道："葛兄睬那武夫则甚，我和你是天上神仙偶谪人世，岂肯与那泼贱的野奴才施礼。"安禄山听见，气得太阳穴里火星直爆，也嚷道："李太白，如何这等欺人太过，我也曾与朝廷开疆拓土，立下汗马功劳。今蒙宣召入朝，拜贵妃娘娘为母，朝臣谁不钦敬，你敢如此小觑我么？"李太白道："呸，一发放屁，一发放屁。难道一个中朝母后认你这个臭草包为子？葛兄你看他那大肚子里包着酒，袋着饭，塞着粪，惹起我老爷的性子，将青锋利剑剖开你这肚子来，只怕那腌臜臭气要呕死了人，怎及我们胸藏锦绣、腹满文章。你那武夫还不回避！"安禄山大怒道："我方才又不曾冲撞你，怎生这般无礼，你道我是武夫，不中用。我道你们这些文官，作几首吃不得、穿不得的歪诗，送与我糊窗也不要。我想我们在外边血战勤劳，你们在里边太平安享，终日吃酒做诗，把朝廷的事一毫也不理，如今世界通是你们文官弄坏了，还要在我面前说三道四。"只这几句话，惹出一个助纣为虐的葛太古来。那葛太古，始初原在里边解纷，听了安禄山这句犯众的话，也就帮着嚷起来道："你如何说朝廷的事通是我们文官坏的？我想你那班武夫，在外克敛军粮，虚销廪饩。劫良民，如饥鹰攫食；逢劲敌，如老鼠见猫。若没有我们通今博古的君子来发布指示，你那些走狗凭着匹夫之勇，只好去垫刀头。"李太白拍手大笑道："葛兄说得好，说得好，我们不要理他，竟回去罢。"又对从人们道："你们也骂那奴才几声，骂得响回去赏你们酒吃；骂得不响，回去每人打三十板。"那些从人怕李太白回去撒酒疯真正要打，只得也一齐骂起来。千武夫、万草包的一头走一头骂，跟着葛、李二人去了。气得安禄山死去活来，叫军士扶上了马。吩咐不要回第，竟到太师李林甫府中来。门上人通报了，请禄山进去。一声云板，李林甫出来与禄山相见。林甫道："节度公为何满面愠气，此来必有缘故？"禄山尚自气喘喘地半晌做声不得。直待吃了一道花，方才开言道："惊动老太师多多有罪。禄山因适才受了两个酒鬼的恶

气，特来告诉。"林甫道："什么人敢冲撞节度公。"禄山道："今日圣上在兴庆宫与贵妃娘娘饮宴，禄山进去，蒙圣上赐酒三觞。从金马门出来，遇了李太白、葛太古二人，吃得烂醉，开口就骂。"遂将适才的言语一一告诉出来。林甫听了道："天下有这等狂放之徒，如今节度公又将怎样？"禄山道："不过要求太师与禄山出这一口气。"林甫沉吟一会，想葛太古曾拒绝我亲事，正要算计他。不想他自己寻出这个对头来，正中计谋。便笑一笑道："节度公，我想葛太古这厮，摆布他甚是容易。只是李白这酒鬼，倒难动摇他。"禄山问道："李白为何难动摇呢？"林甫道："他恃着几句歪诗儿，圣上偏喜欢他。旧年春间，圣上在沉香亭赏牡丹，叫李白做了什么《清平调》，大加叹赏，赐了一只金斗。他就在御前连饮了三斗，醉倒在地，自称臣是酒中之仙，喝叫高力士公公脱靴。是日醉了，圣上命宫人念奴扶出宫去，着内侍持了金斗宝炬送他回宇。这等宠他，我和你一霎时如何就动弹得。"禄山道："圣上却怎生如此纵容他。"林甫笑道："节度公的洗儿钱尚然纵容了，何况这个酒鬼。"禄山也笑了一声道："如今先摆布那葛太古，太师如何计较？"林甫道："这有何难，你作成一本，劾奏葛太古诽谤朝政，谩骂亲臣。激起圣怒，我便从中撺掇。那老儿看他躲到哪里去。待除了葛太古，再慢慢寻李白的衅端便了。"禄山道："都承太师指教，只是那桩事，不可迟延，明日朝房早会。"说完，两个作别。明早各自入朝。禄山将参劾葛太古的本章呈进，明皇批下，台阁议奏。李林甫同着众官，在政事堂会议。林甫要将葛太古谪戍边卫山中。又有几个忠鲠的官儿，再三争辩，议将葛太古降三级，调外任用，谪授范阳郡金判。议定复行奏闻，圣上允议。

旨意下了，早有报房人报入葛太古衙内。葛太古看了圣旨，忙进内向明霞小姐说知。道："我儿，只因我前日同李供奉在金马门经过，乘醉骂了安禄山。那厮奏闻圣上，将我谪贬范阳金判。我平日对官位最看得恬淡，那穷通得失，倒也不在心上。只是我儿柔姿弱质，若带你赴任，恐不耐跋涉之劳，若丢你在家又恐被仇家暗算。去就难决，如何是好？"明霞听说，眼含着泪说道："爹爹仓悴遭遭，孩儿自当生死不离。况孩儿年幼，又无母亲在堂，家中并无别个亲人照管。爹爹不要三心两意了，儿死也要随着父亲前去的。"太古道："既是如此，也不须胡思乱想，吩咐家人侍女们一齐收拾，服侍你随我去便了。"里边说话，外边早有家人进来传说："大司马差着官儿，赍了牌票，来催老爷起身，要讨过关结状哩。"太古道："你去回复他，说我明早就起行，

不须催促。"家人应了出去。又有人进来道："安禄山差许多军士，在门首乱骂。我们向前与他讲，倒被他打哩。"太古道："这个小人不要睬他便了。"差人一面去催车辆、人夫、牲口，一面在家忙忙收拾了一日一夜。次早拜辞了家庙，吩咐家人侍女，都随往住所。一来路上好照管服侍，二来省得留在家中，恐又惹出是非。只留一个精细的家人，并毛老儿在家看守。将前门封锁了，只许看家的在后门出入。自己拂衣上马，小姐登舆，随从男女各自纷纷上了车辆牲口，将行装拴束停当，行出都门。只见贺知章、杜子美与那起祸的李太白，与一班平日相好的官员，都在十里长亭饯别。太古叫车辆先行，自己下马与众相见。各官奉上酒来，太古一一饮了。又赠了许多饯别的诗章，各各洒泪上马而别。太古赶上了小姐一行人，一程程走去，饥食渴饮，夜住晓行，不则一日，来到范阳郡金判衙门上任，毕竟葛小姐与钟景期后来如何相逢，待下回慢慢说来，便知分晓。

第五回　忏当朝谪官赴蜀

诗曰：

> 志气轩昂未肯休，英雄两眼泪横流。
> 秦庭有剑诛高鹿，汉室无人问丙牛。
> 野鸟空啼千古恨，长安不尽百年愁。
> 西风动处多零落，一任魂飞到故丘。

前面已将葛太古谪贬的缘由，尽行说过，此回再接入钟景期的话来。却说钟景期一团高兴，一团殷勤，来拜葛御史。忽见重门闭锁，并无人影。景期心中嘀咕，便叫一个长班，到莲英儿巷里，唤冯元到寓所来问他。长班应着去了，自己快快地上马而回。看官听说，大凡升降官员，长安城中自然传说，怎么葛太古这些事体，钟景期全然不知呢？原来葛太古醉骂权臣，遭冤被遣这几日，正值钟景期被虢国夫人留在家里，所以一毫也不晓得。是日回寓，卸了冠带坐定。不多时，长班已唤冯元进来，冯元见了，磕了四个头道："小人闻得老爷中了，就要来服侍的，只因这几日为迎接进士的马匹，通是太仆寺承值的，故此小的不得工夫，直到今早才得闲。小的已具了一个手本，辞了本官，正要来投见老爷，不想老爷差人来唤小人，小人一定跟随老爷了。望老爷收用。"景期道："你是我旧人，自然收你。"吩咐长班："将我一个名帖送至太仆寺，叫将马夫冯元名字除去。"长班应办去了。冯元又跪下谢了一声。景期道："起来，我有要紧的话问你。那葛御史家，为着何事将大门封锁？你定知道的，与我细细说来。"

冯元道："不要说起，一桩天大的风波，使葛老爷的性命险些儿不保。"景期忙问，冯元便将那金马门前骂了安禄山，被他陷害，谪贬范阳的事情，细细说将出来。

景期听得，慌忙问道："如今他家的小姐在哪里？"冯元道："他家小姐也随他去了。"景期暗暗叫苦，打发冯元出去。

那冯元做了新状元的大叔，十分快活，叫人到家里搬了行李，自己又买了一件皂绢直身大顶罗帽，在外摇摆。只苦得景期，一天好事忽成画饼，独自坐在房中长叹。想道："我若早中了半个月的状元，这段婚姻已成就了。"又想道："他若迟犯了半个月的事，我去央求虢国夫人替他挽回一番。"又想到："他自去了，留得小姐在家也好再图一面。"又想："就是小姐在此，我如今碍着官箴，倒不能像前日的胡行乱闯。"左思右想，思量到帕诗酬和、婢女传情私会、花前稍伸鸾约这种种情景，不觉扑簌簌地坠下泪来。

少顷，外面送晚饭进来。景期道："我心绪不佳，不要吃饭，须多拿些酒来与我解闷，不要你在此斟酒。你自出去！"伺候人应着出去了。景期自斟自饮，一杯一杯，又是凄楚一回，恼恨一回。外面送进四五壶酒，通吃在肚子里，便叫收去碗盏，在房里又坐了一会，思量这事通是李林甫、安禄山二人弄坏的。我在林下时，即闻得此辈弄权误国，屠戮忠良，就有一番愤懑不平，今日侥幸成名，正欲扫清君侧奸邪。不想那二人坏我好事，如何放得过他，不免轰轰烈烈参他一场，也不枉大丈夫在世一生。一时乘了酒兴，将一段儿女柔情变作一派英雄浩气。就焚起一炉好香，穿了公服，摆开文房四宝，端端坐了，写起本来。本上写道：

翰林承旨臣钟景期，诚惶诚恐，稽首顿首谨奏，为奸相窃操国柄，渎乱朝纲，伏沥愚忱，仰祈睿鉴事：臣闻万乘之尊，威权不移于群小；九重之家，聪明不蔽于敛衽。故欲治天下，必先择人；欲择人材，必清君侧。此微臣下伏草莽之时，因夙夜不忘，思得陈一得之愚，以报皇恩千万之一也。

今陛下不弃鄙陋，厕臣讲院，目击权臣僭窃，不敢不以窥管之见，谬为越俎之谈。窃见宰相李林甫、节度安禄山，中外交通，上下侧目。舌摇簧鼓，播人主若婴孩；眉蹙剑锋，杀官民如草芥。官爵之升迁，视金钱之多寡；刑狱之出入，觇贿赂之有无。腹心暗结于掖庭，爪牙密饰于朝右。陷尽忠良，固彼党羽。种种凶恶，擢发难数。

臣固知投鼠忌器，不敢以怒螳挡车。第恐朝政日非，奸谋愈炽，将来有不可知者。

中国禁书文库

锦香亭

故不避斧钺之诛，以请雷霆之击也。如果臣言不谬，伏祈陛下敕下廷尉，明正其罪，或窜遐荒、或膺斧锧。举朝幸甚，天下幸甚。臣不胜激切屏营之至。谨奏。

　　景期写完了本，不脱公服，就隐几假寐待旦。到得五鼓进朝，那早期的常套不必细说。景期将本章呈进内阁，各官俱散。只有李林甫、杨国忠二人留在阁中办事。少顷，司礼监将许多本章来与李、杨二太师票拟。二人接了，将各官的逐一看过。有的是为军需缺乏之事，也有为急选官员之事，也有为地方灾异事，也有为特参贪贿事，也有为请决大狱事，也有为边将缺员事，也有为漕运衍期事。李、杨二人一一议论过去。及看到钟景期一本，二人通呆了。将全本细细看完，李林甫拍案大怒道："这畜生敢在虎头上做窠么？也罢，凭着我李林甫，一定要你这厮的驴头下来，教他也晓得我弄权宰相的手段。"杨国忠看了本，心里想一想，一来妹子虢国夫人曾为钟景期谆谆托咐，教我好生照顾；二来自己平日因李林甫百事总揽，不看国忠在眼里，所以也有些怪他。如今见他发怒，就解劝道："李老先生且息怒。我想这轻躁狂生，撮拾浮言，不过是沽名钓誉，否则必为人指使。若杀了他，恶名归于太师，美名归于钟景期了。以我愚见，不若置之不问，反见李老先生的汪洋大度。"李林甫道："杨老先生，你平日间也是最怪别人说长道短的，今日见他本上只说我，不说你，所以你就讲出这等不担斤两的话儿。我只怕唇亡齿寒，他既会劾我，难道独不会劾你。况且他本内的'腹心暗结于掖庭'这句话，分明道着禄山出入宫闱的事，连令妹娘娘也隐隐诋毁在内了。"这几句话，说得杨国忠低首无言，羞惭满面，作别先去了。

　　李林甫便将本儿票拟停当，进呈明皇御览。原来高力士、杨贵妃都曾受虢国夫人的嘱托，也在明皇面前极力救解，以此钟景期幸而免死。明日批出一道圣旨：

　　　　钟景期新进书生，辄敢诋毁元宰亲臣，好生可恶。本应重处，姑念新科
　　榜首，着谪降外任，该部知道。

　　旨意下了，铨部逢迎李林甫，寻个极险极苦的地方来检补，将钟景期降授四川石泉堡司户。报到景期寓所，景期不胜恼怒。思量那明霞小姐的姻缘，一发弄得天南地北了。又想要与虢国夫人再会一面，诉一番苦情。谁想李林甫、安禄山差人到寓所来，立时赶逐出京，不许一刻停留。那些长随伺候人等，只得叩头辞别。

　　景期收拾了东西，叫苍头与冯元陪同出了都门，到乡间坟堂屋里来住下。思量消停几日，然后起身。可恨那李林甫明日绝早，又差人赶到乡间来催促。景期只得打点

盘缠，吩咐苍头仍旧在家看管坟茔。冯元情愿跟随前去，就叫安排行李马匹。停当了，吃了饭，到父母坟上痛哭了一场，方才揽衣上马。冯元随着而行，望西进发，一程一程地行去。路又难走，景期又跋涉不贯，在路上一月有零，只走得二千余里，方才到剑门关。正值五月，天气炎蒸。那剑门关的旁边是峭壁危崖，中间夹着大涧，山腰里筑起栈道，又狭又高。下面望去，有万丈余深水中长短参差的凌峭石笋，有成千上万。涧水奔腾冲击，如雷声一般响亮。一日只有巳午二时，有些日光照下，其余早晚间惟有阴霾黑瘴。住宿就在石洞中开张，并无屋宇。打尖时节，还有那些不怕人的猢狲跳在身旁边看人吃饭。景期到了此际，终日战战兢兢，更兼山里热气逼将下来，甚是难行。且又盘缠看看缺少，心上又忧，不觉染成一病。勉强走了三五日，才出得剑门关的谷口，景期正要赶到有人烟的去处将养几日。不想是日傍晚时候，忽然阴云密布，雷电交加，落下一场雨来。好大雨，但见：

> 括地风狂，满天云障。括地风狂，忽喇喇吹得石走砂飞；满天云障，黑漫漫遮得山昏谷暗。滂沱直泻，顷刻间，路断行人；澎湃中倾，转盼处，野无烟火。千村冷落，万木悲号。砰訇一声霹雳，惊起那深潭蛟蟒欲飞腾；闪烁一道电光，照动那古洞妖魔齐畏缩。若不是天公愤怒，也许是龙伯施威。

这一场大雨，足足下了一个时辰。众客伴诚恐赶不上宿头，不顾雨大，向前行去。只有钟景期因病在身，如何敢冒雨而走。回头望见山凹里露出一座寺院，便道："冯元，快随我到那边躲雨去。"策马上了山坡，走到门前，见是一个大寺，上面一块大匾，写着："永定禅寺"，山门半开半掩。

景期下了马，冯元将马栓在树上，随着景期进去。行过伽蓝殿，走到大殿上来，见冷冷清清，香也没人点一炷。景期合掌向佛拜了三拜。出了殿门，走至廊下，见三四个和尚赤脚露顶，在那边乘凉。景期向前欠身道："师父们请了。"内中有一个回了问讯。那些和尚睬也不睬，各自四散走开。连那回问讯的也不来交谈，竟自走去了。

景期叹了一声，脱下湿衣，叫冯元挂起晾着。自己就门槛上坐了，冯元也盘膝坐在地上。景期道："冯元，如何这里的和尚这等大样？"冯元道："岂但这里，各处的贼秃通是这等的。若是老爷今日前呼后拥来到此间，他们就跪接的跪接，献茶的献茶，留斋的留斋，千老爷，万老爷，千施主，万施主，掇臀呵屁地奉承了。如今老爷这般模样，叫他们怎地不怠慢。"他这边说，那边早有几个和尚听见，便交头接耳地互相说

道："听那人口内叫什么老爷，莫非是个官么？"内中一个说："待我问一声就知道了。"便来问景期道："请问居士仙乡何处，为何到此？"冯元接口道："我家老爷是去赴任的。因遇了雨，故此来躲一躲。"和尚听见说是赴任的官员，就满面撮拢笑来道："既如此，请老爷到客堂奉茶。"景期笑了一笑，起来同着和尚走进客堂坐了。和尚们就将一杯茶献上，景期吃了。和尚又问道："请问老爷选何贵职。"景期道："下官为触忤当朝，谪贬四川石泉堡司户。"和尚暗道："惭愧，我只道是大大官府，原来是个司户。谅芝麻大的官有什么好处，倒折了一杯清茶了。"心里想着，又慢慢走了开去，依旧一个人也不来睬了。

景期坐了一会，只见又是一个和尚在窗外一张，把冯元看了又看，叫道："你是冯道人，如何在此？"冯元听得，奔出来见了道："啊呀，你是人鉴师父，为何在此？"看官，你道冯元为何认得这人鉴？原来当景期打发他出来后，就投在人鉴庵里，做香火道人。后来人鉴为了奸情事逃走出来，在此永定寺里做住持僧。这日听见有个司户小官儿到他寺里，所以了来张看。不期遇到了冯元，便问道："你一向不见，如何跟着这个满面晦气色的官人到此？"冯元听了道："你休小觑他，这就是我旧主人钟老爷，是新科状元，因参劾了当朝李太师，故此谪官到此。"人鉴道："幸是我自己出来，不然几乎得罪了。"慌忙进去打个深深的揖道："不知贵人远来，贫僧失礼，未曾迎迓，望乞恕罪。"又连忙吩咐收拾素斋，叫冯元牵了马匹进来，又叫将草与马吃。请景期到方丈中坐了，用了斋。天已夜了，人鉴道："今日贵人降临荒山，万分有幸。天色已晚，宿店又赶不上，不如就在小庵安歇了罢。老爷的铺盖都已打湿，不堪用了。后面房里有现成床帐，老爷请去安置。这湿铺盖也拿了进去，待我叫道人拿盆火来烘干了，明日好用。"景期道："多承盛情，只是打搅不当。"人鉴道："说哪里话。"说着点了灯头，带景期走过了十数进房子，将景期送入一个房里，便道："老爷请，贫僧告退，明早来问安。"景期感谢不尽。因行路辛苦，身子又病，见床帐洁净，不胜之喜，倒在床上就睡了。冯元在床前将湿衣湿被摊开，逐一烘焙。至更余要大解，起来忙出房门，见天上下过了雨，已是换了一个晴天。新月一弯，在树梢上挂着。冯元又不认得寺里的坑厕在何处，只管在月光之下闯来闯去，走到前边，摸着门上已下锁了。只觉得门外火光影影，人语嘈嘈。冯元心中疑惑，从门缝里一张，只见人鉴领着七八个胖大和尚，手中通拿着明晃晃的刀儿。人鉴道："师兄们，我当初在长安居住时，晓得钟状元是个旧家子弟，此来毕竟有钞。况且你们方才曾怠慢他，我虽竭力奉承，只怕他还要介意。这个人，说是李阁老尚敢动他一本，必是难惹的。我们如今去断送了他，不惟

绝了后患，且得了资财，岂不是好。"众和尚道："既如此，我们进去行事罢。"人鉴道："且住，这时节料想他有翅儿也没处飞去了。我们厨下的狗肉正烧得烂了，且热腾腾地吃了，再吃几杯酒壮壮胆，方好做事。"众和尚都道："有理。"便一哄儿到厨下去了。

冯元听得分明，吓得魂飞天外，魄散九霄，连大解也忘了，慌忙转身飞奔。每一重门槛都跌一跤，连连跌了四五个大筋斗，跑入房中，掀开帐子，将景期乱推道："老爷不好了，杀将来了，快些起来。"景期在睡梦里，惊醒道："冯元为何大惊小怪？"冯元道："老爷不好了。方才我听见人鉴领着众和尚，持了刀斧要来害你，须快快逃走。"景期听了，这一惊也不小，急忙滚下床来问道："如今从哪里出去？"冯元道："外面门已锁了，只有西边一个菜园门开着哩，那边或有出路。"景期道："行李马匹如何取得？"冯元道："哪里还顾得行李马匹，只是逃得性命就好了。"景期慌了手脚，巾也不戴，只披着一件单衣，同冯元飞奔菜园里来。冯元将土墙推倒，搀着景期走出。谁想道路错杂，两人心里又慌，如何辨得东西南北，只得攀藤附葛，挺过山崖。景期还喘息未定，身边一阵腥风，林子里跳出一只吊睛白额虎来，望着景期便扑。不知性命如何，且听下回分解。

第六回　逢义士赠妾穷途

词曰：

> 迭迭云山，回首处，客心愁绝。最伤情，目断西川，梦归地阙。芳草路迷行骑缓，夕阳驴偕征人咽。问苍天，何事困英雄？关山别。合欢花，被吹折。连理枝，凭谁接。望天涯，镇日衷肠郁结。万里雾深文豹隐，三更月落乌啼血。叹孤身，南北任飘蓬，庄周蝶。

右调《满江红》

话说钟景期与冯元在寺中逃出，心里慌张，也不顾有路无路，披荆带棘，乱窜过山嘴。忽跳出一只大虫来，望景期身上便扑，景期闪入林中叫声"啊呀!"吓倒在地。冯元也在林子里吓得手软脚酥，动弹不得。那大虫因扑不着人，咆哮发怒，把尾巴在地下一剪，刮得砂土飞卷起来，忽喇一声虎啸，震得山摇谷动，望着林子又跳将入来。冯元正没理会，只见那虎扑地一声跌翻了，在地上乱滚。那边山坡上一个汉子，手提钢叉飞奔前来，举起叉望着虎肚上连戳两戳。那虎鲜血迸流，死在地上。冯元看那汉子，什么模样：

> 身穿虎皮袄，脚踏鹰嘴鞋。眼似铜铃，须如铁戟。身长一丈，腰大十围。错认山神显圣，无疑天将临凡。

那汉子戳死了虎，气也不喘一喘，口里说道："方才见有两个人，哪里去了。"就转入林里来寻。冯元慌忙跪下道："可怜救命。"那汉子扶住道："你这人好大胆，如何这时候还在此行走？若不是俺将药箭射倒那孽畜，你倒连命几乎断送了。"冯元道："小人因跟随主人钟状元来此，适才误入永定寺中，奸僧要谋害我主仆，知风逃窜到

此，行李马匹通在寺中哩。"汉子道："你主人叫什么名字？既是状元，为何不在朝中，却来此处？"冯元道："我主人名叫钟景期，为参劾了李林甫，谪贬石泉堡司户。因此路经这里。"汉子道："如此说是个忠臣了，如今在哪里？"冯元指着道："那惊倒在地的就是。"汉子道："待我去扶他。"便向前叫道："官人苏醒。"冯元也来叫唤了十数声，景期才渐渐醒转。汉子轻轻扶他起来。他还半晌站立不得，靠着松树有言没气问道："唬杀我也，是什么人救我？"汉子道："休要害怕，大虫已被俺杀死了。"景期道："多谢壮士救命之恩。"汉子道："这是偶然相遇，非有意来救你，何须谢得。"景期道："如今迷失了路径，不知该往哪里去，望壮士指引。"汉子道："官人好不知死活。我这里名叫剑峰山，山中魑魅迷人，虺蛇布毒，豺狼当道，虎豹满山。就是日里也须结队而行，这时便如何走得？也罢。我敬你是个忠臣，留你主仆两人到我家中暂宿一宵，明日走路未迟。"景期道："家在何处？"汉子道："就在此山下。"景期道："壮士刚才说这山中如此厉害，怎生住得？"汉子道："俺若是害怕，不敢独自一人在此杀虎了。俺住此二十年，准准杀了一百余只大虫了。"景期道："如何有许多虎？"汉子道："俺若隔两个月不杀虎，身子就疲倦了。不要讲闲话，快随我下山去。"说罢，将死虎提起来，背在身上，手挂钢叉，叫声："随我来！"大踏步向前竟走。景期与冯元拽着手，随后而行。心里又怕有虎跳出来，回头看看后边。三人走了里许，山路愈加险峻，那汉子便如踏平地一般。景期与冯元瞪着眼，弯着腰，扯树牵藤，一步一跌，好生难捱。那汉子回头看了这光景，叹道："你们不理会走山路，须是大着胆，挺着腰，硬着腿，脚步儿实实地踏去才好。若是心里害怕，轻轻踏去，就难于走了。"景期、冯元听了，依着言语，果然好走了。又行了二三里，早见山下林子里透出灯光。那汉子在林子外站着不走。景期道：想"已到他家门首，一定是让我先走，所以立定。"便竟向林子中走去。汉子忙横着钢叉拦住道："你休走，俺这里周围通埋着窝弓暗弩，倘误踏上了，就要害了性命。你二人扯着我衣袂，慢慢而走。"景期、冯元心里暗暗感激，扯了他衣袂走了进去。早到黄砂墙下，一扇毛竹小门儿闭着。汉子将钢叉柄向门上一筑，叫道："开门。"里面应了一声，那门儿呀地开了，见一个浓眉大眼的长大丫鬟，手持灯，让他三人进去。那汉子将虎放在地下，向丫鬟道："这是远方逃难的官人，我留他在此歇宿。你去向大姐说，快收拾酒饭。"丫鬟应了，拖着死虎进去了。汉子将钢叉倚在壁上，请景期到草堂上施礼坐定。景期道："蒙壮士高谊，感谢不尽。敢问壮士高姓大名？"汉子道："俺姓雷名万春，本贯涿州人氏。先父补授剑门关团练，挈家来此。不想父母俱亡，路远回去不得，就在此剑峰山里住下。俺也没有妻

中国禁书文库

锦香亭

室，专一在山打猎度日。且有一个亲兄，名唤雷海清，因少年触了瘴气，双目俱瞽，没什好做，在家学得一手好琵琶羯鼓。因往成都赛会，名儿就传入京师。天宝二年，被当今皇帝选去，充做梨园典乐郎官，他也并无子嗣，只生一女儿。先嫂已亡，自己又是瞽目之人，不便带女儿进京。所以留在家中，托俺照管。只有适才出来那个粗蠢丫鬟在家，服侍答应不周，郎君休嫌怠慢。"景期道："在此搅扰不当，雷兄说哪里话。"外面说话，里面早已安排了夜饭。那个丫鬟捧将出来，摆在桌上。是一盘鹿肉，一盘野鸡，一盘薰兔，一盘腌虎肉，一大壶烧酒。雷万春请景期对面坐下，又叫冯元在侧首草屋里面坐了，也拿一壶酒，一盘獐肉与他去吃。万春与景期对酌谈心，吃了一回，万春道："近日长安光景如何？"景期道："因今李林甫掌握朝纲，安禄山阴蓄异志，出入宫闱，肆无忌惮，只怕铜驼遍生荆棘，石马埋没蒿莱，此景就在目前矣。"万春道："郎君青年高拔，就肯奋不顾身，尽忠指佞，实是难得，只是你窜贬遐方，教令尊堂与尊夫人如何放心得下？"景期道："卑人父母俱亡，尚未娶妻。"万春听了，沉吟了一会道："原来郎君尚未有室，俺有句话儿要说，若是郎君肯依，俺便讲，若是不依，俺便不讲了。"兄是我救命恩人，有何见谕，敢不领教。"万春道："家兄所生一女，名唤天然，年已及笄，尚未字人，俺想当今天下将乱，为大丈夫在世，也要与朝廷干几桩事业。只因舍侄女在家，这穷乡僻壤，寻不出个佳婿。俺故此经年雌伏，不能一旦雄飞。今见郎君翰苑名流，忠肝义胆，况且青年未娶，不揣葑菲，俺要将舍侄女奉操箕帚，郎君休得推却。"景期道："萍水相逢，盛蒙雅爱，只是卑人虽未娶妻，却曾定聘。若遵台命，恐负前盟，如何是好？"万春道："郎君所聘是谁家女子？"景期道："是御史葛天民的小姐，名唤明霞，还是卑人未侥幸之前相订的。"万春道："后来为何不娶？"景期道："葛公也为忤了安禄山，降调范阳去了。"万春道："好翁婿，尽是忠臣，难得难得，也罢，既如此说，俺一言既出，驷马难追，愿将舍侄女赠予郎君，备位小星，虚位以待葛小姐便了。"景期道："虽然如此说，只是令侄女怎好屈她，还须斟酌，不可造次。"万春景期道："郎君放心，舍侄女虽是生长山家，颇知闺训。后日妻妾夫妇之间，定不误你。况你此去石泉堡，也是虎狼出没所在。俺侄女亦谙窝弓藏箭之法。随你到任，不惟暂主频烦，还好权充护卫，不须疑惑，和你就此堂前一拜为定罢。"景期立起身来道："台意既决，敢不顺从，请上受我一拜。"万春也跪下去，对拜了四拜。复身坐了，那长丫鬟又拿出饭来。万春看了，笑一笑道："还有一桩事，一发做了。这丫鬟年已二十，气力雄壮，赛过男子。俺叫她是勇儿，想盛价毕竟也未有对头。俺欲将她二人一发配成夫妇，好同心协力地服侍你们，意下如何？"景期还未

五〇〇〇

回答，那冯元在侧首草房里听见，慌忙奔到草堂上就叩头道：“多谢雷老爷，小人冯元拜领了。”景期、万春二人好笑。吃完了饭，各立起来，万春就取一本历书在手内道：“待我择一个吉日，就好成亲。”冯元道：“夜里看了历头，要犯墓库运的，雷老爷不要看。”万春笑道：“这厮好婆子话，听了倒要好笑。”揭开历本一看道：“恰好明日就是黄道吉日，就安排成亲便了。”景期道：“只是我的衣服都同着行李丢在永定寺里，明日成亲穿戴什么好？”万春道：“不妨，你开个单来，俺明早与你讨来还你。他若不还，砍了他的光头来献利市。”景期道：“不须开单，我身边有工码帐在此。”便在腰间取出帐来。万春接来一看，上边一件件写得明白：

> 大铺盖一副：内绸夹被一条，布单被一条，纻系褥一条，绒单一条。小铺盖一副：内布夹被一条，布单被一条，布褥一条，青布直身一件。捎马两个：内皂鞋一双，油靴一双，朔子两枝，茄瓢一只。拜匣一个：内书三部，等子一把，银锯一个，并笔砚纸墨图书等物。皮箱一只：内红圆领一件，青圆领一件，直身三件，夹袄三件，单衫三件，裤二条，裙一条，银带一围。纱帽盒一个：内纱帽一顶。外剑一把，琴一张，便壶一个。

万春看完道：“还有什么物？”景期道：“还有巾一顶，葛布直身一件，仓悴间忘在他房里。还有马匹鞍辔并驮行李的驴子，通不在帐上。”万春道：“晓得了，管教一件不遗失。”说罢，进去提了两张皮出来，说道：“山家没有空闲床褥，总是天气热，不必用被，有虎皮在此，郎君垫着，权睡一宵。那张鹿皮冯元拿去垫了睡。”说罢，放下皮儿进去了，景期与冯元各自睡了。

明早起身，见勇儿捧一盆水出来说道：“钟老爷洗脸，二爷吩咐叫钟老爷宽坐，不要在外面去闯。”景期道：“你二爷呢？”勇儿道：“二爷清早出去了。”景期在草堂中呆呆坐了半日，到辰牌时分，只见雷万春骑着景期的马，牵着驴子，那些行李通驮在驴背上，手里又提着一个大筐子，有果品香烛之类在筐子内，到草堂前下了马。那冯元看见，晓得讨了行李来了，连忙来搬取。

万春道：“俺绝早到那秃驴寺中，一个和尚也不见，只有八十余岁的老僧在那里。俺问他时，他说昨晚走了什么钟状元，诚恐他报官捕捉，连夜逃走了。那住持人鉴放心不下，半夜里还在山上寻觅，却被虎咬去吃了。有道人看见逃回说的。”景期道：“天道昭昭，何报之速也。”万春道：“你的行李马匹通在此了。俺又到那秃驴房内搜

锦香亭

五〇一

看，见有果品香烛等物，俺想今日做亲通用得着的，被俺连筐子拿了来，省得再去买，又要走三四十里路。"景期道："亲翁甚费心了。"两人吃了饭。万春叫冯元跟出去，去了一会回来。冯元挑着许多野鸡野鸭鹿腿猪蹄，又牵着一只羯羊。万春叫勇儿接进去了。少倾，一个掌礼、两个吹手进来。那掌礼人原来兼管做厨子的。这还不奇，那吹手更加古怪，手里正拿着一个喇叭，一面鼓儿，并没别件乐器。一进来，就脱下外面长衣，便去扫地打水，揩台抹凳。原来这所在的吹手兼管这些杂事的。景期看了只管笑。见他们忙了一日，看看到夜，草堂中点起一对红烛，上面供着一尊纸马，看时却是一位顶盔贯甲的黑脸将军。景期不认得这纸马，问道："这是什么神？"雷万春道："这是后汉张翼德老爷，俺们这一方通奉为香火的。"景期听了，作了一揖。

掌礼人出来高声道："吉时已届，打点结亲。"景期就叫冯元拿出冠带来换了。冯元也穿起一件青布直身。那吹手就将喇叭来吹了几声，把鼓儿咚咚地只管乱敲。掌礼人请景期立了，又去请新人出来。那新人打扮倒也不俗，穿一件淡红衫子，头上盖着绛纱方巾。就是勇儿做伴，搀扶着出来，拜了天地，又遥拜了雷海清。转身拜雷万春，万春也跪下回礼。然后夫妻交拜完了，掌礼人便请雷万春并景期、天然三人上坐，喝唱冯元夫妇行礼。那勇儿丢了伴婆脚色，也来做新人，同冯元向上拜了两拜。掌礼人唱道："请新人同入洞房。"景期与天然站起身来，勇儿又丢了新人脚色，赶来做伴婆，扶着天然而走。冯元拿了两支红烛在前引导。那吹鼓手的鼓儿一发打得响了，景期只是暗笑。进入房里坐定，吹手又将喇叭吹了三声，鼓儿打了三遍，便各自出去。

雷万春吩咐勇儿送酒饭进去。景期看着天然，心里想道："这天然是山家女子，身子倒也娉婷，只不知面貌生得如何？"走近来，将方巾揭开一看。原来又是个绝世佳人，有一首《临江仙》为证：

秀色可餐真美艳，一身雅淡衣裳。眼波入鬓翠眉长。不言微欲笑，多媚总无妨。原只道山鸡野鹜，谁知彩凤文凰。山灵毓秀岂寻常。似花花解语，比玉玉生香。

景期看了不胜之喜，吃了几杯酒，叫勇儿收了碗盏，打发她出去与冯元成其好事。自己关了房门，走近天然身边，温存亲热了一番，倚到床边解衣就寝。一个待字山中，忽逢良偶；一个迤遭途次，反遇佳人。两人的快活，通是出于意外。那种云雨绸缪之趣，不待言而可知。

话休絮烦。景期在雷家住了数日，吩咐冯元、勇儿都称雷天然为二夫人，那雷天然果是仪容窈窕，德性温和，与景期甚相恩爱。

景期恐赴任太迟，就与雷万春商议起身赴任。一面叫收拾行李，一面去雇了一辆车儿、五头骡子来。雷万春道："此去石泉堡，尚有千余里，比郎君经过的路更加难走。俺亲自送你们前去。"景期感激不已。择了吉日，清早起身。

景期一骑马在前，天然坐着车儿，冯元、勇儿各骑一头骡子，万春也骑着骡子押后。尚余两个骡并景期原来的一个驴子，通将来驮载行李家伙，一行人上路而行。又过了许多高山峻岭、鸟道羊肠，方才到得石泉堡。

那司户衙门，也有几个衙役来迎接，景期择日上任，将家眷接进衙门住下。景期将册籍来查看，石泉堡地方虽有四百里方圆，那百姓却只有二百余户，一年的钱粮不上五十两，一月的状词难得四五张。真正地广人稀，词轻讼简。景期心里倒觉快活，终日与天然弹琴下棋，赋诗饮酒。雷万春又教景期习射试剑，闲时谈论些虎略龙韬。

一日，景期正与天然焚香对坐，只见万春走进来道："俺住此三月有余，今日要别你二人，往长安寻俺哥哥。一来报侄女喜信，二来自己也寻个进身进步。行李马匹俱已收拾停当，即刻就走。快暖酒来与我饯行。"景期道："叔翁如何一向不见说起，忽然要去，莫非我夫妇有什得罪么？"万春道："你们有什得罪，俺恐怕郎君侄女挽留，故此不说。哪知俺已打点多时了。"天然忙叫勇儿安排酒肴来。景期斟满了酒，双手奉上，万春接来饮了。又饮了十数大杯，抹着嘴说道："郎君与侄女珍重。俺此去，若有好处，再图后来聚首。"景期道："叔翁且住，待我取几两银子与叔翁做盘费。"万春道："盘费已有，你不必虑得。"天然道："待孩儿收拾几种路菜与叔叔带去。"万春道："一路里山蔬野味吃不了，要路菜做什？"天然又道："叔叔少停一会，待孩儿写一封书与爹爹，就是我相公也须寄一个通候信儿去。"万春道："俺寻见你父亲，自然把家中事体细细说与他知道，要书启何用？俺就此上路，你们不必挂念。"景期、天然无计留他，只是两泪交流，望着万春双双拜将下去。万春慌忙回礼，拜了四拜。冯元与勇儿也是眼泪汪汪地来叩了四个头。万春看见天然悲泣，便道："侄女不必如此，你自保重。"说完，向景期拱了一恭，竟自上马而去。景期也忙上了马，叫冯元与几个衙役跟了，赶上来相送，与万春并马行了二十余里。景期只管下泪。万春笑道："丈夫非无情，不洒别离泪，郎君怎么这个光景？"景期道："叔翁的大恩未报，一旦相别，如何不要悲惋。"万春道："自古道，送君千里，终须一别，后会有期，不须眷恋。郎君就此请回。"钟景期见天色晚了，只得依允。两人跳下马来，又拜了四拜，作别上马。景

期自领了冯元、衙役回衙门不题。

却说万春匹马上路，经过了无数大州小县，水驿山村。行了两个多月，不觉到了长安，寻个饭店歇下，便去问主人家道："你可晓得那梨园典乐官雷海清寓在哪里？"主人家道："他与李龟年、马仙期、张野狐、贺怀智等一班儿乐官，都在西华门外羽霓院里，教演许多梨园子弟。客官顺他怎的？"万春道："我特为要见他，故不远千里而来，明早相烦指引。"只见旁边站着一条大汉厉声说道："我看你相貌堂堂，威风凛凛，怎不去戮力为国家建功立业，却来寻这瞽目的优伶何干？"万春听见，忙向前施礼。不知这人是谁，且听下回分解。

第七回 禄山儿范阳造反

诗曰：

愁见干戈起四海，恨无才能济生灵。

不如痛饮中山酒，真到太平方始醒。

话说雷万春在饭店中，寻问哥哥雷海清住处。忽见旁边一人向他说道："看你威风凛凛，相貌堂堂，似非凡品，为何去寻那瞽目的雷海清？况他不过是个梨园乐工，难道你去屈膝嬖人，枉道希求进用么？"万春道："台兄在上，俺非是屈膝嬖人，俺乃涿州雷万春，向来流落巴蜀。因海清是俺家兄，故此要来见他。"那人道："如此，小弟失言了。"万春道："请问台兄尊姓大名？"那人道："小弟姓南名霁云，邠州人也。一身落魄，四海为家。每叹宇宙虽宽，英雄绝少。适才见兄进门，看来是个好汉，故此偶尔相问。若不弃嫌，到小弟房中少坐，叙谈片时，不知可否？"万春道："无意相逢，盘旋如此，足见盛情，自当就教。"霁云遂邀万春到房中，叙礼坐定。万春道："请问南兄到此何干？"霁云道："小弟有个故人，姓张名巡，乃南阳邓州人氏。先为清河县尹，后调浑源，近闻他朝觐来京，故此特来寻他。我到得长安，不想他又升了睢阳守御史，出京去了。我如今不日就要往睢阳投见他去。"万春道："兄要见他何干？"霁云道："我见奸人窃柄，民不聊生，张公义气薄云，忠心贯日，我去投他，不过是辅佐他与皇家出一臂死力耳。"万春道："如此说来，原与不才志同道合，俺恨未得遇逢，时怀郁愤。兄既遇此义人，不才愿附骥尾，敢求台兄挈带同往。"霁云道："若得兄同心戮力，当结为刎颈之交，死生相保，患难相扶。"万春道："如此甚妙，请上受我一拜。"霁云道："小弟也该一拜。"两个跪下，对拜了四拜。万春道："明日去见过家兄，便当一同就道。"霁云道："既为异姓骨肉，汝兄即我兄也，明早当同去拜兄。"是晚，霁云将银子付与主人家，备了夜饭，二人吃了，各自睡下。

明日二人携手入城，问到西华门羽霓院前。万春央守门人通报进去。不多时，守门人出来请道："爷请二爷进去，小人在前引导。"将南、雷二人引到典乐厅上。早见雷海清身穿绣披风，头戴逍遥巾，闭着一双眼睛，一个清秀童子扶着出来，倚着柱子立定，仰着脸，挺着胸，望空里只管叫道："兄弟来了么，在哪里？"万春向前扶着道："哥哥，兄弟在这里。"定睛一看，见海清鬓发已斑，须髯半白，不觉愀然下泪，便道："愚弟在此拜见哥哥。"捧着海清的手跪将下去。海清也忙跪下，同携了起来。万春道："愚弟有个盟兄南霁云，同在此拜你。"海清又望着空里道："瞽目之人失于迎迓，快请来相见。"霁云向前施礼道："南霁云拜揖了。"海清慌忙回了揖道："此间有子弟们来打混，可请到书房中去坐。"便吩咐安排筵席，三人同入书房。南霁云坐了客位，海清坐主位，万春坐在海清肩下。海清将手在万春身上只管摸，又嘻嘻笑道："兄弟的身材长得一发雄伟了，须儿也这般长了。好！好！祖宗有幸，与雷氏争气必吾弟也。"万春道："愚弟十年不见哥哥，失于问候。不想哥哥的须鬓这般苍了。"海清听了掉下泪来道："我为朝廷选用，不得回家。我又将女儿累着兄弟，不知如今曾将她嫁人否？"万春道："若说侄女，哥哥但放心。愚弟已替她配得个绝妙的好对头了。"海清道："嫁了谁人？"万春便将遇了钟景期，将侄女嫁他，随他赴任的话，一一说与海清听了。海清道："好！好！那钟景期是个参奏李林甫的忠臣，女儿嫁得他，我无憾矣。"万春道："如今李林甫那厮怎么了？"海清道："他自窜贬钟景期之后，不知那虢国夫人为什切齿恨他，与高力士、杨国忠常在圣上面前说李林甫弄权欺主，擅逐忠良。圣上遂罢了他的相，使他忧愤成疾而死了。"万春道："那李林甫已死，朝廷有幸了。"海清道："咳！你哪知道，还有大大一桩隐忧哩。自李林甫死后，安禄山没了接应，只靠一个贵妃娘娘。那杨国忠又着实怪他，也常常陈奏他的反情。禄山立脚不定，央贵妃说项，封他为东平郡王，领范阳、平卢、河东三道节度使，兼河北诸路采访署行台仆射，统属文武节制将领，驻扎范阳，二月前赴任去了。"南霁云大叫道："不好了，禄山此去，正如猛虎归山，青龙入海，天下自此无宁日矣。"海清道："我乃残废之人，已不能有为。然每鼓雍门之瑟，便思击渐离之筑。南兄与吾弟如此英雄，何不进身效用，以作朝廷保障。"霁云道："不才正有此意，故欲同令弟前往张睢阳处。只是贤昆玉阔别数年，方才相会，恐怕不忍骤然分袂。"海清道："大丈夫志在四方，何必作儿女子的恩爱牵缠之态。"霁云拍掌大笑道："妙，妙，优伶之中，有此异人，几乎失敬了！"说话之间，外面筵席已定，请出上席。那雷海清虽是个小小乐官，受明皇赏赉极多，所以做事甚是奢富。筵席之间，就叫几个梨园子弟来吹弹歌舞。这是他卖物当行，不消说

得。海清就留霁云与万春住了数日。霁云、万春辞别，海清又治酒送行。二人别了他，出城到寓所中取了行李，一齐上马登程，向睢阳进发。在路登山涉水，露宿风餐，经了些"鸡声茅店月，人迹板桥霜"。

不一日到睢阳，二人进城歇下。在店中各脱下路上尘沙衣帽，换了洁净衣服，带上包巾。霁云写了名帖，万春是未曾见过面的，不敢具柬，备了谒帖，叫店小二跟了，径投守御使衙门上来。恰值张巡升堂理事，只见闹嚷嚷的健步军牢，杂沓沓的旗牌听用。也有投文的，也有领文的，也有奉差的，也有回销的，也有具呈的，也有塘报的。军民奔走，官役趋跄。南、雷二人站了半晌不得空处。见有一个中军产进辕门来，霁云便向前作揖道："若是张老爷堂事毕了，敢烦长官通报一声，说有故人南霁云相访，帖儿在此，相恳传达。"中军道："通报得的么？"霁云道："岂敢有误长官。"中军道："如此少待。"说着进去，又隔了一会，那中军飞也似奔出来道："南爷在哪里？老爷请进相见。"霁云叫声"有劳！"，整衣而入。张巡降阶迎接上堂，忙叫掩门，霁云道："且慢，有一涿州雷万春与弟八拜之交，他因想慕英风，同来到此，欲求一见，未知可否？"张巡道："既蒙不弃而来，快请相见。"中军高声应了，飞奔出去，请雷万春入来。万春手持谒帖，将欲跪下。张巡向前扶住道："岂敢，岂敢。不嫌鄙才，惠然赐顾，理应倒屣，岂敢踞床。"吩咐掩门，后堂相见。三人转入后堂，叙礼已毕，分宾主坐定。先是霁云与张巡叙了些阔别情由。茶过一通，张巡便向万春道："下官谬以菲才，兹叨重任。方今权臣跋扈，黎庶疮痍，深愧一筹未展，足下此来，必有以教。"万春道："卑人山野愚蒙，惭无经济，辱蒙垂问鄙陋，敢不披肝沥胆，以陈一得之愚。窃见安禄山久蓄异谋，将来祸不旋踵，明公所镇睢阳，当江淮要冲，直东南之锁钥。为今之计，莫若修葺城垣，训练士卒，屯积粮草，作未雨绸缪之算。一旦贼人窃发，进可以勤王剿逆，退可以守地保民，此所谓防患于未然，愿明公熟筹之。"张巡道："诚快论也。南兄有何妙见？"霁云道："自古道，天时不如地利，地利不如人和。以我愚见，尚当与郡守同志，加恩百姓，激以义气，抚以惠政，使民和顺逆之道，定向背之心。外可驱之杀贼，内可令其保城。上下相睦，事无不济矣。"张巡道："妙哉，妙哉！得二公相助，睢阳有幸矣。"即吩咐摆宴洗尘。二人起身方要告辞，只听得外面传鼓，门上传禀进来，说有范阳郡王钧帖，差官要面投禀见。张巡道："此来必有缘故，二公少坐，待下官出堂发放了再来请教。"别了二人，一声云板升堂。外边吆喝开门，便唤范阳镇差官进见。那差官手持钧帖，昂昂然如入无人之境，步上堂来，向张巡作了一揖，递上钧帖。张巡拆开一看，原来是要筑雄武城，向睢阳借调粮食三千石，丁夫一

千名，立等取用。张巡看罢，向差官道："本衙门又非属于郡王，为何来取用丁粮？"差官道："若是郡王统辖地方，就行文去提调了。因睢阳是隔属，所以钧帖上说是借用。"张巡道："朝廷设立城堡，已有定额，为何又要筑城？"差官道："添筑军城，不过是固守边疆，别无他故。"张巡冷笑道："好一个别无他故！我且问你，郡王筑城，可是题请朝廷，奉旨允行的么？"差官道："王爷钦奉圣恩，便宜行事，量筑一个小小城池，何必奉旨。"张巡大怒道："安禄山不奉圣旨，擅自筑城，不轨之谋显然矣，我张巡七尺身躯，一腔热血，但知天子诏，不奉孽藩书。"说罢，须眉倒竖，切齿咬牙，将安禄山的钧帖扯得粉碎，掷在地下，向差官道："本要斩你这驴头，函送京师，奏闻反忧，兴师诛剿。可怜你是个无知走狗，不堪污我宝刀，权寄下此头，借你的口，说与安禄山知道，教他快回心转意，弃职归朝，束手待罪，尚可赦其性命。若是迷而不悟，妄蓄异谋，只怕天兵到来，把他碎尸万段，九族全诛，那时悔之晚矣。左右，与我打那厮出去。"堂下吆喝一声，押四五十条木棍，齐向差官身上没头没脑地乱打。那差官抱头鼠窜，奔出衙门去了。

张巡掩门退堂，怒犹未息，复与南、雷二人坐定。雷万春道："我二人在屏后，见明公发放那差官，最为快畅，即此即可吓破逆贼之胆矣。"南霁云道："禄山知此消息，不日就举兵反矣，不可不预为提备。"张巡道："此间郡守姓许名远，亦是忠义之士，明日便请来商议，就权请屈尊二公为左右骁骑将军，统率将士。"二人称谢。上席饮酒，谈论战守之策不题。

却说安禄山的差官被张公打出，唬得魂不附体，慌忙出城，不分昼夜奔回范阳，不敢去回复安禄山，先去见那大将尹子奇，把张睢阳的话一五一十地说与尹子奇知道。子奇大惊，忙上马到府上来见禄山，也把差官传来的话说了。禄山听罢，大怒道："孤招军买马，积草屯粮，俱已停当。因范阳乃根本之地，故此加筑外城，名为雄武城。已将次筑完，方欲举事。这张巡敢如此无礼！也罢，一不做，二不休，事已至此，丢不得手了。你可与我昼夜督工筑城，要三日完工，如迟，尽把丁夫坑杀，快去，快去。"尹子奇答应去了。又唤大将史思明，吩咐备一道矫诏，选一个无须标致军人，充为内奸，只说京中下来，至期在皇华亭如此如此，史思明也应着去了。又吩咐世子安庆绪，教他齐集人马，二日后在教场等候。安排已定，传令军士，在城中大小衙门飞报，三日后有圣旨到来，传各官迎接。那些军士果然往各衙门传报，报到金判葛太古衙门来，葛太古也自打点接旨。

原来葛太古自贬范阳佥判，领了明霞小姐和家人婢女赴任之后，不上半年，恰好那冤家对头安禄山也分藩此地。太古就推托有病，不出理事。安禄山因要团结人心，假装大度，不来计较，因此太古得以安然。只是明霞小姐一腔幽恨，难向人言。只有红于知她心事。看见登科录上，钟景期中了状元，二人暗自欢喜。及见邸报上说钟景期参劾了李林甫、安禄山，谪贬石泉堡司户，却又背地伤悲。思量与钟景期一段风流美事，眷恋绸缪，便纷纷落泪。红于再三劝解，只是不乐。不久恹恹染成一病，终日不茶不饭。有时闷托香腮，有时愁抱上腕。看看臂宽金钏，腰褪罗裙，非愁非恼，心中只是恹煎；不痒不痛，肠内总然郁结。勉强寄情笔墨，无非是含愁蓄怨，并无淫艳之词。她的诗赋颇多，不能尽述。只有《感春词》二阕，更为蕴藉，调寄《踏莎行》：

其一：

意怯花笺，心慵绣谱，送春总是无情绪。多情芳草带愁来，无情燕子衔春去。　　倚遍栏干，钏易几许，望残山水濛濛处。青山隔断碧天低，依稀想得春归路。

其二：

昨夜疏风，今朝细雨，做成满地和烟絮。花开若使不须春，年年何必春来住。　　楼前莺飞，帘前燕舞，东君漫把韶光与。来知春去已多时，向人还作愁春语。

是日，明霞正与红于在房中闲话，忽见葛太古进来，向明霞道："我儿可着红于将我吉服收拾停当，明早要去接旨。"明霞道："朝廷有何诏旨？"太古道："报事的只说有圣旨到来，不知为着何事。"明霞连忙吩咐红于，取出吉服放在外边。次早，太古穿扮停当，出衙上马，来到皇华亭。

只见安禄山并合城文武官员，俱在那里伺候。太古向前，勉强各各施礼。少停半刻，内官赍着诏书已到。众官跪接，上马前导，鼓乐迎进城内。一路挂红结绿，摆列香案，行到教场中演武厅前，各官下马跪在厅下，厅上内官展开诏书高声宣读：

奉天承运皇帝制曰：朕惟，丞相杨国忠专权恃宠，壅蔽宸聪。除越礼僭

分轻罪不坐外，其欺君误国，重罪难容。朕欲斩首示众，第以椒房之亲，恐伤内官兄妹之情。几欲削官罢职，诚恐葳蕤之祸难除。咨尔东平郡王安禄山，赤心报国，即命尔掌典大兵，入朝诛讨，以靖国难。部下文武，听尔便宜调处，务使早奏厥功。钦此！

安禄山率众官，山呼万岁已毕。请过圣旨香案，禄山就上演武厅，面南坐下，开言道："孤家奉旨讨贼，不可迟延，即于今日誓师。孤家便宜行事，今就将你等文武官员，各加一级，荣封一代，你等可谢恩参贺。"众官听了，面面相觑。内中有等阿谀逢迎的，并一班助恶之徒，便要跪下，只见葛太古自班中走出来，厉声高叫道："安禄山反矣，众官不可参贺。"众皆大惊。安禄山见太古挺身上厅，便对他笑道："你是葛金判么？今番在我手下，尚敢强项。我劝你不如归顺于我，自有好处。若是不从，立时斩首示众。你须三思。"太古道："你这反贼，还要将言来说我么？我葛太古身受国恩，恨无能报效，断不能屈身顺你千刀万剐的奸贼。"安禄山大怒，喝叫刀斧手即刻推出斩首报来。刀斧手答应，向前绑缚了。方要推出开刀，旁边走过尹子奇来，告道："这厮辱骂王爷，死有余辜。但杀了此人，反成就了他的美名，莫若将他监禁，令彼悔过投顺。一来显大王的汪洋度量，二来誓师吉期，免得于军不利。"禄山道："卿言甚善。"便吩咐将葛太古监禁重囚牢内，昼夜拨兵巡逻，不许家人通信。左右应了，牵着葛太古去了。尹子奇与史思明又道："大王起义兵，除奸诛恶，宜先正大位，然后行师。"禄山道："卿言有理，今日我自立为大燕皇帝，册立安庆绪为太子，尹子奇为左丞相、辅国大将军，史思明为右丞相、护国大将军。杨朝宗、史朝义、孙孝哲为骠骑将军。改范阳镇为雄武军都。"克日兴师，拨杨朝宗、孙孝哲为先锋，自己统大兵三十万，南下武牢，进取东西二京。又拨尹子奇、史思明领兵十万，南取睢阳，留安庆绪与史朝义镇守雄武根本之地。旨意一下，那各官谁敢不依，只得摆班。参贺已毕，禄山摆驾回去。次日，禄山与尹子奇，各统军马出城，分头进发，只见：

悲风动地，杀气腾空。剑戟森严，光闪闪青天飞雪；旌旗缭绕，暗沉沉白昼如昏。那巡阵官、巡警官、巡哨官、旗牌官，司其所事；金吾军、羽林军、虎贲军、神机军、水坐军，听其指挥。人绑头，马结尾，急煎煎星移电走；弓上弦，刀出鞘，惨伤伤鬼泣神愁。正是：

万众貔貅入寇来，挥戈直欲抵金台。

长城空作防边计，不道萧墙起祸胎。

那军马浩浩荡荡，分为两路：一路向武牢进发，一路向睢阳而去。安庆绪送父亲出城，然后回去，吆吆喝喝地进城。行到一个衙门前经过，见有巡城指挥的封条贴着。安庆绪在马上问道："这是谁人的衙门？"军士禀道："这是葛金判的衙门，有家眷在内。"安庆绪道："就是那老贼的衙门么？那厮是个反贼，恐有奸细藏在里面，将士们与我打进去搜一搜。"军士答应一声，一齐动手打将进去，不知明霞小姐怎样藏躲，且看下回分解。

第八回　碧秋女雄武同逃

诗曰：

云想衣裳花想容，青春已遇乱离中。
功名富贵若常在，得丧悲欢总是空。
窗里日光飞野马，檐前树色隐房栊。
身无彩凤双飞翼，油壁香车不再逢。

话说葛明霞听得安禄山造反，父亲被他监禁，差人到监问候，又被禁卒拦阻，不许通信。衙门又被巡城指挥封了，正在房中与红于忧愁哭泣。忽见外面乒乒乓乓打将进来，家人奔进说道："小姐不好了，安太子打进来了。"明霞惊问道："哪个安太子？"家人低声说："就是安禄山的儿子安庆绪。"明霞听了，大哭一声，昏倒在地。那安庆绪领着众军，一层一层地搜进来，直到内房，就扯住一个丫鬟，拔出剑来，搁在她颈上问道："你快快直说，葛太古的夫人在哪里？若不说就要砍了。"丫鬟哭道："我家没有夫人的，只有一位小姐。"庆绪指着红于道："这可是小姐么？叫什么名字？"丫鬟道："这是红于姐姐，我家小姐叫明霞，倒在地下的就是。"庆绪收剑入鞘，喝叫丫鬟们："与我扶起来！"众婢将明霞扶起。庆绪向前一看，见明霞红晕盈腮，泪珠满颊，呜呜咽咽，悲如月下啼鹃；袅袅婷婷，弱似风前杨柳。安庆绪这厮看得麻木了，忙喝军士退后，不要上前惊吓小姐。自己走近前来，躬身作揖道："不知小姐在此，多多惊动得罪。"明霞背转身子立着，不去睬他，只是哭。庆绪道："早知葛金判有这等一位小姐，前日说不要骂我父王，就是打我父王，也不该计较他。如今待我放出你令尊，封他作大大官儿，我便迎小姐入宫，同享富。明日我父王死了，少不得是我登基，你就做皇后，你父亲就是国丈了，岂不妙哉？"明霞听了大怒，不觉柳眉倒竖，杏眼睁圆，大喝一声道："呔！你这反贼，休得无礼。我家累世簪缨，传家清白。见你一班狗奴作乱，恨不得食汝之肉，断汝之骨，寝汝之皮，方泄我恨。你这反贼不要想错了念

头。"庆绪见她如此光景，知道一时难得她顺从。待要发怒，又恐激她寻死，心中按下怒气，来在中厅坐定。明霞在房里只是大哭大骂，庆绪只做不知。在中厅坐了一会，吩咐唤李猪儿来讲话，军士应着去了。一面叫军士将葛衙里一应什物细软，尽行搬抢，把许多侍女一齐缚了，命军士先送入宫，又将他老幼家人一十八名，也都下了监。军士一一遵命而行。不多时，李猪儿唤到，向庆绪叩了头，问道："千岁爷呼唤，有何令旨？"庆绪道："葛太古的女儿葛明霞，美艳异常，我欲选她入宫。叵耐这妮子与那老头儿一般的性格，开口便骂，没有半毫从顺的意思。我想，若是生巴巴地抢进宫中，倘然啼哭起来，惊动娘娘知道，倒要吃醋拈酸，淘她恶气。我故此唤你来，将葛明霞与侍女红于交付与你，领回家去，慢慢地劝喻她。若得她回心转意，肯顺从我，那时将那娇滴滴的身体搂在怀中，取乐一回，我就死也甘心了。你这李猪儿，不消说，自然扶持你个大大富贵。"李猪儿道："千岁爷吩咐，敢不尽心，正是，待她心肯日，是我运通时。"庆绪道："好，好，须要小心着意。"说罢，将明霞、红于交与李猪儿，自己上马回宫去了。

看官，你道那李猪儿是谁？原来是个太监，当日明皇赐与禄山的。庆绪要将明霞、红于二人托人劝喻，思量别的东西好胡乱寄在别人处，这标致女子岂是轻易寄托的。所以想着这个没鸡巴的太监是万无一失的，故此叫他来，将明霞、红于交与他。李猪儿领命，就叫军士唤两乘轿子，将她主婢二人抬进李太监衙内来。

原来这李猪儿生性邋遢懒惰，不肯整理衙署。衙里小小三间厅堂，厅后一边是厨房，一边是空闲的耳房，后面三间就是李猪儿睡觉的所在。明霞、红于被猪儿锁在耳房中，两人相对哭泣。坐了半日，看看夜了，也没人点火进来，也没人送饭进来。明霞哭问红于道："安庆绪那贼今日虽去，日后必再来相逼。况我爹爹平生忠耿，必死贼人之手，今生料不能父女团圆了，不如寻个自尽吧！"红于道："小姐不可如此，老爷被贼监禁，自然有日出来，小姐岂可先寻死路？况钟郎花下之盟，难道付之东流了？"明霞道："若说钟郎，越发教人寸肠欲断。我想他谪贬万里遐荒，云山阻隔，未知他生死如何。想起三生凤愿，一笑良缘，天南地北，雁绝鸿稀。我如今以一死谢钟郎，倘钟郎不负奴家，将杯酒浇奴坟上，让他对着白杨青冢哭我一场，我死亦瞑目矣。"红于道："小姐为钟郎死，死亦何恨。只是老爷又无子嗣，只有小姐一点骨血。小姐还是少缓须臾之死，以图完聚。"明霞道："我自幼丧了母亲，蒙爹爹劬育，岂不欲苟延残喘，以事严亲。只是安庆绪早晚必来凌逼。倘被贼人玷污，那时死亦晚矣。我胸前紫香囊内的一个同心方胜儿，就是与钟郎唱和的两幅绫帕。我死之后，你可将来藏好，倘遇

钟郎，你须付与他，教他见帕如见奴家。我那红于呀！我和你半世相随，知心贴意，指望同享欢娱，不想今日在此抛离，好苦杀人也。"红于道："小姐说哪里话，若得老爷死忠，小姐死节，独不带挈红于死义乎？况红于与小姐半步儿不肯相离，小姐既然立志自尽，红于自然跟小姐前去，在黄泉路上也好服侍小姐。"明霞大哭道："红于呀，我和你不想这般结果，好苦呀！"两人泪眼对着泪眼，只一看，不觉心如刀刺，肝肠欲断，连哭也哭不出了，只是手扶着手，跌倒在地。只见门外火光一耀，一声响处，那门上锁儿开了。一个老妪推门进来，后边跟着个垂髫女子，手持一灯，向桌上放了。那老妪与女子一齐扶起明霞、红于。老妪就道："小姐不须短见，好歹有话与老身从长计议。"明霞见是两个女人，方始放心。红于偷眼看那老妪，生得骨瘦神清，不像个歹人。及仔细把那女子一看，却好一种姿色，但见：

态若行云，轻似能飞之燕；姿同玉立，娇如解语之花。眉非怨而常颦，腰非瘦而本细。未放寒梅，不漏枝头春色；含香豆蔻，半舒叶底奇芳。只道是葛明霞贞魂离体先游荡，还疑是观世音圣驾临凡救苦辛。

那女子同着老妪，向前与明霞施礼坐定。明霞道："妈妈此来为何？莫非为反贼来下说词么？"老妪道："老身奉李公公命令而来，初意本是要下说词。方才在门外听见小姐与这位姐姐如此节烈，如此悲痛，不觉令人动了一片婆心。小姐不须悲泣，待我救你脱离虎口，何如？"明霞道："若得如此，便是再生大人矣。请问妈妈尊姓？"老妪道："老身商氏，嫁与卫家，夫君原是秀才，不幸早年弃世，只生这个小女，名唤碧秋。老身没什么营生，开个鞋铺儿，母子相依活命。只因家住李公公衙门隔壁，故此李监与我熟识。方才将你二人关在家中，他因今夜轮值巡城，不得工夫在家，又不便托男子来看守，所以央及老身。一来看管你，二来劝喻你。他将衙门的钥匙都付与我，又恐有军兵来罗唣，付我令牌一面。我因家中没人，女儿年幼，不便独自在家，故此一同过来。我想那安庆绪这厮，他父亲在此还要淫污人家妇女，如今一发肆无忌惮了。我那女儿年方十六，姿容颇艳，住在此间，墙薄室浅，诚恐露她耳目，也甚忧愁。连日要出城他往，奈城门紧急，没个机会。今日天幸李猪儿付与我令牌，我和你如此如此，赚出城门，就可脱身了。"明霞道："若是逃走，往何处投奔去好？"卫姬道："附近城池都是安禄山心腹人镇守，料必都已从贼，只有睢阳可以去得。"明霞道："如此竟投睢阳去便了。"卫碧秋道："且住，我们虽有令牌，只是一行女子，没一个男人领着，岂不被人疑惑。倘若盘诘起来，如何了得？"明霞道："正是，这便如何是好？"卫碧秋指着桌上道："这不是李猪儿余下的冠带在此。我如今可把此衣帽穿戴起来，到城门如此如此，自然不敢阻挡了。"卫姬道："我儿之言，甚为有理。"三人以为得计，明霞也就停哀作喜，独有红于在旁血泪交流，默然肠断。明霞问她道："红于，我和你自分必死，不期遇着卫妈这等义人，方幸有救，你为何倒如此悲惨。"红于道："小姐在上，红于有一言相告。安贼属意的不过是一小姐，如今小姐逃遁，明日李猪儿、安庆绪知道，必差军士追赶，我们鞋弓袜小，哪经得铁骑长驱。红于仔细想来，小姐虽是暂逃，只怕明日此时依旧被贼人拿获了。"明霞道："如此，怎生是好？"红于道："红于倒有一计在此。"明霞道："你有何计？"红于道："如今只求小姐将衣服脱下与红于穿了，待我触死阶前，你们自去逃走。那反贼见了，只道小姐已死，除去妄想，不来追缉了。"明霞道："红于说哪里话，我和你虽是主婢，情同姊妹，方才我欲寻死，你便义不独生。如今我欲偷生，岂可令你就死，这是断断使不得的。"红于道："蒙小姐养育，如骨肉相待，恨无以为报，今日代小姐而死，得其所矣。若小姐不允红于所请，明日被他擒拿，少不得也是一死，望小姐早割恩情，待红于引决。"说罢，便去脱明霞衣服。明霞抵死不肯。卫姬与碧秋道："难得红于姐这片好心，小姐只索依了她吧！"明霞不肯，只是哭。卫姬、碧秋向前脱下她衣服来，红于穿了。碧秋道："红于姐穿着小姐这衣服真似小姐一般，尽可迷安贼之眼矣。"红于哭道："与小姐说话，只在这顷刻，此后再无相见之期了。小姐请坐，待红于拜别。"明霞哭道："你是我的大恩人，还是你请坐了，待我拜你。"二人哭作一团，相对而拜。卫姬与碧秋道："如此义人，我母子也要一拜。"红于道："我红于当拜你母子二人，万望好生看顾我的小姐，贱人在九泉之下也得放心。"说罢，卫姬、碧秋也掉下许多泪来。三人哭拜已毕，红于起来便向阶下走去。回头看了明霞一眼，那血泪纷纷乱滚。明霞大恸，心中不忍，方要向前去扯，那红于早向庭中一块石上，将头狠撞下去，鲜血迸流而死。明霞看了叫道："可怜我那红于呀！"一声哽咽，哭倒在地，连那卫姬、碧秋心中也惨痛不过，忙去搀扶明霞，叫了好一会，方才苏醒过来。卫姬道："小姐且停哭泣，醮楼已交三鼓了。事不宜迟，可速速打点前去。"碧秋便将李猪儿的太监帽戴了，又穿起一件紫团龙的袍儿。卫姬道："我儿倒俨然是个内官模样，只是袍儿太长了些。"碧秋道："倒是长些好，省得脚小不便穿靴。"卫姬便将令牌与碧秋藏在袖里道："你二人稍停，待我外面去看一看光景，然后出去。"说罢，走出去了，一会进来道："好得紧，李猪儿只留四个小监在家，今晚又有两个随着去巡城了。只有一人把门，一人在厨房后睡熟了。我们快快走吧!"碧秋扶明霞出了房门,向外而来。卫姬在前,明霞战兢兢地跟着,碧秋扮内监随在后边。走到衙门首,卫姬悄地将锁来开了。只见把门的小监睡在旁边,壁上挂一盏半明不暗的灯儿,碧秋忙把灯儿吹灭了。卫姬就呀的拽开大门,小监在睡梦里惊醒道:"什么人开门?"卫姬道:"是我,卫妈妈,因身上冷了,回去拿一条被就来。里头关着葛明霞,你须小心,宁可将门关好了,待我来叫你再开。"小监说:"妈妈真是好话,我晓得了。"这边卫姬说话,那边碧秋扯着明霞,在黑地里先闪出门去了,卫姬也走出来,小监果然起来将门关上。卫姬忙到隔壁,开了自己的门,叫明霞、碧秋进去坐了。自己打起火来,向明霞道:"你须吃些夜饭好走路,只是烧不及了。有冷饭在此,吃些吧!"明霞道:"我哭了半日,胸前堵塞,哪里吃得下。"碧秋道:"正是连我的胸也塞紧了,不须吃吧!"卫姬道:"有冷茶在此,大家吃一杯吧!"明霞道:"口中烦渴,冷茶倒要吃的。"三人各吃了两杯。卫姬又领明霞到房中去小解了,母子二人也各自方便,就慌忙收拾些细软银钱,打个包裹儿卫姬挈着,也不锁门,三人竟向南门而走。到得城门,已是四鼓了,碧秋高声叫道:"守门的何在?"叫得一声,那边早有两个军人,一个拿梆子,一个拿锣,飞奔前来,问道:"什么人在此?"碧秋道:"我且问你,今夜李公公巡城,可曾巡过么?"门军道:"方才过去了。"碧秋道:"咱就是李公公差来的,有令牌在此,快传你守门官来讲话。"门军忙去请出守门千户来与碧秋相见。碧秋道:"咱公公有两位亲戚,着咱家送出城去,令牌在此,快些开门。"守门官道:"既是李公公亲戚,为何日里不走,半夜里才来叫门?"碧秋道:"你不晓得,方才千岁爷有旨,自明日起,一应男女不许出城了。因此咱公公知了这个消息,连夜着咱送去。"守门官道:"既然如此,李公公方才在此巡城,为何不见吩咐我?"碧秋道:"你这官儿好呆。巡城乃是公事,况有许多军士随着,怎好把这话来吩咐你。也罢,省得你狐疑,料想咱公公去还不远,待咱赶上去禀一声,说守门官见了令牌不肯开门,请他亲自转来与你说便了。"守门官慌了道:"公公不须性急,小将职司其事,不得不细细盘诘,既说得明白,就开门便了。"碧秋道:"既如此,快些开门,咱便将此令牌交付与你,明日到咱公公处投缴便了。"守门官接了令牌,忙叫军士开门,放碧秋与卫姬、明霞三人出城去了,门军依旧锁好城门。到了次早,守门官拿了令牌,到李猪儿处投缴。一走到衙门前,只见许多军民拥挤在街坊上,大惊小怪。守门官不知为什,闪在人丛里探听。只见人说:"昨夜李公公衙内撞死了葛明霞小姐,逃走了侍婢红于,有隔壁卫姬与碧秋同走的,还有令牌一面,在卫姬身边藏着哩。"守门官听了,吓得目瞪口呆,心里想着夜间的蹊跷事,慌忙回去,吩咐军士不要泄漏昨夜开门的话,

就将令牌劈碎，放在火里烧了。这边李猪儿忙去禀知安庆绪。庆绪亲自来验看，见死尸面上血污满了，只有身上一件鹅黄洒线衫儿，是昨日小姐穿在身上的。所以庆绪辨不出真假，只道死的真个是明霞，便把李猪儿大骂道："我把葛明霞交付与你，你如何不用心，容她死了？没鸡巴的阉狗奴才，这等可恶。"猪儿只是叩头求饶。庆绪道："且着你把她盛殓了，你的死在后边。"说罢，气愤愤地上马，众军簇拥回去了。猪儿着人买一口棺木，将尸盛殓了，抬到东城空地上埋葬。立一个小小石碑在冢前为记。上凿"葛明霞小姐之冢"七字。猪儿安排完了，暗想："安庆绪这厮，恨我不过。若在此，必然被他杀害，不如离了这里吧！"计较停当，取了些金珠，放在身边，匹马出城，赶到安禄山营中，随征去了。

却说卫姬与明霞、碧秋三人赚出城来，慌慌张张望南而走。到个僻静林子里，碧秋将衣帽脱下来，撇在林中。三人又行几里，寻个饭店，到内暂歇，买些面来，做了许多饼，放在身边，一路里行去。那地方都被军马践踏，城池俱已降贼。三人怕有人盘诘，只得打从小路行走。担饥受渴，昼伏夜行。但见：

> 人民逃窜，男妇慌张。人民逃窜，乱纷纷觅弟寻兄；男妇慌张，哭啼啼抱儿挈女。村中亦无鸡犬之声，路上惟有马驮之迹。夜月凄清，几点青磷照野；夕阳惨淡，数堆白骨填途。尘砂飞卷，边城隐隐起狼烟；臭气熏蒸，河畔累累积马粪。正是宁为太平犬，果然莫作乱世人。

三人在路行了许多日子，看看来到睢阳界口，当道有一座石牌坊，上有"啸虎道"三字。卫姬道："好了，我闻得人说，到了啸虎道就不远了。"说话之间，走上大路来。见两旁尽是长林丰草，远远有鼓角之声、旌旗之影。三人正在疑畏，忽见前边三四匹流星马儿飞跑而来，三人忙向草中潜躲。偷眼看那流星马上，通坐着彪形大汉，腰插令旗，手持弓箭，一骑一骑地跑过去了。到第四匹马跑到草中，忽然惊起一只野鸡，向马前冲过去。那马唬得直跳，闯下路旁来。马上的人早已看到明霞等三人，便跳下马来，向前擒捉。不知如何脱身，且听下回分解。

中国禁书文库

海外藏禁书

卷之三

第九回　啸虎道给引赠金

词曰：

　　情凄切，斜阳古道添悲咽。添悲咽，魂销帆影，梦劳车辙。　　秦关汉川云千迭，奔驰不惯香肌怯。香肌怯，几番风雨，几番星月。

右调《忆秦娥》

　　话说葛明霞、卫碧秋随着卫姬行到啸虎道上，忽遇游兵巡哨前来。你道那游兵自何处来的？原来是睢阳右骁骑将军雷万春与南霁云，协助张巡、许远镇守睢阳，那贼将尹子奇、史思明领着兵马前来攻打，已到半个月了，只因葛明霞三人，鞋弓袜小，又且不识路径，故此到得迟。这里贼兵与官军已经交战数次，当不过南、雷二将军骁勇绝伦。尹、史二贼将不敢近城，在百里处安营。城内张、许二公，因粮草不敷，一面遣南霁云往邻邦借粮；一面遣雷万春挡住要路，这啸虎道乃是睢阳门户，因此雷将军将兵马屯扎此处，昼夜拨游骑四处巡哨，探听军机，搜拿奸细。是当游骑见明霞等三人伏在草中，便喝问道："你那三个妇人，是从哪里来的？"卫姬慌了，忙答应道："可怜我们是范阳来的逃难人。"那游骑道："范阳来的，是反贼那边的人了，俺爷正要拿哩！"便跳下马来，将一条索子，把三人一串儿缚了。且不上马，牵着索儿就走，吓得明霞、碧秋号啕大哭，卫姬也惊得呆了，只得由他牵着。到一个营门首，只见三四个军士，拿着梆铃在营门上，见游骑牵三个妇人来，便道："你这人想是活得不耐烦

了么？老爷将令，淫人妇女者斩，掳人妇女者剥皮，你如何牵着三个来，你身上的皮还想要留么？"游骑道："哥们不晓得，那三个是奸细，故此带来见爷，烦哥哥通报。"军士道："既是奸细，待我与你通报。"说罢，走到辕门边，禀了把辕门守备。守备道："吩咐小心带着，待我报入军中去。"说着进内去了。卫姬偷眼看那营寨，十分齐整，四面布满鹿角、铁蒺藜。里边帐房密密，戈戟丛丛，旌旗不乱，人马无声。遥望中军一面大黄旗，随风飘扬，上绣着"保民讨贼"四个大金字。辕门上肃静威严，凛然可畏。不多时，只听得里边呜呜地吹起一声海螺，四下里齐声呐喊，放起三个轰天大炮，鼓角齐鸣，辕门大开。雷万春升帐，传出令来，吩咐哨官出去，将游骑所拿奸细，查点明白，绑解帐前发落。哨官领命到辕门上，问道："游骑拿的奸细在哪里？"游骑禀道："就是这三个妇人。"哨官道："你在何处拿的？"游骑道："她假伏在路旁草丛中，被小的看见擒获的。"哨官道："原获只有这三名，不曾放走别人么？"游骑道："只这三个并无别人。"哨官道："既如此，快些绑了，随我解进去。"军士合应一声，向前动手，哨官又喝道："将军向来有令，妇女不须洗剥，就是和衣绑缚了罢。"军士遵令，把明霞等三个一齐绑了，推进辕门。只见西边通是马军，铜盔铁甲，弯弓搭箭，一字儿排开。第二层，通是团牌校刀手。第三层，通是狼笁长枪手。第四层，通是乌铳铜人手。人人勇猛，个个威风。直到第五层，方是中军。帐前旁边立着数十对红衣雉尾的刀斧手。又有许多穿勇字背心的军卒，尽执着标枪画戟，号带牙旗。帐下齐齐整整的旗牌、巡绰将佐，分班伺候。游骑带三人跪下。哨官上前禀道："游骑拿的奸细到了。"万春见是三个女人，并无男子，便唤游骑问道："这一行通是妇女，你如何知道她是奸细？"游骑道："据她说是范阳来的，故此小人拿住。"万春道："与我唤上来问她。"哨官将三人推上前跪下，万春道："你这三个妇女，既是范阳人，到此作何勾当？"卫姬道："小妇人是个寡妇，夫家姓卫，因此人都唤做卫姬。这一个是我女儿，名唤碧秋，那一个叫做葛明霞，因安禄山反叛，逃难到此。望将军起豁。"万春听见葛明霞三字，心里想道："葛明霞名字好生熟的，在哪里闻得，怎么一时想不起？"又思想了一会，忽然想着，暗道："是了，只不知可是她？"便问明霞道："你是何等人家，为何只身同她母子逃难？"明霞两泪交流说道："念葛明霞非是下贱之人，我乃长安人氏，父亲讳太古，原任御史大夫，因触忤权臣谪来范阳金判。近遭安禄山之乱，骂贼不屈，被贼监禁。奴家又被安庆绪凌逼，几欲自尽。多蒙卫姬母子挈出同逃，不想又遭擒掳。"说罢大哭。万春大惊道："原来正是葛小姐。我且问你，尊夫可是状元钟景期么？"葛明霞听见，却又呆了，便问道："将军如何晓得？"万春道："我与钟郎忝在亲末，以此知道。"明霞道："奴家与钟郎，虽有婚姻之约，尚未成礼。"这句话一发合式了。万春慌忙起身出位，喝叫解去绑绳，连卫姬、碧秋也放了，俱请她三人起来。万春向明霞施礼道："不知是钟状元的大夫人，小将多多得罪了。"明霞回了一福，又问道："不知将军与钟郎是何亲谊？"万春道："小将雷万春，前年因钟状元谪官赴蜀，偶宿永定寺，寺僧谋害状元，状元知觉，暮夜从菜园逃出，走到剑峰山，遇着猛虎，几乎丧命。彼时小将偶至此山看见猛虎，将猛虎打死，救了状元，留至家中。小将见他慷慨英奇，要将舍侄女配他为妻。他因不肯背小姐之盟，再三推却，小将只得将舍侄女与他暂抱衾裯，留着中馈，以待小姐。不期今日在此相遇，不知小姐如今将欲何往？"明霞道："各处城池，俱已附贼。闻得睢阳尚奉正朔，故特来相托。"万春道："小姐来迟了。五日前，城中尚容人出入，如今主帅有令，一应男妇，不许入城出城，违者立时枭首。军令森严，何人敢犯。"明霞道："如此怎生是好。"万春道："小姐休慌，好歹待小将与你计较便了。请小姐与卫姬母子在旁帐少坐。有一杯水酒，与小姐压惊，只是军中草草，又乏人相陪，休嫌怠慢。"就吩咐随身童子，领着明霞三人到旁帐去了。又叫安排酒饭，务要小心看待。左右应着，自去打点。

万春独坐帐中想道："明霞小姐三人到此，睢阳城又进不得，又不便留在军中。想明霞乃是长安人氏，不如教她竟回长安去罢。只是路上难走，须给她一张路引。"又想："这路引，要写得周到，不用识字辨稿。"叫左右取笔砚纸张过来，自己写出来道：

协守睢阳右营骁骑将军雷为公务事，照得范阳金判葛太古，不从叛寇，被禁贼巢，所有嫡女明霞，潜身避难，经过本营，已经讯问明白。查系西京人氏，听其自归原籍，诚恐沿途阻隔，合给路引护照。为此给引本氏前去，凡遇关津隘口，一应军兵盘诘，验引即便放行，不得留难阻滞。倘有贼兵窃发处所，该营讯官立拨健卒四名护送出界，勿致疏虞。如遇节镇刺史驻扎地方，即将路引呈验挂号，俱毋违错。须至路引者

计开：

锦香亭

女子一名葛明霞　系金判葛太古女，状元钟景期原聘室。

同行女伴二名卫姬、卫碧秋

右路引给葛明霞等，准此。

天宝十四年九月　日给

睢阳右营押

雷万春写完了，将朱笔来签了，又开出印来用了，将一张油纸包衬停当，自己取出白银三十两封好。不多时，明霞等三人用完酒饭，到帐中面谢。万春道："小姐，令尊既陷贼庭，万无再往范阳之理。钟郎又远谪巴蜀，一时未能相见。我想小姐原籍长安，故园想必无恙。为今之计，不如竟回长安去罢。"明霞道："路上难行，如何是好。"万春道："不妨，我有路引一张在此。若遇军兵拦阻，将速与他验看，可保无虞。又有白银三十两，送与小姐，为途中盘费。本该留住几日，怎奈军中不便。亵慢之罪，望小姐容恕。"说罢，将路引和银子交与卫姬收好。明霞道："感将军仗义周全，恩同覆载，待奴家拜谢。"说完拜将下去，万春忙跪下回拜了。卫姬、碧秋也来拜谢，万春欠身回揖道："你母子出万死一生之计，脱葛小姐于虎口，难得，难得！自今一路去，还仗小心照顾。"明霞等三人千恩万谢，作别而行。万春又拨军士四名，护送出界。军士领命，将三人送至睢阳界口，指引了路径，明霞等竟望西而去。军士回营，方才缴令，却见外面辕门上守备进营禀道："有雍邱守将令狐潮来拜将军，已到辕门了。"万春道："他乃邻封守将，此来必有缘故，快请相见。"守备答应出去，万春立在帐前等候。只见令狐潮步行入营，万春欠身相迎入帐，施礼坐定。令狐潮道："将军保障江淮，英名如雷贯耳，向恨无遇李之缘，今始遂识荆之愿，有言相告，望祈鉴纳。"万春道："某以袜线短才，当此南北要冲，贼势猖獗，不知将军有何良策？"令狐潮道："以将军之才，建功立名，易如反掌。只是如今朝廷，溺于衽席之私，惑于奸谗之口，荒淫失道，残戮彰闻。我和你冲锋冒矢，血汗淋漓，空与朝廷出力，天子哪里知道？况此睢阳，四面受乱，毫无险阻，倘被重围，那时外无援兵，内无粮草，如何是好？"万春道："如此说，终不然束手待毙不成。"令狐潮说："岂有束手之理，我想虽然智慧，不如乘

势。方今大燕皇帝雄才大度，足与有为。"万春勃然变色道："住了！哪个大燕皇帝？"令狐潮道："就是安郡王新上的尊号。"万春大怒道："就是那安禄山这贼么，我知道你的来意了，你总是要用三寸不烂之舌来说我么？我雷万春一点赤心，天日可表，随你陆贾重生，张仪再世，也难说得铁石人心转，不必多言。"令狐潮道："我此来是好意，我在唐朝不过是个雍邱守将，自弃暗投明之后，即蒙大燕加为折冲大元帅，领兵协助尹子奇、史思明合攻睢阳。我因与将军向有邻封之谊，因此不便加兵，特来好言劝谕，倘将军迷而不悟，只恐玉石俱焚，那时悔之晚矣。"万春大喝道："令狐潮，你既降贼，便为敌人，谁与你称宾道主。我眼睛便认得令狐潮，腰间宝剑却不认得。本待就擒你这反贼斩首示众，只是袭人未备，不是大丈夫所为，你快快回去，准备厮战。若再哓哓，决难宽恕了。"这一番话说得令狐潮满面羞惭，唯唯而退，出营上马。回到贼营，贼将尹子奇、史思明接着问道："雷万春光景如何？"令狐潮就把雷万春的话，从头至尾，一一说了。尹子奇道："若如此，须是整兵备战了。"史思明道："那雷万春骁勇异常，难以力敌，明日交战，须要如此如此，这般这般，方得万全。"尹子奇、令狐潮道："好计，好计。"三人商量了，打下战书到雷万春营里来。万春批下"来日决战。"也在军中打点迎敌。

次日官兵与贼兵齐出，两阵对围。门旗影里，雷万春出马，头戴三叉凤翅盔，身挂连环锁子甲，腰系狮銮宝带，脚穿鹰嘴战靴，坐下追风骏马，手提丈八蛇矛，厉声大叫道："反贼快来交战。"那贼阵上令狐潮出马，头装绛红巾，身披黑铁甲，手执长枪，腰悬利剑，睁圆怪眼，大叫道："雷万春不听好人说话，今日与你决个雌雄。"雷万春大怒，更不打话，把矛直取令狐潮，令狐潮也举枪来迎。两般兵器盘旋，八只马蹄来往，好一场厮杀。但见：

　　尘卷沙飞，云低天惨。一个是全忠效勇的唐室勋臣；一个是附势趋炎的贼营降将。一个点钢矛，无些破绽；一个梨花枪，没处遮拦。鸣金擂鼓，数声号炮震天关；呐喊摇旗，半指金戈留日影。胜负分时，转眼见血流满地；死生决处，回头望尸积如山。

二人战有三十余合，令狐潮敌不过雷万春，拨马败回本阵。万春将鞭梢一指，官军奋勇杀来，贼兵大败而走。万春紧紧追赶，约有数里，只见两旁尽是大林，阴翳深密，万春勒住马道："且休追赶，此处恐有伏兵。"话说未了，早听见连珠炮响，四下里喊声大震，伏兵尽起。当先一骑马杀出叫道："雷万春快快下马就缚，我尹子奇等候多时了。"万春大怒道："你们这些反贼，将诡计来赚我。"即纵马来取尹子奇。子奇舞刀接战，不上二、三回合，令狐潮又回转兵来助战。万春力敌二将，全无俱色。争奈寡不胜众，贼兵不知有多少，重重围住。万春正在危急，只见外面一支军马杀来。当头一将勇猛如虎，手提宣花斧，东冲西撞，如剖瓜切菜一般，砍得那些贼兵七零八落，尹子奇、令狐潮大惊。不知那位将军是谁，且听下回分解。

第十回　睢阳城烹僮杀妾

诗曰：

> 杀气横空万马来，悲风起处角声哀。
> 年来战血山花染，冷落铜驼没草莱。

话说雷万春被贼兵围住，正在危急之际，忽有一支兵马杀来救援，万春就乘势溃围而出。尹子奇、令狐潮见来将勇猛，不敢追袭，收兵自回。万春马上定睛一看，原来救他的是南霁云。二人合兵一处，万春问道："南兄往临淮借军粮，如何却来此处救小弟？"霁云道："不要说起，小弟到临淮贺兰进明处告借兵粮，谁想那厮一名兵也不予，一石粮也不借，倒排起宴来叫一班歌儿舞女留恋小弟，要留我在彼一同应贼。我因此大怒，就席间拔剑斩下一指，立了誓言道：'斩了安禄山，必斩贺兰进明。'那贼见我愤怒，不敢加害，我便领着本部兵马回来。方才到啸虎道上，却见贼将史思明已占了道口，我正要与他厮杀，又有军人来报，说兄长被困于此，因此特来接应。"万春大惊道："不想啸虎道已被史思明袭了，这便如何是好。"霁云道："我和你再去夺转来便了。"二人一头说，一头驱兵前进。远远望见啸虎道上火起，二人慌忙领兵杀到。早有史思明向前拦路，南、雷二将更不打话，竟冲杀过来。史思明如何抵挡得住，正待败将下去。那尹子奇、令狐潮又引兵杀来，两边混杀一场。南、雷二将冲进啸虎道，只是旧塞已被人烧了，只得暂回城中来。见了张、许二公，备述上项事情。正说话间，有人来报道："贼兵把城池团团围住了。"忽有一人在许远身边转出来说道："既是贼兵围城，只可大家出去决一死战。"张巡喝道："军机重务，汝何人辄敢乱言。"许远道："此是小仆，名唤义僮。虽是臧获之徒，亦颇有忠烈之气。"张巡道："原来是盛价，我有一事用着他。"许远道："张大人有何事用他？"张巡道："南、雷二将军只好应敌，

城中仓廪无人看管，可拨兵一百随他，叫他点视粮草。"义僮叩头领命去了。不多时，又有报来道："城外贼兵，攻打甚急。"张巡便吩咐南、雷二将去各门巡视，教将擂木炮石之类滚打下去，箭弩刀枪灰瓶在城上防守。南、雷二将依令在城严守，贼兵不能向前。

隔了月余，各门将佐都到张、许二公处报称缺箭。许公大惊。张公笑道："不妨。去传南、雷二将来。"附耳低言，如此如此。二将领计而去。密令军士，每人各束草人一个，头戴毡笠，身披黑衣。每一个用长绳一条系着，至二更时分，都将草人挂下城去。城头上呐喊起来，金鼓齐鸣。是夜月色朦胧，贼营中方始睡下。忽听到喊声震天，不知哪里兵马到来，人不及甲，马不及鞍，纷纷乱窜。尹子奇起来，站在营门首探望，见史思明飞也似跑来说道："我只道何处杀来，原来是城中许多兵，从城上爬下来，想必要来劫营了。"令狐潮穿着一只靴也奔来道："城上许多兵下来了，快去迎敌。"尹子奇道："他们既在城上下来，我们不要慌，快着军士尽发弓弩乱箭射去，不容他下城便了。"三个贼将一齐来到营门首，催督军士射箭。真个万弩齐发，望着草人射去。那睢阳军看见他们中计，呐喊一发响了。又将草人儿好似提偶戏的一般，一来一往，一上一下。贼人看见，箭儿射得越紧了。自二鼓起至四鼓，忽然天上云收雾散，推出一轮明月。有眼快的早看见是草人了。南、雷二将便命各军收起草人，高声道："多谢送箭。"那三个贼将，气得死去活来。睢阳城中各军，在草人身上拔下箭来，齐送至张、许二公处，计点共得箭五十六万二千有余。张、许二公就教南、雷二将，分派各军去了。

又隔了数日，探子来报道："新店地方有贼军搬运粮车几十辆来了。"适值义僮在旁听见，便道："仓里粮少，何不去抢来倒够几个月的吃哩。"张公道："此言甚合我意。"便拨雷万春领兵前去，义僮随去搬粮，南霁云在后接应，竟奔新店地方。果见一队兵马押着许多车辆，车上尽插黄旗，上写"军粮"两字。雷万春挥兵一掩，那押粮兵马尽弃粮车而去。义僮领军士向前把粮车推了，先行回到城下。这里史思明闻报，领兵来救，却被南霁云一支军冲出，把史思明的兵截成两段。义僮先将粮车推入城中去了，外边南、雷二将，把贼兵杀得抱头鼠窜，史思明大败而去。南霁云与雷万春收兵入城，把粮米尽入仓廪。共得米五千四百余石，料豆二千五百石，小米三千石，全城军兵大喜。

次日张、许二公亲自上城巡视，只见史思明在城下，教贼兵大骂。义僮大怒道："这贼如此辱骂，二位老爷，怎么不发兵去杀他？"许公道："由他自骂，谁要你管。"义僮道："我们小人也耐不得这等气，亏你们做官的生得好一双顽皮耳朵。"张公巡至东门，南、雷二将来接着。南霁云道："尹子奇、令狐潮在此窥伺，似有攻城之状。"张公道："南将军可领兵在城门首。听敌楼炮响，开门杀出。"南霁云领命而去。张公又吩咐万春道："雷将军可率兵在城上，手执旌旗，一齐站着，不许擅动，不许交头接耳出言吐气，我自在敌楼中。若见贼兵移动，便放炮为号。"万春也领命了。城外尹子奇、令狐潮正在观望，那边史思明也来了，他叫军士辱骂。只见城上的兵都像木偶人一般站着。尹子奇道："却怎生这般光景。"令狐潮指着道："你看那女墙边站的是雷万春、待我放支冷箭去。"搭着箭，曳着弓，嗖地一声射去，正中万春左面颊上。贼兵齐声喝采，那雷万春却动也不动。史思明道："怎么射他不动，待我也来射。"说罢，也射一箭，正中万春右面颊上，万春只是不动。尹子奇道："这人真是老面皮，待我也射他一箭。"取箭过来，望着万春一箭，却中万春额上，也只不动。令狐潮道："不信有这等事，军士与我一齐放箭。"贼军应声乱射上去，也有射不到的，也有射着城垛的，也有射中别个军士的。那雷万春面上，刚刚又中三支，连前面上中的共有六矢，他竟端然不动，众军大惊。尹子奇道："莫非又是草人么？待我近前一看。"遂纵马至城下。万春见子奇来得近了，便向腰间取过雕弓，就自己面上拔下一支箭来，向尹子奇射去，道声"看箭"，射得尹子奇应弦落马。张公在敌楼上看见，便将信炮放起。南霁云开门，发兵杀出。史思明忙救尹子奇回营，令狐潮向前接战。不上数合，那些军士见睢阳将士这等骁勇，如何不怕，便不战而退，自相践踏，死者不计其数，令狐潮大败而回。南霁云乘势追赶，便要抢入营去，贼营中的箭，如雨点一般射来。南霁云不能进去，收兵奏凯回城。张、许二公接着，同去看雷万春。见他已拔下面上的箭了，张、许二公亲自替他敷药。义僮道："雷将军真是铁面，那尹贼的面孔想是纸糊的，一箭就射穿了。"众军都笑。南霁云道："今日之战，贼人心胆俱破，但得外面援兵一至，便可解围了。"许公道："坚守待救，必须粮足，不知仓里的粮还够几时用度？"义僮道："小的看了，也不多了，明日老爷亲自下仓来，盘点一番，便知多寡。"许公道："正是。"一面吩咐拨医生调治雷将军箭疮，张公自与南霁云在城巡视。

次日许公来到仓里，义僮接着，将廒里的米逐一盘斛，刚刚只够半个月的粮。许公大惊道："若半月之后救兵不到，如何是好？"义僮道："照前日这般杀起来，不够七八日，都把那些贼杀尽了，哪消半月？若是粮少，等贼兵运粮来时，也像前日一般，再去抢他的便了。"许公道："此乃险计，只可一，不可二。我如今想起来，城中绅衿富户人家，必有积储，明日我发贴与你，去各家先借些用。"义僮道："那些乡绅举监，只晓得说人情，买白宅，哪个是忠君爱国的？富户人家经纪用的六斗当五斗的斛子，收佃户的米来囤在家里，巴不得米价腾贵，好生利息。小的看那等富贵人家，只知斋僧布施、妆佛造相的事，便要沽名市誉，肯做几桩；其他就是一个嫡派至亲，贫穷出丑，不指望他扶持，还要怕他上门来泄他家的体面，便百般厌恶痛绝他。小的看起来，真正是襟裾牛马，铜臭狗矢。老爷若要与他们借粮，只怕这热气呵在壁上，到底不中用的。"许公道："十室之邑，必有忠信，偌大睢阳岂无义士？待我亲去劝谕他们，自然有几家输助。"义僮道："那些人再不吃好草的，不如待小的去到几家巨富人家，只说要死在他家的，有人或害怕出人命，肯拿些出来。"许公道："胡说，这是泼皮图赖人的勾当，做出来可不被人笑话？"说罢上马，来到各乡绅举监及富户人家门首？说郡守亲来借粮保城。这些人家果然也有回不在家的，也有托病不出来相见的。不多几家拿了些米，一共只得二百余石，张、许二公大忧。

那贼营中尹子奇箭疮虽好，却正射瞎了一只左眼，切齿大怒，与史思明、令狐潮昼夜攻打。幸喜雷万春面上的疮也好了，与南霁云在城百般守护。贼兵架起云梯，南、雷二将就将大炮打去，云梯上的军士都被烧死。贼兵夜里来爬城，南、雷二将教将草把沾上脂油，点着火投将下去，军兵不敢上城。贼兵挖地道进来，南、雷二公吩咐沿城都阻深堑，水灌入地道去，贼都淹死在内。尹子奇等无计可施，只是紧紧围着。城中无奈粮草已尽了，张、许二公只得教军士杀牛马来吃。牛马杀尽了，又教取纸头树皮来吃。纸头树皮又吃尽了，只得教军士罗雀掘鼠来吃。可怜一个军士每日只罗得三五只雀，掘得六七个鼠。还有罗不着掘不着的，如何济得事。那些小户百姓人家，也都绝了粮。有游手好闲的人，纠集了饥民，往大户人家去抢米来吃。也有以公废私的倒箪食壶浆送到城上来，与军士们充饥。不多几月，连大户人家的米也抢尽了。城中老弱饿死的填沟积壑，军士们就拆房椽子做了柴，割死人肉去煮来救饥。张、许二公无计可生，一心只望救兵来援。叵耐贼兵攻打愈急，军中食尽，颇有怨言纷纷，都要弃城逃窜。

是日，张公见了这光景，退入私衙独自坐下，左思右想，没做理会处。却好屏后转出一个妇人来道："老爷，外边事体如何？"张公抬头一看。看来是他爱妾吴氏，心中便暗自估省道："本衙内并无别件可与军士吃得，只有这个爱妾，莫若杀来与军士充饥，还可激起他们的忠义。只是这句话，教我怎生启齿也。"夫人见张公搔首自叹，沉吟不语，便道："看老爷这般光景，外面大势想必不济了，有话可说与妾身知道。"张公道："话是有一句，只是不好说得。"吴夫人道："妾身面前有何不可说的话。"张公道："只因城中食尽，我恐军心有变，欲将你……"张公说到此处，又住口不言。吴夫人道："老爷为何欲言又止。"张公道："教我如何说得出这话来。"吴夫人等了一回，便眼泪交流道："老爷不必言明，妾已猜着了。"张公道："你猜着了什么来。"吴夫人道："军士无粮，可是要将妾身杀来饷士么？"张公大哭道："好呀！你怎生就猜着了，只是我虽有此心，其实不忍启齿。"吴夫人道："妾身受制于夫，老爷既有此心，敢不顺从。况且孤城危急，倘然城陷，少不得是个死。何如今日从容就义的好。老爷快请下手。"张公大哭道："我那娘子，念我为国家大事，你死在九泉之下，不要怨下官寡情。"说罢，拔出剑来，方举手欲砍，又缩住手哭道："我那娘子，教我就是铁石心肠也难动手。"吴夫人哭道："老爷既是不忍，可将三尺青锋付与奴家，待奴自尽。"张公大叫道："罢！事已至此，顾不得恩情了。"掷剑在地，望外而走。吴夫人拾起剑来，顺手儿一勒，刎死在地。张公听见一声响亮，回身看时，见吴夫人已是血流满地，死在堂中。张公大恸，向着死尸拜了几拜，近前脱下她衣服，全身用剑剁开。吩咐火夫取去煮熟了，盛在盘中。叫军士捧了，自己上马，亲送至城上来。早有人晓得了，报与众军知道，众军还不信。只见张公骑马而来，眼儿哭得红肿，前面捧着热腾腾的肉儿，方信传言张公杀妾是真的，便齐声哭道："老爷如此忠心，小人们情愿死守，决无二心，这夫人的肉体，小的们断然吃不下的。"张公道："我二夫人，也因饿了几日，肉儿甚瘦，你们略啖几块，少充饥腹。"南、雷二将道："众军就是要吃，主帅在此，决难下咽。主帅请回府罢。"张公含泪自回去了。众军道："我们情愿饿死，决不忍吃她的。"南、雷二将道："既是众军不忍食，可将吴夫人骨肉埋在城上便了。"众军都道："有理。"便掘开土来，将煮熟的骨肉掩埋好了。南、雷二将率众军向冢拜哭，哀声动地。早有许义僮在城上来，晓得此事。看诸军鹄面鸠形，有言无气，就奔回府中，说与许远听。许远道："有这等的事，难得，难得！"义僮道："忠义之事，人人做得，如何只让别人。我想吴夫人是个女子，尚肯做出这等事来。小的虽是下贱之人，也是个男子汉，难道倒不如她。况老爷与张老爷事同一体，他既杀妾，老爷何不烹僮。"许公道："我心中虽有此念，只是舍你不得。"义僮道："老爷哪里话，他的爱妾乃是同衾共枕的人，尚然舍得，何况小的是个执鞭坠镫的奴仆。老爷不必疑惑，快将小的烹与军士们吃。"说罢，拔剑自刎在地。许公大哭，忙叫人将义僮烹熟了，自己亲送上城来道："诸军枵腹，我有两盘肉有此，可大家吃些。"众军此时，还不晓得烹的是义僮，便向前一哄都抢来吃完了。许公包着两眼的泪，回府而去。内中有乖觉军士见许公光景，心中有些疑惑，便悄悄跟到府前打听，只听得人沸沸扬扬地道："张、许二位老爷真是难得，一个杀了爱妾，一个烹了义僮。"那军士听得奔至城上说了。众军大惊，大哭呕吐不已。贼兵知了城中消息，便昼夜攻打。南、雷二将百计准备。又隔了十数日，军士尽皆饿死，剩得几十个兵，又是饿坏了。贼将尹子奇、史思明、令狐潮就驱兵鼓噪上城，雷万春在东门城上，见有贼兵上来，便手持长矛，连戳死十数贼。回头望见北门西门起火，有军士来报道："北门上南霁云撞下城头跌死了。西门已被贼兵攻破，张、许二老爷都被擒住了。"万春听得大叫一声，自刎而死。那尹子奇等进城，教军兵把城中饿不死的居民，尽皆屠戮。衙署仓库民房，尽行放火烧毁。移营城下，置酒称贺。尹子奇、令狐潮、史思明三人，在帐中酣饮，吩咐手下，将张巡、许远并擒获的军士推至帐前。张公厉声道："逆贼为何不杀我。"尹子奇道："你到了此际，还要骂我们么？"张公道："我志吞反贼，恨力不能耳！"许公道："张兄不要与逆奴斗口。我和你遥拜了圣上，方好就死。"张公道："兄言有理。"二人望西拜道："臣力竭矣，生不能报陛下，死当为厉鬼以杀贼！"尹子奇笑道："活跳的人奈何我不得，不要说死鬼。"张公道："你这狗奴不要夸口，少不得碎尸万段，只争来早与来迟耳！"尹子奇大怒，喝叫左右打落他牙齿。左右向前将张公牙齿尽行打落。张公满口鲜血，尚含糊骂贼。许公也大骂。尹子奇喝叫推出斩首。张、许二公神色不变，骂不绝口，引颈就刃而死。同被擒军士三十二名一齐遇害。连前南、雷二将军，共有三十六人死难。所以史官在纲目上大书一行道：

"尹子奇等陷睢阳，张巡、许远等死亡。"又有长歌一首赞叹张、许、南、雷的忠义：

睢阳城中尽忠烈，凛凛朔风飘铁血。

保障江淮半壁天，一心欲补金瓯缺。

数声鼓角动睢阳，贼骑纷纷犯北阙。

二十四城俱已陷，天生张许人中杰。

南雷英勇称绝伦，协守孤城靖臣节。

耀刀当风鬓欲竖，挽弓卧霜唇亦裂。

面留六矢尚能言，斩指乞兵不少怯。

援不来分粮又竭，一烹爱僮一杀妾。

欲全忠义割恩情，宝剑锋芒凛霜雪。

君不见五色芳魂化彩云。一片真心煮明月。

破城被执贼营中，大骂犹雄莫能屈。

又不见连城兮俱焚灭，擎天柱兮双摧折。

亘古流芳千万年，忠名留与人传说。

　　贼将斩了张、许二公等，开怀畅饮，一连在营中吃了三日酒。忽有报来说，朔方节度使郭子仪、太尉李光弼领兵杀来，在五十里外安营。尹子奇等闻报，慌忙预备迎敌。史思明道："彼兵远来，必然疲困。我们就今夜前去劫寨，必获大胜。"令狐潮道："好计，好计。"便吩咐诸军，各自打点不题。

　　却说郭子仪镇守朔方，闻范阳安禄山之变，即兴师勤王，恰遇太尉李光弼也领兵前来，二人合兵而行。到了中途，听说尹子奇等围困睢阳，甚是危急。郭子仪就与李光弼商议道："睢阳张巡、许远等人，死守孤城，我和你必须先解此围，然后西行。"李光弼道："所言有理。"二人遂驱兵望南而行，来到睢阳，早有报人报称，三日前城已破了，张、许、南、雷俱已受害。子仪、光弼大惊，便教将兵扎住。安营已毕，帐前忽起一阵旋风，将一面牙旗吹折。李光弼道："此主何兆？"郭子仪道："今晚贼人必来劫寨。"李光弼道："如此快作准备。"子仪笑道："我欲将计就计，如此如此而行，何如？"光弼大喜，便吩咐诸将，分头去料理。那边尹子奇、史思明、令狐潮领着兵马，人衔枚，马摘铃，一直杀至官军营中。三个贼将当先杀入，只见营中并无一人，只将几只羊在那里打更鼓。尹子奇知是中计，大惊失色，慌忙回马退出。只听得一声

中国禁书文库

锦香亭

五〇三

炮响，火光冲天，喊声动地，外面不知有多少兵马杀来。当头是大唐先锋仆固怀恩杀到，令狐潮接着厮杀。左边有郭子仪冲来，尹子奇抵住厮杀。右边有李光弼冲来，史思明抵住厮杀。六骑马分做三对儿交战，杀不上二十余合，仆固怀恩大吼一声，将令狐潮一刀分为两段。尹子奇、史思明慌了，拨马落荒而逃，唐兵乘势冲杀前来。贼兵大败，奔至营门，早见门旗影里一个年少将军，在火光之下，横枪立马，高叫道："我乃郭节度长子郭晞是也。你那反贼的营寨，已被我夺下多时了。"尹、史二人忙领兵转来，要进睢阳城中暂歇。来到城下，望见城头上，尽是大唐旗号。又有一个少年将军，站在城头高叫道："我乃郭节度次子郭暧是也。睢阳已被我取了。"尹、史二人手脚无措，只得望西而行，后面郭子仪、李光弼、仆固怀恩又领兵追到。贼人正待奔走，忽然一阵狂风，黑云密布，惨雾迷天。半空中，隐隐见张、许二公，南、雷二将，领着许多阴兵，打着睢阳旗号，飞砂走石，杀将过来。尹、史二人并贼兵，一个个头眩眼花，手麻脚软。郭、李二公驱兵追赶前来，杀得尸横遍野，血流成河。尹、史二人抱头鼠窜而去。仆固怀恩大声高叫道："此际不擒反贼，更待何时？"咬牙切齿，纵马向前。不知在何处捉获尹、史二贼，且看下回分解。

第十一回　雷海清掷筝骂贼

诗曰：

揭天鼙鼓动，悔赐洗儿钱。

九庙成灰烬，千家绝水烟。

霓裳初罢舞，玉瑟尚留弦，

兴庆宫前树，凄凉泣杜鹃。

话说郭子仪、李光弼，将尹子奇、史思明杀败。先锋仆固怀恩，奋勇争先，追杀上去，子仪教鸣金收军。仆固怀恩来见子仪道："小将正待追擒那厮，主帅如何收军?"子仪道："兵法有云，穷寇莫追，汝不可乘胜轻敌。"怀恩道："主帅所见极是。"遂安营。一面犒军，一面着人寻取张、许二公并南、雷二将的尸首。军士领兵去寻了一日，领一个幅巾筇杖的老叟进营来。那老叟昂然上帐，向着郭子仪、李光弼长揖不拜。郭子仪见他气宇不凡，遂命坐了。问道："老叟何人，何以到此?"老叟道："我姓李名翰，隐居山野。因张、许二公，南、雷二将尽忠而死，尸骸暴露城下，老夫特备四口棺木前来，已将四位忠臣盛殓了。适见麾下健儿，各处查觅他尸骨，故此老夫特地前来，望二位明公速为择地安葬，以慰忠魂。"子仪、光弼大喜，留李翰在营中暂歇。便往城南择了一块地，将张、许二公，南、雷二将埋葬好了，立了墓碑。子仪、光弼与李翰率领诸将祭奠，哭泣甚哀。礼毕回营，李翰即来告辞。李光弼道："我等欲屈先生在营筹划军费，望先生休弃。"李翰道："老夫性耽隐癖，久已忘情人世，不敢从命。"郭子仪道："先生既爱烟霞佳趣，我等亦不敢相强。只是既来一番，必祈指示一二，方不虚此良晤。"李翰道："二公询问刍荛，老夫敢陈一计。"子仪、光弼道："愿闻大教。"李翰道："目今安禄山统兵入犯，二公可分兵二支，郭公领一支军入援二京，李公领一支军直捣范阳，范阳乃贼人巢穴，若知有兵攻击，必思回救。令此贼首尾不能相顾，我事济矣。"子仪、光弼大加叹服，吩咐治酒送别，取出黄金三十两，白银一百两，送予李翰。他一毫不受，向上长揖，飘然而去。子仪、光弼就依他言语，分兵进发。李光弼自去征范阳，郭子仪来救两京不题。

却说尹子奇、史思明被唐兵杀得大败，遂领着残兵疲将，忙忙如丧家之狗，急急如漏网之鱼，望西奔走了一日一夜。军马饥乏，只得在路旁树下，造饭而食。将士方才少息，只见前面一彪军马冲来。尹、史二人大惊，忙取兵器在手，立马而待。只见当头一将大叫道："二位将军受苦了，我特来接应你们。"看时，却是杨朝宗。二人大喜，下马施礼，就石上坐定。杨朝宗道："蒙主上教我做个先锋，托赖福庇，自起兵以来，大获吉利，直抵武牢关。那守关将封常清，被我们杀败，乘势夺了关口。一路城池望风投顺，到了东京洛阳地方，被俺们擒了守将歌舒翰。那厮怕死，就献了东京。主上便教他留守东京，自己长驱大进，径到西京长安城下。唐朝并无准备，明皇慌了手脚，连夜带了嫔妃、宫监、宗室大臣，逃出延秋门，奔往巴蜀去了。主上遂破了西京，踞了宫殿，如今现在那边受用。闻知二位将军攻打睢阳不下，着我来协攻。谁想昨日有探子来报，说二位将军败于郭子仪、李光弼之手，因此小将特来接应。"尹子奇道："为今之计将奈何？"杨朝宗道："我们如今有生力军在此，何不再与他决个胜负？"尹子奇摇头道："休说这话，我有十万雄兵，被他十停失了七八停。如今这几千军卒，哪里杀得他过。"史思明道："不如往长安去，求主上再添兵马，方可再与他交战。"尹子奇道："有理。"说罢，三人并军士们，胡乱吃了些饭，一齐起行。过洛阳，济河津，入潼关，渡渭水。不则一日，来到长安，三人进去朝见安禄山，备述睢阳前后之事。安禄山道："你二人劳苦倍常，功多过少。只是折了个令狐潮也不足为虑。"正说话间，忽报太子安庆绪到，安禄山即令进来。安庆绪拜见了禄山，禄山就问道："我着你镇守范阳根本之地，你如何来此？"安庆绪道："孩儿在范阳镇守，叵耐有太尉李光弼前来攻打。孩儿同史朝义与他交战不胜。闻得父王在此，甚是作乐，孩儿也想要快活几日，故此留史朝义镇守城池，孩儿自领兵来此。一来避敌，二来省亲，三来父王做了皇帝，也带挈孩儿在宫中享用些安稳富贵，不枉做个太子。"安禄山道："你既来了，那些家眷在彼，如何丢得下？"安庆绪道："许多家眷，孩儿俱已带来了。又有犯官葛太古，并家人一十八人，向监在狱。孩儿想，那厮是不服俺们的，留在城中恐有他变。因此将葛太古那老贼，与他家人一齐上了囚车，也解在此。"安禄山道："葛太古解到此间，本该立时枭首。只是孤家想起金马门之辱，还有个李白漏网，今可仍将葛太古监禁，待擒了李白，将他二人双双在金马门前寸磔，以泄前恨。"就吩咐杨朝宗去查点葛太古等下监，杨朝宗领旨而去。又吩咐李猪儿去迎接家眷入宫，李猪儿也领旨去了。安禄山又道："今日父子君臣欢聚，可排宴宜春院中凝碧池上，令一班乐宫，带梨领园子弟前来侑酒。"左右齐声答应。原来明皇幸蜀时节，因事情急迫，还遗下许多内监宫娥在宫。如今都被安禄山差遣，一时领着旨意便去安排。禄山教安庆绪、尹子奇、史思明随着，摆驾到家春院中，上筵坐定，安庆绪等轮流把盏，早有许多梨园子弟进来。只见第一队是乐官李龟年，头戴天青巾，腰系碧玉带，身穿青锦团花袍。后边一个童子，手执绣龙青幡一面，上用大珠子串成"东方角音"四个大字。旁边两个童子，手执小青幡二面，也各用珠子串成四字，左边幡上是"阳律太簇"，右边幡上是"阴吕来钟"。幡下有子弟二十人，俱戴金花在头，穿着青绣织金花彩舞衣，摆列在东边立定。第二队是乐官马仙期，头戴绛红巾，腰系珊瑚带，身穿红锦团花袍。后边一个童子，手执绣花红幡一面，用翠羽贴成"南方徵音"四个大字，旁边两个童子，手执小红幡两面，也各用翠羽贴成四字，左边幡上是"阳律仲吕"；右边幡上是"阴吕蕤宾"。幡下有子弟二十人，俱戴金花在头，穿着红绣织金花彩舞衣，摆列在南边立定。第三队是乐官雷海清，头戴月白巾，腰系白玉带，身穿白锦团花袍。后边一个童子，手执绣花白幡一面，上面用赤金打成"西方商音"四个大字，旁边两个童子，手执小白幡二面，也各用赤金打成四字，左边幡上是"阳律夷则"，右边幡上是"阴吕南吕"。幡下有子弟二十人，俱戴金花在头，穿着白绣织金花彩舞衣，摆列在西边立定。第四队是乐官张野狐，头戴皂纱巾，腰系墨玉带，身穿黑锦团花袍。后边一个童子，手执绣龙皂幡一面，上用银子打成"北方羽音"四个大字，旁边两个童子，手执小皂幡二面，也各用银子打成四字，左边幡上是"阳律应钟"，右边幡上是"阴吕黄钟"。幡下有子弟二十人，俱戴金花在头，穿着黑绣织金花彩舞衣，摆列在北边立定。第五队是乐官贺怀智，头戴赭黄巾，腰系密蜡带，身穿黄锦团花袍。后边一个童子，手执绣花黄幡一面，上用宝石缀成"中央宫音"四个大字，旁边四个童子，手执小黄幡四面，也各用宝石缀成四字，前边幡上是"阳律姑洗"，后边幡上是"阴吕林钟"，左边幡上是"阳律无射"，右边幡上是"阴吕大吕"。幡下有子弟四十人，俱戴金花在头，穿着黄绣织金花彩舞衣，摆列在中央立定。上按着九宫八卦，中按着四时五行，下按着五音十二律。一共五个乐官，统领子弟共一百二十名。都持着凤箫莺笛，象管鸾笙，金钟玉磬。吹打的吹打，歌舞的歌舞。李龟年羯鼓，贺怀智琵琶，马仙期箜篌，雷海青奏筝，张野狐手拍。各执一器，通是绝精的妙技，一时弹唱起来，众子弟相和，唱出一套曲子：

步步娇

广寒宫凄凉无人到，玉杵白苹春捣。婆娑树影高，碧海青天瑞云笼罩。琼殿锁无聊，嫦娥应悔偷灵药。

醉扶归

你道素娟娟，出落偏俊俏。谁知冷清清，长夜倍萧骚。杳冥冥，鹤唳响中宵。灿荧荧，一派清光照。不知是银蟾蜍影入池塘，乍惊看，误认楼台倒。

皂罗袍

最是添欢添恼。论歌楼舞榭，酒杜诗舫，冰轮偏喜助人豪。柳阴花影秋千笑。只有长门永巷，霜寒路遥。更有戍楼边塞，云低树高。这些时景，实伤怀抱。

好姐姐

步虚似姬静俏，环佩响，霓裳鲜皓。霞冠羽衣，扮的别样娇。人间少翠翘。缕带真奇妙，掌上轻盈颤舞腰。

尾声

回头不见人儿好，只剩得仙音缭绕，惟有寒蟾挂碧霄。

唱完此曲，那五面大幡，十二面小幡一齐移动，引着众子弟往来旋舞，真是合殿生风，令人眼花缭乱。舞完又依旧分开立定，再奏细乐。安禄山大笑道："真好看，真好听，快活快活。孤家向来虽蓄大志，只因明皇待我甚厚，所以不忍，意欲待他晏驾了，方始举事。我想杨国忠这厮，屡次发我隐谋，激我做出这些事来，正所谓富贵逼人。一起兵时，呼吸间得了二十四郡，赶得明皇有家难奔，有国难投。想他不知费了多少钱粮，用了多少心机，教成这班梨园子弟，自己不能受用，倒留与我们作乐，岂不是个天数。"那安庆绪、尹子奇、史思明等，一齐出席拜贺，安禄山又掀髯大笑。这些众乐人，听了禄山这席话，一个个眼泪汪汪低头伤感，便觉歌不成声，舞不成态。安禄山见了大怒道："孤家连日在此饮宴，如何众乐人有悲戚之声？尹子奇，与我下去查看，但有哭泣声，即时揪出，进前斩首。"尹子奇应声拔剑下阶来看，那众乐人吓得面色如土，都将衣袖拭干眼泪假作欢容。只有雷海清闭着眼睛泪流满面，呜呜咽咽地哭个不住。尹子奇指道："你这厮，还要哭，不怕砍头的么？"雷海清大叫一声，将手中的筝儿掷在地上哭道："我乃雷海清是也。虽是瞽人，颇知大义。我想食君之禄，不能分君之忧，惟有一死，可报君恩。怎肯蒙面丧心，服侍你这反贼。”禄山大怒，喝叫快快牵出砍了。尹子奇劈胸揪出，雷海清骂不绝口。尹子奇将他斩在凝碧池上，回身复旨，仍复入席。

又饮了一回酒，外面孙孝哲飞奔进来道：“臣启陛下，适才城外有飞报到来，说郭子仪兵至洛阳，斩了哥舒翰，东京已被他复了。只怕早晚要杀到这里来，须是早为准备。”安禄山道：“郭子仪那厮，如何恁般勇猛，作何良策擒他便好。”尹子奇道：“臣看此人，难以力敌，若得一个舌辩之士，前去说他，得那人来投顺，天下不足虑矣。”安禄山道：“卿言固有理，只是没有这个说客。”旁边转过李猪儿来跪下道：“奴婢蒙皇爷抬举，无以为报，今愿效犬马之劳，单骑往郭子仪营中走一遭，一则说他投顺；二则探听虚实。不知皇爷意下如何？”安禄山大喜道：“你这人倒也去得，明日就起身便了。”又吩咐安庆绪道：“潼关一路，不可疏虞，你可同杨朝宗带领一支军马，前去巡视一番，就便打探唐兵消息。”安庆绪、杨朝宗领旨。

次日李猪儿辞了安禄山，匹马出城，竟投东京。一路上想道：“咱因葛明霞一事，怕安庆绪加害，因此来到长安。谁想那冤家也又来此，我今讨这一差，做个脱身之计，有何不可。”又想道：“安禄山乃无义之人，我向来勉强服侍他，甚是不平。今见他父子荒淫暴虐，荼毒生灵，眼见得不成大事。咱不如于中取事，干下一番功业，也不枉为人在世。”心里想着，行了数日，已到东京洛阳地界。只见郭子仪先锋仆固怀恩当道扎个大寨，左边是郭晞的寨，右边是郭暧的寨，郭子仪屯在中军。李猪儿大着胆，直过前营，早有巡兵拦路。李猪儿道：“相烦通报，说有个内监李猪儿，有机密事要见节度老爷。”军士报知郭子仪，即传令唤入相见。李猪儿入营，来到帐前，拜见了郭子仪。子仪就问道：“你从哪里来，到此何干？”李猪儿道：“节度公在上，咱家姓李，名唤猪儿，向蒙圣上赐与安禄山。咱见他恃宠忘恩，以怨报德，心甚愤怒。他因要差人来说节度公，故着咱家到此。咱想节度公忠勇盖世，决难以口舌动摇。咱所以挺身来者，意欲暗约节度公袭取长安，咱愿为内应。”郭子仪道：“你若果有此念，唐家社稷有幸矣。”李猪儿道：“咱若有二心，天诛地灭。”郭子仪道：“我再不疑人，你不须发誓。本待款留，诚恐漏泄大事，反为不便，你快回去行事。我随后领兵就来。”猪儿辞别郭子仪，出营而去。郭子仪就与二子郭晞、郭暧商议进兵。

正说话间，营门外传进蜀中邸报。郭子仪接来看时，见上面报称，明皇驾至马嵬，军士怨恨杨国忠、杨贵妃酿成大祸，尽皆愤怒，不肯前行，鼓噪起来，将杨国忠杀了。又逼近御前，必要杀了杨贵妃方才肯走。明皇不得已，只得令高力士用白练一幅，将

杨贵妃缢死。军士方始护驾而行。又父老遮留太子，在灵武地方得李泌为军师，诸将就奉太子即了帝位，遥尊明皇为太上皇，改元至德。即令降旨，宣召各路兵马，会剿安禄山，俱要在潼关取齐。郭子仪看罢，以手加额道："好了，好了。权相已诛，新君即位，宗庙苍生之福也。"就吩咐安排香案，向西朝贺。礼毕起来，只见先锋仆固怀恩上帐禀道："外面有三个逃难妇女在此经过，手执睢阳已故副将雷万春的路引，禀求挂号。小将不敢擅专，谨将路引呈验，伏候主将钧旨。"郭子仪接着路引，展开看了道："原来是葛太古的女儿葛明霞逃难到此。只是这路引，是旧年九月中给的。为何来得这般迟。"怀恩道："小将也曾问过，据同行卫姬禀说，因一路贼兵劫掠，不敢行走。在武牢关外赁房，住了四个月。直待主帅收了东京，方才行到此处。"郭子仪道："既已盘诘明白，她乃忠臣之女。雷万春虽死，他的路引，一定不差，可与我挂号放行。只是路引上说，听其自归长安。即今贼人占据西京，如何去得。且教她在附近暂住，待复了西京，然后前去。"仆固怀恩领命，将路引挂了号，出营给予葛明霞收执。又将郭子仪的话，吩咐了她。葛明霞称谢，同了卫姬、卫碧秋，离却郭营，望西而走，要寻个僻静去处暂歇，四下里再无人家。行了两日，来到华阴山下，看看天色昏暮，并无宿店。三人正慌，远望林子里一所庵院，三人忙走至门首，敲门求宿。不知里面肯留不肯留，且看下回分解。

第十二回　漦夫人挥尘谈禅

中国禁书文库

锦香亭

词曰：

> 此事《楞严》尝布露，梅花雪月交光处。一笑寥寥空万古，风瓯语，迥
> 然银汉横天宁。　　蛱蝶梦南华栩栩，斑斑谁跨丰干虎。而今忘却来时路。
> 江山暮，天涯目送飞鸿去。

右调《渔家傲》

话说葛明霞与卫姬、卫碧秋，自遇着雷万春，得了路引盘缠，欲回西京去。奈贼
兵到处骚扰，路上行走不得，在武牢关外，赁房住了四个月。直等郭子仪恢复了东京，
那地方稍稍平静，葛明霞等三人方始上路。来到洛阳地方，恰遇郭子仪扎营当道，便
将路引挂号。因郭子仪吩咐，贼陷长安，不可前去，葛明霞等三人，就在左近寻觅住
处。是晚见有庵观一所，三人向前敲门。里边有个青衣女童出来开门，让三人进去。
葛明霞抬头一看，见一尊韦驮尊天立镇山门，上有一匾写着"慈航静室"四个字，景
致且是幽雅。但见：

一龛绣佛，半室青灯。蒲团纸张，满天花雨护袈裟；瓦钵绳床，几处云堂闲锡杖。
门前绿树无啼鸟，清磬声迟；庭外苍苔有落花，幽房风暖。月锁柴关，烟消积火。选
佛场，经翻贝叶；香积厨，饭熟胡麻。正是：

> 紫雾红霞竹径深，一庵终日静沉沉。
> 等闲放下便无事，看去看来还有心。

葛明霞、卫姬、卫碧秋走入佛堂，向着观音大士前，五体投地，躬身礼拜。早有
两个老尼出来，接着施礼，留至后堂坐定，便问道："三位女菩萨从何处来？"卫姬道：
"我等是远方避难来的，要往长安，闻得被贼人占据城池，所以不敢前进，欲在宝庵暂

住几日，望师父慈悲方便。"两个老尼道："我二人住在本庵，向来能做得主的。只因近日有本庵山主，在此出家，凡事还须禀问。三位请坐，待贫尼进去，请俺山主出来，去留由她主意。"说着进去了一会。只见有两个女童，随着一个道装的姑姑出来，头戴青霞冠，身披白鹤氅，手持玉柄麈尾，颈挂密蜡念珠，缓步出来。三人忙向前施礼，那姑姑稽首而答，分宾主坐了。姑姑问道："三位何来？"卫姬道："老身卫姬，此个就是小女，名唤碧秋。因遭安禄山之乱，同这葛小姐打从范阳避难来此。"那姑姑道："此位既称小姐，不知是何长官之女，向居何处？"明霞道："家父讳太古，长安人氏，原任御史大夫。因忤权臣，贬作范阳金判。因安禄山造反，家父不肯从贼，被贼监禁，因此奴家逃难此间。"那姑姑道："莫非是锦里坊住的葛天民么？"葛明霞道："正是。"那姑姑道："如此说小姐是我旧邻了。"葛明霞问道："不知姑姑是？"那姑姑笑道："我非别人，乃虢国夫人是也。"明霞惊道："奴家不知是夫人，望恕失敬之愆。只不知夫人为何在此出家？"虢国夫人道："只因安禄山兵至长安，车驾幸蜀，仓猝之间，不曾带我同往。我故此逃出都门，来到此处。这慈航静室，原是我向来捐资建造的，故就在此出家。"葛明霞道："目今都城已被贼踞，奴家无处投奔，求夫人大发慈悲，容奴家等在此暂歇几日。"虢国夫人道："出家人以方便为本，住此何妨。只是近来郭节度颁下示约，一应寺观庵院，不许容留来历不明之人。小姐若有什么凭据，见赐一观，免得被人责问。"葛明霞道："这个不妨，有睢阳雷将军的路引，前日在郭节度处挂过号的，夫人见阅便了。"说罢，将路引送去。虢国夫人接来一看，见葛明霞名下，注着钟景期的原配室，便惊问道："原来钟状元就是尊夫。他一向审贬蜀中，不知可有些音耗？"葛明霞道："地北天南，兵马阻隔，哪里知他消息。"虢国夫人听了，想起前情，凄然堕泪。明霞问道："夫人为何说着钟郎忽然悲惨？"虢国夫人掩饰道："我在长安，曾与他一面，因想起旧日繁华，故不胜惨戚耳。"明霞见说，也纷纷滚下泪来。卫碧秋道："姐姐连日风霜，今幸逢故知，急宜将息，不要伤感。"葛明霞道："我见夫人与钟郎一面之识，提起尚然悲伤。奴家想我父亲，年老被禁，不知生死如何。今我又流离播迁，不能相见，怎教人不要心酸。"说罢又哭。虢国夫人道："我正要问小姐，令尊既被监禁，不知小姐怎生脱得贼人巢穴？"明霞便将红于代死，碧秋同逃的事，前后一一备述。虢国夫人道："我既出家，你们不要称我是夫人，我法名净莲，法字妙香。自今以后，称我为妙姑姑便了。"明霞三人齐道："领命。"看官记得，以后作小说的也称虢国夫人为妙香了，不要忘却。

话休絮烦。明霞三人在慈航静室中，一连住了十余日，正值中天月照，花影横阶，

星斗灿烂，银河清浅。卫姬是有了年纪，不耐夜坐，先去睡了。妙香在佛堂中，做完功课，来与明霞、碧秋坐在小轩前看月，讲些闲话。明霞心中想起红于死得惨苦，父亲又存亡未卜，钟景期又不知向来下落，衷肠百结，愁绪千条，潸潸泪下。妙香心里也暗想当日富贵，回首恰如春梦。忆昔与钟景期正在情浓，忽然分散。那个会温存的妹夫天子，又远远地撇下去了。想到此处不觉黯然肠断。这碧秋见她二人光景，也自想道："我红颜薄命，空具姿容，不逢佳偶，母子茕茕，飘蓬南北，困苦流离，未知何日得遇机缘。"对着月光儿，欷觑长叹。却又作怪，那明霞、妙香的心事，是有着落的，倒还有些涯岸。惟有碧秋的心事，是没有着落的，偏自茫茫无际，不知这眼泪是从何处来的，扑簌簌也只管掉下来。葛明霞道："奴家是命该如此，只是连累妹子，也辛苦跋涉，心上好生难过。今夜指月为盟，好歹与妹子追随一处。如今患难相扶，异日欢娱同享。"碧秋道："但得姐姐提携，诚死生骨肉矣。"正说得投机，忽闻一阵异香扑鼻，远远仙音嘹亮。见一个仙姬冉冉从空而下，立在庭中说道："有灵霄外府贞肃夫人，与琅简元君下降，你等速速迎接。"三人半疑半信，毛骨悚然。妙香忙忙焚起一炉好香。早见许多黄巾力士，羽服仙娥，都执着瑶幢宝盖、玉节金符、翠葆凤旗，鸾舆鹤驾，从云端里拥将下来。那贞肃夫人并琅简元君，一样的珠冠云髻，霞披绣裳，并入轩子里来。妙香等三人次第行礼。妙香与碧秋行礼，夫人元君端然坐受。只有明霞礼拜，琅简元君却跪下回礼。各各相见礼毕，贞肃夫人便教看坐。妙香道："弟子辈凡身垢秽，忽逢圣驾临凡，侍立尚怀惕惧，何敢当赐坐。"贞肃夫人道："但坐不妨。"三人告罪了，方战兢兢地坐下。妙香问道："弟子凡人肉眼，体陋心迷，不知何缘得见二位圣母尊颜？"贞肃夫人道："我与琅简元君，生前忠节，蒙上帝嘉悯封此位。今因安禄山作乱，下方黎庶凡在劫中，俱难逃走。上帝命我二人，查点人间，有忠孝节义愤激死难之人，悉皆另登一簿，听候奏闻，拔升天界，勿得混入枉死城中。日来查点东京地方，所以经过此处。适见妙香，根器非凡，正该潜心学道，却怎生自寻魔障，迷失本真？我正欲来此点化，恰好琅简元君有故人在此，因此同来相访。"葛明霞道："幽明远隔，圣凡悬殊，不知哪个是圣母的故人？"琅简元君笑道："三生石上，旧日精魂，此身虽异，此性常存，何必细问。"妙香道："既是此说，弟子辈果然愚昧，望二位圣母开示。"贞肃夫人道："妙香本掌书仙子，偶谪尘寰，不期汨没本来，溺于色界，遂致淫罪滔天。观察功曹，已将你选入杨玉环一案。幸而查得有周诱导文曲星之功，故延寿一纪，听你清修改过。谁知你不自猛省，艳思欲念触绪纷来。只怕堕落火坑，万劫不能超脱矣。"妙香道："弟子气禀痴愚，今闻恩旨，不觉茫然若失。但恐罪孽深

重，不能心地清凉，还望圣母指点迷途。"贞肃夫人道："自古道，了心淫女能成佛，人手屠儿但放心。果能痛割尘缘，蓬莱岂患无路。"妙香就向前拜谢。明霞、碧秋同立起来道："听圣母所言，令人心骨俱冷。不揣愚蒙，亦望一言指点。"琅简元君道："二位虽灵根不昧，奈宿愿未酬，尚难摆脱，出世之事，未易言也。"葛明霞又问道："弟子目今进退维谷，吉凶未保，不知几时得脱这苦厄。"琅简元君道："你尚有一载迍邅。过此当父子重逢，夫妻完聚，连卫碧秋亦是一会中人。但须放心，不必忧愁。"葛明霞听了，便跪下礼拜，那琅简元君忙避席答礼。葛明霞道："弟子乃尘俗陋姿，对母何故回礼。"贞肃夫人笑道："琅简元君生前与你有些名分，故此不忘旧谊。"葛明霞道："请问琅简元君，生前还是何人？"贞肃夫人道："我二人非是别个，我乃张睢阳之妾吴氏，她即你侍婢红于也。"明霞大惊道："如此为何一些也不厮认。"贞肃夫人又笑道："仙家妙用，岂汝所知。你若不信，可教她现出生前色相，与你相见便了。"说罢，将袖子向琅简元君面上一佛。明霞一看，果然是红于面貌，便抱住大哭。琅简元君究竟在人世六道之中，未能解脱，也自扶了明霞泪流不住。卫碧秋看见，想起当日红于触死那番情景，也禁不住两泪交流。正闹热间，忽听得檐前大叫道："两个女鬼如何在此播弄精魂。"贞肃夫人与琅简元君，并妙香、明霞、碧秋一齐听见。抬头一看，见一个番僧，在半空降下，大踏步走入小轩。形容打扮，却是古怪。但见：

　　头缠大喇布，身挂普噜绒。睁圆怪眼，犹如一对铜铃；横亘双眉，一似
两条板刷。耳挂双环，脚穿草履。乍看疑是羌夷种，细认原来净土人。

那番僧向众说道："我乃达摩尊者是也。适在华山闲游，无意见你们在此说神论鬼，动了我普度的热肠，因此特来饶舌。"众皆合掌拜见。达摩便向贞肃夫人、琅简元君道："你二人虽登天界，未免轮回，正宜收魂摄魄，见性明心。若还迷却本来面目，一经失足，那地狱天堂，相去只有毫发，不可不谨。妙香既能皈依清净，亦当速契真如，不可误落旁门，致生罪孽。迷则佛是众生，悟则众生是佛。生死事大，急急猛省。"众人听了，一齐跪下，求圣僧点化。达摩大喝一声道："雁过长空，影沉寒水，雁无遗迹之意，水无留影之心。会得的下一转语来。"贞肃夫人道："万里浪平龙睡稳。"琅简元君道："一天云净鹤飞高。"达摩道："何不道'腾空仙驾原非鹤，照日骊珠不是龙'。"妙香道："没底篮儿盛皓月，无心钵子贮清风。"达摩道："何不道'有篮有钵俱为幻，无月无风总是空'。"妙香将手巾拂子一挥，拍手嘻嘻笑道："弟子会得

了，总则是'梨花两岸雪，江水一天秋'。"达摩喝道："妙香道着了，你三人洵是法器，言下即能了然。但须勤加操励，净土非遥。葛明霞、卫碧秋尘缘未了，机会犹然。只是得意浓时急须回首，不得迷恋。"众人又向前拜谢。达摩拂衣而起，倏然腾空而去。贞肃夫人与琅简元君也就起身，护从们一拥而上，妙香、明霞、碧秋望空而拜。

不觉乌啼月落，曙色将开。里边老尼姑也起来了，走到佛堂中，正待向前撞钟，忽听见门外敲门声甚急。妙香道："这时候什么人敲门？"老尼道："昨晚我见老道出去买盐没有回来，想必是他了。"说罢，出去开门，果然是道人回来。见他气喘吁吁，面貌失色，奔进来道："师父不好了，祸事到了。"妙香忙问，道人道："我昨晚出去买盐，因没处买，走远了路，回来天色昏黑。路上巡哨的兵见人就抓，我故此不敢行走，在树下坐了一夜。直待更鼓绝了，有人行动方始敢走。一路里三三两两，听见人说安庆绪领兵在潼关巡视，被郭节度绝了他的归路，那厮倒往东冲杀而来。在各乡村掳掠妇女、粮草，鸡犬不留。看看近前来了，我适才见许多百姓尽去逃难了，我们也须暂避方好。"老尼与妙香等听见，吓得目瞪口呆，没做理会处。卫碧秋道："不要乱了方寸，快打点逃生要紧。"明霞道："正是。"忙叫卫姬起身。碧秋又道："那张路引是要紧的，不可忘记。"便在匣里取将出来。明霞道："我心里慌张，倒是妹子替我藏好罢。"碧秋应声，就将路引藏在身边。那两个老尼还在房中摸摸索索，妙香催杀，也不出来。碧秋道："我们先走罢，不要误了大事。"妙香、明霞都道："有理。"一时间，卫姬、妙香、明霞、碧秋四个人，一齐走出静室，望山间小路行去。不上里许，早有无数逃难的男女奔来。四人扯扯拽拽，随众人而行。转过几座林子，山凹中许多军马，尽打着安太子的旗号，斜刺里直冲过来。赶得众人哭哭啼啼，东西乱窜。妙香、碧秋手挽着手，一步一颠正走时，回头不见了卫姬、明霞。碧秋连忙寻觅，并无踪影，放声大哭。妙香道："哭也没用，趁这时贼兵已过去了，我们且回静室中住下，慢慢寻访。"碧秋含着眼泪，只得与妙香取路回归静室去了。要知卫姬、明霞下落，且到后来便见。

中国禁书文库

锦香亭

卷之四

第十三回　葛太古九川迎圣驾

诗曰：

> 塞下霜旧满地黄，相思尽处已无肠。
> 好知一夜秦关梦，软语商量到故乡。

　　话说安庆绪同杨朝宗，领了安禄山旨意，来到潼关外边巡视，却被郭子仪差先锋仆固怀恩，领骁卒五千，夜袭江关，断了安庆绪的归路。庆绪、朝宗不敢交战，只得引兵望东而来。却往各乡镇去打粮骚扰，搅得各处人民逃散，村落荒残。是日，见一队男女奔走，纵兵赶来，将明霞、妙香等一行人冲散。妙香与碧秋自回静室，明霞与卫姬随着众人望山谷中而逃。庆绪大叫道："前面有好些妇女，你们快上前擒掳。"众兵呐喊一声，正欲向前追赶，见孙孝哲一骑马飞也似跑将来，叫道："千岁爷住马，小将有机密事来报知。"庆绪忙回马来，孝哲在马上欠身道："甲胄在身，且又事情急迫，恕小将不下马施礼了。"庆绪道："你为什么事这般慌张？"孝哲叱退军士，低低禀道："主上自从斩了雷海清之后，终日心神恍惚，常常见海清站在面前，一双眼睛竟昏了。不想李猪儿在东京回来，备说郭子仪并无西攻之意，劝主上放心，且图欢乐。主上听了那厮的话，昼夜酣饮，淫欲无度。前夜三更时分，李猪儿在宫中，乘主上熟睡，将刀戳破肚腹，肝肠尽吐出来，被他割了首级，赚开城门，投往郭子仪军中去了。"庆绪听罢大惊道："有这等事，我们快快回去，保守长安。"孙孝哲道："长安回去不得了。"庆绪道："为何呢？"孝哲道："李猪儿这厮，杀了主上，倒蘸血大书壁上，写着

五〇四五

'安庆绪遣李猪儿杀安禄山于此处'十四个大字。史思明只道真是千岁爷差来的，竟要点兵来与千岁爷厮杀，亏得尹子奇知是诡计，与他再三辩白，他还未信。如今尹子奇统领大兵离了长安，来保护千岁，差小将先来报知。"庆绪道："既如此，等尹子奇来了，再做理会。"不一时，那尹子奇的兵马赶到，只见子奇当先叫道："千岁爷还不快走，唐兵随后杀来了。"庆绪大惊道："如今投何处去好？"子奇道："史思明那厮假公济私，颇有二心，长安是去不得了。闻得范阳尚未被李光弼攻破，彼处粮草尚多，可向范阳去罢。"庆绪道："有理。"便同尹子奇、孙孝哲、杨朝宗，领兵望北而走。不上五十里，望见尘头起处，唐朝郭子仪大兵，漫山遍野杀到，军中大白旗上，挂着安禄山的首级。那军兵一个个利刃大刀，长枪劲弩，勇不可当。这些贼兵听见郭子仪三字，头脑已先疼痛，哪个还敢交锋，一心只顾逃走，唐兵掩杀前去。安庆绪大败，连夜奔回范阳去了。

郭子仪收兵，转来进取西京，直抵长安城下。城内史思明闻报，暗自想道："那郭子仪是惹他不得的。当初，我众彼寡，尚然杀他不过，我如今孤军在此，怎生抵敌？还不如回去修好安庆绪，与他合兵同回范阳，再图后举。"计较已定，便在宫中搜刮了许多金珠宝贝、玩好珍奇并歌儿舞女，装起车辆，吩咐军士，一齐出了玄武门，望北而去。郭子仪不去追思明，乘势夺门而入。下令秋毫无犯，出榜安民，百姓安堵如故。子仪便扎营房，教军士将府库仓廒尽皆封锁。又教纵放狱中淹禁囚徒。李猪儿道："有范阳金判葛太古，原任御史大夫。因安禄山造反，他骂贼不屈，被他们监禁。后来，安庆绪又将他带到长安，现在刑部狱中。节度公速放他出来相见。"郭子仪道："不是公公说起，几乎忘了这个忠臣。"一面着将官去请，一面教李猪儿到宫中点视。猪儿领命去了。

将官到狱里请葛太古来到营中，子仪接着叙礼坐定。太古道："学生被陷囹圄，自分必死贼人之手，不期复见天日，皆节度公再造之恩也。"子仪道："老先生砥柱中流，实为难得。目今车驾西狩，都中并没一个唐家旧臣，学生又是武夫，不谙政务，凡事全仗老先生调护。老先生可权署原任御史职衔，不日学生题请实授便了。"说罢，吩咐军士取冠带过来与葛太古换了。太古道："节度公收复神京，速当举行大义，以慰臣民之望。"子仪道："不知当举行何事。"太古道："今圣上在灵武，上皇在成都，须急草露布，差人报捷，所宜行者一也；圣驾蒙尘，朝廷无主，当设上皇圣龙位在于乾元殿中，率领诸将朝贺，所宜行者二也；唐家九庙丘墟，先帝久已不安，我等当诣太庙祭谒，所宜行者三也；移檄附贼各郡，令归正朔，所宜行者四也；赈济难民，犒赏士卒，

所宜行者五也；遣使迎请二圣还都，所宜行者六也。凡此六事，愿明公急急举行之。"子仪道："承领大教。"连忙教幕宾写起报捷奏章，差将官连夜往成都、灵武二处去报了。是晚留太古在营中安歇。明早领了诸将同入乾元殿，摆列龙亭香案朝贺。出朝就到太庙中来，子仪、太古等进去，只见庙中通供着安禄山的祖宗，僭称伪号的牌位。子仪大怒，亲自拔剑将牌位劈得粉碎，令人拿去撒在粪坑内。重新立起大唐太祖太宗神主。庭外竖起长竿，将安禄山头颅高高挑起。安排祭礼，子仪主爵，太古陪祭，诸将随后行礼。万民亲临，无不踊跃。祭毕出庙，太古向子仪道："学生久不归私家，今日暂别节度公，回去拜慰祖先，再到营中听教。"子仪应允。太古乘马，径回锦里坊旧居来。那十八个家人，也俱放出狱了，俱来随着太古。行到自己门首，见门也不封锁，门墙东倒西歪，不成模样。太古进去，先到家庙中拜了。然后到堂中坐定，叫家人去寻看家的毛老儿来。家人四散，寻了半日方来。毛老儿叩头禀道："小的在此看家，不期被贼兵占住，把小的赶在外面居住，因此不知老爷回来。"太古听了，长叹一声，拂衣进内。先至园中一看，但见：

> 花瘦草肥，蛛多蝶少。寂寥绿园，并无鹤迹印苍苔；三径荒芜，惟有蜗蜒盈粉壁。零落梧黄，止余松桧色蓊葱；破窗掩映，不见芝兰香馥郁。亭榭欹倾，尘满昔时笔砚；楼台冷落，香消旧日琴书。

太古见了这光景，心里凄然。忽想起明霞女儿不见在眼前，不觉纷纷落泪。思量她在范阳署中，据家人出监时节说，安庆绪打入衙内时，已见我女儿。我想那贼心怀不良，此女素知礼义，必不肯从贼。一向杳无信息，不知生死如何。心里想着，恰好走到明霞卧房门首，依稀还道是她坐在房中，推门进内，却又不见。便坐在一把灰尘椅子上，放声大哭。哭了一会，有家人进来报道："太监李猪儿来拜。"太古心绪不佳，欲待不见。又想向在范阳，必知彼处事情，问问我女儿消息也好。遂起身出外接着。李猪儿施礼，分宾主坐下。猪儿道："老先生为何面上有些泪痕？"太古道："老夫有一小女，向在范阳，不知她下落。今日回来，到她卧房中，见室迩人遐，因此伤感。"猪儿道："老先生还不晓得么，令嫒因清节而亡了。"太古忙问道："公公哪里知道？"猪儿道："安庆绪那厮，见了令嫒，要抢入宫中，令嫒守正不从。那厮将令嫒交付咱家领回，教咱劝她从顺。那晚适值轮该咱家巡城出外去了，令嫒就在咱衙内触阶而死。咱已将她盛殓葬在城南空地了。"太古听罢，哭倒在椅上，死去活来。猪儿劝慰了一番，作别而

去。太古在家哭了一夜。明日绝早，郭子仪请入营中议事。子仪道："迎接圣驾最是要紧，此行非大臣不可。我今拨军三百名，随李内监到灵武去迎圣上。再拨军三百名，随葛老先生往成都迎上皇，即日起身，不可迟延。"就治酒与太古、猪儿饯行，又各送盘缠银二百两。太古、猪儿辞别了子仪，各去整顿行装，领了军士，同出都门，李猪儿往灵武去了。

葛太古取路投西川行去，经过了些崎岖栈道，平旷郊原，早到扶风郡界上。远远望见旌旗戈戟，一簇人马前来。葛太古忙着人打听。回报说是行营统制钟景期领三千铁骑，替上皇打头站的。太古忙叫军士屯在路旁，差人去通报。

看官，你道钟景期如何这般显耀？原来景期在百泉堡做司户，与雷天然住在衙门里甚是清闲。那雷天然虽是妇人，最喜谈兵说剑。平日与景期讲论韬略，十分相得。恰值安禄山之乱，上皇避难入蜀，车驾由石泉堡经过。景期出去迎驾，上皇见了景期，追悔当日不早用忠言，以致今日之祸，因此特拔为翰林学士。彼时羽林军怨望朝庭，多有不遵纪律的。景期上了"收兵要略"一疏，上皇大喜，就命兼领行营统制，护驾而行。景期遂带了雷天然随驾至成都。闲时会着高力士，说起当初劾奏权奸时节，都亏虢国夫人在内周旋，得以保全性命。如今不曾随驾到来，不知现下如何？景期听了甚感激她的恩，又想她的情，又想起葛明霞一段姻缘，便长吁短叹，有时泣下。雷天然不住地宽慰，不在话下。

后来，郭子仪收复两京的捷音飞报到成都，上皇闻知，就命驾回都，令景期为前部先行。景期备了一辆毡车与雷天然乘坐，带着冯元、勇儿领兵起身。一路里想着明霞，见那些鸟啼花落，水绿山青，无非助他伤感。是日正行到扶风驿前，见路旁跪着军士，高声禀道："御史大夫葛太古特来迎接太上皇圣驾，有名帖拜上老爷。"冯元下马接了帖儿，禀知钟景期。景期大喜，暗道："不期迎驾官是葛太古，今日在此相遇，不惟可知明霞的音耗，亦且婚姻之事可成矣。"便扎住人马，就进扶风驿里暂歇，即请葛太古相见。太古进驿来与景期施礼坐下，景期道："老先生山斗望隆，学生望风怀想久矣。今日得瞻雅范，足慰鄙衷。"太古道："老夫德薄缘悭，流离琐尾。上不能匡国，下不能保家，何足挂齿。"景期听了"下不能保家"这句话，心上疑惑，便道："不敢动问，闻得老先生有一位令媛，不知向来无恙否？"太古愀然道："若提起小女，令人寸肠欲断。"景期道："却是为何？"太古道："老夫只生此女，最所钟爱，不期旧年物故。"景期惊道："令媛得何病而亡？"太古哭道："并非得病，乃是死于非命的。"景期忙问道："为着何事？乞道其详。"太古便先将自己骂贼被监的话儿说了，又将李猪

儿传来的明霞撞死缘由，自始至终说了一遍。景期听了，一则是忍不住心酸，二则也忘怀了，竟掉下泪来。太古道："学士公素昧平生，为何堕泪？"景期道："不瞒老先生说，学生未侥幸时便作一痴想，要娶佳人为配，遍访并无。向闻令嫒小姐才貌两全，不觉私心窃慕，自愧鲰生寒陋，不敢仰攀。到后来幸搏一第，即欲遣媒奉叩，不想老先生被贬范阳去了。学生又忤权奸，亦遭谪遣，自叹良缘不就，两地参商，怨怅愁情与日俱积。今护圣驾回朝，便思前愿可酬。适闻老先生到来，以为有缘千里相逢，姻事一言可定。哪知令嫒已香返云归，月埋烟冷。想我这等薄福书生，命中不该有佳人为偶。说完了这番心事，索性倒哭他一场。"太古哭道："学士公才情俊逸，若得坦腹东床，老夫晚景堪娱，不想小女遭此不幸，不是你没福娶我女儿，还是我没福招你这样快婿。"二人正说得苦楚，阶下将士禀道："上皇銮驾已到百里外了。"太古忙起身别了景期，上前迎接去了。

景期也出驿门领兵前进，在马上不胜悲伤。行了二十多日，早到西京。那灵武圣驾，已先回朝了。景期入城，寻个寓所将雷天然安顿停当，寓中自有冯元、勇儿服侍。次早景期入朝参贺天子。一时文武有李泌、杜鸿渐、房琯、裴冕、李勉、郭子仪、仆固怀恩、李猪儿等侍立丹墀，景期随班行礼。朝罢，出来就去拜望李泌、郭子仪等。又差人寻访虢国夫人下落，思量再图一见。谁想各处访问，并无踪迹，景期惟有欷歔叹息。隔了几日，上皇已到。天子率领文武臣僚出廓迎接，彼时护驾的是陈元礼、李白、杜甫、葛太古、高力士等，随着上皇入城。上皇吩咐车驾幸兴庆宫住下。天子随率群臣朝拜，设宴在宫中庆贺。次日早朝，召群臣直到殿前，降下圣旨：封李泌为邺王，拜左丞相；郭子仪为汾阳王，拜右丞相；杜鸿渐为司徒；房琯为司空；裴冕为中书令；李白为翰林学士；钟景期为兵部尚书；杜甫为工部侍郎；葛太古为御史中丞；李勉为监察御史；陈元礼为太尉；仆固怀恩为骠骑大将军；郭晞为羽林大将军；郭暖为驸马都尉，尚升平公主；李光弼加封护国大将军，领山南东道节度使。俱各荣封三代，文官荫一子为五经博士，武官荫一子为金吾指挥。又授高力士为掌印司礼监；李猪儿为尚衣监。其余文武各官各加一级，大赦天下。阶下百官齐呼万岁，叩头谢恩。天子又降旨道："李林甫欺君误国，纵贼谋反。虽伏冥诛，未彰国法，着仆固怀恩前去掘起林甫冢墓，斩截其尸，枭首示众。"仆固怀恩领旨去了。班中闪出钟景期上殿奏道："陛下英明神武，为天地祖宗之灵，得以扫荡群贼，克复神器，彼权奸罪恶滔天，死后固当枭首。雷万春靖难诸臣，亦宜追赠谥号，以广圣恩。"天子闻言道："卿言甚合朕意，可将死难诸臣开列姓名陈奏，朕当酌议褒封。"景期谢恩领旨退班，天子退

朝，各官俱散。只有钟景期与李泌、郭子仪、葛太古在议政堂将前后死节忠臣，一一开明事实，以陈御览。早见高力士捧出圣旨一道，追封张巡为东平王；许远为淮南王；南霁云为彰义侯；雷万春为威烈侯；敕建张、许双忠庙，春秋享祭，以南、雷二将配享；追赠张巡妾吴氏为靖节夫人；许义僮为骁骑都尉；又有原任常山太守颜杲卿赠太子太保；原任梨园典乐郎雷海清赠太常卿；葛明霞封纯静夫人。各赠龙凤官诰，共赐御祭一坛，委郭子仪主祭。子仪奉旨，自去安排祭奠。少顷又有圣旨，命御史葛太古领东京安抚使踏勘地方。有被贼兵残破去处，奏请蠲租；有失业流民，即招抚复业，即日辞朝赴任。又命兵部尚书钟景期领河北经略使，统领大兵十万，进征安庆绪。旨意下了，景期忙回寓所，向天然说道："圣上命我讨安庆绪，不日起行，不知二夫人意下，还是随往军中，还是待我平贼之后，前来迎接你？"雷天然道："妾身父叔俱死贼手，恨不得手刃逆奴，以雪不共戴天之仇，奈女流弱质，不能如愿。今幸相公上承天威，挥戈秉钺，妾愿随侍帷幄，参赞军机。"景期道："如此甚妙。"正说话间，冯元进来禀道："御史葛老爷来辞行。"景期忙出接见。太古道："老夫禀奉严旨，不敢延迟，即日就道，特来告辞。"景期道："东京百姓，久罹水火，专望老先生急解倒悬，正宜速去。学生还要点军马，聚粮草，尚有数日耽搁，不能与老先生同行，殊为怏怏。"太古道："足下旌旄北上，必过洛阳，愿便道赐顾，少慰鄙怀。"景期道："若到贵治，自然晋谒。今日敢屈台驾，待学生治酒奉饯。"太古道："王事靡临，盛情心醉矣，就此拜别，再图后会。"二人拜别起身，景期也上马来送，直到十里长亭，挥泪分手。景期自回，太古望东京进发。不知此去做出什么事来，且听下回分解。

第十四回　郭汾阳建院蓄歌姬

诗曰：

芭蕉分绿上窗纱，暗度流年感物华。

日正长时春梦短，觉来红日又西斜。

话说御史葛太古奉旨安抚东京，走马赴任，星夜趱行。早有衙役前来迎接，来到东京上任。那些行香拜客的常套，不消说得。三日之后，就要前往各处乡镇山村，亲自踏勘抛荒田土，招谕失业流民。有书吏禀道："老爷公出要用多少人夫？求预先吩咐，好行牌拘唤，并齐集跟随人役，再着各处整备公馆铺陈，以便伺候。"太古道："百姓遭兵火之余，困苦已极。若多带人役，责令地方铺陈整备公馆，这不叫抚民，反而是扰民了。今一概不许行牌，只跟随书吏一名，门子一名，承差二名，皂隶四名；本院铺盖用一头小驴驮载，随路借寺院歇宿。至于盘费，本院自带俸银，给予你们买采柴米，借灶炊煮，不许擅动民间一针一草，如违，定行处死。"书吏领命而行。太古匹马，领着衙役出城，到各乡村去踏勘了几处。

是日来到华阳山下，见一座小小庵院，半开半掩。太古问道："这是什么庵院？"承差禀道："是慈航静室。"太古道："看来倒也洁净，可就此歇马暂息。"遂下马，吩咐衙役停在外厢，自己走进山门到佛堂中礼佛。里面妙香忙出来接见，向前稽首，太古回了一礼，定睛一看，惊问道："你这姑姑好像与虢国夫人一般模样。"妙香道："贫尼正是。不知大人如何认得？"太古道："下官常时值宿禁门，常常见夫人出入宫闱，况又同里近邻，如何不认得。"妙香道："请问大人尊姓，所居何职？"太古道："下官御史中丞葛太古，奉旨安抚此地，所以到此。"妙香道："啊呀！可惜，可惜！大人若早来三个月，便与令嫒相逢了。"太古道："姑姑说哪个的令嫒？"妙香道："就是大人的令嫒明霞小姐。"太古道："小女已在范阳死节，哪里又有一个？"妙香道："原来大

人误闻讣音了。令嫒原未曾死，百日以前，逃难到小庵住了几日，因避乱兵在山路里失散了，如今不知去向。"太古道："姑姑这话甚是荒唐，小女既经来此，如何又不见了？"妙香道："大人若不信，现有同行女伴卫碧秋在此，待我叫她出来，大人亲自问她。"便到里边叫碧秋出来。碧秋上前相见，太古命妙香、碧秋坐了，问道："向闻小女弃世，有李猪儿亲口说，已将她埋葬。适才姑姑又说同小娘子避难到此，着人委决不下，小娘子可细细说与我知道。"碧秋便将红于如何代死，自己如何赚开城门，与母亲卫妪如何一齐逃难来到庵中，又如何失散，连母亲也不知消息。说到此处，不觉泪下。太古大惊道："如此说起来，那死的倒是侍婢红于了，难得这丫鬟这般义气。只是范阳到此，有二千余里，一路兵戈扰攘，你们三个妇女怎生行走。"碧秋道："亏得有睢阳雷万春给了路引，所以路上不怕盘诘。"太古道："如今路引在哪里，取来与我一看。"碧秋道："在此。"便进去取出路引，送与太古。太古接来，从前至后看去，见葛明霞名下，注着钟景期原聘室。便心里想道："这又奇了，前日遇钟朗时节，他说慕我女儿才貌欲结姻盟，并未遣媒行聘。怎么路引上这般注着？"便问碧秋道："那雷将军如何晓得小女是钟景期的原聘？"碧秋道："连奴家也不见小姐说起，倒是雷将军问及才晓得。"太古道："如何问及？"碧秋道："他说钟景期谪贬途中遇着雷将军，雷将军要将侄女配他为妻。他说有了原聘葛小姐，不肯从命。因此雷将军将侄女倒赠与他为妾，留着正位以待葛小姐。所以路引上这般注着。"太古想道："钟郎真是情痴，如何寸丝未定，便恁般注意。"又想道："难得卫碧秋母子费尽心机，救脱我女，反带累她东西飘泊，骨肉分离，如今此女茕茕在此，甚是可怜。她既救我女，我如何不提拔她。况她姿容不在明霞之下，又且慧心淑贞，种种可人，不如先收她为养女，再慢慢寻取明霞，却不是好。"心中计较已定，就问碧秋道："老夫只有一女，杳无踪影，老夫甚是凄凉。你又失了令堂，举目无亲，意欲收你为螟蛉之女，你意下何如？"碧秋道："蒙大人盛意，只恐蓬荜寒微，难侍贵人膝下。"妙香道："葛大人既有此心，你只索从命罢。"碧秋道："既如此，爹爹请坐了，待孩儿拜见。"说罢，拜了四拜。太古道："我儿且在此住下，待我回到衙内，差人出轿子来接你。"碧秋应声："晓得。"太古别了妙香，出静室上马，衙役随着，又到各处巡行了几日。回至衙门，吩咐军士人役，抬着轿子，到慈航静室迎接小姐。又封香金三十两，送与妙香。承差人役领命而去，接了碧秋到衙。太古又叫人着媒婆在外买丫鬟十名，进来服侍。碧秋虽是贫女，却也知书识字，太古甚是爱她。买了许多古今书籍与她玩读。碧秋虽未精通，一向与明霞、妙香谈论，如今又有葛太古指点，不觉心领神会，也就能吟诗作赋。太古一发喜欢。

隔了数日，门上传报说，河北经略使钟景期在此经过，特地到门拜访。太古心下踌躇道："钟郎人才并美，年少英奇，他属意我女，我前日又向他说死了。倘他别缔良缘，可不错过了这个佳婿。莫若对他说知我女尚在，只说已寻取回来，就与他订了百年之约。后日寻着明霞不消说得，就是寻不着，好歹将碧秋嫁与他，却不是好？"一头想，一头已走至堂前。一声云板，吹打开门，接入景期上堂，叙礼分宾主坐下。两人先叙了些寒温，茶过一通。太古道："老夫有一喜信，报知经略公。"景期道："有何喜信？"太古道："原来小女不曾死，一向逃难在外，前日老夫已寻取回来了。"景期忙问道："老先生在何处相逢令嫒的？"太古道："老夫因踏勘灾荒，偶到慈航静室中歇马。却有虢国夫人在彼出家，小女恰好亦避难庵中，与老夫一时团聚，方知前日所闻之误。"景期道："如此说，那范阳死节的又是哪一个？"太古便将红于代死，挈伴同逃的话一一说了。景期不胜嗟叹。太古道："如今小女既在，经略公可酬宿愿矣。"景期道："千里睽违，三年梦寐，好逑之念，今日忘之。今学生种玉有缘，老先生诺金无吝，当即遣媒纳采，岂敢有负初心。"太古笑道："经略公与老夫，今日始订姻盟，如何预先在人前说曾经聘定小女？"景期道："我并不曾向人说什话儿，这话从何处来？"太古道："小女逃难，曾遇睢阳副将雷万春，承他给与路引。他说当日要将侄女相配，因你说有了原聘葛明霞，故此他将侄女倒送与你为侧室。所以路引上在小女名下就注定是钟某原聘室。老夫见了不觉好笑。"景期道："彼时我意中但知有明霞小姐，不知有了别人，只恐鹊巢鸠占，故设言以推却。现今尚虚中馈以待令嫒。"说罢，二人大笑。

忽见中军官来禀道："有翰林学士李白老爷来拜。"景期暗喜道："今日正少一个媒人，他来得恰好。"太古就出去迎接进来，各相见坐定。太古道："李兄为何不在朝廷，却来此处？"太白道："小弟已告休林下，在各处游玩。近欲往嵩山纵览，经过贵治，特来相访。"景期道："李大人来得凑巧，葛老先生一位令嫒，蒙不弃学生鄙陋，许结丝萝，敢求李大人执柯。"李白道："好好，别的事体学生誓不饶舌，做媒人是有酒吃的，自当效劳。"景期道："既如此，学生即当择吉行聘，待讨平逆贼，便来迎娶。"李白道："说得有理。"一齐起身作别。太古送出衙门，回身进来，心上忽然猛省，跌足道："适才不该说她是慈航静室中寻着的。倘他到彼处问明端的，不道是我的好意，倒道我说谎骗他了。"又想着："看景期一心苦渴，今日方且喜不自胜，何暇去问，只索由他罢了。"便进内去说与碧秋知道不题。

却说钟景期回至馆驿，欢喜欲狂，忙与雷天然说知此事。天然不惟不妒忌，倒还替景期称贺。景期吩咐军兵暂屯住数日，一面叫人去找阴阳官择了吉日，一面发银子去买办行聘礼物，忙了一日。景期向雷天然道："葛公说虢国夫人在慈航静室中出家，我明日清早要去见她。"天然道："相公若去，可着冯元随往。"次早，景期吩咐冯元跟着，又带几个侍从，唤土人领路，上马竟投慈航静室中来。到得山门首，只见里面一个青衣女童出来道："来的可是钟状元么？"景期大惊，下马问道："你如何就晓得下官到此？"女童道："家师妙香姑姑，原是虢国夫人。三日前说有故人钟状元来访，恐相见又生魔障，昨日已入终南山修道去了。教我多多拜上钟老爷，说宦海微茫，好生珍重，功成名就，及早回头。留下诗笺一纸在此。"景期接来一看，上面写道：

> 割断尘缘悟本真，蓬山绝顶返香魂。
>
> 如今了却风流愿，一任东风啼鸟声。

景期看罢，泫然泪下，怏怏上马而回。

到了吉期，准备元宝彩缎、钗环礼物，牵羊担酒，大吹大擂送去。景期穿了吉服，自己上门纳聘。李白是媒人，面儿吃得红红，双花双红坐在马上。军士吆吆喝喝，一齐来到安抚衙门里。葛太古出堂迎接，摆列喜筵，一则待媒人，一则请新婿，好不闹热，但见：

> 喜气盈门，瑞烟满室。喜气盈门，门上尽悬红彩；瑞烟满室，室中尽挂纱灯。笙歌鼎沸吹，一派鸾凤和鸣；锦褥平铺绣，几对鸳鸯交颈。风流学士做媒人，潇洒状元为女婿。佳肴美酒，异果奇花。玉盏金杯，玳瑁筵前光灿烂；瑶筝檀板，琉璃屏外韵悠扬。

筵宴已毕，太白、景期一齐作别。景期回至驿庭，雷天然接着道："相公聘已下了，军情紧急，不可再迟。"景期道："二夫人言之有理。"便吩咐发牌起马，各营齐备行装，次日辰时放炮拔营。葛太古、李太白同来相送，到长亭拜别。景期领了兵马，浩浩荡荡望河北去了。

葛太古别了太白，自回衙门退入私署，走进碧秋房中，见碧秋独坐下泪。太古问道："我儿为何忧戚？"碧秋道："孩儿蒙爹爹收养，安居在此，不知我母亲与明霞姐姐却在何处？"太古道："正是，我因连日匆忙，倒忘了这要紧事体。待我差人四散去寻访便了。"碧秋道："差人去寻也不中用，须多写榜文各处粘贴，或者有人知风来报。"

太古道："我儿说得是。"就写起榜文，上写着报信的谢银三十两，收留的谢银五十两。将避难缘由、姓名、年纪一一开明，写完发出去，连夜刊板刷印了几百张，差了十数个人役，四处去粘贴。差人领了榜文，分头去了。一个差人到西京，一路寻访，将一张榜文贴在长安城门上，又往别处贴去了。那些百姓皆来看榜，内中一个人头戴毡帽，身穿短布衫，在人丛里钻出来拍手笑道："好快活，好快活。我的造化今日到了。"又有一个老婆子，向前将那人一把扯住，扯到僻静处问道："你是卖鱼的沈蛇儿，在这里自言自语作什么？"沈蛇儿道："你是惯做中人的白妈妈，问我怎的？"白婆道："我听见你说什么造化到了，故问你。"蛇儿道："有个缘故，我前日在泾河打鱼，夜里泊船在岸边，与我老婆正在那里吃酒。忽听见芦苇丛中有人啼哭，我上岸看时，见一个老妪、一个绝标致的女子，避难到那边迷失了路，放声啼哭。我便叫她两个到渔船里来，问她来历。那老的叫做卫姬，后生的叫做葛明霞，她父亲是做官的。我留她们在船里，要等人来寻，好讨些赏。谁想养了她一百三四十日，并无人来问。方才见挂的榜文，却有着落了，我如今送到她父亲处。报事人三十两是我得，收留人五十两也是我得，岂不是个造化？"白婆道："那女子生得如何？"蛇儿道："妙嘎！生得甚为标致，乌油油的发儿，白莹莹的脸儿，曲弯弯的眉儿，俏生生的眼儿，直隆隆的鼻儿，细纤纤的腰儿，小尖尖的脚儿。只是自从在船里并不曾看见她笑。但是哭起来，那娇声儿便要教人魂死，不知笑将起来怎样有趣哩！"白婆道："可识几个字否？"沈蛇儿道："岂但识字，据那卫姬向我老婆说，她琴棋诗画件件都会哩！"白婆道："你这蠢才，不是遇着我，这桩大财却错过了。这里不好讲话，随我到家里来。"两个转弯来到白婆家里。蛇儿道："妈妈有什么话说？"白婆道："目今汾阳王郭老爷起建凝芳阁，阁下造院子十所。每一院中，有歌舞侍女十名。又要十个能诗善赋的绝色美人，分居十院统领诸姬。如今有了红绡、紫苑等九个。单单缺着第十院美人，遍处访觅，并没好的。你方才说那个女儿甚是标致，何不将她卖与郭府。最少也得二三百两银子，可不强如去拿那八十两的谢仪。"蛇儿道："那葛明霞不肯去怎么好？"白婆道："这样事体不可明白做的，如今你先回去，我同郭府管家到你船边来相看。只说是你的女儿，如此，如此，做定圈套，那葛明霞哪里晓得。"蛇儿道："倘然她在郭府里说出情由，根究起来，我和你如何是好？"白婆道："你是做水面上生涯的。我的家伙连锅灶也没一担，一等交割了人，我也搬到你船里来，一溜儿棹到别处去了，他们哪里去寻。"蛇儿道："好计。好计。我的船泊在长安门外，我先去，你就来。"说罢，回到船上，见明霞、卫姬坐在前舱，心里暗自喜欢，也不与她讲话，竟到后艄与老婆讨饭吃去。不多时，早见白婆领着三四个管家到船边叫道："沈蛇儿，我们郭府中要买几尾金色大鲤鱼，你可拿上来称银子与你。"蛇儿道："两日没有鲤鱼，别处去买罢。"管家道："老爷宴客，立等要用，你故不卖么？"蛇儿道："实是没有。"管家道："我不信，到他船上去搜看。"说着一齐上船来，把那只小船险些跳翻了。管家钻进船里，假意掀开平基搜鱼，那三四双眼睛，却射定在葛明霞身上，骨碌碌地看上看下。惊得葛明霞娇羞满面，奈船小又没处躲避，只得低着头，将衣袖来遮掩。谁想已被这几个看饱了，便道："果然没有鲤鱼，几乎错怪于他。只是我们不认得别个船上，你可领我们去买。"蛇儿道："这个当得。"便跟随众人上岸，与白婆子齐进城来，到白婆家里。管家道："这女子果然生得齐整，老爷一定中意的。"白婆便瞒了蛇儿，私自讲定身价三百两。自己打了一百两后手，只将二百两与蛇儿。管家又道："方才同坐的那个老姬是什么人？"蛇儿道："也是亲戚，只为无男无女，在我船里博饭吃的。"白婆对管家道："郭老爷每娶一位美人，便要一个保姆陪伴。老姬既无男女，何不同那女子到郭府中，她两个熟人在一处，倒也使得。"蛇儿道："只要添些银子，有何不可。"白婆又向管家说过，添了二十两银子，叫沈蛇儿写起文书，只说自己亲女沈明霞同亲卫姬，因衣食不周，情愿卖到郭府，得身价三百二十两。其余几句套话，不消说得。写完画了花押，兑了银子，权将银子放在白婆家里。叫起两乘轿子，沈蛇儿先奔到船上，向葛明霞、卫姬道："昨日圣上差一官员，但有逃难迷失子女，造着册子，设一公所居住。如有亲戚认的即便领回，人家都到彼处寻领。你两人也该到那边去住，好等家里人来认领，再叫轿子来抬你们去。"明霞道："如此甚好，只是在你船上打扰多时没有什谢你，只有金簪一支与你，少偿薪水，待我见了亲人，再寻你奉谢。"蛇儿收了簪子。少顷轿子到了，明霞、卫姬别了蛇儿夫妇，一齐上岸入轿。蛇儿跟着轿子，送到郭府门首，见几个管家并白婆站着，蛇儿打了个照会，竟自回去。白婆接明霞、卫姬出轿，管家领入府中。明霞慌慌张张不知好歹，只管跟着走。白婆直引至第十院中便道："你两人住在此间，我去了再来看你。"说着竟自抽身出去。那明霞、卫姬举目一看，见雕栏画槛，奇花异木，摆列的金彝宝鼎，玉轴牙签；挂着琵琶笙笛，瑶琴锦瑟，富丽异常。心中正在疑惑，那本院十个歌姬齐来接见。又有九院美人红绡、紫苑等都来拜望。早有女侍捧首饰衣裳来，叫明霞梳妆打扮。明霞惊问道："这里是什么所在？"红绡笑道："原来姐姐尚不知，我这里是汾阳王郭老爷府中凝芳十院，特请你来充第十院美人，统领本院歌姬。今日是老爷寿诞，你快快梳妆，同去侍宴。"明霞听罢，大惊哭道："我乃官家之女，如何陷我于此。快放我出去便罢，不然我誓以一死，自明心迹。"红绡便扯着紫苑背地说道：

"今日是老爷寿诞，这女子如此光景，万一宴上啼哭起来，反为不美，不如今日不要她去拜见，待慢慢劝她安心了方始和侍，才为妥当。"紫苑道："姐姐所见极是。"便吩咐诸姬好生服侍照管，别了明霞，集了众歌姬到凝芳阁上伺候。到得黄昏时分，只听得吆喝之声，几对纱灯引子仪到阁上坐席，九个美人叩头称贺。子仪道："适才家人来报，说第十院美人有了，何不来见我？"红绡禀道："她乃贫家女子，不娴礼数，诚恐在老爷面前失仪，故此不敢来见，待妾等教习规矩，方始叩见老爷。"子仪道："说得有理。"一时奏乐，九院美人轮流把盏，诸姬吹弹歌舞，直至夜分。子仪醉了，吩咐撤宴，就到第三院房里住了。次早起来，外面报有驾帖下来。子仪忙出迎接，展开驾帖来看，原来是景期攻取安庆绪不下，奏请添兵。圣旨着子仪部下仆固怀恩前去助战。子仪看了，就差人请仆固怀恩来吩咐，怀恩领命，点了本部三万雄兵，望范阳进发，协助景期。不知胜负如何？且听下回分解。

第十五回　司礼监奉旨送亲

诗曰：

> 苍苍变幻何穷，报复未始不公。
>
> 昨夜愁云惨雾，今宵霁月光风。

话说仆固怀恩令了天子圣旨、汾阳王令旨，统着兵马来协助钟景期征讨安庆绪，星夜进发来到范阳地界。只见前面立着两个大寨，上首通是绛红旗号，中军一面大黄旗绣着"奉旨征讨逆贼"六个大金字。下首通是缟素旗号，中军一面大白旗绣着"誓报父叔大仇"六个大金字。怀恩见了，心中疑惑，想朝廷只差钟景期来，那白旗的营寨又是谁的？就差健卒先去打探。健卒去了一会，回来禀道："上首红旗营里是钟经略的帐房，下首白旗营里就是经略二夫人雷氏的帐房。因贼兵势大，未能破城，故扎营在此。"怀恩听了，便叫军马扎住，自己领着亲随来到景期营门首，着人通报进去。景期吩咐大开辕门，接入相见。景期命怀恩坐下，怀恩问道："贼势如何，连日曾交战否？"景期道："贼锋尚锐，连日交战胜负未分，下官因与小妾分兵结寨河上，为犄角之势。今将军到来可大奋武威，灭此朝食。"怀恩道："待小将与他交战一番，看他光景。"正说间，外面报进来道："贼将杨朝宗搦战。"怀恩道："待小将出去，立斩此贼。"说罢，绰刀上马，飞跑出营。景期在帐上听得外面金鼓齐鸣，喊声大震。没半刻时辰，銮铃响处，仆固怀恩提着血淋淋的人头掷在帐前，下马欠身道："赖大人之威，与杨朝宗交马只三合，便斩那厮了。"景期大喜，吩咐整备筵席，款待怀恩，一则洗尘，二则贺功。怀恩领了宴，作别回本营。景期便请雷夫人进营议事，不多时，雷天然骑着白马来到，马前十个侍女，尽穿着锦缎缕成的软甲，手中俱执着明晃晃的刀。这都是雷天然选买来的，尽是筋雄力壮的女将，命勇儿教演了武艺，名为护卫青衣女，一对对的引着天然而来。天然下马入帐，与景期相见坐定。天然道："今朝廷差仆固将

军来此助战，方才即斩一员贼将，已折他的锐气了。但贼人城壕坚固，粮草充足，彼利于守，我利于战。相公可出一计，诱贼人大战一场，乘势抢过壕堑，方好攻打。"景期道："我意亦如此，故请二夫人来筹画。"正在商议，只见辕门上报道："安庆绪差人下战书。"天然喜道："来得甚好。"便教将战书投进来。景期拆开细看，见词语傲慢，大怒道："这厮欺我是个书生，不娴军旅，将书来奚落下官，快将下书人斩讫报来。"天然道："两国相争，不斩来使。相公不须发怒，可示期决战便了。"景期怒犹未息，就在书尾用朱笔批道："安庆绪速整兵马，来日大战。"批完，叫将官付与来人去了。一面差人知会仆固怀恩，一面下令各营准备厮杀。天然也回自己营中打点。

次日，景期、天然、怀恩三队大军合做一处，摆列阵势以待。门旗里旌旄节钺画戟银瓜，黄罗伞下罩着钟景期，头戴金盔，身穿金甲，斜披红锦战袍，稳坐雕鞍骏马，手执两把青锋宝剑。仆固怀恩在旁，头戴兜鍪，身挂连环甲，腰悬羽箭雕弓，横刀立马。军中搭起一座将台，雷天然穿着素袍银甲，亲自登台擂鼓。勇儿也全身披挂，手执令字旗，侍立在将台之上，一一整齐。那范阳城里，许多军马开门杀出。两阵对垒，贼阵上僭用白旄黄钺，拥着安庆绪出马。护驾是尹子奇，左有史朝义，右有孙孝哲，史思明在后接应。门旗开处，钟景期与仆固怀恩出到阵前。安庆绪大叫道："安皇帝在此，钟景期敢来交战么！"景期大怒，拍马舞剑而出，庆绪举戟来迎。雷天然在将台上大擂战鼓。看官你道景期是个书生，略晓得些剑法，一时交战起来，怎不危险？幸得庆绪的武艺原低，又且酒色过度，气力不甚雄猛，所以景期还招架得住。两个战有十合，仆固怀恩恐景期有失，便闪在旗后，拔出箭来拽满雕弓，嗖地一声射去，正中安庆绪的坐马，那马负痛，前蹄一失，把庆绪掀下马来。景期正欲举剑来砍，那尹子奇大吼如雷，杀将过来。怀恩看他骁勇，景期不是他的对手，便舞刀跃马接住厮杀。孙孝哲上前救庆绪回去，景期自回本阵。尹子奇与仆固怀恩战有二百余合，未分胜负。怀恩心生一计，虚掠一刀，拨马便走。尹子奇大叫道："休走。"拍马赶上，怀恩觑他来得较近，暗将宝刀挟在鞍桥上，却取着弓搭着箭，忙转身子望尹子奇射去。只听得一声响亮，尹子奇两脚朝天，翻身落马，恰好射中他右眼。他的左眼先被雷万春射瞎了，如今却成双瞽，只管在地下乱爬。怀恩忙回马来捉，被史朝义上前救了回去。景期鞭梢一指，将台上战鼓大摆，官军乘势奋勇掩杀过去，贼军大败。但见：

刀砍的脑浆齐迸，枪戳的鲜血乱流。人和马尽为肉泥，骨与皮俱成齑粉。
弃甲抛戈，奔走的堕坑落堑；断头破脑，死亡的横野填沟。耳听数声呐喊，惊得个鬼哭神号；眼观一派旌旗，阴得那天昏地惨。

正是：

> 劝君莫说封侯事，一将功成万骨枯。

官兵见贼兵退了，一齐赶杀前来。却被史思明领着三千铁甲马军冲来救应，那马匹匹是骏马，驰骋处勇健如飞。雷天然望见，急叫鸣金收军，将士各回营寨。景期道："二夫人为何鸣金？"天然道："我望见贼人马军利害，故此收兵。"景期道："你哪见得他利害？"天然道："人到不打紧，只是那骏马，我营中一匹也不如他，他方才若用此骅骝为前部，先扰乱我的阵脚，我军不能取胜矣。"景期称服，在营犒赏将士。

隔了两日，有人来报，史思明纵放好马二千余匹，在河上北岸饮水。天然听了大喜，便叫勇儿附耳低言，如此，如此。勇儿依计，出去教各营拣选骒马千匹，放在河上南岸饮水。又差冯元领兵赶马，那骒马到了河上打滚吃草，往来驰骋，望着隔岸饮水马，只管昂头嘶叫。那贼人的马，原来大半是公的，见了骒马嘶跳，也都到河边来。这河又不阔，又不深，那些马又通有腾空入海的本事，望着隔河骒马忍耐不住，也有一跃而过的，也有赴水而过的。自古道："物以类聚"，一匹走动了头，纷纷地都过河来，那看马的贼兵哪里拦喝得住。南岸上冯元教军士尽数赶回营中，计点共得好马一千三百八十二匹。景期欢喜，向天然道："我今有一事用着冯元。"天然道："有何事用他？"景期道："差他到范阳城下，只说送还他马匹，赚开城门，带一封书进去送与史思明，这般这般而行。二夫人意下如何？"天然道："有理。此时君臣各自为心，正该行此反间之计。"景期就写一封书来，唤冯元吩咐了密计，教他只等有变，就在城中放火为号。又令将抢来的马留了一千，将零头的三百八十二匹，又选自己营中老疲病马五百余匹，杂在里头，叫几个军士赶着，跟了冯元来到城下。冯元高声道："经略钟老爷送还你们马匹，可速速开门。"城上见果然有马送来，便开门放入，贼兵不问好歹，一齐将马赶入槽内去了。冯元竟到史思明衙门上，央人接了书，抽身自去藏避行事。门上将书送进，史思明打开一看，上面写道：

> 大唐兵部尚书领河北经略使钟景期再拜，致书于史将军麾下：愚闻宁为
> 鸡口，勿为牛后。大丈夫当南面称孤，扬威四海，何能抑抑久居人下。况将

军雄才盖世，而安庆绪荒淫暴虐，岂得为将军之主，将军何不乘间杀之，自居范阳首。函驰长安，大唐必与联合，平分南北，永不相侵，彼此受益，维将军图之。

思明看罢，心下踌躇。次早，只见将官来禀道："昨夜不知何人遍贴榜文，有人揭去送与皇爷看了。小将也揭一张在此。"史思明接来一看，上写道：

史思明已降大唐，约定：本日晌午，唐兵入城，只擒安庆绪；凡你百姓，不必惊慌。先此谕知。

思明看了，大惊失色，早见门外刀枪密密，戈戟森森，把衙门围住，许多军士声声叫喊："皇爷召史将军入朝议事，即便请行。"思明见势头不好，道："一不做，二不休，顾不得什么了。"点起家丁百名，披挂上马，冲出衙门，军士尽皆退后，思明一径抢入宫来。安庆绪见了，吓得魂不附体，便叫道："史将军，孤家有何负你，你却降了唐朝。"思明更不答话，赶上前来将庆绪一枪刺死。外面孙孝哲、史朝义赶进来，看见大惊。史朝义道："好嗄！弑君大逆，当得何罪！"思明喝道："我诛无道昏君，有何罪过。你是我的儿子，怎生说出那样话来。"朝义道："你既无君，我亦无父，与你拼三百合。"思明大怒，挺枪戳来。朝义拔刀来迎，父子两个在宫门交战。孙孝哲也不来管闲事，只顾纵兵抢掠，城中大乱。冯元躲在城内看见光景，便跑到一个浮图上去，取出身边硫磺焰硝引火之物，放起火来。城外唐兵望见，仆固怀恩当先领兵砍开城门杀进，随后景期、天然也杀入城来。史思明听见外面声息不好，便丢了史朝义，杀出宫门，正遇雷天然，举枪直刺，天然用剑隔住，就接着交战。那天然如何抵当得思明，左遮右架，看看力怯，正在危急，忽见半空中隐隐现出雷万春阴魂，幞头红蟒，手执钢鞭，大叫道："贼将休伤吾侄女。"举起鞭来向思明背上狠打一下。思明口吐鲜血，落马跌翻在地。天然就叫军士向前捉了，紧紧绑缚。景期杀入宫中，见安庆绪死在地上，便割了首级，吩咐将许多宫女尽数放出，把安庆绪僭造的宫殿放火烧毁。那孙孝哲、史朝义都被仆固怀恩杀了。景期下令救灭城中的火，出榜安民。将思明的宅子改为经略衙门。景期与天然进内坐下，差人去捉尹子奇。不一时提到，可怜尹子奇有万夫不当之勇，到此时一双眼睛俱被射瞎，好像木偶人一般，缚来与史思明一齐跪在堂前。雷天然忙叫供起雷海清、雷万春的牌位，将尹、史二贼绑在庭中柱上，吩咐刀斧手先剖开胸腹，取出两副热腾腾血滴滴的心肝，又斩了两颗首级，献上来供在案上，景期、天然一齐向灵牌跪拜大哭。祭毕，撤开牌位，设宴与仆固怀恩并一班将佐论功，诸将把盏称贺，宴完各散。

　　次日景期出堂，一面令仆固怀恩领兵往潞州魏博二处讨贼党薛嵩、田承嗣；一面将庆绪、子奇、思明的三颗首级，用木桶封存好了。又传令拿反贼的嫡亲家属，上了囚车。写起本章，先写破贼始末，后面带着红于代死的一段缘由，请将原封葛明霞位号移赠红于。写完了表，差一员裨将，赍了本章，领兵二百，带了首级，押着囚车，解到长安，献俘报捷。来到京中，将本送入通政司挂号，通政司进呈御览，天子大喜，即宣李泌、郭子仪入朝，计议封赏功臣。李泌、郭子仪齐奏道："钟景期、仆固怀恩功大，宜封公侯之爵。"天子准奏，钟景期封平北公，加升太保。即命收复了附贼城池，方始班师。仆固怀恩封大宁侯，开府仪同三司。其余将佐升赏不等。又将原封葛明霞纯静夫人位号移封红于，立庙祭享。命李泌草诏，李泌、子仪领旨出朝。子仪别了李泌，自回府中到凝芳阁上来，九院美人齐来接见。子仪道："范阳逆贼俱已平复，老夫今日始无忧矣。可大开筵宴，尽醉方休。"众美人齐声应诺。子仪道："那第十院美人，来有二月余了，礼数想已习熟，今晚可唤来见我。"红绡禀道："第十院美人自从来此，并不肯梳妆打扮，只是终日啼哭，连同来的保姆也是如此。必有缘故，不敢不禀知老爷。"子仪道："既如此，可唤来，我亲问她。"红绡恐怕诸姬去唤惊唬了她，激出事来，便自己去叫明霞上阁，连卫姬也唤来。子仪抬头把明霞一看，见她虽是粗服乱发，那种娉婷态度绰约可人。明霞上前道了万福，背转身立着，众皆大惊。子仪道："你是何等样人，在王侯面前不行全礼？"明霞哭道："念奴家非是下流，乃是御史葛太古之女葛明霞，避难流落，误入奸人圈套，赚到此处。望大王怜救。"子仪听了道："葛太古之女葛明霞三字，好生熟悉，在哪里曾闻见来？"卫姬就跪下道："是在洛阳经过，曾将雷万春路引送与老爷挂号的。"子仪道："正是。我一时想不起，啊呀！且住，我见路引上注着钟景期原聘室，你可是么？"明霞道："正是。"子仪忙立起身来道："如此说是平北公的夫人了。快看坐来。"诸姬便摆下绣墩，明霞告了坐，方始坐下。子仪问道："看你香闺弱质，如何怎地飘蓬？你可把根由细细说与我听。"明霞遂将自从在范阳遭安庆绪之难说起，直说到被沈蛇儿骗了卖在此处的话，说了一遍，不觉泪如雨下。子仪道："夫人不必悲伤，令尊已升御史中丞，奉旨在东京安抚。尊夫钟景期做了兵部尚书，讨平了安庆绪，适才圣旨封为平北公，现今驻扎范阳。老夫明日奏闻圣上，送你到彼处成亲便了。"明霞称谢。子仪又道："吩咐就在第十院中摆列筵席，款待钟

夫人。去请老夫人出来相陪，我这里只留诸姬侑酒。红绡等九院美人也去陪侍钟夫人饮宴。"九院美人领命，拥着明霞同卫姬去了。

子仪饮完了宴，次早入朝将葛明霞的事奏闻天子。天子龙颜大喜道："好一段奇事，好一段佳话。如今葛明霞既在卿家，也不必通知他父亲，卿就与她备办妆奁，待朕再加一道诏旨，钦赐与钟景期完婚。就着司礼监高力士并封赠的诏书一齐赍送前去。"高力士叩头领旨，连忙移文着礼部开赐婚仪，派兵部拨兵护送，工部备应用车马，銮仪卫备随行仪仗，各衙门自去料理。那郭子仪出朝回府，着家人置备妆奁，将第十院歌姬十名就为赠嫁。那卫姬不消说得，自然要随去的了。此时葛明霞真是锦上添花。自古道：

　　　　不是一番寒彻骨，争得梅花扑鼻香。

子仪在府忙忙准备，又写起一封书，将明霞始末备细写明，差个差官先到范阳去通报钟景期。差官领书，即便起身，在路餐风宿水，星夜趱行。是日到了黄河岸边，寻觅渡船，见一只渔舟泊在柳荫之下。差官叫道："船上人渡我过去，送你酒钱。"渔船上人便道："总是闲在此，就渡你一渡。只是要一百文大钱。"差官道："自然不亏你们。"说罢。跳上了船。渔人解缆棹入中流。差官仔细把渔人一看，便道："你可是长安城下卖鱼的沈蛇儿。"沈蛇儿道："我正是。官人怎生认得？"差官道："我在长安时，常见你的。"正说时，只见后艄一个婆子伸起头来一张。差官看见问道："你是做中人的白婆，为何在他船上？"白婆道："官人是哪里来的，却认的我？"差官道："我是汾阳王的差官，常见你到府门首领着丫鬟来卖，如何不认得？"只这句话，沈蛇儿不听便罢，听见不觉心头小鹿儿乱撞，暗想道："我与白婆做下此事，逃到这里，不期被他认着。莫非葛明霞说出情由，差他来拿我两人。他如今在船里不敢说，到了岸边是他大了，不如摇到僻静处害了他的性命罢。"心里正想，一霎时，乌云密布，狂风大作，刮得河中白浪掀天，将那只小船颠得好像沸汤里浴鸡子的一般，砰地一声响亮，三两个浪头打将过来，那船底早向着天了，两岸的人一齐嚷道："翻了船了，快些救人。"上流头一只划船忙来搭救，那差官抱住一块平基，在水底滚出，划船上慌忙救起来。再停一会，只见沈蛇儿夫妇并白婆三个人直僵僵地浮出水面上，看时已是淹死了。可惜骗卖明霞的身价二百二十两，并白婆后手一百两，都原封不动沉在水里。那蛇儿夫妇与白婆昧心害理，不惟不能受用，倒折了性命。正是：

善恶到头终有报，只争来早与来迟。

却说划船上人，且不去打捞三个死尸，慌慌地救醒差官，将船拢岸，扶到岸上。众人齐来看视，差官呕出了许多水，渐渐能言。便问道："我的铺盖可曾捞得？"众人道："这人好不知足，救得性命也够了，又要铺盖，这等急水，一百副铺盖也不知滚到哪里去了。"差官跌足道："铺盖事小，有汾阳王郭老爷书在里边，如今失落了，如何了得。"众人道："遭风失水皆由天命，禀明了自然没事的。"就留在近处人家，去晒干了湿衣，吃了饭，借铺盖歇了一夜。明日众人又借些盘缠与他，差官千恩万谢，别了众人，跟跟跄跄往驿中雇了一个脚力，望范阳进发。不知此去怎生报知钟景期，且看下回分解。

中国禁书文库

海外藏禁书

第十六回　平北公承恩完配

中国禁书文库

锦香亭

词曰：

　　俊俏佳人，风流才子，天然吩咐成双。看兰堂绮席，烛影灿煌。数幅红罗绣帐，氤氲看宝鸭焚香。分明是，美果浪里，交颈鸳鸯。　　细留心，这回算，千万遍相思，到此方偿。念宦波风险，回首微茫。惟有花前月下，尽教我对酒疏狂。繁花处，清歌妙舞，醉拥红妆。

　　　　　　　　　　　　　右调《凤皇台上忆吹箫》

　　话说汾阳王差官，在黄河翻了船，失了郭子仪原书，又没处打捞，无可奈何，只得怀着鬼胎走了几日，到范阳城里经略衙门。上来还未开门，差官在辕门上站了一会，只听得里面三声鼓响，外边鼓亭一派吹打，放起三个大炮，齐声吆喝开门，等投文领文事毕。差官央个旗牌报进去，不多时，旗牌唤入，报门而进。差官到堂下禀道："汾阳王府差官叩见老爷。"钟景期问道："郭老爷差你到此何干？"差官道："郭老爷差小官送信来此，不期在黄河覆舟只拾得一条性命，原书却失落了。求老爷怜恕。"景期道："但不知书中有何话说？"差官道："没有别的话，是特来报老爷的喜信。"景期道："有何喜信？"差官道："圣上钦赐一位夫人与老爷完婚，因此差小官特来通报。"景期惊道："可晓得是谁家女？"差官道："就是郭府中第十院美人，小官也不晓得姓名。"景期大惊，想道："圣上好没分晓，怎么将郭府歌姬赐与大臣为命妇。"心中怏怏不悦。吩咐中军将白银十两赏与差官，也无心理理堂事，即令缴了牌簿放炮封门，退入后衙来。雷天然问道："相公今日退堂，为何有些不乐？"景期道："可笑得紧，适才京中有差官来报，说圣上要将郭汾阳府中一个歌姬赐与下官为配，你道好笑也不好笑。"天然道："相公如何区处？"景期道："下官正在委决不下。想她既是圣上赐婚的，一定不肯做偏房的了。若把她做了正室，那明霞小姐一段姻缘如何发付？就是二

夫人与下官同甘共苦，到今日荣华富贵，难道倒教你屈在歌姬之下？晓得的还说下官出于无奈，不晓得的只道下官是薄幸人了。辗转踌躇，甚难区处，如何是好？"天然道："相公不须烦闷，妾身倒有计较在此。"景期道："愿闻二夫人良策。"天然道："赐婚大典决不敢潦草从事，京中想必有几日料理，一路乘传而来，颁诏的逢州过县，必要更换夫马，取索公文，自然迟延月日。我想东京到此，比西京路近，相公可修书一封，差人连夜到东京报知葛公，教他将明霞小姐兼程送到范阳先成了亲。那时赐婚到来，相公便可推却，说已经娶有正室，不敢停妻再娶作伤风败俗之事，又不敢辜负圣恩，将钦赐夫人为妾，上表辞婚，名正言顺，岂不是两全之策。"景期大喜，连忙写起书来，就差冯元赍书前去。冯元领命，将书藏在怀中，骑着快马，连夜出城望东京进发。五日午夜，已到东京，进城径投安抚使衙门上来，恰值关门。冯元焦躁起来，方要向前传鼓，有巡捕官扯住道："老爷与学士李老爷在内饮酒，吩咐一应事体不许传报。你什么人，敢这般大胆？"冯元道："你这巡捕，眼睛也不带的。我是河北钟老爷差来的，因有要紧事要见你老爷。你若不传，倘误了大事，就提你到范阳砍下你的驴头来。"巡捕官没奈何，只得替他传鼓禀报。不多时里面一声云板，发出钥匙开门放冯元进去。早有内班门子领冯元到穿堂后花亭上来，见葛太古与李太白两个对坐饮酒。冯元向前叩头，呈上主人的书。太古接来一看，大惊道："如何圣上却有这个旨意？"冯元道："他使着皇帝性子，生巴巴地要把别人的姻缘夺去。家老爷着小的多多拜上老爷，说一见了书，即连夜送小姐先到范阳成了亲，然后好上表辞婚。"太古心内思量道："争奈明霞女儿没有寻着，只得把碧秋充做明霞先去便了。"就向李太白道："小女遣嫁范阳，李兄原是媒人，敢烦一行？"太白道："我是原媒，理应去的，何须说得。"太古大喜，就差人出去雇船，因要赶路，不用坐船，只雇大浪船三只，并划船六只，装载妆奁。原来葛太古因景期下聘时节说，平贼之后就要成亲，所以衣服首饰器皿家伙都件件预备，故此一时就着人尽搬下船。先请李太白去坐了一只浪船，又发银子，雇了五六十名人夫拉纤，一一安排了。进来叫碧秋打点，连夜下船。碧秋下泪道："这是姐姐良缘，孩儿怎好闹中夺取？况爹爹桑榆暮景，孩儿正宜承欢膝下，何敢远离。"太古也掉下眼泪道："做了女子，生成要适人的，这话说他怎的。只是日后倘寻着明霞孩儿，须善为调处。事情急迫，不必多言了。"碧秋道："孩儿蒙爹爹如此大恩，怎敢有负姐姐，倘寻见姐姐，孩儿即当避位侧室，以让姐姐便了。"太古道："若得如此，我心安矣。"说罢，就叫十个丫鬟赠嫁前去，又着管家婆四人在船服侍，各人领命收拾起身。太古便催碧秋上轿，碧秋只得向太古拜了四拜，哽咽而别上了轿子。那十个丫

鬟并四个管家婆，也都上了小轿，簇拥着去下船。太古也摆到船边，在各船上检点家伙，差几个家人随去，又到太白船上作别了，再下碧秋船内叮咛一回，挥泪依旧上岸回去。冯元就在李太白船内，凭太白吩咐。就此开船，各船一起解缆，由洺河入汴河，望北昼夜前进，不上半月，已到范阳。早有人报知，钟景期出来拜望李太白。太白接入舱中，施礼坐了，先叙寒温，后叙衷由。正说话时，飞马来报道："司礼监高公公赍着圣旨，护送钦赐的夫人已到二十里之外，请老爷去接诏。"景期跌足道："再迟来一日，我这里好事成了。"便愁眉苦脸别了太白，登岸上轿，来到皇华亭。只见军牢侍从，引着高力士的马而来，后面马上一个小监背着龙凤包袱的诏书。再望着后边，许多从人银瓜黄伞拥着一辆珠宝香车，随着许多小轿；又有无数人夫扛的扛，抬的抬；也有车子上载的，也有牲口上驮的；尽插小黄旗，上写"钦赐妆奁"四字。金光灿烂，朱碧辉煌。景期接了没做理会处，只得接待高力士下马，到皇华亭施礼。力士教安排龙亭香案，将诏书供好伺候，吉期开读。景期吩咐打扫馆驿，请钦赐夫人在内安顿。高力士就在皇华亭暂歇，一一停当。景期也没心绪与高力士说话，忙忙地作别入城。吩咐立时在衙门里备办筵席，发帖请高力士、李太白。不一时筵席已完，力士、太白齐到，景期接入坐定，说了几句闲话。堂候官禀请上席，景期把盏送位。李太白从来不肯让高力士的，这日因是天使，故此推他坐第一位，李太白第二位，景期主席相陪。方才入席，那太白也不等禀报上酒，便叫取大犀杯来，一连吃了二十多杯，方才抹抹嘴，而后与力士一般上酒举箸。酒过数杯，力士问道："为何学士公恰好也在此？"太白道："我特来夺你的媒钱。"力士笑道："学士公休取笑，咱是来送亲，不是媒人哩！"太白道："若是送亲的，只怕要劳你送回去。"力士道："这是怎么说？"太白道："钟经略公已曾聘定御史葛太古之妇葛明霞为正室，学生就是原媒，今日送来成亲。我想圣天子以名教治天下，岂可使臣子做那弃妇易妻的勾当。所以经略公还不敢奉诏。"力士道："学士公又来耍咱家了。请教葛明霞只有一个，还是两个？"太白道："自然是一个。"力士道："这又奇了，如今圣上赐来的夫人正是葛明霞，哪里有第二个？"太白笑道："亏你在真人面前会说假话。圣上赐的是汾阳府中的歌姬，如何说是葛明霞？"力士道："学士公有所不知，葛明霞因逃难江河，被奸人骗来，卖到郭汾阳府中。郭公问知来历，奏闻皇上，因此钦赐来完婚。"太白道："如此说，那个葛明霞只怕是假的。"力士道："郭汾阳做事精细，若是假，岂肯作欺君之事。只怕学士公送来那一位葛明霞是假的。"太白笑道："不差，不差。别人送来的倒是真的，他嫡嫡亲亲的父亲面托我送来的，难道倒是假的不成？"力士道："这等说起来，连咱也寻思不来了。"太

白道："不妨，少不得有个明白。今晚且吃个大醉，明日再讲。"力士笑道："学士公吃醉了，不要又叫咱脱靴。"太白又笑道："此是我醉后狂放，你不要介意。"力士也笑道："咱若介意，今日就不说了。"两人相对大笑。只有钟景期呆呆地坐着，听他两个说话，如在梦中，开口不得，倒像做新娘的一般，勉强举杯劝酒。太白、力士又饮了一回，起身作别。高力士自回皇华亭，太白自回船里去了。景期送了二人，转入内衙与雷天然说知上项事情。天然道："这怎么处，葛公又不在此，谁人辨她真假？"景期坐了一会，左思右想没个头绪，只得与雷天然就寝了。

次早起来，天然向景期道："此事真是难处，莫若待妾身去拜望她两个，问她可有什么凭据，取来一看便知真假了。"景期道："二夫人言之有理。"天然一面梳妆，景期一面传令出去，着人役伺候。天然打扮停当，到后堂上了四人大轿，勇儿并十个护卫青衣女，一齐随着前后人役吆喝而去。景期在署中独自坐下，专等雷天然回来，便知分晓。正是：

混浊不知鲢共鲤，水清方见两般鱼。

景期闷坐了半日，早见天然回来，景期接着忙问就里。天然道："若论姿容，两个也不相上下，只是事体越发不明白了。"景期道："怎么不明白？"天然道："妾身先到船上，见葛公送来那位明霞小姐。她将范阳逃难，在路经过许多苦楚，后来遇见父亲的话，一一说与妾身听了。妾身问她可有什凭据？她便将我先叔赠她的路引为据，妾身取得在此。"景期接路引来看，道："这不消说是真的了。"天然道："圣上赐来那位明霞小姐，也难说就是假的。"景期道："为何呢？"天然道："妾身次到馆驿中见了她，她的说话句句与葛公送来那位说的相合，只多了被人骗到郭府中这一段。及讨她的凭据来看，却又甚是作怪。"景期道："她有什么凭据？"天然道："她取出白绫帕两幅，有相公与她唱和的诗儿在上，妾身也取在此。"景期接来看了，大惊道："这是下官与葛小姐始订姻盟时节作的。如此看起来，那个也是真的了。"天然笑道："有一真，必有一假。如何说两个通是真的？"景期道："下官在千军万马中方寸未尝小乱，今日竟如醉如痴，不知天地为何物了。我想古来多有佳人才子成就良缘，偏是我钟景期有许多魔障。"天然道："相公且免愁闷，妾又有一计在此。"景期道："你又有何计？"天然道："不如待妾设一大宴，请她二人赴席，等她两个当面自己去折辨一个明白，可不是好？"景期道："如此甚妙。"天然道："若在衙门里不便，可请到公所便好。"景

期道："南门外一座大花园，是安禄山盖造的离宫，地名为万花宫，我改为春明园，内中也有锦香亭一座，甚是宽敞，可设宴在内。我想当初在锦香亭上订葛小姐的姻盟，如今这里恰好又有一座锦香亭，可不是合着前番佳兆？"天然道："如此甚妙。"景期就发银子，着冯元出去到春明园中安排筵宴。雷天然写了请启二道，差勇儿到二处去投送。

次日，天然戴着玲珑碧玉凤头冠，穿着大红盘金团凤袍，月白绣花湘水裙，叫勇儿随着。又有二十名女乐，原是史思明家的，景期收在署中，这日也令随到园中侑酒。一乘大轿抬着天然，许多人役跟随。到得春明园里，天然叫人役在园外伺候，只带勇儿、女乐进园，来到锦香亭上观看。筵宴上挂锦幛，下铺绒单；展开孔雀，褥隐芙蓉；银盘金碗，玉杯象箸，甚是整齐。忽听一阵鼓乐，早报道："东京葛小姐到了。"只见十数个侍女，引着轿子进来。碧秋冉冉出轿，见她头戴缀珠贴翠花冠，身穿五彩妆花红蟒，好似天仙模样。天然降阶迎入亭中，叙礼落坐。丫鬟跪下献茶，茶罢，又听外面报道："钦赐葛小姐到了。"天然起身下降立候，见许多侍婢拥着八人大轿，前面摆着两扇奉旨赐婚的朱红金字牌，后面又随着一乘小轿。碧秋在亭中，心里愤愤地只等她来，便要将葛太古家中的事来盘倒她。那轿子到了庭中歇下，有女使将黄伞遮着轿门，等明霞出来。天然一看，见她头戴五凤朝阳的宝冠，身穿九龙盘舞的锦袍。原来碧秋站在亭上，因黄伞遮了轿子，所以看不见明霞，那明霞恰早看见了碧秋，便惊问道："亭中可是我卫碧秋妹子么，却为何在此？"碧秋听见，吓了一跳，定睛一看，大惊道："我只道是谁，原来正是明霞姐姐。"二人方走近来，那后面小轿里大叫道："我那碧秋的儿嗄！我哪一日不想着你，谁知和你在这里相逢。"碧秋听见是母亲卫姬的声音，便连忙走下亭来。小轿里钻出一个婆子，果然是卫姬。母子二人抱头大哭，明霞也与碧秋携手拭泪。雷天然看得呆了，便哄她三人重新叙礼送坐。碧秋道："家母在此，奴家当隅坐了。"明霞道："若如此倒不稳便，不如请卫妈妈先坐了罢。"碧秋依允。第一位明霞，第二位碧秋，雷天然主位，卫姬上台坐了。茶过一通，天然开言细问端的。她三人各将前后事情，细细说出，天然如梦方觉。连她三人也各自明白了。勇儿禀道："筵席已定，请各位夫人上席。"雷天然猛省道："我倒忘了，今日卫老夫人在此，吩咐快去再备一桌宴来。"卫姬笑道："今日之宴，非老妇所可与会。况坐位不便，雷夫人不必费心，老身且先回去。只是今日三位须要坐得停妥，老身斗胆僭为主盟，与三位定下坐次，日后共事经略公。就如今日席间次序便了。"天然道："奴家等恭听大教。"卫姬道："以前葛小姐与小女不知分晓，并驱中原，不知谁得谁失，今已

这第一座正位，不消说是葛小姐了。小女虽以李代桃，但既已来此，万无他适之理，少不得同事一人。只是雷夫人已早居其次，难道小女晚来倒好僭越？第二位自然是雷夫人。第三位是小女便了。"三人共同悦服。卫姬道："今日老身暂别，只不要到馆驿中去了，竟到小女船上，待她回来好叙别情。"说罢，作别上轿而去。天然就叫勇儿传谕冯元，教她备一席酒送到船上去，勇儿领命而行。天然吩咐作乐定席，碧秋道："若论宾主该是雷夫人定席，若照适才家母这等说，就不敢独劳雷夫人了，我三人何不向天一拜，依次而坐，令侍儿们把盏罢。"明霞、天然齐道："有理。"三人一齐向天拜了，然后入席。葛明霞居中，雷天然居左，卫碧秋居右。侍女们轮流奉酒，亭前女乐吹弹歌舞。宴完，一齐起身，各自回去。天然到署中将席间的事体说与钟景期听了。景期大喜，就请高力士、李太白来说明了，择了黄道吉日，先迎诏书开读了，方才发轿到二处娶亲。花灯簇拥，鼓乐喧闹。不多时，两处花轿齐到。掌礼人请出两位新人，景期穿了平北公服色，蟒袍玉带，出来与明霞、碧秋拜了堂，掌灯进内，雷天然也来相见了，饮过花烛喜筵。是夜，景期就在明霞房里睡；次夜，在碧秋房里睡；以后，先葛、次雷、后卫，永远为例。到得七朝，连卫姬也接来了。又吩咐有司寻着红于的冢，掘去李猪儿误立的石碑，重新建造纯静夫人的牌坊庙宇，安排祭祀。景期与三位夫人一齐亲临祭奠。祭毕回来，恰好有报来说，仆固怀恩招降了贼将薛嵩、田承嗣等，河北、山东悉平。景期领了家眷班师回京，先朝拜了天子，就去拜谢郭子仪。是日，圣旨拜钟景期为紫薇省大学士平章军国大事。景期谢恩出来，选了祭祀吉期，同三位夫人到父母坟上祭扫拜谒。朝廷又将虢国夫人的空宅赐与钟景期为第。那葛太古也回京复命，与葛明霞相会，悲喜交集。景期就将宅子打通了葛家园，每日与三位夫人在内作乐。她三个各有所长：葛明霞贤淑，雷天然英武，卫碧秋巧慧。三人与景期唱随和好，妻妾之间相亲相爱。后来葛夫人连生二子，雷、卫二夫人各生一子。到长大时节，景期将明霞生的长子立为应袭，取名钟绍烈，恩荫为左赞善。将次子姓了葛，承接葛太古的宗祀，取名葛钟英；因葛太古的勋劳荫为五经博士。将天然生的一子姓了雷，承续雷海清、雷万春的宗脉，取名雷钟武，以海清、万春功绩恩荫为金吾将军。将碧秋生的一子姓了卫，承顶卫氏宗祧，取名卫钟美，后中探花。景期在朝做了二十年宰相。

　　一日，同三位夫人在锦香亭上检书，检出虢国夫人遗赠的诗笺。看了忽然猛省道："宦海风波岂宜贪恋，下官意欲告休林下，三位夫人意下如何？"明霞、碧秋齐道："曾

记慈航静室中达摩点化之言说：'得意浓时急须回首'，相公之言甚合此意。"天然也道："急流勇退，正是英雄手段，相公所见极是。"景期遂上表辞官，天子准奏，命长子钟绍烈袭封了平北公。葛太古已先告老在家，与景期终日赋诗饮酒。景期与三位夫人欢和偕老，潜心修养，高寿而终。后来子孙蕃衍，官爵连绵，岂非忠义之报？有诗为证：

乾坤正气赋流形，往事从头说与君。

昧理权奸徒作巧，全忠豪杰自留名。

拈笔写出鸳鸯谱，泼墨书成鸾凤文。

悲欢聚合转眼去，皇天到底不亏人。

流失海外的珍稀手抄本

第四篇

银瓶梅

第一回　见美色有心设计
求丹青故意登堂

诗曰：

种福寻常休上天，不欺暗室便为贤。

勿因恶小随中做，积祸中来日入愆。

光阴同逝，岁月其流。俗世中跳得出七情六欲圈儿，打得破酒色财气关子弟，知己所当者，名；又自能所知戒者，过；方成豪杰。反此二语，定然做出千般百计钻求，甚至无所不为，遂至妻子不顾、父母不连；亲戚名分不顾、朋友交情义绝。只图一时欢娱，却害他人性命，以辱名放，为伦常种种之弊。可不叹惜哉！惟酒色财气四字，似乎相均一则，然究不竟一财字足统酒色气三则矣！怎见得财字利害倍统三则？

假如一个人受着凶穷之苦，捱尽无限凄凉，早起来看一看厨灶，并没半屋烟火；晚入室摸一摸米缸，无隔夜之粮。妻子饥寒，一身冻馁，粥食尚且不敷，哪有余钱沽酒？更有一种无义朋友，见面远远逃避，即近见亦白眼面寒，相知只有心无恨，哪有另心觅美追欢？身上衣衫褴褛，凌云志气，分外损磨。即亲中莫如兄弟，且低视于汝，笑落一筹，思前想后，只能忍气自嗟，怎能有心与人争气？正是：

一朝马死黄金尽，亲者如同陌路人。

此四字计来，岂非财字倍加利害，足统三则乎？此是曰一贵宦公子，为色抛金，惟欲追享乐，岂知天不从人之愿，偏偏遇着一位困而有守秀士、贞洁文娘！后来反灾及其身，以至危戮父母妻子，父子俱灾，弄成不忠不孝，皆因以财易色而至祸。可叹其遇由自取！

却说大唐玄宗帝明皇，其登基初年号开元。按史事，睿帝皇帝乃李旦，他因太子劝进，起兵诛戮了武则天众武党，并灭除韦氏，反周为唐，中兴祖基。但李旦在位两载，不乐为君，故传位于皇太子，为太上皇。不数载，驾崩，寿五十五，葬于桥陵。也不多表。此书中单说唐明皇开元之初，前用一班忠贤为相，姚崇、韩休、张嘉贞、杜暹、张九龄等辅政，至治太平民富，可称盛世。后来不有其终，贬逐众忠良，复用

李林甫、杨国忠，政又紊矣！

　　当时，又有一奸佞之臣，官居兵部尚书之职，拜任李林甫门下。二奸结为心腹，大为唐明皇信任，言听计从。他乃江南苏州府人，有子一人名裴彪，他名裴宽。但裴彪，父在朝廷近帝，彼在家未任上两载，只捐纳武略将军武职。年方三十，痴堂妻妾，一心未足，为人凶险，品行不端。凡见人闺女抑或妻妾娇美，无论有夫或孀妇，即立起淫心，千般百计要弄上手来方休。日前恃父在朝官宦势力，欺凌虐陷附近平民过多，实是色中饿鬼。

　　苏州府南门城外，有一专诸里，内有一贫寒秀士，姓刘名芳，身入黉门，才高志大，但未曾早捷，高登科甲，年交二十四岁上，父母双亡。单身，并无兄弟。彼原籍凤阳府人氏，寄客寓于苏州已两世了。娶妻颜氏，生得相貌娇娆，尚未产育男女，现在怀孕于身。这刘芳仍是在本土学校训课生徒，习文学以取资度日，二者，自得习读以待秋闱应试。

　　一天，刘秀士出门买物，出城去了。

　　祸因颜氏精于女工描绣，多与豪门描刺绫绢，以资丈夫诵读日给之需。亦一内助之贤妇也。此天，在门首买些绒线之物，正遇本土狼宦之徒，即系兵部尚书公子裴彪道经刘芳门首。一旦看见颜氏娘子美貌如花，不胜羡慕，即驻马挽缰，双目睁睁看去。颜氏娘子忙闭门进内，不表。

　　只说裴公子一路回府中，一心专意在此日所遇的美佳人是个本土刘秀士之妻，怎弄得她身从于我？岂不是枉思妄想。也不竟怀，怎出于口的嗟叹之声！早有近身服役家丁，一见公子心有所思光景，短叹长吁之状，即请问："公子大爷，有何心事不乐？恳明示知，小价或可替主分忧，如何？"

　　裴彪曰："汝等哪里得知？我今天出城游耍，及在南门外回府，只见专诸里内刘秀士门首，一女娘生得美质娉婷，只可惜一朵鲜花插在牛粪之上！他虽一穷困秀才，但是个守道学的书痴，平日又不与会交，怎能有窍通彼内室之妇女？某意欲用强，打抢回来，只恐他协同本土乡宦缙绅士人呈本境大员得知，传入京师，祸及父亲，是不敢造次也！思算不来，是至心忧不下。汝等众人有何妙计谋，与本公子酌力得来？倘事成就赏你们白金千两。"

　　内二家人曰："公子大爷不须怀忧！小人已有计谋，或可办来！此事且急切不得，且更不可明抢，抢夺果有碍于国法，只暗算个万全之策即可。惟刘秀才书写得一手妙丹青，本土颇有名声。公子爷来日携带绫绢一匹，亲往他书室，以求书写丹青为名，

他见公子爷是个赫赫有名的贵宦公子，定然一诺允从。书成后，特往谢他妙笔，故厚交好，以图假结拜手足，定须多用些金银与彼，只强为通家交厚，相善往来。且刘芳是一穷酸秀士，见金帛哪里有推却之理？但得他妻乃妇人水性之见，又以公子显贵宦门，少年玉采，未有不贪而动其心也！倘果然性硬难动，须窥其隙窍破绽处，用智取之抑设计用强也，此事何愁不就算的？"

裴公子当时听罢，大喜曰："此计妙甚！莫无遗策，可唯依也。事成之日，重重有赏。"计谋遂定。

次日膳后，主仆三人同行。公子上马，二家人持却绫绢在后跟随，一程来到刘秀才书院中。先命二家人通报，刘芳一闻知有裴公子到来拜探，即出门迎接。裴公子滚鞍下马相见，刘芳请公子到内堂，分宾主而坐，命门徒递敬茶毕。

登时，刘芳动问："公子贵驾辱临寒舍，有何赐教？"裴彪曰："无故不敢造次访尊府，只因久仰足下妙手丹青，远近驰名。今裴彪亦得闻羡慕，故特携来素绢一幅，仰求妙手一挥，致意珍作，将为敝室增光，祈勿见却，幸甚！"

刘芳闻言，微笑曰："公子哪里得闻误听，敢当谬赏？难道不知刘某乃一介寒士，只因进学后两科不第，想必命限，定该一贫儒终于困乏，无有开科之日也。故设教生徒，度捱日给所需，并伏窃窃学效别人书一两张俗笔丹青，不过售于市井中，村落里，是见哂于大方者。只不过以备日后防身糊口养老之谋耳！岂敢有污公子贵人之目，反要书写污了绫绢贵重之物，可惜之并难以赔偿起的。请公子收回去，另寻妙手之人，方妥当于用也。"

公子闻言，冷笑曰："足下之言，太谦虚矣！莫非不肯见赐乎？裴某久闻先生妙笔远驰，近称第一，我苏州一府丹青，无人与匹，何须过于拒辞？某非为白手空求者，倘承允妙手之劳，自当重谢，休得推却！"

刘芳曰："既然公子不嫌污目，吾且献丑罢！岂敢当受公子赐赏之物！但不知尊意要书的山水云石抑或人物鸟兽花木之景？"

裴公子曰："花鸟云石，山水人物，八大景致，只由足下妙手传神，何须限吝乎？"

刘秀士领诺，又曰："此非一天半日功夫立就，且待两三天，刘某书成，自当亲送至府上，如何？"裴公子曰："既得先生妙手承允，岂敢重劳亲送！且待某于三天之后来府上取领，并携送墨金来致谢也。"

语毕相辞，拱别起位。刘芳送出门外，公子上马，二仆人跟随回府而去。刘芳回身。不知何日写出丹青，公子来取，且看下回。

第二回 假结拜凶狼施阱
真赐赠神圣试凡

诗曰：

君子相交淡水长，小人如蜜也凶狼。

见机择方为智哲，醒眼须分免祸殃。

驻语奸狼公子辞归府去。单说刘秀才有一厚交故友同学，是饱学之士，亦是身进黉门，未曾科第，姓陈名升。他家富饶足，承祖上基业，有百万资财之富，田连阡陌之广，不似刘芳是个贫寒秀士。但他二人交结相善日久，迥非以贫富分界。这刘芳屡得陈升助的薪火之资，原是厚交，不吝惜之处，足见陈升是个仗义济急君子。当日，陈升不时过到刘芳家中叙谈。刘秀才又有一见爱门生，姓梁名琼玉，也是个本土富厚之家。但琼玉一二九少年，父母双亡，并无兄弟手足。彼虽年轻，也会学习武艺，算得一文武小英雄，是与刘芳一厚谊师生，亦不时资助师之困乏。不多细表。

当日，刘芳数天之后开笔书写起一幅人物花鸟、山水云石八大景。后两天，裴公子亲到堂中拜领。刘秀才迎接，入下座、茶毕，方取出绫绢一幅递上。裴公子双手接过，徐徐打开。

刘芳先问言曰："虽承公子不嫌污目，只可见笑大方耳！"裴彪看罢八大景画工精妙，大加赞赏曰："巧手！果名非虚传也！改日复来致谢，以礼酬先生巧妙之笔。"

刘芳微笑曰："此滥习学海，书来敢当公子谬赏，何得言谢！"公子登时告别，收绢幅入袖中，上马拱别而去。

到次日，果然命两名家丁扛抬盒中各式礼物来谢。此一天，适值陈升秀士到刘芳家中坐谈。此日一见裴家主仆五人公子前进，礼物在后，一程扛上排开。堂下有刘、陈二秀才迎接，分宾主一同坐下。及问起，陈升方知裴公子赍此重礼是酬写丹青笔劳故也。公子又问明得陈升也是个黉门秀才。

当时，一揭开各盒，只见四季时果、海味山禽食物，又是绫罗丝缎，春夏秋冬各式二匹，又有一绽白金，足有五十两。刘秀才见了这许多食物绫罗银子，摇头开言："不敢领受重赐！此乃些小举手之劳，敢当此过丰重礼？公子可即令盛价扛回府中去。"

裴公子冷笑曰："足下勿怪裴某率直之言、自得夸张之罪！想家君在朝，身当部属，于财上千百犹如牛羊身上拔一毛、大树林上摘一叶耳！今此些许礼物，何足挂齿！且不妨得罪，汝非富厚之家，身上做一两件衣服遮身，免失斯文一脉。休多见却！"

陈升见裴彪如此说来，只道他真情重念斯文穷儒者，即向劝曰："既明公子一片盛意，刘兄长亦不须执却其美意！"刘芳听了，只恩受领食物并绫罗，却要返其五十两之金。公子恳至不依，刘芳只得欣然拜领。

当日，裴公子请告别。刘芳挽留，款以早膳。陈秀才又傍留劝止，公子只得允诺领命。

此天，刘秀才命门徒备办酒筵。

裴公子先开言曰："裴某久闻陈、刘二位先生经纶满腹、八斗高才，不日奋翅飞腾，为帝王之佐。今裴某一心敬重，实欲仰攀结拜为异姓兄弟，且又同述一府往来爱谊，未知二位尊意如何？"

刘、陈曰："这是不敢高攀公子。汝乃显贵宦门之辈，吾二人是个不第寒士，多有沾辱，岂敢从命乎？"

裴彪冷笑曰："某乃一介武夫，不过藉家君近帝之乐，却是个白丁无墨者。若得二位文星结拜通家，所有文书往来修递，全凭指点，吾之幸也。且待某投书，往达京都，禀明家君，家君在部中，待汝此科，自有照应，科甲准联矣！"

刘、陈听了，不约同心喜悦，便允从曰："如此吾三人不以贫富贵贱所分，且效着桃园再结之诚。"即日排修香灯于阶前，三人就向当天下跪，祝告表文一番，有裴彪居长、刘芳为次，陈升年轻为季。三人中，陈、刘俩真心裴为假。

当时，只有刘秀才娘子颜氏在屏后偷看。见夫君结拜禀祝得明白，忍不住一声笑，早被裴彪个有心人一目瞧望入后堂，偷看见了。颜氏她只得急退入内房躲避。

当时，饭馔齐备，三人坐周叙饮交谈，不觉三度申刻，已是日落西山。裴公子告别，陈秀才亦抽身，刘芳送别二人去讫。刘秀才回至房中，对妻颜氏曰："拙夫自十八少年进身黉门，一连两科不第，是必功名迟滞也。今或藉裴公子父亲在京部，加些少提拔，得以功名早济，未可知？"颜氏曰："丈夫休妄喜欢！依妾之愚见，此段金兰结

拜得好不，不必言的，如不结交此人，更妙也！"

刘芳一闻妻言，心中不悦，曰："且住口！汝妇女之流，岂知通变？此日结拜，我非高攀于裴公子。他出自真诚，来致谢我之丹青，是彼先陈及与吾二人结拜的，非我与陈升弟定必背靠此人！今汝冷语闲言，是何道理？"

颜氏曰："妻非敢冷言多管！妾自归君家数载，果蒙陈秀才多少恩惠提扶，不时赠助薪水之资，并义门生梁琼玉也是一般恩惠周相，实出于一心扶持我夫妇者。何曾平日闻见这裴公子与汝些少往来，恩至之交？今因书写二幅丹青，便即谢送此厚重之礼。如观此人，必有一贪。丈夫乃读圣人之书，明晰理者，岂不闻'君子之交淡如水，小人之交甜如饴'？当汝结拜时，愚妾在后堂观见汝等祝告神祇之语，已忍不住发笑一声。这生面人定必是裴公子，一闻妾声音，即目睁睁偷看，料想此人不是个善良之士，比如陈秀才是汝故交，妾来数载，哪有回避之？哪有生言议论之？他乃正大君子，只无可疑忌者。今交结这裴公子，君须详察其人乃可。"

刘芳闻言颇怒，曰："妇女之足，三步不出外堂。自此有客到来探望，不许汝出入。多失男女之序，又露人眼目。"这颜氏见丈夫认真说来，只不答言，无语。话分两头。

再说陈升别却刘芳，与裴彪分手，各自入城。未至家中，于道途中，只见一白发老翁远远而来。不觉行近陈升门首，边奔走边连声称说："有宝贝卖！"陈秀才一驻足，向老人跟前拱手动问："请问老丈，既有宝贝物件，何以日间不来沽卖？今已天色晚了，又在学生门外呼卖不已，实为欠解，请道其详。"

老翁见问，冷笑曰："足下未知其由。老拙果有非凡宝贝一物，善能救解人之实厄。但吾初到盛境，不识得程途，赶至入城，天已是晚了。忙速中连连呼卖，或遇富翁善士，有怜急相帮如买者，又得求借一宿，来日早早回家，免至徬徨也。"

陈秀才听言，曰："原来老丈是失路之客！请问老丈上姓尊名？"老翁见问，既曰："老拙姓吕名扶世。"复转问陈升，求借一宿。陈秀才一诺承允，即请他进至大堂中。老少分宾主坐入。陈升此时问及："尊者有何盛宝？求借一观。"

老人见陈秀才乃一贤良君子，即取出一物。用五色绒线包裹数十重，一一揭开，乃一个小小瓦净瓶，言："此宝名莲子瓶。"陈升见了，冷笑一声曰："老尊丈，无乃谎言欺人的。汝今一小瓦瓶，何为宝贝之物？"

老人曰："足下休得小觑此物！汝乃富厚之家，园中必多种植花果之物，内有栽种之莲，且取来莲子二三两，待老拙当面试演来，演汝一观，便知它是一个宝瓶矣！"陈秀才闻此说，即命家仆往后园取到莲子一盅，递过卖宝老人。他即持过，挑拣上四十九粒放在瓦瓶中。他低声念念有词，不知什么咒言，一刻间，瓶口标出成枝，二刻发叶，三刻开花，四刻仍结回莲子，当时遍室异香。

陈升细看每一莲花，四十九朵结四十九粒莲子。实乃是个宝瓶奇物也。陈升惊异曰："学生果乃肉眼无珠，不识此瓶是稀世之宝。未知老丈果售否？"不知老丈如何对答，或售或赠，且看下回分解。

第三回 陈秀才一念怜贫
裴公子两番放饵

诗曰：

救急扶危君子忠，贪花起衅小人心。

试看善恶裴刘行，福者善兮祸者淫。

当下，陈升问及老人果售卖的价值几何？老人曰："售取之价有限，不过三百两耳！"陈升曰："三百两金，小事也。且命家仆排上酒饭，料得老丈未用晚膳的，明日差家人送汝回盛乡。"老人曰："既蒙售取买了，且要先赐交白金。老拙收下，方敢领款酒饭，若不先交银子，决不敢领情。只忧足下明日疑心不买的。"

陈升曰："老丈哪里话来？晚生乃是个顶天立地之人，并非吝啬之辈，岂肯失言！请放心，只三五百之金，何足挂齿！"老人听了，冷笑一声，曰："老拙今已看全，倒也见尽了这世俗之情，多少悭吝薄心阴险之人！千万人中选无一二信行者。"

语毕，拿回瓦瓶，抽身而起。

陈升起位跑上挽留住，即命家人取出白金，一箱千两，扛抬出放在中堂："敬请老丈，要用多少便是。"老人就将银锭挑取五十两一锭，共六锭，足三百两之数，用香囊盛起，藏入怀中，拿起瓦瓶，大步走出。

众家人见了，大呼曰："相公，原来此老人乃一老拐徒！且待小人等追赶拿回，明日送官究治，取还银子，才得甘心矣！"陈升曰："三百两银子是小事。他是八旬老年之人，倘赶他失足仆地跌死，实乃人命关天。想必他家贫如洗，是才将此宝物骗吾亲观，实来讨借此银子耳！不许汝们捉拿，待我亲自追请他回。"

言毕，发足飞步追赶去。出门已是天初黑暗，月色光明。

只见老人飞跑赶急，至一石闸门，头一抢撞，却死仆于地中。陈升一见，自惊曰："不好了，幸得吾也有先见之明，不容许家奴追拿此老丈。不料他畏惧追赶，今撞死于非命，原我之罪过。"自想过意不去。又未知他是哪方人氏？只问得姓名，不及问其乡居。"但彼有宝物银子在身，且守候至天明，待有亲谊人来承认，方免被旁人夺盗他财宝，且买备衣棺，连同财宝二物同葬，得汝九泉心息。"

言毕，将身上长罩袍脱下，盖在老人身上，驻足守候。不一刻，这老人大呼起来曰："陈先生也来此乎？"

陈升一见，又惊又喜，即曰："老丈，今身体安否？"老人曰："老拙一刻撞晕了。今回来追迫见君。"

陈升曰："某来特请老丈回寒舍用过晚膳，非追赶也。且银子乃小事，汝且拿去，用度足矣。并小瓶宝贝，晚生辈又非要汝的，休得以此介怀！"老人微笑曰："果善哉，陈君也。于万人中未得一者！吾将此瓶送汝作护身之宝，汝之尊府，吾是不到矣！"

陈升曰："宝瓶乃老人家传好东西，晚生断不敢领受。"老人曰："陈君不知有旦夕之灾飞来，倘不得老拙宝瓶，不久灾祸临身，并无别物可救！如得此宝，汝及故友刘芳也无妨碍矣。"

陈升听了，惊讶曰："晚生平素谨守国法，不负官粮，不欠民债，不敢与人争斗，纵有灾殃，只凭天所命耳！"

老人曰："陈君以老拙是何人？实乃吕纯阳四海云游，又在凡世试察善恶行止。今我以青年有善行，珍重贤良，日后前程远大。汝陈、刘两人身近帝边之贵，但不日果有灾祸临身，故特将此瓶赠汝，日后有解灾厄之用。且收除妖道以安邦国，皆藉此宝。今且将四十九颗莲子纳回，每日吞食一粒，食讫，不见饥饿。谨记收藏。切不可近狎污秽之所。去也！"一阵狂风，一刻不见了老人。只见星月交辉，碧空云净。当时，陈升望空拜谢起来，独自归家，已是时交二鼓。细思有此异事，又蒙神仙吕纯阳点化救厄。一回府，将宝瓶莲子收入书斋画中，连妻子也不知之。是夜不表。

再说裴彪是日行了请帖命家丁投送，联请刘、陈两位义弟进府堂叙欢。当日，陈、刘怎知裴彪是个奸险之徒？二人闻请，同往相见，弟兄呼唤，裴彪先开言曰："昨叨二弟盛款，愚兄今天特具小酌，邀请两位贤弟到舍一叙。幸蒙不弃，见柬即光临到，愚兄喜感不尽！且待两天差家人往京都，对家君说在本土与秀士三人共结同手足之谊，待今科进场考选，定有关照，准得金榜题名。"

刘、陈听了，喜色飞扬，不胜感谢裴兄长用情见爱。三人言语投机，一假两真。自卯辰时候饮酒交谈，至未刻方才散席收筵。

当时一刻，裴公子进内复取出白银两大锭，共成一百两，对刘芳曰："吾知二弟家

贫淡泊，前之五十两，不过供些衣裳冠履之用，别的费用俱无。今再送白银百两，且携回作些灯油需用以供习读的帮助。"刘芳摇首曰："前日叨扰贤兄盛礼，且有白银五十两强使弟受之，已有愧了。但以交情意重，不敢却返。今之百银见赐，实出于无谓，弟断不敢领当也。"

裴彪冷笑曰："如此贤弟非以交心为首，视某郎百两有限之数即要见却，倘日后还有患难事，还有什么舍命扶替者。吾一心以二弟清贫，至以些少之金略扶助，多有亵渎，尔便认真，果非知我心也。"

当时，陈升见裴公子自此说来，又见他两番赠金与刘芳，言出于真诚，便不胜叹美他是个豪侠之交、救困抚危之士！怎晓得奸狼其中用此番香饵计谋？当此便劝刘芳领受下。休多言之。刘芳被强劝一番，只得顺受拜谢之。又言谈一刻，两人告别。裴公子亲步送出仪门外，陈、刘也分头回家。不表陈升。

只言刘芳一程来至南城外，见江边石勘渡头有一年少女娘，在江边痛哭，向江水凄然下拜。刘芳住足动问曰："汝这年少婢人，乃闺中细女，何故轻出，向江边痛哭下礼？想必要投死江中，莫非汝深闺不谨，差错行为，是一死不足惜？倘有冤屈逼凌，不妨直曰明言。某若少有可与出力者，定与汝少年弱女解纷，不必畏羞隐讳。"

那年少女娘含泪曰："君子不必疑心。奴虽乃贫寒弱女，颇明礼节。只因先君在世，欠下债主白金五十两，上年身故了。奴只有老母孤零，被屡次来逼取利息，不能交还，今即要交偿还五十两本金。昨天此人亲到吾母家，在母面前言逼取还，如不偿交五十两之数，即要勒娶奴为第十房妾。幸得慈母不允，他即起狠恶之言，限以五日之内有足五十两之数还他即休，如若仍无银子交偿，第五天即花轿登门强娶，决不容情。为此，奴不想留此苦命于阳间，特来丧葬于水府。一来免玷辱，二免慈母担扰。君子不必劝奴以生，断不在人间以受此狂狙之玷辱也。"

刘芳听了，忿然不悦曰："五十两银子岂可以一少年之命菹乎？"女娘曰："家贫如洗，亲者不亲。哪人肯怜孤恤寡？故不得不死耳！"刘芳听到此，不觉动起怜心，下泪曰："世间狠汉因财逼命者不少，可惜她孤孀母女被此土恶威逼，可悯也！"又呼女娘："不必寻死！吾有白金刚足成一百两，五十两一锭，共二锭，汝且携回，将一半交还此恶逆，一半留为母女度日。就此去罢！"

少女曰："须蒙君子盛情搭救，恩同天地。但今一面未识，岂独在此江边受领赐银！奴实不敢拜领。旁人观见不雅，敬请君子移贵步至寒舍，待家母主张可否受领，方得于礼无碍也。"刘芳闻言，笑羡一声："光明正大女娇娘，令人可敬！且请先步指引，待某随后来见寿堂母。"

　　果行不半里之遥，少女进内，复有六旬妇人出门迎接。刘秀才只随进内坐下。老妇请过姓名，方知是本土秀才，即曰："多感搭救小女于江边。倘恩星到迟一刻，小女身葬大鱼腹中矣！老拙还未知其由，今回归说出，方明刘先生大恩人也。"不知果能救赠得母女如何，下回分解。

中国禁书文库

银瓶梅

第四回 行善念刘芳遇神 设恶谋裴彪通寇

诗曰：

漫言三尺没神祇，暗室亏心有四知。

善者得昌行恶祸，只争来早与来迟。

当下，老妇言："得刘先生搭救大恩，但此祸乃先夫留下，果与土恶揭借此银子有年，息倍于本了。上年先夫身故，将衣裳首饰之物变卖尽，方得寄土为安。但今土恶威逼银子，自是母女一身抵当，哪里敢受恩人白手相送？况且家贫空乏，哪有还偿之理？然前少后欠，均属同科的，何须恩人与土恶互易？"

刘芳曰："此白金，吾刘某亦受厚友相赠的。今并不要偿还，休言欠字！汝母女休得介怀！"

老妇曰："天下并无有此仗义恩人，是无恩可报，不免将小女侍奉箕帚，少报恩德。"刘芳曰："贤母之言差矣！刘某乃一贫儒，现有家室，岂敢有屈令爱少年！就此告别了。某因一时忿此土恶凌逼，且惜少年一命，故不惮来此转送此金，以完了我心，非望报也。"

正起行走，老妇止之曰："既不允，请恩人且慢！先夫在世，最好种果栽花，请君进破园中一观。汝是读书之人，颇爱花木之雅，今一赏如何？"刘芳允从。

一进花园，只见多少奇花异果，皆非世俗所植的。刘芳又见左右有高低两株奇树，不识得是何果木？刘芳请问两树出处，老妇曰："左边之树，高一丈七尺，独生七十二叶，结七十二果；其果长三寸，遍均金色。右边一树三尺余，独生三十六叶，结三十六果，其果长一寸半，遍均红色。左树名长生果，右树名不老果。此果非所常有，非所常得。今各摘二果送与恩人一尝，且留各一归遗细君。如君夫妇食果，增寿至百纪之外。"

当时，刘芳食来二果，真见异香甜美，直透丹田，五心爽朗，赞美佳果，称谢，将食余二果收藏下。

老人又曰："此两种非凡间所有，恩人明日午刻来此折枝，回归种植可也。"刘芳允诺，登时告别归家。已是初更时候。

颜氏正要备晚膳与丈夫食，他言食了美果，觉得甚饱。又取出各一果与颜氏食来，果羡清香甜美，五心透爽。颜氏问及果之奇美所出之由，刘芳将所遇一说知，颜氏听罢，大赞美丈夫所行阴积善事，天必赐佑了。当日，刘芳夫妇得食却仙果，后来双双享寿到一百四十余岁善终，无疾而逝。也无交代。

到次日，用过早膳，一心往取仙树种植。说知颜氏，又命各生徒暂归家，来日方回课文艺，单留梁琼玉一人在窗中。他一出门，直程认此道途，行之半里，是上日旧途。一到了此地，迥非昨天在山脚的茅屋，只是一山丘荒之所、古庙宇一间。行近草径，露出两锭白金，即是原物。心下猜疑不定，即收拾取回。想来昨夜莫非撞遇邪鬼不成？只庙宇中看是何神圣？一身转入，只见庙中一大座天阶，两廊荒废，有炉案，并无司祝香烟。行近神前座上一视，乃系九天圣母，又见左边金童捧着昨夜的长生果，右边玉女捧着不老果。

当时，刘芳心下骇然。见此圣像，方知昨夜所遇母女乃神圣化身。即倒身下拜："谢圣母赐食仙果。"又禀祝圣母娘娘："刘某今虽困处下第，但日后也有功名成就之日，得其上上三胜吾图第一。"心中喜悦，复谢禀祝曰："倘得圣母庇佑，功名早遂，身贵之日，定然重修金阙、圣像维新，以酬圣恩。"祝罢，拜辞神圣归家，将此异事对妻说知。颜氏听了，不胜惊异，又言："丈夫行此善事，不料是圣母化身试凡，可见暗室亏心，神目如电，但行恶之人，可不戒哉！"驻语夫妻勉善之言不表。

再说裴彪，自从设计用些财帛，一心用钓，以赚刘芳之妻，假结为手足，以为如此，鱼可上钩。岂知后来数次到其家，颜氏一心明知这裴彪非循良之辈，依着丈夫昨者吩咐之言，永不出一面。裴彪无可奈何，寻思无计。

此一天，闷闷不乐，在家无聊，只得往松江一游，要以舒心娱怀。道途走到一山，名虎丘山，错蹭山上陷坑，跌翻下马，被山贼捉拿至寨中。

有贼首坐在当中，喝声："匹夫，见某大王还不跪下！好生胆子，敢来探听某山寨虚实，该当死罪！"裴彪怒曰："汝等乃绿林盗寇，要本公子下跪，汝子好生可恼！今裴某是失路误走山下，非特来探听汝者。汝若杀害了本公子，但吾父在朝中一闻知，大兵一到，将汝一群鼠辈，寸草不留也。"

盗首闻言，曰："汝这匹夫，口称公子，汝父在朝官居何职？姓甚名谁？且说来！"

裴彪曰："吾父官拜兵部尚书，姓裴。吾公子名彪，本土哪人不闻大名？某现职武

略将军。"盗首自言："某久闻裴兵部是个奸臣，与李林甫、鱼朝恩一党。我要报父仇，除非暗通此奸权，好能有机会。可先结识此奸的公子。"当时，离座位，亲解其缚，呼曰："众喽罗实有目无珠，得罪公子。"

二人重新见礼，分宾主下坐。

裴公子又动问大王名姓，他言："某乃本土江南镇江府人，姓古名羁威。先君名古全忠，乃昔武后临朝，某父随武三思随征，为部将，立下战功，蒙君王敕授江南吴松总兵。不想后嗣君听佞言，奏说吾父纵兵下边隅，扰害居民，实乃无辜被杀。今且因父仇不共戴天，故落草于松江府虎丘山，招兵买马，有日粮草丰足，军马准备，即要杀进长安京都，定报父仇。只恨无内应之人耳！今不若与汝结拜为异姓手足，待公子修书飞达上帝都，报行令尊做个内应，倘得了唐室江山之日，自愿推举令尊公为君，吾为之臣也。只要报了父仇，某心愿毕矣！"

裴公子听了，大悦曰："若兄果有此心，弟与汝结拜！"当日，二人拈香结盟。古大王年长二岁为兄，裴公子为弟。

礼罢，中堂上早已排开酒筵。两人就席，双双对饮。

言谈之际，裴公子问起："兄长有几位令公郎？"古羁威回言："命蹇不幸，先妻死去数年，未有后嗣人。某落草为寇，但一心不以家室为念，又不妄抢民家妇女，故今尚是中年孤独一身。"

裴公子赞叹："兄长是个不贪女色的英雄之辈，与弟心性不同。弟一生毛病但专于美色。今有一心腹不满意事，日闷无聊，远游松江，不期误入此虎丘山，故今遇尔，得与兄长结拜，亦一缘遇也。"

当时，古大王问及："裴弟有何心事介乎怀中？"裴公子将刘秀才妻颜氏生得一貌如花，是以求写丹青为名，又假结拜弟兄，屡屡不得成就美事，千般打算，不得此妇上手，是至心上大不如意事说知。古羁威听了，微笑曰："此事何难？彼既精于丹青妙手，就有机窍矣！贤弟且先回府中，待愚兄改装下山，亲到苏州府，认做客商，言久闻丹青好手，特来聘请他到松江写书方、绘名画，谢他笔金千两。彼是一贫儒，岂有不乐从而往？若赚他上山，一身犹如入于罗网，那时由贤弟计较这颜氏，如何？她从顺了，不必说。倘不依从，再有别计设施。"

</br>

裴公子听罢，大喜，在此宿了一宵。次日，仍用过酒膳，相辞分别。话分两途。

单说古羁威此天改装下山，一连五六日，方到得苏州府城。入南门外，果然寻访着刘秀才。先通报请见，有刘芳出门迎接入内，分宾主坐下，问清姓名。古羁威回言：

"古姓名兆，为商家。久闻先生是一位丹青通府妙手，特远来此敬请往松江府一游，求写丹青数幅，愿谢千金。幸勿见却！"

那刘芳一想："今秋闱在迩，赴京都、入科场也要用一二百两银子，哪里得来？不若凑此重谢，可承允于他。但往松江隔府多路，途则八九天，速赶则五六天，计往返不过十五、六日，可以归家了。"

不知刘芳允往松江，如何中他毒计，看官，且听下回分解。

中国禁书文库

银瓶梅

诗曰：

不畏神祇不畏天，只图美色陷良贤。

一朝势尽罪盈日，远遁高飞命不延。

却说刘芳计来程途不远，得了千金重谢可以应科，得往京都也有路费，又足妻之日给用度矣！实乃天就成功也。但不必一刻承允之，便言以不思远行为辞。

当时，古羁威见他不允远行，心中又想一计，即依他曰："既然先生惮于远行，待某即于盛府买绫绢十匹，待先生细细在家书写，仍谢以千金，是不失信的。"

刘芳听了，倍喜，诺诺承允，即曰："好！不过在下书的毫笔当于用否？但十匹之绫绢非三天两日功夫，多则一月，赶速至二十余天，不嫌污目，则可代劳赶起送上。"古羁威言曰："须要先生书得传神奇妙，两月之久，不为迟延！"言毕，珍重作别而去。

果然，次日买白绫绢十匹送来，交刘芳接领下，又别去。那刘秀才哪里得知内里机谋暗算？只一心于十大幅白绫上书写起大景人物、花木鸟兽、山水云烟，奇峰怪石之类。刚得一月之前，早已绘起。

当时，古羁威等候一月。此一天，带了两人，扛抬一箱子来至刘芳家中。令人通报知，迎接入内，分宾主坐下。

刘芳将十幅白绫写成的景物一一展开。古羁威尽将观看过，大加称赏，连声："妙、妙！"即此徐徐卷理，命过二从人收拾了，将千金箱子呈上。

刘芳仍推让，不敢当此重大之礼。古羁威曰："区区千金，何须挂齿！今承蒙先生不却，得此妙手丹青，实稀世之宝。请先生收领。"

当时，刘芳将箱子封皮揭去开看。只见是二十锭银子，每锭五十两，共足一千两之数。但细看银锭中央有朝廷记号，是国饷之银。刘芳见了，觉得惊异，即问曰："足下既为商家之客，这是朝廷库饷之银，前者解饷回京，被本省松江府盗寇所劫去，至今尚未破消盗劫之案。今之饷银，足下怎么得来的？"

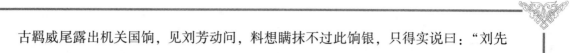

古羁威尾露出机关国饷，见刘芳动问，料想瞒抹不过此饷银，只得实说曰："刘先生不用多疑。某原是松江府虎丘山寨主，古羁威是也。曾闻刘先生满腹经纶，只因功名屡科不第，困守清贫，良材惜屈。故借写丹青为名，实欲请驾上山，做个参谋军师，报复杀父之仇，故欲成大事，共享山河，岂不为美哉！"

刘芳曰："寨主差见了。生乃一介寒贫儒士，区区贱名，玷习儒条，并无才智，枉寨主妄荐费心矣！况刘某常读孔孟之书，略守皇法，断不敢做此灭族覆宗之事也。且吾与寨主一较论：汝兵不满数万，将只数员，粮草不继年月，如何一旦动兵？不若回头是岸，改邪归正。虽令先君被害，但唐先王早已去世，今嗣君英明有道，何而以旧怨执新？况君欺国无罪斩父子无仇？汝何不特上京都陈疏，明令先君昔日无辜屈死，且待新王追封叠赠，成汝大孝。少不免子荫父职，还不名声于古馨香，强如心生叛逆所为。"

古羁威听此一番，即曰："先生金石良言，未为不是。但先家严于先帝屡立战功，一朝无罪惨死，令人子怎肯忍下此忿心？况天下者，人人之天下，有恶无能者何居之？吾虽兵微将寡，但前者有言，必要报却父仇，即一死何恨之有？今先生不愿上山，吾亦不能强请，只忧后再有歹人来劫取，何忧先生不是吾之护佑者！某今且去也。"

言毕，与二从人及来兵四人一刻跨出门，奔走而出。一时见机谋不就，亦无心往见裴彪公子，一程奔回山中去了。

当日，只说刘芳一见古寨主不依劝谏良言，一刻忿然别去，又不能追回，将此项干犯国法饷银交送回他，心中实见不安。呆想一回，又不敢扬言往追赶此人，只得进至内堂，对妻颜氏一一说明。

颜氏也突见惊骇，即曰："此事大干系！妾屡屡劝谏汝，不可出售丹青，实乃识人多处祸端多。不若趁今无人知觉，将此饷银锄掘一穴埋于土中，释了生徒绛帐。不在此土，且自回归凤阳故乡埋此踪迹，方得抹灭了与山贼相通之祸患也。"

当时，刘芳见娘子说得有理，只依从之。未及关门，不想事当败露。谁料偶遇裴彪突来探望，但前两番皆用家人通报，方进他内堂，今裴彪一心主意在颜氏，故此日静悄悄不通报，直程快步进入中堂，方呼唤："刘二弟在家否？"

这刘芳应声即出，其一箱子银子未曾收拾起，仍在中堂。裴彪一见堂上箱子打开，许多大锭银子，不胜惊异，细看来，又是国饷字号，即动问曰："二弟，此银国家饷记号，怎生得来？"

刘芳见问，料瞒不过。"自己结义手足，他未必反来陷害于我！"只得实告虎丘山寇来迎请一节。

裴彪听了，心中明白："缘何这古羁威不来会我，已回山去了？此事何解？"但他裴彪当假作不知，变色急曰："贤弟，此事关系重大，须当秘密，瞒过外人。倘一泄露风声，性命休矣！"

刘芳又将依妻之言埋金于土，即日逃回故乡直说明白。

裴彪虚言曰："嫂嫂果然算得高见，二弟可依从也。"裴彪登时告别。刘芳因于心忙，有此埋金急事，也不款留这裴公子。

但他一出刘芳门首，且不归家，急忙忙催轿，一程至苏州府衙中来拜会，传具名帖通报。此位苏州府知府姓柳名荣春，系山东省青州府人。当时，迎接入裴公子，分宾主告坐于穿堂，即开言问及："公子光临敝衙，有何见教？请道其详。"

裴彪曰："无事不敢惊动公祖大人！今治生特为大事来此，救脱苏州府满城百姓之命。"

柳知府听了，惊吓不小，急忙问曰："清平世界，公子何出此言？"

裴彪曰："公祖有所未知。治生前月往松江府游览，误走虎丘山，被山上贼人擒上山岭，要勒逼银子。当时说出家严在朝职名，盗首方不敢妄索，放回下山。吾也认得贼首一面并头目数人的面貌。不料，今天出府买些物件，在南城外专诸里，一见刘芳秀才送出门首三个客人，某认得是松江虎丘山贼首并两个头目，自外又有四个从人，皆扮作商人之状。这刘秀才殷勤送出，想必这刘芳是一贫儒，守不得困苦，故勾引这虎丘山强盗，想必谋为不轨，未可知也。只忧此贼其志不小，又是屡败官军，倘被他引贼兵入城为内应，劫夺了城中仓库不打紧，若侵占了江南府城，一大郡生灵俱为贼鱼肉了。有此大事，非关系一人之事，治生思此事缓办不得的，故急急忙忙讵突而来。不敢隐讳，请公祖大人即刻点齐差役，拿捉了那寇逆秀才，立刻审详，替宪布按上下，刻日正法，实实去了贼人一内应之弊。如此，方免此大患也。"

当时，柳知府听罢，神色一变，心下彷徨曰："幸值公子相遇得巧，实乃救活百万生灵之功。待本府即日密委精役先拿此狗秀才，汝且回府，万不可少泄风声于旁人。"裴公子应诺，暗自大喜，登时告别回府。一路自思："颜氏是掌中之物，好不称心。"不表奸狼。

暗说柳知府即刻升堂，传齐班首衙役五十余名，令两名先入专诸里邀请刘秀才书写丹青，一出门见面，合同五十名一齐刀枪押送入府衙，路上不许扬言，恐走漏消息。众差役领命。顷刻，已至专诸里刘秀才府第。

只见双门关闭，二役只得将门打开，直进内院，只见刘秀才在花园持锹锄地，竟不住手。二役曰："秀才乃读书贵客，非是农夫，缘何挥起锹锄扒掘？我奉太爷之命，特请秀才进衙写书画丹青。"

刘芳举头一惊，暗思事关重大，心慌意乱，此祸非小，又因藏了银子，未及收藏，必被差人看见，心中惊慌，勃然变色，即放下锹子，被二役缠出门外，不由分辩，众差齐举刀枪押进府衙。不知刘芳性命如何，下回分解。

第六回　裴公子暗施辣手
柳知府昧窦惨刑

诗曰：

对面明枪容易躲，暗施冷箭实难防。

试看裴子机谋密，善良难免覆盆殃。

当时，柳知府二差役只见刘秀才箱子许多银锭，雪花亮白，看来原是国饷字号。只因失去国饷已经两月，在本土官府曾经出至赏银五千两，各官大小衙役军民皆知。今二差役见了，厉声曰："好秀才，读书君子做此朝廷逆犯！如今失去国饷，有着落了，人赃俱在，故府太爷一标发的密票，先令我二人共请写丹青，再发五十人于出门时一齐刀斧押送。原为此大事，今五千两的赏格稳稳到手了。"

语毕，二役上前把住捆行。刘秀才大呼分辩喊救。

当日，刘芳此位心腹门生梁琼玉是个巨富家财，年方须然二九之少，日习文、夜讲武，为人胆正心高，文武全材。但功名尚属蹇滞，未曾登科而椿萱并谢。适是日，从家奔学馆中，一进书室，闻业师被官府差役拿去，不知何故？急进内室，见颜氏师娘悲哭，细问缘由。颜氏直说，惊吓不小，转慰解师娘一番："待门生往府衙中探听明白，自有安置辩论。且先生平素一良儒，岂能屈他作此通犯！此事不须师娘苦恼也。"

语毕出门。一刻跑至府衙公堂大门中，只能在外远远观看这知府如何审断？

早见府役人一众下跪禀曰："小的等奉票差往刘秀才家，请写丹青，不料他自锄园地，要埋国饷银二十锭。现今人赃俱到了，并有锄锹之具为证。请大老爷裁夺。"

柳知府闻禀，吩咐将刘秀才带上。

刘芳深深打躬，把足一拖曰："公祖大人在上，生员刘某叩见。"柳知府一见，厉声大骂："好匹夫！枉汝身进黉门，作此大逆！其身固属不免于死，而且臭名于后，也有玷辱圣贤名教，令人可恼！想必日前包庇响马，坐地分赃，至令强徒胆大、打劫国饷。今还谋为不轨；若引贼兵入城作为内应，你今一党叛逆同谋，死有余辜，罪及妻

孥，一门不赦。今日感动神灵地杰，一朝事得败露，至百余万生灵不该遭此大劫。"即将怒案一拍。

刘芳诉曰："公祖大人明鉴，日诵圣贤之书，岂肯作此灭族之事？只因生员功名不第，苦守清贫，故兼习得一笔丹青图画，远近颇闻，自以为晚年养身糊口之度。不意前月内虎丘山贼人假扮做客商，到门求写丹青十幅，愿谢笔金千两，实则思聘生员上山为一谋士。当时，生员惊惧，曾将几句良言劝他一番，彼即悻悻而去。然生员当时即速追赶，交回饷银，他马跑迅速难追，是至惧祸，将锄埋金，誓不与人书丹青。此是真情，恳乞公祖明察秋毫，以免生员负此冤屈，遗臭而死。生员百世沾恩。"

知府闻说，大喝："好利害刁词匹夫！人赃在这，敢强辩么？"当日，知府又行书帖与府学教官，革去功名。即刻重打四十，打得皮开肉烂。刘芳只是不招。府官大怒，喊道："夹上狼棍。"刘芳痛得死去还魂，也是不肯招认，这刘芳想来：一生清白，身入圣教，岂可受此逆恶！大辱斯文，不免万年遗臭。故立心留名，自愿抵死不招。

柳知府一心急于糊涂结案，硬将刘秀才一味夹打，逼他招认，通虎丘山贼寇，致贼人胆大，敢于打劫国饷。待刘芳一招认了，即行重办，本省文武官员俱已罪轻。但当时知府见行重刑不招，无奈将他收入监牢，即申公文与各上司缘通省大员。督抚、布按、司道闻此重大之事，各皆惊悚。而督、抚两人即行牌文，仰柳知府细细审，确力办是否，然后拜本回朝，奏闻圣上，发兵征剿虎丘山寇，以静土境，不表。

只有梁琼玉当时见柳知府不容先生分诉，只即行夹打，皆不得口供，心敢怒不敢言，不觉暗暗垂泪。及看至审罢，收入牢中，方出府衙门，一路惨恼而回，思算不言。一到师娘家中，将知府审不公断，打夹收监，达知师娘。

颜氏听了，即哭泣哀哀。

琼玉又对师娘说知，要联请本土举子秀士乡耆缙绅具呈，诉禀刘芳被此冤陷，诉告上司公办，以免知府糊涂屈却清白文儒。

琼玉正在连日奔请。

不料，柳知府实思将刘芳归劫饷破案，故今日打夹，刘芳虽捱重刑，只不招认。一连三天，夹打至死了。当日，柳知府见夹死刘芳，不得供认，思量怎生复得上司？即吩咐将刘芳尸扛出荒野暂停，下申文书言他在牢狱中畏法自尽。

当梁琼玉正在联请各举子秀士缙绅来联呈保结先生。不料此天梁琼玉仍往府衙，探听知府审判，一刻狠狠打，夹死先生，不得回苏，正是心如刀刻，又见扛尸出衙，

一路惨惨叨叨，抱恨回归。到了十字街头，有三两匪徒酌议曰："可惜刘芳的妻，有此花容薄命，独守空房，不免三人今夜私到他书房将她戏弄一场。她若允就罢了；如不允从，拔刀斧以杀劝之，她是水性妇人，贪生畏死，必然顺从，岂不美哉！"

琼玉听了，气忿得火上添油，雪上加霜，急步跑走回先生家报凶信。言："先生已被柳知府夹打死了，将尸扛出荒野停顿"，又言街上见三匪徒，说今夜私来无礼之事，一并达知师娘。

颜氏一闻丈夫被夹打死，哭得发晕了。半刻方苏，犹惨不已。琼玉只有带泪劝解师娘，颜氏切切中，一来痛哭丈夫惨死之冤，二来今夜恐匪徒逼淫，受此玷辱，要寻死。即嘱托琼玉："计寻丈夫尸体，殓棺安葬，我愿毕矣。但今世夫妻受贤世兄大恩，来生夫妇犬马酬答。"言罢，泪如涌泉。

琼玉含泪劝曰："先生既被狗官屈夹死了，今师娘身怀六甲，或生下来是男儿，正好接后，以全刘氏一脉宗枝，他日长成，好报雪我师之仇，又免二命相连。今师娘勿忧被强盗玷辱，自有门生在此，些小狂徒，吾岂惮之！只一节惟虑柳知府申文正办先生包庇通寇、劫国饷，上司不察准详，则满门之罪难逃矣！不可不早虑。师娘必不可寻短见的，急扮了男装，待门生保护，汝即日雇舟奔往金陵，得到吾姑娘家中，自有安身之所。汝且改装，吾回家吩咐舍妹子管家，我带些金银作路费即来也。"

颜氏悲泪，只得应谢他高义用情。

当日，琼玉回家，嘱咐妹子管理家中内事，老家人梁任管理外事，勤谨收理租业、仓谷出入、照管门户。吩咐毕，带了黄金三百两，齐眉铁棍一条，肩挑包袱，飞跑来师家。见颜氏已扮了男装，将首饰余银藏过，将门锁闭，两人先后同走出城。

行程半日，已是红日西沉。跑走到不近村庄市镇之地，并无客店旅家之所，只见路旁一间古庙零落，并无司祝香烟。进内一看神像，乃系伏波将军。他是后汉马援，因奉旨征南，德政惠民，百姓感恩，创建庙宇祀之。

当夜，师生俩食过干粮，见庙内有长板凳一张，琼玉请师娘睡卧于此，自己顶靠庙门而睡。正是一点丹心，保护师娘逃难。

至三更初，梦见伏波神显圣，亲赐双鞭神物，又教习鞭法。使完，神圣向空中而去。已是天明。

琼玉醒来，果得双鞭于神案上，谨记教习，大喜。对颜氏师娘言知，二人拜谢神圣出庙。行至十里，忽一阵狂风，沙飞尘卷。颜氏曰："梁世兄，想来云从龙，风从

虎，倘有狼虎来时，一命休矣！"

琼玉曰："师娘放心，吾今有神鞭护身，惧什么狼虎？汝且避歇于松林间一刻，待吾在此山中等候片时，待大风息止，再请师娘行程。"颜氏应允。正合着她腹中疼痛，想必系临盆生产，正要回避，入此松林不见人之所。

当日，果然贵子下降，颜氏林中分娩。不知何日脱灾，且听下回分解。

第七回 松林中颜氏产子 荒郊外陈升盗尸

诗曰：

夫祸妻殃各自奔，幸逢贤救得安身。

高天仗义深情友，奋勇坚心拯难人。

再说颜氏身入松林，一刻之久，只觉腹中倍加痛楚，急打开衣包，细将小服抖开，坐于石磴。一阵疼痛，产下婴孩，呱呱啼叫、鲜血淋漓。颜氏揸过一刻，将孩儿用布服拭净，包裹好，自换过衣裳，即将污秽衣服抛弃之。只得含羞趋步，走出松林。

琼玉正山坡等候，一刻狂风顿息，正要寻呼师娘出林。颜氏应声从容而出。琼玉登时喜见师娘手抱一小孩子，又见安然无语，即动问曰："师娘，产下香烟种乎?"颜氏含羞答曰："蒙天怜悯，产下怀腹苦命儿来。"琼玉喜曰："谢皇天，先生已有后手香烟，正为可喜! 但师娘产儿未久，身体力弱，且慢行路途。"

果行不及一里之遥，颜氏因风吹，晕迷一阵，仆跌倒地。只见她面转土色，双目朝天，东西相望。琼玉大惊，呼救师娘。只见松林间跑出一淡红面老道人，曰："梁琼玉不必忧惊! 汝师娘是有福命之人，此子大贵者，焉能死之! 贫道特来点救。"

语毕，取出小葫芦一个，倒出红丹丸一颗，金光灿灿，又取出一葫芦，倒出些阴阳水，用小盅调化开，令琼玉灌滤她口中。不一刻，师娘醒来，精神倍加旺健。琼玉大悦，拜谢高仙曰："请问上仙宝山贵洞，敬请尊衔?"

红面道人曰："贫道非别人，乃唐初时谢映登是也，太宗帝二十九家总兵之列，吾不该享受人间世俗富贵，故早别却凡尘，专于修真，今已百二十年。今特来点化汝师母，兄弟不必远行金陵地，且往东南方，即今日自有所遇，以安身也。"言罢，曰："贫道去了。"一阵狂风，人影不见。琼玉与师娘叩首礼谢起来，又论此子在松林下分娩，取名刘松。且依着谢映登先师指点，不走金陵远路，只望东南方跑走。

不觉又走数里。一望并无大路，只有座高山。琼玉一想："谢先师命吾且向东南方走，不往金陵，自得安身之所，今何故走数里便无路，只有高山? 此是何解?"颜氏又曰："梁世兄，像此险峻之山，只忧有强徒截抑或狼虎埋藏，怎能走路？须要仔细方可！"琼玉曰："师娘放心！我想谢仙师指点我们往东南方有安身处，岂疑此高山无路耳！即有强徒，门生固不惧；狼虎不须惊，但仙师之言未必不验。且慢行程登山！"

当时，颜氏只得怀儿慢走。琼玉前挑行李，顷刻，将近山腰。

山林中喧嚷一声，有强盗兵跑出百十人拦阻，各出刀斧大喝："来者两人，腰间金银及衣包内物件尽将放下送上，可经行此山。不然，一刀一个。"颜氏听了，大惊住足。

琼玉曰："师娘休惧！且住步，些小毛贼，何须畏他！"即放下衣包，拔出双鞭，大喝："一班有目无珠草寇，某不与汝答话，且报知贼首出山。某的衣包内金银不下数千，待他受得某一鞭，任从取去。"

众喽罗见此美少年英雄不凡，口出大言，不知他有多大本领，有数人胆大的，双刀杀去，琼玉飞起左右鞭，立刻打死三四人倒地。喽罗方知利害，即奔报上山。

原来，此乃二龙山。大王名白云龙，二大王名高角。当时，喽罗入报。白、高兄弟皆持兵刃飞马而出。

琼玉一看，此非别人，他是苏州府白云龙，与琼玉姨表兄弟。云龙胞兄云彪为前任总兵，被朝奸劾奏陷害，后罢职身亡。后云龙被赃官逼反上山做了绿林中好汉。当时，二人会面，喜色欣欣。云龙即下马，但高角不相识，云龙说知，亦下马相见。

这云龙先问："表弟，汝乃一富厚之家，父母俱殁，何不安享本土？今跋涉此高山险地，肩挑行李而奔，实乃令人不解！抑或因祸患奔逃，并后面一人怀抱一小孩子，是哪里来的？"梁琼玉曰："一言难尽！且上山慢将来踪告诉，如何？"

两大王都言有理，并请后面一人同进山寨。当琼玉三人坐下，尽将保护师娘逃难奔出南城一节说明，云龙急命妻子迎接入后堂，方知她是女扮男装。当日，琼玉尽将奔逃事说明。白、高弟兄大赞羡："梁弟有此义气，师生之情，抛家不顾，一心保师妻儿，实为义重天高，令人可敬！看汝不出又具此文武全才，他日终非池中之物，吾弟兄岂能及之？"

琼玉谦逊一番。又细思谢映登指点无讹。当晚，少不得大排筵宴与表弟洗尘，内堂自有白、高两妻室筵款颜氏。当夜三人叙饮，言语投机。

当时，白云龙想来："梁表弟文武全才，且留在此山中，拜他三座位，未知他允否？"况高角十分敬重琼玉义气之人，又要三人同为手足，一心结交他，将话讲明。琼玉允从，高角大悦。当日，琼玉与大王三人遍出游耍。

至马厩下，闻嘶鸣声甚雄猛烈，进见一观，只见此马却是豹面虎目，狼牙麒麟身、狮子尾，四足铁色生光，一身遍火红色。琼玉曰："二位兄长，此马何人的脚力？"白云龙曰："前者高丽国人贡来朝，被弟兄打劫了，杀败番兵，抢得此马回山。但此马十分性烈，人人喂饲不得，单某一人近伏得它身，但被其踢咬坏了几个喽罗，狠凶太烈。"琼玉曰："不免待弟试试，看它如何？"白、高合言曰："贤弟小心，此马力强势猛，须预意骑之可也。"

琼玉应诺，踏步上前。

此马好生奇怪，一见琼玉，摇头摆尾，嘶嘶雀跃，似喜悦之状。二人大称奇事。高角曰："莫非此马是汝前生豢养来的？是必物各有主也。今日送与贤弟用之，可乎？"琼玉欣言称谢，得此良驹。按下二龙山颜氏、琼玉有着落安身。

再说苏州府柳知府拷夹死了刘芳，命人将尸扛出荒野看守，待他妻儿来领，一并擒拿下。再表陈升，先数天往别县探亲，未闻刘芳此事。是日回家，方知被柳知府冤屈打夹死并无口供审出，又将他尸骸不收棺殓，露体荒野。此天，陈升到刘家探听，岂知门已锁闭了。

正值琼玉带同颜氏逃走之日，陈升亦忖度知琼玉保护。回家等候至三更时，命家丁数人密密将刘芳尸骸用罗箱装入，直程扛回，并无一人得知。这刘芳自从遇过圣母时得食了仙果，虽受重刑外伤死去，但过得百日之外，尸首方腐烂。今三四天，自然五心全好。

当日陈升盗回他尸，放在静室观之，下泪哭之。无辜一命被害，并无手足弟兄，今颜氏虽逃出，但身怀六甲，男女未分。倘生男，得香烟有靠；若产女，定绝宗枝。可恨糊涂知府也。正恼恨间，一想起吕仙赐宝瓶时，言救刘芳无干碍之话，莫非此宝自有起死还魂之妙，故枯干莲子发生枝叶之奇？！不免拿来一试。

想罢，即取出瓶子，放在尸上，用手在心胸揉之。只见尸体暖如生人，陈升暗喜可活。他当时候至四更残，果见刘芳气息呼响，手足伸动，如睡醒一般。众家人惊惧，陈升知宝贝之验，喜悦行近呼："刘弟，可起来，汝回醒了。"

刘芳将手足伸缩，叹气呵欠跃起，双目睁开，陈升收回宝瓶。刘芳见满堂灯烛光明，众人环坐，不知在官衙哪方？一目定定，又见陈升也在床侧，即曰："陈兄长，莫非梦中与汝相会乎？"正要站起，只双足被夹伤疼痛，不能覆地。陈升止之曰："贤弟，汝已被昏官夹打死，愚兄临夜盗尸回来，不想至今一命还阳，得仙赐宝瓶之功，又天不绝善良也。"

刘芳闻言下泪曰："家君高义，千古一人，救我于荆棘中，恩深渊海。但弟所任祸有焉，丹青也。拙妻曾有劝谏之言，错恨不早收手以至贼人起衅生灾。一死何足惜？一者斩绝宗枝，二者臭名于后，三者抛妻怀腹，未知男女。"陈升曰："贤弟，汝还未知详细。"不知陈升说出何言何状，且听下回分解。

第八回 求伸冤反惹冤孽
因逃难复救难人

诗曰：

夫妻本是同林鸟，大难来时各自飞。

方信古言诚不谬，但看月圆有亏时。

当下，陈升言："柳知府将汝夹死，只为口供全无，还防汝妻往上司告诉冤屈重刑至死，故用此露尸之计，待汝妻来领尸，登时活捉入犯人之房，得以斩草除根。岂知令徒琼玉已经暗保嫂嫂逃走，故知府察知，连琼玉皆出花红赏格八千金，吾昨天方回，得闻后，连夜盗回汝尸，今幸还阳，且秘密不可露面。待吾明日往裴兄长府，暗与酌议，怎生与汝报仇？收除这狗官，方泄心头之忿。"

刘芳闻妻出逃，不胜嗟叹。又言："有此高义门徒，不比百万家财贵体，力保某家眷远奔，亦千古无匹之人！与裴兄长可称一奇绝人也。"陈升领之。

到次日，一心到兵部府中，令家人将求传进内。裴彪一想陈升此来，定因刘芳之事，故装成疾病，出来迎接，同至中堂下坐。裴彪先开言曰："三弟许久不来，不知近下言何？吾患此疾不出门将一旬之久，一向何往？"

陈升曰："兄长贵体欠安未出，岂知刘弟被虎丘山强盗求写丹青谢却国饷为赃所累，被狗官柳知府不察屈夹而死！只求兄长念结拜之情，书达令尊公查复冤案，拿问知府一口供未得而重刑至死，抑或往上台申诉冤屈，待上司调察公覆，倘上司大员不准或商量上京呈皇状，弟愿倾尽家财为弟兄出力，纵累及于己身，甘心无怨也。"

裴彪闻言，诈诈不知惊骇之状，曰："不意二弟罹此大祸，三弟有此义气，愚兄敬服！但我出身固然，即使财帛亦要均用，何必令三弟一人破散？定然收除柳知府这狗官一命复仇，方不负我三人结拜之义！"

语毕，要嘱咐家人摆酒相款。陈升止之："兄长方患疾，不能尝沾滞嘉馔。弟不独领饲，也且祈保重贵体，多请良医调治乃可。弟告辞了！"裴彪允诺，送出，陈升回归不表。

有狼恶裴彪心惊陈升之言，立刻上马，命家丁直接往知府衙中传柬。然后直进大堂。知府相迎，分宾主下坐。知府又问："公子光降，有何指教？"

公子曰："治生又来救脱满城百姓之命。"

柳知府大惊曰："公子缘何得有此大事闻？今又何事，如此骇人？"

裴彪曰："治生确又查得虎丘山盗寇不敢造反，只为有兵无粮，不料本土秀才姓陈名升，恃有家财百万，肯助粮米与贼人，要先夺苏州府城为养兵运粮要地。幸得治生早查得明白，特来密报知，求公祖大人协同武营起兵擒拿，免至伤残百万生灵，又成大患。"

知府变色曰："可恶逆畜，行为不轨！多感公子留心出首，救得满城百姓。且请回府，下官定刻日速办，擒此逆贼。"公子告退。次日，柳知府传齐三班衙役，各带兵器，速往拿陈升。

众役领命。

此日，幸得一副役名陈标，系陈秀才族兄弟，一路奔到陈升家，将此大祸关节报知。陈升吃惊不小，即对刘芳说知，二人急惶终日。

陈升传齐家丁仆婢大小二百余人到身边，任从归家安置，生死不追。逃难急速，一哄而散。

陈升又有一姑表弟，双姓司马，名瑞，是武秀才，父母双亡。只因乃好打不平硬汉，先前打死人命，久隐于陈升之家。一闻此事，心中大恼，复入库角取了大刀一把，一见官差数十人，各持刀斧直进，他挥大刀杀死十余人。众差役惧他英勇，纷纷退散。

陈升见此，大惊曰："如此，罪名愈大了。表弟，汝且先背了刘兄长逃出，吾一身独走。倘官兵复来，难遁矣！"司马瑞领命，背负起刘芳奔出。

当时，陈升急忙入内，唤声"娘子，急奔回母家或左右邻！吾今与表弟、刘芳逃出，三年两载待事缓之日，然后回来夫妻再叙。今事急矣，不得不如此。"潘氏娘子泣曰："君家不可以妾身为虑，汝与表叔、刘伯逃出，避此飞灾，前途保重。他日得志，重整门风。妾今尽节，望君早日续娶一妻，生下三男两女，承香后嗣，妾得坐一灵位，免三魂七魄无依，妾死无恨！"语毕，将头磕石而死。

司马瑞正背起刘芳呼曰："表兄真乃薄情之汉！表嫂尽节以死，如何袖手旁观不救！此何心也？"

陈升流泪曰："她尽节死于吾跟前，实免我挂心之意。理该备棺殓葬，无奈官兵立刻即到，汝有此膂力，推墙为埋掩尸骸于井中。暂作记葬。"司马瑞依从，又背刘芳逃

出里门。

顷刻，官兵果到。知府闻报，急传知会武员总兵赵飞，带兵五百杀来。

适陈升急将莲子瓶拿出。当时在手中飞起，半空中一阵豪光，落下万千天兵大汉下来。五百军兵大惊，纷纷倒退，自相践踏，死者大半。陈升借此逃脱。宝瓶仍飞回收藏，急奔一程三十里，隐于飞霞岭，夜走日伏。心中一想："闻琼玉逃往金陵，不免奔往此地，若寻觅得琼玉与颜氏嫂，再作设施。"故一路改却名姓，择道而行。

再说众文武官将陈升百余万家财、井田、房屋尽行抄入官库，将浮财大注上下赃官分肥已讫，申详上司，拜本回朝，又出赏格银子一万两捉拿陈升。话分两头。

再说司马瑞先奔出城门，不遇官兵，背住刘芳出城五十里，不见官兵追赶。是日，刘芳虽然被打夹伤两足，但食了神圣仙果，一日两夜双足痛止，不用司马瑞背负。此日，又走三十里，天色将晚，见一所宽广大庄，只得进步，求恳供宿。

只见一主人，五旬外年纪，生得五官端正，一貌慈祥，允从住宿。引二人进中堂，分宾主下坐。主人请问："二位客官，高姓大名？"客曰："某是本土人，姓马名升。"刘芳又认名为刘瑞，复请问尊主人姓名，他言："某姓徐名芳昭，是开国徐茂公之裔，大唐徐孝德之子。"

二人听了，即曰："原来是功臣之后，小子失敬了。"芳昭曰："彼时非此时，昔日先君在朝，有些薄面。今隐居为农，有甚高明！"是夜，令人备酒相款。二人称谢不已，然后入席。

酒至半酣之际，二人见徐老饮酒时容有忧蹙，刘芳见了，停杯不食，不知主人有何不悦之色？徐老见二客停杯不饮，即曰："老拙因今夜有些贱事，匆忙之际，不能殷勤奉敬一杯，至有些简慢，休得见怪！且淡酒粗筵，也须饱用。若闻喧嚷之声，不可开门观看，以免祸及于二位。"

当时，二人听了，大觉骇然，立刻问曰："徐老先生，有何事情，这等愁怀？请示知其详。"芳昭叹声，直曰："老拙不幸，今岁九月重阳携一对小女拜扫家坟山坟，被虎豹山贼寇窥见两小女，贼首逼做压寨夫人。老拙不允，他强立日期，定来抢夺，无奈禀官求请征剿。惟这狗官是偷安畏盗的，不准。当初家君在朝，于反周复唐后却此山访道，求其长生不老而隐。今战又战他不过，故出于无奈，我允择吉日。今夜即来入赘，贼人方免满门之祸。但老拙乃世臣之后，颇有名望，岂肯将女儿送入贼伙，实出于不得已耳！故方才无心与二位把盏劝酬！"

刘芳怒曰："如此狗官，枉食朝廷俸禄，纵盗殃民，负尽圣恩，好生可恶！"又有司马瑞大怒，立起来曰："徐先生，汝两位千金小姐岂可做响马贼人之妻！这些毛贼不来，是他造化；若来时，是彼晦气到了！生擒下马，打作两段，方消吾气也。"

芳昭曰："客官，汝果若有能救得小女，方好与吾争气；若无能，不可生事以取祸乃于老拙，且连客官难逃性命，某怎么过意？"

司马瑞曰："徐先生休长贼人志气，灭某之雄心，吾不是马升，乃武秀才司马瑞也。为救陈、刘二秀士，杀死官兵，投至此地，故吾二人改换姓名，今先生不必惧此毛贼。"但不知果能擒得贼首如何，且听下回分解。

第九回 虎豹山两雄被获 徐家庄双杰联婚

诗曰:

宿反破敌人借为，力擒盗寇艺超群。

刚强不吐柔无茹，方见英雄烈性真。

当下，司马瑞曰："先生，莫道此小毛贼，即千军万马，某非惧怯。可唤集齐汝家令仆壮丁，吾自有言吩咐。"此徐老依言，传齐二百名庄丁，瑞即曰："汝家主翁被贼人欺辱，你们何得袖手旁观，是何道理?"众人攘臂忿然曰："食人之食，力人之力。我等焉能容响马相欺！只因主人不许准我们与贼人争斗，只得由他猖獗耳！今武壮士担承退贼，救得我家小姐，实乃恩星降临，徐老爷大幸也。"

司马瑞曰："好！有此义仆，今不是用汝等与贼首交锋，待某擒他，你们只管用索子绑缚可也。且守住庄门闸内，防小贼人将护庄桥收去；谨闭庄门，免小贼兵冲进，有惊汝主人、小姐，待瑞一人出庄门外可擒他。"

当时，众庄丁也不愿退后，皆曰："贵客官与家老爷争气，独我们也畏惧他不成么？必要出庄外助杀众贼徒，即无能被杀死，亦甘心。"司马瑞喜而壮之。二百人各执刀斧械器尽出庄外。

徐老请两位客官再用酒膳以终席。当夜，芳昭改忧为喜。三人重酌，言语投机，用膳已毕。

此乃二鼓时候，果然风送远来，只闻炮声连天。不一刻，前村外灯笼火把无数之多，又闻鼓乐喧天，光辉照耀，如同白昼。

庄丁人人直挺刀枪等候。登时即入报司马壮士。徐老嘱曰："如此全凭司马兄鼎力退贼！"司马瑞应诺，安慰徐老，即刻步出。刘芳亦嘱咐小心，不可专恃勇而轻敌。

当时，瑞跑出，立在桥上，将大刀按定，对贼前队大喝："该死强徒，敢来在此横行！再不速退，要汝个个死在目前。"

众喽罗数百见一少年手持大刀，怒目圆睁的喝骂，守住护庄桥，又有二百多人在

后，个个刀枪并举，故不敢上吊桥去。即禀知二位大王。一名魏英，一名马明。魏英，隋时魏文通之后；马明，马三保之后。两英雄闻喽罗报知有人把截，不许过桥，遂大怒曰："可恶徐老狗，敢来哄我耶，想必残命该终，一门当灾殃也。"

言罢，魏英一马当先，至庄桥。果见一少年猛汉，貌若灵官，手持大刀，即冲杀大喝："好匹夫，不知死活！今日孤兄弟吉期聘娶，汝来阻挡，想必死期到了。"用枪对面刺去。

司马瑞大刀分开，战了一十回合，魏英抵敌不住，正要逃走，被司马瑞大刀狠打，枪挡不住，失手跌于地中。司马瑞趋手擒拿，用足揣定，庄丁一齐踊上拿住，用索绳捆绑了。

喽罗大惊，急奔后队报上二大王。马明大怒，一马冲出，见司马瑞喝声："该死囚徒，敢拿某兄长！"大斧砍去，亦战上仅三十合，被司马瑞擒拖下来，喝众家丁捆绑过。众喽罗见两位大王被擒，大惊四散，奔走殆尽，不见一人。有的抛刀弃斧，灯球火把不要，急弃而散。

单有司马瑞及庄丁押运两人来至中堂，请出徐芳昭。徐老一出堂，见两盗首被擒绑在里柱边，即大喝："可恨草寇，恃勇打家劫舍，为民大害，逼人闺女为贼党，妄思匹配，今下汝要死抑或要活？"两盗无言。

徐庄主正要令庄丁鞭打他，有司马瑞止之曰："且慢！"又言："汝两人是豪杰汉子，既已落草于近境，岂不闻俗语曰：'坐茅不损草，奸臣不食近村禾。'吾惜汝是个少年汉子，还思徐老先生乃本朝开国功臣之后，岂可将二女身入绿林。他原假哄允为名，已掘设陷坑、张开罗网，要除灭汝两命。某是过路商人求宿者，不忍尔年少英雄遭此丧命，因抢夺二女，死不瞑目也。故一力领擒下。倘知事醒悟者，回头两相结识，另寻事业，待用于皇家，散抛山寨，强如绿林打劫，终于为盗，其名不雅。二位可想来。"言罢，令庄丁解脱其缚索。

魏、马两雄听了醒悟，即欣欣拱谢曰："足下赐教金石良言，顿开茅塞，请问尊姓大名？"司马瑞对说知名姓并请问刘芳一同见礼，又向上座徐老谢过罪。芳昭还礼，一同下坐交谈。不觉天色光亮。叙起家世，方知是唐初佐将英雄之后，情投意合，不若结个异姓手足。三人欣然，即于当空下拜。是日，弟兄相呼。

此日，有徐老又命家人摆上酒筵，宾主同叙。一众庄丁家人俱有酒筵庆叙，以酬昨夜之劳，共酌叙欢。

当时，马、魏二人言："某二人乃粗莽之汉，司马三弟是少年英雄，且日后为国家

银瓶梅

栋梁之臣，应当小姐匹配。吾二人不敢当领。"徐芳昭喜曰："二位英雄吩咐，老拙焉有不遵？但未知司马恩人心意若何？"

司马瑞曰："须叨二位过奖，徐老先生金诺，但某原犯朝廷国法，况一介武夫，岂敢高攀令媛！"芳昭曰："司马兄有恩于老拙，小女正当匹配。况系一时惹的飞灾，怎言犯朝廷国法？汝正大英雄，日后终非下人，前日有一老女道姑来相两小女，日后有一二品夫人之贵。汝具此英雄，何愁功名不就？老拙立意已定，不必过辞。"

司马瑞曰："既蒙不弃，但吾一身难当两美，且留待大小姐，有表亲是本土陈升，身进黉门，只因为友忘家，妻身尽节。今与他失散，且寻访着落来求婚续配，方可两家乘龙，未知徐老先生允准否？"

芳昭曰："此话正合老拙之心。久闻陈秀才正大积德君子，不幸为仗义救友，延及妻室凶亡，可悯也。如此老拙定然留心招赘他。"

司马瑞见芳昭一诺允从，大喜。自此翁婿相称。魏、马二人反为冰媒。

当日，魏、马暂告别回山。又有司马瑞拜辞岳丈往访寻陈升下落。单留着刘芳一人在徐庄埋隐。陈升分手时，言往扬州而去，故瑞一到扬州数天，至热闹之所见一卖字道人，近观认得是陈升，两下点头会意，共入客寓。瑞尽将前所遇一一说知，二人在店寓一宿。

次早同行，一连七八天，赶到徐庄来。进内拜见徐老，三人是翁婿名份。初时，陈升自言是朝廷重犯，多方推却。刘芳即劝谏陈升，陈升只得允从。又挽请岳丈先延僧超度潘氏，陈升赴坛祭奠，不胜哀切。刘芳细想起升妻惨死皆因己起祸，也不胜哀痛，连及司马瑞也惜贤良表嫂年少存节惨亡，纷纷下泪。

徐老见此感动悲伤。七昼连宵，坛事已毕。捡定良辰吉日，男女四人乘龙。有虎豹山魏、马弟兄，此日齐同下山，又是弟兄相称。此夜洞房花烛，兴到金樽。自是，此文武几人或上山、或到庄，往来不绝。住语陈升赘在徐庄。

刘芳暗想起颜氏妻，只因门生琼玉带她逃难出，但想琼玉是山东青州府人，想必被带了颜氏奔回故土避灾，也未可知？不免离此仍扮着道人，街头卖画往青州寻访其下落，方得心安。想此主意，对陈升等言知，众人齐齐说："一路小心，须防备柳知府赏格差人捉拿难走。"刘芳曰："吾改扮道人，一口一身，那人是神仙，焉得确知？"是日，徐芳昭又赠白金二百两与刘芳作路费。刘芳称谢拜领。此日，登程别去。

一连月余，方到青州府而来。日在街头盛闹之所摆卖字画，晚则店寓安身。又将一月，适有一位归田致仕显官狄光嗣，是兴大唐狄仁杰之子，于唐睿宗即位之初，不

愿在朝为官，即告驾回乡。年已六旬半，所生二子狄云、狄月。是日出城买物，一见卖字丹青道人一貌轩昂，且排开字画，山水人物十分夺目奇雅，即下马住足。一问，方知声音不是本省人。刘芳见问，答言："苏州府，姓刘，为到贵省访求一道兄，不料一年多不遇，流落于此。聊画丹青书画为生。"狄光嗣听了，不知刘芳所遇如何，下回分解。

第十回 访妻踪青州露迹
念师骸山野逢魔

诗曰：

君亲师长义恩礼，敬爱双全重五伦。

舍命致身全大节，千秋不易是斯文。

话说刘芳通上假名，言姓刘名贵，又转问此人姓名，他言狄梁公之后。刘芳曰："原来是兴唐狄司空名臣之后，失敬不恭也。"狄光嗣曰："刘先生有此书法，铁划银钩之妙丹青雅趣，请求到茅舍一叙谈，另有书写相求，未知允诺，尊意如何？"

刘芳闻言，欣然允从，收拾起字画随着狄老直程回他府中。一进大堂，二人对坐少刻，两位公子来见，叙礼交谈。少顷，设席相邀，款待早膳毕，然后开笔。果见字画书写但妙，为狄父子赞赏。一连数日，在狄府书房。

一天，自叹声曰："可见旁人不明某是簧门秀士，只知是江湖卖丹青度日之人耳！只恨满腹经纶，乖时命矣！实至数科不第，妻身又未知生死，真苦滞之命也。"原来，狄光嗣是个有心人，数日细察刘芳，见他才高学问深通，又见他似有不乐之色，一心疑之。此日，在书房外听得明白，推开门曰："老夫有慢贤之罪！原来刘先生身游泮水之儒林，失敬了。"又问及缘何忆念妻子之言，刘芳初时不要将真情说出，被狄老再三诘问，又见他是忠贤之后，一纯良长者，料必不妨。遂将在家被害尽情告诉之。狄老深为叹息。是日，延求他为西宾，教习二位公子，习文诗艺。

当时，狄公见刘芳果才高，深明书理，详诗精奥，父子十分敬重。

不觉又半月之久。狄老见刘芳面带忧容，细问情由。刘芳言："晚生昔日拙荆颜氏得门生携了逃难而出，只道落在贵省，做卖字画为名访察之，至今两月未得遇，想必非在此间矣！但妻怀六甲，方在临盆，今未知生死，是以令人委心不下。"

狄老慰曰："先生勿忧怀，待吾命家人带些路费往贵省打听，到汝住府之左右邻或亲朋处探听，定知来音。并往各处密访，未尝不知下落者。"是时，刘芳称谢。狄老刻日取出白金二百两，命家丁狄福前往苏州府南城专诸里。刘芳又教家丁言："一到茅舍，问及左右邻人，诈作不知吾逃出，要求丹青相问。自有人实对汝们说知。"

狄福领命，谨记于心。果然寻问着苏州府南城专诸里，向他故宅左右求问写丹青，邻人答曰："汝来不及了。前半载刘秀才得祸被官府夹死，尸首被人盗去。妻子得门生琼玉带出奔逃去了，未知生死。但琼玉为保师家眷，与刘芳犯同一律。知府文武皆出赏格花红拿他。但他逃出，不知去向，未曾被执，只因他犯法，出赏格太重，四城差役土棍多往分途打截，汝不须求他书写丹青了。"

狄福听罢，假叹一口气，言："可惜！远隔山东数千里奔劳，求他不遇，且回归复命罢了。"夜走日奔，走一月方回。尽将他邻里人之言告知。刘芳含泪惨伤，有狄家父子劝慰一番，排筵解闷。

席间，狄公又言："吾府中畜婢，有上中下三等三百余名，将上一班的由先生挑选一二人得来早晚服侍，未知尊意若何？"

刘芳曰："此祸事非拙荆不贤，但她屡劝谏于某，要我乐守清贫，自甘诵读，不可贩书丹青以致多识旁人招非。我不听良言谏，至有今日之祸。倘她果为此身亡，我也情愿独守鳏居，誓不再娶，以报她之心！"当时狄家父子见彼耿直之士，也不敢再劝。按下慢表。

再说二龙山梁琼玉思想："先生尸骸被柳知府抛在栖霞郊外，未得归土，不知埋殓如何？不若悄悄回去，盗出他棺柩安葬方妥。"并想回归一探望家中如何？再者，养妹也年已及笄时候，使人心挂不安。想罢，即进内禀知师娘。

颜氏劝曰："不可只忧！官府不容尔，一时遇获，正乃投入罗网中，我倚靠谁人？世兄且参详。"琼玉曰："门生自有主意，师娘不用挂怀，且细心抚育刘松弟。吾一去迟则二十天，速则旬日外定必回山。"又转出外堂与云龙、高角两兄作别，带了盘费下山。

云龙两人相送，至山脚又嘱："三弟，半月上下可回山，免尔师娘与吾弟兄盼望也。且出入阁津，未知有所盘察，须要醒看知机，勿遂奸徒之计。可牢牢谨记。"梁琼玉应诺："感兄长情爱，且请回！弟去矣！"二人住脚回山。

单表梁琼玉一路行程数天，忽一日，到荒野，仅有一所客寓，并无邻居，只得下马歇足投宿。顷刻，见内厢跑出一位少年美貌佳人，声如莺韵，即呼曰："客官，请进内厢。"

琼玉转问曰："是客寓否？"

女娘曰："此乃客寓之所。"

银瓶梅

琼玉曰："如何不见有男子汉？汝可有父兄否？"

女娘曰："客官不必疑心！奴不幸父母双亡并无兄弟，只以女承父业耳！店寓中客人朝出晚回。"

当时，琼玉牵马，马四啼不动不起。琼玉想："这匹脚力不愿进店，何也？"一鞭子打去，马仍不动。琼玉生疑，突被女子一口气将琼玉对面一喷，他打个寒战，又是邪风一阵吹过。琼玉想："此荒郊野地，这女子定是怪物，非人也。且看她如何，然后制之！"

女娘转出，又言："客官，如何不进寓？只在此站立，何故？"又对面复吹一口气，更觉寒气侵肌、头目晕花。琼玉心灵，拔出神鞭曰："先下手为强。"一鞭打去，正打中女怪。女怪仆跌于地死了。现出原形，乃一只狐狸也。

顷刻间，此处乃平径大道，不是什么店舍。此时，月色光辉，食些干粮，马儿不鞭起步。琼玉大喜曰："果然宝驹有三不走！"

又是行程数里。身后忽闻大呼："梁琼玉休走，贫道来也！要报门徒之仇。"那琼玉回头一望，见一红袍道人，英气勃勃，想必是这妖怪同党类也。只得扭转马头，就将双鞭打去。正中当头坠地，脑髓迸出，鲜血淋漓。细看乃一雌雄精也。不觉哈哈大笑曰："有此山精妖祟来挡路，不经打死的。"他又走不上十里，将近天明，后面又有人大喝："梁琼玉，好生凶狠，连伤我门孙门徒，此仇必报的！"

琼玉复回头一看，见一黑面道人，满身花白色，恶狠狠赶上。琼玉看定，一鞭打去，正中面门，道人登时倒仆于地，现出原形，乃一条火蟒白花蛇也。此时，天已大亮。想来琼玉双鞭神圣所赐授，一刻连除三怪。直程归家。

未到门前，先遇老家人梁任，于途中问及家中如何？老家人见问，叹声曰："相公，汝是闭门养虎，虎大伤人。书僮梁安，一自相公去后，数天与小姐在花园凉亭之下白日行奸，不顾廉耻。被老奴冲散，二人怀恨，小姐将老奴拘逐而出。但吾想在梁门两代，年登七十五，老主人在日，力托相公于老奴，故不敢一时别去，待等相公回家禀明，任从主意分断方可，行也未迟。但这奴才行为不轨，正在提防。"

琼玉听了大怒，恨不大步归家。一进堂中，奴仆迎接，带过马匹，登时唤梁安大骂："好畜生！我为保师娘一出门，尔作下这段美事，污淫小姐么？本该打死，但家丑不可外传，有玷辱家规。此系汝衣裳物件。一概收入去，发回汝身契，另赠银二百两，永不再用，生死不追。"

梁安曰："相公休听外人谗言，使吾主仆生疑！乞相公追责唆谮之人。"

琼玉发怒，大喝："奴才，还敢刁言！如迟不走，打断狗腿！"

这奸恶奴忿恨，只得收拾自己东西而去。琼玉怒气未消，进得内堂，小姐一见，称哥哥回归。琼玉怒目大喝曰："小贱人，做得好事，光壮门风！汝向岁卖身在吾梁门为婢，先人在世，见汝生得灵慧些，收汝为养女。自父母双亡，我何曾薄待于汝？今不料贪淫，败坏门风，今留汝不着，交回身契，赏银二百，生死不追，令媒人送回母家。"不知琼玉何日回山，下回分解。

第十一回 奸狼仆负恩陷主
侠烈汉赴险驰驹

诗曰：

养恶虎狼是祸根，负恩出首害东人。

幸逢侠烈高情汉，赴险坚心不顾身。

当日，梁琼玉打发出奸汉淫妹。逐出之时，淫妹娇羞惭愧，含泪别回母家不表。

单说奸恶奴忿忿然出了梁门，想得一毒计谋，以泄被逐之恨。即往柳知府衙出首，害之不难。故大着胆子入衙，将鸣冤鼓乱击。柳知府登堂，询问方知，保刘芳妻逃出之梁琼玉回归。他仆人又出首，道交结二龙山贼寇，一党大逆。闻知讯后，即刻通传武员参将，点起营兵三百名，各执刀枪火炮来到梁家围住，开刀杀人。只有老奴扒墙走脱去。可怜五六十家奴逢者杀死。只是琼玉睡熟被拿，一擦目醒来。只见堂中满地尸骸，吓得心惊胆震，复怒目见许多官兵刀斧交加，官府文武俱在，即曰："公祖大老爷，童生向日外游习学，昨天方回，是一家清白良民，并不犯国法，缘何带兵将我家下杀死多人性命？又拿童生是何解？"

文武员大骂曰："小逆贼，尔还言不犯国法？尔保逆贼刘芳之妻私奔，男女奸情罪还轻小？身入二龙山，贼党前者打劫了高丽进朝宝马，杀死番人无数，有辱天朝之威。今伪作游学归家，欲做内应，引兵入城，思夺本省城池。大逆行为，罪当万死，今事已败露，还敢刁词不供认？"

梁琼玉应曰："公祖大老爷，此事有何见证？谁人出首？可带来对质否？"知府曰："倘别人嫁祸者，本府定然不准。今是汝家使唤书僮到衙出首，有凭有据之言，况现有番邦宝马是赃证之物，难道是假？"即命带上书僮来对质。

奸奴才一见琼玉曰："相公，非小人忘恩质证，来出首于汝，但本土一大省生灵数百万人命，是非关小故。汝果然在二龙山回来，又言马是山中狼虎凶恶亲手喂料之，犹恐性烈伤人，是汝自言来的，故小童方知汝在二龙山入伙为王也。今还不供认乎？"

琼玉大喝曰："好忘恩负义禽兽！尔自小卖身为奴，吾不将汝作贱，不待薄汝，今我为救师家眷逃出，汝在家反将吾妹调戏，误她终身。彼虽不是吾母亲生，但恩爱已久，待之一体，与汝有主仆名分。本当打责汝一番，因家丑不可外传，自招不幸，又恩怜于汝，发回身契，赏银二百两，待汝回家，做些小经纪。今日不料汝恩将仇报，妄捏祸端，骗怒文武多官杀死数十无辜之命，真可恨也！"飞脚踢去，已将奸奴打死，倒于地中。

文武官大怒曰："将出首证人打死了。"即喝令尽情抄家。一面将家人尸首收拾出庄屋宇，所有金银一应归官，押回衙中，将琼玉收监。差副将韩忠带本章申详上宪，以待拜本上京，将宝马进呈为据。但此马纯熟人性，数天不食草料，不饮米汤，似癫恶嘶叫狼嗥，不表。

再说梁任老仆人在梁家跳墙逃走出，一路乞食，借问道途，不分昼夜，数天方寻到二龙山。有众喽罗见他是老人，不喝骂，查问曰："汝是哪里来的，敢来探我山寨？还不速退。"老奴曰："吾乃梁琼玉老家人，有紧急事要见大王。"喽罗闻他是梁家老仆人，急进大寨内禀知。两弟兄急传引入。

梁任一见下礼，将主人一回归，被捉收监一一禀明。弟兄两人烦恼，即刻要点齐兵杀入苏州府城，将狗官人人断送了，方救得三弟回山。梁任曰："不可！此山到苏州城有六七天。倘我兵一动，各府州县众官将城紧闭守定，先将我少主一刀两段杀却必矣！况一路关津卡口岂无兵将与我们对敌？请二位三思。"弟兄一闻暂止。

是日，传知后寨。颜氏一闻，即大惊哀泣。白、高两位妻等相慰劝解。

又过一宵。

白、高弟兄扮作青衣，又令四头目每人暗带五十名兵扮作青衣，分投入苏州府四城门。又令四人混入城内，见机接应救脱琼玉。不表。

却说高角、云龙弟兄扮一客商到苏州府城。只见城门壁上张挂赏格示谕，为总兵大人所得回琼玉番马，数天不食料，狂嘶利叫不绝，逢人近身即被踢咬伤，是匹颠狂狼马。只为外邦进贡皇上之物，今既得之，一来质证梁琼玉通山寇无疑，二来乃进贡宝马，不敢失去。城门下榜文赏格，招医马师之人。倘医效此马，谢赏白金五百两。

当日，白云龙见了，一心思量："送琼玉宝马，除了琼玉及自己两人是服熟的，原是一宝驹上畜，好脚力。不免伪扮为疗马之人进总兵内衙，见机或劫盗或合囚犯暗取，救脱琼玉出监牢有机会了。"又有高角曰："哥哥，须当细思。我想苏州府内外各关查

察盘诘甚密，倘弄不成，泄出机关，被他关闭城门，又是寡不敌众，欲逃出，难矣！且促三弟诛杀耳！"

白云龙一想曰："二弟，今进总兵府，若非乘此机会，别的计谋断不能行也。吾自有主意。骗得马回，人亦回了。但汝于四城如此如此，与四头目于中取此事，贤弟可往劫盗或是通反，愚兄劫骗马鞭，定救出三弟方安也。即祸及于己，计及不得的，方见手足之情。"

高角允从之，分手各去。高角往牢中打听。

当时，云龙装上药饵，又于城壁首将医马榜文揭下。有看守榜兵丁诘问曰："何人也？"白云龙回答："善能疗狂马，故某领医，求为通报。"兵丁闻知，即禀报帅府，总兵准允医生进见下礼。自言："在西川成都同为牧马总领，善医马，今因父病回归故省中里，今见大人出示，故来领医。"总兵信托之，命人将云龙引往马厩，将马一观，复回大堂上，禀知赵大人言："此是匹狼恶之驹，不受拘束，要双铁鞭一对手提之，力相降服。打它一刻，以马药草料喂马，自善服焉！"

总兵点头曰："怪不得梁琼玉用此双鞭。本部拿来觉得沉重，却不知正因此狼驹不服。"白云龙曰："大人，既有鞭，便允小医一用，数鞭降之，再用些药料与食，自然狼性转纯良。"

当时，总兵允准。命人取出双鞭，待云龙好料理此马。

云龙即时暗喜，放下药箱一个于案上，骗得双鞭在手，一路随兵役来至马厩。对兵丁言曰："待某持鞭骑上降服，与你们一观。"众兵皆曰："可！"

云龙喜欣欣一骑上宝驹，连打三鞭，迅跑纵缰而逃出帅府，顷刻去了。

众兵只道此人跑出校场，驰转一番即回，不料，一去两个时刻不回。分头追他去了较场，人影不见了，方知不妙，急来报知总兵大人言："医马之人是拐骗之徒，来至马厩，持双鞭骑马急去不回，特来禀知。"总兵听了，大惊恼怒。带兵分路追赶，不知往哪里去？找寻不得，一心烦恼，不表。

再说高角扮着商人来至知府衙中，带银子往探监，一入狱门，禁子即来诘问，高角言与琼玉中亲，前来探问，又有茶金二十两相送禁子用度。禁子喜曰："有此大手，送二十两之资。"即刻大开狱门引入。

见琼玉言："奉母命特来看表弟一面，不须烦恼，吉人自有天佑"云云，琼玉见高角此言是瞒这禁子之话，一心会意，答应之。言谈一番，高角又对禁子曰："表亲到监

中，并无打点使用，亏缺了！今某有白银五十两送上，烦兄代为分派使用，以表一团和气，勿凌欺吾表兄。足见高情，某日后还有谢劳相送。"

禁子倍喜，拜领而去，待二人多谈。一路想来："此人挥金如土，且生来相貌不凡，精铮烈汉，不是善良之人，待我窃听之。"只闻那人曰："三弟，今吾弟兄假作不知，探狱为名观过虚实，然后起兵来救汝。先得报知，不日再来劫狱了。"禁子闻言大惊。不知泄漏得如何，下回分解。

第十二回　劫法场琼玉脱网　匡朝政九龄辱奸

诗曰：

国进贤良为国宝，朝登奸佞是朝衰。

兴衰用舍机关转，天命无常德可裁。

再说禁子窃听高角要反监打劫之言，惊吓不小，只得回步呼曰："大王不可劫狱，某自有妙谋，特慢慢调停。"高角一见禁子回步言此，亦一骇，诚恐他泄漏了，即拔出腰刀要杀之。

禁子曰："大王休得动手！吾非泄漏汝计谋，然不可劫狱，只恐难杀出城门，且又累及于某也。汝虽有兵来接应，但是有限的，不过一二千，怎对敌得一省郡之众数十万人，若一经关闭城门，插翅也难飞，是寡不敌众。如此，不若劫法场为上策。某闻知府与各文武员酌议，要请皇令于本月十八日押杀梁琼玉，然后申详拜本。汝若在法场劫之，是在城外，易于动手后杀出城去。某原是一身，并无父母妻儿，又见令亲梁琼玉平日是善良少年，曾记前两载饥馑之年，多出粮米济活人不少，故一心感惜之。无辜受此毒害，是出于救拔之心，非妄哄于汝的。"

高角闻言，喜曰："如此足见禁子兄用情义侠也。如今你我同心，只不可少泄一人得知。吾今去了。"禁子允诺。高角又对琼玉曰："且待十八日期，吾与白兄长同伏兵丁，预先来法场等候。"琼玉允从，言："二位哥哥，只要小心。"

高角此日出狱去讫，寻觅着云龙，又喜得回鞭、马，暗埋于附近荒郊山野。又料集齐四城头目管的喽罗，每队五十人，各扮商贾、僧道、乞丐不等，共二百余人。候至十八日期，天初明亮，一同分往北城外法场地远远埋伏，商民僧道不等四边游逻等候。

是日，总兵奉请皇令，押出琼玉于法场。继后千总官员数名、兵丁数百人排开。云龙弟兄眼一瞧，二百喽罗一齐杀入。云龙跳入先将琼玉用刀割去绑索，递过双鞭。押犯刀斧手大喝："可恼！敢救犯人！"双刀砍去。云龙大刀挥去，人头落地，一连杀

死十余兵。高角长枪抢入，总兵大惊，提斧来迎敌。法场大乱喧哗。

琼玉左手挡总兵大斧，右手提鞭飞中总兵手腕，大喊痛声，倒于地下，复一鞭，已是头裂不语了。及参将千总上前，又被高角长枪所伤，众兵慌乱。云龙引兵大杀一阵，死者二三百，纷纷走散。单有衙役早将柳知府背回逃走。

琼玉等不敢久战，一同杀出北城而去，奔走回山。

有各文武员未到法场者，闻报皆惊，闭城不及，被贼人先已走脱。计点场中伤去兵丁三百十一人，总兵被杀，游击将军重伤、千总被打坏。知府只得据实详移文书，上达节度使，以待修本进朝。不表。

再说琼玉弟兄三人带兵日夜急走，抄小径回山，防着官兵追逐。此日，到了二龙山，梁任见少主得脱回山，不胜喜悦。琼玉三人下坐，即命老奴进内安慰师娘。颜氏方知行险劫法场救出的，愁怀放下。

当日，琼玉拜谢两兄长高义，入险地搭救方得性命。白、高曰："手足之间，患难共之。三弟患此杀身之祸，岂有坐视不救之理？"是日，不免排上酒筵，三人共叙，畅饮开怀。又谈论劫法场伤了官员并军兵数百，只预备朝廷发兵来征剿，打点早定计谋以得进退。且住表二龙山弟兄商议。

再说朝中，唐明皇接位之初，录用贤臣，政治可观，百姓富庶；灭武韦二党、中兴复唐，亦算令主，及至开元二十五年之末，贤臣辞官至仕，归于东都。张九龄仍居相位，李林甫进吏部天官。按史，九龄乃广东省韶州府曲江县人。李林甫乃唐之宗室，但为人外庄柔顺而内心险狡凶狠，勾结宦官内侍妃嫔以察帝意，以为耳目。故所奏言多合帝心，是其得宠之由也。至明皇末年，又出东胡安禄山，于朝宠命倍隆。至于结拜贵妃杨太真为母，蒸淫于内宫而帝不醒悟，实乃万年为羞之君，为辱之后也。原来，安禄山是个武胡人，臂力英勇，常随山海关张节度使征契丹，先失机，后将功赎罪得免于军中正法，使进封安禄山为平卢节度使重职。一天承召入觐，为明皇倍宠。他厚交李林甫、裴宽二奸，他们便奏举安禄山可大用于帝，故后封赠东平郡王之爵，兼统三大郡，兵势强大，安得不酿成反叛夺位之祸？

当日，禄山蒸淫贵妃于内，杨国忠亦以为耻，怎奈他已得帝宠，难移动之？故屡言禄山之反，而唐明皇不准信。

一天，贵妃召之入宫，见圣上与贵妃共坐，而禄山先拜贵妃后拜见帝。明皇即问其："此何礼也？"禄山言："胡人先母而后父。"故君后大悦。自封东平郡王之爵后，又发出库银三十万与禄山起建王府。于亲仁坊照依金銮殿次一等，但工巧华丽，穷极

壮观，务必要做式雅致，不限财力。一建造成，其中器皿玩宝珠玉之物，堆积如山丘，即大内金银不及其充足饶多。可见唐明皇过宠奸狠，赏赐过多以缺竭府库，致其一起叛乱，兵多饷饶，朝兵不能制。自其领镇三大省，兵势益倍盛强，赏革政令、刑罚升贬，自专决之。

此有左相张九龄已知其弊。一天，禄山自范阳出镇三月，杨国忠奏其必反，宣召必不回朝。贵妃闻知，即令人速赶到范阳，言知禄山。故他一见召旨，即刻速赶进朝，帝益信他无二心。但他恃宠藐视朝臣，走马一程直入承天门，不下马。有左相张太傅大喝："骑马进殿者，何人？目无君王，好生无礼！"喝值殿将军拿下。

有四人即将擒下禄山。他曰："丞相，本藩一时忘却下马进殿，何须发怒？"九龄喝声："胆大匹夫，汝不过东胡外种，从幼为张元帅收养成人，因些小战功，得皇上恩宠、皇后施恩。不该擅自骑马上殿，大失人臣之礼，还敢多言，不谢其罪！"

禄山曰："丞相，休恼责罚！某自到天朝，蒙皇上恩宠，格外加恩，此马乃皇后所赐，寸步未离，是奉旨速宣，忙中未得下马，今被丞相辱骂已甚，还谢什么罪？"

九龄大怒曰："如此狂妄小人，有干国法！"喝令斩讫。值殿将军答应一声，正来拿下，禄山大惊，只得下跪舍阶求饶。帝曰："汝骑马上殿，果失人臣之礼，怪不得丞相执责。今丞相看朕情面，赦此年少狂莽、无知初犯，仍逐贬回范阳，不许在朝，以示责罚。若勤巡政、安省民、劝风化、境土咸宁有功，可将功消罪。"

当日退朝，各文武回府。只有张丞相自思："年登七十，况今皇上不比初登基时恭俭勤政，日近奢华，宠用禄山、林甫、国忠、裴宽等一班佞臣。况且初时立子媳杨氏之日，吾与宋、韩林同上本谏诤主上，不可立杨氏，名有不正，非可型化天下也。已经力谏圣上几番，奈何不准，是以吾屡屡告驾回旋，只因圣上不准从。但前月宋已经告准致仕而归，吾今何必在朝与一班奸佞作对？前日曾经执责安禄山骑马上殿，骂辱他一番，想来此人生乱不久，圣上仍昏迷不悟其奸狠，内则淫辱奸妃，勾结高力士，权势太重，外受奸党多人。吾倘不死于奸臣谗言陷害，定然殁于奸妃中伤。不若力陈以年老多疾病，告驾回家，方免留落异乡成孤魂之鬼。"不表丞相言来。

果然，安禄山扑屯不住，领旨出京都往范阳镇而去。当时又兼管营州。当时，张丞相次早上朝告驾，未知圣上准否，且看下回分解。

第十三回　睹时艰力辞解组
　　　　　尽忠告勇退不羁

诗曰：

君臣义合本万难，只为时艰要见机。

明哲保身当早念，免教祸到幡悔迟。

　　据此传奇论及张九龄告驾致仕归日。惟有鉴史上言：唐明皇于开元二十四年削夺张九龄相位，任用李林甫为相。当时未进李林甫为相时，明皇已有意相之，而九龄尚未退贬。明皇问："相李林甫可乎?"九龄对曰："宰相之任，有以关系国家之兴替也。陛下须当慎择其人之正者，若相李林甫，只恐日后为社稷之忧、为国家之患!"当日明皇亦暂准信九龄之忠言。后来，李林甫闻张九龄之语，一心怀恨，屡思计谋以除逐之。

　　但明皇自登基一连二十余载，岁月已久，渐生奢侈之心，肆欲以怠朝政。然九龄平素耿直，遇事敢言，少有过矣！不论大小事，必力净苦谏，明皇日久厌其入耳之繁；林甫一意奉承以迎帝心，故时常谗拆九龄短处，故帝亦疏慢之，至罢其相位，贬逐至荆州府为长史卑职，后终于任所。今此传载其告驾有大同小异之分，看官，不必涂求史实而议之。

　　当日，九龄上朝，拜呼三声已毕，陈奏曰："老臣蒙仰圣上天恩之重，粉躯碎骨，罔能报效，曷敢言退？奈已风烛之期，近日疾病多增，虚担宰相重位，枉馔徒，只恐有误国家大政。今特恳乞天恩，容臣解组归乡，一两秋已将就墓，本另择贤能执政。老臣无任治恩，伏惟准奏。"

　　明皇曰："丞相古稀之年虽及，但躯体康健，怎可一朝言去？朕之大政，委托何人？不必辞位以则朕左右也。"

　　九龄曰："陛下，不须命留老臣，惟臣近日委果疾病益殆，料不久于人世，俱鸟之将死，其鸣也哀；人之将死，其言也善。老臣有一言上陈，仰乞至尊鉴听，臣曷胜仰赖！一、祖宗田政不可改；二、进任正贤以匡国政；三、节国用以实库。如受臣言，上下一心而致宁天下治矣。但臣入相二十年所近矣，不少尚有不周，乞陛下恩恕。但

 中国禁书文库
 银瓶梅

五一二三

念臣随驾多年，不敢他和，今告归别主，原宥忘恩大罪，死后只以鬼魂而不忘国用。"且当时有李学士太白，是西川安庆府人，知九龄是个正直智良材，亦出奏请留之。九龄苦不允从，力辞解任。

帝见他坚持要去，只得曰："丞相力要舍朕而去，亦难以勉强。朕念老功臣辅驾多年，勤劳朝政，今恩赐汝带俸归田，特加恩世禄黄金三千两、白金三十万两，每月俸禄米千石，继赐参茸，太医一名随着调养，赐题忠亮御牌坊，命一二品大员代朕饯别送行。"

九龄叩首谢恩曰："老臣蒙天恩深眷，今生难答，来世犬马追随以报耳！再乞圣上念臣方才谏言，去谗远色，以江山为重。又思先皇在晋阳起义兵，诛灭武韦奸党、重整李氏江山，劳尽瘅力，得安社稷，臣死瞑目矣。"是日，君臣言到此，各各含泪。帝先领驾回宫去，张丞相辞圣君出。

是时，右相李林甫、大学士李白、吏部天官葛大古、礼部尚书贺知章、兵部尚书裴宽、户部尚书钟景期、刑部尚书王、御史中丞杨慎矜、国舅杨国忠，又有二品十余人，不能一一尽述其名。又有武员是中兴王马英，长平侯王仁勇，远兴侯曹威，护国公秦刚，鲁国公程福，越国公罗清，鄂国公尉迟景。当时，一班文武大臣百余人，齐奉圣旨，敬陈美酒，又有送行赐仪钱行。

丞相曰："老夫以老疾无能，故不得已与列位同僚分手，今已叨领厚钱，敢劳诸位送程途？一揖相别可也。只愿诸公一心辅驾，君臣共守兴平。老朽回归就木，列位且请回，老夫复赶马登程。只留太白公、葛吏部、贺礼部是吾故交，与中兴王马英是门徒，多行数步以尽故交、师生之深情。"文武百官哪里肯听？又献上赆仪，祈老丞相见纳。九龄曰："老夫又何恩德，敢当列公惠赐？且吾叨蒙圣恩，颁赐过隆，已为滥领了，是为赐命不敢辞耳！今诸位大人再赐许多厚礼，老夫断难明领矣！"

百官皆言："老丞相在朝，一擎天柱。日久在廷教诲，今日荣旋贵府，薄具凉仪亵渎，聊申赆敬，伏祈鉴纳；方表众士恭敬微意之诚。"推辞多时，张丞相料想方辞不得，只得领情，复一一致意申谢。众官齐送出城数里，丞相数次辞回，百官只得住步，曰："老丞相前途保重，慎越风霜。某等回城，恕不远送也。"一一拱别，分途各回府去。

单有太白、葛、贺、马英四人多送十里之程。九龄曰："四位且住，吾有心腹直言说知，以表今日相爱之情。吾原非多疾，实忧与一班奸党作对，内又有贵妃、高力士，今吾年七十余，亦应息退归田。一来免祸，二则辞此繁政。即昨天责辱安禄山并前劝主杀之，两番不准；并劝不可立贵妃，有渎于人伦。圣上原是明敏，只好色之心难遏，至是不准从。贵妃岂不怀恨在心？今虽贬出禄山，免却宫内丑闻，然禄山出镇范阳，实虎归山也。此人必定有变，叛乱不久了。老夫今日已脱离虎口，汝等在朝，实要小心。必酿祸乱者，李林甫。杨国忠逼反安禄山，禄山离不得贵妃，今圣上前明后暗，不久乱作。须各人见机保身，明哲脱厄，方免安禄山罗网。须谨记。"

四人齐言曰："叨蒙老丞相指教金石良言，自当铭诸肺腑。且丞相智虑深，明去就，存身远害，信为老诚达人。但我等在朝近帝，犹如身入虎狼巢穴中，不被噬者，出于万众之一耳。只忧不能逃遁以罹奸党之祸也。"当时，丞相几番催促四人回身，各得住步，殷勤相慰而别。话分两途。

再说九龄退位，李林甫升中书首相，令杨国忠升右相平章，二奸争进不提。单说张九龄一程回广东，道经二龙山，有家丁禀上："相爷，此路虽乃官场大道，但久闻二龙山有盗寇打劫行人，不若从小路远些去避之。"九龄冷笑曰："清平世界，些小贼徒，使尔若此畏缩！但可恼守土文武官，枉食朝廷俸禄，日久偷安，不来查察境土，其盗寇打劫害民，皆有可参革之罪。大小官员皆不以安民为重，一省中枉设数十官员，花费朝廷饷禄。今吾定要在他山前经过，教训强盗一番。若然散伙，有能者投食军粮，不愿为盗者自为良民，落业做小经纪，且将匣中所叨圣上恩赐并百官厚情送的金银，不下百万，一并散赏之，令其为良善人，岂不依从乎？又安境土，免陷良民，化恶为善，吾之心也。"

众家人、从兵领命，特往二龙山边经过。有喽罗见一标人马从大路回山而来，一大旗上书着"奉旨荣旋"，又数十大旗大书"张"字，威威武武，护送兵千多，皆盔明甲亮。喽罗兵不敢妄进打劫，只得上前动问："过山来的是哪位官员？且说明，待报知寨主。"护军曰："朝中左班首相、太师太傅、中书张老大人奉旨荣旋，特经此山，急报知寨主来恭迎。"喽罗闻言，领诺，飞奔上山报知。

有白云龙对高、梁两弟曰："久闻朝廷张九龄老丞相是当今第一个贤正忠臣，唐天子赖以助复江山，今日想必因奸臣当道抑或因年纪高迈故，致仕归田。我们何不下山迎接送行之？方表我们不是专于贪婪为盗者，是个义气敬重贤良之人！"

高角未言。琼玉曰："不特表心，我们报仇、收除狗官，亦在此人之身。且下山自己绑缚，将冤屈诉明老丞相，他是唐天子师相，位尊爵隆，岂不准信？他一道本章奏明，苏州一省狗官难逃冤屈妄杀良民之罪矣！"三人议定，出见张丞相如何，下回分解。

第十四回　惜英雄九龄赠书
恩酬愿明皇发驾

诗曰：

英雄被屈志难伸，待遇忠贤历诉陈。

赠赐书函投学士，覆盆冤陷一朝伸。

当时，梁琼玉言来有理，事所当言，云龙、高角欣然从之，命喽罗将自己三人捆绑起，背上押上刀斧，一同下山。见兵队中老丞相在镶金八抬轿里座，童颜白发，五绺雪白长须髯，双目澄清，威严凛凛，弟兄三人一同下跪叩首，座前请罪。

有张丞相命左右松了捆索，收了刀，曰："三位豪杰，且请起，休得拘礼。老夫今日解任回归，道经此山，不知汝等在此山踞守，但清平之世，岂可埋伏于绿林？一者扰害良民，二者有干国法。今皆自绑来见老夫，汝心有何趋向、有何事情？不妨直达知闻。"

梁琼玉先开言曰："上禀老太师老大人。"当时即将业师刘芳被本土柳知府不察其冤情，屈害致命，陈升与己家散人亡，尽将一番前事禀知。张丞相闻此，怒气顿生，曰："有此昏昧狗官，文武同恶相济，只知抄取人家产业，不理冤屈深清，深负君上隆恩。令他治民，实则害民也。待老夫回归故里，事暇定必拜本归朝，以谢皇恩，附本除狗官也。复回汝们故业，不须忧虑也。原来前月江南胡夏使有本回朝，言松江府二龙山先劫高丽进贡宝马；后劫法场，抢去朝廷重犯一名。盗首杀死总兵二人，打伤副将三员，官兵死者三百余，正在部议征剿起兵，岂知官逼民为盗，至身入绿林！"

琼玉又禀上："老太师爷，若待大人回归贵省，已有三四千里来返，拜本进京已有三月程途，倘朝廷果然不知其委曲，一动兵来征伐，丞相本章未到，岂非不及？莫若小童生等上京都告皇状。但无亲故在京为官，是不敢造次。只乞求丞相明鉴参详。"

九龄一想，果然待回广东，然后上本，有六七十天方到，岂非不及？就于此吩咐取过文房四宝，写书一封，递交琼玉，言："一到京都，寻觅着大学士李白大人，倘一见老夫之书，自然即刻传汝进见。吾书中将汝提拔于此人，但老夫观汝一貌不凡，日后不失为皇家之贵，且你弟兄三人岂可久于身入绿林，终无显现之日？不若出仕皇家，立些功业以显耀双亲，扬名后世，方为正路。"

三人叩首曰："谨从相爷钧谕。"

当时，张丞相吩咐登程。三弟兄谢恩，远送三十里，离山太远，丞相催止步。三人领命。丞相仍吩咐照书行事，不可违背，须要早归朝廷。三弟兄诺诺，连声拜谢而回。

有张丞相一程回本土，道经南雄岭，见岭难于行走，一回至韶州曲江县，发传本土官员，一府州县辟修南雄岭书院。也无交代，不多细表。

再说梁琼玉得了张丞相手书，即日要拜别师娘颜氏及白、高两兄长，奔上长安朝中，带捷健精壮军人二十名，一同起身。颜氏叮咛一番："道途上小心，谨慎风雨，保重身体。报仇雪恨，尽在贤世兄一人。"语毕，不觉下泪二行，琼玉多言安慰。又踱出外厢，白、高两弟兄早已排开饯别之酒筵，三人叙饮，谈语多时。用过餐膳，拜别，骑马而行。非一天两日到得长安皇都地面。

先说唐玄宗明皇于天宝庚寅曾想起在山东东岳泰山许下旧愿未酬。当唐明皇晚年，酷信鬼神愈甚。此一天，设早朝，各文武官臣朝参已毕，各分班侍立，诸文武无甚事情奏直。帝开言曰："众卿家听着，朕一事在心。"众臣曰："未知陛下圣意若何？乞降纶音谕下。"

帝曰："朕上年偶沾患疾，太医院服药饵无效，后命钟礼部往山东东岳泰山求丹，许愿疾愈酬恩。今思亲发车驾往酬岳神大德。"众吏合奏曰："普天之下，莫非皇土；率土之滨，莫非皇臣。然酬答神恩，陛下命一大臣往代劳可矣，何必劳圣驾亲往？况往返程途数千里，劳受风霜，且山兽虎狼不少，诚恐有惊圣上；跋涉险途，或有绿林埋伏。恳乞陛下洞鉴原由。"

明皇曰："众卿不必谏阻，朕若不亲临酬愿，不见虔诚了。况今清平之世，哪有绿林埋伏者？即山兽遇于途，非朕一人，同一二臣前往，带精壮军兵五千随驾护卫。"言罢，旨命礼部钟景期书一龙凤牌匾，上圣庙又制造神圣真衣冠带靴子，一应限一月赶备足用，择选吉日发驾登程。

众臣领旨。

又命皇太子监国，将玺印交下，命左右两相辅佐太子判治所有大政，并各省犯官解京者，三品以上官员暂收天牢，三品等官以下，卿等部家公议。

左右相并太子领旨。

又敕命中兴王马英与朕挑精兵五千，会同王曹两卿保驾，李学士、钟礼部、高力士随行。

文武领旨。此日退朝。候至一月赶办起金龙牌，神衣冠玉带、靴子一应随驾起马。

当日，奸恶臣兵部尚书裴宽暗差家丁一名，私往山东赤松林投书与贼寇劫驾。家丁日夜赶程途。天子未到，家人先奔至山东赤松林。

喽罗查问，引进山中，见了寨主铁花纲。只因此贼不良，在山东初为小盗，后为大盗，杀人放火，被官兵捉拿太急，故反入赤松林招兵买马，已经十余载。他是裴宽妹子之儿。甥舅之情，故今裴奸来书，大约言："圣上准于本月某日到山东东岳庙酬恩，必经此山，可劫他车驾。保驾是中兴王马英，曹王二将，兵只五千，文员李太白、钟景期、高力士耳！若劫驾事成，先行杀上长安，吾自朝内接应，甥舅同心，何难取了他江山？"

铁花纲见了母舅来书，大悦，即厚赏来人，先回报知，复有书复上，并请舅爷大人金安，叮咛他在内做照应之语。家丁领命，拜谢厚赏，复回也。且不表。

再说明皇刻日起驾，有皇太子、左右相、文武大臣送出皇城，而去数十多天，方得到山东。一路水陆行程，预早地头传知，各省府州县境香烟霭霭的接驾跪送，一路上，内外城池张彩回避，水陆法净。不须细述。

一天，来到不近人烟城市之所，是入了山东境界，有凤凰山一座。唐天子传令下营歇息。有李学士谏曰："此山高峻险阻，且不近城市地镇，四边荒山野村，虎豹太多，万一有盗寇藏聚其中，只虞有惊圣驾。不若在途赶近城镇驻驿，方见稳当也。"明皇曰："久闻凤凰山灵禽异兽甚多，今升平之世，岂有草寇？即有些小不皇化的，不敢来此惊驾，况有马卿英雄！岂惧小寇？卿不须谏阻，且传旨，各将兵放围场，共一游猎。"

是日，择地安营。武将领旨，开围发炮，弓马驰骋。要射的飞禽山兽好不兴闹。正是君臣共乐。将兵纷纷献的鸿雁猿鹿之类，帝大喜出营。兵将武士追迁四围，百里之山，打射不休。住语君臣游猎之乐。

再言赤松林近凤凰山不出三十里之遥，铁花纲早知帝驾十月中旬将到山东境界，故天天命喽罗数十名分散下山，打听消息。此日一闻帝不走大道入关，反往凤凰山打围，正喜他合当遭劫。即刻，点起壮健喽罗一万，手提大斧，飞身上马，一程急跑杀上凤凰山。响炮连天，大队围困在山脚，声言要抢帝王。

有军兵入报，明皇大惊。即命收围，唤过文武百官曰："朕不听李卿家谏言，故有强寇来劫，如何抵敌出山？"有武平侯王仁勇曰："圣上放心，待臣出马擒拿贼首，贼兵自然惊散。"明皇准之。王仁勇带兵二千杀出山外，大喝："何方逆寇，胆敢犯惊帝驾？急通上狗名受死也。"

那盗寇大言曰："某乃赤松林寨主，名铁花纲，要杀上长安，取位登基，不料唐天子反远来山东送上大位，且要他写下降书抑或交出玉玺印，可活一命。汝非某对手，且见个高低。"言毕，大斧打去。未知二将争战胜败，下回分解。

第十五回　凤凰山花纲劫驾　赤松林琼玉除凶

诗曰：

山寇猖狂惊帝王，英雄奋勇灭凶狼。

覆盆冤陷反明照，风虎云龙会合昌。

当时，王仁勇用刀架开大斧，两将对敌，一连杀六十回合，不分胜负。只因喽罗兵一万多，官兵二三千，早被困在核心，登时四下败散，王仁勇一见官兵败阵，回头一望，却失手被贼将大斧劈于马下。官兵四散奔逃。喽罗四散追杀。败残兵飞报知："启上万岁，王将军被杀，兵散。"明皇大惊曰："王卿家为国身亡！何将可去迎敌？"

有曹威大忿出马，带兵一千五百，各通姓名，果因兵少亦不能取胜。只此剩得二千余兵，贼兵万多，四下围困。还亏马英出敌，杀败了铁花纲，贼兵方退下去，但仍围定山口去路。按下慢表。

再说梁琼玉自下山回朝，要将九龄丞相所赠之书投递与李太白学士申理冤屈。当日去进京都，却过山东凤凰山，在左边大路见许多败残军兵冲下。只为是强徒打劫，问其来由，方知唐天子往山东酬香遂愿，被贼寇围困。即刻带同精壮头目军士一同杀上凤凰山。

此日，马英思量："兵少贼多，只得贼兵十之一二，想来必要一阵奋勇，杀下山头，方得出险。倘得济南府有兵接应，不难收除此强盗。"喝令兵丁锐进，杀得征尘滚滚。在半山中大杀喽罗兵一阵，死者亦二千多，奈一万之众，贼又有铁骑逼来，实难大胜乘势杀出。

有梁琼玉拍马当先，二十勇军随后，将众贼兵杀得风卷残云一般，人头落满山。马英才与铁花纲大战，冷目见一少年将一马杀入贼队，勇不可挡，双鞭飞打得贼兵死者无数，心中大喜。有此少年将帮助，三千名将士亦旧锐杀，贼兵四山走散。铁花纲大怒，抢了马，一起大战。这琼玉二人交锋一阵，有曹威长枪又上，花纲抵敌不住，被琼玉一鞭打中左臂，痛喊一声，落于马下，已是不活。

马英喝令四边追杀，贼兵见寨主死了，登时惊散，尚有三千上下奔逃不及，只慌忙投降，抛刀下跪。马王爷准他不杀。

马英、曹威同呼："何方少年小将，来山救驾？其功非小，待本藩与汝奏知，圣上自有显爵高官封赐酬劳。汝且通知姓名，随来见驾。"梁琼玉见马上两位将军，王侯服式，即下马曰："小人乃江南省苏州府人，因有大冤情，被本土官员所屈难伸，故不得已赶回长安京都，上呈皇状，又得张太师明白冤陷情由，现有他手书交大学士李大人收览，恳王爷谅情鉴察。"

马、曹二人听了，见他下跪，命起来曰："梁英雄请起，汝有大冤情，被本土官员所屈陷，幸今救驾有功，又有张丞相手书，此冤何愁不雪？不须多陈此事，且往见圣驾，逐一奏明。谅这些污吏赃官，断断难逃其国法也。汝且随来，本藩先入奏明，待圣诏宣！"

琼玉闻言，又叩谢而起，跟随马、曹王侯来至山中营外住足，俟候圣上旨召。

当时，马、曹二将进大营见主，马英将战斗贼人，偶得一少年杀上山来一并帮助将盗首铁花纲杀死，贼投降者三千余禀上，又说："此人言江南人氏，身负大冤情，特来京都上呈皇状，未知有何冤屈，只求圣上面询某人，方知底细。今臣现带他在营外，候旨召宣。"

明皇闻言大喜曰："有此少年，英雄胆大，一人一骑敢来与战贼寇，救拔寡人，忠志胆量可嘉！惟此人远隔江南，有何大冤屈情？本地官员因何不为申理？是则设此文武员莅任，要来何用？命他治民，反是殃民了。好生可恼！即刻传旨，梁琼玉进见。"

当时，梁琼玉闻宣，只得跪下膝行而入，到御前远远俯伏下，头也不敢抬。圣上命他平身曰："汝虽无职童生，但救驾有功，不复拘执。赐汝起来，不罪。"琼玉闻皇命，叩首低头起来。

明皇一观，见他威貌堂堂，虎头豹目，玉面生光，十分爱重，呼琼玉："汝怎知朕被困于此山？是哪人通知，特来救驾？"

琼玉低声对曰："蚁民只因业师身蒙大冤，并自己倾家荡产及师之友家破人亡，被本土官员不肯稽察明白，草草听着风闻之言，办为通盗抢劫郡城，捉拿屈打，问成死罪。幸得张太师前两月奉旨旋归，得以禀明，察知枉屈，有书赐赠，交大学士李大人，方敢远来京都，上呈皇状。现今有张丞相来书在此，只乞万岁龙目鉴瞻，便明冤陷真情矣。但今道经此山边，只见败残军兵，问起情由，方知万岁爷被赤松林山贼围困住，故舍命杀上山来，藉君王万岁洪福，逆贼得以授首，非蚁民有功于陛下也。”

明皇闻言，一喜一怒。喜者，琼玉一少年英勇雄胆，一骑敢入虎穴帮助杀退贼人救驾，有忠君爱主之心。一怒是怒此江南省中文武官，多是贪婪受贿、百姓冤屈难申。

当时，又将张丞相相赠手书拆开。大抵命琼玉投交大学士李白，要秉公申理梁、刘、陈三人被枉屈。尽言江南一郡文武不理民情、不察枉屈、妄抄家产以肥己；家破人亡不恤，只知抄灭民业，共合分赃；欺君罔民，大干国法。又推荐梁琼玉，虽年少，具此文武全才，可任充将士，为朝之佐。可秉公申理被冤。即劫法场，伤了官员兵弁，实出于大忿。陷屈逼反、烈性难民，皆由本土文武只知贪利抄家分肥、置民于死地、以杜塞其口，妄获捉琼玉故。惹出二龙山草寇劫法场，搭救琼玉皆各官自取其祸也。须要急办，以除贪婪害民官，方得江南郡宁静……

当时，帝看见丞相书信，准信江南文武不法。李学士也觉怒恼，上奏君王准依丞相来书惩办各赃官，方得此土万民得所。明皇准奏，且待回朝再议。帝复开言安慰琼玉曰：“前两月江南据节度使有本回朝，言二龙山贼寇猖狂，劫去高丽入贡宝马并串同本土刁民刘、陈、梁三人，思占疆土，已经擒获，后被二龙山贼劫法场，杀死赵总兵，伤武将三人，兵死三百多人，谋反大逆。正请旨起兵征剿，朕思劳兵动饷非同小可，故未即发兵往征，实尔三姓家门有幸，不然，即日动兵，尔门亲友人人枉死了。今且住办，回朝再申理。惟察问投降兵，命他带同我军往赤松林放火，烧焚其寨，有无余党，以免遗留后患也。马、曹二卿带同琼玉及众兵往他山剿灭，尽不可遗留。”

三将领旨，合同降兵共有六千零，一程杀上赤松林，将山中不投降者尚有兵五千余及铁贼之妻子一齐杀戮已尽，又将山中藏的金饷马粮概行搬运出。然后放火焚烧山寨，昼夜火不息，烧的松林非赤名，乃一白地。

三将收兵，回山覆旨。

次日，明皇发驾，拔寨登程。当日，收殓武平侯尸首，备棺盛殓，运回家乡安葬，荫封他子，用之于朝，袭父职，不过多表。当日，君臣一路起程，驾到东岳庙宇中。有君王驻驾于节度使府衙，沐浴素膳三天，方进庙中摆驾享谒。

此日肃净，鼓乐悠扬。天子行礼，炷香炉上霭霭，神像加金冠玉带、龙袍靴子，一新宝盖，长幡高挂。御祭已毕，又赐拨公田十亩以为庙宇中历年香灯费用。

天子礼毕，有文武臣皆来叩首。是日，拜罢登程。

文武兵保驾一程回归长安而去。所到经处皆有大小文武员恭迎跪接，如往者一般。不须烦述。水陆三月方至京都。

有监国皇太子早已打听明白，先率同众文武大小官员，俱出皇城五十里之外迎接，帝驾回城，文武也纷纷随入，再复朝参。不知唐天子进殿后如何封赠梁琼玉救驾之功，怎生伸办三人冤陷，看官，且听下回分解。

第十六回　唐明皇车驾回朝　梁琼玉职封镇蜀

诗曰：

文官把笔安天下，武将提刀退敌兵。

只要君王宜当用，江山宁固兆升平。

当下，唐明皇山东酬愿回归长安，进城升御正殿，皇太子、各大臣朝参拜谒已毕，侍立。太子请过圣安，问及水陆平宁否？明皇言知，一到山东境界入凤凰山，被赤松林山贼铁花纲带兵围困、兵败折失武平侯、失兵三千余，后得梁琼玉奋勇杀贼救驾一番云云。太子闻父王言知，又惊又喜曰："幸得父王洪福，至得英雄救驾，未知父王可封赏救驾之人否？"

当时，奸臣裴宽在旁暗惊，又幸喜铁花纲已死并无败露，不然，灭族之罪祸难免了。

明皇想来："梁琼玉是救朕恩人，且生来气宇不凡，可抵赏一侯爵。"是时宣进殿中，小英雄三跪九叩首，行过君臣大礼。当时皇封，进他为西平侯之职。梁琼玉暗暗大喜，深谢皇恩。

此日，帝加恩赐御筵于偏殿，命三学士、一王一侯等各陪宴叙。山东一行将士及降顺喽罗三千多有赏劳，颁以金帛，阵亡者倍恤其妻子以赔偿之。

当日，天子驾退后宫。适有杨氏贵妃接驾，请过圣上金安、慰劳过程途风霜，少不得摆宴接驾洗尘。明皇又言知山盗来劫驾，得琼玉少年英雄搭救，今已封赠他侯爵酬之。贵妃曰："险些得此人大功，不然圣上危矣！明日陛下可赐他偏宫酒宴，以示圣上知恩报恩之心。待臣妾敬他酬恩酒三杯，代圣上之劳，未知准否？"

当时，明皇醉酒糊涂了，曰："御妻有爱功臣之心，朕且准依。"

次日，命高力士宣召西平侯进偏宫，皇上设宴以待。此时，李太白、钟景期二人知之曰："贤侯，此事非皇上旨意宣汝，实乃杨贵妃娘娘是个贪淫之妇，闻皇上言汝是少年英雄，气宇轩昂，想必起动得心，故特见汝一面。一进宫，须要打点，不入她圈套为高也。"梁琼玉曰："今若不往，有逆臣之罪。倘进宫，某宁死不敢受辱以活命的。"

当时，梁琼玉勉强随高力士进至禁门止，仍不敢入。高力士见了，只得进内宫奉禀，一刻复宣。梁琼玉低头进宫至内殿。明皇令贵妃退后，隐于龙凤帘里。琼玉即下跪曰："微臣琼玉见驾，愿我主圣寿无疆！未知宣小臣至内殿有何圣谕？"

明皇曰："朕宣示只因皇后见汝救驾有功，是朕恩人，故特设宴于偏宫以示宠异。君酬臣德，皇后特敬酬功酒一盅，是敬重英贤之士、有功之臣也。"当时，琼玉闻圣上圣谕，只得下拜曰："微臣琼玉见驾，愿娘娘千岁无疆！"那杨贵妃在帘中，见琼玉果然年少，人物丰采，暗暗欣然："不知此子何日得遂我心怀？"

此日，明皇赐宴，皇后加恩。两行音乐响奏，有内监酌侍美酒，琼玉谢过圣后特恩，略略领叙。琼玉偏座，君臣共乐。酒至三巡，琼玉离位谢恩，求辞圣驾回衙。

君王未准，曰："卿且慢叙欢！"贵妃帘内传旨曰："陛下，贤侯有救驾回天之功，臣妾感激不尽，不若待吾敬递御酒一两杯，以代圣上酬臣恩德，如何？"帝曰："御妻所言有理！又见敬重功德之人。"

琼玉曰："此救驾乃微臣偶而所遇，非特来救有功也。然圣天子百神护体，即微臣不来，贼人焉敢猖獗？今叨蒙于圣上天恩，厚赐重重之职，已是过分不敢当。今又赐御宴，敢当娘娘至尊再赐？君尊臣卑，小臣敢犯上乎？恳乞娘娘免赐，诚恐折尽微臣之福，受当不起也。"贵妃冷笑曰："贤侯过谦。汝乃一胆大英雄，救主功大，难道哀家不该敬汝一杯？即君王敬汝一盏也该当，不必过辞！今喜贺国得贤材，为国家之庆也。"

明皇沉醉曰："卿家，此宴所设，原是皇后美情，是娘娘敬酬功臣之心。不须守礼以拂美意。有朕在作主，何妨满饮一觞？"

琼玉闻帝命，只得下跪，宫女满酌一巨觞，宫娥双手将玉杯捧上。贵妃步出帘外，对琼玉媚目睁睁，琼玉低头下视，徐徐饮讫。正起来谢恩，贵妃曰："待哀家亲敬一觞。"即命宫娥揭起上坛美酒满斟。

梁琼玉暗言："怪不得李学士、钟礼部言杨后是个贪淫之妇，彼只道某是个酒色之徒，以此待我，好生可恼！不守尊卑之礼、败坏伦常，如何是好？"即曰："娘娘差矣！方才宫娥代酒，臣不敢逆尊强领赐一觞，是过分宠异了。娘娘贵为天下臣民之母，千乘之尊，贵贱尊卑定然要分别，娘娘岂可亲手赐酒于臣下乎？失却君臣体统，臣决不敢领饮赐也。"

贵妃曰："贤侯过执了。岂不闻圣谕上有言：'君视臣如手足，臣视君如腹心，君臣一心一德。'今哀家与贤侯虽有君臣之别，实则诚意相待，犹如腹心手足一般。"

明皇醉中听罢，笑曰："朕在席中，即娘娘赐酒何妨？卿休得过辞，却了娘娘美意！"琼玉闻君王之言，暗暗叹恨："此乃国运当衰，至圣上昏迷，容纵此孽妇放肆，还不知某是顶天立地英雄。似此料理却是传酒之意，惟我一心正大，何畏其邪淫！"复下跪，目不横视，双手接杯。

当时，贵妃欺着皇帝已醉，卖弄风流，一双媚眼闪着英雄，奈他低头不视，只得行趋近前，假作递杯，伸玉手将琼玉手腕一捏，琼玉收手不及，杯未持稳，贵妃手一松，已将琰玉杯损于殿阶，即碎烂了。琼玉一惊，请罪曰："臣接杯未稳，只因心有所畏惧，尊卑不敢，至碎玉杯，罪该万死矣！"

明皇曰："爱卿酒已过多，心存敬畏，执杯未稳，打碎玉杯，有甚相干，卿何罪之有？"即命散去筵席，又命穿宫内监："开御伞盖送贤卿出殿，暂寓李学士府衙，待候工部臣挑役夫建造府第，然后进居。"

琼玉谢了君王深恩，出九重金殿。只见李、葛、钟三大臣仍在外殿等候。见送琼玉内监去了，三人动问："贤侯，进内殿有何宣议？"琼玉叹曰："不出众位大人所料，果也并非帝之旨意。"将贵妃乘圣上赐宴醉了，怎生无礼一一说知。三大臣亦叹曰："前者安禄山倍宠入宫，丑声外闻，独有圣上被迷惑，毫无醒悟。其淫奸实乃唐之淫风，世代所出，败坏纲常，莫此为甚，可不哀哉！"

又有琼玉对三大臣曰："未将身为一武夫，叨蒙圣上一朝加恩，亦偶遭逢，但一心不愿为朝内官，犹恐圣后心怀不已，有心腹之患，不免遭于一妇之手。倘得出外镇，方免此祸耳！"

葛吏部曰："贤侯乃深虑不差。前五天西川节度使有本回朝，终于任所，现今无人接印，幸喜贤侯贵为平西侯之职，在西方之职任。今一出边镇，无端免了淫妃怀此念头。如不从她，定来暗算。如从她有污行止，万古难免臭名。"四臣算定，各自辞别回衙。

次日五更三点，玄宗天子设朝，文武官山呼朝见已毕，各各分班侍立。

"各省有无章奏？"

"单有前数天西川节度使王忠嗣死于任所，现未有哪臣接印，求圣上议敕何臣镇守？方无西顾之忧！"

帝曰："可惜！念王忠嗣是先帝老臣，出镇西川有年，今可惜一旦逝亡，勤劳臣

也！此川地近蛮，西南界至是长安要地，众卿举哪人可当镇川要地之任，方免西南外顾之虞？"

适葛太古曰："臣启陛下，西川地广人稠，前有剑阁，后有峨眉，左控陈仓，右枕栈道，非文武全材者不能守任之，现有平西侯，有职未有土，况少年精锐，文武兼优，西平之征，正应他身职之符合，未知合陛下龙心否？"

明皇闻奏，思来此可任准，自即敕旨："平西侯出镇西川，加封节度使之职，统管西川一带，上马管军，下马临民，职兼文武之任，兵部尚书、太子太保兼理粮饷水陆事务。"敕命已毕，梁琼玉见圣上一刻准他出镇，大悦，拜谢君恩而起。不知琼玉出镇西川之后如何，且看下回分解！

第十七回 弃绿林白高得荐
赴翰苑刘陈首登

诗曰:

未遇休将志气低,一朝平步上云梯。

能伸能屈趋时会,方见从权智士为。

当日,唐玄宗加封梁琼玉为西川节度使出镇,统领管辖一大郡。琼玉领旨谢恩,复上奏曰:"陛下,微臣年少初进,但想西川蜀士,地大人杰之众,任斯土者,非一人之力可当也,微臣非易,还有结义手足,前者只为迫于官之污赃罔利,至激变反上山,向并不凌害良民,只有劫番邦良马一案并劫法场,亦果因某被官屈押出诛杀,是他一心仗义行险,动此干戈耳!是今隐于二龙山,屡待等候招安,即改邪归正,非敢于长久为盗也。以二人武勇不在臣之下,亦可充一武职,恳乞陛下恩赦他前失,别敕臣往招安,臣愿与二人莅守西蜀则不虞疏失矣。且臣又被本土官员所害,只有颜氏师娘仍在二龙山中,恳求圣上赐臣同到住所,早晚服侍,以尽师生之恩。"

明皇闻奏曰:"准卿所奏。命钟礼部往二龙山招安,白、高两英雄同朝受职,与卿守蜀;卿之颜氏师娘由同往服侍,暂赐受贞赐二品恭人,待子长成再加恩,以续刘氏香烟。江南苏州一案,文员知府、武员参将、游击等,婪赃害民,拔害着调,拿下正法,与卿等师友报复冤仇。并刘陈两姓待有禀明之士,即刻提调莅。卿可卜吉登程,往川镇守,此土乃边僻大省,不可无主事之人,日久大员不至,犹恐疏虞,速速先往,待白高二人回朝,朕即着调他同往协守,卿勉之而行。"

梁琼玉深谢皇恩,此日退朝,琼玉领了皇命,刻日拜辞众文武同僚大臣,致意李白、葛太古、贺知章、钟景期一班忠贤,离长安出城西去赴任。暂且按下。

明皇退朝还宫,杨太真接驾,方知梁琼玉被一班学士大员荐他往西川赴任而去。一心恼恨,暗骂:"老昏君,将吾意中人一朝敕镇边外,哀家还指望下次早晚设计召他进宫,打动此少年,未有不入彀中,得遂我心,岂知被可恶狗党唆荐去远省西川,再

休想望。前者安禄山又被张九龄、李白、葛太古众口攻击，向昏君言逐出了，永镇范阳，不得回朝。真乃可恨!"是日，咬碎银牙的切恨，只得强装欢颜，夜陪宫宴。不多细述。

再说钟礼部奉旨，一程往二龙山招安。此日一到，命军士通报，喽罗上山禀知。白、高兄弟方知，曰："梁三弟一出山立此大功，封赠侯爵，今又荐我弟兄回朝受职，真乃喜从天降也。"即刻大开山门，恭身下山，跪接钦差大人。

钟礼部挽扶起，两弟兄又请大人进山一叙。礼部言："有圣旨，且进堂迎接。"二人急摆香案、炷上名香，跪接钦差大人宣读圣谕毕，敬请大人当中上座，小军递上香茗，弟兄左右立陪，即吩咐众喽罗兵一齐听命："今某弟兄奉旨身归朝廷，愿随者跟随进京都，自有皇家饷用粮食；不愿往者，每人给赏银五十两，回家为良民，做小经纪。所将山中的贵重什物搬出变卖，亦归尔等。查清仓库所有粮草储积、刀枪马匹一应俱带回朝。"

众兵领命，一刻点查清白，注上册子，并愿随行兵丁人名注于册内。钟大人看罢，取藏了。是日，命人大摆酒肴，割杀猪羊相款大人并来兵。合山喽罗皆有颁赏均沾，众人叙饮。两人将金银分赏给为民喽罗，皆令搬运出器用什物而去。山内三乘轿上坐颜氏、两寨主之妻，又车辆载上粮草，马匹拖载器皿而出。又敬请大人先下山，然后放火烧焚山寨，一同起程。

非只一日路途，连连水陆多天，进京都，进得皇城。钦差命白、高弟兄暂且安营，待奏知圣上侯旨。二人领命，扎屯于城外。

有钟礼部登朝覆旨，将招安册子呈上来，投降兵一万零，粮米若何、马匹多寡、刀斧器械之类，一一看明，龙颜喜悦，即发旨宣召。弟兄进殿俯伏谢罪，历陈因官逼逐上山，为寇求赦。帝曰："二卿平身。前者入绿林皆因土官失御，以至激变民心，使英雄无用武之地，今前事不较，有平西侯荐二卿武艺超群，可当武职。特赐武进士出身，白云龙特授剑阁总兵，高角特受重庆府总兵。二妻诰封三品恭人，颜氏二品贞静恭人往成都，待琼玉服侍，尽师生师母之谊。"二人谢恩而起。

是日退朝。白、高二将刻日辞驾带同家口出皇城往西川而去。

一天，到了成都省城。先命人报节度使大人。琼玉一闻报，不胜喜悦，方知弟兄、师娘同来，俱受皇恩，正为可喜可贺。是日，车马纷纷进城。弟兄相会，不以职分尊卑，仍以弟兄叙会。颜氏师娘、三位恭人共进内堂，不啻一家叙会，喜色欣欣。

梁琼玉自到任以来，号令严明，出入以公，恩惠爱民。白、高二位总兵分守两府，也是一般清正，勤劳尽职，除暴安境，至川中大治。自西南一带水陆平宁、盗贼潜踪远遁，下属官吏不敢徇私，万民乐业。按下西川不表。

再说是岁，乃天开文运，值大比之年，天下人才进场赴科。此岁，玄宗帝命李学士为大总裁，钟礼部为副选，裴兵部为监临官。各才子领了御题目进科场，纷纷呈卷收阅。

先前书说刘芳在狄府中作西宾，教习狄光嗣两公子文艺，二子精进，文有可观，是赋性聪慧。此岁科朝，三人一同酌议进场赴科。但刘芳被柳知府办为重犯，不敢填真姓名，是以改名不改姓，唤作刘珍。三人拜辞狄光嗣，一同进京都赴考。

又说陈升，也因大比年期，亦思是犯人，只改名不改性，名陈清，要进京都。即日，拜辞徐岳丈及妻，并司马瑞及虎豹山马、魏两人亦要赴京都，倘文场一空，武场又开考，故一同登程。陈升大悦，得同行作伴，妙不过也。

是月，大阅科场，清白取才，高中会元，乃江南苏州府刘珍，并江南苏州府陈清、狄云、狄月俱列二甲中进士。将中式三甲的三百五十五名点入金殿唱名。状元，苏州府陈清；二名，河南开封府白登；三名，苏州府刘珍。二甲、三甲不能将姓名一一尽述。正是新科游街三日，好个妙年及第的俊彦。正引动深闺红粉女争看绿衣郎，闺秀阁中，岂不人人仰慕！

一朝天子临轩问册后，见此科状元、榜眼、探花皆少年雅俊之士，且文才雄博，不胜喜悦，总裁大臣从公取才。帝一想刘探花文才宏博且年貌多长三四秋，比状元、榜眼老成些，不免调刘珍做个本土巡按官，是必洞晓此郡贪婪官，以了结刘、陈、梁三人之案，然后调任别省。想来妥当，即殿上开金口，露银牙，将前者梁琼玉申奏明苏州案一一谕知："今调卿为本土巡按，御赐上方宝剑，从公断办，各污吏贪赃文武严法定罪，先斩后奏，问结此重案。"

原来，陈、刘自进京，在寓所已知会过，两人各各改名，不约同心。不料，连捷中式，皆幸点入，又明缀高登首领。正喜之无尽，只心忧是名罪犯，只恐奸臣查出真姓名反来效奏。今见圣上说出刘、陈、梁三事一案，方知梁琼玉救驾得功、已封侯爵，又领镇西川，自是一朝平步上云梯，得他奏明前事在先，今不妨亲口供认原是刘芳、陈升之真姓名。

当时，两人下跪不敢起，又奏上："微臣二人有欺君之罪，求乞陛下宽恕，方敢领旨。"当时，明皇不知其故，想他年少书生，初进皇家，故不敢领办重案，若不然，一般少年有何欺君事做下？只言曰："朕念卿青年得贵，以案情试才，未知有何欺君瞒朕之处？即有些小干碍国法之事，朕有言在先，一概赦免，且明奏上。"陈、刘听帝言此，将真名姓奏知，历陈起始之由。不知唐天子怎生分断此案，且看下回分解。

第十八回 征山寇陈升明荐
探营寨裴彪暗谋

诗曰：

文忠武勇唐天子，山寇如何横逆行？

一怒天威征殄灭，万民感戴乐丰登。

当时唐玄宗闻状元探花奏上，方知梁琼玉所奏乃是二人，其惧罪改名，来京应试。惟前者有张九龄丞相已有书托交李学士，求彼秉公伸理，并琼玉已陈奏明在先，只曰："今二卿改名来京应选，原未知其情，并非汝二人之罪，乃汝本土贪赃官员祸之也，二卿无罪平身。"陈、刘谢恩起来，明皇一想说："此命二卿，并为退期，益加恩赐谒祖，限一年回朝，呼调一到，将各贪官不法者拿住，重者斩首、轻者刑罚革职。御赐上方剑两口，先斩后奏，并追回各家产业，任卿施行。但一事，前月江南松江府有本回朝，言虎丘山强盗名古羁威十分猖獗，称言先皇屈杀他父亲，要报仇，屡屡劫害乡民，本土官军竟无能治伏，反屡败数次，伤兵不下十万。今二卿乃文员，怎能与敌？或擒拿、或招降、押制、收除此人，只须得三两员勇将与卿同往。擒灭此寇，全郡平宁矣！"

李学士出奏曰："自古有文事，必有武备。圣人训示，千古不易之法。今招降已有二龙山为例，倘此寇不服，定必动兵，如打仗交战，又非陈、刘两文士所任，必得两三员勇将为佐，待两文士提调，方得合其济用。但思怎能此人？"

陈升一想，即荐三将曰："微臣有中表亲，身为武举之士司马瑞，今来京都考选，但其武艺超群，性雄志广；并有结义手足，一名马英，一名魏明。三人皆我唐功臣之后，英杰之汉，一同来京取选，特居寓所，如得三人共往，何难收除这古羁威盗寇一人？"

明皇闻奏，允准："卿既有此亲友武勇之士，即敕令皆赐武进士出身，宣入见驾。"当时，命兵部侍郎往宣三英雄入觐。

且述司马三人，还未知陈升荐他，心中狐疑不定，只得跟随了宣调官来至午朝门外，驻足候旨。一刻，兵部入奏复命，帝宣三人上殿。三英雄匍伏膝行，下跪金阶，不敢抬头，听纶音。帝即降谕："陈升荐三杰，共回江南随行，往招讨虎丘山古寇。"言罢，又命平身。

三人谢恩，方敢起身。

明皇即敕赐司马瑞为都指挥使，魏明封左指挥使，马英封右指挥使，带兵五万随行，同刘、陈往讨招安虎丘山。回朝有功，再行升赏。三人一刻得官，好不称心得意，深谢皇恩，又感谢陈升招荐之力。

当日，天子分发已定，驾退散班，文武回衙。

只有裴宽心中惊惧，知本省官员人人有祸，尚不知犬子私通古羁威并同谋害刘芳之事，故不投家书与闻。

再说刘芳、陈升择了吉期，拜辞圣上、各同僚，出了皇城，往江南省进发。水陆行程数十天，方入江南境界。

先到松江府，带兵入虎丘山。在山前择地安下大营寨，远远见山上扯起大旌旗，"报雪父仇"四个大字。此日，古羁威闻知朝廷有兵来征，即刻顶盔贯甲杀下，红甲红马红盔，手执长枪呼喝："哪人出马？"陈升曰："来者山寇，是古羁威否？"

他曰："然也，汝是何人？"

陈升曰："本官乃本土奉旨巡按，今奉旨命特来赦汝前罪，招安归护朝廷，保汝无事，追封汝先父。当今是个有道之主，追念汝父前功，定必子荫父职，岂不为美？"

古羁威曰："陈钦差，汝虽有再世苏秦之舌、张仪之语，难以说动我心。是父仇，定必要报的。"刘芳即喝曰："不分好歹的匹夫！先君被武党杀害，非止一人，而且余室杀戮者数百，岂关君上枉杀，今枉执报仇之语，来此落草为寇，汝今若不依从金石之言，只忧汝死无葬身之地也。"羁威冷笑一声曰："汝营中战将赢得某者，自由汝等绑缚吾回朝，如弱于某者，即刻退兵，休来罗唣！"

阵前司马瑞恼了，一马飞出，大喝："逆贼，某来与你比！"大斧打去，羁威长枪架开，一连杀了数十合，胜负未分。

只因朝廷大兵五万多，数千喽罗哪里抵敌？败走得四散逃奔，死者太多。古羁威看见多伤兵丁，回手一慢，被司马瑞大斧撇去。古羁威一闪，几乎跌仆下，只得放马跑走，招收残兵逃入高山，紧守寨栅门，预备炮箭，不出。唐兵几万数次来攻骂战，但山势高峨，树木丛森，不能即攻上。故两下停兵不动。

再说苏州府城裴公子，此日闻松江府被朝廷起兵将虎丘山围困，古羁威兵败不敢出山；又闻刘芳未死，与陈升二人高中魁首，连捷高登，奉旨出为巡按本境，心中方

惊不安，言曰："此地众官危矣。但幸得我们计算刘芳之谋未泄，他仍不知中吾害之由，不免亲到虎丘山探听古羁威败得如何？且吾得异人传授一制练毒药，些少入腹，三天发作，朝发夕死，非凡药饵所能救的，不免先往见陈、刘二人，假作拜探，方得进山下毒药，弄死两人，羁威方免祸，吾亦得安然无事。"算计定，将毒药暗藏身边，即刻动程。只带两口家丁，一天之间到了山前，有两兵丁喝查问明，军兵入报："营外一人，自称兵部裴公子请见，未知何人？"

刘、陈闻言，吩咐开营门迎接进内，一同见礼下座。公子即问："刘贤弟被知府所害，焉能逃脱？及陈弟干连之祸，反得高官，实愚兄所不解。当日，愚兄见两弟俱被害，已有家书上达家严，后又闻二龙山贼劫了法场，救了琼玉，官兵围陈贤弟之家，反得逃出，又杀死官兵，迨后一音不闻，只有本土官严追获耳！今幸得贵，实为可喜也。"

刘、陈见问，将前后底细一一说明。裴公子伪为代喜，大赞奇能。听罢，又言："这日闻朝廷动兵征剿虎丘山，古贼首被杀败，皆二人大才；又久闻司马将军英勇。"众人谦谢曰："公子过奖！"又命人摆设酒筵相款。

宾主入席，叙饮一番。

席叙半间，裴彪暗取毒药藏于指甲，假酬酢交杯，将毒药放下。初与刘芳抱杯，次与陈升传杯。

二人哪得知裴彪下此毒药？只言此酒是借道贺喜两人因祸得福，今又高官显爵，实为可喜也。刘陈二人接杯饮干，两相交酬。至住停杯，用过膳食，裴彪复言："古贼不识时务，待吾明日往说此人投降。以免动兵伤残，如何？"

陈、刘曰："此长之策！惟此人执性强横，弟兵初到，也曾劝陈诱导，他只硬云执兵。兄长往说，只忧不从。"裴彪曰："事已至此，他必允从；则我兵之利，不从亦无干碍。"

刘、陈允诺。裴彪宿出一宵，次日辞别，要进高山会见古盗首一人。因交兵公干，刘、陈也不挽留。裴彪上马，两弟送出营外别去。

裴彪马至半山，大呼："喽罗，休要冷箭，裴公子来探！"古羁威闻报，大开山门，迎接入门，方谨闭门坐下，羁威先开言曰："今朝廷兵围山脚，贤弟怎能上山？他兵怎肯由汝到此？"裴彪言："先假探陈刘来领招降兄长，故他一心信之。"又言知下毒药于陈、刘，不出三天二人毒死之计一番。羁威听了，大悦曰："幸也，贤弟相救助于愚兄，不胜感激！"

裴彪曰："除此二人，是吾弟兄之利也，何言酬谢弟的？"羁威大喜。是晚，少不免排筵，弟兄对饮。按下寨中二人。

却说山下朝廷兵，此日见一道人赤脸银须，自称谢英登，是昔日护唐开国二十九家总兵之列，今特来请见主帅。兵丁入报，刘陈二人酌议曰："久闻开唐有谢英登，后修道不仕，已经百三四十年，想必修炼成仙。今日来见，必有事了。"即刻大开山栅营门，二帅步出，恭身迎接进营中，请他当中下座。二帅以师礼待之，侧座。二帅刘芳曰："不知前辈大仙师长降临，有何赐教指示，吾两人未知？"谢英登说何词、有何指点，且看下回，便知分解。

第十九回　救刘陈谢仙点化
赚裴古唐师获奸

诗曰：

英雄量大福仍大，奸佞机深祸更深。

且睹害人终害己，虎狼枉用计谋侵。

再说谢英登久登仙班，故知过去未来之事。此日，已知陈刘两人中了裴奸毒药之谋，见他相询，微笑曰："奸徒暗算，故贫道特来救两贤性命。汝两位乃正大之人，心不狐疑奸陷，未免过于率直。故在奸徒局中不觉，还不知这裴彪是大奸臣之子，父子凶狠之辈。"即将前昔所陷害一一告知，又言："汝二位在他暗算中，还不省悟乎？"

刘、陈听了，骇然而惊，转怒曰："原来此人是起祸之由，一向入他术中，真令人可恨也！若非上仙说明，破其奸谋，久后还不知怎生为祸矣！"

谢仙冷笑曰："今日他来，仍是你们中计，不出三天，你两人一命又要遭他毒手。贫道不来，你两命难活也。"

刘、陈二人大惊，忙问："上仙乃智慧上人，先知先见，不知此贼今来作何计较？莫非通知古贼引彼来劫寨做内应，伪诈往招降的？"谢仙曰："他来非劫营寨做内应，他将暗放毒药，不出三天，你两人中毒双亡云云，是无药饵可救的。"

刘、陈色变求救。谢仙曰："不妨！贫道特来救你二位，乃佐唐有功之士。"命人取到清泉两盅，向囊中取笔管一枝，用黄纸书砕符一道，取出黑丹丸两粒，将符焚化水中，每盅开化黑丹一粒，令二人吃下。饮入不一刻，刘、陈吐出黑水多碗，内有二十个黑蛇虫于地上伸缩游动。

二人骇然而惊，众将多称奇异。

谢仙又言："此药用毒蛇制毒药炼煅成，取择凶恶，日咒决用人血封之。此毒药一入人腹，毒蛇得五脏水，即变化生了。一日咬肺，二日咬肝，三日咬心，即死了。"二人听了，不胜忿然，曰："可恶奸贼，日作暗害，幸得逢凶化吉。今日若非上仙指示，又叨搭救，不然，吾二人一命休矣！一死也罢了，惟误却国家大事矣！与此贼仇如渊海之深。只拜谢上仙!"

礼毕,谢仙辞别起程。二人苦留不允,只得送出营外。谢英登遂驾燧云霭霭,闪闪而去。

二帅回营酌议,将计就计:"想来此贼与古山寇合定计谋,待三天之后某两人中毒死了,军中无主,自然内乱之计,今不若三天之内,吾诈伪死了,将两空柩正出山边,军寨中挂孝,在大营中挖掘深坑三个,每阔三丈,深三丈,用泥草浮搭盖了上面,待他来踏营,一网而就擒。"二人定下计谋,不表。

再说第三天,裴、古二人命喽罗兵私下山脚探明白,只见营外有两新柩棺,用白布盖住,即刻回报。唐兵看见他来私探,也不追赶,是奉将令不追赶的,以待彼来中计。

当日,古羁威冷笑曰:"贤弟,果有此妙药,实乃莫大之功也。今夜趁他军中无主,往劫营抢尸,用火烧之,一刻成功破其营,即兵多将勇,岂畏惧耶?"是晚,饱餐夜饭,各带够三千兵士,尽拿了烟硝火药来烧大营。一程杀入。此日兵士入报,言"贼兵分两支攻来",但刘、陈二帅曰:"此日中军兵报上,言有贼兵数人来打听,一见我军二新棺柩,即奔回。他日来探听过,今夜来劫营了。且预备下破擒二贼。"陈、刘酌议算定,将五万军兵埋伏四营于松林中,单剩空营。

是夜二更,有巡兵入报:"贼兵分两路杀入。"果然,裴、古各带兵三千,分左右杀进。岂知一入中央,尽皆跌下深坑,喧哗大喊。古羁威、裴彪正在后埋兵,方知中计。

刘芳众将兵一见营中火把照亮,即刻四方杀入,数万军只向可恶杀去。岂知贼兵六千多已跌下深坑,大约只剩得一二千兵,早已四散惊逃。车挤路小,跌死者太多。裴彪早被司马、马、魏三将擒拿下。只古羁威为盗七八年,地势了然,已早逃脱。日后再擒。

天明,刘、陈升帐,押上奸徒裴彪,但此贼还未知历来奸险之谋尽泄漏,想必黑夜中被他众将兵误擒捉下,一见陈升、刘芳,自然放脱了,以礼相待,我又有招塞之词对他二人。一路同随军士押入大营,推上帐中。一见刘、陈坐在上面,大呼:"两位贤弟,吾见大兵杀入,将吾擒下,速放脱,待愚兄将古贼首之谋一一说知。"

刘、陈二人一见此贼,气恼他不过,又闻他以此语为骗哄话,为奸淫负义贼徒三番五次来图害,刘芳拍案大怒曰:"贼禽兽,我今生与你何仇抑或前世与汝深冤?因写丹青假结拜,暗中串同土狗官陷害嫁祸及我师生、故友,二姓顷刻家散人亡,及至伤了朝廷武员官兵数百无辜性命，种种大祸，尽由你起贪淫欲心，逆贼一念，迥非人类，乃禽畜不如。前日所行害也罢，今又来通谋古贼来劫营，不独我两人性命，几连大小三军皆损你毒手之中、败坏君王公事。今日天眼昭昭，奸谋尽露，还敢言军兵错擒于你？思来求脱，待你再行毒害不成？"

裴彪闻责骂之言，暗暗惊惧："此谋得三天，有何人来此尽行谋知？况除了古羁威一人，余外一人也不敢泄，今羁威又逃脱了，哪人知此暗谋的？"想来，只得硬言对曰："两贤弟何得反面无情？将吾拘下反将贼人放脱？况且一向谋害之事，一无影响，有何人为见证的？勿枉屈于我以此天地之词。"

刘芳闻他言，气忿咽喉，口不能骂；陈升拍案道："罪恶不少，还敢刁词抗语？前三天假来探我军，叙饮之间，近室一言，暗下阴毒，再来收除我两命，然后合古贼来劫我营。假言往招降，人面兽心，真令人一刻难容。"众兵丁见元帅怒骂，尽骂此贼心狠，人人怒目圆睁。

这边司马瑞是烈性英雄，想起贤表嫂撞死，登时忿起拔刀，二帅止之曰："此贼父子同恶通贼，今杀之不能除他父，且解回朝，父子证罪，一网打尽奸党，方得朝野升平。"司马瑞住手。二帅喝令，打他四十大棍。打得血肉淋漓，押锁入囚车。又令三将带兵杀上山，将余兵、古羁威妻杀尽，搬运出金银粮草、刀枪马匹，然后放火烧山。

即日，拔寨登程。乃奏旨归乡，好生有度！

一人荣归，州城两姓父老宗亲皆来迎接。文武官自然来请问圣安，然后与巡按见礼。本城司道、府县、驿丞下员皆来叩见，接入省城，众官接圣旨，宣读，乃责罚本土文武员的，诏曰：

奉天承运，皇帝诏曰：朕上承先皇寄托大位，仰荷天麻，自即位以来，待文武如手足，爱庶民如赤子，罔无尽其诚，是以各省设文立武，寄托以安民是任，亦若保之以赤守是，足体念朕之诚爱也！

不料，尔江苏文武员不独尸位素餐、不司民政，不除凶暴以安善良，且视民如草如芥，况又贪赃受贿、不察覆盆含冤之民，妄抄家产坐位分，削民之脂膏以肥己。长寇之威烈以扰边纵兵，差而强如蛇蝎；池民家有悬声凄悲，至吏室有盈箱满载；方脏咨嗟，鬼神忿怒。即今三姓之害，借事生端，妄捏刘芳通寇，手先复陷；陈升助寇，邪后利眼；梁琼玉百万资财，嫁祸抄家。陈梁两业，若共瓜分，何异人盗狼寇，抢夺强横？领王治民，实则害民；承君禁早，集则为暴。上负国恩，下凌黎庶。欺君不法，莫此为甚！

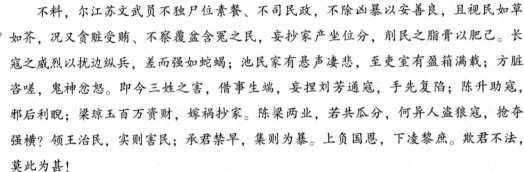

兹特旨敕陈、刘两员，一巡按、一秉公，同文武受贿罔民负恩之员，扭解回朝。为首恶者，于本土诛戮，以警捏害孽民之恶。贪重赃者则令民回领抄家，以济穷民。复还陈、梁故产，给归原物。上清欺君爱贿之臣，下慰众民被害之孽！

呜呼！有善以彰，有恶必惩；国法无私，人情允协；与爱非君，可畏非民。圣言教训，千古是趋。立法尽善，惟万年肃遵。钦此！

宣旨诏一毕，不知本省文武官何如，下回分解。

第二十回　来巡抚抄拿奸眷
回长安擒获叛臣

诗曰：

受恩不报非豪杰，有德须当答谢均。

寄语世人休作孽，害人还自害其身。

当时宣读诏旨，苏州一府文武官员面色寒青而又转黄。刘、陈两钦差命柳知府及其左右摘去朝衣朝冠，收还符印，将一家锁拿了，下士尽计讫，填注于册上，并赵总兵家口符印亦然抄讫、锁了家口；府县厅州吏员皆下禁天牢。惟节度使及布政使两大员动本部议，方能定罪。

次日，两钦差恭请皇命，摆开圣旨，开向法场，押出柳知府并家口共有十二人。家丁侍婢不坐罪，又有后队赵总兵已被阵上杀死，只得将妻子儿女九人亦押出法场，具首司户千百户把总吏员共官九人，一同共斩首三十人。一刻人头滚地，斩讫，钦差发兵三千，命马英、魏明二将捉拿裴家部属，共十五人，一同押解京都定罪。

只有新任接印文武官多来送别钦差巡按回京覆命，各回衙中。

又表刘、陈两官奉旨在本土谒祖，限一年回朝复旨，且得回屋宇产业，日中有乡宗戚友往来问候，或请宴会或与履游，倒也自得消遥。当日闲居，刘芳自思："己身得贵做官，出于一刻迅速"，又思："梁琼玉先得身荣，因救驾有功，封侯爵出镇西川，带同吾妻往蜀中侍奉，有此恩义兼尽贤徒，世所无双也。且待完了此公案回朝，然后奏知皇上，请旨调回颜氏妻，并谢梁琼玉恩德，其心方才放下怀念。"又思妻出奔时，怀足十月之孕，未知生产安否？然是男或女。住语刘芳想象。

又言陈升闲暇思量言："为善必昌，为恶必亡。可恨裴彪，因贪淫一节，即假交结刘芳，先害他，后害吾，至今妻身年少而亡。又得徐氏岳丈用情招赘了，某即来故宅起户，用棺柩埋葬，大开空坟，梁玉忏悔，超度幽灵。今且待完了此公事，回朝奏主携妻徐氏赴任，是所必然。"此是陈升心情。

他两人在故土日中，或陈升拜探抑或有刘芳来叙会，同餐共论众奸陷害，不须

多表。

再言裴兵部府中老奴，不分日夜赶回长安，进京都城内，上禀老大人言知："公子在家惹出大祸。与虎丘山贼私通，先害刘巡按，又害陈钦差，今被他们拿下，提兵征剿平服了。走脱盗首，将公子一家大小十五口俱拿下，不日解回京矣！"裴兵部一闻此报，大惊失色说："不好了！孩儿累及吾也！"

即日进内，将金银珠宝满载，其余剩的不能多带，累身难携，只分给众家丁，吩咐尽散去。是日，又得接到古羁威下人书。原来，古羁威败阵逃出，想来族弟古强在镇江茅山为王，手下雄兵数万，故败往投之，安身在此，仍思报仇，故此有书赶来达知裴宽，说明公子被擒，通知他今投来茅山方得性命云云。故裴宽心忙意乱，将书及印藏书房中化焚，只扮作客民，与心腹家丁四人扛抬了两箱金宝，向镇江府茅山而去投伙。

一出皇城，一连赶走数天。

途中，遇着一位回兵大臣铜台节度使郭子仪，带领五百家丁、五位世子：郭虎、郭豹、郭玉、郭江、郭海五人，只有长子郭龙代父署印守铜台城。子仪回朝与君皇庆祝上寿，备办了贡献上祝礼物，见天色将晚，只得礼屯扎兵于山边。有一将上禀："大人，山下一人在后营，又有四人扛抬两箱重载之物，入山越岭而上，似极慌忙之状，未知此人是劫取盗贼好歹否？"

这郭令公一想，曰："莫不是劫取财物强盗？且弄来见本帅！"家丁百十人领命，一刻押入来见大人。子仪一观，细细认来，是朝中裴宽兵部，喝左右解其绑缚，扶起坐位，曰："家人有眼无珠，只因改装，不认得大人面貌，且恕罪莫怪，请坐下。"

二人拱揖，分左右对坐。子仪曰："请问裴大人，缘何改装私行？天色昏晚，还越山跑路，意欲何往？"

裴兵部曰："郭大人，汝还未知，本部堂风闻得东方高丽要叛吾天朝，故暗自出京来探听彼虚实。又黑暗中山边屯扎安营，只道是山寇，只因家丁四人不敢在前径行，故抄后营岭上行走，免惊动贼人来算计也。"

当时，郭令公想来："既然高丽国果反叛我天朝，何故并无边报？其中必有委曲。"即曰："大人扛抬物品，又料必有御令三五十精健军将保护，何四人而已？既暗中奉密旨往高丽，岂无圣旨？且请借来一观。"

裴宽曰："此乃是吾风闻得来的，倘确拟真假未分，故未敢奏闻，惊动朝廷，故未有圣旨。"子仪又曰："大人，本帅之家丁初得罪时，汝四家人扛的箱箧走散去了，将

筐两个打开看来，尽是金银珠宝许多贵重物色，但拟大人私行密访，如何又携带许多金银珠宝？"

裴宽曰："郭大人不知其中底细。本官自出京城，路过都府州县，多来送赠，本待不领，又却其恭诚之心矣！"

子仪一想："此贼不通外敌，定然奔叛哪一方？彼必然奔回故土为乱了。"即晚恭进用款。兵部曰："有朝命在身，要促趱程，不敢领赐；且告退了。"

郭令公曰："大人言说两端，尔言私行密访，又非奉旨，如何又说朝命在身？且留宿一宵何如？"裴兵部只是不允，激恼了郭令公曰："本帅看汝此行，定为负国恩欺君，弃职逃叛为逆。真是既云外国有变，岂无边报？本帅身承督兵之任，岂有一音不闻之理？又非出于圣旨，事已糊涂。尔若要行程，除非共同回朝见主奏明，去也未迟。"

裴兵部曰："去留在我。郭大人，汝是境外大臣，吾是内部之官，汝何必多管本部的事？"郭令公曰："汝言差矣！一体为官，大小皆皇上臣子，何分内外？若大人不肯回京同往，断然去不得，不若与汝对锁，在圣上跟前理明曲直。"裴兵部曰："谁与汝对锁？即回朝见驾，奈甚何来？"

当时，郭子仪一心知他作弊，故特羁绊住此贼同行。

走途数天，回到长安。入朝在午门候旨。当时，正在设朝未散，适皇门宫人入奏。圣上闻郭帅回朝，即传旨宣进。

郭令公俯伏叩见，行了君臣礼。帝命平身曰："卿家代朕领镇铜台，勤劳皇室，朕常怀念。但近日台城一大郡风土民情安靖否？粮粒丰缺如何？"子仪对曰："台城大郡，藉圣上洪福，万民乐业，水陆升平，粮食颇丰，无须圣虑。因见不日陛下万寿之期在迩，臣本该回朝恭祝，故备些微物贡仪敬献，少尽臣子微忱。望圣上恕责欠恭之罪。"语毕，呈上贡礼折子。

明皇龙颜喜霁曰："郭卿，尔乃清廉之官，纵有些皇俸月给，但儿孙众多，食需敷广，朕久知之。且朕是年年有此一日，又非大万寿之期，何劳卿备此重礼贡呈？足见爱君之至。"

当时，内侍接仪双注。

郭令公又奏上："臣未入皇都，在陕洛交界，只见兵部尚书裴某扮身为民服式，有珠宝两筐随行，不知何意？见臣扎屯山下，不敢在山前赴走，越岭而行，事有可疑，邀盘传他时，彼言高丽有变，又言私行密访并无皇令密旨，收筐打开，玉宝太多，不知有无此事？故不愿放他出岭，今将他同还并珠宝并在，请旨定夺。"

圣上闻此奏，怒曰："近也八九天不见裴宽上朝，朕只道他有疾，未经告假耳！是至不查不问，岂知他改扮为民，私自奔走，定有行为不轨也。"

当时，明皇喝令值殿将军押他进殿。下跪曰："臣见驾，愿圣寿万疆！"明皇拍案怒曰："汝这逆臣，假扮为民，不辞驾私出京都逃脱去，想必通夷作乱，定然回籍生端。若非郭卿家有此胆量，智识高明，将尔拿回朝，朕的江山有不得了，几乎送在汝逆贼之手。尔实则私赴，是何主见？"

裴兵部曰："臣但罪是出躁，只因风闻东夷高丽有变动，亦未得其确，不敢擅奏，是至暗行密访其虚实耳！"不知裴宽假奏如何，下回分解。

诗曰：

邦家有幸进忠良，君圣臣圣国运昌。

只虑无终遭贬逐，小人将志便倾亡。

当下，唐明皇听了裴宽之奏，怒曰："糊涂妄说！孤身独走，只得有四人扛抬许多金宝，显然奔逃叛国。存此恶逆狼心，终成大患。"喝令押出斩首，休得再多言刁说。但这裴宽与大奸臣李林甫是心腹厚友，相济为恶的一党小人，即出班保奏曰："依臣愚见，且将暂禁天牢，果若东夷有变叛，是他深心于国，有功之臣，固复职有加；若无此事，将正法未迟，以免有误屈杀之弊。望吾皇上开恩准奏。"

明皇怒气少息，一想便准奏，将他收禁天牢。是日退朝，各臣回府。

乃至一月之久，果然万寿之期。百官登朝，纷纷庆祝；并外镇臣子即不回朝亲庆，多有仪礼贡献回朝；并外国四夷，莫不敬祝献宝，称觞恭祝。劳忙一番，天子赐宴。数天热闹，不表。

再说刘芳、陈升须旨上限期以一年归乡并满门捉拿了各家犯官家口，收入天牢，未得完结此公案。只不觉一晃过了五月之久，二人心急，酌议早日赶回朝以除奸党。是日，约定次早登程。一路押解各犯渡水登山，非止一日，得回长安。一入皇城内，已是日午当中了。且传号令扎营于内城，明朝见驾。

此后刘、陈两人先往拜探李学士、钟礼部、郭令公一班忠良，又叙起裴氏在本土私通盗寇，已经提获，抄家时有裴彪一稿，告与父通古羁威、私行结拜的，复有裴氏的家书四封，通知赤松林铁盗同来劫驾之语，倘劫驾成功，裴宽在朝内接应………说明一番缘故。李学士听了，冷笑一声曰："此乃天眼昭彰，只道这奸贼改扮民逃走何原由，岂知因孽子作至祸至？恐一旦败露，便思想逃脱而去。明日上朝对证攻他，自有诛戮奸狼、锄却朝中狼虎！"

此日，众忠良议谈，但刘、陈二人仍在李学士府中安宿。此夜，少不免酒筵相待。

到次早五更，文武百官俱集朝房候驾。一闻景阳钟一撞，龙凤鼓齐鸣，众大臣纷纷入觐，见礼山呼，文武分列班行。适皇门官入奏："刘、陈两钦差回朝复命，征剿得胜，在午门外候旨。"玄宗帝即宣二臣上殿。

陈、刘闻召，进见朝参。他一奏本呈上，随入江南界先收服山寇，投附不从，攻战败走逃脱，再陈裴彪父子通寇劫驾、蹈害起祸之根由，原是此贼为首。故拘押下裴彪家口，单走脱了古贼首为恨，未知逃脱在何方？犹虑又有风波在后也。并录上破贼巢所得粮草、马匹兵丁若干。

当时，明皇御目电览一过，心中明白了兵部老奸猾奔走私越之情，怒气冲冲；又想起此贼府中尚扃未经封锁，兵部官印仍在他府中，不免命人往他府第一搜。想罢，即旨命钟礼部往兵部府衙搜回符印。钟礼部领旨而去。

不一刻，到了兵部府。只见大门大锁，紧打了门首，无人看守。礼部命军兵用铁锤打下锁扣，一程直进五重府第。内外只存下些石台石凳，楼阁亭池，并无别物。兵士纷纷入搜。礼部信步登楼。书楼中，只见一小箧未有锁扣，打开一看，内有印一颗并书一封，乃是虎丘山古羁威来的，言已战败，今逃脱在镇江府茅山，族弟古强在此为寇，如要保存性命，可逃奔回故土，入顺此土，须要多带些金银来作饷粮更妙云云。

当时，钟景期不意搜得他印，又得古贼来通他逃走之书，不胜嗟叹："此奸贼父子同相作恶，更见死有余辜。今日不料奸谋败露，正天不容此贼！国家有幸，故一时无夺之魄也。又得知古贼逃匿之方，可一网而擒矣！"喜悦中，持了小箧并大呼军人："不用再搜了，且将小箧携回朝中，可复旨！"众下人领命，将箧子拿起。

钟礼部出了兵部府，命人将皇封条贴上，下加锁起，坐大轿一程进朝。将兵部符印呈上，又将古贼来书等并与帝观看过。明皇读毕，乃重重发怒曰："此贼父子乃万恶刁奸逆臣，文通凤凰山铁贼来劫驾，共夺朕之江山；子又通虎丘山古贼来报父仇，杀上长安。是有其父必有其子也，千刀万剐不足以尽其辜。今古贼来书邀其逃回本土镇江，投归贼党。又思此贼为患不浅，必须起兵剿灭尽，方免后患。"又喝令将裴宽吊出天牢，全家处斩。共二十人一齐了决弃市，将首级悬挂黄门以警乱臣贼子。再下旨命苏州府文武大员节度使至布政按察使，俱皆降级罚俸，以彰国法森严。

刻日旨下，苏州文武焕然一新。初来任者，固体上心，即贪员婪吏也惊惧严令。

当日，将奸贼斩讫，复旨。一班忠良臣暗喜，只有奸党李林甫、高力士见去了相

厚心腹，大是不悦矣。

此日，明皇开言曰："古贼今又投入镇江茅山合伙，只恐又生他变，卿等保何人去征？"李学士奏曰："别非其所任，仍要刘、陈是本土人，水陆山川皆稔熟，且司马与马、魏三将前经杀败此贼，今他又入茅山，又多一寇耳，不若陛下仍调梁琼玉同往，随为中军，何难了决此寇，以靖疆土？"

当时，明皇准奏，敕旨：刘、陈为正副元帅，梁琼玉为中军总管，司马瑞为前部先锋，马英为左指挥，魏明为右指挥，带兵十万；待等旨命调回西川梁琼玉节度使，然后兴兵。明皇即日发旨，命刑部王往西川宣调琼玉，领旨而去。遂又呼郭令公曰："卿家，尔回朝庆祝已终，在朝三月之久，但铜台乃大省郡，至重之邑，不可久无主事之人。只因民政纷繁，不可久留京都，早回代朕莅治方面，寄托此土，非卿不能为朕托守也。"

子仪曰："臣领旨。"

次日，带同各子拜辞圣上，别过同僚，出皇城去了。不表郭令公。

再说王刑部奉旨，一程跋涉风霜，急赶二十多天，方入西川成都府。梁琼玉闻圣旨到，大开中门，迎接进帅堂。大使宣读，梁琼玉跪接过，方知宣召回朝，领兵征剿贼事。又与刑部见礼。正要款留，王告辞先回朝复命去了。

次日，梁节度使暂托印于林庆总兵代署，刻日登程，急赶回朝。

一天，进入皇城，知会过刘芳，两相拜谢，刘芳不胜感激。及与陈升见礼，朝廷论爵自然有大小之分，但刘、陈、梁三人是师生故友，又是两相恩惠，故不拘官职。久别相逢，多少言谈。论及裴彪，皆此人陷害，父子私通盗寇云云。琼玉听毕，忿然动怒曰："原来此贼狼心狗肺，暗害多端！害得我与师三人家散人亡，陈师大小老少、夫人年轻死节，可悯也。幸得师娘逃出，在树林下生一子，已将两载，吾为师可喜。"刘芳闻产下儿，心颇欣意，复叹人心扶持之德。陈升亦叹善高义，琼玉谦逊一番。

三人叙情谈话一番，庖人早已送上上口佳筵，师生故友同席把盏、交杯知言。起辰刻欢叙，至日落西山方才散去席筵。

到次日五更三点，文武百官多在朝房候驾。顷刻，天子登殿，文武百官纷纷俯伏金阶，山呼礼毕，各无本疏奏上。单有刑部王回朝复旨，并陈奏："梁节度使刻日奉召回朝，现在午朝门候旨。"

明皇闻奏，即传旨宣召。梁琼玉步进金殿，俯伏行了君臣大礼。帝曰："召卿回

朝，协同刘、陈等往征茅山。因卿等是本土人氏，地土稔熟，易于困获，非别将可待。成功回朝，论功赏劳，以报诸卿也。须早发兵。"众臣皆称："领旨。"

此日退朝，文武各回衙。刘、陈、梁三人仍在李学士府中用过早膳，琼玉行文于兵部，刻日点齐十万精兵，户部预备足三军粮草。大小将兵俱往校场伺候。刘、陈两帅、梁节度使大总管，旗幡错杂，兵戈耀日，杀气冲贯九霄。不知兴兵何日得胜，下回分解。

第二十二回 攻茅山唐将施威 设地雷贼师取胜

诗曰：

顺天安行方常地，岂令群奸侍庙廊？

看尔横行多少日，若存清圣朝中立。

且说茅山日中聚集得喽罗兵五六万，只忧粮草不继，故不敢动兵。但向日官兵太弱，不敢惹此寇。当日，古羁威见书到了裴兵部衙，缘何不见他来投？得以继充粮饷，方能行事。他还未知裴彪父子被诛了。后本省行文，将此奸徒故宅挂了锁、皇章谕旨张挂起，方知兵部父子皆被杀。他心内预得朝廷有兵来征讨，日在山中操练军兵。古羁威酌议四山与前后左右布满火炮灰石以备应对官兵。

再说朝廷大兵，水陆行程四十余天，方入江南境土，一程直趋茅山。有探子先行报："已离茅山百里之遥。"二帅发令，就地安营扎寨。三军领令，发炮安扎大营营寨，左右前后扎围一圈，层层支帐。

此日，埋锅造膳已毕。

二位元帅升帐。众将分列两行。

先说茅山两个强盗，此日喽罗兵打听得朝廷大兵到了，于百里外安扎下大寨。当时，古强曰："哥哥，我想朝廷兵多将广，如以对敌，须设个万全之计，乃可踞守此山。"古羁威曰："他兵果多，我只守此阴山。杀下易，他杀上难，彼断难攻我。只虑军粮少些，今日且令头目先锋开兵一阵，今夜出其不意，往劫他营寨。纵不能全胜，亦挫他一阵。"

古强依允，发令点兵一万，差右寨先锋贾顺带兵杀下山讨战。

再说唐营中，司马瑞此日亦奉将令带兵一万杀往茅山。两军遇于平途，各各摆开队伍。司马瑞拍马大喝："狗盗，纳命来！"贾顺飞马，亦不答话，长枪刺去。司马大斧架开。

将兵对垒，战鼓隆隆响，震得天昏地暗。

但贾顺贼将虽不弱，然本事及不得司马将军。一连冲锋三十合，招挡大斧不住，只有招架之功，并无回手之力。只得扭转马头败走。喽罗兵正在对垒，见主将奔走，亦舍唐兵退后而逃。司马喝令兵丁追杀一阵，贼兵大败，纷纷走回山去。

司马瑞正要带兵追杀上来，及半山，只见箭如雨下，打下巨石如雨，反伤兵数百，只得退回山脚扎定，叫骂喊战。

再说贼将贾顺败上高山，退走入寨，言唐将英勇，败回。古贼惊烦，计点伤兵将及三千余。古羁威大忿，要出马。古强曰："兄长在虎丘山曾与唐将对垒多时，已领教唐将兵本事。不若待弟出马，与他见个雌雄。"羁威只得允了。

古强上马披挂，提了板门大刀，带兵一万五千，杀下山来。司马瑞大声喊杀讨战，只见山上冲下一枝军马，为首一员紫膛面色少年贼将，催开红鬃赤兔马，呼喝大刀打来。司马大斧架开，两相冲锋，二将一连杀了百十合，未分胜败。唐兵喽罗接刀交加混战，但二将杀个对手，不分上下；你我不舍，又战斗八十多合。已是天色晚了，只得两下收兵。一回营，一归山。

司马瑞回营，将初杀败贼将一员、伤他数千贼兵，正要趁势杀上山，当不得箭如点雨、飞打巨石伤兵，只得退后骂战；后有贼将杀来对敌，胜负未分，天色已晚，故两收兵回禀，三帅曰："将军头功取胜，交兵劳力，且往后营安息，明日再破他。"司马瑞应允，往后营去了。

再说古强回山寨，对兄长曰："唐将果然英雄，弟只抵敌不住，如之奈何？"羁威曰："想来唐将文士，多谋计深，未必劫得他大营，但他兵将众多，我山兵少。吾有一计，且令头目带兵五千下山，前往敌营前一百里之外，不分日夜布散暗埋藏下地雷火炮烟硝之物，引线之火，一路相连，他兵一到，定然不知，一践踏着火线一物，自然烧焚起，地雷火炮一响，军兵多要烧死。所有近处山坑之水，尽放毒药冲出，待他汲水做食，又能毒死他军。是不费军力，强如与斗战。"

古强曰："兄长妙算不差。"不表贼营设计。

原来，唐兵初一到，刘、陈俩即已令下众军兵，不许汲引坑溪堑水，犹恐敌人放毒物、暗算计，须要另开沟水，方可取用。三军遵令，是以不中毒水之害。

到次日，三帅升帐。有司马瑞上前曰："昨天只因天色昏晚，是以收兵，未能擒得贼将，今小将仍要出马擒他抑或斩灭贼人，可能立功。"梁琼玉亦要开兵出战，于是各将带兵一万二千五百人，分前后队而出。适司马瑞一军先出，直杀至茅山下骂敌。

古强带兵二万复出。两将对敌，兵丁对垒。好一场厮杀。

当时，古贼用了地雷火炮计谋，一连战了八十回合，古强一想："唐将果然英雄难敌。且引他进山，有炮火伤他。"想定主意，便回马诈败而跑。司马瑞大喝："贼人休走！"拍马追上山来。

顷刻中，喽罗亦退。唐兵随主将追上。当时，不见箭石打射，唐将兵放心追杀，岂知正是贼人引敌之计？故不放箭石。当此古强逃走至半山，司马瑞只顾带兵追杀贼人，讵料众兵未至山腰，不知他布定暗记号火线，足一触动，却被地雷火炮轰天响亮，满山火透。吓得司马瑞胆战心惊，方知中计。不及跑下山，被火烧着，连身上都着了，急忙卸下盔甲，没命的跑走下山脚。一万兵在后者不能逃下山，一半多烧死，三四千余被炮火烧伤。伤的唐兵方逃下山，在山左右羁威带兵拦截住，只得再战，幸得梁琼玉后队带兵接应，挡拒古羁威大战，兵丁交战。

贼将贾顺拍马助战，却被司马瑞大斧劈于刀下。古羁威看见一惊，贼兵阵脚渐渐松移，倒被唐兵奋勇而进。贼兵已散，古羁威料难取胜，亦拍马奔逃上山，大喝兵丁退去。唐兵一路追杀，败中反胜。贼兵战死五六千名。

但琼玉见贼人败走，不敢追赶上山，只恐蹈他地雷炮火，与司马合同收兵回营。

刘、陈二帅闻知，也觉骇然。令司马瑞下去安息。只因受火气所伤，待数天火毒方出。受火伤千余军士亦然安养。众人设计攻山。

复说古贼两人见唐兵不赶上山，只得招集回喽罗兵。虽烧死唐兵数千，但被他后军接应，败中反胜，亦伤兵整千。二人酌议，只得四山多加地雷火炮以防唐兵暗来攻击。

当晚，唐军众将酌议设计攻破山寨。有魏明曰："元帅，以某想来，他的茅山高峻险广，四围俱有地雷火炮，难以将兵杀上攻破。不若将十万人马分开，山之前后左右，重重围困，使水泄不通，待他粮草自绝，自然内乱。谅他插翅难飞也！"

刘芳曰："若此经年累月难下，何日成功班师？今不知贼寨中有无多少粮草屯积？少则易困守，他粮足则困守无期矣！"

马英曰："不若今三更时候尽起大兵，分四面拥上茅山，放火打炮，焚其寨栅，或可一鼓而擒，未知如何？"

陈升曰："不可！仍受他地雷炮火之患也。"琼玉曰："如此何日可破得地雷炮火？"

刘芳曰："他四面俱有地雷炮火，一触其火线，即满山火焰，枉伤军兵耳！不免待下官制造水车八百架，前后左右，每方二百架，水一灌进，即带兵车上他山，也不惧其火矣！此以水克火，方得成功。"

众将听了，多言："主帅妙用。但水车之图式要元帅发式。"刘芳曰："此作式何难?"

　　当日，两军停战。月余水车方能赶办造成。但古贼自知兵单将少，不敢来挑战。一连三十余天，不见唐将兵来讨战，不知何意？想必他畏惧吾地雷火炮，不敢来攻击，故围困我兵绝粮，以待我们自乱耳！不知唐将如何攻山，下回分解。

第二十三回　破贼巢因功赉赏　封将士大会团圆

诗曰：

天命难违信不诬，贼徒枉自逞奸豪。

罪盈满贯雷畏日，远志高飞曷可逃？

当下，古强言唐将因绝吾粮草，故不来讨战云云，料他必将雄兵围困四山，岂知唐将赶造水车来剿灭他山？刘帅在内营发式，令工匠制造，古贼二人哪里打听得出？果将四旬之久，唐营中制造水车足八百架。

此夕，三帅发大小三军。中将营中，刘、陈二帅留兵三百守营而已。梁琼玉领水车二百架，带兵二万三千，攻入前寨；司马瑞领水车二百架，带兵二万三千攻入后寨；又点魏明领水车二百架，带兵二万三千攻入左寨；复差马英领水车二百架，带兵二万三千攻入右寨。是分料已定，候至二更终，唐兵分四路登上高山，九万余众人，水车先推上。

只见地雷响亮，火势焰光，却被水车运上，军士将车轨扣一放，水势漂飞，有若山崩水涌，冲得波浪高扬，从上下流，水灌透山，火焰不发。唐兵复放火将他四方寨栅门焚烧起，火炮连天轰响，打进大寨，门打踢了，喧哗杀入。古强二贼方知。黑暗中喽罗大惊四散，哪里拿得兵刃相斗？众头目皆奔，各不能相顾，贼兵被杀不少，黑夜仆跌踏死倍多。

古羁威一慌之际，寻不得大刀，只得拔腰刀，又无马在旁，跑出前营，正遇着梁琼玉。梁琼玉大喝："贼徒，哪里走？"双鞭打下。羁威腰刀哪里架得住打？琼玉复一鞭，头已打烂碎了。

又有唐兵四边追杀，直至攻入大寨。火焰已焚，贼人又多烧死的。只后寨逃出贼首古强，亦无兵刃，只顾逃出，又遇司马瑞大喝："贼徒，今休思活了！"大刀一下，打为两段，仆跌于地，鲜血淋漓。可叹二贼强占扰害十年光景，今日尸横山坡，足惩强横之罪。但还连及多少无辜之命一同偿之耳！

当夕，一直杀戮至天明。不见一兵一贼，只尸骸满山。琼玉等收兵焚寨。余火未熄，琼玉吩咐掘野林将各尸草草掩埋过，全胜带兵而回。

一到营中，申言得胜剿灭各贼寇之由，刘、陈二帅大悦曰："总藉圣上洪福，得除逆寇，又得列位将军劳力于沙场之功也。"众将曰："今之成功，皆元帅水车破贼地雷火炮，方得贼人尽歼灭，吾等何功之有？"刘芳谦逊，正将帅两相谦议之德。

是日，三帅吩咐大排酒筵，割猪烹牛羊，大加犒赏大小三军，营中内各同畅叙乐饮。三帅及众将在中营把盏，各相劝酬、行酒令的兴闹。此日只因将茅山诸贼灭尽，大小三军不妨叙饮多些，以赏征役劳苦；是诸行军将帅体恤将兵之有心事。

当时叙酒间，刘芳对陈升、琼玉曰："今幸出兵，仅及一载，藉圣上威福，众军主力，贼徒得早扑灭，亦清除外患之状也。"陈升未及答言，适琼玉嗟叹一声曰："今日外患虽除，只忧内患。更有甚者，近圣上晚年，春秋既高，内有李林甫、杨国忠用事，贤良正士尽逐贬；外有安禄山进封东平郡王、职管三大镇，兵势权大，观此外患崇朝又立至，无奈圣上不醒悟禄山之凶与林甫之恶！亦国之不幸，不得平宁也。"

二帅众将闻言，皆点头嗟叹以为恨。陈升曰："当初，宋、韩休、张九龄在朝，进用时贤，政令焕然一新，有唐初太宗先皇政治。奈何当今用贤人不有共终尽皆废，而李、杨进国事焉得不坏乎？只我等叨蒙圣上一时恩遇，只有各尽其心，以称其职耳。"众人皆点头称是。

此日宴饮，自辰时至未刻，方才叙毕。用过餐膳，三帅又酌议择选吉日班师回朝。是一天，期到了，吩咐带兵拔寨登程。自然，苏州府又有文武大小官员相送，出城十里，望不见旗幡影映，文武官方各各回衙。不表江南镇江府茅山贼寇平宁。

再说刘芳三帅大兵，一路涉水登山，奏凯旋师。所过各镇境土府州郡县各班文武官，水陆相送。一连四十余天，方得到了长安大都。一进了皇城，早已散朝，此日午矣。只得屯扎军兵，将兵马附与兵部管理；粮饷附与户部暂贮公所官仓。只众将在朝房等候次早面君。

暂宿一宵。

五更早设朝，百官入觐。皇门官进内殿奏知："三帅征胜茅山班师，现在午朝门外候旨。"唐天子闻奏，大喜，急忙传旨众将进殿。众将一至金阶，俯伏朝参拜贺。天子喜色扬扬曰："众卿免礼平身。"又问征伐山寇之由。三帅曰："藉圣上天威，贼人合伙不半载得以尽皆剿灭。"将前后争战之事一一陈奏明。

天子羡美刘芳用智、众将兵效力，用水车破地雷火炮方得歼灭强徒，其功非小。

进封刘芳为河南节度使之职，兼督全省文武、提调军务，兼理粮饷水陆事务、镇边大臣。刘芳当初被裴彪计害，夫妻分散，至今不觉五载。此日谢主加恩赐爵，又陈奏："前日得灾难，得恩义门生梁琼玉救出臣妻，今带同往赴任服侍，恩义兼优，微臣感德，求陛下降旨召回与臣赴任，深感天恩，得以夫妻父子叙会也。"明皇准奏，同赴任所。复封诰正二品夫人以奖贞静烈德，刘芳欣然谢主。

又进封陈升征寇同功，敕赐山东都察院之职，妻诰封正二品夫人，随同赴任。陈升又上奏曰："君皇，微臣故妻潘氏亦因裴彪计害，赵总兵围宅，妻自尽节，撞死梁栋，现今续弦徐氏，乃反周为唐英国公之后、徐孝德之子徐芳昭女也。早已家居不仕，还恳皇上念他祖徐懋功是开国之臣，他父孝德复唐有功，召回朝廷，授以一职，正见国恩恤念功臣之后也。且他二子已钦点入翰苑、两榜标名了。"明皇亦准奏。阴封潘氏为芳烈夫人，赐拨公田三千亩，每岁春秋享祭以纪贞烈流芳。又准奏："念恤开国功臣之后徐芳昭，于先皇即位之初，即告疾旋归，未经起复。朕继接后亦国务纷纷，却忘怀了。此功臣之后，三十余秋。今差官旨下江南，宣调他回朝，保却兵部之职。"陈升喜悦谢恩。

明皇又进封司马瑞随征山寇，汗马战功不小，敕赐河南总兵兼督水陆军务事情，妻徐氏二品夫人，随同赴任。

马英、魏明亦乃开国功臣之后，今复随征山寇有功于国，进封马英为河南归德府参将，妻诰封三品夫人；进封魏明为汝宁府参将，妻诰封三品恭人。

惟唐世外镇大员节度使乃至重文武之职，总握全省军务，至此职无以复加，故梁琼玉虽则征伐剿寇有功，仍不能加职。但厚赏赍赐，每月加俸而已。

当日，封赠各职已毕，赐赏宴筵，君臣共乐一番。宴罢，正要退朝，午朝门皇门官入报奏上："有一红面道人，自称先皇祖考时谢映登，要求见驾，未知准见否？请陛下定夺。"明皇一想："先皇祖考时果已久闻谢映登之名，但他入道已久，今来见朕，料必有因。"传旨请见。

一刻，谢仙履步而入，一见帝，稽首曰："贫道山野人见驾。"帝曰："大仙师，休得拘礼！尔乃先辈入道之士，久脱世外烟霞，今来见朕，有何赐教指示？"谢仙曰："贫道山野人，本不敢轻到金銮殿见驾，只陈大人前者得吕仙师赠赐莲子瓶之宝，今已成功，不用此宝矣，且交往吕仙师。故贫道特至金銮殿领回交他。"

陈升闻言，取出香囊，将宝瓶交回。惟明皇不知其故，问及来由，陈升将先师吕纯阳前赐宝瓶、又保性命、脱祸殃，又救活刘芳被知府夹死回生篇云云。帝也惊异：

"看不出，一个瓦瓶有此起死回生之妙，并能脱解兵戈之厄，此必仙家妙用之宝！"

看毕，交回。谢仙收入囊中，拜辞圣驾。明皇挽留谢仙，谢仙辞曰："山野僻性，净归山岛，陛下不必留也。"众臣送出阶下，谢仙向帝一拱手，大袖一展，凌空驾去，冉冉而升。众人多称奇异。得逢一活世仙翁是人人罕见的。

原来，唐明皇平素信重神仙，当日羡慕之，晚年僻性加敬。信史上亦陈及之。

当日，各将士受封之日，各往赴任。但刘芳一连在京等候一月，颜氏回朝，谢过主恩，夫妻父子相会，悲中而喜怀腹子刘松长成五岁之年。

后来，刘、梁、陈三姓联婚，世好结谊，厚爱情深，往来不绝。即司马、魏、马、白、高五人亦不失为通家世好。

此书是刘、陈、梁三贤因灾得贵，书中俱已详结。其时乃玄宗帝唐明皇天宝庚辰二年事迹。即今陈升荐徐芳昭于朝受职诸端，此书也先交代。当此时，与安禄山同时，下书又有续笔，至安禄山叛乱、唐明皇出幸西蜀、复回唐天下，而有郭子仪大功、李光弼为次功。看官欲追此事，不日已有刊行矣。

梦中缘

[清]李修竹 撰

第一回 得奇梦遣子游南国
重诗才开馆请西宾

> 莫道姻缘无定数，梦里姻缘也是天成就。任教南北如飘絮，风流到底他消受。才子名声盈宇宙，一吐惊人谁不生钦慕。怀奇到处皆能售，投机岂在亲合故。
>
> ——《蝶恋花》

话说明朝正德年间，山东青州府益都县有一人，姓吴名珏字双玉，别号瑰庵。原是个拔贡出身，做了两任教职就不爱做官，告了老，退家闲居。夫人刘氏生二子，长子叫做潘美。也是个在学诸生，娶妻宋氏。因上年赵风子作乱，潘美被贼伤害，宋氏亦掳去无踪。次子叫做麟美，取字瑞生。这瑞生生的美如冠玉，才气凌云，真个胸罗二酉，学富五车，不论时文古文，长篇短篇，诗词歌赋，一题到手，皆可倚马立就。他父亲因他有这等才情，十分钟爱。要择位才貌兼全的女子配他，所以瑞生年近二九，虽游泮生香，未曾与他纳室，这也不在话下。单说吴瑰庵，为人孤介清高，酷好静雅，不乐与俗人交接。只有他邻居一位高士，叫做山鹤野人，最称莫逆。瑰庵就在自己宅后起了一所园林，十分清幽。作了一篇长短古风，单道他园林好处与他生平的志趣。

诗曰：

> 小小园，疏疏树，近有竹阴，旁有花砌。几有琴，架有史，琴以怡情，史以广记。榻常悬，门常闭，闷则闲行，困则眠睡。不较非，不争是，荣不关心，辱不介意。俯不怍，仰不愧，睥睨乾坤，浮云富贵。酒不辞，肉不忌，命则凭天，性则由自。也不衫，也不履，海外闲鹤，山中野雉。朝如是，夕如是，悠哉游哉，别有天地。

他这园中正中，结一茅屋，屋前开一鱼池。一日，瑰庵坐在池边，观玩多时，不觉困倦上来，朦朦胧胧见一位苍颜白发宽袍大袖的老者，一步一步走入园中，瑰庵一时想不出是哪个，只得慌忙离座，迎入斋中。行了礼，分宾主坐定。瑰庵开言问道："老夫不知何处识荆，一时忘记。敢问高名贵姓，今辱临敝园，有何见教？"那老者道：

中国禁书文库

梦中缘

"在下原无姓名。今造贵园不为别事，专来为令郎提一亲事。"瑰庵道："多承美意。但不知所提亲事还是哪家？"那老者道："我有一小贴，就是令郎的岳丈。"说着话，即从袖中取出一个红封小贴，递与吴瑰庵道："令郎一生佳遇，这个贴儿内注的明白。千万留心。"吴瑰庵接贴在手，才待拆看，那老者一把扯住，大喝道："且不要拆，跟我往江西去发配走一遭。"吴瑰庵抬头一看，呀，却不是那个老者，乃是一个三头六臂、青脸红发的鬼怪。瑰庵吃了一惊，往后一跌，失声叫道："不好！有鬼，有鬼。"忽然惊觉，乃是南柯一梦。定一定神，看了看手中，果然拿着一贴，瑰庵大以为奇，忙转入斋中，将贴拆开一看，那贴上有四句言语道：

> 仙子生南国，梅花女是亲。
> 三明共两暗，俱属五行人。

　　吴瑰庵得帖子上言语，念了又念，思了又思，终不解其中意味。忙把帖收入袖中，转到家里，对夫人道："我适在园中观看池鱼，忽然困倦，恍恍惚惚做了一梦，甚是奇怪。"夫人问道："相公做的梦怎样奇怪？"瑰庵遂将梦中所见的老者，与那老者提亲之言、赐贴之事，及醒来果有一贴，从头述了一遍。夫人听了，道："此梦果是奇怪。那贴子上是甚么言语？"吴瑰庵又把那贴子上言语，念了一遍与夫人听。夫人道："这般言语，怎么样讲解？"瑰庵道："起初我也解将不来。如今仔细看来，他说'仙子生南国'，这是孩儿的姻事在南方无疑了；又说'梅花女是亲'，料想有女名梅花者，即孩儿之佳偶也。独'三明共两暗'这一句含糊，不能强解。末句'俱属五行人'，盖言人生婚姻皆是五行注定，不可强求，也不可推却。但他后来大喝一声，要我跟他往江西走一遭去，却不知是甚么缘故。"夫人听了道："后段话且不必论。今据贴子上言语，我孩儿婚事是有准的了。况你平日有志要择一个才貌兼全的女子配他，我想北方那有这等女子，今幸上天指引，何不趁此机会，令他往南方一游，去就这段姻缘。"吴瑰庵道："我来与你商量，就是这个主意。但他年纪还轻，不甚练达老成。若把这个原故明白说与他知道，未免分他读书之志。且到外边沾惹风波，亦甚可虞。"夫人道："若着他去，这个原故自然不可明告他。只教他在外寻师访友，以游学为名。既是天配的姻缘，到那里自然不期而遇。"吴瑰庵道："夫人所言甚是有理，我就依此而行。"到了次日，令人去书房唤吴瑞生来，教他道："孩儿，你参参曾闻：瑶华不琢，则耀夜之影不发；丹锷不淬，则纯钩之劲不就。故气质须观摩而成，德业赖师友而进。昔太史公南

游嵩华，北游崆峒，遍历天下，归而学问大进。你今咄咄书斋，独守一经，孤陋寡闻，学问何由进益，常闻南方山明水秀，实为人才之薮。我的意思，令你至彼一游。倘到那边得遇名人指教，受他的切磋琢磨，长你的文章学业，他日功名有成，也不枉我期望你一番。"吴瑞生道："父亲此言固是爱子之心。但念爹娘年老，举动需人。孩儿远离膝下，游学外方，晨昏之间，谁人定省。儿虽不肖，如何放的心下。今日之事，教孩儿实难从命。"吴瑰庵道："你为人子的，自是这般话说。但我为父亲的，只以远大期你。你若不能大成，就朝夕在我左右，算不的是养亲之志。况我与你母亲年纪尚未十分衰残，且家计颇饶，也不缺我日用。这都用不着你挂心。我为父的立意已定，断断不可违我。"吴瑞生还待推辞，他母亲在旁劝道："我儿，你岂不闻为人子的以从命为孝乎？你爹爹既命你出去，不过教你寻师取友，望你长进，有甚难为处。你若左推右却，调便是逆亲之志了。"只这一句话，说的吴瑞生不敢言语，始应承道："谨遵爹爹之严命。"吴瑰庵遂叫人拿过历书一看，说道："今日九月初三。初六日是个黄道吉日，最利起行。你且去收拾琴剑书箱与随身的行李，安排完备，好到临期起程。"

闲话少叙，到了初六日，吴瑞生未明起来，将盘费行囊打点停当，用了早饭。他父母唤了两个小厮，一个叫做书童，一个叫做琴童，随行服侍。吴瑞生拜别已毕，他父母俱送至大门。这一去，虽然不比死别，但父子之间，也未免各带几分酸楚，只是不好掉下泪来。正是：

丈夫虽有泪，不洒别离间。

且不题他父母在家专望儿子的好音。单说吴瑞生俟他父母回宅，自己乘了马，着琴童挑了琴剑，书童挑了书箱，由大路往南而行。行了数里，吴瑞生在马上想道："今日爹爹命我游学南方，我想南方胜地，惟有两浙称最。何不先到杭州观西湖胜概，也不枉我出游一遭。"拿定主意，遂问了浙江路程，在路上风餐露宿，夜住晓行。十余日，到了吴兴。这吴兴就临大江，上了船，乘着顺风，不消一月，早到杭州地界。主仆下了船，又行了数日，才来到城中。吴瑞生四下一望，果然好个繁华去处。有柳耆卿《望海潮》一词为证，词曰：

东南形胜，三吴都会，钱塘自古繁华。烟柳画桥，风帘翠幕，参差十万人家。云树绕堤沙，怒涛卷霜雪，天堑无涯。户盈罗绮，市列珠玑，竞豪奢。重湖叠清

佳，有三秋桂子，十里荷花。羌管弄晴，菱歌泛夜，嬉嬉钓叟莲娃。千骑拥高牙，乘醉听萧鼓，吟赏烟霞。异日图将好景，归去凤池夸。

主仆三人寻了一个大店，暂把行李歇下。次日起来，吴瑞生分付琴童、书童道："此处冲要，人烟辏集，不可久住。你两人出去与我另寻一处寓所，好攻习史书。只要幽静清雅方好。"琴童、书童领命而去。穿街过巷，也到了十余个寓所，俱看不中意。转弯抹角，忽到一处，与别处风景大不相同。二人看罢多时，说道："此处料中我家相公之意。不用再往别处去寻了。"访问邻近居人，方知是天坛。二人遂看了一个极清雅的庵观，请出主持观主来。通了名姓乡贯，将吴瑞生假寓读书的话说了。那观主慨然应允。他两个转回旧寓，回了吴瑞生话。遂即打发了店钱，搬了行李，一直往天坛而来。到了天坛，吴瑞生一望，果然清幽。但见：

　　局面宽阔，地势高阜。松竹掩映，殿阁参差。东望浙江，潮气遥侵湿苔径；南望雷峰，日色返照映玻璃；西望苏堤，长虹一溜青蛇走；北望龙井，寒光数道碧云飞。真有蓬瀛仙岛之风，绝无市井尘嚣之气。

吴瑞生看了，喜之不胜。遂拜了观主。观主献茶毕，又领着吴瑞生拣择下榻之处。吴瑞生见三清殿西有草堂一座，三面俱是花墙，墙外有蘘竹披拂，墙内摆着几盆花草。入堂一看，匾额上题着"鹤来轩"三字，甚是幽雅。吴瑞生看的中意，就在此处安下行李。静时温习经史，闷时与观主清谈，闲时出门游玩山水。

住了月余，遂缔结了城中两个名士：一位姓郑名潜字汉源。一位姓赵名庄字肃斋。都是钱塘县禀膳秀士，二人俱拜在金御史门下，认为课师。这金御史就是杭州府人，讳星字北斗，由进士出身，历任做到都察院右佥都。正德四年，为刘瑾专权，金御史把他参了一本，触怒了邪党，遂为群下所挤，不容在朝。因此休秩回籍。夫人黄氏，乃江西尚书之女，生一子一女。子名金洞，年方一十五岁。女名翠娟，年方一十六岁。金洞为士林之秀，还未娶妻。翠娟为闺门之英，亦未受聘。金御史夫妇二人甚是爱惜。这金御史因休秩家居，凡事小心，闭门谢客，全不与外人往来。只有赵、郑二生是他课徒，又极相契，或金御史请来相叙，或二人自往拜谒，诗酒之外，绝不言及国家时事。一日，赵、郑二生投见金御史，请至书房，作了揖坐定，金御史道："二位贤契许久不见，老夫甚觉渴想。"赵、郑二生道："连日为俗冗所羁，未得候问老师。违教多

矣，有罪，有罪。"金御史道："多日不曾领教，二位近来有甚佳作，肯赐与老夫一览否？"赵、郑二生道："今日门生此来，一则问候老师，二则求老师出几个诗题，待门生拿去做完，然后送与老师评阅。"金御史道："此时已有个现成题目了。昨舍下有人从京师来，说圣上筵宴百官，赐了一个诗题，限定首尾，着众官立刻献诗。可笑合朝文武俱做将不来，可谓当场出丑，贤契既要做诗，何不将圣上出的那个题目做一做。"赵、郑二生听了道："如此甚好，请求题目一看。"金御史遂令书司将诗题拿来二人展看。看时，见题是"闺忆"，首字限的是"雨丝风片，烟波画船"，韵限的是"溪西鸡齐啼。"二人看完说道："此题委是难做。怪不得在朝众老先生搁笔。门生既承老师之命，少不得也要勉强献丑。"说罢，各把诗题誊了。吃了几盏茶，遂别了金御史出门。走了几步，赵肃斋道："郑兄，你道此题之难，难在何处？"郑汉源道："只这'风片'二字，便是此题之难处。风乃实字，片乃虚字，以虚对实，如何凑的工巧。"赵肃斋道："吾以此题棘手处，就在这两个字上。昨日咱结拜的吴兄，他自夸诗才无有敌手，却未尝见他题咏。到明日，何不把这个题目带去，也求他做一首。"郑汉源道："吾兄所见甚妙。到明日，不可空去访他。待我安排一付盒酒，携到那里，先和他痛饮一番。有才的人，酒兴既动，诗兴自动。然后拿出题来做诗，省得到临时大家推三阻四。"赵肃斋道："如此愈觉有趣。"二人说着话，天色已晚，各人分路归家。

　　到了次日，郑汉源安排一个盒酒着小厮担了，随邀着赵肃斋一同到了吴瑞生寓处。吴瑞生迎着道："二位狠心，连日不到敝寓，教小弟生生盼死，生生闷死。"赵、郑二人道："这几日，因有俗事累身，未得过访。幸今日稍得清闲，俺二人具了一付盒酒，特来与兄痛饮一醉，以作竟日之谈。"吴瑞生谢道："今承赐访，已觉幸出望外。又蒙携酒惠临，何以克当。"赵、郑二人道："兄说那里话。吾辈一言投契，自当磊磊落落，忘形相与。一盏之微，何足致意。"三人一面说着话，一面使琴童筛酒，又移了一张漆红小桌，安放在湖山之前，竹荫之下。三人坐定，饮了几盏，吴瑞生道："弟乃山左无名之士，游学贵省，蒙兄不弃，结为同盟。自承教以来，使小弟茅塞顿开，诚可谓三生有缘。"郑汉源道："兄处圣人之乡，弟等乃东越鄙人，焉能及兄之万一。自今以后，还要求吾兄指迷，兄何言之太谦。"赵肃斋道："今吾三人投契，诚非偶然。然知己会聚，亦不可空饮归去。昔李白斗酒诗百篇，至今传为佳话。今既有酒，岂可无诗。吴兄胸罗锦绣，口吐珠玑，弟欲领教久矣。兄如不吝，肯赐金玉，弟亦步韵效颦，以继李白桃李园之会何如？"吴瑞生此时酒亦半酣，诗兴勃勃，及闻赵肃斋之言，遂拍手大笑道："逢场作戏，遇景题诗，是吾辈极洒落事。兄言及此，深合鄙意，请兄速速命题。"郑汉源道:"若欲作诗,也不用另出题目,有个现成题目在此。"赵肃斋故意问道:"题在何处?"郑汉源遂将圣上出的那个题目说了一遍,道:"此便是极好的题目了,何必另出。"吴瑞生道:"如此更妙。弟还有一言告白,今日作诗,必须立个法令,限定时刻。今日弟既为主,法令少不得自弟立起。作诗时着琴童外面击鼓,令价传酒,书童催酒,只以三杯为度,酒报完,诗必报完。如酒完,诗不成,罚依金谷酒数。"赵、郑二人道:"谨遵大将军之令。"吴瑞生遂取了三个锦笺,每人一个。又添了两张小几,各自分坐,将墨磨浓,笔醮饱,法令传动。但见击鼓的击鼓,传酒的传酒,催酒的催酒。赵、郑二人诗草是夜间打就的,只有写的工夫。吴瑞生虽是临时剪裁,怎当他才思敏捷,也不假思索,也不用琢磨,真个是意到笔随,酒未报完,诗已告成。随后,赵、郑二人诗亦报完。三人俱将诗合在一处,但见赵肃斋诗曰:

> 雨余天半水平溪,丝挂疏桐影罩西。
> 风断不来秋后雁,片心独恨午前鸡。
> 烟笼绣榻妾居陇,波送孤舟郎去齐。
> 画阁春残栅久凭,船空水静惟鸥啼。

郑汉源诗曰:

> 雨过平桥洒碧溪,丝丝渐到小窗西。
> 风流豪俊轻边马,片段年光付晓鸡。
> 烟隔雁行怜信断,波摇鸳侣恨声齐。
> 画栏倚遍难消遣,船泊湖心听鸟啼。

吴瑞生诗曰:

> 雨歇天空月满溪,丝牵魂梦到辽西。
> 风情月意惟凭鲤,片雨只云只厌鸡。
> 烟锁春山容易老,波凝秋水寐难齐。
> 画眉人去妆台冷,船上孤嫠只共啼。

大家将诗看完，彼此相称誉了一回，又重整杯酌，饮至天晚，言才散去。

到了次日，郑汉源起来，用了早饭，一直到了赵肃斋家，见了赵肃斋道："瑞生才情果然不虚，且不说他诗词工美，只他那管迅快之笔，真令人难及。"赵肃斋道："咱二人打了一夜诗草，写出来还拜他下风。这等才人，怎不使人敬服。"郑汉源道："你我的诗，少不得呈于金公去看。不如连吴瑞生这一首也写出来，一同送去，着金公评评，看是如何。"赵肃斋道："这也使得。"于是将三首诗誊好，诗下俱系了姓名。同到了金御史宅上，见了金御史，将诗呈上，说道："昨承老师之命，不敢有违。诗虽做成，只是词意鄙俚，不堪入目。"金御史将诗笺展开，细细阅了一遍。阅完评道："肃斋此诗大势可观，但首二句入题微嫌宽缓，且'风断'、'片心'对的亦不甚工巧。第五句亦觉哑噱，还不为全璧。汉源这一首较肃斋作俊逸风流。但'片段年光'对'风流豪俊'，亦失之稚弱。独后一联，深得诗人风致。还不如吴麟美这一首，起句起得惊逸，次句便紧紧扣题，不肯使之浮泛。且'风情月意'、'片雨只云'，又确又切，又工致，又现成。至于'烟锁春山'、'波凝秋水'，关合题意，有情有景，又有蜻蜓点水之妙。即至收锁，亦无泛笔。此等之作，真不愧一代人才。但不知吴麟美此人为谁。"赵、郑二人道："老师眼力可谓衡鉴甚精。这吴麟美不是此处人氏，他藉系山东，游学至此。年少风流，倜傥不群。门生与他结为同社，昨日与他饮酒赋诗，见他不假思索，八言立就，门生甚自愧服。今老师一见其诗，便叹为才人。真所谓头角未成先识尘埃之宰相也。"金御史道："有士如此，岂可当面错过。吾家缺一西宾，久欲孰请一人，教训小儿。奈杭州城中无真正名士。今吴生有此奇才，正堪为吾儿之师。吾欲借重二位代吾奉恳。他若肯屈就于此，我这里束礼自是从厚。但只是动劳二位，于心不安。"赵、郑二人道："门生久叨老师之惠，愧无报补，今有此命，愿效犬马。"金御史道："倘吴生俞允，还望二位早示回音，老夫好投贴去拜。"赵、郑二人道："这个自然，不须老师嘱咐。"二人遂别了金御史，到了吴瑞生寓中，将金御史之言说了一遍。吴瑞生原为寻师访友而来，况金御史文是一时名家，有甚不肯。所以赵、郑二人全不费力，一说便成。二人回了金御史话，金御史即打轿往拜。随后行过聘礼，择定吉日上学。至日，金御史又设席款待，还请了赵、郑二位相陪，将宅后一座园子做了吴瑞生的书舍，琴童、书童亦各有安置。但不知吴瑞生后来的奇遇果是何如，且看下回分解。

第二回　九里松吴郎刮目
十锦塘荡子留心

西子湖头春过半，不料寻春惹起怀春怨。相逢无语肠空断，那堪临去频频盼。好事从来难惬愿，一树娇花几被风吹散。多情何故眉颦，暗中恐有人偷算。

——《蝶恋花》

话说吴瑞生受了金御史西席之托，宾主之间相处甚得。一日，吴瑞生方与金洞做完功课，琴童忽报：郑相公来访，吴瑞生慌忙出门迎接入坐。说道："弟自入学以后，兄台绝不来顾盼小弟，独不念闷杀读书客乎？"郑汉源道："非是小弟不来奉访，但今非昔比，如今兄有责任，弟乃闲人，怎好屡来搅乱。"吴瑞生道："兄太滞了。吾辈相处，岂拘形迹。况同为读书朋友，一言一动，皆足为益，何搅乱之有。以后还望吾兄不时常来为小弟开释闷怀。"郑汉源道："难得兄不避搅乱，弟亦何惜脚步。"说着话，书童捧茶至，郑汉源饮了一杯茶，又说道："弟今日一来是望兄，二来还有一事奉邀。"吴瑞生道："有何事见教？"郑汉源道："明日三月初十日，是清明佳节。我杭州风俗，最兴清明湖上游春，士女车马并集，是第一大观。弟与赵兄已出分资，着人湖上安排盒酒，欲邀兄一游。待着小价来请，又恐兄为东主西宾之分所拘，不肯出去。此赵兄特委弟亲来口达，乞明晨早到舍下用饭就是。马匹亦是小弟预备，望吾兄万勿推却。"吴瑞生道："此乃极妙之事，自弟来到贵府，久欲观西湖胜概，奈无人指引。今吾兄既肯携带，正深慰所愿，弟焉敢违命。但游春之费是大家公分，不然空手取扰，于心何安。"郑汉源道："我辈相与，何必计此区区。"说罢，又饮了一杯茶，方才起身告别。吴瑞生送至大门外还未归舍，郑汉源又转回叫道："吴兄留步，弟还有一句话要说，几乎忘记了。明日游春，有江南如白李兄，也是一位朋友，亦与同事。因兄与他未曾会过，故先告明，到舍下好相叙。"吴瑞生道："太细心了。四海皆兄弟，况是朋友，何论生熟。又烦兄谆谆于此。"郑汉源道："分外生客，不得不先说明。"说完这句话，方才一揖而去。

到了次日，吴瑞生未明早起，梳洗完了，又放了金洞的学，方领着琴童、书童一直到了郑汉源家门首。门上人通报了，郑汉源迎入客舍，见赵肃斋、李如白俱已在座，

大家出席，作了揖。吴瑞生问郑汉源道："此位就是如白李兄么?"郑汉源道："正是。"吴瑞生又一揖道："夜来与郑兄在敝斋闲叙，方闻李兄大名，今幸识荆，容日奉拜。"李如白道："久闻吴兄才名，如雷灌耳，意欲到贵斋一叩。奈弟是投亲至此，与金公素无相识，不便登门，故未造谒，望吴兄宽谅。"吴瑞生又待开言，赵肃斋拦住道："二位且不必多行套言，误了正事，大家坐了再说。李兄年长即坐首座，次座是吴兄的，弟与主人两边打横。时刻有限，不必逊让。"郑汉源道："赵兄行事爽利，真乃妙人。"各自坐定。郑汉源分付人一面斟茶，又分付后边请烛堆琼出来侑酒。不一时，果见一位美人走近席前，十分标致。但见：

> 两鬓绿云铺，锦簇簇珠满头，丁香纽结芙蓉扣。眉湾似月钩，目清疑水流，樱桃一颗肥脂，透体娇柔。金莲细小，行动倩人扶。

堆琼走近席前，朝上叩拜。各问了大姓万福毕，遂坐在席前。吴瑞生偷眼一看，见他眉细而长，眼光而溜，娇娆之中，仍具庄雅，端凝之内，更饶丰致，便知不是俗妓，对众人夸道："堆琼丰神绰约，秀色撩人。尘埃之中，有此异品，令我见之，恍然如遇仙中人也。"堆琼道："妾乃蒲柳省质，烟花陋品。得侑酒席前，邀光多矣，何堪垂青。"吴瑞生见堆琼手中拿着一柄金扇，借来一看，却是一把洒金素扇。说道："此扇何为没有题咏?"众人道："堆琼，何不就求一挥?"堆琼道："怎敢动劳大笔!"吴瑞生道："情愿献丑。"遂令人取过笔砚，题了一首七言律诗。写完，众人拿去一看，那诗是：

> 疑是仙妹被谪来，喜逢笑口共衔杯。
> 鬓妆堕马云环乱，莲步乘鸾月影开。
> 着意浓浓还淡淡，惹情去去复回回。
> 自来不识嫦娥面，从此因卿难卸怀。

众人将诗看完，大笑道："妙极，妙极! 吴兄虽与堆琼是初会，此诗已极两情绸缪之趣，俺们请满酌一杯，权为你二人合卺。"吴瑞生道："偶然作戏，莫要认真。"堆琼道："相公未必不真，妾意已自不假。"吴瑞生道："你既不假，我就认真了。"遂把酒一饮而尽。众人方说到热闹处，见郑家家人已捧饭而至，一时间珍馐齐列，大家饱餐，

将残看撤去。赵肃斋道；"时候不早，该收拾出城了。"郑汉源道："即如此，弟也不留。"遂叫人门外伺候鞍马，着烛堆琼坐了轿子先行，随后四人上了马，领着众家人同出涌金门，望西湖而来。

到了西湖，大家一望果然好春色也。但见：

> 游人似蚁，车马如云。乍寒乍暖，恰逢淡淡春光。宜雨宜晴，偏称融融淑气。苏公堤上，柳丝袅袅拖金色。西子湖边，草褥茸茸衬马蹄。水边楼阁侵三坛，山上亭台吞古荡。雷峰塔、宝叔塔、天和塔、塔头宝盖射红霞；南高峰、北高峰、飞来峰，峰顶烟岚结紫雾。六桥旁系赏春船，昭庆常呼游士酒。香片飞红，拂袖微沾花港雨；松荫分绿，吹面不寒曲院风。正是金勒马嘶芳草地，玉楼人醉杏花天。

西湖景致，大家观之不尽。郑汉源道："湖岸上游人太多，咱且由苏堤而南，直至断桥，泛舟湖心。那里我有人伺候，闲人不好进去搅乱，不如那到边去自在游赏。"众人道："如此甚妙。"于是直望苏堤行去。但见夹堤两岸，俱是杨柳桃杏，红绿相间，如武陵桃源一般。走了二里有余，方至断桥。桥下早有人叙舟以待，大家上了船，直撑至湖心。这湖心亭东倚城郭，南枕天竺，西临孤山，北通虎跑，平湖镜水，一览无遗。吴瑞生徘徊四顾，见湖山佳丽，如置身锦绣之中，不觉慷当以慨，说道："这青山绿水，阅尽无限兴亡。断塔疏钟，历过许多今古。光阴几何，盛事难再。今吾四人，萍水相逢，顿成知己，诚不易得之会也。岂可无诗以记今日之胜。"郑汉源道："请问吴兄，今日之诗是怎么样作法？"吴瑞生道："若每人一首，恐耽搁时刻，不如每人一句联成一律。上句既成，下句便接，若上句成而下句接不来者，令堆琼斟巨觥以罚之。"郑汉源道："此法还未尽善。诗句咱每占了，却将堆琼置于何处？不如咱四人作开句，下句俱是堆琼接续。倘堆琼搁笔，大家各斟一杯以罚之。"吴瑞生道："惶恐，惶恐。我只说堆琼有太真之貌，不料又负谢姬之才，真令人爱死，敬死。"堆琼道："妾怎敢班门轮斧。"赵肃斋道："堆琼诗才是我们知道的，不必太谦。"说完即取湖景为题，按长幼做去。

> （李）三月西湖锦绣开，（烛）山明水秀胜蓬莱。
> （赵）风传鸟语花阴转，（烛）船载笙歌水道回。

（郑）三竿僧钟云里落，（烛）六桥渔唱镜中来。

（吴）分明一幅西川锦，（烛）安得良工仔细裁。

众人诗句联完，吴瑞生离坐，携堆琼手道："美人具此仙才，即以金屋贮之，亦不为过，而乃堕落青楼，飘泊如此，亦天心之大不平也。前见卿为卿生爱，今见卿又不由不为卿生怜矣。"堆琼闻瑞生之言，因感激于心，不觉眼中含泪道："薄命贱妾，幸得与君一面，已自觉缘分不浅。今为席间鄙句，又深恋恋于妾，使妾铭心刻骨，终身不敢有忘。"郑汉源对众人道："你看他二人倦恋于此，真正一对好夫妻。待弟回家另择吉辰，薄设芹酌，以偿他二人未完之愿。"堆琼谢道："若果如此，感佩不尽。"赵肃斋道："此事还俟异日，今日且说今日。这湖心亭非专为我五人而设，岂可久恋于此。如今九里松、百花园，因圣上有志南巡，修整的异样奇绝，咱们何不到那边一游。"众人道："赵兄说的是。"于是大家又上了船，离了湖心亭，复望断桥而来，到了断桥，各人上了马，堆琼仍上了轿子，一路渡柳穿花，观山玩水，不一时已到九里松、百花园前。四人下了马，堆琼出了轿子，正欲进园，忽见园内一伙杂耍，扮着八仙，唱着道情，筛锣动鼓而来。此时园外人往里挤，园内人往外挤，正是人似湖头，势若山崩，一拥而出，遂把众人一冲，冲的赵肃斋、郑汉源、李如白、烛堆琼各不相见。吴瑞生忙在人群中四下遥望，但见人山人海，那里望的见，又寻到园里园外，寻了个不耐烦，总不见个踪影。复回九里松寻找，不惟不见他四人，连琴童、书童也不见了。吴瑞生正欲安排独自回城，忽见一群妇女笑语而来，吴瑞生定睛一看，见内中一位老的，还有一位中年的，独最后一位女子约有十六七岁年纪，生的十分窈窕。但见：

脸晕朝霞，眉横晚翠，有红有白，天然窈窕。生成不瘦不肥，一段风流描就。袅袅娜娜，恍如杨柳舞风前；滴滴娇娇，恰似海棠经雨后。举体无娇妆，非同狐媚妖冶；浑身堆俏致，无愧国色天香。

你道三位妇女为谁？那位老的就是翠娟的母亲，那位中年的是翠娟的姑妈，最后那位女子就是翠娟小姐。金御史因清明佳节着他出来茔前祭扫，金洞先回，他母女尚在九里松观看湖景，也是吴瑞生的姻缘合当有凑，无意中便觌面而遇。吴瑞生见这位女子生的佳丽异常，心中悦道："堆琼之容娇而艳，此女之容秀而凝福相，虽有贵贱之别，然皆为女中之魁。我吴瑞生若得此女为妻，以堆琼为妾，生平志愿足矣。但未知

此女是谁家宅眷，我不免尾于其后，打听一个端的。"遂跟着那三位妇女在后慢慢而行，不住的将那女子偷看。那女子也不住的回顾吴瑞生，吴瑞生愈觉魂消。走了箭余地，来到十锦塘，那十锦塘早有三乘轿子伺候，那两位夫人先上了轿，遂后那女子临上轿时，又把吴瑞生看了几眼，方把轿帘放下。才待安排走，忽路旁转过一个汉子来向那跟随的使女道："这轿中女眷是谁家的？"那使女道："是城中金老爷家内眷，你问他怎得？"那汉子竟不回言，直走到一个骑马的后生面前低低的说了几句，那骑马的后生便领着一伙人扬长去了。

看官你道这骑马的后生是谁，也是杭州城中一个故家子弟，姓郑，名一恒。他的父亲也曾做到户部侍郎，居官贪婪异常，挣了一个巨万之富。早年无子，到了晚年，他的一个爱妾才生了郑一恒。这郑侍郎因老年得子，不胜爱惜，看着郑一恒就如掌上珠一般，娇生惯养，全不敢难为他。年小时也曾请先生教他读书，他在学堂那肯用心，虽读了十数年书，束修不知费了多少，心下还是一窍不通。他父亲见这个光景，也就不敢望他上进，遂与他纳了一个例监。到了十七八岁，心愈放了，他父亲因管他不下，不胜忿怒，中了一个痰症，竟呜呼哀哉了。自他父亲死后，没人拘束他，他便无所不为。凡结交的皆是无赖之徒，施为的俱是非法之事。适才根问金家使女的那个汉子，就是他贴身的一个厚友，叫做云里手计巧。凡那犯法悖理的事，俱是此人领着他胡做。这郑一恒他还有一个毛病，一生不爱嫖，只爱偷。但见了人家有几分姿色的女子，就如蚊子见血一样，千方百计定要弄到手中。今日在十锦塘见了那轿中女子生的俊俏，便犯了他那爱偷的毛病，故着计巧问个明白，到家好安排下手。这是后来事，且不必提。

单说吴瑞生见那汉子盘问那使女，说是金老爷家内眷，心中暗喜道："城中没有第二家金老爷，这位女子莫不是金公的女儿。不想吴瑞生的姻缘就在这里。"又想道："此女就是金公女儿，他官宦人家，深宅大院，闺门甚严，我吴瑞生就是个蜜蜂儿，如何钻得进去？"又转想道："还有一路可以行的，到明日不免央烦郑汉源、赵肃斋到金公面前提这段姻事。倘金公怜我的容貌，爱我的才情，许了这段姻缘，也是未可知的。"又踌躇道："终是碍口。他是我的东主，我是他的西宾，宾主之间，这话怎好提起。倘或提起，金公一时不允，那时却不讨个没趣。"又自解道："特患不是天缘，若是天缘，也由不的金公不允从，你看湖上多少妇女，却无一个看入我吴瑞生眼里，怎么见了金公的女儿，我便爱慕起来。金公的女儿也不住的使眼望我，不是天缘是甚么？这等看来，还是央郑、赵二位去说为妥。"又转念道："还有一件不牢靠处，我居山东，他居浙江，两下相去有数千里之遥，纵金公爱就这段姻缘，他怎肯忍的把身边骨肉割舍到山东去？"又寻思道："有法了。若就这段姻缘，除非我赘于他家。将我父母接来，做了此处人家，这事方能有济。"又忽然叫苦道："不好，不好。我看金公的女儿，似有十六七岁年纪了。女子到了十六七岁，那有不受聘于人之理。假若受了人家聘，我吴瑞生千思万想，究竟是一场春梦。我这一腔热血，一段痴情，却教我发付到那里？"于是，自家难一阵，又自家解一阵；喜一阵，愁一阵。一路上盘盘算算，不觉不知，已来到金御史门首。三顶轿子一齐住下，独金御史女儿临进门时，还把吴瑞生看了几眼，方同那两个妇人进去了。这吴瑞生目为色夺，神为情乱，痴痴呆呆，踉踉跄跄，自己回了书房。见琴童、书童迎着道："相公你被人挤到哪边去？教我两个死也寻不着。"吴瑞生问道："赵相公、郑相公、李相公、烛堆琼，你见他不曾？"琴童、书童道："俺也不曾见他。因寻相公不着，俺就先回来了。"说着话，金家家人已送饭至。吴瑞生此时心烦意乱，那里吃得下去。只用了一个点心，其余俱着琴童、书童拿去吃了。便一身倒在床上，一心想着烛堆琼，又一心想着金公的女儿，被窝里打算到半夜方才睡去。正是一时吞却针和钱，刺入肠肚系人心。不知后来吴瑞生与金御史的女儿姻缘果是何如，且看下回分解。

第三回 好姻缘翠娟心许
恶风波郑子私谋

雨洗桃花，风飘柳絮，日日飞满雕檐。懊恨一春心事，尽属眉尖。愁闻双飞新燕语，那堪幽恨又重添。柔情乱，独步妆楼，轻风暗触珠帘。　　多厌，晴昼永，琼户悄，香消玉减衣宽。自与萧郎遇后，事事俱嫌。空留女史无心览，纵有金针不爱拈。还惆怅，更怕妒花风雨，一朝摧残。

——《昼锦堂》

话说吴瑞生游春回来，一身倒在床上，反反复复，打算到半夜，方才睡去；次早起来，无情无绪，勉强把金洞功课派完，用了早饭。一心念着金小姐，又一心系着烛堆琼。此时还指望烛堆琼在郑汉源宅上未去，要去借他消遣闷怀。便领着书童一直到了郑汉源家。郑汉源还睡觉未起。使人通报了，然后出来相见。见了吴瑞生说道："夜来游春，回家身子困乏，故起来的迟了。不知吴兄贲临，有失迎候。"吴瑞生道："夜来湖上取扰，已自难当。又携美人相陪，更见吾兄厚意。弟虽登门致谢，尤觉感激之心，不能尽申。"郑汉源道："兄说那里话。携妓游赏，不过少畅其情。幸尤未尽，容日待弟另置东道，再接堆琼来。那时流牵飞觞，狂歌嚎饮，方极我辈活泼之乐。"吴瑞生道："吾兄举动豪旷，正所谓文人而兼侠士之风，谁能及之！"郑汉源道："辱承过奖，弟何敢当。我还问兄，夜来被人挤到哪边去？使弟到处寻找，再寻不见。那时不得偕兄同归，顿觉兴致索然。"吴瑞生道："弟亦寻众兄不见，独自回城，一路不胜岑寂。"二人说着话，又见赵肃斋到。肃斋进门揖未作完，便说道："此时有一异事，二兄知也不知？"吴瑞生、郑汉源问道："甚么异事？"赵肃斋道："夜来游春回家，弟送烛堆琼归院。他到了家，接了一个客人，到了天明，客人和堆琼都不见了。你说此事奇也不奇？"二人听了大惊道："果然有此事？只恐是吾兄说谎。"赵肃斋道："弟怎敢说谎。我方才进钱塘门，见龟子慌慌张张，手中拿着一把贴子乱跑。我问他道：'你这等慌张是为何故？'他喘吁吁的说道：'夜来晚上，小女回家，留下了一位山西游客，陪他睡了。五更天，我起来喂牲口，见门户大开，听了听，房中没有动静，及入房一见，不见客人，也不见小女。到处搜寻，寻到外门，外门亦开，连锁环扭在地下。此

时方知小女被那客人拐去。我不免各处张个招贴，好再往别处去缉访。'我听了他这话，才知道烛堆琼不见了。若不是撞着龟子，连弟也不知道。兄若不信他，如今招贴张满，你看看去，方知弟不是谎言。"吴瑞生道："据兄所言，自是实事，但堆琼恁般一个美品，竟跟着个客人逃走，虽可惜亦自可笑。"郑汉源道："吴兄别要冤枉了堆琼。堆琼虽是娼妓，生平极有气节。他脱笼之意虽急，然尝以红拂之识人自任。当迎接时，好丑固所兼容，而志之所属，却在我辈文墨之士。况那客人在外经商，那些市井俗气，必不能投堆琼所好。且一夜相处，情意未至爽洽，岂肯为此冒险私奔之事。又安知不是那客人用计巧拐去，以堆琼为奇货乎？弟与堆琼相与最久，他的心事我是知道的。此事日久自明，断不可以淫奔之人诬他。"赵肃斋道："堆琼负如此才色，而乃流落烟花，潦倒风尘，已足令人叹惜。今又被人拐去，究竟不知何以结局。可见世间尤物，必犯造物之忌。风花无主，红颜薄命，方知不是虚语。"吴瑞生亦叹道："弟与堆琼可谓无缘，夜来虽与他席间饮酒，湖上联诗，尚未与他细谈衷曲。正欲借二兄作古押衙，引韩郎入章台，为把臂连杯之乐。孰知好事多磨，变生意外，使弟一片热肠，竟成镜花水月，不惟堆琼命薄，即弟亦自觉缘浅。"大家说到伤心，俱愁然不乐。独吴瑞生一腔心事，郁结于内，感极生悲，眼中几欲流出泪来。自家觉着坐不住，便欲起身告别。郑汉源那里肯放，又留下吃了午饭，方才散去。这且不在话下。

再说金御史因休秩回籍，凡事小心。虽是闭门谢客，但是身居城中，外事亦不能脱的干净，他清波门外有一栋闲宅，甚是幽僻。金御史意欲移到那边躲避嫌疑，因与夫人商量择了吉日，将家眷尽行移出。他这栋宅子坐西朝东，宅后紧临湖面，前半截做了住宅，后半截做了花园。园中嘉树奇葩，亭台阁舍，无不雅致。此园便做了吴瑞生的书舍。吴瑞生自移到此处，郑汉源、赵肃斋只来望了他一遭，因相隔遥远，不便常来，以后他就相见的疏了。虽宾主之间时或谈论，然正言之外，别无话说。吴瑞生愈不胜寂寞。

正是光阴迅速，不觉来到四月中旬。一夕，天气清明，微尘不动。东山推出明月，照得个园林如金妆玉砌一般。又听得湖面上一派歌声。吴瑞生郁闷之极，遂着琴童酾了一壶酒，又移了一张小几，安放在太湖石下，在月下坐着，自劝自饮。饮了一回，又起来园中闲步。忽看见太湖石上窆砮中，放着一枝横笛。吴瑞生善于丝竹，遂取出来吹了一曲。此时夜已二鼓，更深人静，万籁无声，笛音甚是嘹亮。但闻得凄凄楚楚，悲悲切切，就如鹤唳秋空一般。吹罢，又复斟酒自饮。吴瑞生本是个风流才子，怎禁得这般凄凉景况，忽念起烛堆琼前日尚与他饮酒联诗，今日不知他飘流何处，即欲再

中国禁书文库

梦中缘

五一八三

见一面，也是不能得的。一时悲感交集，偶成八韵，高声朗吟道：

　　　　章台人去后，飘泊在何方？
　　　　尤忆湖中会，常思马上妆。
　　　　锦心吐绣口，玉手送金觞。
　　　　方拟同心结，讵期连理伤。
　　　　秦楼闲凤管，楚榭冷霓裳。
　　　　声断梁间月，云封陌上桑。
　　　　雁音阻岭海，鲤素沉沧浪。
　　　　空对团圆月，悲歌几断肠。

　　吟罢又饮了几杯，微觉风露寒冷，方归室入寝。

　　从来无巧不成话，这吴瑞生书舍东边，即靠着金御史一座望湖楼。翠娟小姐见今夜这般月色，不胜欣赏。乘父母睡了，私自领着丫环素梅，登楼以望湖色。才上楼，即听的笛音嘹亮。听了听，笛音即在楼下。低头看去，却见一人坐在太湖石下，那里吹竹自饮。翠娟便知是他家先生，这也不放在心上。及听他朗吟诗句，见他句句含心恨，字字带离愁。心中说道："此诗乃怀人之作。莫不是我家先生系情花柳，故作此诗以寄离别之况。不然，何词调悲婉，以至于此。"此时翠娟遂动了一个怜才之心，于是定睛将那先生一看，到是没有这一看也罢了，及仔细看去，心中忽然大惊道："此人即像昨日我在九里松遇的那位书生。兀的我家先生就是那人！这月色之中，隔着帘子，终认不十分真切，待我将帘子掀起，好看了明白。"于是将帘子微微掀起，细细看了一回。依稀之间，越看越像，越像越看。及看到吴瑞生入房归寝，方才下楼，回绣房去了。翠娟回到房中，心中自念道："若我家先生果是那位书生，也是世间奇遇。我看那生书风流倜傥，超然不群，自是异日青云之客。为女子者，若是嫁着恁般丈夫，也不枉为人一世。但不知我金翠娟与他有缘分没有缘分？"遂在灯下将吴瑞生月下笛音诗句和成八韵，诗曰：

　　　　楼下人幽坐，寂然酒一卮。
　　　　徘徊如有望，感慨岂无思。
　　　　诗句随风咏，笛音带月吹。

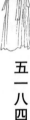

句长情未尽，声短致难担。

句句含愁恨，声声怨别离。

疑闻孤鹤唳，误认夜猿啼。

宋玉江头赋，相如月下词。

不知浩叹者，肠断却因谁？

和完将诗笺藏好，方才入帐睡了。

偶一日，金御史父子俱有事公出，翠娟心念那题诗人不置，又不敢认定此人即是湖上遇的那生，有意要白日间认取个明白，只是不得其便。今日因他父弟俱出，便乘着这个空儿，避着母亲，自己上到后楼，隔着帘子往外偷望。望了一回，绝不见那先生出来走动。因把他自家和的那八韵诗从袖中取出来，在帘下默读。也是吴瑞生姻缘有凑，正看着诗，忽从楼上起了一个旋风，一时收藏不及，竟把那诗笺撮在半空中旋转，旋转一时，不当不正，恰恰落在吴瑞生书舍门里。吴瑞生转首一看，见是一幅锦笺落地，便拾起来一看，看了看，见上边还写着一首诗，将诗细细读去，不觉大惊道："此诗句句是从我那诗中和出来的。我昨日弄笛吟诗时，却无旁人窥见。此诗咏自何人，来自何处？这不作怪。"遂出门一望，又不见个人影。吴瑞生愈以为奇，说道："莫不是这个园中有鬼了？奇事，奇事。待金公来，求他认认字迹，便知此诗是谁做的。"金翠娟在楼上听见他说要拿与金公看，恐怕认出自己笔迹不便，便老大着忙，急切间，也避不得嫌疑，也顾不得羞耻，遂在帘内低低叫道："诗是奴家做的，被风吹落于地，望先生速速还我。"吴瑞生听了，抬头四望，虽闻的人声，却不见人迹，越发惊异道："怪哉，怪哉！分明听的有人言语，如何不见个人影儿？这不是有鬼是什么？"翠娟又在帘内低低叫道："诗是奴家的，被风吹落于地，望先生速速还我。"吴瑞生听了，才知道是楼上人索讨。但听的他娇娇滴滴声音，也知道是个女子，尚不敢认定是小姐，要骗出一看，以见分明。说道："诗既有主，自然是还你。但不知楼上是何人，必须要认个明白，方可还纳。"翠娟没奈何，只得把帘子掀起，打了一个照面，旋抽身在内。吴瑞生看了，认得是湖上遇的那位小姐，心中甚喜，遂朝着楼门深深一揖，道："原来是小姐。我吴瑞生今日遇知己矣。"翠娟在帘内又低低道："先生尊重，将诗还了奴家，奴家不敢有忘。"吴瑞生道："诗没有不还之理。但小姐佳作，句句是怜念小生之意。既蒙小姐怜念，小生也要竭诚相告了。从来天生佳人，愿配才子。两美相遇，岂是偶然。今与小姐一决，小姐若是丝牵于人，小生就斩绝妄想，此诗便即刻奉还。

倘或丝萝之案未结，小生亦未有室，郎才女貌，两下相宜，岂可当面错过。小姐为识字闺英，聪明识见，自不同夫凡女。试思诗笺原在小姐手中，如何至于小生之手。虽是风吹落地，然默默之中必有使之者。如此看来，自是天缘。既是天缘，此诗即为良媒，岂可全璧归赵。"翠娟又低低道："奴家尚未受聘于人，先生将欲何如？"吴瑞生道："倘蒙小姐不弃，许缔良缘，不如将此诗两下平分，各藏一半，以为后日合卺之证。"翠娟又低低道："此事任凭先生分付罢了。"吴瑞生听了此言，愈觉喜动颜色，又向着楼门深深一揖，道："谢小姐不弃之恩。"翠娟亦在楼上还了个万福，低低说道："万望先生谨密。"吴瑞生遂将诗笺分开，取了一根竹竿将一半系在上边，还与小姐。小姐刚把诗笺取去，忽见素梅在楼上说道："奶奶请小姐哩！"翠娟不敢停留，遂下楼去了。吴瑞生见小姐去了，心里开下，又是喜，又是闷。吴瑞生虽是十分爱慕小姐，自湖上见了一面以后，也就不敢指望再见了。就是再见，也只是图个眼饱罢了。那一段妄想之念，未免也就渐渐收藏。今日不意中竟得了他的诗笺，且与他说了多少话，又蒙他许了日后的姻缘，这是那出于意料之外的事，他如何不喜。但只是诗笺刚刚还了小姐，未见他回示一言，就下楼去了，此时还是一个哑迷。虽说他不是假，也不敢着实认真。打算起来，还是一肚子闷气。此时的相思，比从前的相思更苦，你说教吴瑞生如何当得起。这且留着到下回说，待在下再把那郑一恒表一表。

却说郑一恒自湖上见了金小姐，细思他那一种窈窕风流，恨不得要扑个满怀，消消欲火，怎能够到他手中。终日里思思想想，熬熬煎煎，饭也懒吃，步也懒行，半月之间，不觉肌黄面瘦，竟害了一个"目边之木，田下之心"的单相思病。郑一恒正在无聊之际，忽见计巧来看他。计巧见郑一恒这个容貌，惊问道："这几日不曾来看贤弟，怎么尊容这等清减？"郑一恒道："我这病就是为金家女儿起的，再待半月，弟便为泉下之人了。大哥有甚妙法，须救我一救。"计巧道："贤弟这病惟金家女儿可以救的。我又不是金小姐，如何可救的你。"郑一恒道："人命关天，非同小可。兄若见死不救，平日义气何在！还求大哥为我急急设策。"计巧道："贤弟失偶鳏居，闻的金家女儿亦未受聘于人。贤弟何不托一相知，向金御史一提。倘金御史许了你的姻缘，贤弟之病就不医自愈了，又何必另寻别策。"郑一恒道："不中用，不中用。我郑一恒为人是他平日最厌恶的。我即央媒去说，他那里断然不肯，不惟无益，兼且取辱，此策未见其妙。"计巧道："贤弟人品虽不能取重于他，你有的是银子，便许他一个厚厚聘礼，倘金御史贪你的钱财，许了，也是未可知的。"郑一恒道："这俱是下策。金公是何等人，财利如何能动的他？"计巧道："我别有一善策，只恐贤弟舍不得家业。"郑一恒道："若能得了金家女儿为妻，别说是家业，就是性命也是不顾的。"计巧道："贤弟既舍的家业，此事就容易成了，但此事我一人也做不将来，必须再得几人帮助，方能有济。"郑一恒道："杨热铁、孙皮缠、癫虾蟆张三、饿皮虱子李四俱是我的厚友，若用得着他，口到便来。但不知计出何处？"计巧道："咱杭州从春到今，尚未下雨，昨日本府太爷请了一个异人来，着他推算几时得雨，他说五月十六日夜间大雨。到那日无雨便罢，若是果然下雨，只这一场雨便把金家女儿得了来。"郑一恒道："夜间下雨，怎便就能得了金家女儿？"计巧遂附在郑一恒耳边，低低说道："若果下雨，只消如此如此，这般这般，金家女儿便到贤弟手中了。"郑一恒听了大喜道："此策甚妙。但不知又教我舍了家业，却是为何？"计巧道："贤弟既做此事，本地自然站脚不稳，少不得要改名换姓，奔往他方去，这却不舍了家业么？"郑一恒道："四海为家，何处不可栖身。难得得了人，拿着几千银子到外边另立家业，少不的也要还我一生受用。"计巧道："既做此事，必须费个酒席，请杨热铁等四人来，先把他那嘴抹一抹，然后商量行事，省得他推辞不应。"郑一恒道："这是不消说的。"

于是择了一个日子，先把请贴投了。至日，设了两个大大席面，四人挨次俱到，作了揖，各人坐定。杨热铁说道："蒙兄见召，我兄弟们不好不来，但不知有何事见教？"郑一恒道："因兄弟们久不相见，请来闲叙，别无话说。"说着话，一时间珍馐罗列，大家说说笑笑，饮至天晚，四人即欲起身告辞，郑一恒道："还有一事奉恳，如何就要散去？"四人道："饭也够了，酒也足了，实不能再饮。兄有何事，不妨此时说了罢。"郑一恒道："众兄若不坐下，弟亦不说。"四人起身告辞，原是行了一个套，郑一恒既是这等恳恳相留，他有甚不肯，四人又复坐了。郑一恒令人将残席撤去，从新又摆列下围碟，将好酒斟着巡饮。郑一恒道："弟有一事，意欲借重众兄，不知众兄肯也不肯？"杨热铁道："俺四人蒙兄厚意，恨无报补，兄既有命，除上天之外，水里去就水里去，火里去就火里去，有甚不肯。但不知却是何事？"郑一恒遂将使用人尽行屏去，又将中门关了，回来也不说长，也不说短，在他四人面前双膝跪倒不起。他四人见了不知是甚原故，忙下席扯住道："兄有甚难为事？即要弟命，俺兄弟们没有不出力的，快不要这般行径折罪俺们。只求兄说是甚事便了。"郑一恒又不说他自己的心事，还是计巧替他说了，又把那设谋定计，要用他四人行事的勾当说了一遍。杨热铁等听了，又不敢直任，又不好推托，姑应道："做便是做，倘日后犯了，却怎么处？"郑一恒道："众兄出力不过是玉成小弟，就不幸犯了，也是我一身做来一身当，决不拖带众兄弟们吃亏。如众兄信不过我的口，我已有盟章一道，少不得对天一盟，以表我

心。"四人道："既是这等，俺兄弟们何虑。"于是将香案排下，六人跪倒，烧起香来，遂把他自己做的那一道又酸、又俗、又腐、又庸、又不通的盟章读去。盟曰：

> 盖闻朋友居五伦之首，同人列大易之先。结盟之事，非一朝一夕矣。故刘备、关、张，盛称桃园之义；鲍叔，管仲，共传分金之美。如此之人，余甚喜焉。吾等六人，虽是异姓，实同一家。今者计巧等为一恒谋好逑之匹配，成夫妇之齐眉，共起狼心，同入虎穴，事成之后，倘有不测，恒或连累五人，活时则七十样横死不免，死后则十八层地狱难逃。天理不容，王法不赦。竭诚以盟，敢昭告于皇皇后帝也。

盟罢，又归席坐下，重整杯盘。大家猜拳行令，狂歌豪饮，只吃至东倒西歪，杯盘狼藉的时候，方才睡了。但不知吴瑞生与金翠娟约的姻缘，郑一恒与计巧定的计策，究竟何如，且看下回分解。

第四回　吴瑞生月下订良缘
　　　　　金御史夜中失爱女

　　望湖楼中，才过了，艳阳时节。举目望，见荷香满绿，景色华奢。旧恨须凭蝶使递，新愁还仗蜂媒说。转画栏，悄向小楼东，同心结。　　瑶池会，可重接，阳台梦，岂断绝。懊妒花风雨，又增离别。笑脸翻成梅子眼，欢情化作杜鹃血。叹乐昌一段好姻缘，菱花缺。

——右调《满江红》

　　话说翠娟小姐将那半张诗笺收入袖中，正欲开言致意，忽见素梅上楼说夫人请他，也就不敢停留，遂下楼去见夫人。夫人说道："你往哪里去来，着我寻你不见？"翠娟不敢隐瞒，说道："孩儿无事，偶至后楼观望湖色，故未敢禀母亲知道。"夫人道："我儿，你岂不闻'女子言不出声，笑不露齿，手不离针指，足不越闺门'，方是为女子的道理。这后楼紧靠先生书舍，你岂宜孤身在此眺望。万一被他窥见，不仅不雅，亦且笑我家闺门不谨。你参参知道岂不嗔怒。以后你要谨守闺范，再不可如此。"翠娟承他母亲教戒了一番，也觉正训凛然；只是他既与吴瑞生有此一见，又是他心上爱重之人，便时时盘结于心，怎能一旦摆脱得开。究竟他母亲的正训胜不过他那一段私情，自家回到房中念道："吴郎可谓真正情种。只可惜，我下楼时未及回他一言。他若知道是我母亲叫我，我即未及回言，尚可谅我之心。他若不知我下楼之故，极似不明不白，舍他去了。他未必不疑我得了诗，变了卦也。那时他认真又不是，不认真又不是。弄的他颠颠倒倒，疑神疑鬼。他虽是想我，又未必不恨我。况我那半副诗笺尚在他手中，倘或水落石出，那时教我立身何地。我欲修一书札，以表我心，奈我父母防范甚严，兄弟又在彼处伴读，教我甚法儿传得将去。吴郎，吴郎，你此时未必不疑我恨我，我金翠娟这一种深心苦情，你那里知道！"从此心烦意乱，思思想想，女工俱废，遂写下了一封私书要得便寄去。孰知他父亲自入夏以来，时时不离后楼，昼间在此乘凉，夜间亦在此宿卧。即有时他父亲外出，金洞又在书房。若像昨日父弟俱出，此事整年整月也遇不着。所以书虽修下半月，依然还在翠娟手中。

　　忽一日，闻的金洞说先生拖病。翠娟得了此信，便着了一惊，暗说道："吴郎此

病，必是为我起的。这分明是我害了他，我若不寄他一信，何以宽解他的相思。"左思右想，又恨无这个心腹人传去。忽悟道："我房中素梅忠厚老成，我待他且有恩，此事可以托他。但只是这个缘故，教我如何开口？"又念道："吴郎抱病，势在烧眉，若再迟几日，必至害死，人命甚重，岂可忽视？既到此地，也说不得羞了。"遂乘间将他心事说与素梅，素梅也不推辞，便任为己责。一日，金洞往姑妈家祝寿，金御史下楼，前厅会客。翠娟得了这个便，忙将前书稍更数字，另誊写了，便托素梅寄去。素梅将书袖了，避着夫人，一直到了吴瑞生斋中，也不言语，忙把小姐书递于瑞生。也等不得回话，随身出书房去了。瑞生还不知是甚么来历，乘着无人，将那书札拆开一看，书曰：

> 书寄吴郎几右：向者蒙惠还诗，固知君子爱妾之心甚厚也。独恨别君之际，未及一言，此非妾心之恝也。盖由迫于母命之召，故令妾之意未获尽伸耳。近闻君子抱恙，妾一时惊惶欲死，几欲飞向君前，恭为问候。但身无彩翼，情不能达，奈何！奈何！今乘便敬修复字，寄向君侧，庶或见妾之札如见妾面，更祈高明谅妾前日未及回言之故，则妾虽死之日，犹生之年。咫尺之间，如隔万里。情长纸短，书不尽言。伏愿勉力加餐，千万保重，勿以妾为深念可也。
>
> ——沐爱妾金翠娟端肃百拜

吴瑞生将书看完，心中说道："小姐此书虽字字真诚，但他句句是宽解我的话，却把那婚姻二字撇在一边，全无一语道及，这是甚么原故？小姐，小姐，你若不把终身之事许我，似这等书札，即日日堆在我斋头，纵然表的你心明，终不能减我这相思病一毫一厘。你如今害的我不死不活，却将这不痛不痒的话儿宽我。这不是宽我的心，竟是添我的病。小姐，你若把我害死了，到底是一起不结之案。如今趁我未死，少不的还讨你一个明示。"遂乘着无人，写下了一封回书。

一日，素梅偶向园中折花，瑞生因暗示他带去，素梅将书传于小姐。翠娟才待拆看，忽见夫人进房，翠娟遂把书袖了。起迎道："母亲请坐。"夫人道："适才你爹爹说你姑妈家牡丹盛开，要请你爹爹去夜间赏花，还要请咱娘儿们同去。我先对你说知，你好安排梳洗。"翠娟听了暗喜道："每欲与吴郎相约一言，争奈没有机会。今夜父母俱不在家，正好与他订盟。此一机会决不可失。"主意定了，遂托言道："孩儿早起想是冒了风寒，身子甚觉不快，儿似不能去的，晚上母亲和爹爹去罢，只留下素梅在家

和我作伴。"夫人道："你既身子不快，我去的亦不放心。"翠娟道："母亲若是不去，姑妈必然怪你，你少不的走一遭去，只求母亲明日早回，免的孩儿在家悬望。"夫人听了这话，方才出房去了。翠娟遂把吴瑞生那封回书拆开细看。书曰：

前蒙作诗垂怜，登楼致语，千载奇逢，不期而遇，此时已自觉喜出望外矣。近又承华札下颁，殷勤慰问，亦何顾念鄙人之深乎？但区区之心，只欲结朱陈之好，联琴瑟之欢，非徒冀音问往来，遂以毕乃局也。今读来札，似与楼上之语迥不相符。独是未约之前，而爱慕之诚尚将托之歌章；岂既约之后，而叮咛之语，竟欲付之流水？深情之人，谅不如是。旬日以来，行坐不安，寝食俱废，望救之心，势若燎原。倘仍不明不白，含糊了事，数日之间，而枯鱼之索，恐不免矣。敬布苦衷，复希照谅。惟愿慎终如始，不弃前约，因风乘便，明示一言，无使鄙人恐怀画饼充饥之叹，幸甚。

翠娟将书读毕，说道："吴郎，吴郎！你错埋怨我了。我的心事，今夜少不的合你说明，你性急他怎的。"遂令素梅取过文房四宝，题了一首七言绝句，俟父母去后，要达于吴生。

闲话少叙，话说到了午后，他姑妈家抬了两乘轿子来接他母子，金御史知道女儿有病不能去，因闲着一顶轿，遂乘轿先行。临行又分付金洞到夜间在前厅看管。随后夫人带几个使女也乘轿去了。金洞因父母不在家，外边诸事少不的也要亲去打点，翠娟乘着这个空，遂令素梅将那首诗笺寄于瑞生，约他今夜相会。吴瑞生接诗在手，展开一看，诗曰：

不负渔郎上钓台，好花到底为谁开？
今生若得成连理，还望东君着意栽。

吴瑞生看了此诗，就如得了至宝一般，喜得心花俱开。问素梅道："今蒙你家小姐相约，不知期于何日？"素梅道："就在今夜。"吴瑞生听了，愈加欢喜。素梅去后，还指望小姐是来花园相会，因把书舍打扫清净，又恐琴童、书童在家碍事，一个遣去问候郑汉源，一个遣去问候赵肃斋。俱是即晚遣去，不能出城。到了晚上，铺陈床帐俱用香薰了。此时正是五月十六日，天气清爽。稍时，东山月上，果然好月色也。但见：

天清似水，夜净如银。天清似水，碧澄澄玉色浸楼台；夜净如银，明朗朗瑶光穿户牖。皓魄走碧空，天风不动玉球圆；阴清沉水底，波纹一乱宝珠碎。鸟飞云汉，疑摇丹桂婆娑影；风起广寒，恍送嫦娥笑语声。清虚境上转冰轮，馆娃宫中悬宝镜。

　　吴瑞生在月下走来走去，等候小姐，候了两个时辰，还不见来。心中疑道："小姐，你若是今夜不来，我吴瑞生这一段凝望之心，教我何处发泄。"正在疑猜之间，忽听的楼门轧的声响亮，又听的楼上咳嗽了一声，吴瑞生便知是小姐在楼，不敢向前明问。素梅在楼上低声叫道："我家小姐在此，请先生近前。"瑞生遂至楼下，朝上一揖，说道："仙子降临，小生未敢认真，乞恕迎迟之罪。"翠娟道："如今是真仙无疑矣，郎君何惧之有。"吴瑞生道："适蒙见赐佳章，又承亲临玉趾。小姐至诚，真令人刻骨难忘。但小生有何德能，得蒙小姐这般惜爱！"翠娟道："妾与郎君湖上之遇，犹属影响，楼头之窥，更得分明。至于分诗订约，自是一语终身。但适览华翰，虽是句句念妾，却是句句恨妾。前既谬以知己相许，又何疑妾之深乎？"吴瑞生道："恨之极正是爱之极。如今小生也不疑了，只求小姐速速下楼，同至敝斋，共说相思之苦，以慰饥渴之怀。"翠娟道："妾请问郎君，今夜相会，是要求做异日之夫妻，还是求贪目前之快乐？"吴生道："异日之夫妻也要做，目前之快乐也要求。"翠娟道："二者却不可兼行，要求做异日之夫妻，妾与郎君只楼上一约。既约之后，君还通名于媒妁，妾仍待字于深闺。不使有室有家之愿沦于秽污暧昧。到了合卺之日，妾不愧君，君不贱妾，琴瑟之好，自可永偕百年。是欲做异日之夫妻，而目前之快乐必不可贪也。若欲贪目前之快乐，妾与郎君即下楼一会，既会之后，君必悔偷香之可愧，妾亦觉荐枕之足羞。是使关雎河洲之美，流为桑间濮上之咏。到了合卺之日，妾既辱君，君必鄙妾，齐眉之案，必至中道弃捐。是欲贪目前之快乐，而异日之夫妻，必不能做也。君若贪目前之快乐，而不做异日之夫妻，则此楼妾不肯下。君若做异日之夫妻，而不贪目前之快乐，则此楼妾不必下。还望郎君上裁。"吴瑞生道："小姐此言与前所赐之诗相刺谬矣。小姐既不肯下楼，是'渔郎'已上'钓台'，而'好花'犹未开也。花既未开，则连理未成，教小生从何处栽起？如此看来，是'渔郎'未尝负小姐，小姐负'渔郎'多多矣！"翠娟道："此诗不是这样解。所谓'好花到底为谁开'，是说'到底'为君开，非说今日为君开也。即期成连理，着意东君，亦是望君从今栽起，以俟君异日之攀折也。妾所言者，句句是为异日说话，岂徒取快目前。若

说渔郎上钓台，妾今日亦未尝不在钓台之下，妾何尝负渔郎乎？"吴瑞生道："小姐虑及深远，小生固不能及，但一刻千金，亦不可失。如崔娘待月，卓氏琴心，昔日风流，至今犹传。又何尝有碍才子佳人乎？"翠娟道："今日妾与郎君相期，要效梁鸿、孟光，如崔娘待月、卓氏琴心，又何足效法？盖妾之钟情于君者，只为才子佳人旷代难逢，故冒羞忍耻约君一订。即今之事，亦是从权。但愿权而不失其正。且家父甚重郎君，君若借冰一提，此事万无一失。倘舍此不图而必欲效野合鸳鸯，妾宁刎颈君前以谢。郎君必不忍使妾为淫奔之女，陷君子于狂且之徒也。"吴瑞生道："今闻小姐正论，使小生满怀妄想，一旦冰释。非礼之事，自不敢相干。但可虑者，小生即央媒作伐，倘尊公不允，那时悔之何及？"翠娟道："郎君此言，是疑妾有二心。妾虽女流，素明礼义。今既与君约，一言既定，终身不移。即或父母不从，变生意外，则断臂之贞心，割鼻之义胆，坠楼赴焰之芳骸烈骨，妾敢自恃，君亦可以自慰。妾与郎君言尽于此。舍弟在前，妾亦不敢久谈。但所云借冰之事，专望郎君存心注意。"说完这句话，遂下楼去了。可煞作怪，翠娟刚下楼来，忽然起了一阵凉风，只闻得风声悲悲楚楚，凄凄切切，如人哭泣一般，不由打了一个寒噤，遂觉遍体生凉。此时夜已三鼓，更深人静，翠娟也未免动了一个惧心，忙进绣房，令素梅将门关紧，锁入帐里，还未脱衣，一时风雨骤至，雷电交加。只听的：

> 声如地裂，势若山崩。一声霹雳，毂辘辘震动山川；两条闪电，明晃晃照彻宇宙。风卷石砂，刮的马面牛头皆闭目；雾满乾坤，惊的山精野怪尽藏头。三峡倒流，不住盆倾瓮点；银河下泻，一时沟满濠平。只使的风伯雨师无气力，雷公电母少精神。

风雨过处，只听的乒乓一声，门窗俱裂，满室尽是火光。翠娟急睁眼一看，但见火光中无数妖怪。那妖怪近前，不由分说，将翠娟挟起，往外就走，翠娟唬得三魂渺渺，七魄悠悠。只说精魂摄入魔王府，那知玉魄携归浪子村。

看官，你道这伙妖怪是那里来的？就是郑一恒等。自那日定下计策要劫翠娟，计巧先着郑一恒造了一只船，泊于浙江，将家中细软尽行运入，俟人到便开船逃走。到了这一日晚间，五人俱搽抹花脸，扮做妖精模样，身上披了雨衣，手中拿了火具，暗伏在金御史宅后，单等下雨行事。候到半夜，果然风雨齐至。他五人原是江湖久盗，凡飞墙越屋，如履平地。况金御史又不在家，抢劫翠娟，真囊中取物一样。五人乘着风雨遂破窗而入，认定翠娟，用雨衣裹起，挟着就走。不一时，到了江边，将翠娟交

梦中缘

于郑一恒道："幸得老天助力，一去成功，不负贤弟所托。"郑一恒先把五人谢了，然后将翠娟抱起道："小姐别要害怕，我不是妖精，有名有姓，同是杭州府人，因慕小姐颜色，无门得入，故用此计得了小姐，咱二人就是夫妻了。"翠娟此时已惊得半死，及闻郑一恒之言，方知落于奸人之手，一时烈性暴起，骂道："吾宦门之女，千金之体，谁与你为妻？我金翠娟既到此地，必无生理。宁可碎尸万段，决不受你贼子之辱！"郑一恒笑道："小姐，你今日既落我手，即欲求死而亦不能。在我船中，便插翅也不能飞去。我实对你说了罢，你若爽爽利利从我便可，若这等扭手扭脚，只用我众兄弟们将你缚倒，去了你的裤子，你那新新鲜鲜避人的宝货，少不的还现出来，供我一个快活。"翠娟那里听他，只是哭骂。郑一恒将计巧等调了一个眼色，五人一齐向前把翠娟按倒。郑一恒正欲安排下手，忽听的后面喊声震地而来。六人听了大惊，把翠娟放起，慌忙开船，顺江洄流，望西而逃。

不一时，后面追兵渐渐逼近，郑一恒恐怕在船上逃走不脱，随即将船傍岸，携了翠娟由陆路奔走。翠娟喊叫之声，又惊起江岸上防兵，防兵便随着喊声追去。此时东方渐白，六人携着翠娟终觉碍手，欲待杀了，又无兵刃。正走之际，忽见道旁一井，郑一恒骂道："今日之祸，都是为你这骚根起的。人既得不利亮，连家业都舍了，性命还未可保，前世冤家，今生撞着。罢，罢，罢，给你个囫囵尸首罢。"说完即将翠娟投入井中，六人方金命水命逃命去了。你道这追兵是那里来的？方计巧等五人劫翠娟时，素梅唬的藏到床底下。藏了顿饭时节，见没有动静，方出来将此事报于金洞。金洞回宅，各处搜遍，全无踪迹。又到后园一看，见墙上扒的脚印，方知翠娟不是妖精摄去，是被贼人劫去，遂将此事报于兵马司，兵马司即刻点起二百兵丁，着他沿江追赶。

到了第二日，方将六人捉回兵马司。将计巧等严刑拷打，六人受刑不过，方把抢劫翠娟，投翠娟于井中之事，尽情招了。及至押他去井边验取，翠娟又无踪迹。此事竟成了一个疑案，整年监禁在牢，以后六个俱死于狱中。金御史为贪去赏花，失却爱女，自己追悔是不消说的。夫人还疑是妖精摄去，求神求鬼，许猪许羊，哭哭啼啼，思念女儿，这是妇人的常情，也是不消说的。吴瑞生方与翠娟约为婚姻，正欲央媒撮合，忽然生此变故，此时相思比从前更甚，背后珠泪也不知流了多少，这也是不消说的。但金翠娟既被郑一恒投在井中，如何又无踪迹，此事甚奇，有分教；才离虎口，又入狼穴。身如柳絮，随风转，将欲欺花，忽逢妒柳。暂借鸟巢作伴栖。试看下回，便知端的。

第五回　木客商设谋图凤侣
花夜叉开笼救雪衣

惊散鸳鸯无宿处，随风舞转如飘絮。粉面何须红泪倾，美瑕岂被青蝇污。
但把芳心紧束住，急流自有人拯救。燕垒堪容孤凤栖，他乡且把流年度。

　　　　　　　　　　　　　　　　　——《木兰花令》

　　话说金翠娟被郑一恒投在井中，只说淹死，谁知身子落地，却是一眼无水枯井；只是这眼枯井在荒山漫野之中，又不着村，又不着店，那得个人来打救。虽是不曾淹死，少不得还要饿死，金翠娟在井中坐了半日，总不听的有人行走。见的眼下便为泉下之人，心中忽念起他的父母不得见面，又念起与吴瑞生约为婚姻而不得遂，不觉恸由心起，泪从眼落，在井中不住的呜呜啼哭。正哭到伤心，忽见井边一人伸头一看。翠娟看见井上有人，忙叫道："井边不知是那个，还不救人！"这人听说，即将手中所拿麻绳坠入井中，令翠娟将腰拴住，用力一提，遂将翠娟救出来了。这人把翠娟上下一看，见他还是一个处女，问道："小娘子你是谁人之女，家居何处，为甚事投于井中？"翠娟道："我是杭州金御史之女，被贼人劫在船中。因官兵追急，贼人将我投于此井。今逢恩人救了，还望恩人施恩到底，将我送回城中，家父自有厚报。"这人听了遂说道："这等说起来，你竟是我的侄女，我就是你的叔叔金紫垣。幸得今日遇着我来救你，倘遇着外人，就是救了你，你这等青年美貌，未免被人盘算。此处离我家只有二百余里，我且带你先到我家，和你婶婶见一面，也是骨肉团聚一番，然后捎信去，着你爹爹来接你。"翠娟道："我被贼劫出，父母望我之念甚切，我见父亲母之念亦切，想此处还离城不远，何不先将我送回，又带我往叔叔家去？"这人道："侄女你说的太容易了。此处离杭州城已有九百余里，一时怎能便送你回去。况我在外经商，整整三年，今日回家也是至紧的。我的心亦恨不的此时即送你回去，使你早见爹娘一面，也省的两下里盼望。但我的行李可交与何人？还有一说，今日若不是遇着我来救了，倘死在井中，您爹娘虽是盼你，也盼不将你去。道是咱金家祖父没伤了天理，还着自家的人打救，难得侄女遇了我，到我家里就是住几天，少不的还要骨肉团圆。且今日将近我家，你若不合你婶婶见一面，骨肉之情，也未免恝然。侄女你性急他怎的。"翠娟

见他说的也似乎近理。但听他说离杭州已有九百余里，未免有些疑心。说道："我被贼人劫出，刚刚半夜，怎么就有九百余里？"这人道："侄女你做女子的那里知道行船的道理？船若遇了顺风一日可行二千里，他做贼的人惯行船，这九百里路只消片时而至，想夜间风还不大顺，若是风顺，此时侄女又未必不过去我家了。"翠娟道："叔叔宅上离杭州亦不甚远，为甚绝不见叔叔回家望望？"这人道："我当日充徒至此，也还指望回家。只因在这里立下一个产业，娶了你的婶婶，又是这里人家，就把身子系住了。这几年在外经营，东奔西驰，身子如同生在外边的一般。虽是常常的想着你爹爹，有意回家看看，只为名利所缠，不得暇工。今日挨明日，今年挨明年，竟把回家的事因循下了。今日既遇着侄女，到我家住些个日子，我再凑合十几两银子的本钱，和你同到杭州。一来是送你，二来看你爹爹，三来做我的买卖，也甚觉方便。"翠娟此时虽不敢十分信他，但金紫垣的事他说的句句相投，又见他言语举动，无不老成，俨然象个尊辈模样。欲待不跟他，又恐怕是他叔叔；欲待跟他，又恐怕不是他叔叔，还要落入圈套。跟又不是，不跟又不是，又虑孤身在外，连东西也辨不出来，独自如何回家。左难右难，拿不定主意。转念道"罢！罢！我金翠娟已是死过一番的人，万一到他家中风声不利，也只是拚得一死。如今且死中得活，到那里看是怎样。"向这人说道："叔叔，既要带我看看婶婶去，我亦不敢有违，只望叔叔到家速速送我回去。"这人道："侄女你落难在外，你爹娘在家盼你，你在这里盼你爹娘，这是甚么时节！若不是这些行李累身，就是耽搁几个日子也是送你去的。但如今日离的你家远，我家近，少不得先到我家看看，你望你家的心切，不知我为叔的送你的心肠比你还切哩！"翠娟道："叔叔存心如此，方是骨肉至情。"说完这人遂在江边雇了一只小船，将翠娟领到船上，安置在后舱之中，自己坐在前舱，便令开船而行。正是：

情知不是伴，事急且相随。

　　看官，你道救翠娟的这人是谁？他是江西金溪人，姓木名榆，别号大有。娶妻花氏，虽然有几分姿色，其性甚暴，木大有又为人软弱，最是惧他。花氏只生了一个女儿，取名舜华。这舜华却生的聪明，自小即谐音识字，到了十余岁上，便能吟诗作赋，且姿容秀美，迥异寻常。花氏十分爱惜。花氏虽是爱惜女儿，却不爱惜木大有。见了木大有，不是骂，就是打。木大有便给他送了个绰号，叫做花夜叉。因在家受不过这花夜叉的气，遂拿了千把银子出来，在杭州买卖做了三年，便转了个连本三。今日满载回家。途中天气暑热，欲寻水解渴，正行之际，忽见路旁一水井，大有忙下身向此井打水。到了井边伸头一看，却见一女子在井中啼哭，慌忙将这女子救了出来，问了他那投井的来历，才知是落难之女。又见他生的窈窕风流，遂起了一个不良之心，要骗到家中为妾。这木大有在杭州买卖三年，金家事体他知的最悉。因十余年前，金御史一个伯弟在江西充徒，后来没了音信，所以木大有便充了金紫垣以诓翠娟。金翠娟虽然也有疑心，然亦不敢认定他是奸计，又恐孤身难以回家，没奈何只得跟他行走。木大有见翠娟落了他的圈套，心中甚喜，又怕在旱路上被人盘诘出来，遂由水路而行。翠娟在船上行了数日，不见到他家中，心中甚疑，问木大有道："叔叔，昨日说你家甚近，怎么行了这几日还不见到？"木大有道："这几日没有顺风，船行的甚慢，再待三四日就到了。"翠娟虽是疑心未解，但见他随行一路轻易不到后舱，即有时到后舱，眼也不见他邪视，就是说话之间，连一句狂言也没有。此时翠娟也就九分信是他叔叔了。又行了四五日，木大有进舱说道："侄女，今日来到我家了。"于是把船湾下，先将行李搬运到了江边，打发了船钱，然后领翠娟下船，同上江岸，指道："前面树林之中就是咱家。"木大有赶着行李在前引路，翠娟骑着驴子在后随行，走了三四里余地，来到一个村庄，但见：

> 一泓细水，弯弯曲曲向村流；几树垂杨，曳曳摇摇依院舞。茅屋数间，时闻犬吠鸡鸣；水田千顷，行见男耕女馌。篱门半掩午阴长，村落人稀槐影静。荒烟锁远山，青天并高峰。千尺乱草迷幽径，密竹忽听鸟一啼。

此村乃是木大有一个小庄。这庄上有他的一位闲宅，村中数十家，俱是他家佃户。木大有畏惧花氏，不敢同翠娟进城，所以同他来到这里。到了门首，木大有说道："此宅就是我家，侄女请进。"翠娟进了大门，见两边蓬蒿长满，极似无人住的一般，心中便疑。及至到了后边，见房门处处封锁，及开门入室一看，只见蛛网当户，尘土成堆，桌椅床帐，横躺竖卧，绝不见个人影。便着了一惊，问道："怎的不见婶婶？"木大有笑了一笑道："小娘子，卑人得罪了。当时救你出井，论理自当送回府上。但思娘子被难之时，偏遇着卑人打救，千里相逢，或是前缘，也未可知。在卑人，当日亦不可动此妄念，只是此念既起，不可复收，遂瞒着小娘子来到我家。小娘子若是念天心之有在，不弃鄙劣，俯赐良缘，卑人当焚香顶礼，不惜金屋贮之。不知小娘子意下何如？"翠娟听了此言，方知他以前老成，尽是骗局，遂放声大骂道："清平世界，拐带官家子

女，强逼为婚，天理何在？王法何在？良心何在？我金翠娟既到此地惟有一死，岂肯以白璧无瑕，受你玷污！"木大有道："小娘子，你惟知含怨，不知念德。我当初救你一死，何异重生之父母？即借此以报活命之恩，亦不为过。而今反将恩为仇，以德为怨，在卑人虽是不才，在小娘子亦觉寡情。"翠娟道："当日救我一死，你的恩德自不可忘。你若送我回家，我必酬之以金帛，不然或拜你为我义父，如此亦可报你之恩。今乃诓我至此，而欲辱我以非礼，这分明是救人于井，而又陷人于井，以乱易乱，你的恩德何在！"木大有道："卑人所为，诚为非礼。但男女居室，人皆不免。今日即是苟合，不犹愈于当日之死于井中乎？"翠娟道："当日即死在井中，我的清白自在。今使我落你的奸计，受你的耻辱，反不如死于井中之为安。"说罢，又放声大哭。木大有性情原是被花氏制伏下来的，今见翠娟说的句句合理，一时语塞，不能应对，又恐外人知觉，事情决裂，要把翠娟安下再定良谋。遂哄翠娟道："小娘子既不肯俯就卑人，卑人还送你回家便了，你不必啼哭。"翠娟道："你若肯送我回家，我自不胜感激。今日与你说过，你的恩德，宁可杀身以报之，必不可辱身以报之。"翠娟说完这话，木大有遂出门去了。

不一时，忽见从外来了两个妇人，就是木大有的佃户之妇。木大有平日与他有些勾搭帐，托了一个来在翠娟近前作说客，又托了一个来在翠娟近前作监守。这两个妇人进房见了翠娟道："你今日来到这里，俺们竟不知道。适才木官人说娶了一位新二婶子，俺们听了，故特地来看你，到是一位标致人物。木官人摊着你，你嫁着木官人，真正一对好夫妻。恭喜，贺喜！"翠娟道："其中情弊，你们那里晓得？你二人坐下，待我细说。我乃杭州人氏，父亲现为当朝御史。不幸夜间被贼盗将我劫出，投于井中，也亏这位客人救了。孰知他心怀叵测，见了我的姿色，竟充作我的叔叔，将我诓赚于此，要逼勒为婚。这是甚事，教我如何从他？"那个作说客的妇人道："你说的这是甚话，青天白日，怎能拐带人口，莫说关津渡口，盘诘难行，你既不愿从他，一路喊叫，也要喊叫的犯了。况木官人为人本分忠厚，他岂敢为此犯法之事。你既从他至此，何苦为此分外之言诬他。如今就依着你说，他曾救你一死，亦算是有恩之人，也该报补他才是。且木官人性格温柔，你配了他，也不甚难为你，你何必这等执性？"翠娟道："他的恩德我何曾泯灭他？但我是何等人家，何等人品，岂肯与他作妻为妾？"那作说客的妇人，听了这妾之一词，只当是翠娟不肯与他为妾。遂乘机劝道："你还不知道，那木夫人与木官人甚是合不将来，木官人整年整月不与他见面。今日木官人娶你来，名为做小，实是两头大。且木夫人居城，又不曾生下儿子，离的此庄又远，一时也管不着你。这里又有你的吃，又有你的用。木官人既是爱你，你便是他贴心之人，日后倘生下一男半女，连家事都是你承管。儿子若是做了官，你还做奶奶哩！那做大的只跟着你看几眼罢了。你今日虽是与木官人做小，做小与做小不同，你快听我说，只宜一心和气的过日子，别要失了主意。"只这些话把翠娟烈性激起，变色怒骂道："你这村妇全不会说话，你将我看作何等之人。你去对那贼子说，我金翠娟冰清玉洁，心如铁石，尸可碎，头可断，而身决不可辱。"那妇人被翠娟骂的满面羞惭，说道："我来劝你，无非是为你，你既不听罢了，何必拿着旁人煞火。"说完，便出门去。这妇人到了前边，见了木大有说道："这女子性执拗，不可以言词说他。但我劝他时，他一口咬定说是你诓他来此，不知此事果是真么？"木大有道："你也不肯走了我话，此乃实事。"那妇人道："若果如此，外人耳目少不得也要打点打点。我如今替你设一计策：你把平日亲厚的托一位着他四外传说传说，只说你新娶美妾，要请客庆贺，似这等明吹明打做事，外人自不起疑，难得把人的耳目掩下。谅这女子有甚么牙爪，你怕他怎的？"木大有被这妇人一点，胆便觉的大了，说道："心肝，你这话说的甚是有理，我就依此而行。"

　　到了次日，遂托了一个厚友，叫做宋之朝，木大有平日与他有后庭之好。就着他周外邻近闲传了一声。俗语说的好：水向低处流，人往高处走。这木大有乃是个一方的财主，谁不思去奉承他。听的宋之朝说他娶了美妾，众人便攒全分资，做帐子，要举礼来贺。木大有遂定一个日期，又搬了一伙梨园，厅前还起了一座大棚，棚中陈设下数十席酒。到了贺日，亲戚朋友来贺者，共有一百余人。宾主行礼毕，各道了恭喜，遂入席坐定斟开酒，梨园扮起戏来。一时间珍馐罗列，众宾客虎咽狼吞。酒饭既毕，天色已晚，棚中掌起数盏明灯，令人将残肴撤去，席上又摆下几品饮酒之物，梨园扮演杂剧侑酒。这木大有只说被底鸳鸯今夜受，那知道竹篮打水落场空。

　　大家正饮到兴头，忽听的门外闹闹嚷嚷，乒乒乓乓一群人打将进来。灯光下，只见一个少妇领着数十个使女，各执短棍，逢人便打，打到棚中，将席面上家伙掀翻了一地。木大有看见也顾不的众客，先抱头而逃。众人看见这个光景，也都哄然而散。这个少妇方领一群使女往后去了。看官，你道这个少妇是谁？不是别人，就是木大有的夫人，叫做花夜叉的便是。木大有在庄上请客贺喜，要逼翠娟为婚的事情，不知甚么人已传到花氏耳朵里。花氏听了这个缘故，一时气破胸脯，遂点了手下数十个使女，领着打来到庄上。及打到棚中，不见木大有，一时怒气无伸，又领着使女们打来到后边。到了后边，入房一看，正见那两个妇人坐在床上，在那里咕咕哝哝劝化翠娟。花氏不用分说，将那两个妇人洞倒在地，骂道："你这两个淫妇，专一领着我家男人干此无王无法之事，不痛打你一顿如何出我的气？"遂令手下人打个不数。翠娟看见这个形势来的甚恶，只说没有好意，此时已打点一死。孰知花氏将那两个妇人打罢，近前安慰翠娟道："我家男子无状，得罪于你，幸得我来冲破，不曾坏你玉体。他的情弊，你的事情，我尽知道，千万看我面上别要与这强人计较。"翠娟听了这话，不胜感激，起谢道："翠娟今夕之祸如同噬脐，自料多分是死。今得夫人援救，不啻重生，夫人之恩德，教翠娟杀身难报。"花氏道："此处虎视眈眈，不可久居。我且带你同回城中，与小女盘桓几日。以后遇便，好送你回家。"翠娟道："此只凭夫人尊命。"众人便随在庄上宿了一宿。到了次日，令人收拾早饭吃了，然后带着翠娟，领着众使女一同回金溪而去。

到了家中，花氏即唤舜华与翠娟相见。二人一见，竟欢若平生。翠娟年纪比舜华稍长，花氏便令翠娟为姐，舜华为妹。从此情意相投，议论相合，或谈今论古，或分韵联诗，竟成了一对极好的女友。翠娟遂在木家住了半载有余。一日，花氏正欲安排送翠娟回家，忽传宸濠作反，各处江口关隘，俱被宸濠之兵截断。遂把送翠娟的事阻住了。翠娟恩感花氏之德，遂拜之为母。花氏看着翠娟亦如舜华一样，全分不出彼此。只是苦了那木大有，费心费力，竟弄了个画虎不成反输一贴。从此羞见亲朋，依旧还往外边做买卖去了。正是：

> 姻缘自古皆前定，不是姻缘莫强求。

不知金翠娟在木大有家，后来毕竟何如，看至九回。

第六回

渡清江舟中遇盗
走穷途庵内逢嫂

清江漠漠回归棹，伤心愁把渔灯照。若说不提防，如何讥慢藏。　　天涯身作客，飘泊欲何依。莫患路途穷，萍踪自有逢。

——《菩萨蛮》

话说吴瑞生与金翠娟楼下既约之后，因到书房打点了半夜，思量着要央郑汉源、赵肃斋向金御史作伐。到了天明，忽听说翠娟被贼劫去，就如一盆凉水浇在身上一般，捶一捶胸，跌一跌足，叹道："我吴瑞生怎么这般缘浅，前堆琼有约，平空里被奸人拐去；今小姐有约，又平空里被贼人劫去。天既不使俺二人得就姻缘，何如当初不使俺二人相遇；既使俺二人相遇，为甚么又拆散俺的连理？老天，你心太狠了！我吴瑞生那世烧了断头香，到处里再不能得个结果。"此时瑞生虽是着急，还是痴心指望擒着贼人，得了翠娟。谁知到了第二日，贼虽擒获，翠娟却无踪迹。心中愈觉难受，听了他一家啼哭之声，益增悲伤。背地里骂一声贼，怨一声天。待要哭，又不好哭出声来；待要说，又不好说出口来。因此，郁结于心，竟害了一场大病，整整睡了三个月，方才起身。以后还指望翠娟有了音信，续此姻缘，因在金御史馆中坐了三年。孰知空等了三年，翠娟的音信就如石沉大海一般。从此也就不敢指望。心中说道："小姐既无音信，我就在此恋着也是无用。罢，罢，不如我辞了金公回家，见我父母一面，寻个自尽，与小姐结来世之缘罢了。"定了主意，一日，金公与吴瑞生偶在斋中闲叙，吴瑞生便言及归家之事。金公道："小儿自承先生教诲，学业颇有进益。老夫正欲先生多在舍下屈尊几年，今日何为遽出此言？"吴瑞生道："晚生学问空疏，实惭西席之托。今令郎文章将已升堂入室，自当更求名师指引。且晚生离乡三年，二亲在家难免倚门之望。晚生今日此辞，实出于不得已，还望老先生原情。"金御史见他说到此处，也就不好十分强留，说道："先生归意既决，老夫只得从命。但从此一别，再会实难，还求先生再住几日，以待愚父子稍尽微情。"吴瑞生道："老先生既这等恋恋晚生，晚生岂忍遽归。数日之留，自当从命。"遂取过历书，定了回家日期。金御史回宅将吴瑞生辞归之事说与金洞，金洞闻之，亦觉凄然不乐。

荏苒之间，不觉早来到吴瑞生起行之日。先一日，金御史治酒饯行，还请了赵肃斋、郑汉源来相陪。即晚又使人送过礼来，礼单上开着束仪三百两，赆仪五十两。吴瑞生俱已收下。到了夜间，吴瑞生心中叹道："小姐，小姐，明日小生便舍你去了，你那里知也不知？倘日后回家不见小生，你的相思不知又当何如？小姐，小姐，我合你今生不能做夫妻，转期来世罢了。"念到此处，不由泪如雨下。又起来到了湖山之前，望湖楼之下，说道："当日你听我弄笛吟诗，是在此处；我合你约言订盟，也是在此处。可怎么情景依然，我那玉人儿可往何处去了！"触目所见，无非伤心之处，归到书房，寝不成寝。到了次日，琴童、书童将行李收拾完后，金御史又请吴瑞生前边吃饭。吴瑞生满怀心事，喉中咽哽，那里吃的下去，只每品略动几箸就不吃了。酒席既完，吴瑞生便起身告辞，金御史送至门外，宾主方洒泪而别。又令金洞骑马随后，相送出城。行了数里，来到望湖亭，那里又是赵肃斋、郑汉源治酒相饯。吴瑞生下马入坐说道："前日在金公处已与二兄叙过，何劳今日又为此盛举。"赵、郑二人道："相处数年，一旦舍弟而归，后会不知期于何日？今不过薄具一杯，与兄少叙片时耳。"吴瑞生道："数年蒙兄提携，受惠良多。今日之归，非弟忍于舍兄。但弟离亲既久，子职多缺，反之于心，夜不能寝，不得不归思频催也。"赵肃斋道："以吾三人诗酒相契，义浃情洽，即古之良朋，亦不是过。无奈子规催人，无计留住，此时虽与兄席上对饮，眼下地北天南，便作离别人矣。言念及此，何以为情？"郑汉源道："古人云：生离甚于死别，弟每以此言为过。今吾三人两情恋恋，难于分手，方信此语不为虚言，乃知未经别离之事，不知别离之苦也。"吴瑞生见他二人说的伤心，又触起自己心事，一时悲不成声，遂起身告别。金洞还欲相送，吴瑞生辞道："送君千里，终须一别，你不必送远了，你与赵、郑二兄同回城罢。"三人看着吴瑞生上了马，又各斟一杯，递与吴瑞生道："请兄满饮此杯，以壮行色。"吴瑞生接杯在手，将酒饮尽，在马上谢了，方才一拱而别。正是：

劝君更尽一杯酒，西出阳关无故人。

却说吴瑞生别了三人，领着琴童、书童上大路望西而行。正是有兴而来，无兴而返。心念旧事，目触新景，一路鸟啼花落，水绿山青，无非助他悲悼。行了半月有余，不觉来到清江。这江岸上有一镇，叫做清江浦。主仆三人遂在此处寻了寓处，吃了晚饭。又分付主人，教他江面上雇船一只，到明早好行。主人领命而去，不一时，见主

人领一大汉入店，见了吴瑞生，说道："相公雇船是明日用，是今夜用？"吴瑞生道："今日晚了，到明早行罢。"那大汉道："行船不论昼夜，只要顺风。若一日没有顺风，少不的等一日；一月没有顺风，少不的等一月；就是一年没有顺风，少不的也要等一年。今夜风势甚顺，在小人看来，不如乘着顺风渡你过去。这三十里水路，不到天明便至北岸。若等到明日，倘没有顺风，却不耽搁了路程。"吴瑞生道："今夜既有顺风，就是今夜渡过去罢了。"于是打发了饭钱，令琴童、书童携了行李，同那大汉上了船。船家乘着顺风，便开船往北而发。此时正是五月十六日，夜间风清月朗，那月光照的个长江如横素练一般。吴瑞生触景生情，忽想起去年与翠娟相约是此夜。翠娟失去也是此夜，今日归来亦是此夜。由今追昔，不由一阵心酸，因笔为情搁，不能成句，遂将昔人题咏稍更数字，口念道：

> 记得昔年时，月色如白昼。
>
> 月上柳梢头，人约黄昏后。
>
> 今日归来时，月明还依旧。
>
> 不见昔年人，泪湿青衫袖。

将诗句吟完，还坐在船头追维往事。忽然凉风起处，水势汹涌。抬头一看，只见星辰惨淡，月色无光。俄而，大雾蒙蒙，横塞江面，对面不能见人。吴瑞生忙归入舱中，见桌上残灯还半明半灭。正欲安排就寝，忽见两个艄工手执利刃望吴瑞生而来，又听的夜来那个大汉说道："不要杀他。咱和他往日无冤，今日无仇，得了他的行李，又残了他的肢体，太难为他，只给他个囫囵尸首去罢。"遂将吴瑞生夹于舱外，望江中一丢，那船便如飞的一般去了。瑞生此时只说身落江中，便随波逐流，命归水府去了。谁知他这一丢，却不曾丢在水中，还丢在一支船上。睁眼一看，见琴童、书童也在上边，心中又惊又喜，问道："你两个怎么也在此处？"琴童、书童道："俺两个还在船上做梦，不知那一个贼杀的和俺作戏，把俺移在这里。"吴瑞生道："你两个还在梦中。咱今日雇了贼船，方才那两个摇橹的艄工，要持刀杀我。亏了夜来那个大汉把他止住。要给我个囫囵尸首。因将我投于江中，不想就落到这只船上，主仆还得聚在一处。"二人听了，方如醉初醒，似梦初觉，大惊道："原来如此，但这只船可是从那里来的，不是神天保佑是什么！这都是二叔的洪福拖带俺二人不死。"吴瑞生道："你我虽是不曾淹死，只是这只船闪在江心之中，又不会摇桨摆橹，究竟不知飘流到何处才是个底

止。"琴童道："这却不足虑。难得遇了这个救星，捱到天明，倘遇着来往的行船，求他带出咱去就是了。只是身边行李尽被贼人得去，路途之中，可着甚么盘费到家？"书童道："难得有了性命，就是没有盘费，一路上做着乞丐求讨着到家，也是情愿的。"琴童道："羞人答答，怎的叫人家爷爷奶奶？你有这副壮脸，你自做去，我宁只饿死，不肯为这样下贱营生。"书童道："如何是下贱营生？我曾听的人说古记，昔有个韩信，曾胯下求食，又有一个郑元和，曾叫化为生。后来一个为了大将，一个做了状元。古来英雄豪杰，尚为此事，何况是你我。"吴瑞生道："你两个俱不要胡思乱想，到明日我自有安排。"二人方才不敢说了。主仆三人方住了话，只听的这只船扑通一声，几乎把他三个闪倒。往下一看，大喜道："此船已傍岸了！"书童胆大，忙从船头跳下说道："快下来，快下来！此处便是平地。"吴瑞生、琴童随后也一齐跳下。

此时大雾将散，云中微微露出月色。只见江岸上一带，俱是芦苇，全辨不出那是路径。又坐了片时，不觉东方渐白，忽看见芦苇之中有一条羊肠小路，主仆三人便顺着那条小径走去。走了顿饭时节，方才出离了江岸。吴瑞生对琴童、书童道："此处离清江浦料想不远。天明时节，少不的复到那里，同着店主人递张被劫呈子，是少不得要递的。"三人说着话，天已大亮。随问那江岸上住的人道："借问此处至清江浦有多少路？"那人道："我这里至清江浦有七百余里，若起早走，便近着二三百里路。"吴瑞生又问道："你这里不是浙江地方么？"那人道："我这里是江西地方，不是浙江地方。"吴瑞生听了此言，不觉呆了半晌，心中说道："一夜之间已行七百余里。若复回清江浦去，就未必这等快了。况贼情事又不是一朝一夕便能缉访出来的。经官动府，只尤耽误了自己行路。罢，罢，不如将那三百银子舍了，另求一条门路，转借几两银子盘费，着到家罢。我听的父亲说，江西有一位最厚的同年，姓钱字大年，是卢陵县人。但不知此处至卢陵有多少路？"又问："贵处是那一个县管辖？"那人道："敝处是卢陵管辖。"吴瑞生听说卢陵，心中甚喜。又问道："贵县有一位乡官，叫做钱大年，不知他住在何处？"那人用手望北一指道："前面那茂林之中，就是他家。"吴瑞生听了心中愈喜。幸得腰间还有几文余钱，便买了一个红笺，又求那人取出笔砚，写了一个年侄拜贴，别了那人，遂领着琴童、书童，望那茂林走去。走了二里余地，已来到钱大年庄上，问了他的门首，便令琴童将贴投入。不一时，只见一位苍颜白发老首，扶着藜杖出来，将吴瑞生迎入客舍。瑞生拜毕，分宾主坐定，钱大年问道："贵省来到敝处，有四千余地，今年侄远来，有何贵干？"吴瑞生遂将游学浙江，处馆金宅及江中遇盗之事，说了一遍道："今日身边盘费一无所有，路途遥远，难以回家。闻的年伯在此，特来相投。"钱大年道："吉人天相，古之定理。今贤侄遇此颠险，能免患害，这都是尊公阴德所感。"吴瑞生道："晚生在家闻家父言及老年伯之盛德，不胜企慕。今穷途归来，得以亲炙懿光，觉深慰所怀。"钱大年道："老夫与尊公交成莫逆，自京都一别，倏忽廿载有余，虽怀渴思之情，奈远莫能致。今见贤侄，即如见尊公之面。"一面说着话，一面令家人收拾饭来，待了吴瑞生。吴瑞生遂在钱大年家住了十余日。一时，吴瑞生欲告别回家，钱大年遂凑了一个路费，临行送与瑞生道："贤侄远来，本当从厚。奈家寒无以措办，谨俱白银二两，具备途中一饭之费。"吴瑞生将银收下谢道："既来叩扰，又承馈赠，多感多感。"遂别了钱大年，上路而行。

吴瑞生原生于富贵之门，何曾受此徒步之苦。一日只好行数十里路，便筋疲力软，走不动了。且二两银子怎禁的他三人费用，不消十数日，依旧空拳赤手。一日，因贪走了几里路，失了宿头。天色渐渐晚上来，又行了里余，忽然来到一洼，但见荒烟漠漠，一望无际。主仆来到此处，遂不敢前进。吴瑞生道："此地前不着村，后不着店，今夜却宿在何处？"琴童道："这堤岭之东，隐隐约约，似有烟火一般，咱且到那里一看，倘有人家居住，不免求借一宿。"吴瑞生道："如此亦可。"主仆三人遂顺着堤岭走去，来到近前，抬头一看，却是一座寺院，但见：

　　山门高敞，殿宇巍峨。钟楼与鼓楼相连，东廊与西廊对峙。风振铃铎，雁塔凌空高屹屹；香散天花，龙池流水响琅琅。悠悠扬扬，送来一派木鱼声；氲氲氤氤，吹过几行香火气。

那山门上题着三个大字，叫做法华庵，庵东边有一位大宅，楼房虽多，却俱已残落。吴瑞生遂走到近前一看，见门已封闭，静悄悄寂无人声。又复转到庵前，见了一个牧牛童子，问他道："此庵是甚么人住持？"那童子道："庵中住持的，俱是紫尼姑。"吴瑞生向琴童、书童道："若是男僧可以借他一宿。既是尼僧主持，岂容我男子人宿卧。况此处又无他家可以借宿，不如在这山门下好歹存榻一夜，到明日再作区处。"书童道："在这山门下宿一宿，到也罢了。只是肚中饥饿，怎么捱到天明？"吴瑞生遂既到此地，也说不的不捱了。主仆正在艰难之中，忽从庵内走出两个小尼姑来，说道："列位请走动走动，我要关门哩。"吴瑞生道："俺们是行路之人，因失了宿头，来在这里。惟求师傅开方便之门，容俺在这山门下存棍一宿，到明早便行。"那两个小尼姑道："我庵内俱是女僧，你男子人在此宿卧不当稳便。"吴瑞生道："你在内边，俺

在外边，有甚么不稳便。"那两个小尼姑道："似你说的这话就不在行了，俺出家的尼僧，也要避个嫌疑。你既是行路的客，怕没有大房大店歇？似你没名没姓，身边又无行李，声音又不象此处人，谁知你是好人歹人？怎容的你在我这山门下宿卧。"吴瑞生当此失意之时，又被他说了这些无状言语，便激动了心头之火，骂道："放你娘那狗臭屁。我吴瑞生是当今才子，谁不认的我。如今反拿着我当做贼人，是何道理？就是这个庵观也是四方物力修造的，有你住的，也就有我宿的，难道你独占了不成？"那个小尼姑道："你说的这话只好吓那三岁小孩罢哩。既是有名的才子，自然朋友亲戚相投一个家，腌头搭脑，如同叫花子一般，还来在我山门下宿卧什么？才子，快出去，快出去！"说完，一个扯着往外拉，一个推着从后搡。气的吴瑞生暴跳如雷，喊叫道："没有王法了！尼姑凌辱斯文，该问何罪！"琴童、书童看了也都动了气，正欲上去行粗，忽见从内又走出一个中年尼姑来，喝道："你们放着山门不关，吵闹什么哩！"那两个小尼姑听见，舍了吴瑞生，进去向着那个中年尼姑说道："这山门下不知从那里来了三个小伙子，要在这山门下宿一夜，我说俺这庵内俱是尼僧，你在此宿卧不便。他说是我给他没体面，要行凶打我。俺因此和他吵闹。"那个中年尼姑道："想是吃醉了的人。将好言语安慰他几句罢了，何必和他吵闹。待我出去劝他。"这个中年尼姑出离山门，将那吴瑞生看了一眼，不觉挣了。吴瑞生将那个中年尼姑看了一眼，也不觉挣了。二人看罢多时，遂放声大哭。看官，你道这是什么缘故？

这位中年尼姑不是别人，就是吴瑞生的嫂嫂宋氏。当年被赵风子掳来这江西地方，夜间得空逃出。因离家太远，不能回归，遂在这法华庵中修行了。他的师父给他起了一个法名，叫做悟圆。上年，他师父死去，悟圆便做了此庵长老。此时正在禅堂打坐，忽然听见外边吵闹，因出来看门。将吴瑞生看了一眼，认出是他叔叔。吴瑞生将悟圆看了一眼，也便认出是他嫂嫂。认的真了，所以放声大哭。二人哭罢多时，同至后边，悟圆便问吴瑞生来此之故与家庭安否，吴瑞生自始至终，详详细细说了一遍。悟圆闻之，亦不胜叹息。各慰问毕，悟圆遂收拾素斋与吴瑞生吃了。琴童、书童，一日没吃饭的人，也都饱餐了一顿。这庵中有静悟轩一所，甚是幽静。此轩便为了吴瑞生下榻之处。悟圆陪吴瑞生同至静悟轩中，又叙了几句话才出门。忽见一位老妪走入轩来说道："我来寻师父，有要紧话要你和说。"但不知这位老妪是谁，要说什么话，有分教：桃花一片随流出，勾引渔郎上钓台。且看下回分解。

第七回 水小姐还愿祈母寿
王老妪索诗探才情

殿堂深，轻舒纤手把香焚。把香焚，虽云为母，一半思君。闲托蝶使觅知音，果然诗向会家吟。会家吟，因风寄去，试问同心。

——右调《忆秦娥》

却说悟圆与吴瑞生在静悟轩中叙了几句话，才待出门，忽见一位老妪走入轩中，要与悟圆说话。悟圆让他坐下，说道："王奶奶，你夜晚至此，有甚要紧话说？"王老妪道："昨日奶奶有病，小姐许了一个香愿。如今奶奶好了，到七月初四日，小姐要同奶奶来还香愿。因日间没有暇工，小姐着我夜间对你说声，到那还愿之日，你好安排。"说着话，又从袖中取出一个小包儿道："这一两银子是小姐的一个布施，你好收下使用。"悟圆道："自我来到这里，屡蒙奶奶、小姐看顾，这两银子怎好收他的。"王老妪道："这个布施是小姐送来，与你供佛前香火之资，又不是当人情送你，你怎的不好收？"悟圆道："既这等说，我收下便是。"王老妪又问道："这位郎君是你甚么人？"悟圆道："这是我家小叔。他游学江南，中途遇了贼船，行李尽行失去，因流落于此，不能回家。适才在山门下被我认了，只得留他权住几时。然后凑几两盘费，好安排他回去。"王老妪听了这话，又将吴瑞生看了几眼，方才出去了。悟圆送了王老妪回家，又使张妈妈送了一壶茶来与吴瑞生吃。瑞生问张妈妈道："适才这位老妪是甚么人家的？"张妈妈道："他是水宅上的个乳母。"吴瑞生又问道："是哪个水宅？"张妈妈道："相公又不是这里人家，你哪里知道这个水宅。水老爷当日是个进士出身，累任为官，曾做到四品黄堂。他因着没有子嗣，就不爱做官，告了职事回家，一心好善，穷人不知周济了多少，庙宇不知修盖了多少。就是这个法华庵也是他当初修盖的。谁知他空行了一生善事，到底没养个儿子。到了五十以上，止生了一个女儿，取名兰英。这兰英小姐虽是个女儿，还强的男子人百倍。"吴瑞生道："十个女儿当不的一个儿郎，怎说强的男子人百倍。"张妈妈道："小姐虽是个女儿，却生的聪明无比。当日水老爷因他生的聪明，便教他读书识字。凡古今书籍，经他一眼看过，再没有忘记的时节。又会做诗，又会作词，就是水老爷到是个名家进士，往往还做不过他，怎不说强如男

梦中缘

人。"吴瑞生道："女子有如此之才，亦自可嘉。若是有才无貌，也还算不的十全。"张妈妈道："相公你不问起小姐的貌来，我也无处说起。若说起小姐的容貌，真是天上有地下无，他那一种标致风流，就是画也画不出来，只恐西子、太真还比不过他。"吴瑞生道："小姐有才有貌，却聘于何人为室？"张妈妈道："当日水老爷因他有才有貌，毕竟要择一位有才有貌的男子配他。择来择去，那里得这样十全男子。如今老爷故去了，他如今孝服未满，还未受聘于人。"吴瑞生听了张妈妈这段话说，也觉津津有味。只是未见其人，亦不十分信他。将茶吃完，打发张妈妈去了。自己脱衣归寝不题。

却说王老妪与悟圆将话说完了，回复了夫人，又来到小姐房中。小姐见了，问道："布施可曾交于悟圆否？"王老妪道："幸得悟圆在庵，小姐布施，他亲手收去。但他庵中有一异事要说与小姐。"小姐问道："甚么异事？"王老妪说："我到他庵中，见他静悟轩中坐着一位年少后生。我问悟圆：'这位郎君是谁？'悟圆说是他小叔。我想：山东到此有四千余里，他家小叔来此做甚？况悟圆是流冠掳来的，乱军之中，谁与他捎信到家？我看悟圆虽是出家修行，尚在中年，莫不是他欲心未泯，私养男人，干那无廉耻之事？"小姐道："悟圆凡事老成，料想没有此事。我且问你，那位后生有多大年纪？"王老妪道："我看只好有二十岁年纪。"小姐道："这必是他小叔无疑了。"王老妪道："小姐你如何便知是他小叔？"小姐道："我母亲曾问悟圆家中的来历。他说家翁是个贡生，丈夫是个秀才，还有一个小叔才十三岁。悟圆来此整整七年，你那后生只有二十岁年纪，十三搭上七年，恰是二十年，年纪相投，便知是他小叔。"王老妪道："小姐料的也是。不想悟圆有这般一位清秀小叔。"小姐道："那里见他清秀？"王老妪道："观他容貌，飘飘欲仙，恍如玉树临风前，真有潘安之美丽，卫之风流。"小姐道："他生于名门，出于贵族，自然人物不俗。"王老妪沉吟一回说道："老身还有一句贱言奉告，只恐小姐嗔怪。"小姐道："奶娘还有甚么话说？"王老妪道："我看此人仪容出众，自是青云之客、台阁之器。当日老爷为小姐择婿，再择不出这等人来。若是老爷在时，斯人必中其选。小姐如不肯错失此人，待老身与奶奶商议招赘此人与小姐为婿。才子佳人，两美相当，终身大事，庶无遗憾。不知小姐意下何如？"小姐听说把脸一红，说道："你这等老大年纪，婆口淡舌，说的是甚么话！"王老妪见小姐红了脸，就不敢往下说，方才各人睡去。

闲话莫叙。荏苒之间，不觉来到七月初四日。自那日吴瑞生听了张妈妈说小姐的颜色，也觉眼中出火，留心要他等来还愿时看个分晓。到了这日，预先藏在西廊之下，要候着偷窥。候到正午，见水家将还愿之物送来，就隐于窗棂之内，注睛以视。不一

时，只见昨日那位老妪引着夫人、小姐走入法华庵来。吴瑞生将那小姐一眼看去，但见：

　　鸦鬓轻分，娥眉淡扫。鸦鬓轻分，一片乌云疑墨抹；娥眉淡扫，两弯新月如钩横。莲步款款，宛同细柳迎风；玉质亭亭，无异新蕖出水。丰神婀娜，清姿却恶太真肥；体态轻盈，秀骨仍嫌飞燕瘦。果然闭月羞花貌，无愧鱼沉雁落容。

　　瑞生看了小姐容貌，方大惊道："张妈妈之言果然不虚。水小姐的颜色与我那金小姐的颜色难分上下。我吴瑞生从今又添上一相思也。"于是遂伏在中门外，遥遥相望。只见悟圆出，迎入殿中。小姐立在观音大士之前，焚香叩拜。真个是身轻似燕，体妙如莺。虽是一身缟素，但觉宝气焕发，神采夺人。小姐拜罢，悟圆又引至静悟轩中吃茶。瑞生一时神速，也随后到了静悟轩外，听见他嫂嫂说道："自奶奶抱恙，贫僧遂日在外穷忙，未得常常问候，心中甚觉不安。奶奶贵体如今可着实康健了？"夫人道："多承你挂心，近来身子也觉得渐渐旺相些。"悟圆道："奶奶病好，一来是奶奶有福，二来是小姐孝心所感。"夫人道："老身一病，倒身月余，说不尽他昼夜不离服侍汤药，还为我许香许愿，也难得他这一片孝心。"悟圆道："奶奶年高，小姐年亦及笄，东床之客也该及时招选了！"夫人道："如今孝服在身，此事尚不便议及。"说着话，张妈妈送了茶来，夫人小姐吃了一盏。夫人又问悟圆道："昨日听的王奶子说令小叔远来探你，尚在庵中，何不请来一见？"吴瑞生听的夫人要请他相见，故意在外咳嗽了一声。悟圆听的是瑞生声音，叫道："奶奶要请你相见，快进来参拜！"吴瑞生听的说，即把衣冠一整，走入轩中，朝着夫人便倒身下拜。夫人忙令王老妪拉起，说道："老身怎敢当此礼。"吴瑞生道："自家嫂嫂来到此庵，得蒙夫人提拔，使之获所。夫人之恩德，何异重生父母！老夫人应受晚生一拜。"夫人道："扶人之危，救人之急，此乃常事，何足以言恩德？"说完，即命吴瑞生坐在下边。小姐见了吴瑞生害羞，忙躲在夫人身后，藏着偷觑。夫人又问悟圆道："路途遥远，音信难通，令小叔何得至此？"悟圆遂将吴瑞生江中遇盗，潦倒穷途，山门下相认之事，说了一遍与夫人听。夫人听了说道："数千里之外叔嫂重逢，可谓世上奇缘。你当日削发亦出于一时之权宜。今既至亲见面，正好同归故乡，骨肉团圆。"悟圆道："贫僧既已出家，断无反俗之理。今幸见我小叔，即如见我翁姑一样。况他哥哥已死，尘缘既断，正好修行。又何必舍空门之寂静，而复堕尘世之若恼乎？"夫人叹息道："似你正当中年，就能如此苦修，何愁不登正果。真足令人起敬。"说着话，张妈妈又捧素斋至，悟圆令瑞生外出，自己陪着夫人、小姐吃了素斋。夫人谢了悟圆，方领着小姐、王老妪回家去了。回到家中，天色已晚。小姐服侍夫人睡了，自己回到房中。王老妪道："昨日说招赘那生的话，是为小姐终身之计。老身眼力，从未认错人。今日你亲眼见他，看他逸致翩翩，风流秀美，他日岂肯居人之下。此人正堪与小姐为对。倘错失此人，再求这样人儿甚难。况男女居室，人之大伦，原不是暧昧之事。小姐你不必说那隐藏的话，我实心告你，你也实心告我，小姐你可有些意思与他没有？"小姐道："人非木石，岂能无情。但我生来命薄，怎敢希望这样人家！"王老妪道："天生佳人，原配才子。月下冰老再无错配了的。难得小姐留心注意，便是姻缘，老身少不的还与夫人商议，然后行招赘之礼。"小姐道："此事亦不可孟浪。我虽有意于他，焉知他就有意于我？若是无意于我，他岂肯招赘我家？况他有室无室，总未可知。招赘之事，何可轻言！"王老妪道："小姐虑的也是。等悟圆不在庵中，待老身去当面问问，探他个端的，好定主意。"

一日，悟圆出外作佛事，王老妪知他不在庵中，假装来访悟圆。到了静轩悟中，见了吴瑞生问道："师父不曾在庵中么？"吴瑞生道："嫂嫂上会作善事去了，晚上方回。若有要紧话，说与学生，待家嫂来，我替你达于他罢。"王老妪道："原来没有甚么话说，不过是访他闲叙。"吴瑞生知道这个老妪是小姐近前人，有意要借他作针引线，便让他坐下。问道："这庵东宅舍就是水府么？"王老妪道："便是。"吴瑞生道："水老先生仙逝去有几年矣？"王老妪道："整整二年。"吴瑞生道："家嫂蒙水老夫人提携，学生深感五内，还借重妈妈见了夫人代学生多多致意。"王老妪道："这是不消说的，相公何时回贵乡去？"吴瑞生道："路途遥远，缺少盘费，一时且不能回家。"王老妪道："相公可曾进过学否。"瑞生道："游泮六七年矣。"王老妪道："贵庚几何？"吴瑞生道："虚度二十岁了。"王老妪道："家中可有夫人否？"吴瑞生道："学生还未有室。"王老妪道："相公年轻貌美，怎么还未议好逑？"吴瑞生道："学生有一段痴心，意欲得一位有才有貌的女子为室，无奈佳人难逢，所以迟到如今，尚中馈无人。"王老妪道："依相公说，要娶怎么样的女子？"吴瑞生道："学生不敢说。"王老妪道："此处无人，说亦何妨。"吴瑞生道："昨日见贵小姐容貌，恍若天上仙妹，不胜欣慕。学生平日所钟情者，即此人也。倘日后得遇这等女子为室，三生之愿足矣！"王老妪听了，故意作色道："相公此言大失老成。今幸得向着我说，若对别人说了，传到夫人耳朵里，那便怎了？后再有细密之言，只宜说与我知，再不可如此轻率。"吴瑞生道："学生领教了，以后谨依尊命。"说完，王老妪遂起身而去。吴瑞生见他去了，心中自思道："他今日问我的这些话，俱有意思。他虽未尝说明，我已窥出九分。小姐，小姐，我吴瑞生乃是善猜哑迷的杜家，你如何瞒得我？这毕竟是你眼中爱上我，要与我结为姻缘，故令此妪来探我有室无室。你我的姻缘，少不的要情在这老妪身上。等他再来时，我不免将言语挑动他一番，看是如何？"这且不在话下。

　　且说王老妪回到家中，见了小姐，将他与吴瑞生问答的那些言语俱述于小姐。小姐听了，也不回言，只是低着头整理自己衫袖。王老妪知道小姐有首肯之意，遂乘间与夫人言及招赘吴郎之事。夫人听了不肯允从。王老妪言之再三，夫人因他是山东人氏，非居此土，与之结姻甚觉不便，终是不肯。王老妪也无可奈何，只得将那夫人不肯之言说于小姐。小姐叹息道："我说我生来命薄，不能承受这样人家。终身之事，只凭天分付罢了。"王老妪道："小姐你怎见的命薄？"小姐道："当日老爹爹在时，为我选择佳婿，选来选去终遇不着才人。若是爹爹在世，我的大事，到底得所。孰知好事未成，一旦弃世而去。即此看来，则孩儿终身之事可知矣，非命薄而何？"说罢，不觉潜然泪下。王老妪道："人生虽有天命主张，然人尽可以回天，性定可以立命。你若是拿定主意始终不变，这段姻缘到底由我主张，就是天命也限不住你。"小姐道："你教我怎样尽人？怎样定性？"王老妪道："从来猩猩惜猩猩，才人爱才人。吴生有才，小姐所以爱他；小姐有才，吴生亦自爱你。两下相爱，自然心投意投，别也用不着，只要你二人当面一订。既订之后，此不他适，彼不再娶，坚守此议，至死不移。那时奶奶即欲不从，也不得不从你了。这便是尽人回天，性定立命的道理。"小姐道："此等事且不必提。但此人外貌可观，还不知他胸中抱负何如？若是有貌无才，也还配不过我。"王老妪道："我看此生一表人材，决非腹内空虚之人。小姐若是不敢取信，你试出一题目，待老身拿去着他吟诗一首，将来与小姐一看，或是有才，或是无才，便知分晓。"小姐道："若是出题，恐露出我的形迹，不雅。他静悟轩前如今秋海棠正开，只以此为题，着他咏诗一首罢了。"王老妪道："如此更好。"一日，王老妪乘间到了庵中。见悟圆不在，遂到了吴瑞生轩内。瑞生见他来，已忖知他的来意。便让他坐下，只等老妪开言，即乘机挑动。王老妪道："相公，你如今离家几年了？"吴瑞生道："目下将近四年。"王老妪道："你游学在外，误了考期，却不怕坏了自己的功名。"吴瑞生道："我在外游学，到那考日，家父少了不的替我递张游学呈子。就是宗师不允，除了我的功名，我吴瑞生看着取青紫如拾草芥，况是这顶头巾，何足介意。"王老妪道："相公如此大言，想是抱负不浅。"吴瑞生道："学生不是夸口，自觉才高班马，学比欧苏。莫论八股，或是诗，或是词，或是长篇，或是短篇，一题到手，洒洒千言，出口

便是珠玑，落纸尽为云烟。"王老妪道："相公负如此高才，此时轩前秋海棠盛开，何不题诗一首，以发其奇。"吴瑞生道："作诗甚易。只是眼下无知音之人，虽有佳作，谁与共赏？"王老妪道："相公如肯做诗，自有相赏之人，何愁莫有知音？"吴瑞生道："知音之人在那里？"王老妪道："相公你只管做，如能做的将来，老身包管你一个知音之人评阅。"吴瑞生听了王老妪这半含半吐之言，已忖定知音之人，的是水小姐。遂取过文房四宝，将题意关合小姐，提起笔来，一霎而成。王老妪在旁见他写的好，做的快，便是真正才子。心中说道："小姐佳配，除却此子，再无他人，小姐平日那样厚我，我若不与他撮合这段姻缘，则小姐不负我，我负小姐多矣。"立定主意，故失声赞道："好敏才，好敏才！有才如此，小姐，小姐，只恐你不能独擅才名于江右矣。"吴瑞生道："妈妈着鬼了，吟诗的是我，怎么说是小姐，小姐？"王老妪道："不瞒相公，我家小姐深通翰墨。当日老爷为小姐择婿，江右多少才子，再无人可称敌手。我只说才至小姐无以加矣。今见相公写的好，做的快，比着我家小姐，难分上下。正所谓泰山之上更有泰山，沧海之外复有沧海。故不觉失声赞叹，以至于此。"吴瑞生道："你家小姐既是闺阁奇英，我吴瑞生亦是海邦名士。两才相遇，岂可错过我的意思，欲借重妈妈将此诗拿去，求小姐一评。倘蒙赞赏，庶不使幽兰老于空谷，明珠沉于海底，不知你意下何如？王老妪道："我实对相公说罢，我家小姐负旷世之逸才，而一段爱才之心，极其真至。昨日见相公风流绝世，倜傥不群，意欲与你结为姻契，故令老身来探你的才情。今相公之才如此，谅无不中其意者。只是婚姻大事，必须念念至诚，我方为你图之。"吴瑞生听了大喜道："今妈妈言及于此，我吴瑞生一腔心事，可以吐露矣。小姐容貌，世间无两。昨日一面间，几不能自持。数日来，夜废寝，昼忘食，中心遥遥，如有所失。但思小姐是宦府千金，学生是他乡游子。虽有深情，只可自知，敢对谁言！今深蒙小姐不弃，又承妈妈玉成，正所谓好事从天降也，使学生欢欣无地。"王老妪道："大抵少年心性，易于改辙。今我家小姐将以终身托你，相公亦须全其始终，方见厚德。倘感于一念之私，而不为长久之谋，始则爱慕，终则弃捐，不惟使小姐抱终身之恨，即相公亦负薄幸之名，则老身之罪，即粉身碎骨，不足赎矣！此终身大事，断不可视为草草。"吴瑞生道："学生之心，可以对天地，可以质鬼神。倘得小姐为妻，而不如今日者，即狗彘不食其余。"王老妪道："相公果能如此，则吾家小姐终身有托矣。小姐在家专望回音，即此暂别，容日再议。"说完，将诗藏于袖中，方出庵去了。但不知后来的姻缘毕竟何如，且看下回分解。

第八回　真相思情怀一首诗
　　　　假还愿密订三生约

　　满怀愁恨难消抹，常把眉峰锁。问卿何事损娇容，只为当初一见两留情。
　　禅房深处欢无耐，偷解香罗带。此情厮守到何年？便到海枯石烂犹绵绵。

　　　　　　　　　　　　　　　　　　　　　　——右调《虞美人》

　　话说王老妪别了吴瑞生，将诗藏于袖中，回来献于小姐。小姐接来，展开一看，那诗道：

　　　　柔质凝羞娇异常，冶容翻到冷时芳。
　　　　欲从阆苑争奇艳，先向荒阶逞淡妆。
　　　　秀骨不随群卉老，清姿只共孤梅香。
　　　　名花岂忍甘零落，寄语啼鹃万断肠。

　　小姐将诗看完，说道："此诗取致遥深，寄情旷远。咏的是秋海棠，而冷韵幽香，句句竟似说的我。诗情如此，真不愧才人之目。若使为女子的嫁着这般丈夫，或月下联诗，灯前论古，岂不曲尽室家之乐。但齐眉之案偏我不着，这佳人才子往往美男守丑女，好女配拙夫，颠颠倒倒，令人不解其故。此天地间之一大缺陷也。"王老妪道："这也是小姐过虑，若说是齐眉之案找不着，这才子佳人古来何以有画眉之张敞，举案之孟光。彼以才子佳人而享夫妇之乐，岂小姐与吴郎独不能成为夫妇乎？"小姐道："如此之事，万中无一。从来天道忌盈，而忌才忌色尤甚。女子负几分才色，便为才色之累。他不俱论，即如淑真、小青二人，皆具绝代之姿，旷世之才，然虽有才色，却不得才色之报。以淑真之有色有才，却嫁个蠢丈夫；以小青之有才有色，竟遇个女平章。所以淑真有断肠之集，小青有薄命之叹。一则抑郁终身，一则抱怨而死，千载之下，令人悼叹，那姻缘薄如何作的准！"王老妪道："淑真、小青诚可悼叹，然当日之坠落苦趣，亦由二人之知经而不知权，守常而不达变。先王礼法之设，所以束庸流而不可束佳人才子，如崔莺之荐枕于张生，文君之私奔于司马，正所谓知权达变也。

若使二人执泝泝之节，竟为礼法所束，则嫁鸡随鸡，嫁狗随狗，吾恐淑真、小青之苦，二人先尝之矣。而待月琴心之美，何以能流传千古乎？"小姐道："奶娘之论亦自奇辟。但为女子的，生于深闺，训于保姆，使天生怜念，而令才子佳人通之于媒妁，成之以六礼，琴瑟静好，室家攸宜，则上不贻羞于父母，下不取贱于国人，岂非千古美事！无奈造物不平，人事多舛，才子偏遇不着佳人，佳人偏配不着才子，往往因爱幕之私，动钻穴逾墙之想，以致好逑之愿流为桑间，化为濮上。上既贻羞于父母，下又取贱于国人，即侥幸成为夫妇，而清夜自思，反觉从前之事，竟是一场大丑。此等姻缘，何足贵哉！"王老妪道："小姐论的固是正理，然彼一时，此一时，也要随时通变。当日老爷在时，为小姐择婿何等小心。若使老爷常在，何愁招不出风流儿郎！如今老爷故去，家下无人，老奶奶旦夕少不得招赘个人来承受家业。从来得失之机，间不容发，小姐若不乘此时立个主意，倘一朝错过，后悔便难。夫以小姐如此之品，一落庸夫俗子之手，必至唱随之地，反作断肠之天，则小姐未必不为淑真小青后来人，那时岂不自贻伊戚乎？"小姐听了王老妪之言，唬的毛骨悚然，叹道："女子一身难以自主，好丑妍媸惟亲所命。我今听你说道此处，甚觉有理。但虑那生籍系山东，非我同乡，倘他钟情不深，岂能久恋于此。只恐自献其身，徒以增辱，反不如听命由天，可使自心无愧耳！"王老妪道："小姐此言，是虑他恐有变更，而不知吴郎之心亦犹小姐之心也。吴郎之心小姐虽未知之，老身已知之久矣！小姐之心不惟老身知之，即吴郎亦知之久矣！"小姐惊问道："吴郎之心你怎么知道？我的心吴郎如何知道？"王老妪道："佳人才子相遇甚难，我为小姐谋，深于小姐之自为谋。欲做大事，自当不拘小节，小姐终身大事，除却此子再无他人。我昨日索做诗时，他的心事已尽情告于我，小姐的心事我已尽情告于他。两下之心既明，则蓝桥之路可通。蓝桥之路既通，则牛女之会可期。赤绳之系已系于此，又何必授其权于月下老人，听他颠倒哉？"小姐听了忸怩道："此虽是奶娘爱我之心，然月下偷期，抱衾自荐，岂是我宦门女子做的事！"王老妪道："西厢待月，彼独非相国女子乎！彼既可为，则小姐何不可为？"小姐道："西厢待月，乃由于一念之私，不能自制，而羞郎之心至今犹有愧色，非独崔莺愧，凡为女子者，皆以此为愧也。"王老妪道："使当日崔夫人能践普救之约，则崔莺必无自荐之事。使今日奶奶从吾招赘之言，则小姐亦必不为此私约之事。追其由来，自必有职其咎者，其过亦不专在崔莺、小姐也。"小姐听了沉吟不语。王老妪道："凡事三思，此事无容再思，老身主张的万无一失，小姐不必游移。"小姐道："既要如此，少不得把他身心系住，方可徐徐图之。"王老妪道："小姐长于吟咏，只用一诗寄去，便是良媒。"小姐

令王老妪取过文房四宝，抓笔在手，心中叹道："此岂是为女子做的事！这都是母亲无主张，迫我不得已而为之。我水兰英虽可恨亦自可怜。"不觉恸随笔转，泪合语下，吟成一绝。诗曰：

一种深情只自怜，偷传密语到君前。

君若识得侬心苦，便是人间并蒂莲。

小姐将诗题完，遂付于王老妪，令他随便传去。一日，王老妪到了庵中，避着悟圆，寻见吴瑞生。吴瑞生见是王老妪来，慌忙笑迎着："妈妈数日不来，学生甚是盼你。"王老妪道："相公不是盼我，却盼的我家信音。"吴瑞生道："此正所谓他人有心，予忖度之也。昨日，我那拙作小姐评的何如？"王老妪道："小姐看了大加赞赏，说相公句句是咏的秋海棠，却句句是咏的小姐，我家小姐遂许了相公是诗家第一人。"吴瑞生道："我吴瑞生今日又遇一知己矣！但只是此有所往，彼亦应有所来，我吴瑞生既不惜献丑，你家小姐独无一词相酬和乎！"王老妪道："我家小姐是深闺幼女，诗章岂可传露于外！"吴瑞生道："业已许为夫妇，夫妻之间何避嫌疑。"王老妪道："夫妻固是夫妻，夫妻二字相公是心中这般说，还是口中这般说？"吴瑞生道："心即口，口即心。学生若是心不应口，口不应心，前已说过，如此之人，即狗彘亦不食其余！"王老妪道："毕竟如此，方是真正夫妻，不是露水夫妻。小姐和章已在老身袖中。"吴瑞生听了，便深深一揖道："愿求一观。"王老妪方把小姐和章拿出，递于吴瑞生。瑞生看完，大喜道："小姐情真如此，我吴瑞生怎敢负他！"便自誓道："若今生与小姐为夫妻，而不全其始终者，有如此日。我亦依韵和成一首，求你带去，以表我心。"遂将诗写完，付于王老妪，王老妪拿回家中，才待取出与小姐看，忽见夫人进房坐下，说道："我儿，男大须婚，女大须嫁，男女居室，人之大伦。我为娘的也守不的你到老。适才媒人来说，周员外家欲聘你与他次子为室，我闻周员外家计丰饶，尽可度日，且邻村不远，过门之后，也好便于往来。此时媒人尚在我房中，专等你一言，我好回他。"小姐听了，沉吟半晌说道："今日母亲分付，非孩儿逆命，然婚姻大事，也要门户相当。古人云：'屏风虽破，骨格犹存。'今虽家业凋零，而宦门气象俨然。如昨孩儿闻的周家父子皆作商贾生理，今以孩儿如此之人，嫁作商贾之妇，窃恐有玷于门风。且当日爹爹为孩儿选择佳配，何等谨慎，今日爹爹方死，黄土未干，而当时遗志竟一旦置之度外，不与爹爹为孩儿择婿之心相刺谬乎！况孩儿年纪尚幼，婚姻未至怨期，甚么要

紧！母亲你且勿许他。"夫人见小姐说的有理，遂回了复了媒人。小姐俟夫人出房，方问王老妪要出诗来展开细看，诗曰：

> 彼美偏宜才子怜，神魂已到宝妆前。
> 常留金屋阿娇地，迎取华峰十丈莲。

小姐自见了此诗，知道吴瑞生以金屋阿娇待己，遂一心一意注于瑞生。只是夫人家教甚严，提防甚密，虽两下有情，只好借王老妪代为转致。即欲当面一见，对面一语，无论彼无由入，即此亦无由出。且自此以后，提媒者又纷纷而至，夫人与小姐商量，小姐坚执不肯，若欲强他，他便欲投环赴井，夫人也无可奈何，只得一概辞了。王老妪便乘着此机微微言及招赘吴生之事，奈夫人又不搭腔，他也坚持不允。

小姐一腔心事，尽变作愁城怨府。从此面庞也渐渐瘦了，腰肢也渐渐损了。一月之间，遂至倒身不起。夫人看见慌了，各处请人调治，虽然用了几剂药，就如以水投石一般，那里能取效验。一日，夫人不在近前，小姐语王老妪道："我这病惟你晓的，亦惟你治的。我母亲虽请了卢医扁鹊来，也无济于事。我如今病势沉重，料来是死，就收着吴郎这首诗也是无用。你替我将诗还他，更与我多多致意，对他说小姐薄命，运途多乖，约言未践，病魔忽临，奄奄之命，难以存活。教他另议好逑，别求良缘。我死之后，勿以我为念。吴郎，吴郎，我与你今生难得会，重结后生缘。"说罢，遂呜呜咽咽哭起来，王老妪道："小姐别要说这断肠不吉利的话，凡事只患彼此无心，既是彼此有心，便山高水深也阻不住，奶奶如何阻的住你。你只管保养身躯，待你病好，我必然设处一法，教你与吴郎一会。"小姐道："你教我如何得会吴郎？"王老妪道："十月初三是黄家奶奶寿日。那日奶奶必亲去祝寿，悟圆还领众徒们替他诵经一日，庵中甚是清静。你的病若好了，我替你请命奶奶，只说你的病是菩萨梦中治好，说你许了一个香愿，到初三日要还，奶奶极信鬼神，此事再没有不依从的。到那日，我预先令吴郎托事外出，仍着他隐于轩中，一来免夫人之疑，二来遮众尼之目。如此便教你得会吴郎。"小姐听了喜道："此计甚妙，你须为我急急图之。"从此以后，小姐病体便日好一日，不消半月，病已痊愈。王老妪遂将梦中菩萨治病与小姐许还香愿之事与夫人说了，夫人果然不疑，便许他初三日还愿。

真正是光阴迅速，荏苒之间，已来到十月初三日。先一日，王老妪至庵中将此事说与瑞生，着他托事外出，仍隐于轩内。到了这日，夫人看着打点下小姐还愿之物，

然后邀着悟圆一同往黄宅去了。随后小姐与王老妪用了早饭，先使人将还愿之物送去，傍午方到庵中。此时惟有张妈妈在庵看守，见了小姐让至禅堂，吃了茶，然后方领着小姐佛前还愿。小姐还愿毕，又让至禅堂待茶。王老妪道："我闻吴相公有事外出，轩内无人，我同小姐到那边随喜随喜。"张妈妈道："吴相公不在家，家门已封锁，待我开了门，你好进去。"原来这静悟轩虽在庵中，却别为一院，甚是幽闲。关了院门，闲人俱不能到。张奶奶开了门，回来道："王妈妈，你陪小姐随喜去罢。我往家安排素斋，好待小姐。"王老妪方领着小姐往静悟轩去。进了门，即将门关紧，到了轩前，吴瑞生从轩内迎出道："小姐至此，卑人迎迟，只恐今日此会，犹是在梦中也。"小姐未见吴瑞生时，安排着无数相思要痛说一番，及至见了面，却羞的粉面通红，低着头全不言语。吴瑞生知道小姐是碍着王老妪不好说话，便调了眼色。王老妪会意，说道："你二人在此叙话，我在轩后方便方便再来。"王老妪外出，吴瑞生执小姐手道："前闻小姐贵恙，令卑人惊之欲死，今见小姐玉容，又令卑人喜之欲狂。卑人无德无才，何敢当小姐垂青顾盼？"小姐方才启朱唇，露皓齿，娇滴滴说道："妾与郎君钟情不浅，自先前一见，即思愿托终身。昨聆佳章，又感君爱妾之至，几欲投入君怀，痛说相思。但恨身无彩翼，难到君旁，使妾一片深心积思成劳。昨日一病，几登鬼录。你看罗襟点点，都是思君之泪也。"说罢潸然泪下。吴瑞生亦下泪道："小姐错爱卑人至此，教卑人如何消受。他日即用金屋以贮嫦娥，焚香顶礼，犹觉不足以报小姐之恩！"小姐道："妾生来命薄，安敢望此。只求郎君谅奴苦心，不以今日之自荐为丑，取之左右，以充下陈，则郎君之深德厚意，波及于妾者即不浅也。"吴瑞生道："卑人以他乡游子得睹小姐芳容，已觉幸出望外，又蒙许以姻契，更觉喜溢五中。但卑人还有一椿心事，必与小姐说明，然后方可议终身大事。"小姐道："郎君还有甚么心事？"吴瑞生道："大凡作事，必谋其始，始而不谋，后必不臧。今与小姐初会，此事自不当言。但不言则恐害卑人之意，言之又恐伤小姐之心。小姐必谅其微诚而曲宥之，卑人方敢明言以告。"小姐道："郎君有话，但说不妨。"吴瑞生道："卑人昔在浙江曾与金小姐有约。今蒙不弃，又得与小姐有约。独是金小姐之约约之在先，小姐之约约之在后，今必先有以处金小姐，而吾与小姐终身之事方可议及。"小姐听了，沉吟半晌，叹息道："水兰英所遇如此，此乃缘之悭也，分之浅也，命之薄也。妾与郎君只可见一面，通一语，以了从前之愿。自此以后，不敢复议终身大事。"吴瑞生道："卑人所以重金小姐，正所以重小姐也。使卑人得遇小姐，而即忘却金小姐，则今日爱小姐之心，亦可转而属之他人矣，亦何重卑人哉！卑人之心，小姐独不能曲而谅之乎？"小姐道："郎君之心，妾非不知其至诚，但君既有佳偶，又焉用妾之鄙人！"吴瑞生道："小姐说的是甚么话！卑人为着小姐，不知受过多少苦楚，多少凄凉，方得与小姐一会，卑人岂敢有薄待小姐之心。但事有先后，不可含糊，必欲使卑人以处金小姐者处小姐，在卑人即为不义。倘小姐又以金小姐之故而弃掷卑人，在小姐亦为不仁。舍此之外，自有两全之道，还望小姐曲成。"小姐道："如君所言，必他日金小姐居君之正室，妾则备小星之列，庶仁与义可以两全。但只是妾望郎君之初心非为是也。"吴瑞生道："凡事有常而亦有变，处经而后可以处权。佳人才子失之甚易，而得之甚难。况同为夫妇，而何论先后。即序有先后，而爱岂分彼此。且金小姐与小姐俱是一代淑媛，两美相合，岂生妒忌。虽是姊妹，实为朋友，谈论吟咏，亦不孤寂，岂必一夫一妻之为正哉！"小姐道："前云未有室，今日有之，亦何相瞒之甚耶！"吴瑞生道："卑人虽与金小姐有约，不幸被贼劫去，至今音信全无，婚姻之事，尚属画饼。固不得言其有，亦不得言其无也。"小姐听到此处，知金小姐身已无踪，吴郎尚不背盟，心中益加敬重。且念金小姐既无音信，姻缘难以作准，遂一口许了道："郎君如此义重，妾身愿奉箕帚。"吴瑞生见小姐许了，便深深一揖，道："小姐既肯俯从，则小姐不失为仁人，卑人不失为义士，使金小姐得以善其始终者，皆小姐之赐也。小姐之恩不独卑人感之，即金小姐亦无不感之。"说罢，即欲求欢，小姐亦不甚拒。遂把禅床权作鸳鸯枕，说不尽千般恩爱，描不出万种温存，直至妙发丹田，春生洞口，方才敛衣而起。小姐道："不意道旁一颗骊珠为君踏破，倘他年得侍巾栉，勿以此为鄙而弃之，幸甚！"吴瑞生道："后日若作薄幸之人，而忘小姐之恩，使天不覆地不载矣！"二人说着话，王老妪进轩说道："恭喜你二人得就姻缘，志已遂矣！愿已偿矣！你且暂时分手，再图后会，不可恋恋于此，被人看破。"吴瑞生道："才得相会，又作离别，从此一别不知何日才得相逢?"王老妪道："有老身在，必不使你二人久受孤单。此时，奶奶不久回家。后边日子甚长，岂在今日?"说罢，二人才洒泪而别。吴瑞生送出小姐，仍从轩后逾墙而出。小姐复到禅堂要别张妈妈，张妈妈那里依他，必留他吃了素斋，方才放去。小姐刚到家中，忽见夫人慌慌张张从外来到，对着小姐说道："我儿，众生祸事到了，咱娘儿们只怕也不能相完聚了！"小姐听说唬的面如土色，但不知是甚么祸事，且看下回分解。

第九回 遭流离兰英失母
买针指翠娟认妹

不为离乱人，宁作太平犬。离乱最伤心，骨肉相抛闪。何处是家乡，望断山河远。萍梗在天涯，幸遇知音揽

——右调《生查子》

话说水兰英在庵中会了吴瑞生，刚到家中，忽见夫人慌慌张张从外走来，对小姐说："有祸事到了！"小姐慌问所以，夫人道："适才与你妗母祝寿，听的你舅舅说去年宸濠作反，宸濠虽被王守仁擒获，还走脱了吴十三，闵念四。他据住了一座大山，一年之间，又养成气势，逢州残州，逢县破县，势不可当。他如今又要来南康劫粮，我这里正当南康之要路，怎能免他残害。我儿，这却如何是好！"兰英听了大惊道："孩儿自幼未经离乱，母亲年老，家下又无男人，孤孀幼女，知道往何处躲避？我一家儿多应是死也！"说罢，两泪交流。王老妪道："事到其间，虽是避不的死，也要少不的死中求生，岂有闭门待毙之理！凡库中细软，该安排的也须及时安排，拿不得的藏在家中。拿得的带在身边，到那急危之时，也好买条路走。一味啼哭，当的甚么！"夫人见王老妪说的合理，遂与小姐把家事安排到半夜，方才收拾睡觉。小姐回到房中，自叹道："我水兰英好命薄也。好事方才有成，又忽然生此风波，我与吴郎生死尚未可保，姻缘怎能保的稳！这是我生前不曾带得风光来，故今世里多此魔障。"小姐有事关心，一夜也未曾安寝。到了次日，又见悟圆来说道："今贼兵已过九江，高此只有百十里路，我这里必不能免。奶奶宅上有该收藏的东西，宜早些收藏。待信息急了，贫僧好来同去避难。"夫人道："如今性命尚未可知，还有甚么心情顾惜家当！老身年过花甲，就是死了也不为早，只苦了我兰英女儿。他年纪又小，姿容又美，只恐脱不的贼人之手。我思到此处，不由肝肠俱裂，可不恼煞、苦杀我也！"说罢，竟放声大哭。小姐见他母亲恸哭，不觉泪从眼落，说道："母亲为着孩儿这等关情，教孩儿怎忍坐视！我想人生早晚是死，与其死于贼人之手，不如孩儿先寻个自尽，到还爽爽利利，免的母亲牵肠挂肚！"夫人道："你若死了，教我独自一个人靠着何人？如今且不必死，到那躲不得时节，我和你同死罢了！"悟圆道："奶奶、小姐都不要说这尽头的话，从来

生死有命。若是命里该死，就遇着清平世界，安常处顺，也躲不了无常；若是命里不该死，就在那万马军中，刀枪林里，也不能伤害性命。我看奶奶、小姐俱是有福之人，那时自有神明保佑，何必如今搭上这个苦恼！"三人说着话，只见王老妪喘嘘嘘的从外跑来，说道："贼兵不久就到。门外逃难之人，拖男领女纷纷不绝，奶奶、小姐，咱不可在家死守，也要出去躲避躲避。"悟圆听了说道："你们在家守候，待贫僧到庵中安排安排，再听一听信息，好来报与你。"悟圆去了，没有顿饭时节，只见他领着两个徒弟，各人携了包袱回来道："不好了，贼兵将近，目前快些逃躲，不可迟延。"夫人小姐听了，吓的面如土色，浑身抖索，忙把金珠首饰藏在身边，一同出了门。只见男男女女，俱望东齐奔窜。悟圆道："村东南有一沙滩，离此只有十数里地，那里树林茂密，可以躲藏。"夫人道："只求师傅引路。"于是六人遂望东南走去。到了沙滩，天色已晚，大家坐在树下。王老妪道："俺们年老的俱是无用之人，小姐容貌美丽，当此兵荒马乱之时，甚觉可虞。"兰英道："曾闻古人避乱，断发毁容，能免患难。孩儿如今正当效此。奈不曾带的剪刀来，如何是好？"夫人道："也不用如此，你只把青丝拖乱，娇容秽污，亦可免祸。"悟圆遂将小姐青丝拖开，娇容污乱，说道："如此便可作护身符法。"兰英叹道："世人往往自恨无有姿色，我今日始知玉颜为身累也！"

　　六人说着话，日已落地。此时正是十月初旬，夜间西北风微起，只刮的林木洒洒，衰草萧萧，甚是凄凉。又见正西彻天彻地一派通红，那马嘶之声渐闻于耳。坐到半夜以后，忽听的鬼哭神嚎，贼兵前队已来到脚下。六人正欲逃奔，又见寇兵漫山漫野而来，那逃难的男女乱奔乱窜，只见贼人逢着男人便砍，逢着妇女便掳。不一时，后边大队又至。兵马来至，将他六人一冲，此时女也顾不的母，母也顾不的女，各人顾命而去。只闻的遍地哭声，好不凄惨。待在下作一篇离乱古风与众人看，诗曰：

数万挽枪动地来，妖氛焰焰震八垓。

雷击星驰风雨骤，蛟龙化作万民灾。

势同河决泰山倒，红粉黄金任意扫。

霜锋闪处鬼神惊，一时人头如刈草！

青磷照野助惨凄，尸横满野血成渠。

妇寻夫兮夫寻妇，母哭女兮父哭儿。

试问此行住何处？昼隐蒹葭夜伏树。

讹闻风唳便逃奔，人心怆惶如惊兔。

家乡一望难回首，村落荒凉寂无语。

归来不见去时人，惟有残阳夕落堵。

世间何事最伤悲？说起干戈尽断肠！

安得长鲸随势灭，兵气消为日月光。

　　大家逃到天明，寇兵后梢渐稀。兰英四下一看，只有王老妪、悟圆和他两个徒弟未曾失散，独不见了夫人。兰英放声大哭道："我母亲怎的不见，莫的不是被贼人伤了？母亲若死，我何以独生！罢，罢，不如爽利死了，免的活着受罪。"说罢，便望着一树触去，亏得王老妪手疾眼快，跑上去一把扯住，说道："小姐，切不可自寻短计。万一奶奶无恙，你先死了，岂不愈增他伤悲？"悟圆劝道："小姐你今日幸得保全，这便是神天保护。如此看来，老奶奶也料想无患，贼兵过尽，奶奶自有信息，你何必这等短见！"兰英被王老妪、悟圆劝了这一番，方才收住眼泪。悟圆道："此时贼人出没，且不敢回家。这里有一位周道人，是我的熟友，咱且同到他家歇息一会，扰他一顿斋饭，再访问夫人的下落。"王老妪道："如此亦好，全仗师父携带。"于是，悟圆遂领着众人一同到了周道人家，周道人便留下他五人住了几日。王老妪便乘闲出于门外，逢着逃乱之人，即访问夫人的音信。孰知访来访去，终是访不出个下落。兰英见他母亲无有音信，饭也不吃，只是终日啼哭。悟圆道："小姐你不用这等悲伤。此时贼已东去，路途渐平，焉知不是夫人先回家去了。到明日同到家中一看，便知吉凶。"兰英道："我如今望家之心甚切，倘母亲先回，那时不见我面，不知又是怎样着急。只求速速回家便了。"众人正要打点回家，又忽听的一个凶信，说是贼兵到了广信，被巡按萧淮发兵截住去路，贼人复回据了青云山，敌抵官兵。山下民间房舍拆了一个土平，居人逃窜殆尽，此时竟成了一个战场。兰英听了这信，大惊道："这青云山即在我的庄后，这等说起来，我无家可奔了。你们可以往别处去的，我乃闺门幼女，教我投奔何人？此时我母亲多应是死，不如一同死了，到还斩断些。咳，不想我一家之人，竟是这样结果。"遂一手扯着王老妪，哭道："你孩儿一腔心事，是你知道的。我也别无嘱付，我死之后，只借重奶娘表明我的苦心，我水兰英好命苦也！"说罢，越哭越恼，越恼越哭，只哭的人人掉泪，个个伤心。王老妪听了小姐这话，明知他是为吴瑞生那桩事，碍着众人，不好说出口来，不由眼中也掉下泪来，劝道："小姐，你如今只宜往那好处寻思，别要往那不好处寻思。似你这等青春年少，如一朵花才开一般，后边日子尽有好处。难得有老身在，我抚养你一场，我就是你的亲人，你那事情我自然还你个收场结局。就是奶奶有些吉凶，似这乱军之中，生死谁能保的？既到此地，只得也是凭天安置。况老爷又无子嗣，止生你一人，你就是他的一点骨血。你若是轻生而死，究竟无济于事，徒把你水门一脉绝了，有甚么好处？小姐你须三思。"悟圆道："王奶奶俱是说的正话。小姐你的前途远大，只得要割情忍痛，以为后图。"

三人话未说完，只见周道人进来说道："适才那信息极真的，如今家家俱要安排着南奔，就是此处也是住不稳的。"悟圆道："此处离青云山只有数十里地，不惟说是受贼人之害，就是那官军来讨时，也只是拿着平民吃苦。只恐那骚扰之惨，还甚于贼人。我有一个师兄，叫做悟真。他在金谷县白衣庵主持。到那里只有三百余里，不如我和王奶奶同着小姐投奔他去，那里还可以避难。"王老妪道："你们都是出家之人，俺们不僧不俗，怎好去打扰他。"悟圆道："王奶奶说的甚话，贫僧受水奶奶多少恩德，也是该报答的。如今小姐在难中，难道舍了你们我自己去罢？"王老妪对着小姐说道："师父既有这段心意，我和小姐且从他到那里权避几时，待贼人平覆了，然后再回家来。小姐你的意思还是何如？"兰英道："母亲还未有下落，教我如何利亮去的。"悟圆道："如今乱军之中，遍地是贼，小姐又是女流，待往何处寻奶奶的下落。不如且上了路，在路途之中，再细细访问罢了。"兰英此时心里寻思着，欲待不去，家已残破；欲待死了，又恋着吴瑞生，且觉徒死无益。正是万剑攒心，泪如泉涌，大哭道："我苦命的母亲，你干养你女儿一场，你女儿不能做那喝海寻亲的事，我兰英之罪，就是死也不能赎！"兰英正哭到痛处，外边忽传贼人要来此处抢粮。大家出门一看，果见家家门首，大车小辆，驮男载女，俱要安排着南逃。悟圆道："信息急了，不可停留。"遂别了周道人，领着众人上路而行。行了二三日，方才出离了凶地，渐渐安稳。别人还可，只苦了兰英。小姐生长深闺，平日在家时，就是一里路也未曾走过。皮肉又嫩，金莲又小，怎禁这跋涉之苦。只行了二三里路，脚心俱已踏破。况又心绪不佳，受那风吹日晒，就是那容颜比着今日已减退了许多。你道可怜不可怜。亏不尽悟圆是天生好人，不惟不嫌他带脚，连一路盘费却都是他一面包管。这三百里路，整整走了半月，方才到了。

大家到了金谷县城内，悟圆访问到白衣庵门首，使人传报了。悟真出来，将众人让至禅堂，大家相问毕，分宾主坐定。悟真道："贤弟一别六年，绝无音信，今日甚风儿将你吹来到敝庵？"悟圆道："不为别事来，专来借贵刹避祸藏身。"悟真道："闻的闵念四路经贵处，为祸甚惨，贵庵亦曾被他害否？"悟圆道："他如今据住了青云山为了巢穴，我那里数十里地方，竟成为兵猎之区了。"悟真向着王老妪道："此位老奶奶甚觉面熟，好似会过一般。"王老妪道："师父忘记了，我便是水宅上王奶子。"悟真道："是了，贫僧眼力最笨，别了几年，便一时认不出。这位女娘，莫不是兰英小姐?"王老妪道："然也。"兰英道："弟子遭家不造，远来相投，只是赤手，到此无物相送，于心不安。"悟真道："小姐说那里话，难得不嫌敝庵窄狭，屈尊贵体，我这里粗茶淡饭，也还勉力得将来，只是亵尊不恭，望乞恕罪!"说完，悟真又问夫人福祉，兰英把那夜中失散的事说了一遍。悟真听了，不胜叹息。二人遂在白衣庵中住了月余。

　　一日，兰英与悟圆说道："我如今家已残破，母亲又无音信，渺渺一身，将欲何归，不知我生前造下甚孽，故罚我今世里受此孤苦。到不如削发为尼，与你做个徒弟，寄身空门，随缘度日，暮鼓晨钟，朝夕忏拜。一来消除我前生孽障，二来也推却我当境苦趣，到还觉清净些。"悟贺道："小姐，不要想这尽头路。你怎么比的俺们，俺们久弃尘缘，年已半百，身如野鹤，无拘无系，方能为此。你如今正是一枝莲花初出淤泥，后边福禄正自无穷。如今即此兵变，也是众生罪孽，连累了小姐。奶奶此时虽然不见，树叶还有相逢，怎便知没有聚会的日子。我看小姐福相，乃是金屋人物，我空门之中怎能当的你! 决不要想俺们这尽头之路，误了你终身前程。"兰英道："师父若不剃度我，我两俱是无用之人，平空在此吃饭，师父即能相谅，岂不难为悟真老师!"悟圆道："师兄就是我，我能相谅，他也自能相谅。小姐何必这样客气!"兰英听了悟圆之言，也知他是出于至诚，然心中到底觉着不安。到了夜间语王老妪道："他出家之人，原是吃四方的，咱二人反白来吃他，我心中甚觉讨愧。我身边还有带来的些首饰，奶娘你明日上街换些钱，裁几尺零碎绸缎，待我刺几副枕绣，转卖些钱来贴补他些，心里也还过的去。"王老妪道："小姐说的甚是有理。"到了次日，兰英将首饰拿出，选了两个上好美珠，送与悟真佛前供献。又选了几个次些的，付与王老妪上街换钱。兰英从此便在庵中日日刺绣。刺完，随付于王老妪出门转卖。兰英针指工巧，是甚出手，一日刺的还不够一日卖的，余下的利息尽付与悟真买柴糠米，到是悟真反觉心中不安。

　　一日，王老妪卖到一家，见了两个女子，生的十分标致，遂把针指取出来送与那女子看。那女子接在手中，看了又看，看罢多时说道："这针指刺的委实工巧，花枝又好，颜色又鲜，风致又活动，世间俗手断然刺不出来。我且问你，这针指是何人刺的?"王老妪道："若问这刺绣的人，说起来话儿甚长。这刺绣的女子，也是有根有叶人家，住在南康府西。他的父亲姓水，是个名家进士，曾做到黄堂之职。到了六十以上，不幸死去，只剩下他母女度日。前日因着贼寇作乱，出门逢兵，夜间又把他母亲失去，至今还未知存亡。如今我那里尽被贼人盘据，连家业也没了。亏了一位悟圆师父，他有一位师兄叫做悟真，就在贵处白衣庵里主持。悟圆师父遂领了俺们来投于他庵中避乱。因着天长日久，白手吃他不是长法，这女子便卖了些首饰，裁了些零剪，他就在庵中刺绣，我就替他出门转卖，赚几文钱，买些粮米，苟且糊口。这位女子说起来真真苦死人也。"那女子听了叹息道："我只说我苦，此人比我更苦，听你说到此处，真是令人掉泪，你把针指尽馨留下，到明日我亲自送价去。"说完，王老妪遂出门去了。

看官，你道这两位女子是谁？这就是翠娟、舜华。翠娟听了王老妪之言，对着舜华说道："适才这位老妪说的这刺绣女子就是我的中表妹子。"舜华问道："姐姐如何知道是你的姨妹？"翠娟道："我的母亲就是江西黄尚书的女儿。还有一位姨母，嫁了本地水衡秋，是个进士出身，曾做到知府之衔。虽相隔遥远，不曾会面，然亲情来历却知得甚悉。闻的贵省水姓甚少，只有他一家，此女必是我中表妹无疑。"舜华道："既是亲戚，姐姐何不去认他一认？"翠娟道："方才我说亲去送价，就是这个意思。但此事必与母亲说明，我方好认他。"舜华道："待妹妹与你代禀。"舜华遂将此事说于花氏。花氏道："他如今在患难之中，寄食尼庵，甚是不雅。翠姐，你到明日亲去看看，若果是你中表，就请来我家，你姐妹们作伴，亦无不可。"到了次日，翠娟遂到了白衣庵中，见了兰英，说起两家来历，彼此相认。翠娟又请悟圆相会，即将请兰英同上木宅的话说了。悟圆闻之，不胜欣喜。吃了几杯茶，遂别了悟圆，领着兰英与王老妪，到了花氏家里。翠娟领着兰英先拜了花氏，然后与舜华相见。花氏问了年庚，还是翠娟为姐，兰英次之，舜华又次之。从此以后，姐妹和处的情意甚厚，兰英亦拜花氏为母。兰英到了此时，方得少歇息喘。但不知后来如何结局，且看下回分解。

第十回　明说破姊妹拜姊妹
　　　　暗铺排情人送情人

腊雪报初融，照眼梅花动旧情。姐念妹兮妹念姐，相同。预向花前结后盟。

旅况最凄清，昔日歌姬今又逢。犹恐相逢是梦里，情浓。怕唱阳关第一声。

——《南乡子》

话说水兰英自到了花氏家中，姐妹们相与的情意堪密。住了半月，不觉腊尽春回。一日，舜华语翠娟、兰英道："我后园此时红梅盛开。今日天气融和，咱姐妹们何不去园中一游？"翠娟、兰英道："红梅既开，若不去赏他一赏，也令花神笑我姐妹三人。"于是同到了花园。但见梅英初绽，幽香袭人，映着残雪，愈觉颜色灿烂。翠娟看了，心中爱甚，说道："此花开放独早，又在残冬，世间有此一种，装点的乾坤十分好看。"兰英道："这梅花好似我与姐姐一般，几受风霜，几耐岁寒，总不能损他娇红半点。"舜华道："姐姐冰清玉洁，操比金石，正甚与寒梅争芳。"翠娟道："花既比我，我亦比花，我等与梅花便是知己。然知己相逢，岂可以无一言相赠？今既不曾带得酒来赏花，咱姐妹们不免各吟诗一首，以赠花神。"兰英、舜华道："如此甚妙。请姐姐开端，俺二人步韵于后。"翠娟先咏道：

花神脱白到人间，枝北枝南锦作团。

玉骨怕寒酣御酒，冰肌怯冷饵仙丹。

日烘绛脸香尤吐，露洗红装湿未干。

岁晏孤山斜照水，行人误作杏花看。

兰英咏道：

暗香幽韵泄墙间，茜染仙姿谢粉团。

非为淡妆颜似玉，偏宜浓艳色如丹。

太真睡起容还醉，湘女哭余血未干。

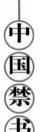

独挺孤芳能耐冷，娇红争向雪中看。

舜华咏道：

天与胭脂点屑间，红英映水锦团团。
一枝就暖冰魂紫，几树辞寒雪色丹。
艳质非干桃片润，浓妆岂畏露华干。
东皇预泄春前信，莫作霜天枫叶看。

　　三人咏诗已毕，翠娟道："以吾三人之咏，赠之花神，花神有知，应亦谢我等为知己矣。"兰英、舜华道："姐姐佳作，花神自然赏识，若我两人之诗，何堪入花神之目！"言罢，相顾而笑。于是三人遂坐在红梅树下，各谈心事。兰英道："今得与姐妹谈论，非不聊慰愁怀，然岑寂之中，念到我母亲未有下落，真使我痛肠一日九回，似此如之奈何！"舜华道："母子之情，自难恝置。然离合生死，自有命定。姐姐即终日忧心，亦为无益之悲。从此还求自己解脱。"兰英道："自遭离乱以来，我身已经数死，若非奶娘、悟圆，此时未必不登鬼魂。由今思来，不若一死无知，得免心曲之挠乱也。"翠娟问道："悟圆师傅你与他何处相识，竟在贤妹身上有这般高谊？"兰英道："这悟圆师傅就在庄上法华庵里主持。他是被掳逃出来的，因家乡遥远，不能回归，所以削发出了家。"翠娟道："他家住何处？"兰英道："他籍系山东，家住益都，夫家姓吴，也是一门缙绅。"翠娟知吴瑞生是益都县人，今听兰英说到此处，未免把心中打动，还要想问个明白，又问道："悟圆既是益都县人，他家中就没有人来探望他？"兰英道："他出家有七年，音信从未到家，那得人来探望。只有他一位小叔叫做吴瑞生，因在江中遇了贼寇，行李尽情失去，遂潦倒穷途。后来到了庵中，方被悟圆认出，这便是他至亲见了一面。除此以外，别不闻有人来看他。"翠娟道："吴瑞生后来何如？"兰英道："这吴瑞生在他庵中住了两月有余，后遂遇了兵变。此时也未知存亡！"翠娟听了兰英之言，不觉眼中掉下泪来。兰英见翠娟掉泪，便知吴瑞生前云与金小姐有缘，即是翠娟。遂故意问道："吴瑞生是姐姐的甚人，为何替他掉泪？"翠娟道："我心中别有所思，非为此人。"只说了这一句，那眼中之泪，越发流的多了，流的全然没个收救。兰英见翠娟如此关情，也不觉触起心头之恸，那粉面上泪珠亦扑簌簌流个不住。翠娟见兰英也流泪，心中便疑，说道："我今日流泪是有事关心，妹妹的泪却从何处而

来。”兰英道：“姐姐的泪从哪里来，便知你妹妹之泪也是从哪里来。”翠娟听了兰英这半含半吐的话，心中道：“他这话说的不为无因，莫不是兰英也与吴瑞生有甚么私情？不然，何为语中带刺？待我再探他一探。”说道：“我的心事我自己知道，你那里晓得？妹妹你掉泪的由来，不是为着姨母，就是为着家乡，却与你姐姐的泪大不相同。”兰英道：“你妹妹今日之泪，也不专为着母亲、家乡。”翠娟道：“既不为着母亲，又不为着家乡，却是为何人掉泪？”兰英道：“你为着谁掉泪，我也是为着谁掉泪。我与姐姐之泪乃同发一源也。”舜华在旁听他二人说的俱是瞒神瞒鬼的话，说道：“姐姐说的这些言语，半含半吐，却似碍我一人不好明言的一般。我就姐姐之言，忖姐姐之心，亦能料出几分。我看你二人眼角攒旧恨，眉头锁新愁，而心之所注，又似在思亲思乡之外。你若果有甚么心事，不妨明说，决不可拿着你妹妹当作外人。”兰英听了舜华之言，知不可瞒他，便向着翠娟道：“姐姐你的心事，已被妹子看破，今日又何必隐隐藏藏？你那私约吴郎的事快些投了首罢！”翠娟见兰英说着他那隐情，不觉羞的满面通红，说道：“吴郎这般口舌，为甚么把此事闻于外人！”兰英道：“姐姐，你错怪他！你那事情，他也不曾闻于外人，还是闻于局内之人。”翠娟道：“妹妹既知此事，想妹妹便是局内之人。”兰英道：“姐姐你尽自聪明，何必把我来问到家！”舜华道：“听你所言，料你两个都是局内之人，独有我舜华一人……。二位姐姐何不把局外之人亦引于局内，拖带妹妹也受些风光。”翠娟、兰英道：“咱姐妹三人虽是三姓，何啻一家。倘上天怜念，使我后日团圆，誓必共事一夫，做那娥皇女英的故事。”舜华道：“我姐妹居不同地，数千里外得聚在一处，亦可谓世上奇缘。若后日果如姐姐之言，我木舜华之志愿足矣！”说完，三人遂对天誓道：“我三人今日固是姐妹，就到了于归之日，还要期为姐妹。一语既定，终不爽言，皇天后土，过往神明，共鉴此心。”盟罢，方才回宅去了。正是：

> 一炷心香祷告天，真心共吐在花间。
> 异乡姐妹情多重，要作皇英佳事传。

　　话分两头。却说吴瑞生自静悟轩中会了兰英小姐，又从轩后逾墙而出。到了晚上回家，忽听他嫂嫂说起贼信，心下便着了一惊，说道：“我与小姐好无缘也，怎么好事方才到手，偏偏就遇着贼来打拐！”又转念道：“虽是贼来打拐，少不得我嫂嫂邀着他同去躲藏，未必不还仗着我吴瑞生在前引路。倒是遇了兵变，反使我得睹芳容，这还

是不幸中之幸也。只愁我守着小姐，见了他的花容，引的我抓耳挠腮，那时教我如何禁受！这是小事，难得与小姐亲近，就是到那按纳不住的时节，只消借重我十个指头，着他权做小姐，替他与我煞火。"思到此处，不惟不愁，反觉快意。到了次日，闻说贼兵已过九江，悟圆从水宅回来，分付吴瑞生道："水宅孤孀幼女，只得我去引着躲避。我先到他宅上和夫人安排安排，待信息急了，你也出去等着，好就一处全去避难。"说完，悟圆遂携了几个包袱，领着两个徒弟，出门去了。吴瑞生在庵也把自己随身的物件，收拾停当，领着琴童、书童一同出了庵门，要候他嫂嫂出来同走。孰知候了顿饭时节，绝不见他嫂嫂出水宅之门，又见逃难的人将已过尽，心中着急，遂到了水宅门前一看，见他门已封锁，才知他嫂嫂同夫人、小姐先走了。此时竟把吴瑞生闪了一个挣。到了此时，方把从前的妄想收讫，始去避刀兵之苦。逃了整整一夜，到了天明。午后打听着贼兵东去，又复回庵中看了，看见庵中殿佛、水宅楼房，直烧的片瓦无存，连悟圆、夫人、小姐的音信也打听不出来。又等了几日，复闻贼兵复回据住青云山，到此没有指望，遂恸哭一场，方领着琴童、书童逃命去了。一日，起的太早，行了几里，天还未明，正走之间，忽看见道旁一物，只见璀灿陆离，光芒四射，瑞生以为怪物，遂走近前去一看，你道是甚么东西？待在下先作一篇短赋，赠他一赠。赋曰：

> 位居兑方，根生艮土，质必经火炼而成，文必赖铅和而就。尔之灵可以通神，尔之力可以造数。人得尔而神色滋荣，人失尔而形容枯瘦。东西南北之人，皆为尔而营营；贫富贵贱之人，咸为尔而碌碌。然人虽享尔之荣，亦或受尔之误。是以邓通恋尔而败亡，郭况贪尔而诛戮。鄙夫因尔而丧节，贫士为尔而取辱。所以旷远之人，能遇尔而不取；廉洁之士，能却尔而弗顾。守尔者鄙之为奴，沾尔者恶之为臭。尔虽能动斯世之垂涎，亦安能起斯人之羡慕。

吴瑞生到了近前一看，不是别物，却是一布袋银子。拾起来掂了掂，约有三百多重，遂对着琴童、书童说道："此物必是逃难之人失落的。到天明候一候，若有人来寻，我须索还他。"琴童、书童道："二叔此时正缺少盘费，何不拿着路上使用？又要还了人！"吴瑞生道："那失银之主，此时不知是怎么样的着急？我若便拿去使用，这是我得其利，人受其害，心下何安？"琴童、书童道："这是路上拾的，又不是偷的，有甚么不安？"吴瑞生道："你岂不闻上古之时，道不拾遗，此乃无义之财，我必不取他。"于是，主仆三人遂在此等了数日。虽等了数日，总不见有人来寻找。吴瑞生道：

"这必是无主之物。既无人来寻找，此物亦无所归，不免带着随路舍施了罢！"遂将银子包裹停当，然后上路而行。

行了数日，忽到了一个镇所，叫做迎仙镇。此镇乃是一个码头区处，居民有数十万家。来到此处，天色已晚，主仆三人遂寻了一处寓所，把行李歇下，用了晚饭。吴瑞生见此夜月色清朗，心念往事，无限伤心，一时不能安寝，遂出来在月下闲步。忽见店后一个大园，便顺着走去，到了园中。忽听的园外微微有妇女声音，吴瑞生遂伏在墙下细听。只听的一个妇人道："姐姐，我和你坠落至此，何时是出头的日子？"又听的一个妇人道："妹子，这是你我的业愆，既到此地，也只得顺天由命，听其自然，到那业满之时，少不得还你个收场结果。"又听的那个道："今夜幸得无客，乘此月色，我与姐姐拨动丝弦，将那两个伤心曲子各人弹上一套，以泄胸中郁闷，何如？"又听的那个道："如此甚好。"只听的那两个弹起琵琶，一妇人唱道：

虚飘飘风筝线断，忽刺刺鸳鸯拆散。颤巍巍井落银饼。忽煎煎眉锁平康怨。忆前欢，如同梦里缘。

沾襟泪点，泪点和血染。再不得湖上题诗，席间侍宴。天，天，今世里遭业愆，天，天，何日里续继弦。

又听一妇人唱到：

意悬悬愁怀不断，哭啼啼悲声自咽。痛煞煞泪尽江流，眼睁睁望断关河远。日如年，羞看镜里颜。

青楼滋味，滋味难消遣。哪里是故国风光，旧家庭院。天，天，今世遭业愆，天，天，何日里月再圆。

——《山坡羊》

唱罢，弦声亦住，只听的那妇人道："姐姐，夜深了。风霜寒冷，我和你睡去罢！"说了这一句，遂寂然无声。吴瑞生此时不觉意痴神呆，呆了一会，说道："方才歌的这曲子，一似念旧，一似怀乡。然仔细听来，又俱似妓家声口，真令人起怜。但不知此是甚等人家，待我问问主人便知端的。"及至回来，见店中人俱已睡了，便不好惊动。到了次日，吴瑞生问店主人道："请问贵店南邻是甚么人家？"店主人道："相公你问他

中国禁书文库

梦中缘

则甚？想是相公渴了，要去嫖嫖，这院子里有两个姐儿，甚是有趣，只是要的价钱太大，人要嫖他，求见礼便得二两，夜间酒席，亦是嫖客包管。到了天明时节，还得四两银子称上，送他作胭粉钱。那手下服侍之人，也得七八钱费。有这七八两银子方能去嫖他一宿。相公若肯费这个包儿，要去耍耍何妨！"吴瑞生道："这两个姐儿有甚么长处，便要这等大价钱？"店主人道："他年纪又小，人物又俊，丝弦弹的又精，曲子唱的又好，又会作，他怎么不要这等大价钱。凡嫖他的人，俱是来往的官长，坐店的大商，那些小庙里鬼，也放不到他眼睛里。"吴瑞生听他说的津津有味，也觉心中骚痒，遂动了一个嫖兴。心里说道："依店主说的，竟是两个名妓，我吴瑞生到此，岂可不会他一会？昨日那路上拾的那宗银子，原说是要施舍，这两个妓者，若果中我之意，便把这宗无义之财，施舍到这两个人身上，亦无不可。"定了主意，遂问店主人借了两个拜匣，写了一个名贴，又封上二两拜仪，令琴童、书童送去，说是吴相公闻名拜访。

　　不一时，琴童、书童回了话。吴瑞生遂换了一身时样衣服，领着他两个，一直到了院中。方进二门，早有一位中年妇人笑嘻嘻将吴瑞生迎入客舍。行完礼，坐定，那妇人道："今日吴爷光降，又承厚礼，甚为寒舍生辉。敢问仙乡何处，还愿闻大号？"吴瑞生看这妇人行径，便知是一个鸨母，答道："学生家住益都，贱字瑞生。因来江西探亲，路经贵镇。闻的令爱大名，不胜欣慕，故特来拜访，愿求一观。"那妇人道："多承吴爷美意，只恐小女姿容丑陋，不足以佐君觞。"说完，便有人献上茶来。吴瑞生吃了一杯，那妇人起来，又引着瑞生到了一处，见三面俱是粉壁墙，墙下俱是花草，正中一室，室内琴棋书画，无不静雅。明窗净几，真如雪洞一般。吴瑞生坐下，那妇人遂分付两个丫头道："吴爷在此等候，快请你姐姐出来相见。"两个丫头领命而去。不多时，只见两位少妓渐渐走近厅前，吴瑞生正欲起迎，忽内中一妓赶上前，一头扑入瑞生怀中，放声大哭道："妾只说今生不能见你了，不想还与郎君会在此处。自那年湖上不见的郎君，直到如今，妾哪时不思念着你，哪一刻不盼望着你！幸得天心怜念，还使妾与君相见一面。"吴瑞生起初还不知是甚么来历，及仔细看去，方认出是烛堆琼，惊问道："堆琼，你怎么来在这里？"堆琼道："说起话儿甚长，此时且不暇言，到晚上妾与郎君细细谈论。"吴瑞生又问那位姓名，堆琼道："这是我的妹子，叫做坦素烟，他当日与我同卖在此处。"吴瑞生道："天涯海角，得与故人相见，又遇新知，虽是苦事，亦是乐事。"遂分付外面置办酒席，要与堆琼谈论阔情。鸨儿知趣，恐在此有碍，也便出去了。吴瑞生执堆琼手道："当初在郑兄处见了芳卿，便生爱慕，及湖上联诗，愈觉魂消。正欲安排着求汉源请你来，与卿细谈衷曲，为把臂连杯之乐，不意夜中生出变故。那时，卑人如失去至宝一般。当初客人是把甚么法儿拐你到此？"堆琼道："妾陪那客人吃了半夜酒，不意他酒中下了蒙药，一倒身便不省人事，朦朦胧胧在他船上行了数日，全无知觉，及至醒来，方知被他拐出。妾正欲喊叫，不知他又是用甚么药往我口中一扑，遂不能出声，把我身子卖讫，方才用药解了。世间命苦，莫苦于我。今幸得与郎君一见，这便完我未完之愿，就是死了，亦觉含笑九泉。"说罢，潸然泪下。吴瑞生道："卿勿过悲。我吴瑞生誓必拔你出了火坑！"堆琼道："若果如此，后日即与郎君为奴、为婢，也胜于为娼多多矣！"吴瑞生道："此事我一力为之。若不把你出离火坑，誓不为丈夫！"说完，又问素烟。素烟道："妾亦钱塘人，原是良家，因清明出门祭扫，被这客人看见。到了夜间，他潜入妾家，穿壁而入，亦用此法将妾劫出，与姐姐同卖于此间。时与姐姐谈论，闻姐姐称郎君大名，妾私心不胜仰慕。今日得睹懿光，觉深慰所愿。"吴瑞生道："夜来偷聆二卿佳音，二卿心事，卑人亦洞见肺腑。素卿终身之事，我吴瑞生亦一力承任。"堆琼、素烟谢了说道："鄙陋之曲，不过借以泻怀。孰知已入高人之耳，郎君幸勿见哂。"吴瑞生道："那词调悲切，声音酸楚。何啻白雪阳春。若非闻二卿佳音，卑人何得至此！"堆琼、素烟道："若云借此以引郎君则可，君以白雪阳春贶之未免过称。"说罢，肴品已列，三人传飞斝，饮至天晚，方终归室入寝。正是：洞房花烛，他乡故知。那绸缪之情，如胶如漆，是不消说的。

瑞生遂在他家恋了月余，那二百余两银子已费用了一个罄净。从来水户人家见有银子便甜言似蜜，见没了银子就冷言如冰。堆琼、素烟恋着瑞生难舍。怎禁他那鸨母絮絮聒聒，终日里瞅槐喝桑，指猫骂狗，冷言熟语，无非是望吴瑞生出门的话。吴瑞生也自觉站脚不住，到了夜间，语堆琼、素烟道："我如今没了银子，你令堂似不能容我。今岁乃大比之年，我且别你到家伺候秋后应试，只求坚心等着，我吴瑞生看着取功名如取土芥。待我得志回家，那时赎你二人出身，同享富贵。只是眼下离别，甚觉伤心！"堆琼、素烟听瑞生此言，不觉扑簌簌泪如雨落，说道："弃旧迎新，这是水户人家常情。郎君也不必放在心上。但数年契阔，才得一会，情意正浓，又作离别。即铁石人亦自断肠，况妾与郎君为多情人乎！然大丈夫欲做大事，亦要果断。俺二人身在平康，度日如年，专望郎君努力功名，渡俺出坑！今郎君囊空金尽，亦难回家。我二人各把私积，赠为君资。郎君欲整归鞭，决于明日，正无庸为此恋恋之情，作寻常儿女态也。"吴瑞生道："承二卿指教，愈觉厚情。我吴瑞生此去若不取青紫回来，誓不复见二卿之面！"说完，方才就寝。

到了次日，堆琼、素烟遂将吴瑞生归家之事告于鸨母，还求许他二人出门相送。鸨母道："难得他出离了我门，就是造化，何惜这一送，不去做个空头人情？"遂慨然许了。吴瑞生临出门时，辞了鸨母。鸨母道："老身满心里还要留下相公与小女盘桓几日。但我这人家要指着他两个吃饭，故不敢相留。相公是高明之人，自能相谅。老身倘有不周之处，还求相公海量包容。堆琼、素烟你两个必须远远送相公一程，也足见你两个的恩爱！"吴瑞生也知他是虚情，只道了一声多谢，便出门去了。堆琼、素烟送到了十里长亭，吴瑞生别他道："送君千里，终须一别。二卿请回，不劳远送了。"堆琼、素烟说道："望君此去，功名成就，妾在家中，专候好音也。"说罢，方才洒泪而别。堆琼、素烟直等吴瑞生走的望不见，方才回家，正是：

流泪眼观流泪眼，断肠人送断肠人。

吴瑞生别了堆琼、素烟，领着琴童、书童行了数日，不觉来到广信城中。到此天色已晚，正欲寻找下处。忽听的后边一人叫道："前面行的莫不是瑞生吴兄么？"瑞生听见回头一看，不知是谁，且看下回分解。

第十一回　易姓字盛世际风云
　　　　　赴亲任驲亭遇骨肉

诗曰：

功名富贵总由天，人世离合非偶然。

方信泰来能去否，始知苦尽自生甜。

青云有路凭君走，飘梗无根望我怜。

莫道男儿能际遇，天涯姊妹也团圆。

　　话说吴瑞生正欲寻找寓处，忽背后有人呼唤，忙回头一看，喜道："原是如白李兄！"李如白道："兄来敝处。为甚么过门不入？"吴瑞生道："前虽与兄同游西湖，惜未闻及贵府仙乡。若早知兄在此处，那有不奉访之理。"李如白道："数载契阔，今幸重会，信谓有缘。但此处不是说话所在，乞兄同至舍下，细谈别后之情。"吴瑞生道："此固弟所愿也。"李如白便引着吴瑞生走了箭余之地，方来到自己门首。吴瑞生见门前有座牌坊，檐下匾额悬满其宅，甚是齐整，此时方知是个世家。让至中厅，李如白从新换了衣冠，与瑞生作揖，礼毕坐定，各叙了寒温。李如白方问吴瑞生来此之故。吴瑞生遂把辞馆回家，江中被劫，庵内逢嫂，遭乱失散之事，从头至尾，详详细细说了一遍。李如白听了："相别五年，兄竟遇了这些坎坷，小弟那里知道。"吴瑞生道："弟还有一桩奇遇要说与吾兄。"李如白道："甚么奇遇？"吴瑞生道："当日妓者堆琼，自那日游湖回家，夜间被奸人劫去，没了音信。昨日弟宿在迎仙镇上，又与他相遇，弟竟在他家中盘桓了月余。临行还蒙他馈了许多路费。妓者能如此用情，也是世之所罕有者。"李如白道："兄当日与他相见，便两情恋恋，其间定有缘分，岂是偶然。今又与他相遇，竟可作一部传奇了。后日倘有好事者编成戏文、小说，流传于世，也实脍炙人口。"说罢，二人大笑。未几，有人送上茶来，二人饮了一杯，李如白道："厅中冷落，难以久坐，不如同到小斋细论衷曲。"吴瑞生道："如此更好。"于是李如白又引着吴瑞生到了斋前。瑞生四下一看，果然雅致。有王遂客《雨中花》一词为证。词曰：

百尺清泉声，陆续映潇洒。碧梧翠竹，面千步回廊。垂垂帘幕，小枕欹红玉。试展鲛绡看画轴，见一片潇湘凝绿。待玉漏穿花，银河垂池，月上栏杆曲。

吴瑞生到了斋中，只见图书满架，翰墨盈几，薰炉蒲团，红衾白帐，竹枕藤床，左琴右剑，壶杯酒盏，拂尘如意，件件精微，夸道："贵斋潇洒雅洁，尘嚣不入。虽神人所居之室，不是过也！"李如白道："此地近乎市井，未免涉俗。弟结庐于此，谨堪容膝，恐不足以供高人之榻。"二人说着话，早有人收拾饭来。饭毕，又斟好酒对饮。二人谈到更深，方才各人归寝。吴瑞生遂在李如白宅上住了三日。

一日，吴瑞生辞李如白道："与兄久别，今幸不期而遇。在弟本意，正欲多住几日，领兄大教。但弟此时归家之心甚急，不能久恋，弟只得要别兄就道。"李如白道："故人相见，正好谈心，吴兄何归思之太急也！"吴端生道："弟离家五载，荒芜久矣。此乃大比，还要赶秋闱应试，恐去迟了，误了试期。因此一事，不得不别兄早归。"李如白道："兄在外五年，想亦误了科考。今即回家，也得七月尽头方到。此时还济得甚事？就是随遗才进场，便费许多周折。弟为兄谋，早有一条门路，不知兄肯也不肯？"吴瑞生道："请问吾兄是甚么门路？"李如白道："弟有一伯弟，叫做美麟。亦与兄同经名次，亦在科举之列。昨日得病故去，此时报丧呈子尚未到学。兄不如顶着亡弟名字，在我江西进了场，待恭喜后再设法复姓未迟。吴兄以为何如？"吴瑞生道："这条门路亦好，只是冒险些。倘有疏虞，那时怎了？"李如白道："贵省人多耿直，不走捷径。我南方人却以此为常。兄若肯如此，凡科举朋友，弟必为兄白过。就是两位学师，也是弟代兄打点。此事万无一失，兄正无烦过虑。"吴瑞生道："难得兄为弟用心。弟有甚不肯，只恐学问空疏，名落孙山之外，有负吾兄这段美谊。"李如白道："以兄之才，取青紫如拾土芥耳。何必言之太谦。"商量已定，这遭就是李如白执批，便假着商议宾兴之事，用传单将科举朋友一概传到，就在自己家中治酒相待。遂把吴瑞生顶美麟科举之事向众人说了。众人个个情愿，绝无异议。又将两学师打点停妥。瑞生从此遂伴李如白读了两个月书。

正是光阴迅速，已来到宾兴之日。二人宾兴后，恐在家俗事分心，遂安排行李，一同上了江宁府。又寻了一个僻静庵观，专心肄业。初九日，头场七篇得意，二场三场大有可望。到了揭晓之日，吴瑞生中了春秋经魁第二名，李如白中了书经亚魁第十四名。次日，赴宴回来，那索红封赏者已填满寓中。李如白少不得个个俱要打点。在府中又拜了几日同年。及至认了房师，送了主考，方才回家。到了家，又拜县尊、学师。那亲戚朋友贺喜的，日日填门，真个是送往迎来，应接不暇，忙乱了一月。

一日，李如白道："弟托吴兄指教，幸得进步。在家俗事纷拨，恐误大事，不如收拾盘费，与兄同上京师静养几日。倘南宫之捷再得侥幸，也不负吾两人读书一场。"吴瑞生道："兄言及此，正合鄙意。只是弟之功名，赖兄成就，今又费用，宅上无力，弟将何以为报。"李如白道："朋友有通财之义，况吾两人之至契乎！些须之费，奚足挂齿。"吴瑞生又深自谢了。随即治办行装，安排起程。李如白带了两个管家，在客中服侍，吴瑞生带着琴童、书童一同上路。在路上风餐水宿，夜住晓行，两月之间，早来到山东地界。吴瑞生在马上道："此已来到敝省，弟不免与兄取经东路，同至舍下。一来省我父母，二来暂歇征车，不知兄意下何如？"李如白道："兄离家数载，归望自是人情。但取路青州，迂回又多数百里。且兄到家中，亲朋望观，一时如何起的身？弟与兄这番早来，原是辞烦求静，只恐兄一回家，又不能不为诸事所扰。况且会期迫近，日子未可过于耽搁。此时离贵府料想不远，不如差一盛介，先着他宅上报信，弟与兄直上北京，待春间恭喜，那时荣归省亲，亦未为晚也。兄若决意回家，弟亦不敢阻拦，只得暂别吾兄，先往京都。到那里寻下寓处，以候兄罢了。"吴瑞生道："与兄同来，只是与兄同往，岂有舍兄独归之理。兄既不肯屈车往顾，弟亦只得同兄北上矣。"到了晚上，随在寓处写下了一封家书，付与书童，令他先回家报喜。

又行了半月，方才至京。二人安下行李，在寓肄业。正是日往月来，光阴似箭，不觉冬尽而春回，已来到会试之期。三场既毕，春榜已开，吴瑞生名列第五，李如白亦在榜中。殿试时吴瑞生殿了二甲，授江西南昌府知府。李如白殿了三甲，授山东青州府益都知县。二人告假，乞恩归乡省亲不题。

再说金御史休秩在家，将近十年。自那年翠娟小姐被贼劫去，没了音信，愈觉心事不佳。外边诸事尽行推却，终日在家观书栽花。幸得年前金泂与赵、郑二生俱乡试有名，只是未中进士，这也不放在他心上。自吴瑞生辞馆去后，就请了赵、郑二人与金泂伴读。此时武宗晏驾，世宗登极。正是中兴之主，政事一新。凡正德年间进言被谴官员，渐次起用。一日，金公与赵、郑二生在斋闲叙，忽见管家慌慌张张从外跑来，见了金公磕头道："恭喜老爷，如今又高迁了！"金公问道："你如何知道？"管家道："京中来人俱在门外，小的得了此信，故特来报与老爷。"金公道："你领那报喜之人进来，我亲自问他。"管家领命而去。不一时，那报喜人来到，见了金公嗑了喜头，随将

吏部报贴呈与金公。看报上写着：都察院右佥都御史金星，今特升江西巡抚、兼理营田、提督军务。闻报三日后，即走马赴任，不得延迟。金公将报看完，说着："远劳你们，且往前边歇息。"一面分付待来人，一面安排赏钱。诸事方完，赵、郑二生俱换上新衣来作揖贺喜。金公道："老夫休秩家居，甚觉情闲，原不指望做官，亦不耐烦做官。今又蒙圣恩起用，只得勉力效忠，报答皇上。但部文限的太紧，目下便要起程，心中实不忍舍贤契而去。老夫愚意欲得请二人同到任上，仍伴小儿读书。静养几年，下科你三人同上京会试。又恐贤契不能离家远出，不好启齿。因忝在契间，只得吐情实告。二位若肯离家，许吾同往，既深慰老夫之愿。"赵、郑二人道："老师言及于此，虽是师弟，真恩同父子矣！老师既要提拔门生，门生怎敢违命。今且暂别老师，到家安置安置，以便同老师登程。"金公送出二人，回宅见夫人道："我这番出山，实非本愿。但念女儿无有音信，意欲借此访个下落。若非为此，吾亦告病不出矣。"夫人道："倘上天怜念，使我骨肉重逢，也不枉相公重出去做官一番。"金公道："若果遇了孩儿，完了他的姻事，你我之愿便足。那时便告职回家，以终天年。再不向这乌纱中寻不自在了。"夫人道："当进则进，当退则退，方是达人。"

所为闲话，不必太赘。话说金公为人沉静安逸，神明独运。为官不靠别人，临行只携了两个幕宾。随行者只有他至亲三人，朋友惟赵、郑二生，分外只带了数十个管家，一同上了路。行了一月有余，将近江西地面，那里早有夫马伺候。金公俱打发回去，止许他到任方接，不许他出府远迎。又着他先行牌，一面示谕经过地方官员，一概不许他打探参谒，违者听参。

一日，到了张桥驿，天色已晚，遂在此处歇下马。用了晚饭，夫人宿在后边，金公宿在前边。睡到二更以后，只闻店南边有一妇人捣着砧杵，数数落落，哭的甚是悲切。金公仔细听去，声声只嗟薄命，口口是怨青天，从二更哭起，直哭到四鼓方住。搅的金公多半夜不曾合眼。心中思道："此妇莫不是有甚冤枉事情，不然，何为哭的这等悲哀？我今巡抚此地，正当为民洗冤。到天明时节，不免唤那妇人来问个端的。"安排定了，次早起来，唤店主人发作道："本院既宿在你家，闲人既该屏出。为甚着一妇人在我耳旁啼哭一夜，搅得本院一夜不曾得睡，是何道理？"店主道："此乃南邻妇人哭泣，与小人无干。"金公道："你去叫那南邻来，我问他。"店主领命而去。见了南邻，说道："夜来我家宿的，像是新任抚院老爷，说你家有一妇人啼哭，吵的他一夜不曾睡觉。此时雷霆大怒，着我叫你去，亲自问你。快跟我去回回，回得过便好，若回

不过，只恐没有甚么好处！"邻人听了这话就如高山上失了足，大海中覆了船一般，唬的面如土色，说道："这不是祸从天降，被这妇人害了我也！他逐夜这样嚎啕，毕竟嚎啕出这场祸事来，方才是个了手。说不得苦，我同你见一回去。"遂同店主来见了金公，邻人便磕下头去，说道："老爷唤小的来有何分付？"金公道："你就是此店南邻么？"邻人道："小的是。"金公变色道："本院宿在此店，谁不知道。你为近邻，又当小心。竟纵一妇人着他啼哭了一夜，这等大胆，你有何话说？"邻人道："小人无知，触怒老爷，罪该万死！但这妇人原是小的……他……，小的……他夜夜是如此啼哭。夜来小的不曾在家，没人止他，竟冲犯了老爷，还求老爷宽恕！"金公道："那妇人为甚事情夜夜如此啼哭？"邻人道："小的也不知他为甚事情？老爷若根问他由来，除非问那妇人。"金公道："你去叫那妇人来！"不一时，来人将那妇人领到，金公问道："你这老妇啼哭半夜，却是为着甚事？"那妇人听金公问他，眼中不觉扑簌簌掉下泪来，哭道："小妇人之苦，在老爷近前一言难尽。"金公道："你莫不是有甚冤屈事情？我就是你江西新任巡抚老爷。你若是有甚冤屈事情，不妨直说，本院自能替你洗冤。"那妇人道："小妇人原莫有甚么冤屈事情，就是冤屈，也是冤屈到自己身上。"那妇人道："小妇人母家姓黄，父亲曾做到兵部尚书。将身嫁于南康府水知府为妻，不幸早死，又苦终身无嗣，一生一世，生了一个女儿。上年闵念四劫掠南康，同女儿出门避兵，夜间失散，至今音信全无。以后贼人据住青云山，家中房舍尽被贼人拆毁。到如今欲归无可归，欲去无可去，一身孤苦，将托何人！千思万想，又别无生路。不得已托人说合，将身卖于蒋姓。昼间替他做饭，夜间替他浣衣。因思当日出身，何等贵重，今竟与人为奴为婢！每至清风夜月，思前念后，不觉恸由心起，泪从眼落，惟怅之一哭，悲吾薄命。又不知老爷宿在此处，竟至触犯尊威，只求老爷原情宽谅，莫罪主人，小妇人便万代衔恩矣！"说罢，不觉泪如雨下。金公听了这妇人前后之言，心中说道："此人竟是我的姨子，何不令夫人认他一认？"遂分付众人道："你们俱是无干之人，都出去罢。只留下这个妇人，我还有话说。"说完这句话，便往后边去了。金公到了后边，见夫人道："我宿在此处，竟与你认了一位姊妹。"夫人不知来头，惊问道："相公你怎么与我认了一位姊妹。"金公遂把那妇人前前后后的话对夫人说了一遍。夫人听了道："这必是他姨母无疑，快请来相见！"金公怕在后边不便，依旧往前边去了。随后有两个丫环见了那位妇人，便磕下头去道："后面老奶奶要请这位老奶奶相会哩！"水夫人也不知是甚么来历，只得跟着两个丫环到了后边。还未进门，只见金夫人从内迎出来，赶上前一手扯着，放声大哭道："妹子，你受的好苦也。当日是如何出身，如今便落到这个田地！就是铁石人，念到此处，肝肠也寸寸断矣！"水夫人起初尚不敢认，及闻金夫人叫他妹子，方认出是他姐姐。不由愈加悲伤，哭道："如今待怨谁来，只怨我老来老不着。他姨夫去世去的又早，女儿失去又不知存亡，闪的我茕茕一身，零丁万状，如今且替人家做饭浣衣，玷辱家门也！自觉无颜，几番欲待死了，又挂着女儿，日后倘有音信，恐他没有倚靠。只得寄食他乡，苟延岁月。姐姐如今是天上人，你妹子如今是地狱中人。今见姐姐又是苦，又是恼，又是羞，可不急煎煎恼杀我也！"金夫人道："妹子不必这等悲伤，你既没了家业，且随我同到任上。他姨夫既为此处方面大官，即找寻甥女亦是易事。今幸天涯海角姊妹重逢，你便得了地，以前苦楚再不必提了。"说罢，便令人取了一身新衣与水夫人换了，又唤金洞来见了礼，使人达与金公。金公遂分付起马登程。只因有这番举动，早惊动了此地处承，天明已在门外伺候恭谒，还安排夫马远送。金公知道此信，遂唤洵丞进来说道："本院这次上任，凡路途使用，俱是取之自己。就是洵中马□，路上供给，都一概不用。你只在此用心做官，不必送我。"洵承出来，对众人道："好一位清廉老爷，江西摊着此官，真是合省之福。"

且不说众人喜庆。单说金公出离此洵，又行了数日，已来到南昌，合府文武大小官员，乡绅士子，且俱迎至郊外。到了迎风亭，更了衣，先是文官参见，后是武官参见，缙绅士子只接手本不许进谒。三杯酒毕，便分付开道进城。正是一省之主，好不威武，怎见得，但见：

　　黄伞飘扬，火牌排列。行锣响，声振天关；喝道声，音摇地轴。刽子手头插雉尾，赫赫满面生杀气；夜不收手持铁矛，凛凛浑身具虎威。偃月刀、象鼻刀、大砍刀，明晃晃雪刃霜锋夺日月；皂角旗、太白旗、豹尾旗，飘摇摇青龙白虎起风云。画戟戈矛队队鲜明，铁简抓锤行行威武。月斧金瓜众目，钩镰长锻惊人魂。武夫前呵，空中擎起钻天手；壮士后喊，日里闪出鬼斗刀。真个是：材官仪文多整齐，护定人间佛一尊。

金公自上任之后，真是执法如山，持衡似水，用心平恕，处事严明。官吏清廉者必荐，贪酷者必拿。衙门无舞文之吏，乡曲无武断之雄。处处安堵，人人乐业，莅任来五关月，而歌声已遍南赣矣。一日十五，府中各官参谒。金公独留下臬司待饭。饭

毕，金公开言道："敝衙中有一事，要借重年翁为吾代访。"臬司道："大人有何事分付，卑职无不尽心。"金公道："我有一个甥女，姓水，小名兰英，系南康府城西故知府水衡秋之女。因闵贼劫掠南康，夜中母女失散，至今不知下落。此事就借重贵司力量，为吾行文查访。民间有收养送至者，赏银二百两。如藏匿家中为奴作婢而不送出者，或被人来告，或被吾访出，即以拐骗人口论罪。因事关闺阁，敝衙门不便行文，只得借重年翁。"臬司道："卑职回衙即行文各州县访问，不致违误。"说罢，遂辞金公出院门去了。臬司回到衙门，便分付该管人做文书一道，发到各州县，细细访问。但不知水兰英果访着访不着，试看下回，便知分晓。

第十二回　寻甥女并得亲生女
　　　　　　救人祸贻累当身祸

　　踏破铁鞋无觅处，得来全不费人力。算来万事总由天，真奇遇，探珠更获掌中玉。自古贤奸难并立，投狼畀虎英雄事。纵然罹祸最惨伤，莫嗟异，交情从此在天地。

　　话说翠娟、兰英与舜华约盟之后，瞬息之间，不觉又是一年。一日，翠娟与兰英道："青春易老，韶光难留。自我来到此处，已五阅春光矣！姨母吉凶，我家安否，俱未知道。且吴郎此时又不知他作何光景？你我终身之事料来也没有好结果了。身为官府千金，而今反寄食他人，思想起来，岂不可悲可叹！"兰英道："我与姐姐既在此处，即不得不作现在想，纵然悲叹，亦属无益。如今我与姐姐只是坚持前念，始终不移，纵吴郎不来，宁终身无夫。即至骨化形消，自心亦无可愧。断不可又萌异志，复作薄情人也。"翠娟道："我今悲叹，只悲叹你我之命薄，非是怨着吴郎。我与吴郎楼上相约，一言既定，即以死许吴郎矣！所以贼寇劫去，以威胁之而不从；木商骗来，一言说之而不动。吾之贞心烈胆，已足对天地鬼神而不愧。吴郎之事纵不可期，再等他几年，我必脱然物外，绝去尘缘，岂肯变易前志，作两截人乎？"兰英道："姐姐之志与我之志相同。咱姊妹们生在一处，毕竟还死在一处也。"二人正说着话，只见舜华进门道："如今有一喜信，特来报与姐姐。"翠娟问道："甚么喜信？"舜华道："这才听我母亲说，江西新任巡抚是浙江人氏，也是姓金。这位抚台，只怕就是金老伯。"翠娟道："天下同姓者多矣。焉知此人就是家父？"三人话未说完，只听的门前闹成一块。两个公人同着乡约地保进来，说道："木官人既不在家，没人管事，只得俺们来对你说：如今按察院老爷奉巡抚明文，访问他甥女水兰英，说：民间有收留送出者……，或被人诘告，或被抚院老爷访出，定以拐骗人口论罪。你家若果有此人，即送出领赏。若无此人，便写一张干结付我，我们好面县上太爷。"花氏在门外听的真切，说道："我家实有一位小姐，系南康府水知府之女。他还有一位中表姊妹，叫做翠娟，是杭州府金御史的女儿。闻的新任抚院老爷姓金，亦是杭州人氏。抚院老爷若果系翠娟小姐父亲，他此时也在我家。即借重公差一同回了县上，着人送去，使他父子团圆，自是好事。"公差道："此事已有九分落地，只求请二位小姐出来将话一对，对得着，我便回复了县上。"方花氏与公差对答时，翠娟、兰英早已在门内细听。听得公差说要与他对话，翠娟在门内道："我的父亲姓金，讳星，字斗垣，曾为都察院金都御史，系浙江杭州府人。"水兰英亦在门内道："我的父亲姓水，讳澄，字衡秋，曾为绍兴府知府，系本省南康府人，如今故去。"公差道："说得对了，万无一差。"随将此事回复了县主。县主一边差人星夜上南昌报信，一边差人打轿迎接二位小姐。且说花氏俟公差去后，向翠娟、兰英道："恭喜你二人目下便要骨肉团圆，但上年我那强人深觉得罪与你，只求千万看我面上，到尊公前多多包容他些，便是莫大之恩。不然，我百姓人家，怎当的一位抚院老爷起怪！"翠娟道："自孩儿得蒙母亲之恩，何异重生父母！到任见我爹爹，还要使人来以礼厚酬。那已往之事，早已置之不论。你女儿是知恩报恩之人，不是那念怨不休之人。我的心母亲自能信的过。"兰英道："我姊妹们来到宅上，与母亲情投意投，就是生身父母，亦不过如此。但相处数年，一旦舍母而归，我与母亲处一省，尚有相见之日；金家姐姐一到任上，三年后便随父母往别处去了，何时是相见的日子？我思到此处，不惟自己悲，亦替金家姐姐悲也。"说罢不由泪如雨下。花氏亦泪道："人各有情，我心岂不恋恋。但念你二人，一则被贼劫出，一则经乱失散，两下盼望，更觉伤心。且你二人客居我家，不过暂时寄身，岂能结局于此。幸得今日不意之中俱有了家信，使离者复合，散者复聚，自是人间快事，正无庸为此酸楚之悲，作寻常儿女情也。"翠娟、兰英听花氏说到此处，便觉面带笑容。他二人虽面带笑容，惟有舜华在旁，欢无半点，愁有千端，低着头全不言语。翠娟、兰英道："我与妹妹眼下就要分别，为何不说几句话儿？"舜华道："教我说甚么？你二人各去见父母，却闪的妹妹独自一个，凄凄皇皇，冷冷落落，孤灯暗对，只影自怜。再求姊妹们一处分韵联诗，谈古论今，不可复得。从此一别，后会无期，身居两地，人各一天，欲会姐姐，除非见之梦中。"说罢，说到伤心，不觉两泪交流，几于失声。翠娟、兰英道："妹妹不必烦恼，你我誓同生死，此时虽别，后必相聚，前日之约，言犹在耳。只求妹妹耐心等待，莫爽前言，必不使贤妹独受孤苦，我二人独享快乐也。"四人说着话，忽见两个官婆到。见了翠娟、兰英便嗑下头去道："县上太爷差俺两个来迎接二位小姐，请速登轿。"翠娟分付道："一概人等着他外边少候，我在此还有话说。"官婆外出。翠娟、兰英别花氏道："数年之恩，一言难尽。女儿去后，惟愿母亲年年纳福。"花氏道："屈尊数年，多有不周，无心之失，还求海量包含。"说完，翠娟、兰英倒身下拜，花氏亦拜。又别舜华道："妹妹请回，不劳远送，我去之后，只望你专心耐意，以待好音，莫

要愁烦。我就去了。"舜华道："姐姐你当真舍我去了？"语未完，早已泪似湘江水，涓涓不断流矣！正是：

世上万般苦哀情，惟有生别与死离。

话说翠娟、兰英别了花氏、舜华，官婆伏侍上了轿，一直抬到公馆。二人入馆坐定，那里早有下程伺候。随后县主夫人来拜。到了次日，县主使人送三百银酬花氏，花氏坚执不受。遂安排夫马官婆星夜送回南昌。到了半路，南昌迎接人役一到，又行了数日，方才进了衙门。母女见了面，哭了几声。金夫人一边问翠娟，水夫人一边问兰英。说到苦楚处，大家悲叹一声；说到安身处，大家称异一番。金抚院知花氏有如此之恩，便行文令金溪县知县送匾奖励，又差人以金帛送去厚酬，这都不必细述。

再说吴瑰庵自遣吴瑞生游学去后，整整四年，全无音信，因语夫人道："孩儿外游已经四年，至今音信杳然。我心下甚是忧虑。"夫人道："他游学远方，原无定处，倘去的远了，音信怎能遇便到家。且他终身之事得之梦中，在外倘有了遇合，未免动延岁月，少则五年，多则七年，多管有好音来也。相公正不必如此愁烦！"瑰庵道："我数日以来，昏昏沉沉，心中就如有事一般，又不住的心惊肉跳，甚是可疑。但不知主何吉凶？"夫人道："这都是思念孩儿所致，还要自己解脱。"夫人说着话，忽传山鹤野人来访。瑰庵忙到前边，让至厅中坐定。吴瑰庵道："连日闷闷，正欲与兄清谈，来的恰好。"山鹤野人道："如今严嵩当权，谋倾善类。如陷曾铣，害夏言，杀丁汝夔，斩杨断盛，数人之狱，都出自嵩手。朝廷之上，有此巨奸，真忠直之蠹，社稷之忧也。弟一时不胜忿怒，因作一诗以志其不平。故来求兄一证。"吴瑰庵道："此正我辈义气所形，愿求一观。"山鹤野人遂将那诗递与瑰庵。瑰庵接去一看，诗曰：

剑请尚方自愧难，舌锋笔阵可除奸。
豺狼无数盘当道，忠正空劳折殿槛。
方信妖气能蔽日，果然鲸力可摇川。
生平惟有疾谀癖，愿把孤忠叩九天。

吴瑰庵将诗看完，说道："言词激烈，堪与苏公巷伯之诗并传。不党不阿，立朝丰采，可于此窥见一斑。"山鹤野人道："偶激而成，未暇修词，只句调未工耳。"吴瑰庵

道：“疏枝大叶，牢骚不平，方是我们本色。”这且不题。

单说山鹤野人做出这首诗，两两三三，传诵不已，早已传到一个知府手里。这个知府姓何，名鳌。也是个进士出身，欲媚严嵩希宠，因把自己一个生女献与严嵩作妾。严嵩爱其女色，遂爱及鳌，便升了他一个青州府知府。知府见了山鹤野人这首诗，怒道：“敢忤罪我的恩主，不免下一毒手，将此人处死，不惟我那恩主感念，也正好借此以警将来。”因使人星夜上京，将此诗送与严嵩。严嵩看了大怒，便密嘱去人着何鳌严审正法。何鳌受了嵩旨，遂诬了他一个讪谤朝廷的罪名，收入监内。吴瑰庵乍闻此信，吃了一惊，说道：“此祸从何而至？”又转思道：“驾此祸者，毕竟是何鳌这厮。朋友既蒙不白之冤，岂可坐视不救！”遂替他邀了合府绅缙，俟行香日，要上明伦堂一讲。到了初一日，那些绅缙因事体重大，多有推故不去的，间或有几位去的，都安排着看风试船，谁肯尽言惹祸。正是各人怀揣一副肚肠自己知道，却把那重大担子尽推在吴瑰庵身上。

且说知府行香毕，学师让至明伦堂吃茶，绅缙各行了礼坐定，说了许多话，再无一人提到山鹤野人那椿事体上去。吴瑰庵一时耐不住，先开言问道：“山鹤野人有甚事触怒老公祖，被老公祖收入监内？”知府道：“这奴才甚是可恶，以山野小民而敢讪谤朝廷！升平世界，怎容这样狂妄之人放肆！这是他自惹其祸，却与学生无干。”吴瑰庵道：“讪谤朝廷实为狂妄。治生愿闻那讪谤之实。”知府道：“他作为诗词，任意讥刺，信口唾骂，此便是那讪谤朝廷实证。”瑰庵道：“那诗句句是刺的严太师，却与朝廷全无干涉。”知府道：“太师乃天子元老，刺太师即所以讪谤朝廷也。”吴瑰庵道：“据公祖所言，此人之罪，固自难逃。但念山鹤野人虽属编氓，却是一位隐逸高士，德行学问，素为士君子所推重。还求老公祖法外施仁，委曲周全。倘蒙解网，不惟本人谢恩，即合府绅缙，无不感戴。”知府道：“此意出自朝廷，命我严审，审明还要解部发落。就是学生也不能作主。”吴瑰庵见知府全然没有活口，便知是受了嵩旨，要决意谋害，不觉义形于色，词渐激烈。又问道：“老公祖说是出自朝廷，那朝廷何以知道？”知府道：“这是锦衣卫缇绮访出来的钦犯。此时现有严府里人在此，立等回话。学生回到衙门，就要严审这个老奴才。”吴瑰庵道：“如此看来，甚么是朝廷访的，不过是那一等依媚权奸的小人，拿人性命趋奉当路，为人作鹰犬奴婢的做出来的！”知府听了此言，也变色道：“请问那依媚权奸的是谁？”瑰庵道：“或者数不着俺这无爵位之人。”知府觉吴老之言句句敲到他自己身上，便将羞成怒，拂袖而起，大言道：“我看那依媚权奸的是怎样，不依媚权奸的是怎样！”遂上轿回衙门去了。

知府去后，众人也有称美吴瑰庵是个尚义的。也有劝他说，事不干己，何等这样直憨的。吴瑰庵俱不答言，与众人分路归家不题。

且说知府回到宅中，挣挣坐着，也不言语，那怒气尚忿忿未平。他有一个幕宾叫做王学益，原是个坏官，善于先意承志。见知府面带怒色，问道："年兄外面却为何事，心下似有怏怏不乐者。"知府冷笑了一声，道："说起来令人可恼。"遂将那瑰庵之言，前后述了一遍道："你道此气教我如何受的过！"王学益道："他既得罪着年兄，年兄何不处他一处，以泄胸中之怒。"知府道："我恨不的也要处他一个半死，只苦没有名色加他。"王学益道："欲加之罪，何患无词！他既为山鹤野人出头，便是他的一党。只说他自标高致，结为党与，造作狂言，谤毁朝廷，如今国家朋党之禁最严，只把这个名色加到他身上，申到院台那边，他便舌长三尺，也难置喙。那时革去功名，任我发放。就是不能处死他，也处他个半死不活。"知府听了大喜道："此计甚妙！"随一面做了申文，密使人申到济南抚院。因事关朝廷，将文准了，仍着本府知府审明报院，以便题参。批文既下，知府不肯走漏风声，诈言此日要审山鹤野人，请吴瑰庵去当堂看审。瑰庵不知就里，连忙换上公服，一直到了衙门里，在堂下候着，心里安排着知府审他时还要替他方便一言。不一时知府打点升堂，分付快役将山鹤野人提出听审。快役将山鹤野人带到，知府问道："你作这诗言讪谤朝廷，此事是皇上亲自访出来的，你还有甚么话说？"山鹤野人道："犯人那首诗，若说刺严嵩老贼是真的。若云讪谤朝廷，犯人素明礼义，断不为此。"知府道："奴才还强嘴，你那讪谤之事，若一口承招，免受刑法。设或一字含糊，本府便活活敲死你这老奴才！"山鹤野人道："宁受刑法，那讪谤朝廷四字到底不认。"知府道："你真个不认？"山鹤野人道："我当真不认。"那知府将惊堂在公案上一拍，大怒道："取夹棍来！"山鹤野人道："你不必发威，我山鹤野人不是那怕死的。"知府见他言语抗壮，越发怒上加怒，连声大喝道："快取夹棍来！"吴瑰庵在堂下听说要取夹棍，忙走上堂，要替他分理。那知府看见便作色道："学生在这里又不作把戏、提傀儡，你来此何干？"吴瑰庵道："非是治生敢擅入公堂，承公祖之命，不敢不来。"知府道："我叫你做甚？你既来到我堂上，我有批文一张，要借重你看看。"说着话，即从靴筒中将那申文拿出，劈面摔去，骂道："你这老奴才，不是本府找你，是你找本府！你既找到我堂上，也不肯着你空手回去。"喝令皂役将此人拖下去，每人重责三十大板。正是堂上一呼，阶下百诺。那些如狼似虎的皂壮走上堂去，将二人拖到丹墀下边，翻按在地，去了中衣，就要重责。那知府咬牙切齿喝令毒打。可恨那无情竹板，板板打在一处。幸得瑰庵一腔浩气，充塞身中。肉虽受苦，

神却安定。打到三十，身子动也不动，就是老爷也不肯叫他一声。知府恨极，又加上两签，直打的皮开肉绽，鲜血迸流。知府骂道："似你这一流人，自立标榜，渺视大人，以卵击石，如何能的？今日要使你知我为官的利害！"吴瑰庵道："若顾利害，便不出来替人辩白。今既出头，莫说是不怕利害，就是死也是不怕的！"知府道："便着你死也自不难。"吴瑰庵道："汝能杀我，我也能作厉鬼以啖汝！"知府道："吾且杀你，俟你为厉鬼来，晚也！"瑰庵道："吾死必流名百世。汝纵活在世间，也只落得为那嵩贼做个臭奴才！"当堂之上，对众人骂的个知府无处躲藏，遂分付将二人收监，恨声不绝而退。退到后堂，见了王学益道："今日虽是处了他一顿，被他辱的我也甚是不堪。正是一不做，二不休。不免下个毒手，爽利利的弄死他便了！"遂分付刑房，将他二个俱拟了绞罪，做成招词，申到院里，抚院看了，见是从严嵩身上起的，知其冤枉，嫌拟的太重，将招驳回，着他别拟。知府只得将原招改了，山鹤野人问了个岭南永远充军，吴瑰庵问了个江西永远充军，抚院方才准了。到了发解之日，从监中提出来，又是每人三十。分付当日起解。幸得解役是个好人，知他二人俱是正人君子，便松他到家中与妻子一别。瑰庵到了家中，夫妇二人恸哭了一场，还是瑰庵劝夫人道："你不必这等悲伤！自有报仇日子。我去了，你独自在家不便，不如合我同往江西去罢。大丈夫四海为家。何处不可栖身。那梦中江西之行，今日方才应了。前兆既应，后兆必符。到那里自然得孩儿的下落。一味啼哭，反令老贼笑我无丈夫气也。"夫人到此也只得听从，遂把家产尽情变卖，同解役上路。可怜一个好好人家，为山鹤野人竟被这何知府弄的七零五落，破产荡家，岂不可恨！这也不必替他悲伤。

且说吴瑰庵同解役上路，走了两三个月，方才到了地头。解役投了文书，将人交明，掣批而回。那些地方官长都知道吴瑰庵为朋友罹祸，也却重他义气，又知是个拔贡出身，全不以充军入役待他。大家还给他买了一位宅子，着他移在别处居住，不使他与那充军之人为伍。瑰庵到了此地，也甚觉得所。但不知后来毕竟何如，且看下回分解。

第十三回　谒抚院却逢故东主
　　　　择佳婿又配旧西宾

姻缘如线绾成双，欲整旧鸳鸯。看来都由天定，成就也寻常。　　休疑猜，莫徬徨，免思量。今朝新婿，昔日西宾，旧日情郎。

　　　　　　　　　　　　　　　　　　　——《诉衷情》

话说吴瑞生在北京别了李如白回家省亲。在路上行了半月，方才来到益都。到了自己门首，抬头一看，着了一惊。有《西江月》一词为证：

但见重门封锁，不闻鸡犬声喧。层层蛛网罩门前，遍地蓬蒿长满。宅内楼房破落，园中花木摧残。萧萧庭院半寒烟，昔日繁华尽变。

吴瑞生正在门首惊疑，忽见一位邻人走到，忙将吴瑞生扯到家中，说道："数年少会，相公几时来家？自相公去后，宅上竟遭了一场天大祸事。"吴瑞生惊问道："甚么祸事？愿闻其详。"那邻人道："此事就在年前，因山鹤野人作了一首诗讥刺严嵩，那首诗不知怎的就传到本府太爷手里，这本府就是严嵩的一党，竟把山鹤野人诬了个讪谤朝廷的罪名，拿到监中，定要处死。老相公为朋友之情，邀了阖府绅缙，要替他分辨。太爷又不肯放松。老相公一时动了义气，对着众人便把太爷顶触了几句。他怀恨在心，也诬装了老相公一个结党讪谤的罪名。申到院里，除了前程，拿在堂上，与山鹤野人每人重责四十板，还拟了一个绞罪。幸得抚院老爷心下明白，知道是桩冤枉事情，嫌拟的太重，将招驳回。太爷从新又拟了一个军罪，方才准了。临发解时，又是每人三十。如今山鹤野人在广东崖州充军，你家老相公在江西九江充军，就是令堂也随老相公去了。当日老相公是何等正直，是何等君子。平空里吃了一场大亏，阖府之人，大大小小，那一个不替他叫屈喊冤。"吴瑞生听了这话，便放声大哭，就地打滚，哭的死去活来，活来死去。只哭的金刚掉泪，罗汉伤心。哭罢多时，那邻人劝道："老相公亏已吃讫，军已充讫，便至哭死也无济于事。如今太爷恐怕小相公得志报仇，还要便下毒手，毕竟弄个剪草除根。去年小相公差来的书童，如今现被他禁在监中。你

也不可淹留于此，当急急奔走他乡，以避此难。就是乡邻地保俱担着干系，倘走露风声，大家吃苦当的甚么！"吴瑞生道："我如今已中黄榜，授职四府，现有文凭在身，他纵有恶，也无奈我何！但日期限定，不敢多违，我如今要取路九江，望我父母，只得也要眼下起行。"那邻人道："相公今已中了进士？好，好，好！难得小相公中了进士，老相公此仇便容易报了。"说完，吴瑞生遂别了那邻人，同琴童上路而行。此时瑞生望亲之心急如星火，十日的路恨不的要并成一日走，连宵带夜，兼程而进。

走了将近两月，方才到了九江。问了父亲充军所在，寻见父母。父子见面，不觉喜极生悲，话未曾说得一句，骨肉三人已抱头而哭。哭了多时，吴瑰庵道："自你去后，我为父的吃得好苦，平空受祸，几丧短躯。如今仅留余喘，幸得天心眷念，父子相聚，就是死后也觉瞑目九泉。"吴瑞生道："不肖儿远离膝下，事奉多缺。爹爹受苦，不得替父诣阙伸冤，不肖之罪，真觉擢发难数。儿与老贼誓不并生，若不剥其皮而食其肉者，是空负七尺之躯，枉立在天地间为丈夫也！"吴瑰庵道："报仇雪耻是你的责任，我亦无容赘言。但你一去五年，全无音信到家，何也？"吴瑞生遂把那游学浙江，处馆金宅，江中遇盗，庵内逢嫂，遭乱失散，路遇如白，易名中举，京中发甲，告假省亲，领凭赴任之事，自始至终说了一遍。夫人听了喜道："孩儿你今中了二甲，你爹爹这口气便出的着了。"吴瑞生道："爹娘你自放心，不肖儿若不能为父母报仇，誓不为丈夫！"从此瑞生这里住了几日，吴瑰庵恐他在这里误了限期，便催他上任。

吴瑞生只得辞别了父母，望南昌而发。行到半路，那里已有夫马迎接，接到任中。上任行香后，唤礼房来问各司道乡贯履历，以便通启。及问到抚院身上，俟礼房说完，心中喜道："此人竟是我昔日东主。今幸有缘，为我亲临上司，正好借势报仇。但只是我如今变易姓名，我认的他，他未必认的我。"遂分付该班人役伺候，先谒抚院，刑厅到了院门前，将启投了，金公便令打点升堂，要当堂相见。刑厅穿了公衣，执着手本，到了堂下。行了堂参礼。这金抚院将刑厅一看，心中惊道："这位刑厅与我昔日西宾吴瑞生脸庞相似，只是姓名不同，莫不是瑞生当日假充姓吴，不然天下岂有容貌模样相似的？我退堂之后，不免请至书房问个明白，省的心中纳闷。"主意定了，又将刑厅分付了几句好言语，瑞生方躬身告退上了轿。才待安排回衙门，忽院中有人赶出来禀道："抚院老爷还要请刑厅李老爷后堂说话。"刑厅只得又复转回到了梆门，传了梆，金抚院早已迎出，携了刑厅手，行到书房了，宾主礼毕坐定。金抚院问道："贤理司贵省何处，尊庚几何，是何年发甲？"刑厅打了一恭道："卑职虚度二十三岁，乙酉举乡荐，丙戌中进士，若问敝省，老大人早已知道，岂俟今日。"抚院道："我何由知之？"刑厅

中国禁书文库

梦中缘

道："卑职曾在老大人宅上扰过三年，相别仅一二载，今日便忘记了？"抚院道："贤理司莫不是我家先生吴瑞生？"刑厅道："然也。"抚院听说慌忙离坐，向刑厅一揖，道："才堂上得罪，大是不恭。若早知先生，岂有当堂相见之理！"刑厅道："官有官箴，此乃礼法之当然。老大人有何不安。"抚院道："先生为何改名易姓，贻老夫以不恭之罪！"刑厅遂把那路遇如白，改易姓名，便入南闱之事，说了一遍与抚院听。抚院道："原来如此！"刑厅道："卑职年幼才短，多有不及。倘有失职之处，还望老大人格外栽培！"抚院道："你只管用心做好官，有可为处没有不为之理。"刑厅又问道："令爱昔年夜间失去，如今可有音信否？"抚院道："不惟小女有了音信，连甥女也有了音信。此时俱接在宅中。"刑厅又问道："老大人的甥女是谁？"抚院道："是南康府水衡秋之女，叫做兰英。"刑厅听了抚院这话，心中喜道："二位小姐俱有了音信，我吴瑞生姻缘该成在此处了！"说道："此是老大人意外之喜。"抚院道："此固足喜。此事之外，更有可喜者。"刑厅问是甚喜，抚院道："去岁你徒弟金洞乡试也得侥幸，肃斋、汉源亦同科中了。你如今固是师弟朋友，又是乡试同年。"刑厅道："令爱有了音信，公子又得中举，老大人又蒙恩起用，正所谓喜事重重至也。可慰，可贺！"抚院道："先生若是想他，肃斋、汉源此时俱在我宅中，即同请来相见。"刑厅道："甚妙！"抚院遂使人把三人请来。先是赵、郑二人与吴瑞生作揖，次是金洞叩拜。行礼完坐定，吴瑞生道："自别兄以后，甚是渴想，虽不能趋近台颜，而梦寐之思，无日不神驰左右。二兄秋闱大喜，又欠贺礼，抱歉殊深。今幸不期而会，又觉深慰鄙怀。"肃斋、汉源道："弟之心亦犹兄之心也。然知契友自可不言而喻。"五人说着话，不一时酒肴俱至，大家吃了。吴瑞生方起身告别回衙门而去。一日，金抚院向肃斋、汉源道："老夫闻的新任刑厅尚未有室，吾家小女与甥女俱未受聘，刑厅年貌俱偶，大雅不群，正堪为吾坦腹。老夫蓄此念久矣，今俗借重二位为吾作伐，敦昔日之张范，结今兹之秦晋。只望二位贤契勿推却为幸！"肃斋、汉源道："成两家之好，笃朋友之情，一举两得，自是美事，况命出老师，此事情愿殷勤。"抚院遂把二人谢了，这且不题。

却说吴瑞生别金公回了衙门，退到私宅，心里寻思道："我那翠娟、兰英小姐，如今俱有音信，且共在一处，我终身之事，似有九分可成。此一机会，断不可失。我不免央一官员，为我作冰，向金公亲提此事。又苦无个知心之人可托！欲带央赵、郑二生，他又在抚院宅中，不便往来。"终日横在心间，连公务都无心去理。一日，正在书房坐着，忽赵、郑二人拜贴传到。吴瑞生忙分付开门迎进，让至书房，待了茶。吴瑞生道："弟为公务所羁，尚未往拜，怎敢望二兄先施！"肃斋、汉源道："金公为官，号令严肃，官员不许无故参谒。凡家中随从之人，不论上下俱不许私出院门。兄既在此做官，亦当听其约束，断不可私拜朋友，乱他法纪。弟今日此来，也不是无故私出，是奉金公之命，要与吾兄提一亲事。"吴瑞生道："蒙二兄雅爱，但不知为吾作伐者，是谁人之女？"肃斋、汉源道："就是金公令爱与他的令甥女。"吴瑞生听说，喜的眼花神开，就如中了一次二甲一般。说道："金公既不弃寒微，欲成二姓之好，此固幸出望外者。小弟情愿攀乔！"说完，又吃了几杯茶，肃斋、汉源便要起身告别。吴瑞生还要留他吃饭，二人坚执不肯。辞了瑞生，回院见金公把话回了。金公遂到后宅把翠娟、兰英唤至近前，说道："男大须婚，女大须嫁，古之定理。你二人婚姻俱至愆期，我心下甚是不安！新任李刑厅年少风流，偲觉寡偶，他亦未有妻子。年庚相当、门户亦对，我已借赵、郑二人为媒，作成此事。他那里亦自情愿。但婚姻大事，也不可不使你二人知道。"翠娟道："婚姻之事，虽人生不免。但孩儿区区之志，惟愿长依膝下，奉事终身。若说出嫁，固非孩儿之所愿也。"金公道："似你说的便可笑了！男女居室，人之大伦，从古至今，从未见女子有终身在家者。此时不嫁还待何时？"翠娟道："爹爹若许孩儿奉事终身，这便是爹爹莫大之恩。若欲强逼你孩儿，惟有一死，以表我志。"说罢，那眼中便扑簌簌落下泪来。金公怒道："世间那有这般执拗女子。李刑厅年少进士，有甚亏着你，这样人不嫁还待甚等之人？"又顾兰英道："你姐姐这样不通，你的意思却是何如？"兰英道："姐姐既是不嫁，我也情愿不嫁。"金公道："咦！你也是第二个翠娟！"遂忿忿而出。金公见了夫人道："翠娟这等可恶，我方才与他议婚，他要终身在家事奉父母，宁只死了，不肯出嫁。这是甚么心事，你不免去劝他一番。"夫人遂到了翠娟房里，见翠娟、兰英那里正哭，哭的连眼都肿了。夫人道："我儿，你爹爹为你择风流佳婿，是为你终身之谋。你为甚么触怒你爹爹，令他生气。"翠娟道："人各有志，莫相强也！你孩儿志在奉亲，不愿事夫。爹爹若要迫我，却不是打发我出嫁，竟是打发我上路。"夫人道："为男子的在家事父母，为女子的出门事丈夫，此礼古今不易。事奉爹娘是你兄弟之职，还轮不着你孩儿。你读书识字，凡古今载籍中为女子者，有几个守父母白头到老的。"翠娟道："今日之事，也用不着孩儿多说，孩儿除非死了，万事皆休！"说罢，越发哭的悲恸。夫人就是再问，他也不回言，一味啼哭。正是：

满怀心腹事，尽在不言中。

夫人见劝他不动，只得回房把翠娟之言对金公说了。金公道："翠娟平日不是这样执拗之人。我听他言语，观他举动，此中似别有缘故。素梅常在他左右，孩儿有事，他没有不知的。夫人，你将这丫头素梅盘问一番，事情自有着落。"夫人道："相公所见极是。"说完，金公出门理事。夫人遂把素梅唤至近前，说道："你老爷方与小姐议婚，小姐坚执不从。你常常在他左右，小姐心事你没有不知之理。他若果有甚么心事，你须据实说来，倘一字瞒我，适才你老爷嘱付过的，要着我活活敲死你这贱人！"素梅心中说道："小姐甚么心事，不过为那吴瑞生。别人要成就夫妻，我为甚替他捱打？况小姐当日又不曾失身，便说了何害！"随扒上前，磕了一个头，说道："奶奶既拷问奴才，奴婢怎敢有瞒。今日小姐不嫁李刑厅别无话说，不过为着昔年吴瑞生。"夫人问道："怎么为着吴先生，便不嫁李刑厅？"素梅道："小姐与吴先生曾有一约，期为夫妇。当日老奶奶同往姑妈家去赏花，小姐又令奴婢将吴先生约至楼下，小姐在楼上嘱他借冰提亲，那时便以死相期了。吴郎之心虽未知他何如，如今小姐坚守此志，始终不移。"夫人道："他二人当日莫不有甚么私染？"素梅道："他未约之先，虽有诗章书札往来，都是奴婢替他传递，他二人俱未见面。小姐嘱他借冰提亲，诚有此事。若说有甚私染，就是打死奴婢，不敢枉诬小姐。此乃当日实情，并无一句谎言。"夫人听了说道："这便是了。你去罢！"到了晚间，夫人便把此事述与金公。金公知女儿雅持贞念，绝不犯淫。又能坚守前约，至死不变。心中亦自重他，对夫人道："因短了一句话，便费了许多口舌。这位新任李刑厅就是昔年吴瑞生。"夫人道："他为甚又改成姓李？"金公遂把那改姓名的缘由与夫人说了一遍，道："夫人你到明日即把这个缘由说与女儿，也省的他心中烦恼。"

闲话不必多叙。到了次日，夫人起来到了翠娟房中，说道："夜来我根求素梅，才知你与吴瑞生有约。当日你持之以正，不及于乱，你爹爹亦自重你。我未对你说，今日在此做刑厅的，就是昔年吴瑞生。"翠娟听说把脸一红，说道："你女儿不肯背着爹娘私下订盟，其罪固不容赦。然当日只教他央媒提亲，并不曾近于亵狎。此心此意，聊可对父母而无愧。只求爹娘宽恕！但如今他为甚的又易吴姓李？"夫人遂一一述与小姐。翠娟听了此言，心中也喜，还是虑父母因他议婚不从，故设此法哄他，心中又半信不信。说道："李刑厅若果是吴瑞生，我当日寄他的书札诗章，他自然不肯失落。此事别无人见，亦别无人知。如今只求把我那原札还来，我便许他这段姻缘。若无原札还我，心下到底不确。宁至终身无夫，不敢轻许！此非是你女无耻，硬主自己婚姻。只是我与吴郎一语既定，终身不改。所以贼寇劫出，奸徒瞒去，经过数死而不至于失

身者，总为吴郎一人也。今若二三其德，有始无终，变易前志，实事二夫，以前节操全无据矣！此等之事，稍有人心者，不肯为之，况孩儿素明礼义乎？"夫人道："你说的极是，我即遣人去把你那原札取来以慰你心。"夫人回到房中与水夫人商议，随遣王老姬去索求原札。王老姬承命来到刑厅衙门，进宅见了吴瑞生道："恭喜相公！皇国人材，宦门佳婿，不久女婿要乘龙也。可喜，可贺。"吴瑞生道："前蒙撮合，今始完璧。风月主人，学生将何以为报！"王老姬道："二位小姐因君易姓，婚事不从。向已说明，犹不敢信。今老身此来，乃奉两小姐之命，欲求昔日所寄原诗札以还，以实其事。相公如或收藏，即求速速付与。"吴瑞生听了，感激道："今已五阅春秋，尚坚守前言，不变其初，仿之金石之贵，差可无愧。但如今璧则犹是，而马齿加长矣！"遂把翠娟那两封短札，半副诗笺与那七言绝句，连兰英那首绝句，一并交与王老姬。王老姬拿回呈与夫人。夫人自己持去与翠娟、兰英看。翠娟见是自己的原物，到此才得落地，喜道："今方全璧归赵矣！若非此物，我翠娟之命几乎难保。今幸见此，庶不负我五年苦守之心。"夫人见翠娟别无话说，又问兰英道："你姐姐许了，你心下却是何如？"兰英道："姐姐既爱嫁此人，我也情愿随去作伴。"夫人见翠娟、兰英都心肯意肯，遂回复了金公。金公遂安排筵席，请吴瑞生来衙中议亲。到了那日，吴瑞生欣然而至。翁婿坐定，三巡酒后，金公先开言道："今日请贤婿来，别无他事商量，只为贤婿中馈无人，即小女与甥生俱至愆期，要求贤婿择一吉辰，我这里制妆奁送过门去，好完我夫妇为女择家之愿。"吴瑞生听金公说到此处，还未及回言，那眼中已掉下几点泪来。金公见吴瑞生掉泪，深自愕然，但不知他有甚事关心，且看下回分解。

第十四回　金抚院为国除奸
李知县替友报仇

左调《庆春宫》：

百世流芳，万年遗臭，贤奸谁低谁强？法网非疏，天心可据，祸福到底难量。恶盈业满，热腾腾忽加严霜。此日繁华，当年势焰，顷刻消亡。忠臣事事堪奖，义勇包天，盖世无双。词藏利刃，字振风雷，无愧铁胆钢肠。冰山推倒，一时间日霁风光。但愿他年，奸臣读此，仔细思量。

话说金抚院欲令吴瑞生择吉成婚，瑞生听说忽然掉泪，金公深自愕然，问道："洞房花烛，乃人间喜年。今言及此，贤婿因何掉泪？"吴瑞生道："诗云：娶妻如之何？必告父母！婿非生于空桑，现有父母而不得告，此诚人子终天之恨！念到此处，不由不痛肠九回也。"金公道："贤婿既为此关情，议吉暂且从容。即速把令尊、令堂接来，以尽贤婿必告之理。然后择吉成婚，亦不为晚。"吴瑞生道："此又不可易言。念家父充配九江，身为罪人，怎敢擅动？今日子享荣华，父偏谪戍。为人子者，何以为情？若是安常处顺，即告与不告犹可自宽，愚婿何动深悲？"金公问道："当日却为何事，令尊公竟陷身于此？"吴瑞生遂将那罹祸根由，前前后后说了一遍。金公听了，不觉怒发上指，目眦尽裂，骂："严贼，严贼，恣横至此，目中几无天日矣！若不急除此人，只恐高祖皇帝栉风沐雨，创立锦绣江山，送于老贼之手也。老夫欲参老贼不止今日，今把贤婿婚事暂且搁起，待老夫修一本章，达之皇上。或赖高祖、列圣之灵，默然扶助，殛此元凶，以正国法。此贼既去，那伙妖魔邪党，无能为也，然后渐次削除，以洗令尊之冤可也。"吴瑞生道："只恐老贼根深蒂固，急切之间，一时不能动摇。"金公道："若是怕死，便不敢参他，既敢参他，便不怕死。当日刘瑾专权，谁不依媚奉承他。正在气焰熏灼当头，被老夫参了一本，虽不能即正其罪，先帝从此疑他，后五月而瑾即败。我看从古至今，凡专国奸臣，那有得其令终者。嵩贼专权为恶，至今五年，恶盈业满，此其时也。老夫此念既动，断无退步，即日修本，达之天听。今为国除残去秽，便至蹉跌，亦人臣职分所不辞，岂避利害！若大家各顾身家，爱惜性命，逡巡观望，谁出头为朝廷去此蠹贼也！"吴瑞生道："岳翁志在除奸，此心可对天地；不畏强御，此举炳于日星。真国家之栋梁，中流之砥柱也。"说完，吴瑞生辞金公回衙，金

公夜间将本修完，密使人星夜上京，达之天听。疏曰：

巡抚江西等处地方、兼理营田、提督军务、加太子太保、都察院左佥都御史，臣金星，题为奸臣擅国，危及宗社，请正国法，以肃纪纲事。阁老严嵩，以猰貐之姿，兼狙狯之智，夤缘希宠，渐居要路。身负国恩，不思报效，惟知营私。臣谨列其罪于左：太祖不设丞相，厥有深意，嵩偃然以丞相自居，是坏祖制也。权者，人主驭世之具，而嵩以拟旨窃弄威福，是奸大权也。见皇上行政之善，即传言于人，归功于己，是掩君美也。嵩之拟旨，皆子世蕃代票，是纵奸子也。令孙严效忠，妄冒奏捷要爵，是窃军功也。逆鸾以贪虐论革，嵩受三千金，威迫兵部荐为大将，是党悖逆也。轻骑深入，嵩戒汝夔勿战，及皇上逮治汝夔，犹许密疏保奏，是误军机也。徐学诗以刻嵩夺官矣，考察而及其兄应丰，是擅黜陟也。吏民选除以入贿为低昂，故将官多割削，而士卒失所；有司多贪酷，而百姓流离。是失人心也。诌谀期欺君，贪污率下，是坏风俗也。然此十罪者，有五奸以济之；厚贿皇上左右，凡圣意所在，皆得预知而逢迎，是皇上之左右，皆嵩贼之间谍，奸一。赵文华为通政，疏至，必先上副封，是皇上之纳言，皆嵩贼之鹰犬，奸二。惧缇骑缉访，即与厂卫结婚，是皇上之爪牙，皆嵩贼之瓜葛，奸三。畏台谏有言，凡进士非出其门者，不得与征取，是皇上之耳目，皆嵩贼之奴仆，奸四。虑部臣徐学诗不能无言，乃罗其有材望者结纳之，鲠介者逐斥之，是皇上之臣工皆嵩贼之心腹，奸五。数其恶则罄竹难书，列其罪则万剐不尽。伏愿陛下察其奸状。置诸极典，国土尽快，

中外甘心，臣星不胜悚惶待命之至。

却说世宗皇帝在灯下翻阅本章，阅到金星这一疏，看了数遍，不觉龙颜大怒，骂道："老贼专恣如此，目中几无朕躬。合此本看来，可见杨继盛劾嵩的那一本，不是欺君。此贼若不急急剪除，后必为宗社之患。"便等不到天明，圣旨即从门隙中传出，密着锦衣卫立刻擒拿，锦衣卫奉命，即统兵把嵩第围了。家中无大无小，尽皆锁获。次日传旨，先着三法司掬严嵩于午门外，尽得罪状。连严世蕃那交通倭虏的事情也得了显证。三法司具状奏之皇上，皇上又提到殿前御审。审真，旨意既下，严嵩勒令自裁，严世蕃、严鹄、严鸿、严效忠发西市处斩，其余俱问充军，妇女发教坊司，家财抄没入官。从此京中百姓，人人庆贺，个个快意，都为金抚院念佛，感他为国除此大害。可笑嵩贼居在一人之下，万人之上，爵位至此，尽够受用。毕竟要招权揽势，饕餮无

厌。看到他这下场头，无论家业冰销瓦解，并其一身亦不能保。回思前日气焰，不过一朝春梦。古来奸雄那一个不是如此结局，而后之效尤者，犹代代不绝，岂不可叹！正是：

善恶到头终有报，只争来早与来迟。

严嵩正法，此信已到江西。金公听了，喜出望外，一则喜为国除害，二则喜为婿报仇，连忙差人将刑厅请来，说道："严贼合家俱死，贤婿知否？"瑞生道："愚婿得之风闻，还未知的实。"金公道："适才塘报方到敝衙门，说严嵩勒令自裁，子孙出斩，家财抄没，妇女入官，其余俱发上阳浦充军。奸臣报应到此地位，方能快中外之心。"吴瑞生道："若非岳翁一本，此贼焉能败落至此。"金公道："此举乃出自宸断，去奸能勇，老夫何力之有焉！"吴瑞生道："老贼既灭，家父之冤也觉少伸。"金公道："嵩虽伏诛，但何鳌这斯尚在漏网。不乘此时处他一个畅快，令尊公所吃之苦，谁能替他伐偿？且尊公戴罪充军，贤婿本姓未复，此情若不洗出，终属缺典。但得巨奸既去，何鳌亦何能力？这也不须老夫用力，贤婿只风风流流参他一本，令尊公之冤可伸，何鳌之仇可报矣！"翁婿二人正说着话，忽京中有报，主说京西大同、宣府两处，七月初八日夜间遭地位之变，民房倒榻数千万间，士民压死不计其数。朝廷因此大变，日夜省惕，更谕中外官员士庶人等，不论贵贱，俱许直言入告。金公将报看完，向吴瑞生道："皇上既下诏求言，贤婿之疏可上矣。只把何鳌为官之恶，据实填上几条，即诉到尊公冤情上去，不如连贤婿那易姓之事，一并坐在他身上。只说当日避鳌之难，改姓易名，奔往他方。如今他那冰山既倒，谁肯出头为他。贤婿之本一上，何鳌之身即刻齑粉矣！"吴瑞生听了甚喜，遂辞别金公，回到衙门，即便修成一疏，疏曰：

江西南昌府理刑推官臣李美麟，应诏上言：臣闻天地之灾祥，因乎人事之得失。人事之得失，视乎官吏之贤否。弭天地之变，必清在位之人。臣窃见山东青州府知府何鳌，性如豺狼，行同鬼，初以幼女婿奸，为人把衾抱褛，使国所养之廉耻，忽然扫地。继以已身附势，甘心为鹰为犬，至天地所存之正气，一旦销亡。及分青郡，愈肆凶顽。白鹿归囊，竭十四县之民膏民脂，毫不加恤；青蚨过手，集数万口之筑怨筑愁，闵不知畏。而且祸及善类，殃乃无辜。以山鹤之清风高致，诬作讪谤，致令义士含冤，空怀瘴海之悲；以臣父之鲠性介节，诬为朋党，并使孤臣去国，徒洒赣江之泪。臣避凶锋，逃难江湖，改其姓而复易其名，是子实有父而不得父其父；父负重冤，远被谪戍，养其身而弗享其报，是父实有子而不得子其子。凡此皆足干阴阳之和，召天地之变。虽然，害臣一家犹可言也，害阖府生灵，不可言矣；害阖府之生灵犹可言也，危皇上之宗社，贻朝廷之隐扰，不可言矣。伏愿陛下，摘其职衔，察其罪状，重则置诸极典，轻则放之于极边，庶人心可慰，天意可回耳！

疏上，圣旨批道："何鳌有碍官箴，即着益都县知县锁拿审明，解京发落。山鹤野人与美麟之父无辜受谪，情实可矜，俱许放还。李美麟仍复本姓，以归原宗。"这且按下不题。

单说如白自上任以后，真个是一清如水，除奉禄之外，毫无私染。做了三个月官，那百姓称颂之声已盈于道路。独有何鳌，嫌他为官清廉，无所馈遗，便恨入骨髓，欲待设法处他。但他上任未久，又无事可疑，且廉正之声闻于上台。虽然怀恨在心，也无可奈何他。惟借初一十五府官参见时，待众官既见之后，也不说见，也不说不见，着他候一个不耐烦，才放他去了。此乃小人常态，李如白也不十分与他计较。一日，又有公事相见，才待乘轿安排走，忽听抚院有密文到。知县将文拿回后宅，折开细看，才知何鳌被吴瑞生参了一本，摘去职衔，要委益都县知县，销拿严审。李如白看了来文，冷笑了一声道："老贼，只说你威势常在，谁知你也有今日。"随传了十数个能干衙役，随着他暗带了索锁，要到他私宅擒获。但不可走漏风声，便乘轿直到知府堂上，使人将手本投了。便有一等趋媚知府的人，说他乘轿直到堂上方下。知府听了，大怒道："他多大官，便目中无有本府！今日必须处他一个死，方才消我之气。"随使人传出道："益都县知县，且在外少候。待金押完了，然后相见。"李如白道："又是前日那处我的方儿。但你这番比不得那番，只恐从今以后，我要天天和你相见哩！"便对那传言的人道："你去对你老爷说，今日要见即见，若是不见，本县便回衙理事。我李如白是奉朝廷之命出来做官，不是奉朝廷之命出来与何鳌站门，我这官做也可，不做也可，宁只断头，从来受不惯这小人之气！"那传言的人随把此言尽情诉与知府。知府怒气冲天，大言道："叫那狗官进来！他说不爱做官，只恐既入此套，即欲不做而亦不能。他才离胎胞，乳臭尚存，见甚么天日？我好歹着他无梁不成，反输一贴。"知府正在三堂上雷霆大发，李如白已率着一伙衙役大踏步来到知府面前。知府怒目视他道："方才学生着你在外少候，不过因我公务未完，你便性急耐不的，在我堂上发言吐语，你道你是奉朝廷之命出来做官，难道我不是奉朝廷之命出来管着你么？我因你为官清廉，心中到十分敬重你，你绝然不识抬举，到把本府渺视。你居官虽有几桩善政，只恐那

'狂妄'二字到底不免！"李如白道："'狂妄'之罪，卑职诚不敢辞。但今日此来，那'狂妄'之罪恐更有甚于此者，老大人须得见谅！"说罢，便把众衙役瞅了一眼，喝道："此时不拿，更待何时。"那众衙役听了一声，便各人取出索锁，先落头把知府锁了，立时追了他的印信，然后一齐拥进后室，将他幕宾内司人等一概上锁，知府还疾声大发道："李知县反了，如此大胆行凶，全无王法！"李知县冷笑一声道："不知谁是有王法，谁无王法！"随即拿出抚院来文给他看了，何鳌方才语塞。李知县遂令众衙役带着一干人犯出了宅门，到了府堂之上，上了轿，回到自己堂上，便将何鳌严审，指着骂道："何鳌，朝廷命你为郡守，委任不为不重，爵位不为不尊，正该报效朝廷，力行善政才是。为何恣你贪婪以充私囊，肆尔酷虐以逞己志，剥官害民莫尔为甚。而且，罪及无辜，杀害忠良，即如山鹤与尔何怨，意诬以讪谤之名？吴珏与尔何仇，竟加以朋党之罪？无非欲借此媚权奸为固庞要荣计耳！岂料亦有今日，你有何辞？可将从前恶款一一招供明白，免致敲扑之苦！"何鳌此时自思此系钦绊，又遇仇官，便知强辩无益，或者分过于人，罪还借以少减。遂道："此虽犯官一时蒙盹所为，却不全与犯官相干。"李知县又大声喝道："不与你相干，却是与谁相干？"何鳌道："此乃幕宾王学益主谋愚我，以至于此。"李知县闻言，忽又想道："陷害瑰庵谋既出于此人，以此看来，是何鳌固为我友之仇，而学益亦为我友之仇也。厥罪维均，何可使他漏网？虽抚院来文不曾要他，不免将他入上，合为一案，与何鳌同结果了，不更可以泄吾友父子之忿，尽我李如白为友之心乎？"算计已定，遂唤皂隶将王学益带来。皂隶遂将王学益押到案前。李知县指定骂道："你这奴才，既为本府幕宾，便该导主行些善政，方不负主人重托之意。尔乃诱主为非，是党恶之悲，较首恶之罪为尤甚。你可将从前助恶之事，一一招供明白。如有半字含糊，本县就要活活打死你这奴才！"王学益乃强辩道："犯人实无此事，俱系何鳌畏罪妄攀于人，教犯人从何招起？"李知县便两目圆睁，大喝道："这奴才既不招认，与我夹起来！"皂隶听说，连忙拾过夹棍，将王学益两腿填入，套上大绳，两边数十个人扯着，齐齐尽力一煞，煞的夹棍对头。李知县又道："与我使大棒，着实敲。"两个皂隶一递一敲，敲了数十棒。正是人心似铁，官法如炉。王学益不能禁受，方才说道："犯人招就是了！"李知县道："既是肯招，皂隶们给他松去夹棍"。皂隶遂把夹棍松了。王学益方匍匐案前，招道："犯人前日一时昏迷，只思借逢迎以托身家，谁知天网恢恢，竟有此日。今既陷身法网，又在明镜台前，敢不甘罪也！"就将助何鳌为恶之款，一一招认，丝毫无有隐漏。于是二人俱画了供。李知县遂暗喜道："得了王学益口供，便又是何鳌那厮一个好硬干证也。"遂一边叫皂隶将何鳌押送南牢，一边分付刑房吏退下，速做招详，以候明早差人赴省报院。此日别无堂事，便即打点退入后室去了。这且不在话下。

却表何鳌等进得监来，可煞作怪，冤家债主偏偏狭路相逢。看官你道这是怎说？原来值日禁卒，乃是吴瑰庵家旧仆。瑰庵平日待他甚是有恩，此仆虽久不在其门下，而念旧之情，报主之心，固未尝一日忘也。从来说的好：仇人见仇人，必定眼睛昏。今日见了主人仇家，即不啻见了己身仇家，那有当面错过，不思报复之理。便即指着何鳌道："何太爷，你怎的到此，可谓屈尊你了！正是天道好还，无往不复。但思你是个如鬼如蜮之人，力可通天，倘或夜间做出些手脚来，俺们干系不小。太爷莫怪小的，不免将你收拾收拾，俺们好睡个安稳大觉。"遂取麻绳把二人鞘起，摔倒在地，用脚蹬着，就地滚了几滚，煞得麻绳尽行没入皮肤，疼痛甚是难当。又道："俺们下人倒得睡睡，你为官的要是不得睡睡，俺们于心何安！不免也着你睡个长眠大觉。"遂把何鳌、王学益俱打入枷床里边，长舒挺脚，直律律的仰在里面。两个长钉又紧紧刺在眼前，头也抬不得，身也动不得，腿也卷不得。不多时，臭虫蛤蚤齐来揩食肌肤，又是疼，又是痒，着实难当。到了急躁挣命的时节，也只是叫几声好苦好苦而已。这且不提。

再说到了次日，李知县早起升堂，刑房吏将招详呈上，李知县从头至尾阅了一遍，见做的极其严密，便与自己的勘语，俱钤了印信，装入封筒，上下骑缝，又钤了两颗，随即唤了一个快役，当堂赍发他申送到抚院衙门。抚院阅了县文，见做的情真罪当，铁案如山，无可再议。便批：仍仰益都县将此一干人犯解京发落。李知县拆开院文一看，随即选了两个有用民壮，差他提出监中何鳌、王学益来，发付即日起解入京。谁知冤家路窄，可可两个解役又是山鹤野人的瓜葛，一路上摆布之苦，又是无所不用其极。何鳌与王学益他也只是甘受。况且一出门时，正当严寒天气，朔风阵阵大起，那无情的六出奇花又从半空中纷纷飞下，片片向面扑来，寒冷难禁！何鳌与王学益手上俱带着铁铐，不能退入袖中，冻的满手是疮，脓水不住淋漓，正是：

屋漏更遭连夜雨，船破又被打头风。

夜住晓得，因雪道难走，二十余天方到京师。两个解役进了刑部衙门，将文投了。刑部看罢来文，遂将何鳌与学益暂且寄监，打发了回文，便即具题乞旨定夺。不日命下：着三法司会审。三法司审过，随即又覆了本。圣旨不日便下，批道："何鳌固为罪首，王学益亦为罪魁，当分首从，一斩一绞，以警将来。妻女分配军户，家产藉没入官，以充边饷。"到了秋后处决之日，监斩官赴刑部监中，将何鳌、王学益提出来，俱用绳背剪了，口中带上木榨，背上插上罪由，上下衣服已早被狱卒剥去，腰间止围着一条破砌缕。

可怜衣紫腰金客，竟作蓬头跣足人。

不一时，押到西市，刽子手将何鳌、王学益拖倒在地，面西跪着。从来人穷返本，何鳌此时忽然一阵心酸，想起家中娇妻美妾，一个不得见面，扑簌簌不觉两眼泪下，方才懊悔前非，亦何及哉！正是：

早知今日，何不当初。

到了午时三刻，吹手掌号三通，刽子手将刀一抢，霜锋过处，人头落地，早有吃惯人的恶犬在旁等着，将头一口接着，衔去啃了。剩下身子，衔市攒钱觅火工，拉去掷入深坑，也被众犬食尽。王学益亦同时绞死，还落个囫囵尸首。这是为从的罪比为首的罪稍减了一等。然总算起来，都是不得好死。只因他当时奉承主人，设谋倾及善类，遂把身命断送，后之为人主文者，当以此做个殷鉴。正是：

劝人双有益，唆教两无功。

当时看的人上千上万，纷纷议论不一。也有称愿的，也有叹惜的。称愿道："似此贼官，应宜有此恶报，惟有此恶报，方见皇天有眼，王法无私。古语道的好：'善有善报，恶有恶报，若还不报，时节没到'。这便是恶报的时节到了。岂不畅快！岂不畅快！"叹惜的道："读书一场，做官熬到四品黄堂，也就算的富贵荣华了。而乃全不惜福，自作自受，到此田地，不惟家业飘零，骨肉离散，即身首尚且异处，不能保全，填于沟壑，葬于犬腹，将父母的遗体，弄的七零八落。咳咳，岂不可惜！"又有一般好事的人编为四句口号，互相传念道：何鳌何鳌，死无下稍。诸苦尝尽，真是活熬。

这正是：从前作过事，没兴一齐来。

何鳌既诛，吴瑞生大仇已报，不知后来姻缘何如，俟看末回，便见结果。

第十五回　联二乔各说心间事
　　　　　　聚五美得遂梦中缘

　　春深铜雀美于秋，双锁更风流。灯前各谈幽情，分外意绸缪。联五凤，共衾裯，恣嬉游。当年异梦，昔日想思，此情全勾。

　　　　　　　　　　　　　　　　——《诉衷情》

　　却说何鳌既已伏诛，堂报到了青州府，李如白闻了此报，心中大喜道："瑞生不共戴天之仇，至此也算报复尽勾了。我想何鳌与吾友结冤，偏偏犯在我手，这是上天明明假手于我，替友报复之意，亦可以答天心而报知己矣！且吴瑰庵之祸，原因契交朋友，护救山鹤而起。今何鳌既诛不惟瑰庵之气吐，而山鹤之冤亦雪矣！山鹤之冤雪，而瑰庵之气尤吐矣！我当差人驰报南昌，庶令瑞生兄闻而欣慰也。"于是将何鳌、王学益同弃西市，及瑰庵、山鹤蒙赦放还，吴瑞生奉旨复姓之事，修成一书，差一家人同书童赴南昌送去。看官，你道书童因何在此？前事抚台因瑰庵、山鹤俱被何鳌诬陷，遂触目惊心，想青州府狱中犹有冤枉。素知李知县片言折狱，故特行文委他一一检阅众囚。李知县检到书童，方知他亦受何鳌之害，遂令禁卒将他放出，带回官宅而去。正欲着他往南昌送信，适值遣此家人，命他带伴同行。书童因久系圈套，不得见主。一承此命，就如开笼之鸟一般，恨不得一翅飞到主人面前。因他带那个家人星夜拍马前行，就如置邮传命一般快。不消月余。便即到了南昌。问道刑厅衙门，进后宅见了主人，便叩下头去，将书呈上。李刑厅接书拆看，才知仇人已诛，父亲与山鹤蒙赦放还，自己亦奉旨复姓，遂不觉喜形于色，道："大仇已报，我吴麟美庶无愧于子职了。"遂问书童道："我闻你自寓所回家报喜，便被何知府擒去，送监禁锢，不知你以后如何就得出来了？"书童遂将李知县奉抚院文检狱放出之事述了一遍。说着话，忽一家人禀道："抚院老爷有请吴刑厅。"便即出来宅门，向抚院衙门而去。到了后宅门，自传了梆。开了宅门，抚院迎出，让至书房，行了礼，坐定，茶毕。抚院便道："恭喜贤婿，老夫适接塘报才知何鳌老贼今已正法，今尊公亦蒙赦放还，贤婿又奉旨复姓，大仇已报，不久父子团圆，可喜，可贺！"吴瑞生答道："适接山东青州府益都县知县李兄一书，愚婿也早知此事。方欲驰报岳翁，乃先蒙岳翁宠召，赐此佳音，佩感多矣！"抚院又道："令尊公既蒙恩赦还，可速接来，以奉色养，兼行娶妻必告之礼，以便卜吉与小

女并甥女完婚，老夫生平之愿足矣！"吴瑞生道："愚婿正有此意，谨依台命。"又吃了一杯茶，随即告别。到了自家宅内，忖道："此时部文想也不久将到岭南。九江口较崖州路近，此时或者到了。"遂一边吩咐马夫起赴崖州接取山鹤，一边吩咐轿马赴九江口迎接父母。

话休絮烦，却说吴瑰庵与老夫人一同到了南昌境界，吴瑞生已早排了仪仗远远迎接吴瑰庵，接着便随轿而行，又有阖府官员绅衿人等，亦陆续出郭迎接。瑰庵俱下轿，一一还礼，然后上轿前行。不多时，到了刑厅宅内。五载离别，一朝团聚，一时悲喜交集，这是人情所至，不必细述的了。吴瑰庵开言问道："孩儿自九江分别到任以后，不知如何就报了大仇，如何又遇了恩赦，致令骨肉团圆？"瑞生从头至尾详详细细说了一遍。瑰庵听了大喜道"多亏孩儿有志，才有今日。不然，你爹娘便久戍他乡，永无出头之期矣！"老夫人又道："总是咱家没伤阴骘，所以神佛保佑，否极泰来。吉人天相之言，于此验矣。"说着话，忽报山鹤野人至。看官，你道岭南较九江甚远，如何此时也就到了？原来崖州至南昌俱是水路，又且都是下流，兼连日遇了顺风，所以来的这样爽快。

却说瑰庵与瑞生将山鹤迎进到了书房，作了揖，山鹤说道："只因小弟一首俚言，累及兄台受刑远谪。今又幸承令公子出力，雪此奇冤，远接小弟至此，得与兄台相晤，波及之恩，不啻天高地厚，弟当世世衔结矣！"瑰庵道："吉凶同患，良友之谊。弟与兄台情同手足，就是小儿聊效一臂之力，也是分所当然。况此实抚台金公一疏之力所赐，小儿何力之有焉！"说罢，方才就坐饮茶。不一时，酒肴俱列。五载睽违，一朝聚首，不觉话长。说到各自远谪处，便互相太息一番；说到严、何败落处，便互相称快一番；说到目下聚会处，又互相欣慰一番。说说笑笑，不觉日落西山，直到星移斗转，方才就寝。

到了次日，梳洗方毕，忽报抚院老爷有贴请太老爷。吴瑰庵向山鹤野人道："吾感金公厚德，意欲亲谊叩谢。但念他是封销衙门，不便进谒。今承此召，便当乘机拜谢矣！"山鹤道："亦借鼎言，代弟转致。"吴瑰庵别了山鹤，直赴抚院衙门而去。到了后宅门首，将手本传入。不多时，金抚院开门迎出，让至书房，方作着揖，吴瑰庵便双膝跪倒。金抚院一手拉着道："亲公，请起！弟断不敢当此礼！"彼此谦让多时，方才就坐，又彼此说了几句套话，三杯以后，金公便向吴瑰庵道："弟有一言相启，吾有一弱女并一甥女，前不自揣，曾托敝契赵肃斋、郑汉源作伐，已许配令郎，便欲卜吉，权行赘礼。令郎乃以娶妻必告为辞。今幸一家完聚，承亲公光临敝院，就便同择吉辰，粗备妆奁，将小女并甥女送过门去，不知亲公尊意以为何如？"吴瑰庵打一恭道："辱承雅爱，不弃寒微，遂致兼葭得倚玉树，何胜欣慰！"金公道："既蒙金诺，荣幸多矣！"便令人请出赵、郑二生来相见，揖完坐下，金抚院便叫人拿过历书，大家一看，五月十六日是个黄道吉辰，兼合周堂不将，择定此日迎亲。酒筵已毕，瑰庵便起身告辞，抚院送到大门以外，方才别了。瑰庵回到宅内，将联姻金宅、卜吉亲迎一事，遂一一与夫人细说。夫人闻之，喜不自胜。正是光阴速迅，不觉来到十六之辰。瑞生唤进班头，分付备彩轿二顶，鼓乐八名，宫灯十二对。是夜到了四鼓，瑞生便分付诸色人等排班前行，自己乘轿在后，来在抚院门前，一层层门俱大开，早有听事的人在此伺候，报入宅内。抚院闻之，便穿猩红吉服出来迎接，揖让之谦恭，席筵之盛美，是不待细说的。

　　且说翠娟、兰英，丫环与他梳洗插戴已毕，妆点的花团锦簇，如天仙帝女一般。婆婆频催上轿，母女分离也未免各含酸楚，落几点关心热泪，养娘拥扶着到了檐下，方才双双上轿。前厅瑞生也便起席告辞，出了宅门上轿，金昉亦坐轿相送。傧相骑马插花披红，在轿前引路。一路龙笙凤管之音，响彻行云，好不热闹。不觉已进刑厅宅院。金、水二位小姐双双下轿，便如娥皇女英厘降帝舜的一般。傧相唱礼，先拜天地，次拜家堂，拜过公姑，然后夫妇交拜。傧相撒帐已毕，丫环揭去盖头，方才送入洞房。到了合卺之时，正是花烛乍设，不啻金榜题名，故知新逢，何殊久旱值雨。五载想思，一宵勾抹。谈笑之款洽，情意之绸缪，有倍出寻常万万者。金翠娟猛然抬头，忽看见一轮明月，射入纱帐，就触起旧年情绪，便向吴瑞生道："昔年被劫原是此夜之月，今兹欢会，也是此夜之月，均一月也。而妾之离合顿殊，由今追昔，不胜悲喜交集，不知郎君自妾被劫，离了寒舍，后来竟是何如？"吴瑞生便把江中遇盗，庵内逢嫂，误走江西，如白玉成，更名登第，上疏报仇之事，说了一遍。兰英听说便叹口气道："好事多磨！大抵如此，岂独郎君为然。俺与姐姐所遭更有甚于此者，真所谓红颜命薄。"吴瑞生又问翠娟道："闻的夫人被劫，曾为奸人投之于井，及至使人捞取，又杳无踪迹。不知何由得出，投奔何人，一家又何由完聚？愿闻其详。"翠娟遂将大有如何救出，如何诱他至庄上，又如何设谋欲霸为妾，只说至此处，吴瑞生闻之，不觉发皆上指，大怒道："青天白日，有此恶暴横行，可使差人拿来正法，以泄吾夫人之忿！"兰英见丈夫动怒，遂劝慰道："郎君暂且息怒，姐姐还有后言，容妾代为陈之。"便道："彼时姐姐几欲寻个自尽，幸亏伊妻花氏将姐姐拯援。带入城宅，便认姐姐为他义女，待之不啻亲生。即妾自兵火以来，流离到金溪地面，寄食于悟真庵中，因卖针指卖到他家，姐姐一见垂青，便承姐姐携带他家，亦深蒙花氏养育之恩，他待妾身就如待姐姐一般，所以妾亦拜他为恩母，恩爱如此深厚。况姐姐当日又不曾为他丈夫所污，望郎君海量。看俺花母面，念恩忘仇，爱屋及乌，勿与小人计较，是亦相度所为。"翠娟又插口道："不特花母情谊，深足感佩，而且此中又有一段奇缘，若说出来，恐郎君不得不依妾之请也。"吴瑞生见翠娟说话有因，遂又道：

"说便说了就是，幸无藏头露尾。"翠娟见丈夫情急，遂将木舜华与他结为姐妹，花下同盟，相约共事一夫之言述了一遍。又将舜华德性幽闲，仪容秀丽，才思俊逸，又极力称扬一番。瑞生听说遂手舞足蹈曰："卑人若再得此人为妻，愿更足矣！只是一件，夫人方才说他才思俊逸，必有一个证佐，方才信的过。"翠娟与兰英道："现有一个证佐在此，不论他的，只观他与俺二人步韵咏红梅的一首律诗，即如窥见他一般，"遂将木舜华那首诗从头至尾念了一遍。瑞生听了道："才思真是俊逸，不知二位夫人与他咏梅之诗亦记得否？"翠娟与兰英又把自己所作二诗朗吟一遍。瑞生听了便鼓掌极赞道："妙，妙，妙！有此三作，方成鼎足，缺一不可。若果得舜华为妻，则木商之恨可以冰释瓦解矣。二位小姐今既极荐舜华，便见夫人不妒，卑人亦有知己二人，敢为夫人言之。"翠娟与兰英又交口道："知己之人，多多益善，何妒之有？今郎君亦何过疑于妾乎？得毋妾知郎心，而郎君尚不知妾心耶。"吴瑞生见他二人果无妒意，方将堆琼与素烟相交来历，并西湖联诗，月下山坡，委委曲曲备细述了一遍。金、水夫人道："他二人具此天才，虽然寄身烟花，实非已是。而志在从良，尤为可取。明早可便禀上翁姑，并木家妹妹一同娶来，庶使郎君之故知从此得所。而妾之知己亦从此毕愿矣！"说着话，不觉更深夜静，夫妇三人方才解衣就寝，正是：

> 新人本是旧情人，旧偶新知情倍亲。
>
> 各引新知及旧偶，有情人惜有情人。

到了次日清晨，吴瑞生与一对新人一同起来，梳洗打扮已毕，到了父母膝前，齐齐磕下头去。父母见了甚是欢喜，道："得此佳偶，庶不负俺老两口每日与你择配之意。"瑞生道："儿有一言告禀爹娘。"瑰庵道："孩儿有何言语，不妨说来。"瑞生遂将二妻所荐与自己所遇之人说了一遍。瑰庵听说便憬然悟道："孩儿若再得此三人做了媳妇，便合昔年我在园中所梦之兆。梦语云：'仙子生南国'，孩儿这两个媳妇同是生在南方。方才你说的这三人也是生在南方，梦语首句这便验了。又云'梅花女是亲'。梅花五瓣，若再得此三人，便完了五数，次句也就验了。又云'三明共两暗。'金姓、水姓、木姓，明明显露，非三明而何？烛姓是火字边旁，坦姓是土字边旁，是将二氏之姓暗暗藏在烛、坦二字之内，非两暗而何？结句云'俱属五行人'，金木水火土，俱属五行，这又是显明易见的了。梦语既一一应验，可速娶此三人，以合五行之数，方不负梦神示兆之意，又且五行运转相生。孩儿，你所遇五人，俱合五行相生次第，以五行而萃于孩儿一身，便又是妻旺主夫之兆。是知孩儿从此官星必显，这都是上天默默曲成之意，可速娶来，以副

天心。这须得一人去木家提一提才好。"王老妪在旁便接口道："小妇人与花氏母女甚熟，若差小妇人去，一提便成。"瑰庵与老夫人听说大喜道："你去甚好！"遂一边差人同王老妪去木家提亲，一边着人向鸨婆去赎堆琼、素烟，两下俱慨然应允。到了迎娶日期，又计两下程途远近，约定下轿时刻，一一分付各班人等去了。

话休絮烦，却说两下三乘花轿，俱是一齐来到，所行礼数前已叙过，无容再赘。且表三个美人进了洞房，先是舜华与金、水夫人行了礼道："若非二位姐姐承系妹子，妹子焉能到此！"金、水夫人道："你是俺妹妹，俺做姐的若舍了你，前盟何在！"堆琼、素烟双膝跪下道："若非二位奶奶大德能容，奴婢亦老死章台，焉有今日！"金、水夫人连忙一齐拉起，道："咱们自此以后俱要脱略形迹，共以姊妹称呼。要把奶奶奴婢四字一笔勾抹，再不可如此。"堆琼、素烟又道："俺本烟花贱品，今得脱离火坑，皆属夫人所赐，礼宜叩谢。"吴瑞生遂止住道："二位夫人既然不肯受礼，你二人不行也罢。"于是让坐饮合卺酒。木舜华亦不作闺中娇羞常态，便开言道："首坐自然是大姐姐的，俺姊妹们各按次序坐定就是了。"金翠娟道："不是这等，以今夜论，但序宾主，不论长幼。我与二妹妹已先到此，俺与郎君便都是主人了。惟三妹妹、四妹妹、五妹妹今才来到，便是宾客。且四妹妹与五妹妹昔日已与郎君成了故交，今日虽是新人，仍是旧时相识，独三妹妹与郎君从不识面，今日乍逢才是真正的新人。既是新人便是新客，是客与客大不相同。今日首坐当堆三妹妹独坐了罢！四妹妹与五妹妹当东西列坐，我与二妹妹亦左右对坐，郎君就在席前与三妹妹对座奉陪可也。"木舜华又欲谦让，吴瑞生便道："你大姐姐论的极是，你也就不必再三谦让了。"于是众姊妹方才坐了，酒亦按坐巡行。吴瑞生紧与舜华对面，烛光之下，两眼不住的注在舜华。但见眼角眉梢堆着一团俏致，果真是比花花解语，拟玉玉生香，方信翠娟、兰英之言不为虚誉。遂向舜华道："今日五美毕集，花烛之乐莫有过于此者，诚为千秋盛事，不可无诗以扬其休。但每人一首犹觉冷落，不如联句，此起彼落，彼断此续，尤为热闹。今夫人既居首坐，当自夫人倡之。"舜华道："妾本草茅陋质，素未娴此。请众姊妹们联罢。"吴瑞生道："独不记红梅佳咏乎？"舜华又将开口，翠娟、兰英拦住道："咏梅佳作，俺二人早已献之郎君矣。妹妹亦何庸此谦逊为也！"堆琼、素烟亦齐道："姐姐既有如此之才，就尊郎君之命，请先首倡，俺们还按坐次序续去可也。"舜华又道："这却使不的。坐席固按宾主，而作诗当论夫妇。从来夫倡妇随，是乃人伦之正。今欲联诗，当自郎君倡之，还自郎君结之，就如大将行兵，出师收军，都主自大将的一般。咱姐妹们都在中间，先照前宾主坐次挨联一遍，庶不失两姐姐推我为宾之命，以后当选为宾主，按着五行错综联去，或自木而火而土而金而水，或自火而木而水而金而土，或自金而土而火而水而木，或自土而金而水而火而木，或又自土而火而木而水而金，或自金而水而木而火而土。凡此六遍。只是颠倒更换，挨到谁联，不许停思，不使雷同，又如大将排阵，千变万化，不可端倪一般，就便以此为令，各人切记：如有遗忘差误者，罚以巨觥。"于是众姊妹们齐声赞道："发此联法，大妙，大妙、大妙！真所谓慧心人也。谨依将军令，请郎君开先。"遂浓磨松墨。饱蘸霜毫，铺下云笺，挥动管城，只见龙蛇不住的飞舞，珠玑不住的错落，不消碗饭时节，十六韵便已联就。诗曰：

相聚犹疑梦（吴），由今遥溯前（木）。
琵琶辞旧谱（烛），琴瑟整新弦（坦）。
劫掠惊曩日（金），流离叹往年（水）。
湖边联句敏（烛），花下缔盟坚（木）。
只道簪当拆（水），那知镜再圆（金）。
祥花笼画阁（坦），瑞色霭华筵（金）。
玉女离河汉（坦），檀郎归洞天（烛）。
芙蓉叠锦绣（水），翡翠篆沉烟（木）。
带结同心好（坦），莲开并蒂鲜（金）。
话长嫌漏短（水），烛断爱膏连（烛）。
琼液流银斗（木），紫毫题彩笺（坦）。
欢情凭酒合（烛），盛事倩诗传（木）。
自此忧怀释（水），从兹喜气绵（金）。
三明称鼎峙（金），两暗庆珠联（水）。
仙子兆方验（木），梅花数始全（烛）。
一床集五美（坦），才遂梦中缘（吴）。

联成，大家展玩了一番，相顾而笑，方才同饮合卺。吴瑞生道："今宵有花有酒，又兼有诗，诚一时盛事也。此若传流后世，自是脍炙人口，稗官野史，必然做个话柄，永垂不朽矣。"说话之间，不觉斗转星移，方才解衣就寝。新人旧侣，一时俱要周旋，枕上风光，衾中妙趣，有难以纸笔形容者，待在下也作诗一首，聊写大意。诗曰：

二乔连袂已欣然，五美同衾喜更绵。
千里奇缘成凤偶，一宵盛事寄鸾笺。

洞房再署登科小，巫峡重逢行雨仙。

香梦正浓方怕醒，一声鸡唱绣帷前。

却说次日天明，吴瑞生梳洗方毕，忽有人报抚院金老爷转了都察院正堂。刑厅吴老爷钦差巡按浙江监察御史。敕已差官领到，但因现今缺员，免其赴阙谢恩。钦限十日内走马上任。话分两头。再说金抚院闻了此报，恐朝中尚有严嵩余党，便就不爱做官，随即上疏告病。到了命下之日，遂与吴瑞生约会还乡。院事听事两下俱委官代署。挈着满门家眷向北尽发。吴瑞生又怕误了钦限，因此倍道兼行，不消十日，到了杭州城中。金抚院带着两下家眷人等，往自家宅院去了。吴瑞生因避嫌疑，不好与金公同去，先到公馆安歇。次日方赴察院上任。此时李如白也升了本府刑厅。吴瑞生才干原自有余，兼理过刑名，又得良友协替，得轩巡行一周。而浙江省大治。又能作兴学校，鼓励人才，即举贡贫寒者，亦俱在所作养，季考、月课俱灯下亲阅。一时文风浙江省独胜。是科赵肃斋、郑汉源与金泂俱中进士。

瑞生一日偶想到久恋宦途没有好处，也就急流勇退，题疏告病。圣旨已准其给假，回籍调理，痊日起复。便即辞了金公夫妇，同着父母夫人刻期还乡。水夫人舍不的女儿，亦愿随行。此时骨肉分离，凄凄楚楚；官员饯行，殷殷勤勤，是不待细说的。单表阖省送的百姓，漫野遮道而来，扳辕脱靴，哀泣挽留者，不计其数。这是代天巡狩，做清廉严明官的好处。其视何鳌等相去天渊。李刑厅、郑汉源、赵肃斋还要远送，吴瑞生委婉告辞，方才洒泪而别。惟有金泂与瑞生又是师弟，又是郎舅，又是乡试同年，又舍不得姐姐，又舍不得姨母，只顾往前送，不忍回去。瑞生道："你不久赴京候选，必由我山东行走，那时偏道到我家中，多多盘桓些时节就是了，何必区区作此儿女态也。后会有期，就此请回罢。"金泂亦洒泪而别。瑞生久离故土，归心似箭，遂催动夫马紧行。不消数日，到了自家门首，但见门面九间，规模壮丽，焕然一新，与昔不相同。一层层进去，大厅三间，前楼三间，中楼三间，后楼三间，四层俱有垂珠门楼相对峙，都是雕梁画栋，金碧辉煌。周围群房，又是无数。后花园中也添了些池沼台榭，异卉奇花，颇足怡人眼目。这都是前在杭州任所时，差人来督工建造种植的。遂引父母居住前楼，水夫人并花氏居住后楼，王老妪还在此伺候。看官，你道花氏因何在此处？原来花氏丈夫因在他庄上请客，欲图翠娟为妾，被他浑家领人打进，木大有金命水命逃命去了。以后便羞见亲朋，在家站脚不住，依旧在外经营。只因多贪花柳，遂得一个痨症，吐血而亡。可惜一个财主做了他乡之鬼，这也就是贪色好淫之报。所以古人道的好：

二八佳人体如酥，腰间仗剑斩愚夫。

虽然不见人头落，暗里教人骨髓枯。

　　当时花氏闻讣，令人取榇回家，择日葬埋了。三年服满，花氏自思六亲俱无，孤身何依？遂折变家资，并一切细软，打成包裹，雇脚夫将子送上金宅，竟来投奔女儿，母女已团聚多时。到了瑞生离任之日，亦随着众家眷来了。但在下彼时偶然忘记，所以前面不曾题起，这是往事，不必多赘。

　　再说吴瑞生将他父母及花氏人等俱安置停当。因山鹤野人前被何鳌之害，家产荡然一空，又是孤身无依，便就请他在后花园居住，以便与他父亲赏花饮酒，玩物缔情，以乐天年。琴童、书童就着他在此伺茶供酒，修竹灌花，零碎使用。自己与五位夫人却共住在中楼。你说瑞生为何爱居此楼，只因楼前有月样池塘一个，内蓄荇藻金鳞。池塘之上，又有板桥一座，两边俱是朱红栏干，桥前又有垂杨二株，阴满池塘，四时俱有鸟鸣其上，呖呖堪听，以便与夫人们凭栏瞻眺，触景联吟，随时行乐。又因五美俱迎自南方，经此一过，翩翩然若仙子一般，遂题其桥曰："迎仙"，以应前梦语首句之祥。池两边又疏植鲜花数十本，带月则赏天仙之姿，映日即夸五出之彩，以永志梦中次句之不爽。又构一花阁小亭，四面俱有风帐，上横书"烟锁池塘柳"五个字，虽是题的眼前景致，却暗藏五行字面在内。又于后园中最幽静处，建大厅三间，貌所梦的神像，值于纱龛，供在堂中，夫妻朝夕焚香顶礼，以报梦神合姻缘的美意。又作长枕大被，夫妻六人夜则同眠，姊妹们琴瑟静好似水如鱼，自始自终绝无嫉妒之意。所以后来子孙繁衍绳绳振振，科甲不绝，这便是五行调和，全无刑克，生生不绝之意了。其后子孙命名俱按定世及之序，亦用金木水火土偏旁的字周而复始，回环不穷，以取五行生生不已之意。又且步步顾母，五世之内，即占了三百六十个字，正合着周天之数。支庶之盛，冠绝一时。所以天下后世艳称山左吴氏于不朽云。

特别提示：

　　本书在编写过程中，借鉴和参考了大量文献和作品，谨向诸位专家、学者致以崇高的敬意。但由于部分作者的地址或姓名不详等原因，截至发稿之前，仍有部分作者没有联系上，但出版时间在即，只好贸然使用，不到之处，敬祈谅解，在此也敬启作者，见书后，将您的信息反馈与我，我们将按国家规定，第一时间对相关事宜做出妥善处理。

　　联系电话：010-80776121　　　　联系人：马老师